迟来的周先生

（全二册）上册

Mr. Chou

尤知遇——

著

湖南文艺出版社
HUNAN LITERATURE AND ART PUBLISHING HOUSE

博集天卷
CS-BOOKY

·长沙·

目录
Contents

第一章 ♥ 缺老婆不 /001

第二章 ♥ 我会娶她 /040

第三章 ♥ 高调表白 /075

第四章 ♥ 公布婚讯 /112

第五章 ♥ 跟你回家 /145

第六章 ♥ 设法追求 /182

第七章 ♥ 来会情敌 /223

第八章 ♥ 自曝马甲 /261

第九章 ♥ 归国女星 /297

第十章 ♥ 噩梦记忆 /338

第一章
缺老婆不

立冬这天，江榆市迎来今年的第一场雪。

"姐姐，打点滴可不能一个人来，你刚才睡着了，药水打完回血了都，幸亏我妈妈看见，帮你喊了护士。"

简橙躺在医院急诊输液室的病床上，耳边听着隔壁床小姑娘善意的提醒，脑子还是昏昏沉沉的。

小姑娘还在说话："姐姐，你还有几瓶没打呢，给家里人打个电话吧。"

简橙道了谢后才接她刚才的话："孤儿。"

小姑娘愣了下，连声道歉，简橙笑笑说没事，动作迟缓地从枕头下摸出手机看了眼时间。

深夜两点。

这么晚了啊。

她一整天都在摄影棚，晚上叫了个外卖，吃完进暗室洗照片，四个小时，没有一张让她满意的，全是垃圾，情绪快崩的时候，腹部又绞痛。回屋躺床上，以为休息一会儿就好了，没多久又开始恶心呕吐，最后实在熬不过去，只能打车来医院。

医生说是急性肠炎。

已经打完两瓶药水了，打第一瓶的时候她是清醒的，第二瓶打到一半才撑不住睡着了。

太困了，太久没踏踏实实睡过觉了。

护士换好输液瓶后又嘱咐了几句才离开，知道她没有家属陪护，说可以帮她联系护工。

简橙在医院住了三天，出院这天，梅女士打来电话："明天是你姐姐的生日，你别忘了。"

简橙刚走出医院。"去不了，病了。"

梅岚对这个女儿了解透彻，显然不信："病了？装的吧你，早不病晚不病，怎么偏偏你姐的生日到了你才病？"

天气潮湿，简橙的眼睛也潮湿了一瞬，只是一瞬，又懒懒地嗤笑。"爱信不信，反正我不去，她过生日有什么好去的，葬礼才有意思，等她死了我再去。"

"简橙，你怎么这么恶毒！"梅岚怒火高涨。

"再恶毒也是你生的，骂我就是骂你自己。"

"你还知道你是我生的？你对你妈就是这个态度？你就不能学学你姐姐？你姐姐听话懂事，从来不让我们操心，你姐姐……"

"学她什么？学她不要脸？学她鸠占鹊巢？学她没品没德满嘴粪便？学她婊里婊气蛇蝎心肠？"

"简橙！"

路边停下一辆出租车，有乘客正在下车，简橙抬脚走过去。

"这么嫌弃我，还给我打电话干什么，你也不怕被气死，要不咱俩互删吧。"

"简橙，你给我好好说话！"

类似这种对话每年都要发生，梅岚也早就习惯了，一通斥责警告后，开始下命令："我懒得跟你瞎扯，明天聿风也过来，他说他去接你。"

简橙这才冷下脸："你给他打电话了？"

"是啊，你们吵架了，我还能指望你打吗？我这也是给你台阶下，见到他的时候给他道个歉。"

提起这事，梅岚又开始恨铁不成钢地教育："过了年你们就结婚了，你不要整天待在你那个破工作室，又挣不了几个钱。你得多在聿风身上下功夫，不要天天跟他吵架，你的脾气得改改，你要学学你姐，你姐的脾气就很好，你姐……"

啰唆一大堆，比唐僧的紧箍咒还烦人。

简橙打开车门坐进去，准备挂电话，梅岚赶紧道："明天来的人不少，姐姐生日，你这个当妹妹的不来算怎么回事。外面本来就传你们不合，你不来，你姐姐会被说闲话的，你给妈一个面子，过来吧。"

简橙跟师傅说了个地址，然后整个身体往后靠。"哦，我出场费很贵的。"

梅岚无语道："钱钱钱！每次跟你说点事，最后都是谈条件要钱，你掉钱眼里了！"骂完又忍着气问一句，"要多少？"

简橙："不是说给你面子吗？你的面子值多少钱？"

简橙回到家煮了粥，吃完直接躺床上，一觉睡到第二天中午。

她被电话吵醒，是发小孟糖打来的。

"亲爱的，我下午三点的飞机，五点半到，来接我。"

简橙盯着天花板缓了缓神。"你不是要出差一个月吗？这还不到半个月，结束了？"

"没啊，我请半天假，陪你吃了饭再回来。"

简橙愣了下，拍拍额头，清醒了些。今天是简文茜的生日，每年的这天，孟糖都会陪她涮火锅喝酒玩上整晚。

"你不用来回折腾了。"简橙从床上坐起来，端起床头柜上已经凉了的茶抿一口，"我今晚回老宅。"

梅女士给她转账了，最开始只给五位数，她没搭理，梅女士反反复复试探到七位数，她才发一个"谢谢财神奶奶"的表情包。

梅女士气得半死，唠叨半天。她的气倒是挺顺，七位数过去喝杯酒，顺便给那些人添点堵，多划算的买卖。

"七位数？呵，梅姨真大方。"

孟糖话里带着讽刺，她是真不明白梅岚为什么偏心得没谱。平时对简橙抠抠搜搜的，现在为了给一个养女撑面子，一掷千金。

把亲闺女当根草，把养女当个宝。哪个当妈的这么缺心眼？

不对，她骂少了，简家除了简橙，全都缺心眼，脑子跟被门夹了似的，孟糖每次提起简家那几个缺心眼的都气到不行。

她骂几句就转了话题："你跟周聿风怎么样了，还在冷战？"

简橙又喝了口凉掉的茶，手脚都冰冷。"他今晚也去生日宴，梅女士让他来接我。"

没说会和解，也没说不会和解。说明这次的问题很严重。

孟糖沉默了会儿，最终还是没忍住："宝贝，你别怪我多嘴，你和周聿风这样吵下去不是事。"

简橙把杯子放回去，没接话，闭着眼算了算时间。她和周聿风这次吵得比较凶，冷战了似乎有两个月呢。

"周聿风已经不是当年的周聿风了。"孟糖想骂醒她，"他变心了，他爱上蒋雅薇了，你清醒一点，他已经不爱你了，你为什么非要在他这棵歪脖子树上吊死？"

实话真够刺耳的，如尖锐的刀一般，能把人的心挖出血淋淋的窟窿。

简橙脑子里针扎一样疼。

周聿风爱过她，热烈地爱过。但确实，周聿风现在不爱她了。她从周聿风的肋骨，变成吃一口都会卡嗓子的鸡肋骨，食之无味，弃之不能。

蒋雅薇。

简橙对这个名字深恶痛绝，特别不愿意提及，但事实是，这个叫蒋雅薇的女人，成了周聿风的第二根肋骨。

为什么非要在周聿风身上吊死？当然是不甘心，毕竟她等了那么多年，终于要等来两人的婚礼，毕竟她也爱过。

他们都订过婚了，过了年就办婚礼，还有三个多月。请柬都发出去了，所有人都知道她要结婚了，现在放弃，她脸往哪儿放？

行吧，她脸皮厚，那她也还是不甘心。不甘心就这么放弃，不甘心便宜了蒋雅薇那个白眼儿狼。

可是，再不甘心又能怎么办？

周聿风说她变成了刺猬，她认可。可惜马上就不是了，她浑身的刺被周聿风一根根拔掉，盔甲没了，只剩血淋淋的窟窿。

等身上的最后一根刺也没了，她焉有命活？

简橙接到了周聿风的电话："你姐生日，梅姨让我们一起过去，你在哪儿？我去接你。"

简橙刚洗了澡出来，拿着手机往衣帽间走。"不是不理我吗？所以现在是想和解了？"

周聿风顿了下，反问："你想和解吗？"

简橙听他这高高在上不退让的语气，就知道这个话题一旦聊起来又得吵架，她不想在电话里吵。

"公寓。"

夜幕降临，灰沉的云雾盘踞在天空，垂重感压得人喘不过气。

黑色轿车停在路边，周聿风正靠着车门抽烟。

简橙踩着高跟鞋走过去，腰肢款款，清冽的眸瞥一眼他脚边的几个烟头，笑问了一句："等得不耐烦了？"

周聿风靠在车门上没过去，等着她走过来，视线不轻不重地落在她身上，敷衍回了一句。"没有。"

其实是不耐烦了，他已经等了快一个小时，再迟五分钟，他就直接走了。

周聿风知道自己变了，从前，别说一个小时，简橙就是迟到一天，他也会等她，无论多久他都会等。现在，他对她不耐烦了，只能容忍一个小时。

很多人说，谁能娶到简橙，是谁的福气。

简橙漂亮，是名副其实的大美女。周聿风很认同这点，单论外貌，她是很多男人会喜欢的花瓶款，身姿曼妙，眼波撩人，白皙双颊柔嫩似水，勾人的桃花眼卷着独特的媚。即便化着淡妆，也足够明艳。

比如此刻，一身低调的高奢名牌，款式不张扬，旁人穿着是规矩，她穿着是魅力四射，独特又矜贵的风格，身姿挺立，仪态款款，似傲娇的公主。

这样的大美女，带出去绝对有面子，更何况简橙家世好，地产大亨的千金，贵门名媛，娶回家有面又有钱。

偏这福气落在了周聿风头上。

可惜他并不看重钱，简家家世再好，也比不上周家，他是周家的少爷，最不缺的就是钱，简橙嫁过来是高嫁。

至于脸，简橙确实符合他的审美，但盛放的红玫瑰拥有得太久，也有会腻的一天。就像山珍海味吃惯了也会索然无味。

两人共同的朋友劝他："周聿风，你别作，这个世界上没有人比简橙更爱你，把她气跑了，有你后悔的时候。"

简橙爱他，他知道。他也爱过简橙，最初爱得热烈，后来爱变得平淡乏味，又带着不敢承认的……怨。

现在，他爱上了蒋雅薇，一个命如野草，却顽强有毅力的女人。

朋友又劝："周聿风，你清醒一点，你都爱了简橙这么多年，不可能突然就爱上别人了。一定是错觉，你只是暂时被迷惑，其实你心里爱的还是简橙。"

是错觉吗？不知道，有什么所谓呢，如今在他心里蒋雅薇确实比简橙重要。

去简家老宅的路上，周聿风提到两人冷战的事，把电话里的问题重复一遍："你想和解吗？"

当然想，只是——

简橙转头看他。"可以啊，只要你辞退蒋雅薇，我以后再也不跟你吵架。"

蒋雅薇是周聿风的秘书，简橙发现周聿风对蒋雅薇不一般的时候，就让他把人辞了。周聿风不肯，说蒋雅薇能力突出，没理由辞退。

她当时更关注如何挽回周聿风，觉得周聿风只是怪她离开太久，只是气她。她始终不信连周聿风都要抛弃她。

直到两个月前，她在周聿风的公寓楼下看到两人，那十指相扣的手，缠绵悱恻的早安吻刺痛了她。

周聿风后来的坦诚更像施舍，如同一只来自地狱的手，将她五脏六腑都撕裂。

他说："简橙，我不想瞒你，我爱上雅薇了。当然，周家不可能承认她，所以你放心，我还是会娶你，婚礼照常进行。"

车内放着恬静舒缓的钢琴曲，坠落的音符搅着简橙濒临腐朽的记忆。

年少时的誓言，不过如此。

她想嫁给周聿风，做梦都想，周聿风笃定了她会因为爱他而妥协，偏偏她的骄傲不允许她跟蒋雅薇共存，偏偏周聿风非逼着她成全他的第二次爱情。

这是死结。

意料之中，关于"和解"的话题又在双方的不退让中谈崩。

周聿风的话很诛心："简橙，如果我非要退婚也不是不能，你别再无理取闹了，说句你不爱听的，我们这个圈子，婚后夫妻各玩各的的情况比比皆是。"

简橙没回这话，胳膊支在车窗上看外面的风景，望着路两旁鳞次栉比的高楼，思绪不知道跑哪儿去了，快下车的时候，她拿出手机发了条微信。

消息是发给周聿风的：99。

周聿风看了眼屏幕，又不怎么在意地把手机收进兜里。

这不是简橙第一次给他发数字，第一次发的是"1"，这是第九十九次发，发的是"99"。

他问过她是什么意思，她喝醉了开玩笑说："你往我心上捅刀的时候，我都给你记着，周聿风，等你捅一百刀的时候，爱你的简橙就没有命了，我就不要你了。"

简橙发"1"是在去年，两人订婚后的第一次吵架。

周聿风分析过其中的规律，每个数字都是在两人大吵过后发的，但不是每次吵架都发，好像是看她心情。

周聿风没当回事，只当她在耍性子。毕竟简橙爱他如命，他笃定她最后会妥协。

今天是长盛集团董事长简宏云大女儿的生日。

众所周知，简家有两个女儿，出类拔萃的大女儿简文茜，刁蛮任性的小女儿简橙。

简家最受宠的就是大女儿简文茜，每年生日都大办。三十岁的生日宴，折腾地跟十八岁成人礼一样隆重。

来的人不少，大多是脑袋上贴着"金钱""权势""利益"标签的商界人士，年轻的单身新贵居多。意料之中的安排，目的不要太明显。

简文茜学历高、颜值高、家世好，自身条件属于天花板级别，偏偏各种光环加身的简家长公主已经三十，至今单身。

她不急，简宏云夫妇着急。这两年的生日宴，都是想方设法地聚集各路门当户对的单身新贵，与其说生日宴，不如说相亲宴。

除了青年才俊，女宾也来了不少。有代表家族来的名门淑女，有随夫参宴的优雅贵妇，也有供大佬炫耀的娱乐圈美艳艺人。

男人聚集的场合，谈生意，谋利益，攀交情，吹牛×，拍马屁。

女人聚集的场合，寒风冷冽的天气中个个穿着顶奢品牌的春夏款，秀着玲珑曲线魔鬼身材。有事业心的拓展人脉，虚荣心昏头的炫耀男人，来钓鱼的物色有钱人。无聊的三五成群，躲犄角旮旯儿嗑瓜子聊八卦——

"啧，你看看简文茜，招蜂引蝶，鼻孔都朝天，嘚瑟什么啊，就是一养女，还真以为自己是长公主了。"

"啊，简文茜是养女？"

"你不知道？你不是江榆本地人？"

"我是，但我从小在国外长大，刚回国不久。简文茜真是养女啊？"

"简家三个孩子，大儿子简佑辉和小女儿简橙是亲生的，简文茜是收养的。"

"听说简文茜的生父死于一场仓库火灾，后来她妈怎么死的不知道，反正她成了孤儿后，简家就收养她了。"

"简家为什么收养她？"

这个问题知道内情的人不多，旁边刚尝了口蛋糕的某名门千金抢着发言："这个我知道，简文茜亲爹是简伯伯的同学，简伯伯继承家业后，简文茜亲爹就跟着他干，是他的左膀右臂。关系好，感情深，简伯伯觉得简文茜可怜就收养了她。"

话落，有人唏嘘："那简家对这养女也太好了吧，听说简宏云这些年重点培养儿子和简文茜，两人一毕业就进了长盛。就简橙没去，听说自己在创业，搞了个摄影工作室。"

"简宏云老婆平时出门也只带着简文茜，提到女儿都是说简文茜怎么怎么优秀，很少提到简橙。"

"谁让简文茜优秀呢，而且简文茜十二岁就进了简家，养了快二十年，跟亲生的没差别。"

"也怪简橙自己不争气，刁蛮任性的小公主，除了那张脸还有什么？"

"有脸还不行啊，凭着那张脸早早拿下周家少爷，马上就是周家少奶奶了，多厉害啊。"

"就是，简文茜在简家再得宠又怎么样，简橙可是嫁进周家了啊。周家什么地位？一般人攀不上，你别看今天来的权贵多，没一个比得过周聿风的。"

"确实，简文茜想要比简橙嫁得好，除非嫁给周家的那位。"

周家的那位。

没提名字，嗑瓜子的小姐妹们却默契地同时想到一个人。

"你是说……"

砰——

"啊！"

大厅内突然响起一道尖锐刺耳的撞击声，伴随着一道惊恐万状的女声。众人皆下意识循声望去，这一瞧，全愣住了。

简橙今晚没想闹的，她没心思，车上被周聿风的无情扎了几刀，疼得不想搞事，只想吃吃喝喝，用食物填补心里的血窟窿。而且拿人手短，她收了梅女士的钱，再闹就不厚道了。七位数，今晚怎么着都得给点面子。

结果呢，她不惹事，偏偏事来找她。

周聿风被一群人围着敬酒，简橙被梅岚拽走当工具人，当着众人的面，跟简文茜演了一出姐妹情深的戏。戏演完，她看一眼正跟人相谈甚欢的周聿风，知道他还得一会儿，就转身去了二楼，准备回房间躺一会儿醒醒酒。

刚才喝了好几杯，有点上头。

拐进洗手间的时候有人从里面跑出来。简橙刚要躲开，肩膀就被人用力撞了下，往后跟跄两步，扶着墙才堪堪站稳。

白色镶满钻的方块手拎包掉在地上，拉链是开着的，里面的东西散落一地。

简橙揉着肩膀垂眸，目光落在脚边晶莹剔透的祖母绿耳环上。第一眼就觉得这耳环熟悉，正要弯腰去捡，有一只手先一步把耳环拿走了。

简橙抬头看过去，愣住。"蒋雅薇？"

突然看见情敌，简橙第一时间想起了周聿风。

周聿风带她来的？

这念头刚起又被她否定。不可能，周聿风把蒋雅薇保护得非常好，外人不知道他们的关系，这种场合，他不可能把蒋雅薇带过来。

因为这里有她。

如今她在周聿风眼里就是恶毒的蛇蝎女人，周聿风怕她欺负蒋雅薇，怕蒋雅薇受委屈，不会带蒋雅薇来。

蒋雅薇在她愣神的间隙已经把地上的东西全塞进包里，拿着包站起身，把紧握在掌心的耳环也放进去，然后才回她的话。

"文茜姐邀请我来的。"

简橙这时候才想起，简文茜和蒋雅薇是大学校友，两人关系处得不错，简文茜的生日请蒋雅薇过来，合情合理。

"你……"

"我还有事，先走了。"

简橙刚开口，蒋雅薇已经拿着包往外跑，脚步匆匆，似乎真有什么急事。

简橙瞧着她的背影，没追上去，她是要找蒋雅薇好好聊聊，但不是今天。

从洗手间出来，简橙回房间玩了两把游戏，第三把刚开局就有人敲门。

简橙心情正郁闷，今晚手气不好，前面连输两把，她踩着拖鞋气冲冲去开门——来的是保姆张姨。见小公主脸色不明，张姨不敢多逗留，一口气把话说完。

"大小姐的耳环丢了，夫人让我上来问问您，您看见了吗？"

耳环？

简橙慢慢眯起眸子，突然问了一句："祖母绿的耳环？"

张姨忙点头。"是，是祖母绿的，是夫人送给大小姐的生日礼物。说是老太太留下的，太贵重了，大小姐今晚都没舍得戴。刚才大小姐的裙子沾了酒，换了衣服，夫人说那衣服跟耳环很配，大小姐这才准备戴上，谁知道打开盒子是空的。"

老太太留下的。简橙总算知道落在脚边的那副耳环为什么会让她有种熟悉感了。那是奶奶留下的，一副耳环，一个手镯，简家祖传下来的，称得上古董了。

奶奶弥留之际嘱咐梅女士："手镯你传给儿媳妇，耳环给橙橙留着。"

梅女士说，等她结婚的那天给她戴上。现在，梅女士把耳环给了简文茜。

简橙跟着保姆下楼时，简文茜因为丢了耳环正伤心，梅岚揽着她的肩膀轻声安抚着，抬头看见简橙，忙开口问："耳环呢？"

略带质问的声音，像是认定简橙拿了耳环。

简橙漫不经心地瞥一眼简文茜旁边的蒋雅薇，对上她心虚的目光，没什么表情地勾了下唇，转头先跟梅岚确认。

"奶奶留下的那副？"

见梅岚点头，简橙朝蒋雅薇抬抬下巴。"半个小时前，你在洗手间撞到我，是你自己拿出来，还是我帮你？"

蒋雅薇面色一变，惊呼出声："简小姐，你这是什么意思？你是说我偷了文茜姐的耳环吗？"

周围的人本来忙着结交攀谈，注意这边动静的人很少，但蒋雅薇这突然的一嗓子尖锐且激动，很快惹来不少目光。

被人围在中间的周聿风也听到了。他跟着看热闹的一群人走过来时，蒋雅薇正竭力自证清白，把包的拉链打开，翻过来，包里的东西落了一地。

地上没有耳环。

"简小姐，我知道我身份低微，比不上你们尊贵，但我也有自己的骨气，不是我的东西我不会觊觎，更别说偷了。"

蒋雅薇是甜美长相，清瘦娇小，缀满珍珠的淡紫色晚礼服裁剪保守，衬出几分邻家女孩的素雅。此刻她眼眶通红，苍白的脸微微向上抬着，脊背挺得很直，眼角的屈辱和脆弱却无声控诉着简橙。

简橙是浓颜美女，五官精致艳丽，身材高挑。她今晚的礼服是梅岚选的，来到简家才换上，跟简文茜是姐妹款，恰好也是一袭紫色。与蒋雅薇晚礼服的保守寡淡不同，她的礼服是设计感极强的烟灰紫长裙，露肩收腰，凹凸有致，妖精一样，性感妩媚。

一个娇小脆弱的邻家女孩，一个冷艳高贵的富家小姐。此情此景，怎么看都像简橙在欺负蒋雅薇，尤其是简橙脸上那不屑一顾的嘲讽和高高在上的睥睨倨傲，衬得蒋雅薇更显楚楚可怜。

僵持中蒋雅薇再次抿着唇开口："要搜身吗？"

很屈辱，但简文茜说了，这是唯一能让简橙和周聿风彻底决裂的办法。所以蒋雅薇愿意拼一次。她颤着指尖把裙子往下一拽，左边的肩膀露出来，露出大片洁白光滑的皮肤。

周聿风就是这时候冲出来的。他脱了西装外套给蒋雅薇披上，牵着她的手往后一拽，完完全全将人护在身后，俊颜染上怒色，凌厉的目光扫向简橙。

"简橙，你不要太过分！"

简橙紧盯着他牵住蒋雅薇的那只手，眉头紧皱。"我过分？我干什么了？我就说了一句实话，她就激动地自己翻包，自己脱衣服。"简橙指着地上的包，"我看见的时候，她包里确实有耳环，我没说谎，家里有监控。"

她是在洗手间门口被蒋雅薇撞到的，监控的角度看不全，但是能看到一点。

简橙让人去调监控，简文茜这时候站出来，说家里的监控昨天坏了，还没找人过来修。

这么巧？

简橙忽地转头看向她，犀利的目光带着审视。

简文茜像是没看到她的质问，笑得温柔大度。"橙橙，那副耳环是妈送我的生日礼物。我知道你一直很喜欢，从小到大，你喜欢的东西我都会让给你，耳环你喜欢就拿去吧，别冤枉一个无辜的人。"

梅岚刚才已经开始怀疑蒋雅薇了，这会儿听到简文茜的话，想起那耳环的来历，又觉得简橙拿走的可能性比较大。

"简橙，那耳环跟你姐姐很搭，我会再给你买一副，你别胡闹了，把耳环还给你姐姐，再给雅薇道个歉。"

简橙的目光掠过众人，直直望向周聿风身后的蒋雅薇，瞧着她泪盈盈的模样，冷笑了声。

果然，会哭的孩子有糖吃。偏偏，她自小就不爱哭。

耳边的指责声在继续，议论声此起彼伏，简橙招手，从侍者手中要来一杯香槟，朝着简文茜的方向狠狠砸过去。

敢算计她。行啊，生日别过了。

谁也没想到，简橙会突然摔杯子。

刺耳的声音惊到了大厅所有人，躲在犄角旯旯聊八卦的吃瓜群众也围过来了。

简文茜躲闪不及时，酒杯砸在她脚边，杯中液体几乎全部溅在她裙摆上，狼狈至极。

梅岚回过神后，急忙把简文茜扯到自己身边，确定她没受伤后才抬头瞪向简橙。"你干什么！"

简橙对上她责备的目光，扯唇笑一声："她丢的，是奶奶留给我的那副耳环，对吧？"

"是。"梅岚回答得有些心虚，那副耳环是简橙的奶奶留给简橙的，她其实是要给简橙留着的，但文茜无意间看见了，非常喜欢。

文茜这孩子很少主动跟她要东西，既然文茜这么喜欢那副耳环，她就给了。一副耳环而已，没什么特别的，就是贵了点。知道小女儿心眼小，爱计较，她是打算哪天去拍卖会，给简橙拍一副比这副贵的饰品当作补偿。所以她并不觉得自己有错，甚至觉得简橙有些无理取闹。

"我再给你买更贵的，那副耳环是我要送给你姐姐的，你有气冲我发，不要冲你姐姐。"

"买？"简橙精致的眉眼冷淡不少，笑容却更讽刺，"那是奶奶留给我的，你把耳环送给一个养女，你有资格吗？"

"简橙！"梅岚气得呼吸不顺。

简文茜最忌讳听到"养女"这两个字，很多年没听到了，此刻听到四周响起的议论声，脸色颇为难看。

简橙无视梅岚的警告，微微侧身，目光直直落在周聿风身上，没了从前的胡闹，只是很轻地说了一句。"我没说谎，她确实撞了我一下，我也确实看到了那副耳环，周聿风，你信她，还是信我？"

这个"她"，指的自然是蒋雅薇。

这个问题，周聿风根本不用犹豫。二十岁之前的周聿风会无条件相信简橙，二十五岁的周聿风，即便觉得简橙此刻的模样不像说谎，也会偏向蒋雅薇。

他说："简橙，适可而止，别再闹了，把耳环还给你姐姐。"他握着蒋雅薇的手，全程保持着保护的姿态，"再给雅薇道个歉。"

周围看热闹的观众瞧着这一幕，惊讶地瞪大眼睛，看看还牵着手的两人，再看看孤零零的简橙，八卦的心瞬间被拉满。

什么情况？这俩人不是马上要结婚了吗，周家少爷外面有人了？

简橙没想到周聿风会在这时候暴露蒋雅薇，不过细想之后也不意外。周聿风是个会为爱冲动的人，当年爱她的时候，她受了委屈，他也会不分场合地站出来保护她。现在蒋雅薇委屈得眼泪哗啦，他爱她，所以不管不顾地冲出来给她做主了。

"道歉啊——"简橙把尾音拖长，从旁边一个年轻小伙手中夺了香槟杯，朝着周聿风砸过去，杯子碎在他脚边。砸完，简橙歪了歪头。"对不起。"

众人："……"

周聿风脸色阴沉，一句话不说，动也没动，只目光凌厉地看着简橙，简橙不躲不闪跟他对视，气氛剑拔弩张。

保姆张姨跑过来，手里拿着一个半开的棕红色雕花木盒，隐约能瞧见剔透的绿色。

耳环找到了，说是在简文茜房间的沙发角落。

简文茜拍拍额头，像是突然想起来，愧疚地挽住简橙的胳膊。"妈给我的时候，我太高兴了，拿出来看了会儿，忘了放进去了。昨晚看一夜的资料没睡好，脑子都不好使了，橙橙，对不起啊。"

看一夜的资料，这话没人怀疑。简文茜是出了名的工作狂，三十岁做到长盛集团副总。这些年不恋爱，把时间都献给了长盛，这也是简宏云夫妇非常欣慰，也更心疼她的原因。

耳环找到了，简橙的嫌疑洗清了，她的视线却并未从周聿风身上收回。

"听到了？是简文茜自己脑子不好，我没偷，周聿风，你变渣后脑子也不好使了？我想要的东西，需要偷吗？"她挑衅地看一眼蒋雅薇，指名道姓地骂，"我又不像蒋雅薇那么寒酸，连男人都偷。"

说这话时，她仰着修长白嫩的天鹅颈，姿态高傲。

周聿风都不怕暴露蒋雅薇，不怕他这样护着蒋雅薇会让她这个未婚妻颜面扫地，那她又何必给他们留面子。

让她丢人，那就都别要脸了，大家一起丢人。

周围的议论声越来越大，蒋雅薇因为那句"连男人都偷"脸色苍白，抓紧周聿风的袖口，见他回头，泪眼盈盈地看着他。

周聿风安抚地拍拍她的手，才转头朝简橙道："你喝多了。"

他很生气，但不会在这种场合跟简橙闹起来，只是声音压得很低，俊脸冷硬，能让简橙看出他的怒火。

他示意简橙跟他出去谈。简橙像是没察觉，把视线收回，在简文茜去拿那副耳环时，先一步把盒子抢过来。然后当着所有人的面，取下自己的耳环，把盒子里的耳环戴上。

简文茜尽量和颜悦色地提醒："橙橙，这副耳环，妈已经送给我了，你这么戴上去，不合适吧。"

简橙把第二只戴好。"这是我奶奶留给我的，你的养母没资格送给你。我的东西，只有我不要了你才能拿走，我不同意，你就是偷。"

梅岚护着简文茜："跟你姐姐没关系，我说了，是我要送她的。"

简橙："耳环是简家祖传的，简文茜入族谱了吗？传家宝你给一个外人，你也不怕简家的列祖列宗从下面爬出来找你。"

跟梅岚交好的贵妇站出来。"简橙，你怎么能这么跟你妈说话！"

简橙扫她一眼："关你屁事，滚！"

贵妇："……"

跟简文茜交好的名媛站出来。"简橙，就一副耳环而已，怎么说文茜都是你姐姐，你有必要这么咄咄逼人吗？"

简橙："站着说话不腰疼，你也滚！"

名媛："……"

简橙几次无差别攻击，梅岚的脸面挂不住，已经气得发抖了。

简文茜挽住她，善解人意地开口："妈，算了，橙橙喜欢就给她吧，我不要了。"

简橙冷笑："你不要了？是你的东西吗？你有什么资格说不要。今晚这出戏是你安排的吧，跟蒋雅薇合谋，先激怒我，逼我承认周聿风不爱我了，让我认清自己在简家的地位。行啊，我满足你，我发疯了，所以呢，你还想怎么样？把我赶出简家？我给你指条路，简佑辉离婚了，正好缺个媳妇，反正你们——"

啪！

重重的巴掌落在简橙脸上，梅岚气得咆哮："你胡说八道什么?!你这样败坏你哥哥姐姐的清誉，你疯了！"

简橙不只疯，还要上天。"你再打我一下试试，你信不信，我爆个料，简文茜这辈子都别想嫁出去！"

爆料？什么料？

吃瓜群众几乎是瞬间伸长了耳朵。只有周聿风蹙紧了眉头，他跟简橙从小认识，对她的了解比旁人多。这姑娘心里越难受，声音就越大，闹腾得就越厉害，但不会这样发疯。

不对劲，她今晚很不对劲。

大厅的动静太大，简宏云父子一直在书房跟人谈事，本来听得不真切，以为是下面玩得欢，这会儿也终于觉出不对劲了。

周聿风看着从楼上走下来的父子俩，走过去拉简橙的手腕。"跟我出来。"

简橙定定地看着他，眼眶已经红了。"周聿风，我再给你最后一次机会，真的最后一次了。"

周聿风还没明白她什么意思，简橙已经用力甩开他的手，然后在众人惊愕的目光中，一只手抓住蒋雅薇，一只手抓住简文茜，拽着往外走。

蒋雅薇下意识挣扎，简文茜看了她一眼，蒋雅薇便安静了。

院子里有个游泳池。简橙是出了名的旱鸭子，不会游泳，谁也没想到，她会一脚踹一个，把简文茜和蒋雅薇都踹下去后，自己也跳下去了。

被水淹没的时候，简橙听到了四个人的声音。一个是她亲哥简佑辉，喊的是文茜。一个是她亲爸简宏云，喊的是文茜。一个是她亲妈梅岚，喊的是文茜。一个是她未婚夫周聿风，喊的是雅薇。

视线完全模糊前，她看到两个人先跳下来，简佑辉抱住了简文茜，周聿风抱住了蒋雅薇。

四个人上了岸后，梅岚手忙脚乱地把披风给简文茜裹上，周聿风顾不上自己的狼狈，后怕地把蒋雅薇抱在怀里。

简文茜和蒋雅薇都是会游泳的。他们怕她们冷，却忘了简橙不会游泳。

简橙自然也被救上来了，这么多人，总有人能看到她在水中挣扎。一个年轻的男人把她从水里捞出来，还绅士地把外套借给她。

周聿风确定蒋雅薇没事后才冷静下来，察觉到一道视线，转头看过去，身子猛地一僵。

简橙浑身湿透坐在地上，肩膀上披着男士西装外套，纤长的睫毛颤着，水眸直勾勾地盯着他。

不哭不闹，一片死寂。

很反常。若是以往，简橙这时候早开骂了。

周聿风想到她刚才那句"我再给你最后一次机会"，突然感觉从这一刻开始，有什么东西正悄然散去。

他这时还不知道那是什么。

这一番折腾后，宾客自觉离开。

简橙回房间洗澡换衣服，简文茜把蒋雅薇带去了自己房间，周聿风去了简佑辉房间。

后来几人收拾好下来，蒋雅薇留在了房间里。

简宏云看见简橙，劈头盖脸就是一顿骂。他注重脸面，今晚闹出这么大的事，脸都丢尽了。

简橙无视他的愤怒，绕过去，一屁股坐在单人沙发上，拿出手机发出一条消息。

周聿风的手机响了一下，他下意识抬头看简橙一眼，然后拿起手机看。

100。

还不待他反应，简橙的声音响起。"我不嫁周聿风了，婚礼取消。"

周聿风猛地抬头。"你说什么？婚礼取消？"

简家人也齐齐看向简橙，完全不可置信。只有简文茜很快收回目光，漫不经心地拨了拨吹得半干的头发，唇角扯着淡淡弧度。

似得逞的样子。

周聿风认定简橙又在赌气，很烦地挠了挠头发。"简橙，你别再闹了。"

简橙接过保姆递来的姜茶，吹一吹。"周聿风，我离开五年，回来你就告诉我，你爱上蒋雅薇了，你想取消婚约。我不想放手，所以我强求了，我想用婚姻绑住你，可是你为了蒋雅薇一次次伤我。我就决定，给你一百次机会，你伤我一次，我就给你扣一分，婚礼前扣完，我就认命。其实不是每次吵架都扣，你的刀捅深了我才记一次。"

她指指他的手机，漂亮精致的脸上可见清晰的怆然。"可是你看，纵然我一次次放水，一百分还是扣完了。我现在完全确定，你不爱我了，你想娶蒋雅薇就娶吧，我给你们让路。"

周聿风手里也握着杯姜茶，听完简橙这些话，微愣，直到清脆的巴掌声在客厅响起。

简橙又挨了一巴掌，简宏云打的，左右脸倒是对称了。

"当初是你非要订婚的，现在说取消就取消？请柬都发出去了，现在取消婚礼，我老简家的脸还要不要了？"

简宏云今晚跟人谈生意，谈得不是很好，心情本来就糟糕，好好的生日宴又被简橙闹出笑话，更不痛快。这会儿听她要舍弃与周家的婚事，火气一下上来了。

"你嚣张跋扈，刁蛮任性，除了聿风，有哪个好人家敢要你？聿风之前表示，那个蒋雅薇他不会娶，不会影响到你的地位，你还想干什么，就不能忍忍？从你高中出了那件事后，你的名声本来就不好……"

简宏云怒火高涨口不择言，突然提到高中的事，客厅一阵诡异的安静。

梅岚反应过来后，忙去扯他的胳膊，已经迟了。

简橙把手里的姜茶喝完，摔了今晚的第三个杯子。

难得的是，这次没人再开口，连简宏云都止了声，脸上有懊恼。

简橙像个没事人，看向周聿风。"婚礼取消，你同不同意？"

周聿风望着她毫无血色，面无表情的脸，缓了口气，沉声道："我怎么同意？当初我要取消，你不同意。你胆大包天去找我小叔，你是我小叔的恩人，小叔让我娶你，周家谁敢惹我小叔？"

简橙没再说话，拿着手机起身，临走前朝简文茜竖了个大拇指。"你厉害，我今晚陪你把戏演完了，你目的达成，很得意吧。但是我不高兴，所以，你在家洗干净脖子等我。"

寒风刺骨，简橙出门就给孟糖打电话，对方关机，她想了想，找到另一个号码拨过去，这次通了。

"简橙？"男人低沉的嗓音带着惊讶，明显很意外。

简橙嗯了一声。"糖糖的手机关机了，所以我就直接给你打了。秦濯哥，你能把周聿风的手机号告诉我吗？"

古色古香的包厢里，秦濯偏头看一眼旁边正被人敬酒的男人，更为惊讶。"你找他干什么，有事？"

周庭宴是周聿风的小叔，叔侄的关系不怎么好，简橙喜欢周聿风，跟周庭宴基本没什么交集。怎么突然找上周庭宴了？

"我想跟周聿风取消婚礼。"

秦濯是周庭宴的发小，两人之间没什么秘密，简橙没什么可隐瞒的。

"周聿风不同意，我想找他帮忙。"

"取消婚礼？"

秦濯以为自己听错了，又问了一遍，确定后沉默片刻，最后啧一声："周聿风那浑小子确实不值得托付。"

他问简橙急不急，简橙说急。

秦濯捂住手机，胳膊肘碰碰旁边的男人。"简家那小公主要跟你侄子解除婚约，想见你。"

周庭宴指尖微顿，沉默地放下酒杯，低沉的嗓音带着一丝沙哑。"让她来。"

秦濯给简橙报了个地址后说："我和老周在这里有饭局，大概半小时后结束，你现在赶过来还来得及。"

蒋雅薇是以简文茜好友身份来的生日宴，今晚这事一闹，她就比较尴尬。

梅岚看着她从楼上下来，很想冲过去掐死她。虽然她跟简橙的母女关系比较恶劣，但简橙到底是自己亲生的女儿。自家人矛盾再怎么深都没关系，总之不能被外人欺负了去，不然丢的是简家的脸面。

而且，周聿风什么身份？周家的少爷，这么好的一门亲事，怎么能让别人抢了去！

梅岚本来就气，当看见周聿风紧张兮兮地跑过去牵住蒋雅薇，生怕她被刁难时，怒气更是直冲天灵盖。

难听的话刚到嗓子眼，就被简文茜按住。"妈，我现在比您还生气，亏我把蒋雅薇当朋友，没想到她暗中抢橙橙的男人。刚才换衣服的时候，我已经骂了她了，她说她身份配不上周聿风，她不奢望嫁进周家，周聿风也不会娶她。"

简文茜提到今晚简橙踹她们下水的事。"橙橙今晚踹蒋雅薇下水，已经让周聿风很生气了，刚才又赌气要解除婚约，如果您和爸再斥责刁难，万一，他真的一怒之下非要退婚怎么办？橙橙是救过他小叔，但如果他非要退，周家不可能因为橙橙的救命之恩逼死他吧。被周家退婚，橙橙以后就嫁不出去了。"

听到"退婚"两个字，梅岚逼着自己冷静。最近她被简橙气得胸闷易躁，幸亏身边还有文茜这个聪慧冷静的女儿提点。

梅岚憋着一口郁气，忍不住抱怨："你妹妹今晚真是太不懂事了，取消婚礼这话能随便说吗？"

简文茜温声宽她的心："妈，您放心吧，橙橙就这脾气，她闹过的次数还少吗？就是吓唬周聿风而已，过两天就好了。"

梅岚点点头，心里也很认同这话。确实，这些年小女儿的脾气越发古怪，高中那件事发生后，她跟谁都不亲，整个人大变样，唯一不变的，就是对周聿风的感情。

她不可能取消婚礼，只是赌气而已。

周聿风因为担心简家人刁难蒋雅薇，特意在客厅等了她一会儿，等他带着蒋雅薇出来，门口已经不见简橙的踪影。

司机去开车，蒋雅薇挽着周聿风的胳膊等在门口。

"聿风，简橙她真是恨死我了。"她整个人贴着周聿风，万般委屈，"我都跟她说了，我不会跟她抢周太太的位置，她为什么还不放过我？"

周聿风心里也烦躁，他今晚没打算暴露蒋雅薇的，确实冲动了。但他这人就这样，见不得自己喜欢的人被当众刁难。更何况简橙最近太嚣张，竟敢跟他冷战两个月。他不出来维护蒋雅薇，怎么挫简橙的锐气？怎么给她教训，让她长记性？

心里烦躁，周聿风也没太多耐心安抚蒋雅薇。他抽出胳膊，把她搂在怀里，声音温柔："知道你受委屈了。你的生日快到了，想要什么礼物我都满足你。"

蒋雅薇收起眼泪："什么都可以？"

周聿风点头："可以。"

自从简橙回来后，她确实受了不少委屈。

蒋雅薇欢喜地抱住他的腰："那到时候，你把时间空出来五天陪我，你就是最好的礼物。"

"好。"

周聿风见她一副心里眼里都是自己的满足感，心头泛起点点涟漪，低头吻她。

一吻落，蒋雅薇搂着他的脖子，试探着问："聿风，如果这次简橙不是赌气，她非要跟你取消婚礼怎么办？"

"不会。"周聿风从不考虑这种假设性的问题，"她就是这脾气。"

他倒是希望简橙能硬气一次，但简橙对他的爱很黏糊，甩都甩不掉。她今晚确实不对劲，但应该只是气急了，过两天她自己就好了，简橙的自愈能力很强。

他都习惯了。

蒋雅薇的眸子闪了闪，没再说什么。

秦濯给的地址是一家私人会所。

惠安路的屏玺会所，整个江榆市最有格调的风月处，民国风装修，文化气息浓郁，隔着天桥都能窥见其精美古典，风雅高贵。

简橙来过一次。

她高考后就被送出国，去年才回来。周聿风说好了去接机，最后放她鸽子，说是有应酬，陪重要的客户走不开。

当时简文茜说，她刚从屏玺会所回来，在那儿见到周聿风了。

分开五年，她太想周聿风了，所以刚放下行李箱就去找他。

屏玺会所是会员制的，她没有会员进不去。

也是巧了，简文茜折返，说有东西落在这儿了回来拿，正好把她带进去。

现在想想，不是巧，简文茜是故意的。故意引她来会所，故意让她看见周聿风和蒋雅薇的亲密，故意刺激她，想让她跟周聿风闹掰，不想简橙嫁进周家。

那天简橙跟着简文茜进去，简文茜给她指了周聿风的包厢。她推门进去，满桌的狼藉，能看出一群人吃吃喝喝的痕迹。大概是散场了，她进去时只有周聿风和蒋雅薇。

周聿风喝酒上脸，那满脸的通红，不知道喝了多少，他把蒋雅薇搂在怀里，下巴搭在她肩膀。蒋雅薇小鸟依人地靠在他怀里。

她那时冲动，跑过去把两人分开，还推了蒋雅薇一把。

周聿风酒醒了大半，看见她的第一眼倒是有惊喜，后来看到摔在地上的蒋雅薇，脸色就变了。

那时候，蒋雅薇还不敢挑衅她，怎么说她都是周聿风突然回归的白月光，她得先试探周聿风对这个白月光的态度。

所以那天，她还会小心翼翼地解释："简橙，你别误会，周总他喝多了，很难受，就靠在我身上醒醒酒。"

周聿风当时看了蒋雅薇一眼，附和了她的话："是，我刚才头晕，蒋秘书肩膀借我靠了下。"

简橙不止一次骂自己蠢，其实当时只要冷静一下就能看出不对劲，可惜啊，她对周聿风的信任是满分的，她太相信他了，他说什么话她都相信。

她也相信，周聿风不会背叛她。毕竟，他们当年那么喜欢彼此。

她也相信蒋雅薇，高中时她帮了蒋雅薇不少，她相信蒋雅薇不会狼心狗肺地觊觎她的男人。

结果她被信任蒙了眼，他们暗通款曲时，她还傻乎乎地憧憬着未来，还愚蠢地让周聿风多多照顾蒋雅薇。

真蠢。

"简小姐？"

没有会员进不去会所，简橙给秦濯发了个消息后就在马路边等着，出神的时候突然听到有人喊她。

来人戴着眼镜，斯斯文文。简橙认识他，周庭宴的助理，潘屿。

去年周聿风想退婚，她不想放手，走投无路，就胆大包天地去找了周家的掌权人，周聿风的小叔周庭宴。

她运气好，当年救过周庭宴，得了个天大的人情，她用救命之恩求了周庭宴。

周庭宴发话，周聿风果然不敢再提退婚的事。

强求来的，果然是长久不了的。

潘屿的目光在她红肿的脸颊扫过，镜片后的眸子闪过惊愕，又很快恢复平静。"简小姐，请跟我来。"

夜色弥漫，黑色宾利低调地停在路边。潘屿拉开了后座车门，微微侧身，伸手朝简橙示意，简橙弯腰钻进去，才发现车里还有一个人。

周庭宴。

车内开了顶灯，昏黄的光线映射在男人身上，像镀了层金光。五官带着朦胧感，却依旧可辨立体英俊的轮廓，鼻梁高挺，下颌线优越，连喉结都性感。

一张脸无可挑剔。

掌握着江榆市大半经济脉络的男人，身上的商人气息很重。只安静坐在那里，矜贵高冷的气场就已经让人觉出压迫感。

简橙刚拘谨地坐好，车门就被人从外面关上，狭窄的空间内，她平时的嚣张尽退，恭恭敬敬地开口："小叔。"

其实周庭宴今年才三十二岁，只比她大八岁，按年纪她该喊声哥，但周庭宴是周聿风的小叔，她一直跟着周聿风叫。

周庭宴交叠的双腿上放着一个平板，他在看邮件，听到简橙喊他，指尖一顿，缓缓转过头。"嗯。"

抛开车内令人坐立不安的压迫感，简橙觉得他的声音很好听，低沉清冷，浑厚有磁性，像大提琴的音韵，带着酥酥麻麻的穿透力。可惜他话少，惜字如金。

他"嗯"了一声就没了动静，简橙只能主动找话题："那个，秦濯哥……"

见他眉头轻蹙，简橙意识到不对，反应极快地改了口："秦濯叔呢？"

这不怨她，称呼秦濯一直比较尴尬。

秦濯跟周庭宴是发小，两人年纪相同，辈分一致，她跟着周聿风喊周庭宴小叔，按理也该喊秦濯叔。可秦濯是孟糖的未婚夫，跟着孟糖喊，她就不能喊秦濯叔。

她是给秦濯打电话才见到了周庭宴的，这会儿没见到秦濯，随口问了一句，一时不察喊了哥。

当着周庭宴的面喊秦濯哥，有点不太礼貌了。

简橙及时改口，怕更尴尬，也不再管秦濯去哪儿了，不等周庭宴开口，就直接道出目的："小叔，去年周聿风想取消婚礼，我求了您一次，您帮了我。我知道我这次不该再来麻烦您，但是我没办法了。"

简橙坐姿端正，两手交握在膝盖间，落水后她懒得化妆，小脸泛着苍白，巴掌印越发明显。

周庭宴如墨的眸子落在那两道红印上，眼底看不出半点情绪。

简橙眼睫垂着，没看他，语气带着点哀求："我想跟周聿风解除婚约，他忌惮您，不敢答应。小叔，我也不给您添麻烦，您只要告诉周聿风，您不会再干涉我们就行。"

只要周庭宴不管了，周聿风就会主动退婚的。他那么厌恶她，有这机会他会立刻抛弃她的。

简橙说完，迟迟等不来回应，心里开始打鼓，正要抬头看过去，忽听周庭宴问："脸怎么回事？周聿风打的？"

简橙下意识伸手摸摸脸，这时候才想起自己挨的两个巴掌。

"不是，我爸妈打的。"

周庭宴听着简橙的解释，猜到今晚肯定出了什么事，正要问，手机响了两下，有消息进来。

秦濯发来的。

我就说简橙今晚肯定受了刺激，果然！

你侄子真不是东西，平时装得人模狗样的，还真在外面养人啊。

紧跟着的是一段长视频，周庭宴看了简橙一眼，说："我下去抽根烟，你等一下。"

简橙有求于人，哪儿敢不同意。"好。"

周庭宴下车，一直等在外面的潘屿立刻凑过来，周庭宴伸手跟他要了根烟，在吞云吐雾间看完了视频。

简橙在车里等了大概十五分钟，她猜测周庭宴是在考虑要不要帮她，回来应该就有答案了。所以等周庭宴开车门再进来，她立刻正襟危坐，结果等来一句："也许，你现在需要休息。"

周庭宴看完视频，知道她今晚受了莫大的委屈，担心她是一时冲动做的决定，让她回去冷静冷静。

"你回家好好睡一觉，如果明天醒来，你还是想取消婚礼，再来找我。"

他怕她后悔，所以给她时间想清楚。

简橙知道他的意思，她心里也清楚，以她从前对周聿风死心塌地的黏人做派，没人相信她真的会放弃周聿风。

"小叔，我性子莽撞，确实容易冲动，但我对您有敬畏之心，不是万不得已，我不敢闹到您跟前。"简橙抬头看向周庭宴，语气平静，情绪稳定，没有半分开玩笑的意思，"第一次求您帮我守住婚约，留住周聿风，我是认真的；这次求到您面前，我也是认真的。"

周庭宴觉出她的决心，低沉沙哑的嗓音裹着一丝凝重。他提起婚礼的时间。"还有三个多月就是婚礼，你知不知道现在取消婚礼，你会面临什么？"

婚礼取消，无论什么原因，被嘲笑、被讨论的都会是简橙，吃亏的也是简橙。

这些连锁反应，简橙自然是清楚的。她根本不怕，脸面是什么东西？她早就没有了，要那玩意有用吗？嘲笑就嘲笑，谁爱笑就笑，笑死活该。

"小叔，我决定来找您，就想得非常明白了。这婚我确定不结了，周聿风，我也确定不要了。"

简橙以为周庭宴再三提醒是怕她回头后悔了再过来找他，多一次麻烦，于是举着手发誓："小叔，真的是最后一次了，这次之后，您就当我没救过您，我再不会来麻烦您了，真的。"

当年救周庭宴是意外。她从奶奶墓地回家的路上遇到车祸现场。白色轿车不知道怎么撞的，整个翻了过来，车头撞得惨不忍睹，浓烟滚滚，底部不断蹿出火舌。

那地方偏僻，又是傍晚，周围没什么人，简橙其实挺害怕，但打电话报了警后，还是出于本能跑过去。

驾驶座和副驾驶座上都有人，副驾驶座上的男人求她，让她先救驾驶座上的。可惜驾驶座的情况太惨烈，司机整个身子被卡住，她试了几次都没拽动半分，而且，司机已经没有意识了。

副驾驶座的情况好很多，男人只是被卡住了腿，她砸破玻璃，费力拉开已经撞变形的门，钻进去帮那人挪腿。

火舌越蹿越猛，噼里啪啦的燃烧声像是在给生命倒计时，简橙被浓烟熏得几乎睁不开眼睛。万幸那男人没有昏迷，还能自己使劲。

把他拽出来的时候，简橙自己都佩服自己，后来车子爆燃，大火吞噬整个车身，她魂都吓飞了。

命真大！

当时她手上胳膊上都受了伤，跟着救护车去医院的路上才知道，原来她救的人是周庭宴。

救人是意外，也是她自愿的，她本不应该追着人家讨救命之恩，结果为了周聿风，以救命之恩求了一次，如今又厚着脸皮来求第二次。

没有下次了，她自己都觉得丢人。

车内寂静无声，周庭宴在简橙的期盼中缓缓开口："最后一个问题，如果周聿风娶了别人，你会怎么办？"

简橙愣了下，娶别人？蒋雅薇吗？周聿风那么爱蒋雅薇，一旦他们的婚礼取消了，周聿风就会娶蒋雅薇吧，哪怕让蒋雅薇进周家千难万难。

如果周聿风娶了蒋雅薇……

"我放弃他，他今后再如何都跟我没关系了。"简橙说，"他结婚了更好，这样我们俩就算彻底翻篇了。"

这是实话，她现在倒是希望蒋雅薇能如愿嫁给周聿风。

周聿风的妈嫌贫爱富，把阶级权贵、门当户对看得极重，连她简家千金的身份都看不上，时不时还要讽刺刁难她一下，蒋雅薇出身小门小户，在周聿风母亲眼里更是蝼蚁般的存在。蒋雅薇如果真嫁过去，啧，婆媳大战，周家怕是家无宁日了。

周庭宴浮着雾色的眸子盯着她看了一会儿，道："你想清楚了，别后悔就行。"

这是答应帮忙了。

简橙紧绷的身体松懈几分，很感激他。"谢谢小叔。"

周庭宴的眸光始终望着她，在她表达完感谢要下车时，突然喊她一声："简橙。"

简橙刚要开门，闻声回头看他。

周庭宴说："事不过三，我欠你救命之恩，可以满足你三个愿望，你用了两个，还剩一个。"

简橙愣住："哎？"

还能满足她一个愿望？还有这好事？他不嫌她烦吗？因为救命之恩她都恬不知耻地找他两次了，他竟然还多给一个愿望。

愣怔间，周庭宴已经开门下车，低沉声线传来："你把潘助理的手机号记下，想好要什么，就给潘助理打电话。"

临关门前，周庭宴顿了一下，似漫不经心地补了一句："第三次机会，你要什么都可以，再过分都没关系，只要你提，我都会答应。"

简橙："……好，谢谢小叔。"

等简橙回神的时候，车里已经没有周庭宴的身影。她赶紧转过身子，准备下去，手刚摸上门把手，驾驶座进来一个人。

"简小姐，我的手机号您记一下？"潘屿朝后侧着身子，语气平和。

周庭宴的承诺可不是人人都能得到的，简橙不傻，不要白不要。

"好。"

手机拿出来才发现已经没电关机了，潘屿给了她一张自己的名片。

潘屿要送她回去，简橙忙说不用。

"不麻烦，周总的饭局还没结束，我送完您再回来，来得及。"潘屿扣上安全带，笑笑，"您没开车，周总说这么晚了，您一个人打车不安全。"

简橙想到手机没电，又没带现金，就没再推辞。"帮我谢谢小叔。"

到底谁在说周家这位冷血自私又无情？谣言啊，这不，人还怪好的呢。

周庭宴回到会所，直接去了三楼。

饭局半小时前已经散了，一群人挪了地方，在包厢打牌。

秦濯见周庭宴进来，拿着牌的手朝他挥了挥。

周庭宴走过去，立刻有人给他让位，接过牌，他扫一眼局势，轮到他时，抽一张牌扔出去。

秦濯靠过来。"怎么说的？那小公主是不是坚决取消婚礼？"

简橙到的时候，秦濯本来要跟周庭宴一起下去，被他阻止了，说小姑娘是来求人的，人多她会尴尬，给她留点面子。

秦濯想想也是，就没去，不过简橙突然要跟周聿风解除婚约，他实在是太惊讶了。

简橙和周聿风从小一起长大，周聿风今年二十五岁，简橙今年刚满二十四岁，两人纠缠了二十四年。

二十四年，多长啊。长到周聿风从清风朗月的少年，变成圆滑世故的渣男。长到简橙从众星捧月的简家小公主，变成亲爹不疼亲妈不爱，被竹马嫌弃的小可怜。

唯一没有被岁月割裂的，大概只有简橙对周聿风的爱。

简橙一直是非周聿风不嫁的。

秦濯知道今天是简文茜的生日，倒不是他刻意留意，是刚才饭局上有人提了一嘴，说今晚江榆市的大半青年才俊都在简家。他觉得简橙今晚的情绪问题应该跟简文茜的生日有关，所以就找去过简家的朋友打听了一下。

果真出事了。

那朋友发了视频给他，他一个大男人看完都替简橙感到窒息。

甭管怎么落水的，亲爹、亲妈、亲哥首先关心的竟然是一个养女，未婚夫先救的竟然是别的女人。

多窒息啊。难怪简橙会发疯。

按着简橙以往的脾气，今晚铁定要把简家的屋顶掀翻。结果她从水里上来后，竟然安静了。

孟糖说过，不怕简橙发疯，就怕简橙安静。发疯说明事情还有回转的余地，说明她在给对方哄她的机会。一旦她突然安静，突然冷处理，就表示她真的绝望了。

所以，简橙这次来找周庭宴，肯定是对周聿风彻底死心了。

周庭宴没回答秦濯的问题，理好牌，突然想起什么，抬起眼看他："孟糖呢？"

秦濯用余光偷瞄他的牌。"出差了，问她干吗？"

周庭宴对秦濯的小动作视而不见。"你给她打电话，问她知不知道今晚简家发生的事。"

如果知道，那她肯定会去陪简橙。如果不知道，那就让她知道，让她去陪简橙。

秦濯又瞄一眼他的牌。"不打，最近烦她，太缠人了，好不容易给我点喘息的空间。"

周庭宴直接把牌摊开在他面前。"打电话，让你赢。"

秦濯："……"

他需要让吗？行吧，他需要，他还没赢过这人。

甭管怎么赢的，今晚肯定要赢一次，然后发朋友圈显摆下。

秦濯打电话给孟糖，很快就通了，声音很嘈杂。

"秦濯？"孟糖的声音有些喘，"我刚下飞机，现在有点急事，你的事要是不重要，我先挂？"

她刚才在飞机上，落地之后开机，发现简橙的未接来电，正准备打过去，秦濯的电话就来了。

"下飞机？"秦濯这才想起简橙说她手机关机的事，"你回江榆了？"

孟糖语速很快："嗯，今天是简文茜的生日，我回来陪陪简橙，明天坐最早的航班走。"

秦濯听出孟糖还不知道今晚简家发生的事。"简橙那边出了点状况，你既然回来了，就好好陪陪她，工作我让别人跟，你留在江榆。"

挂了电话，秦濯突然想起一个问题，转头看向周庭宴。"你很关心简橙？"

不然怎么特意问起孟糖。

周庭宴这局打明牌，无视一桌人窥过来的视线，抽出一张牌扔出去。"她救过我。"

秦濯大大方方地瞅一眼他的牌，打出一张压过他。"也是，救命之恩，我要是她，就让你以身相许。"

周庭宴没搭理他，拿手机给周聿风发消息：明早八点，公司见，带上蒋雅薇。

简橙回国后，在老宅住了两个月就搬出来了。

奶奶给她留了几套房，她选了江边的公寓住，环境好，最主要的是离简家的老宅远，一南一北完全两个方向。

江边风大，呼啸而至的北风吹得树叶沙沙作响。

潘屿跟着简橙下车，从副驾驶拿出个药店的袋子递给她。"这是周总嘱咐我给您买的。"

简橙诧异，潘屿中途确实在药店门口停了一次，他说要给周庭宴买点解酒药，没想到也给她买了东西。

她伸手接过来，打开看一眼。是消肿的。

简橙抬手摸摸脸，眸子颤了下。

一个药膏不值钱，但这种孤立无援的时候，还有人想着她伤的情况，就很让人感动。

"帮我谢谢小叔。"

潘屿表示会把话带到，说完没急着走，他还有其他话说。"简小姐，有件事……"

他欲言又止，简橙示意他有话直说。

潘屿这才开口："长盛集团的简副总，对我们周总有不该有的心思，周总拒绝过，她似乎……没放弃。"

长盛集团的简副总？简文茜？简文茜喜欢周庭宴？不会吧！

虽说周庭宴是江榆市单身女性都觊觎的钻石王老五，但简文茜不是喜欢简佑辉吗？变心了？

敛去惊讶，简橙揣测潘屿跟她说这件事的原因。"所以潘助理，你的意思是，让我打消简文茜对小叔的心思对吗？你放心，这事包在我身上。"

周庭宴帮她这么多，她帮他是应该的。

潘屿笑笑："那就麻烦简小姐了。"

"应该的。"

"简小姐，"潘屿扶了下眼镜，似开玩笑道，"其实今晚我以为，你会用救命之恩，要求周总娶你。"

简橙："？"

潘屿："第一，如果你嫁给周总，你就是周聿风的长辈，他见了你，得恭恭敬敬喊你一声小婶，你想怎么收拾他都可以；第二，嫁给周总，就是找了江榆最大的靠山，以后没人敢欺负你；第三，嫁给周总还可以抢走简文茜喜欢的男人，没有比这个报复更爽的了，简董事长和简夫人也不敢再偏心。"

潘屿一条条分析完，意味深长道："所以，我以为你提了解除婚约后会想嫁给周总，毕竟这是你最好的退路。"

简橙："……"

潘屿的话瞬间打通了简橙的任督二脉。对啊，她怎么没想到！

成为周聿风的长辈，用长辈的身份整死他……

抱住江榆最粗的大腿，无人敢欺……

抢简文茜喜欢的男人……

无论哪一条，都爽死了！

不过，这念头熄灭也是在一瞬间。周庭宴怎么可能娶她呢？她是差点成为他侄媳妇的女人，如果娶了她，他颜面何存？

周庭宴这样的男人，脸面很重要的，她要是真开了口，周庭宴得一巴掌拍死她吧。

她可不敢觊觎。

送走潘屿，简橙拎着袋子回家。

江边这个公寓使用面积有一百九十多平方米，一个人住很空旷，推开门，黑漆漆一片，森冷之气扑面而来。

开了灯，并没有添多少人气。

在老宅跟人大战三百回合，又在水里折腾半天，简橙强撑了一路的精神终于溃散。关了门，她挺直的腰背弯下来，踢了高跟鞋，连拖鞋都没力气穿，直接赤脚往书房走。

简橙从抽屉里翻出一个厚重的黑色日记本，然后把自己深陷在沙发里。

日记本里记着周聿风的减分项，她每次给他发一个数字，就会在日记本上记下扣分的原因。原因很详细，记了满满一本。

简橙翻到最后一页，最后一条记录还是冷战之前，负98分，也是两人冷战的主要原因。下笔的痕迹重，纸都戳破了，可见她当时得有多气。

那天两人拍婚纱照，中途周聿风接了个电话，招呼都没打就直接跑了。

她提着裙摆踩着高跟鞋，带着一群人找了很久，脚还崴着了，准备报警的时候，周聿风的电话终于打通了。

"雅薇的车追尾了，我送她来医院，拍婚纱照往后推几天。"

她很气。

摄影师是她在国外的老师，回国探亲的摄影界泰斗。她尤其重视和周聿风的婚纱照，每一处细节都力求完美，特意把人请过来的，老师赶飞机，拍完就得走了，下次来不知道是什么时候。

还剩最后一组没拍，十分钟就可以结束，周聿风连十分钟都不能等。

追尾？怎么就这么巧呢！

她和周聿风确定婚期那天，蒋雅薇下楼梯时一脚踩空摔进医院，周聿风在医院守了三天。她和周聿风选婚房那天，蒋雅薇被混混挡路，周聿风冲过去把人打了，还闹到警局。她和周聿风选戒指那天，蒋雅薇发烧，周聿风让她半路下车，把她丢在雨中，自己去陪蒋雅薇，戒指至今未选。他们拍婚纱照，蒋雅薇又追尾……

反正，只要她和周聿风在一起超过半天，蒋雅薇总会出点什么事。

那次追尾，蒋雅薇连皮外伤都没有，都不算追尾，人家的车好好停在路边，蒋雅薇自己撞上去的。

她跟周聿风说，蒋雅薇是故意的，周聿风就骂她恶毒，说她是蛇蝎心肠。

她打了蒋雅薇一巴掌，周聿风也打了她一巴掌。那一巴掌，其实已经让她心如死灰了。

后来的逞强，只是觉得，还有两次机会，是残留的不甘心在作祟罢了。

简橙把日记本翻回第一页，指尖捏着薄薄的纸张，往下一扯，整个撕下来，再撕成碎片扔进垃圾桶里。

她把整个日记本都撕碎，又把家里关于周聿风的痕迹全都清除。

其实没多少东西。她回国后发现周聿风已经爱上了蒋雅薇，公寓他没进来过，她扔的都是她厚脸皮跟他要的礼物。不贵重，比如他用过的打火机，比如街边地摊上的一个布娃娃，比如他的钥匙扣。

东西扔了就行，麻烦的是墙上的照片，都是她帮他拍的。

她有一部相机专门用来拍他，拍了一墙，单独的相册都有两本。

全扔了，一个不剩。

清理完，简橙又从床头柜的最底层翻出三个包装精美，但有些显旧的盒子，这是她临回国时买的，用自己挣的钱。给梅岚的丝巾，给简宏云的钢笔，给简佑辉的手表。当初没送出去，以后也没送的必要了。

这三个盒子，连带着周聿风的那些东西，全被她丢进了楼下的垃圾桶。

从今天开始，她这一场几乎贯穿了整个青春的爱情，终于结束，亲情也终于彻底覆灭。

处理完这些东西，简橙在沙发上坐下，发了会儿呆，她突然不知道要干什么了，直到觉得口渴，才起身倒了杯水。

喝完水，她在原地站定，想接下来该干什么。

打扫卫生吧。

孟糖有公寓的钥匙，也录了指纹，开门进来的时候，简橙正拿着拖把拖地。听到动静，简橙抬头看过去，反应了一会儿才回神。

"糖糖，你不是出差了吗？"

孟糖看见简橙的第一眼，眼泪哗地就落下来了，她用脚把门踢上，手里的包落地，快步朝人走过去。

"宝贝，快让姐姐抱抱。"

骄傲热烈的简橙明明没哭，却好像一碰就要碎。

她要碎掉了。

来的路上，孟糖收到秦濯发的一个视频，大概知道了今晚简家发生的事。

该死的周聿风！

潘屿把车开进会所的院子，给周庭宴发了个消息，表示自己回来了。

包厢里牌局未散，周庭宴扔了牌先离场。

秦濯连着几局被他喂牌，赢得身心愉悦，正在兴头上，还想再玩几局，就没跟着他走。

车子启动，周庭宴问潘屿："药给她买了吗？"

"买了，"潘屿慢慢转动方向盘，"简小姐跟您说谢谢。"

周庭宴倦意沉沉地靠在后座，最近出差频繁，睡眠不佳，刚才又喝了点酒，更觉疲累。

潘屿说起第二件事："我按着您的话暗示了简小姐，但是她当玩笑听了。"

周庭宴嗯了一声。在意料之中。

潘屿朝后视镜看一眼，斟酌言辞，小心翼翼道："周总，您真的……要娶简小姐？"

原应该是司机去送简橙的，但周总让他去送，又嘱咐了两件事，一是买药，二是跟简橙说那些话。他是震惊的。本来不敢问，但实在耐不住好奇。

周总明显是想娶简橙的，那……苏小姐怎么办？

后面的话潘屿是不敢问的，周庭宴也没回答他刚才的问题。

一片寂静中，周庭宴的手机响了。是周聿风打来的电话。

"小叔，是简橙跟您告状了吗？"

周聿风把蒋雅薇送回家，又陪她吃了个夜宵，才看见周庭宴给他发的消息，第一反应是简橙告状了。

"小叔，简橙说了雅薇的坏话对吗？我已经答应会娶她，她还想我怎么样？"

今晚发生太多事，周聿风说话的语气难免有点冲。

周庭宴的声音平静冷淡："周聿风，别太虚伪，你为什么答应不退婚，心里没点数？简橙只说要跟你解除婚约，一句没提别人。"他语气轻蔑，"你自己心虚，还要把脏水泼在她身上，周聿风，你还算个男人？"

淡淡的嘲讽似无形的飓风，如利器一般割开周聿风的遮羞布。

为什么答应不退婚……

简橙确实利用救命之恩求了小叔，小叔也确实找他了，但如果他坚持要退婚，小叔拦不住他，毕竟是他自己的婚姻。

之所以答应，是因为那天，小叔跟他说了一句话。

"不退婚，百分之二的股份给你；退婚，股份给简橙作为补偿，你自己决定。"

他确实爱上了蒋雅薇，确实想娶她，但哪个男人不爱权？他虽是周家的少爷，在周家的地位不算低，但股份还不如小叔的零头多。

百分之二的股份，虽然远远达不到预期，但拿到了，他就能超过一直暗暗跟他较劲的堂哥。

所以他选了股份，选了简橙。

因为女人才拿到的股份，太难以启齿，有损颜面，他也不想让简橙知道后拿捏威胁他，所以他没跟任何人说。

他觉得自己没做错，但确实有些虚伪了。因为他拿了好处，就没资格再谈公平，毕竟没人逼他。

周聿风不敢回撑，讪讪道："小叔，您放心，我不会解除婚约的，我会娶简橙。今晚是有些误会，我刚才给简橙打电话她关机了，明天我就去找她，我会跟她把误会解释清楚。"

周庭宴没耐心跟他继续聊。"明早八点，别迟到，否则后果自负。"

简橙给周聿风发"50"的时候，就已经开始劝自己。如果最后真的要放弃了，她一定昂首挺胸，高傲地离开，一定不能哭，一定潇洒一点。

就这么劝了自己大半年。

她今晚在老宅表现得很好，没哭，原本就要成功了，现在孟糖的一个拥抱让她功亏一篑。

她对所有恶意百毒不侵，唯独不能触碰善意和关怀。一个温暖的拥抱就能让她丢盔卸甲。

简橙抱着孟糖哭得一塌糊涂，嘶哑的嗓音和剧烈颤抖的身体像受了酷刑，堪比割肉削骨挖心。

"周聿风"这三个字贯穿了她的整个青春，占据她的心，刻进她的骨髓。如今，被她用一把锋利的刀剔除，连心脏都撕裂。

这些年，周聿风给予的温暖困住了她，把她困在过去的回忆中不可自拔。他像一束光，照亮她年少昏沉的路。

可惜现在，这道光穿透她，照向了别人。

孟糖小心翼翼地把简橙抱在怀里，生怕一用力把她碰碎了。最开始还劝两句，后来越来越心疼，越来越难过，就跟着她一起哭，最后比她哭得还凶。

哭声断断续续，持续到凌晨两点才完全停止，孟糖问她喝不喝酒，需不需要大醉一场。

简橙拒绝："不用。"

刚从医院出来，还不能完全放肆，喝伤了受罪的还是她自己。

简单洗漱后，两人躺在一个被窝里，孟糖听完生日宴的整个过程，差点气出心脏病。

"简文茜到底有完没完，她想得到的都已经得到了，怎么还不放过你！"

简文茜联合蒋雅薇闹这么一出，可谓一箭三雕。第一，激化简橙和简家人的矛盾，从小到大，她一直是这么做的，简橙和家人关系恶劣都是她搞的鬼。第二，让所有人看到她比简橙得宠，比简橙金贵，她才是简家的大小姐。第三，逼着简橙跟周聿风闹，让简橙无法嫁到周家去。

"简文茜从小嫉妒你，什么都跟你争。整个江榆没有比周家更好的了，她嫁谁都比不过你，所以就费尽心思地拆散你们，你跟周聿风决裂，她不知道怎么得意呢。"孟糖问简橙，"我以前怎么劝你都不听，这次是真的放弃吗？真的不会再后悔？"

简橙盯着天花板，哭肿的眼睛酸涩难忍。"日记本都记满了，一百分都扣完了，他就是不爱了，我还怎么骗自己？"

这条路是错的，越走越错。

不破不立。再像现在这样不清醒，执着强求，早晚有一天，她会变成连自己都痛恨的样子。所以，结束吧，她放过周聿风，成全他，成全她爱过的那个少年。

也放过自己。

孟糖抱了抱她，沉沉叹了口气。

怎么说呢，周聿风当年护着简橙的样子，连她都动容，他们是相爱过的。但是，两人分开也是必然的。因为从简橙救了周庭宴开始，他们的爱情就埋下了炸弹。

周家很复杂，内斗很严重，周聿风的父亲是最得老爷子喜欢的，如果没有周庭宴，他父亲就是周家掌权人。周聿风的母亲也因为简橙救了周庭宴而憎恶她，还没少在周聿风跟前说简橙的坏话。

少年逐爱，不问前程。周聿风年纪小的时候认定简橙，不会被影响，可是，他身处周家那样的豪门，他母亲又不是善茬，总有一天，他会碰触权力，被权力激出欲望。总有一天，他也会觉得，如果简橙没救周庭宴，他会是集团的接班人。

到那时，他一定会怨简橙。

他俩分开是必然的。只是，周聿风在两人没分手，还有婚约的时候移情别恋，就很恶心了。

孟糖没再提周聿风那个晦气的渣男，她想起另一件事。"你说简文茜喜欢周庭宴？"

简橙："潘助理说的，应该是。"

她现在也搞不清简文茜到底是什么情况，明明跟简佑辉搞地下不伦恋，怎么又惦记上周庭宴了？不过潘屿完全没必要说谎，最大的可能是，简文茜知道自己和简佑辉没结果，所以觊觎周庭宴。简文茜的野心向来很大。

孟糖："你说周庭宴给你三次机会，你用了两次，他还欠你一次，无论什么事都可以答应你，对吗？"

简橙差点跟不上她的脑回路。"是。"

"哈！"孟糖直接从床上坐起来，兴奋地拍她胳膊，"你明天就去找周庭宴，告诉他，救命之恩应该以身相许，你让他娶你！"

简橙："？"

孟糖沉浸在自己的思绪中，脸上的笑容逐渐灿烂。"你听我给你分析啊。"

长达半小时的分析总结下来，中心思想跟潘屿说的完全一致——周庭宴是她最好的退路，她应该趁机嫁给周庭宴，这样她能报复所有人，还能给自己找一个大靠山。

"……"简橙把孟糖拽回来，"睡觉吧，梦里什么都有。"

她倒是想，但是这么胆大包天的要求，她根本不敢开口好吗?!

孟糖在她旁边躺下，不死心地劝："我说真的，明天你去找周聿风，他自己说什么事都可以啊，反正他没老婆，你试试。"

这个话题没意义，简橙闭上眼酝酿睡意，敷衍开口："明天周庭宴应该会找周聿风，等婚礼取消了再说。"

第二天早上七点半，周聿风的车驶入京岫集团的地下停车场。

蒋雅薇坐在副驾驶，忐忑了一路。

从昨晚周庭宴通知周聿风见面后，她整个人一直是被撕裂成两半的状态。既高兴，又害怕。高兴是因为她和简文茜的计划似乎成功了。

简橙给周聿风发数字的事她知道，周聿风喝醉后当玩笑跟她吐槽过，这种事，男人不信，很多女人会信。比如她，比如简文茜。

简橙发到"98"时，简文茜说闹场大的。

生日宴上她故意撞到简橙，让她看到耳环，故意在众目睽睽下"被迫脱衣"。

耳环是简橙奶奶的遗物。老太太最疼爱的就是简橙，简橙小时候跟着老太太住过几年，祖孙俩感情极好。

简文茜了解简橙，用她奶奶的遗物激怒她，再用梅岚的偏心刺激她，她肯定会发疯。

蒋雅薇了解周聿风，知道当众扒开衣服自证清白，周聿风一定会冲出来护着她。

简文茜说，简橙看着坚强，其实跟玻璃一样脆，用她最在意的人轮番攻击她，她不发疯才怪。

事实证明，她的计划确实没问题，效果也出乎意料地好，只是谁都没想到，简橙会疯到把她们都踹下水。

女人的直觉，那应该是简橙最后一次试探周聿风。

万幸，她的家人和未婚夫都没选择她，让她当众出丑。

周庭宴让周聿风今天过来谈和简橙解除婚约的事，蒋雅薇听到后兴奋得要疯了。等了这么多年，她终于等到希望了。

简文茜说，只要简橙彻底跟周聿风决裂，就有办法让周聿风娶她。她是信简文茜的，毕竟当初能让周聿风爱上她，全靠简文茜。

不过，周庭宴为什么让她也过来？蒋雅薇想了一夜，又想了一路，揣测过各种可能，最后笃定，是简橙在周聿风跟前说了她的坏话。

"聿风，我能不能不上去？要不你跟你小叔说，我昨晚落了水，发烧了？"

蒋雅薇是周聿风的秘书，跟着周聿风来总部办事的时候见过周庭宴。那个男人，她远远瞧见都觉得可怕。

周聿风找到车位，熄火，握着她的手安抚："放心吧，简橙不会真的要解除婚约，她只是让小叔教训教训我。让你过来，应该也只是警告两句，不会对你怎么样，我会护着你。"

直到现在周聿风都不相信简橙真舍得放弃他。

早上八点，两人准时踏入周庭宴的办公室。

"小叔。"周聿风拘谨地喊一声。

"周总。"蒋雅薇比周聿风更拘谨，又多一丝胆怯。

周庭宴在看文件，没抬头，像是没看见他们。他不说话，两人也不敢再开口，偌大的办公室内安静了半小时。

跟体罚一样站着，加上紧张，蒋雅薇脚快麻了，后悔今天穿了十厘米的高跟鞋。

周聿风站得也累，见周庭宴终于合上文件，立刻开口："小叔，如果您是要为简橙出气，没必要，我既然答应跟简橙结婚，就不会出尔反尔。"

啪！文件扔在桌上，周庭宴抬头，沉幽的眸朝他望过去，薄唇微启："听不懂人话？"

淡漠的语气听不出情绪，却让周聿风心里一突。"小叔，什么意思？"

周庭宴指尖捻着钢笔，语气冰冷："百分之二的股份，是你答应订婚我给你的，现在，是简橙主动要跟你解除婚约，所以股份我不会收回，还是你的，你不用担心。至于解除婚约的对外理由，"他侧眸看向蒋雅薇，"骂名，你背。"

蒋雅薇本就忐忑，被周庭宴这么一看，更觉浑身如被针扎。然而比目光更可怕的，是那裹挟着嘲讽轻蔑的冰冷话语。

骂名，你背……

什么意思？周聿风和简橙解除婚约，让她背骂名？怎么背？为什么她背？凭什么让她背？

蒋雅薇还在琢磨会不会是自己理解错误时，忽又听周庭宴道："生日宴上闹那么大，你很爱出风头？"

蒋雅薇浑身一僵，下意识反驳："周总，您是不是听简橙说了什么，我……"

"下月初秦濯过生日，你过去。"周庭宴打断她的话，用钢笔指着她，"给你半小时，在生日宴上给简橙道歉。另外，你需要当众承认，是你插足了她和周聿风的感情，所以她解除婚约，成全你们。"

蒋雅薇整个人愣住。当众给简橙道歉，承认自己是小三？

秦家，江榆市仅次于周家的大家族，秦濯每年的生日宴都办得很轰动，让她在秦濯的生日宴上毁掉自己，除非她疯了！

"聿风……"蒋雅薇不敢撑周庭宴，只能求助周聿风。

周聿风的脸色也很难看。"小叔，您这样会毁了雅薇的！"

"谁毁谁？"周庭宴的目光沉静又冷然，"在婚约还没解除，简橙还是你的未婚妻的时候，你在众目睽睽下护着另外一个女人，置简橙于不顾，你让简橙如何自处？你知道会有多少人嘲笑她？周聿风，你让简橙难堪，也把周家的脸面丢尽了，周家没有你这样忘恩负义的蠢货。"

他最后的话极重，周聿风讪讪地抿唇，有心虚，更多的是烦躁。

直到此时此刻，他才确信简橙是真的要解除婚约了。

莫名的躁意升起，像傀儡一样被人牵着鼻子走的无力感令他烦透了。

"小叔，您欠简橙，您要还她的救命之恩可以，跟我没关系，我不欠您的，解除婚约是吧，好啊，解除吧！"

总有一天，简橙会后悔，会来求他，到时候，他不会再轻易妥协。

周聿风牵住蒋雅薇的手，示威似的把人护在身后。"股份我也不要了，您也别想毁了雅薇，让她当众道歉不可能！是简橙要解除婚约的，她被骂，被议论，都是她自己作的！"心里憋着一股气，最后一句，周聿风几乎是吼出来的，"道歉可以啊！除非您成全我和雅薇，让我娶她！"

叩——潘屿敲门进来，提醒周庭宴还有五分钟开会。

周庭宴扔了钢笔，起身，慢条斯理地整了整衣袖，问周聿风："想娶蒋雅薇？"

周聿风挺直腰板，咬牙："是！"

蒋雅薇心脏震动，满是欢喜。

周庭宴问周聿风："想清楚了，不后悔？"

"不后悔！"

周庭宴默了片刻，冷峻的面容透着几分暗涌。"想娶她是吗？好，两个条件。第一，股份我不会收回，但到底错在你，所以你得给简橙补偿，婚房折现，钱给她，惠安路你名下的那两个商铺也给她。第二，必须让你的女人当众给简橙道歉，把你们对简橙的伤害降到最低，把外界的攻击引到你们身上。只要你们做到这两条，家里我来应付，我让你们如愿。"

闻言，蒋雅薇猛地抬起头，眸子里全是不可思议。

周聿风以为自己听错了。"小叔，您……您说真的？"

他只是话赶话，没想到小叔真的会答应。

周庭宴冷漠地看他一眼。"是要脸还是要婚姻，你们自己考虑，只有这一次机会，过时不候。"

周庭宴先一步去会议室，让潘屿把两人带去会客室，会议结束后，他们要给出答案。

潘屿把两人带进去，转身要走时被周聿风拉住。"潘助理，小叔什么意思？"

怎么突然要成全他和蒋雅薇？

潘屿其实也不明白自家老板到底怎么想的，此刻被拉着胳膊问，只能尽量维护老板的面子。"简小姐一会儿要订婚，一会儿要解除婚约……就算是救命之恩，总要有个度吧。周总大概是想一劳永逸吧。"

关门的声音响起，周聿风突然悟了。小叔应该是烦了。

都知道简橙对他的执念很深，一直非他不嫁，这次闹着要解除婚约，肯定是赌气。

谁知道等她气消了会不会又闹着结婚。小叔那样的人，就算欠了简橙的救命之恩，也不可能一再纵容她，让她反反复复地胡闹。所以他提出跟蒋雅薇结婚，小叔就顺势成全他。

因为破解死局的办法，就是趁着简橙还没缓过来，他另娶。

是要脸还是要婚姻？这个问题，蒋雅薇几乎用不着思考。她要脸，但是在梦想和周聿风面前，脸面不值一提。嫁给周聿风是她从高中就有的梦想，如果脸面比周聿风重要，她就不会趁着简橙离开乘虚而入。

只要能嫁给周聿风，她可以做任何事。

蒋雅薇把椅子往周聿风旁边挪了挪，整个人靠在他肩膀上。"聿风，我可以给简橙道歉，我也可以替简橙背负骂名。"

她也听懂了潘屿的话，这是她唯一的机会。她得抓住。

就像当年，简橙离开后，简文茜问她："想不想取代简橙在周聿风心里的位置？"

她赌了，赌赢了。

这次，她也想赌一次。

简文茜说她有办法，但简文茜哪儿比得上周庭宴的一句话？

蒋雅薇迟迟等不到回应，伸手抱住周聿风的腰，温软的语气带着撒娇和恳求："聿风，今天之前，我不曾奢望什么，我爱你，所以哪怕是做个永远不能见光的情人我也愿意。可是今天，我窥见了一点光，我想抓住。"

周聿风知道，蒋雅薇跟着他受了很多委屈。他为了这段感情努力过，当初简橙回来，蒋雅薇一个人躲起来哭了很久，收拾行李要走，说不想让他为难。他那时提出要退婚，就是想为了蒋雅薇反抗一次。结果小叔用股份诱惑他妥协。

他心里明白，蒋雅薇从来都能认清自己的位置，因为爱他，也因为不敢奢望。这次动心，大抵是因为小叔答应会帮忙。

他低头，在蒋雅薇额头亲了下。"好，到时候，我跟你一起道歉，不会让你一个人面对。"

他愿意给自己和蒋雅薇一个机会。至少现在，他是想娶蒋雅薇的。

至于简橙，就算她以后后悔，也是她自作自受。

会议持续到十一点，周庭宴得到两人的答案并不意外，他只跟周聿风说了一句话："记住了，这是你自己的选择。"

等两人出去，潘屿抱着一摞要签字的文件进来，秉着什么事都要汇报的原则，把之前在会客室周聿风问他的问题和自己的回答也说了。

周庭宴听完，正要拿钢笔的动作一顿，抬头，清冽的眸子有一瞬的疑惑。"一劳永逸？"

潘屿见他这反应，突然意识到自己好像理解错了。所以，周总不是因为烦了简橙的反反复复？那为什么突然要成全周聿风和蒋雅薇呢？

潘屿耐不住好奇，小声问出声。

周庭宴随手拿起一份文件，翻看过后，拧开钢笔，慢悠悠签下自己的名字。

"周聿风想成为笑柄，蒋雅薇想跳进火坑，为什么不成全他们？"

最重要的是，简橙若是再跟周聿风纠缠下去，早晚得被毁了。好不容易她想停止这段荒唐绝望的感情，他当然得快刀斩乱麻，把她后悔的路斩断。

没有回头路，她才能一直往前走。

漫不经心的语气，潘屿却听出了他话里的意思。

周家这样的身份，蒋雅薇这种老婆确实拿不出手，带出去，周聿风肯定是要被圈里人笑话的。他们这种公子哥，外面玩得再疯，婚姻基本都是联姻，老婆个个名媛，简橙就是脾气暴躁了些，但各方面都是碾压蒋雅薇的。

更何况周家可不是一般人能忍受的。别说周家其他人，就单单说周聿风的母亲，那可是出了名地尖酸刻薄，嫌贫爱富，蒋雅薇嫁过去，怕是没有一天好日子过。

潘屿琢磨出自家老板是在给简橙出气，一时又摸不准他是出于救命之恩，还是别的，也没敢多问，只感慨，简橙那姑娘终于可以解脱了，太不容易，他身为旁观者都替那姑娘觉得憋屈。

下午四点，刚松了口气的潘屿就接到简橙的电话。"潘助理，小叔现在有空吗？我有点事找他。"

潘屿心里一突，脑子里第一个念头是：这姑娘睡一觉就后悔了？别是又不想解除婚约了吧？

潘屿把简橙的话转达给周庭宴，担心自家老板白忙活一场，还得遭受埋怨。

周庭宴听了，倒是一副不以为意的平静面孔。"让她来。"

潘屿尽职尽责地打电话通知。

简橙半个小时后到，潘屿把她请进办公室，冲了杯咖啡给她，出来顺手关上门。

黑色的大班台前，周庭宴慢条斯理地解开袖口，见简橙拘谨地站着，指着右手边的沙发朝她示意。"坐。"

简橙挪过去，坐下去比刚才还拘谨，腰板挺直，两只手在膝盖前交握，白皙指尖没规律地来回摩挲，肉眼可见地紧张。

周庭宴把她的紧张看在眼里，起身，踱步到她对面的沙发坐下，把咖啡杯端起来递给她。"第三次机会，这么快就想好要什么了？"

简橙双手接过杯子，觉得待会儿可能会尴尬地找地缝钻进去，为防止杯子掉地上，她接过咖啡杯后直接放在了茶几上。

"是。"

周庭宴轻抬下巴，示意她说。

简橙精致漂亮的眉眼透着几分尴尬，暗呼了几口气后，一鼓作气问出声："小叔，您缺老婆不？"

第二章
我会娶她

简橙今天没打算来找周庭宴。

她和孟糖一觉睡到下午一点，从起床到吃饭，孟糖一遍遍重复着嫁给周庭宴的好处，不遗余力地给她洗脑。

"宝啊，你听姐姐的，你现在最重要的就是拿下周庭宴。等你和周聿风的婚礼取消，甭管以什么理由，你肯定会被推上风口浪尖，到时候看你笑话的人，一人一口唾沫都能把你淹了。周庭宴就是闷了点，人品绝对是没问题的。秦濯之前就说过，周庭宴是他所有朋友里最值得托付终身的。要不是你这些年一头扎在周聿风那渣男身上，我早给你牵线了。你嫁给周庭宴，能气死简文茜，你爸妈你大哥都不敢再冷落你，周聿风天天喊你小婶，蒋雅薇也得对你点头哈腰，外面那些看你笑话的也不敢明着嘲笑你……"

简橙听着生了贼心，却没贼胆。

从公寓出来，她开车去简家老宅。

周庭宴那边还没消息，她最近灵感又枯竭，在家待不住，所以准备去老宅闹一场。找简文茜算账，找梅岚和简宏云讹钱，两个巴掌不能白挨，昨晚她受的委屈，总得全部讨回来。

本来心情挺好，结果半路接到周聿风的电话。

简橙今天醒了才给手机充电开机，看见周聿风的几通来电，没回。正巧当时等红灯，就顺手接了电话。

周聿风似乎心情很好，只是话里话外全是讽刺。"简橙，这次真要谢谢你了，因为你的无理取闹，胡搅蛮缠，小叔答应成全我和雅薇。"他向来知道怎么在简橙的心上捅刀子，"婚礼不会取消，不过新娘换成雅薇。简橙，恭喜我吧，终于可以娶心上人，终于可以摆脱你了。"

简橙没说话，绿灯亮后她把电话挂了。她情绪波动得厉害，安全起见，赶紧把车开到路边停下。

没哭，就是难过得很明显，难过之后又长舒了一口气。

周聿风真要娶蒋雅薇了。行啊，娶就娶吧，她倒要看看，在周家那样的环境，周聿风和蒋雅薇的爱情能维持到几时。

在车里坐了很久，简橙脑子里乱糟糟的，想得最多的就是孟糖的话——周庭宴是她最好的退路。

在冲动的驱使下，她没回老宅，而是给潘屿打了电话，得到回复后，掉头，一脚油门开到京岫集团。

简橙决定赌一把。

来的路上她都想好了，万一周庭宴重承诺，真答应了，她就赌赢了，以后周庭宴就是她的靠山，她在哪儿都能横着走。如果周庭宴拒绝，也没事，她就说开玩笑的，然后说另一个请求。

反正，无论周庭宴答不答应，她都不会让自己丢人。

话已经问出口，最开始的紧张过后，简橙慢慢放松下来，端起咖啡杯喝一口，然后就一眨不眨地看向周庭宴。

简橙的这句话在周庭宴心里落下一道不轻不重的痕迹。短暂的愣怔后，又担心自己理解错误惹尴尬，他决定先问清楚："什么意思？你要帮我介绍？"

简橙已经过了紧张劲，此刻能冷静地说话："不是介绍，我的意思是，要是缺老婆，您看……我行吗？"

话音落下，办公室内针落可闻，寂静持续了很长时间。周庭宴修长冷白的手指无规律地点在膝盖上，手腕上的名表泛着一层惑人的光泽，深邃冷冽的眸子始终看着她，透着一股说不清的矜贵感。

他沉默的时间太久，久到简橙在心里叹气。

这应该是拒绝吧。

意料之中，不难过，就是有点遗憾，遗憾这么粗的大腿她抱不上了。

"小叔，我就是开个玩笑，您……"

"周聿风想娶蒋雅薇，我答应了。"周庭宴突然打断简橙的话，见简橙一脸平静，如墨的眸子闪过了然，"所以，你知道了？"

简橙点头："周聿风给我打电话了，刺激我呢。"

周庭宴问得直白："你想嫁我，是因为被他刺激，他结婚了，你也要立刻嫁人报复他吗？"

"报复？"简橙嗤笑，自嘲道，"他心里有我才算报复，他现在烦我，我嫁人，他一点也不会在意。不能算报复，顶多我成了他的长辈，会让他硌硬罢了。"

周庭宴沉默片刻，缓缓启唇："所以，为什么想嫁我？"

简橙想恭维几句，说因为他帅他有钱有魅力，又觉得太假，毕竟她跟人侄子纠缠这么多年。

思来想去，她很坦诚地交代："我现在倒霉的事一大堆，您说无论提什么要求都可以，我就想着，反正您没有老婆，我不如拼一把。如果我嫁给您，那您就是我的靠山，谁也不敢再欺负我。"说完又补一句，"我知道这个要求很过分，您若是不愿意，可以直接拒绝，没关系，我换一个。"

周庭宴："如果换，你想换什么？"

简橙心说果然，这个要求太过分了，于是缓了口气道："您能让周聿风把婚房卖了吗？婚房是我选的，装修也是我设计的，费了很大工夫，如果蒋雅薇住进去，我难受，他们要结婚，婚房重新买。"

周庭宴语气挺遗憾："婚房我已经让他卖了。"

"那我再换一个……"

"就第一个吧，我说过无论什么要求都可以，就会遵守承诺。我没有老婆，也没有女朋友，你想要周太太的位置，可以，我给你。"

"啊？"这么顺畅地得偿所愿，简橙有一瞬间的蒙。

说实话，她虽然胆大包天地开了口，但心里笃定成功率连百分之一都不到，就是纯靠着勇气赌一把。

"小叔，"简橙犹豫着提醒，"您真的想好了？您别开玩笑啊，我这人玻璃心，您要是出了门就不认账了，我得哭死。"

周庭宴看着她，嗓音磁性浑厚："我对你说过的话都算数。"

这话带着温度，简橙被烫了一下，心道成熟的男人果然有魅力，随随便便一句话都像是情话。

"不过，有个问题。"周庭宴略略一顿，"你知道我和周聿风的关系，一家人，逢年过节是要在一张桌子上吃饭的。如果你嫁给我，你就是他小婶了，见了面你不觉得尴尬吗？"

他看向简橙："如果你有办法解决这个尴尬，我就娶。"

毕竟婚姻不是儿戏。她的心还在周聿风身上没收回，他怕她后悔，所以给她足够的时间让她想清楚。

简橙和周聿风解除婚约的事，是在一周后传出来的。

周家开了记者发布会，没多做解释，只说婚约解除，婚礼取消。

当初简家和周家联姻，闹出的动静很大，圈里人都知道两人纠缠至今的前因后果。

简橙的风评不好，出了名地嚣张跋扈，很多人都在揣测周聿风能容忍她多久。没想到，在距离婚礼只有三个多月的时候突然解除婚约。

真够狠的。

有人在猜测原因，但大多数人都是一边看简橙的笑话，一边私设赌局，赌简橙多久之后会闹，毕竟，谁都不相信她会主动放弃周聿风。

发布会召开的时候，周庭宴在外省出差，他是当晚回到酒店才听潘屿说起这事的，那时候已经来不及阻止。

因此他第一时间给周聿风打去电话："记者发布会是什么意思？把我的话当耳旁风？周聿风，你胆子不小！"

秦濯的生日马上到了，周庭宴的意思是等蒋雅薇当众跟简橙道歉，把骂声引过去之后再让简橙那边发声解除婚约。

周聿风当时答应得好好的。

"小叔，真不是我，是我妈。"周聿风实在无辜，他现在还没猖狂到敢正面跟小叔作对，发布会不是他开的，是母亲瞒着他召开的。

前两天母亲又啰唆，说简橙的坏话，他当时心情不佳，烦躁之余就多说了一句。"小叔已经同意我和简橙解除婚约了。"

母亲高兴坏了，立刻就要开记者发布会，他当时拦了，但没敢提蒋雅薇，正好小叔出差了，他就说等小叔出差回来再谈发布会的事。母亲明明答应了，没想到竟然趁小叔出差，趁他和蒋雅薇不在，自作主张召开了发布会！

他打电话质问。

母亲说："这种事，既然你小叔好不容易松了口，就得马上落实。不然等简橙后悔，又得缠着你，你小叔因为欠她的救命之恩，就得帮她，还有完没完了！妈是为了你好，现在解除婚约的事闹得满城风雨，我看简橙还有没有脸再来纠缠。就算她不死心，发布会都开了，你小叔也不可能为了她把周家的尊严踩地上！"

周庭宴知道周聿风没说谎，因为他现在想娶蒋雅薇，不可能在婚前得罪自己。

周庭宴跟潘屿要了简橙的手机号，给简橙打了个电话。

"还好吗？"

简橙知道他想问什么，发布会的事她看到了。

"没事，我知道会有这一天，早就做好心理准备了，旁人怎么说我也不在意，我脸皮厚。"

她洗完澡躺在床上，脸上贴着面膜。"谁爱笑谁笑，最好嘲笑声再大一点，等我嫁给你，我就拿着结婚证去打他们的脸。"

周庭宴："……"

行，状态挺好，应该没事。

简橙确实没被发布会影响，因为她现在满脑子都是一件事。如果嫁给周庭宴，逢年过节就少不了跟周聿风在同一张桌子上吃饭。这确实是个必须解决的问题。

用长辈的身份压制周聿风是爽，但她这么多年非周聿风不嫁的恋爱脑委实丢人。周家有些人就不是省油的灯，万一饭桌上有人故意提到她和周聿风的过去，恶心的是周庭宴，尴尬的也是周庭宴。

真把周庭宴惹怒，时间久了，她的日子也不会太好过，毕竟是她让周庭宴丢脸的，男人丢脸可是大事。

怎么破局呢？得好好想想！

记者发布会的当天，简橙的手机被梅岚和简宏云连番轰炸，让她立刻回老宅。

简橙没搭理，直到第二天中午，简佑辉的电话打过来。

"简橙，你能不能别这么任性！妈被你气得半夜去医院挂水，你赶紧回来！"

挂了电话，简橙拿着车钥匙出门。

倒不是给简佑辉面子——她在老宅受的气还没还回去呢，天天想着破局，差点忘了。

周家开记者发布会，最气的就是简宏云和梅岚。他们没想到周家会做得这么绝，就算真要解除婚约，至少得跟他们商量一下吧！通知都没有，直接开发布会，太欺负人了！

长盛最近连丢了几个项目，简宏云今年投资的几个项目又赔了，他现在迫切地需要周家拉一把。

结果呢，联姻黄了。

梅岚对公司的事不清楚，她气的是周家单方面退婚。

婚礼在即，女儿却被人家退了回来，外面不知道得传成什么样，少不了嘲笑议论，她的脸面也跟着没了，以后出去喝茶，指定成笑柄。

简橙慢悠悠地进门。

梅岚昨晚气得胃疼，从医院回来后整个人还是虚，但不影响她骂人。"肯定是那天晚上你做的蠢事把聿风惹恼了。都订婚了，你说你在意一个外面的女人干什么？你姐姐都说了，那个蒋雅薇是小县城来的，根本入不了周家的门，你就不能忍忍？"

简橙脱了外套，里面是显腰身的酒红色长裙，脚下踩着五厘米的高跟鞋，来前还特意去烫了个鬓发。

气场足足的。

听到梅岚这话，简橙只甩了个眼尾给她。"还好意思说我，想当年，你老公在外面养了个女大学生，那女大学生家境贫寒，也是小门小户，入不了简家的大门，你也没忍啊。你跑去学校把人家羞辱一顿，又往人家脸上砸钱，还找人网暴她，人家最后抑郁退学。我只是把蒋雅薇踹水里，跟你比起来，我善良多了。都是被人挖墙脚，你忍不了，凭什么劝我当活菩萨？"

那女大学生是简宏云资助的，慢慢演变成养在暗处的小情人，是简宏云的小宝贝。当年因为梅岚跑去学校闹，简宏云还打了她。

这是梅岚最不愿提及的往事，都过去多少年了，突然又被简橙提起来，加上她身体本来就虚，一口气没上来，直接气晕了。

简佑辉和简文茜赶紧扶住她："妈！"

一阵兵荒马乱，简佑辉把梅岚抱回了房间，简文茜给简家的家庭医生打电话。

简宏云对那女大学生上心过，但新鲜劲早过了，如今他心里只想着跟周家的合作不能出问题，跟周家的联姻也不能断。

等客厅里只剩他跟简橙，他直接下命令："你跟我去周家道歉！"

简橙翘翘嘴角："所以我必须嫁到周家是吗？"

"是！"简宏云绷着一张脸，"你以前怎么闹我不管，这次你必须去道歉，必须嫁到周家，不然我打断你的腿！"

简橙朝他伸手："行啊，你和梅女士一人给我一千万，我保证一定嫁到周家去。"

周庭宴也姓周。

简宏云傻眼："一千万？"

简橙："是啊，我去道歉得买礼物赔罪啊。周家什么家庭，两千万的礼物都不一定能拿出手，我还得自己搭钱进去，我多孝顺啊。"

买个锤子。那晚她挨了两个巴掌，这是两个巴掌的钱。她现在靠山还没抱稳，一人一千万算便宜他们了，等真和周庭宴结婚了，她高低得再讹两套房。

简橙说会去道歉，简宏云没怀疑。在他看来，简橙是不可能放弃周聿风的，上次说不嫁，应该是被那个蒋雅薇刺激了。所以见简橙这次态度很好，他也大方。

简橙收了支票，又想起一事："其他人的礼物好买，周爷爷的不好买，简佑辉收藏室里那么多古董，我去挑一个？"

这要求也不过分，挺合理，简宏云应下："行，你直接跟你哥说，他不同意让他找我。"

简宏云还得去公司，嘱咐完就走了。

客厅的茶几上放着洗好的水果，简橙坐下，悠闲地跷着腿吃葡萄，刚吃了两个，简文茜从楼上下来了。

"真是抱歉，早知道蒋雅薇能让你发疯，我生日那天就不请她来了。"简文茜在她旁边的沙发上坐下，明明是道歉的话，却听不出几分歉意。

简橙吐了葡萄皮，拍拍手，站起身，两步走到简文茜跟前，撸起袖子，居高临下地看着她，等简文茜意识到她想干什么时，已经迟了。

简橙的巴掌已经落了下来。

啪！

"你一个养女，敢在我头上作威作福，他们眼瞎偏心你，好，父亲母亲还有哥哥，你拿去，我不要了，只要你消停，咱们也能平平静静地过日子。"

一个巴掌不够，简橙弯下身，屈膝顶在她腰间不让她动，左手拽着她的头发，右手不停歇地甩在她脸上。

"养女比亲生的金贵，我的名声也被你搞坏了，既然你想要的都得到了，怎么还敢算计我？我给你脸了是不是？"

简文茜疼得直喘气，伸手去扯她的手。"简橙，你疯了！"

简橙掌心打疼了，又去掐她的脖子。"疯？你不就是想故意把我逼疯吗？如你所愿了你还不高兴，你怎么那么难伺候？"她收紧力道，"你不想让我嫁到周家去，是因为不想我比你嫁得好。可怎么办呢？我随便嫁都会比你嫁得好，毕竟你和简佑辉的那些破事只要一见光，你就嫁不出去了。"

简文茜本在挣扎，闻言猛地一怔，惶恐地瞪向简橙。"你……你怎么……怎么……"

呼吸被扼制，话说也磕磕巴巴的。

简橙嗤笑："我怎么知道你和简佑辉的破事？呵，我还知道你一边吊着简佑辉，一边觊觎周庭宴。"

那晚听了潘屿的话，简橙睡一觉才慢慢琢磨出味来。

简文茜对简佑辉也许只是占有欲，他只是她排挤自己的工具人，简文茜一直想嫁的应该是周庭宴。

事实上，简佑辉和简文茜那档子破事，简橙没见过，她是听前嫂子说的。

高考后她就被送出国，简佑辉在她离开的第二年结婚。她没回来参加婚礼，等再回来的时候，他们的婚姻已经结束。

她前嫂子是简佑辉的初恋，简橙初中的时候两人就偷偷摸摸在一起。她跟所有人一样，以为他们离婚是孩子的问题，直到某天，她在酒吧遇到喝醉的前嫂子。

"大家都在传，是因为我生不了孩子，所以才被他嫌弃，走到离婚这一步。真是冤枉，不是我不能生，我其实怀过一个孩子的。为什么没了呢？因为我目睹了你哥出轨。知道他的出轨对象是谁吗？简文茜！他名义上的妹妹！他们竟然在接吻，你知道我看见的时候多恶心吗？我恨不能把自己戳瞎了。简佑辉他怎么可以这样，我被气到流产，他也只会说对不起。我要撕破简文茜虚伪的面具，他竟然跪下求我，他那么高傲的人，竟然为了那个女人跪下。

"我想过报复，后来又觉得，何必呢，毕竟是我爱过的男人，我何必毁了他呢。他也真心爱过我，况且，我也不想承认我竟然输给了简文茜，不想让人知道，我的婚姻竟以那样狼狈的姿态收场。

"我今天喝多了，见到你就控制不住想倾诉。简橙，我知道你跟简文茜的矛盾，也知道你怨你哥，但你能不能当今天什么都没听见？我现在有男朋友了，他很爱我，我们已经谈婚论嫁了。等我怀了孕，针对我的造谣就会不攻自破，我不想跟过去牵绊太多。所以，你就当不知道吧，他们会有报应的。"

最初听到这事的时候，简橙惊得要炸裂。

简佑辉确实比较偏袒简文茜这个半路来的妹妹，但她从未怀疑过两人之间有超过兄妹的感情。反正出国前她没发现，回来没多久又搬出去了，更没机会往这上面想。

前嫂子让她当不知道，她尊重。所以再想撕了简文茜她也没提这事，是承诺，也是因为她没有证据，更是因为简佑辉。

奶奶在世时总想着调解她和简佑辉的矛盾，奶奶对简佑辉的期望很大。

她不会跟简佑辉和解，但也不会毁了他。

楼下的动静到底是惊动了简佑辉。他听到简文茜的惨叫声匆匆忙忙下来时，简橙正慢条斯理地整理衣服。

再看简文茜，头发凌乱，左脸肿得骇人，脖子上也有一条清晰的掐痕，狼狈极了。应该是被掐得重了，她呼吸还没缓过来，正弯腰咳嗽着。

简佑辉冲过去，挥手就要打简橙，简橙仰着脖子让他打。

关键时刻，简文茜拉住了简佑辉的手。"我……我没事。"

她不想阻止，但不能不阻止，简橙松手的时候威胁过她。

"从现在开始，你再惹我一下，我就把你和简佑辉的事曝光！"

简文茜现在脑子很乱，只知道最好别惹简橙。

简佑辉不知道发生了什么事，但既然简文茜阻止，他也只能暂时压住火气。

他伸手揽着简文茜肩膀，准备扶她上楼，简橙喊住他。

"她腿又没断，自己能上楼。"她指挥简佑辉，"老简说，你收藏室的东西随便我挑。"

简佑辉当时不在楼下，完全不信，简橙好心地帮他打给简宏云。

"是，佑辉啊，你带你妹妹进去，她挑来送给周家老爷子的，现在她能嫁到周家比较重要，你要以大局为重。"

周家老爷子喜文墨，简佑辉选了个清乾年间的砚台。简橙接了，又顺带搬走了他费尽周折，花大价钱才拿到的和田玉茶具。

简佑辉肉疼，简橙临走又踹他两脚。"谁让你那天不救我，我才是你亲妹妹，拿你两件东西解气，不服就憋着。简佑辉，我知道你和简文茜的事，你最好别自寻死路。要么你俩出国，滚出去双宿双飞永远别回来，要么你赶紧跟她断了。跟养妹瞎搞，啧，你真恶心。如果因为你们这两颗老鼠屎，连累奶奶死后还被人戳脊梁骨，我会弄死简文茜，再把你活埋，你好自为之。"

十二月的第一天就是秦濯的生日。

还剩一周时，蒋雅薇陷入了焦虑。

保住脸面和嫁给周聿风，孰重孰轻她分得确实很清楚，丢脸只是一时的，能嫁给周聿风却是一辈子的。这是她唯一的机会。

可理想与现实相差太大，眼瞅着日期逼近，她开始焦虑恐慌。毕竟当众承认自己是小三，承认自己插足别人的感情，就像被扒光了衣服凌迟。

她开始做噩梦，梦见她站在台上，台下是黑压压的人群，投向她的目光是厌恶，嫌弃，嘲讽，鄙夷。镜头一转，她被钉在道德的耻辱柱上，所有人朝她扔臭鸡蛋，泼硫酸，她声名狼藉，狼狈丑陋。

人群后的周聿风也被人嘲笑，最后，周聿风也流露出嫌弃，弃她而去。

日复一日的梦境太真实，蒋雅薇几乎精神崩溃，她给简文茜打电话求救。"你有没有办法？我不想当众把自己的脸面踩在脚下，我快疯了。"

简文茜最近也焦虑，简橙知道了她和简佑辉的事，她自己也烦躁，不过还是给蒋雅薇出了主意。"办法有一个，就是你得遭点罪。"

秦濯今年的生日宴在屏玺会所办。

二楼整个开放，鲜花空运，迎宾毯铺一路，香槟塔一层又一层，红酒也是顶好的。现场充斥铺天盖地的贵气。

来的人也个个光鲜亮丽。到场的除了秦濯圈内好友，其他都是孟糖看着名单挑的。背后金主是江榆富豪的小明星，当地有百万粉丝的网红，交际圈多的名媛……总之，这群人都有一个共同点：爱八卦，嘴快，人际交往广泛。

到了会所，孟糖拉着简橙炫耀，她才知道今天到场的都是什么人。

孟糖："怎么样，惊不惊喜？这都是姐姐千挑万选的。今晚蒋雅薇说的每一句话，都会被他们散播出去，最多明天中午，蒋雅薇狼心狗肺挖你墙脚，周聿风喜新厌旧劈腿秘书的事，就会被传得满城风雨。"

简橙："惊喜。"

周庭宴告诉她蒋雅薇要当众给她道歉的时候，她准备把自己的助理叫来全程录像，孟糖把这活揽过去了。

"你甭管了，我来安排！"

于是她就没管，实在没想到这姑娘能喊来这么多人，黑压压的一片，角落还有专门架起的摄像机，跟拍电影似的。

"糖糖……"

"简橙？"简橙正准备跟孟糖说点什么，就听身后有人叫她。

她转身，秦濯和周庭宴端着香槟走过来，停在她和孟糖两步远的位置。

秦濯的视线在简橙身上扫一圈。"换风格了？"

简橙以往走性感路线，穿着偏女人味，总能完美地凸显自身优点，属魅惑型大美女。今天难得一身淑女范打扮，最简单的浅色收腰连衣裙，蕾丝提花下摆，蝴蝶结搭在左肩。海藻般的长发自然垂落，妆容很浅，却恰到好处地透出我见犹怜的脆弱感，与以往傲气骄纵的她判若两人。

秦濯毫不吝啬地夸赞："很漂亮。"

孟糖今晚跟简橙是姐妹装。见秦濯的目光在她身上定了一下就挪开，也没给个夸赞，神色黯了黯。

孟糖挽着简橙的胳膊，特意把简橙往周庭宴跟前推了推。"周总，漂亮吗？"

简橙瞪她一眼，无语。

周庭宴平时多是西装笔挺，今晚没那么严肃，黑色衬衫松开了两颗纽扣，衣领敞开，锁骨性感惹眼。

简橙以为周庭宴不会回答这么无聊的问题，没想到他竟然应了一声："嗯，适合今晚。"

男人看着她，眸色比今晚的夜色还要浓郁，声音沙哑。

简橙眼皮跳了跳，他话中有打趣，她听懂了。

今晚蒋雅薇会当众给她道歉，她就是全场最惨的人，这样一身楚楚可怜的打扮，会更让人同情。

简橙向来不喜走柔弱路线，今天被孟糖强求了一回。

打完招呼，秦濯这个寿星被其他人拉走，周庭宴出差今天刚回来，去了三楼的私人包厢休息。

孟糖直勾勾地盯着秦濯，视线随着他的背影和动作移动，见不少女人往他身上凑，握紧了杯子，磨牙道："橙子你说，我跟那些女人谁漂亮？"

简橙："你漂亮，你最漂亮。"

孟糖听出敷衍，扭头，见她一直盯着周庭宴离开的方向，胳膊肘戳了她一下。"想什么呢？"

简橙叹气："破局啊，周庭宴让我解决以后见面的尴尬。我在想，到底有什么办法能让我和周聿风的事翻篇。"

确实是个难题。

孟糖也不看秦濯了，跟着叹气。"能有什么办法？除非你和周聿风的那段过去不存在，除非所有人都失忆。"

蒋雅薇有半小时的道歉时间，秦濯让简橙自己选时间段。毕竟是生日，简橙不想一开始就扫兴，也不想热闹被中断，所以选了生日宴快结束时。

孟糖亲自给蒋雅薇打的电话，让她和周聿风过了零点就上来。现在已经到点了，还没见人影。

"他们不会屃了吧！"

简橙觉得不会："蒋雅薇为了嫁给周聿风，什么事都做得出来，现在好不容易有个机会，对她而言，机会比脸面重要。"

孟糖觉得也是。

简橙见她的目光一直随着秦濯移动，推了她一把。"你不要老跟着我，这是秦濯的生日宴，你是秦濯的未婚妻，你应该陪在秦濯身边。"

衣着清凉的美女紧贴着秦濯，秦濯微微俯身，认真地听她说话。

孟糖瞧着，眼神黯淡："他不喜欢我待在他旁边，今天是他生日，我不想让他不高兴。"

未婚妻，虚名罢了。她单恋秦濯多年，可惜秦濯是浪子，不婚族，她也不是秦濯喜欢的类型，所以没奢望过什么。

后来秦濯被家里逼婚，需要一个未婚妻。她知道后，立刻求了爷爷，爷爷亲自去秦家提的亲，就这样，她成了秦濯的未婚妻。

秦濯不爱她，甚至有点烦她，只是碍于家里，明面上接受了她。

她自己选的，所以秦濯的冷漠她得承受。

越看心里越难受，孟糖把酒杯递给简橙。"我去洗手间。"

"我陪你一起？"

"不用，你在这儿等蒋雅薇吧，如果她不屃，也快来了。"

简橙瞧着她离开的方向，轻轻叹气，她和孟糖的爱情路都是荆棘丛生，往前一步往后一步都会被扎出血。

周聿风变心后，孟糖隔三岔五地骂她恋爱脑，秦濯绯闻缠身的时候，她也试图骂醒孟糖。可惜啊，爱情这东西，旁人说了无用，只有自己撞得头破血流，才记得回头。

她已经头破血流，太知道这种必须割舍的痛。所以她希望，秦濯能浪子回头，孟糖能得偿所愿。

她们两个，至少要有一个人是幸福的。

孟糖许久未归，蒋雅薇也没来，简橙准备出去找孟糖的时候，一个端着酒盘的女侍走过来，说外面有人找她。

"找我？"

"是。"

今晚会所的二楼包场，印有秦濯名字的邀请函是唯一入场券，三楼是周庭宴那些会所股东的私人包厢，寻常人更上不去。能到二楼，说明是拿到邀请函的人。所以，简橙想着可能是今晚到场的某个人有事要单独跟她聊。

她按着那人说的去了电梯旁。周围没人，安安静静的，她正疑惑人在哪儿，旁边楼道的门开了。瞧见蒋雅薇时，简橙愣了一下。

"来了不进去，把我引过来，你想干什么？"

蒋雅薇把她拽到过道里，关上门。"今晚这场子是周庭宴为你搭的，我能干什么？我只是想求你，能不能放过我，别让我上去行不行？我可以在这里给你跪下。"

她其实在门口偷瞄了一眼，没想到秦濯今晚会请来这么多人，跟她的梦境一样，黑压压的人群，当着那么多人的面承认自己是插足者，谁都会疯的。所以她决定用简文茜教给她的法子。

"放过你？这也怪我？"简橙挑眉，嘴角噙着讽刺，"我都解除婚约成全你了，你但凡懂点事，就该主动给我跪下磕头。怎么非但不感激，还想把自己的锅甩我身上？是你想嫁周聿风，所以才答应周庭宴的要求的，现在什么意思？想嫁还不想兑现承诺？"

简橙往前走几步，把蒋雅薇逼在墙角，白皙的手指捏住她的下巴。"你知道为什么你一再背着周聿风向我挑衅，我还一次次地容忍你吗？"

蒋雅薇被迫往后仰着头："你不敢，你知道聿风会护着我，你不敢惹聿风生气。"

简橙冷笑："不敢？我有什么不敢的。我一直没动你是因为在这件事上，我最怨的是周聿风。甭管你是小三还是小四或者小五，变心的都是他。"她指尖微微用力，在蒋雅薇的下巴上掐出一道指痕，"你凭本事上位，是你的能力。现在我和周聿风解除婚约，我跟他的恩怨终结，接下来，就是和你算账的时候了。"

想着再过不久，蒋雅薇嫁给周聿风，她嫁给周庭宴，不但周聿风要喊她小婶，蒋雅薇也得恭恭敬敬喊一声小婶，简橙就通体舒畅。

"蒋雅薇，你早晚会落在我手里。"她收回手，轻佻地拍拍蒋雅薇的脸，声音带着笑，"走吧，等着你的道歉压轴呢。"

蒋雅薇摸了摸被掐痛的下巴，站在原地没动，等简橙快要出去的时候，突然喊了一声："简橙，我给过你机会了，是你自己不要的！"

简橙正琢磨她这话什么意思，忽听身后一声尖锐刺耳的惨叫，紧接着是扑通一声重物落地的声音。

她下意识回头，却见蒋雅薇从台阶上滚下去了。

简橙："？？？"

干吗呀这是？碰瓷？傻子吧，不疼吗？

当听到楼道外一阵急促的脚步声时，简橙就确定自己这是进蒋雅薇的局了。

喷，人又不是她推的，她自然没什么好怕的，转身要开门，突然脚下一顿，她想起了孟糖的话——

"能有什么办法？除非你和周聿风的那段过去不存在，除非所有人都失忆。"

对啊，是个破罐子破摔的法子！虽然不能让所有人失忆，但她这个当事人可以"失忆"啊。至于失忆后的剧本该怎么走，那全看她这个"失忆的人"怎么演戏。

她真是个天才！

简橙走到台阶处，看一眼横躺在底下的蒋雅薇，用眼睛丈量下高度。

深呼两口气，抬脚，踩空……

简橙醒来的时候已经是第二天中午。

病房里很吵。

蒋雅薇比简橙早醒了半个小时，听说简橙还昏迷着，眼泪哗啦啦地往下流，万分自责，非要过来看看她。周聿风只能找了个轮椅，推着她过来。

孟糖瞧见两人，火冒三丈。

"谁让你们进来的？滚！"怕惊到了病床上的简橙，她压低了声音撵人。

蒋雅薇额头上缠着纱布，一副病态娇弱的模样。"孟糖，我只是想来看看简橙怎么样了，毕竟她这样，我也有责任。"

孟糖冷眸盯着她，特想冲过去甩她一巴掌。她最后悔的就是昨晚跟简橙分开。

从洗手间出来，她一想到秦濯身边美女环绕，就不想回去，然后去楼下吹风透气了。溜达一圈准备回去的时候，就见周庭宴抱着简橙冲了出来。

周庭宴平时就高冷，那时浑身更是裹着一层暴戾，她没敢过去，只拉住跟出来的秦濯。

秦濯当时也急，脸色难看，毕竟是在自己场子出的事。他还没来得及说，孟糖就看见了被保安抬出来的蒋雅薇，这才知道简橙和蒋雅薇两人都在楼道里昏迷了，具体原因不明。

孟糖指着蒋雅薇："肯定是你把简橙推下去的，然后你自己又跳下去了。"

蒋雅薇叫冤："不是，确实是我让人把简橙叫出来的，毕竟是当众道歉，我太紧张了，就想着能不能私下解决。见到简橙后，我跪下求她，想让她网开一面，别让我上台。她不同意，还掐我的下巴，说会报复我和聿风，还说这只是开始，她越说越激动，失手把我推下了楼梯。"她特意提到上次在简文茜生日宴上的事，意有所指，"简橙那时候就毫无预兆地把我和文茜姐端下水，这次把我推下楼梯也不奇怪。"

孟糖完全不信。"蒋雅薇，你的话，我一个标点符号都不信，你最好祈祷简橙没事，不然我饶不了你！"

孟糖凶巴巴地瞪过来，蒋雅薇柔弱无助地去抓周聿风的手。

"我没说谎，我说的都是真的，我知道我对不起简橙，虽然是她把我推下去的，但我不怪她，我就是想确定她没事。"

蒋雅薇刚醒没多久，脸色本来就苍白，这会儿配着盈盈落下的眼泪，更显脆弱。

周聿风心疼她，安抚地拍拍她的手背，然后抬头看向孟糖，眼神凌厉阴鸷，话里也有警告："孟糖，雅薇能过来是因为她善良，简橙把她推下来，已经犯法了。"

周聿风后悔自己昨晚没去。他本来是要陪蒋雅薇去的，但她说毕竟是很丢人的事，自己去就行了，还说那么多人，他们一起出现，会让他很难做。

秦濯的场子，他知道去的人肯定不少，所以最后没坚持，留在了家里，也在想办法降低即将到来的风暴的影响。

"犯你×！"孟糖讽刺，"楼道里没有监控，蒋雅薇说什么就是什么啊？周聿风你个浑蛋玩意，你跟简橙一起长大，她是什么人你不知道？她会故意害人性命？渣男！"

骂完周聿风，孟糖又指着蒋雅薇骂："还有你个白眼儿狼，高中的时候，你在学校被欺负，谁帮的你？你没钱，谁给你交的学费？你被人孤立，谁把你当朋友？全是你的再生父母简橙！要不是简橙，你能顺利读完高中？你倒好，趁她不在，勾搭她男朋友。你就是这么报答她的？"

蒋雅薇最不愿提及的就是高中，因为高中时期的她，是完完全全的丑小鸭，卑微到骨子里，那是她不愿回首，也不愿承认的过去。

"聿风，我不太舒服，我们回去吧。"她迫切想走。

周聿风被孟糖劈头盖脸骂一通，怒火正旺，冲着孟糖讽刺道："我是渣男，秦濯就不是？你们订婚之前他身边女人不断，你们订婚后他也流连花丛，他可比我渣多了。你连你未婚夫都能忍，我跟你没什么关系，你有什么资格评判我？"

他提到秦濯，戳了孟糖的痛点。

门被人从外面推开。

"她没有资格评判你，你又有什么资格评判我？"秦濯听不出情绪的声音慢悠悠地传过来，"周聿风，最起码孟糖是当面骂的你，你这背后议论人就是小人行径了，有种当着我的面骂我一句。"

周聿风的脸青一阵白一阵的，刚要说话，看到他身后的人时，又把话咽下去，乖乖喊一声："小叔。"

周庭宴淡淡地看他一眼。"医生说简橙需要休息，带着你的人滚出去。"

周聿风有气不能发，知道再待下去小叔会迁怒于雅薇，只能忍着。

他推着蒋雅薇正要离开，病床上突然传来动静。他脚步一顿，转头朝床上看去。

其他人也听到了。

孟糖忙转身跑过去："橙子？"

没回应，细微的声音还在。"庭宴……周庭宴……"

孟糖一脑门问号，周庭宴？

简橙后面再出声，声音就大了些，这次，大家都听清了她喊的是周庭宴。几道目光同时朝周庭宴看过去。

周庭宴面色沉静，深邃的眸中却闪过一丝意外。他也没想到简橙会在尚未清醒的时候喊出他的名字。

"哎哟，祖宗，你终于醒了！"孟糖喊了一声。

病床上，简橙缓缓睁开眼，眼睛朝旁边扫一圈，最后落在周庭宴身上，软软地喊："周庭宴，过来抱抱我。"

众人："……"

孟糖一脸心疼，惨了，橙子肯定把脑子摔坏了。

周聿风冷笑，这丫头肯定又在故意气他，竟然把小叔当工具人，真是不怕死。蒋雅薇醒过来没多久，脑子还有些混乱，她觉得简橙应该是想喊周聿风，喊错名字了。

只有秦濯看热闹不嫌事大，伸手把周庭宴推过去。"人家喊你抱抱呢，不抱一下？"

周庭宴觉得简橙那句"抱抱我"不可能是跟他说的，脑子里正想着怎么回事，猝不及防被秦濯推到了病床前。

他居高临下地看着简橙，对上她澄净的目光，礼貌又温和地问："是不是头疼？帮你叫医生？"

简橙朝他伸手。"头不疼，躺着难受，你把我扶起来。"

周庭宴幽暗的眸锁着她，怕她清醒之后尴尬，没伸手，往旁边微微侧身，让孟糖来扶她。孟糖忙不迭地过来，扶着简橙坐起来后，往她腰后塞了个枕头。正要说话，简橙推了她一下，倾身抓住了周庭宴的手，把他拽过去，自己往外面挪挪屁股，然后，伸手抱住了周庭宴的腰。

再出口，是一道惊雷。

"老公，我昨天晚上从台阶上摔下去的时候吓死了，我以为再也见不到你了。"

老……老公？？？

"橙子，你要不再休息会儿，别说话了。"

孟糖怕她继续这样，一会儿场面控制不住，又怕周庭宴事后拍死她，上前抓着她的肩膀准备把人拉开，另一只手已经先她一步伸过来。

"简橙，你适可而止！"伸手的是周聿风，他按着简橙的肩膀往后推，"你别装疯卖傻，不就是想刺激我吗？没必要，我们已经结束了，你别把小叔当工具人。"

简橙甩开他的手，又往周庭宴怀里躲，抬头瞪着周聿风。"你谁啊？你才有病，我又不认识你，我刺激你干吗？"

周聿风脸色更难看。"你不认识我？你再说一句你不认识我？！"

简橙一脸莫名其妙。"你哪位啊，我为什么要认识你？"

"你……"

"闭嘴。"周庭宴淡淡地朝周聿风扫一眼。

等病房里终于安静了，周庭宴低头看向怀里的简橙，站着没动，任由她抱着，深邃的眸一眼不眨地睨着她。

"我是谁？"

"周庭宴啊。"

"我今年多大？"

"三十二啊，你连自己多大都不知道？"

"你喊我老公，我们结婚了？"

"没呢，订过婚了，过了年就结婚。你今天的问题怎么都这么奇怪？"

"最后一个问题，周聿风是谁？"

"周聿风？谁是周聿风？"

对话结束，病房里陷入可怕的安静。

直到秦濯惊叹地啧一声："这是……记忆错乱了？"

孟糖被他这一声叫回神，心中暗喜，嘿，这是因祸得福啊。她怕白高兴一场，就小心翼翼地问："橙子，你真不记得周聿风了？"

简橙："为什么要记得他？他到底是谁？"

孟糖指着周聿风："那你认识他吗？"

简橙抱着周庭宴没撒手，扭头去看周聿风，仔细打量好一会儿，给出一个结论。"不认识。"

"简橙！"周聿风已经忍到极限了，"别再装了，你这样只会让我更恶心，是你自己要解除婚约的，你现在这样又算什么？"

他上前一步，要把简橙的手从周庭宴腰间拿开，周庭宴不轻不重地看他一眼，周聿风的手僵在半空。

"小叔，她是为了气我，利用您的。"

周庭宴没搭理他，视线重新回到简橙身上，窥探她眼底细碎的微光。"你从楼梯上滚下去，磕到了头。让医生过来看看？"

低哑的嗓音带着深不可测的试探。

简橙眨眨眼，点头："好。"

周聿风去叫医生，路上说了情况，说完就迫切要听到答案。"她是装的对不对？不可能出现这种情况，太荒谬了。"

医生说："你说的记忆错乱……有些病人是可能出现这种情况的，当然，具体得检查后再说。"

各项检查做一遍，也查了脑 CT，周聿风依旧没有得到想听到的答案。

医生说："各项检查正常，需要多休息，至于记忆错乱的情况也许只是暂时的，放心，不影响正常生活。"

放心个鬼！

周聿风虽然不爱简橙了，但眼睁睁看着简橙喊小叔老公，简直要怄死！

简橙想嫁给小叔，休想！

医生临走时嘱咐，病人刚醒，需要静养。

简橙脸色苍白，确实精神不济。

周庭宴和秦濯先离开，让她再睡一会儿，表示晚些时候再过来。周聿风推着蒋雅薇回她自己的病房，临走时神色复杂地瞪了简橙一眼。孟糖则留下来照顾她。

等该走的人都走了，孟糖跑过去关门，回来时脸上的兴奋几乎压不住，眼角眉梢都带着笑，跟中了彩票似的。

简橙说："我脑子摔坏了，你好像很高兴。"

"当然。"孟糖搓手，笑得眼睛都眯了起来，"你竟然把周聿风忘了，应该开瓶红酒庆祝。"

"我没忘记周聿风。"

"啊？"孟糖刚一屁股坐在病床前的凳子上，就冷不防听到这句话，愣住。

"没忘记？那你刚才……"

简橙说："我演的。"

简橙还挺满意自己的演技，连孟糖都没看出来破绽，说明她演技挺好的。

"周庭宴不是说让我解决以后跟周聿风同桌吃饭的尴尬问题吗？我现在把周聿风忘了，这不就解决了？"

孟糖听完这话，反应了一会儿。"你确定真的解决了？"

没解决吧。她是忘了，可其他人都没忘啊，以后逢年过节，她跟周聿风同桌吃饭，如果有人故意提，不还是尴尬吗？

这怎么能叫解决了呢？

简橙理直气壮："怎么没解决？我忘了，我不尴尬了啊，我不尴尬就行了，谁管他们尴不尴尬。"

翻译过来就是：只要我开心就行，别人死活跟我无关。

孟糖朝她伸出大拇指。"你牛！"

夸完又想起一事。"所以你和蒋雅薇到底怎么回事？她自己跳下去碰瓷你，还是她把你推下去，又自己跳的？"

反正坏人肯定是蒋雅薇。

其实周聿风和蒋雅薇刚进病房简橙就醒了，他们说的话她也都听见了。

"蒋雅薇是自己跳下去的，我也是自己跳下去的。"

简橙把昨晚的事简明扼要地跟她说一遍，孟糖气得一拍大腿。"我就知道是蒋雅薇在作妖，她怂了，所以想出这么个阴损的办法，受伤了就不用上台，还能把脏水泼你身上，她又成了受害者。"

孟糖起身："我去找她！"

简橙出声制止："不用找，这次放过她。"

孟糖满脸不赞同。"放过她？不行，她摆明了要毁你名声！幸亏这事暂时被周庭宴和秦濯压下来了，不然现在外面还不知道传成什么样呢。"

提起这事，孟糖要夸夸周庭宴："秦濯说，看见你旁边躺着的是蒋雅薇，周庭宴扭头就让他先把这事压下来，他说传出去吃亏的肯定是你。"

昨晚是秦濯的场子，去的人都得给秦濯面子，更何况还有周庭宴那尊大佛在。这两个人要封口，没人敢泄露半句。

幸亏封了口，不然现在外面肯定都在传，是简橙恶意报复把蒋雅薇推下去的。

孟糖让简橙什么都别管，好好睡一觉。

"我去找秦濯，让秦濯跟周庭宴说说，饶不了蒋雅薇。"

她说完起身就要走，简橙伸手拉住她。"我说放过蒋雅薇，只是暂时放过，这笔账我记下了。"

蒋雅薇敢要她，她当然要报仇。但现阶段，跟嫁给周庭宴相比，蒋雅薇这事就是芝麻小事。

她演戏演得那么辛苦，凭着那一股冲动才敢跟周庭宴撒娇，抱他腰，再来一次，她可没有这天大的狗胆子了。

所以，戏演完了，不能浪费。

她现在"记忆错乱"，不记得周聿风了，如果跟蒋雅薇闹起来，容易暴露。那这场戏白演了。

孟糖一听，确实是这个理，拉着凳子重新坐下。"那现在怎么办？秦濯临走的时候还交代我，等你休息好了，问问你当时的情况。"

简橙想了下。"你就说我是自己摔下去的，跟蒋雅薇没关系。"

"行，我知道了。"孟糖点头，"那蒋雅薇那边呢？她咬死了是你推她下去的，散播谣言怎么办？"

刚醒没多久就说这么多话，简橙确实很疲惫，挪着屁股往下躺。"你去蒋雅薇那里威胁她一下。"

从简橙也摔下楼开始，蒋雅薇的计划就被打乱了。

按着简文茜给她设定的剧情，她自己摔下楼梯，简橙那只高傲的孔雀会很不屑地直接离开，然后她会被人发现，送到医院，醒来后她会把脏水泼到简橙身上，暗示简橙杀人未遂，再买水军制造舆论。简文茜也会把生日宴那晚简橙端她们下水的视频散播出去。

简文茜说，只要节奏带得好，简橙便会成为众矢之的。到时候她就有谈判的筹码了。

只要简橙肯放过她，不让她当众道歉，她就可以站出来帮简橙说话，说自己是不小心摔下台阶的，醒来出现记忆错乱才混淆了事实。

没想到剧情没有按着她们的剧本走，简橙竟然也摔了下来。更不可思议的是，她还没机会表演记忆错乱，简橙竟然真的错乱了！

这是什么剧情走向？

周聿风始终觉得简橙是装的，可蒋雅薇信了七分，因为她觉得，简橙胆子再大也不敢当众调戏周庭宴吧！

蒋雅薇脑子里乱糟糟的，突然不知道接下来该怎么办，于是趁着周聿风出去的时候，拿手机给简文茜打电话，准备问问下一步要怎么做。

号码刚要拨出去，孟糖就开门进来了。

"简橙说她是自己踩空了，但我不信，蒋雅薇，肯定是你搞的鬼。我来找你，也不是想逼你承认，你知道的，自从周聿风跟你勾搭上后，我一直劝简橙悬崖勒马，可她不听，爱周聿风爱得死去活来。现在好了，她忘记周聿风了。所以蒋雅薇，就这样吧，你不用再当众道歉了，你以后就跟周聿风好好过日子，简橙退出你们的生活，今天这事，就当你俩都是自己踩空摔下来的，你也别再整什么幺蛾子，不然我就把所有事都告诉简橙，说不定她受了刺激，又想起周聿风。到时候我再让秦濯去找周庭宴，让你嫁不到周家，断了你的豪门梦就不好了。"

孟糖也把这些话告诉了秦濯。"简橙说她是自己踩空摔下去的，这事就算了吧。她好不容易把周聿风忘了，如果再跟蒋雅薇掰扯，万一受了刺激，再想起周聿风那渣男怎么办？"

秦濯："行。"

挂了孟糖的电话，秦濯直接打给周庭宴。"看样子，简橙这丫头这次是铁了心跟周聿风断干净了。"

简橙的演技确实不错，不过像他和周庭宴这种千年的老狐狸，还是能识破的。他是恰好瞧见了简橙在听到周聿风说"恶心"时，眼神中流露出的那一抹死寂。虽然一闪而过，但他瞧见了，那不是看一个陌生人该有的目光。

至于周庭宴是怎么识破的，他就不知道了。

中午从医院出来，秦濯把自己的发现说给周庭宴听，他竟然半点惊讶没有，就嗯了一声。他再问，周庭宴就不理他了。

周庭宴在去医院的路上，听完秦濯的转述，就说了一句："孟糖是传达她的意思，她想息事宁人，随她。"

这事算翻篇，秦濯又提起简橙"记忆错乱"的事，话里带着打趣。"现在怎么办，那小公主好像赖上你了。"

周庭宴嗯了一声："我给她的机会。"

"什么？"秦濯没懂他什么意思。

周庭宴："我会娶她。"

秦濯："……"

孟糖在病房里吃了晚饭就回家了，她坚持夜里陪护，得回家拿洗漱用品。

她走后，简橙又躺下了。这段时间睡眠不好，住院挺好，权当补觉了。

也许是之前睡得时间久了些，这次睡得不沉，迷迷糊糊中感觉有人开门进来。

简橙以为是孟糖回来了，嘟囔了一句："好热，身上难受，你给我擦擦身子吧。"

她怕冷，孟糖怕她冻着，临走时把空调开得有点高，盖着被子睡一觉，醒来感觉后背黏糊糊的。

来人脚步一顿，却没开口应她。

简橙翻个身，眼睛睁开一条缝，暖黄的灯光下，一道颀长模糊的身影挺拔伟岸。

好像是个男人。

察觉到不对劲，简橙倏地睁大眼睛，垂死病中惊坐起。"小叔，您怎么来了？"

完蛋！她刚才说了什么？让周庭宴给她擦身子，老天，让她原地去世吧！

简橙惊魂未定，想从床上坐起来，身子虚得使不上力，额头都开始冒汗。

周庭宴大步走过来，微微弯身，握着她的胳膊把她扶起来，拿了个枕头给她靠着。

简橙乖乖道谢："谢谢小叔。"

周庭宴等她坐好后才拉着旁边的椅子坐下，抬头看她，黑眸闪过一丝笑意。"小叔？"

淡淡的声音带着意有所指的腔调，"叔"字拖着尾音。

简橙头上缠着纱布，反应慢半拍，一时没明白他什么意思，后来对上他似笑非笑的目光，突然想再昏迷一次——她都忘了周聿风了，"记忆错乱"的她怎么可能会喊周庭宴小叔？明明演戏的时候喊人家老公，这才不过一个下午就原形毕露了。

简橙满脑子都是怎么补救，冷不丁听周庭宴又问了句："不装了？"

简橙僵硬地转过脖子看他。

欸？不装了……

装?!

他知道她在演戏?!

简橙脑门上全是汗。

周庭宴从柜子上拿了纸巾盒递给她，指指她的额头。"擦擦汗。"

简橙忐忑地从纸巾盒里抽了两张纸，不忘分心思往眼前这双手上多瞄两眼。

真好看。白皙无瑕，骨节分明，修长有力，像弹钢琴的手，修剪整齐的指甲微泛着冷意，让人想到玉雕的艺术品。

简橙想，能让她拍几张就好了，最好整个人都让她拍几张，指不定能解救她枯竭的灵感。

可惜只敢想想。

神明只可远观，不可亵玩。

"谢谢。"简橙捏着纸擦了擦额头。

周庭宴把纸巾盒放回去，主动解释自己是如何看出她在演戏的。"你抱我的时候动作很僵硬，身体跟我保持了一点距离，如果你真把我记成了你很喜欢的人，不会那么拘谨。你的身体是抖的，你在害怕，也很抗拒。"

简橙没吭声。

这也不能怪她，她敢用两只手抱住周庭宴的腰就已经很有勇气了，可不敢真把身体贴上去占他便宜。

"对不起。"简橙为自己的自作聪明道歉，"你说只要我跟周聿风在一个桌上吃饭不尴尬，你就答应跟我结婚，所以我就想了这个办法，我忘了他就不尴尬了。"她又坦诚自己的"记忆错乱"，"我想着，如果我记成喜欢的那个人是你，也正好借着这个机会给自己立个'非你不嫁'的人设，那以后我们结婚，对外也不会太尴尬。"

说完，她偷偷瞄了周庭宴一眼，见他浓眉皱着，深不可测的眸噙着不赞同的冷意，让人觉出一种难以言喻的压抑感。

简橙心里咯噔一下，他生气了？

"对不起，"简橙又怂又蔫地低下头，感觉背后的汗更多了，"我错了，我不装了，对不起。"

周庭宴见自己吓到她了，微微收敛，软了语气："没说不让你装。"

简橙小心翼翼地看他一眼。"你没生气？"

周庭宴望着她苍白的小脸。"你这个办法确实可以解决尴尬的问题，但是，以后不准再伤害自己。伤敌一千自损八百的行为，不提倡。"

简橙揪着手里的纸，小声解释："我是不小心踩空的。"

周庭宴毫不留情地拆穿她："蒋雅薇想碰瓷你跳了下去，你为了演这出失忆戏，也跟着跳了下去。"

简橙倏地瞪大了眼。

嘿，神了！这男人怎么什么都知道？

"你看见了？"简橙试探着开口，不然怎么知道蒋雅薇是自己跳下去的？她没说，孟糖不会说，蒋雅薇更不可能说。

周庭宴摇头："我没看见。"

出事的时候他在三楼休息，秦濯给他打电话，说简橙出事了，他才匆匆忙忙下去。

他没看见事件经过，但是有人目睹了全程。昨晚的会所二楼需要邀请函，三楼一般人不能去，对外开放的只有一楼，所以一楼的电梯和楼梯处都有保安守着。

零点过后，外面的人少了，包厢里却依旧乌烟瘴气，楼梯口的一个保安犯了烟瘾，趁着没人躲楼道里抽烟。刚点着，就听头顶传来女人说话的声音，想着是二楼的客人在聊天，保安也没在意。

"我当时正发微信哄我女朋友呢，没注意楼上的人说了什么。后来有个女的突然大喊了一句，'我给过你机会了，是你自己不要的！'，我吓了一跳，然后伸着脑袋往上看了一眼，就看见那个穿黑裙子的女的自己跳下来了。我当时都蒙了，心说这女的不是傻了吧，怎么还自己往下跳呢。好家伙，我刚想拿对讲机喊人呢，上面又摔下来一个。"

保安一开始并没有站出来，他回过神准备喊人的时候，上面就来人了，乱糟糟的一群，伴随着刺耳的尖叫声，他反倒冷静下来了。上班时间玩手机，抽烟，在第一现场却没能及时救人，这一条条全违反了保安条例。他好不容易托关系挤进屏玺会所当保安，才上岗不到一周，若是自曝，肯定要被开。

所以当所有人都在猜简橙和蒋雅薇怎么摔下去的时候，他保持了沉默。是周庭宴看了监控后，发现有个保安在那个时间段进了楼道，出来时神色不对，才让人找到了他。

找到了人自然有办法让他开口。简橙醒来之前，他已经知道真相了。没当着周聿风和蒋雅薇的面挑破，是因为他摸不准简橙的心思。

他认识的简橙，纵然蒋雅薇要碰瓷她，她也会高傲地走开，被误解也不屑这样低级的手段，不可能为了证明清白，故意伤害自己。

所以他就先保持了沉默，怕坏了她的事。

记忆错乱倒是能解决尴尬问题，但是，这种损己的方法实在不提倡。这也怪他，给她留这么个难题。他本意是想给她充足的时间冷静，他怕她要嫁他只是一时冲动，希望她好好考虑下，没想到竟逼她伤害自己。

他当时应该直接答应她。

"真的要嫁给我？"周庭宴静了几秒，还是重复问一句，"真的不后悔？"

"不后悔。"

简橙想不到自己会后悔的理由，她不奢求爱情，一个人过也行，但既然能找到周庭宴这个大靠山，为什么不呢？气死简文茜，整死周聿风和蒋雅薇，多让人舒坦的事。她只怕周庭宴会后悔，所以她得让周庭宴放心。

"小叔，我们可以签协议，如果您哪天遇到喜欢的人，或者您觉得我烦，不想跟我过了，我们就离婚。离婚后，您的财产我一分不要，净身出户。"

她不求长远，只求当下。现在她心里堵着一口气，这口气只有周庭宴能帮她疏通。

周庭宴没接她后面的话。"既然不会后悔，"他看着她，深邃的眸中闪过试探，"那等你出院，我们先把结婚证领了？"

这次轮到简橙傻眼："出……出院就领证？"

"嫌快？"周庭宴微笑，"那你想什么时候？我配合你。"

"不嫌快！"简橙只是没想到他竟然就这么答应了，"出院就领证，可以，我可以。"

他好不容易松口，她当然是趁热打铁，不然夜长梦多，时间一久他反悔怎么办？

周庭宴出去了一趟，回来时手里端着盆，盆里有热水，里面泡着一条白色毛巾。"盆和毛巾都是干净的，我现在还不方便帮你，等领了证再帮你擦。"

简橙最初没明白他什么意思，后来看看那盆，再看看他沉静的黑眸，突然就想起了那会儿说的话。

脸噌地羞红，简橙只觉燥热，磕磕巴巴道了谢。

周庭宴把盆放在地上。"我刚才给孟糖打了电话，她在楼下了，你等一会儿让她上来帮你，她上来我就走。"

简橙："哦，好。"

"他真答应了？"得到肯定的答案，孟糖很兴奋，帮简橙擦背也有劲。

"周庭宴因为救命之恩能答应娶你，这说明什么呢？说明他是个很重承诺的人，重承诺的人往往都很负责任。"孟糖伸手戳戳简橙的脸，"你呢，争取让他爱上你，周庭宴这种男人，不爱就罢了，如果真用心爱一个人，绝对把你宠上天。"

简橙："……"

让周庭宴爱上她？闹呢，她连周聿风都拿不下，哪儿有魅力勾住周庭宴的魂。

孟糖把毛巾扔进盆里，把她的衣服拉好，往床上一坐，半搂着她。

"橙子，虽然结婚目的不纯，但你也得奔着过日子去，把你们的婚姻经营好，相信我，周庭宴绝对值得托付终身。"

孟糖当初鼓动简橙去拿下周庭宴，不是单纯让她报复的。

简橙这丫头，在外人面前嚣张跋扈，张牙舞爪，其实是她没有安全感的表现。

简文茜被带回简家前，简橙是简家的小公主，天真烂漫，乖巧懂事，是人见人爱的小天使。后来简文茜抢了家人对她的爱，她失宠，就不太爱说话了，老太太心疼她，把她接过去养了几年。

简宏云跟老太太关系不太好，梅岚跟这个婆婆也因为一些事有隔阂，所以简橙被老太太接走后，跟父母的关系更恶劣了。

老太太是真的疼她，给她撑腰，又把她养成小公主，可惜走得早，在简橙高中的时候就走了。老太太走了没多久，简橙就出事了。那件事后，简橙出国治病，回来后性情大变。

其实不是突然变的，她一个人在国外五年，简家人基本没管过她的死活，周聿风因为他母亲的阻拦，也一次没去看过她。

滚烫赤诚的心从来都不是一天凉的。

简橙看起来大大咧咧，实际上内心千疮百孔。

孟糖一直觉得，周聿风那种还在成长期，情绪不稳定的男人不适合她。周庭宴虽然年纪大了点，却是她认识的人中，最合适简橙的。

这么多年孤孤单单一个人，不乱搞，没有绯闻，成熟稳重，情绪稳定。最重要的是，情感上能给简橙安全感，也有足够的实力保护简橙。比冲动易怒，容易变心劈腿的周聿风强太多了。

其实在孟糖看来，周聿风对简橙并非没有一点感情了。他劈腿，更多的是报复简橙，报复她当年救了周庭宴。只是他太虚伪，不敢承认罢了。

他也不见得有多爱蒋雅薇，只是给自己催眠久了，自己都信了。

早晚有他后悔的一天。

虽然那晚的事被秦濯压下，但也有多嘴的人私下聊。

"听说那个蒋雅薇就是简文茜生日宴上，周聿风护着的女人，是他的秘书兼情人，周聿风退婚就是因为她。"

"肯定是简橙嫉妒，所以把蒋雅薇推下去了，然后自己不小心摔下去了。她姐生日那天，她不是还把她姐和蒋雅薇都踹下水了吗？"

"虽然那个蒋雅薇当'三'不道德，但简橙也是自作自受，她那个脾气，谁受得了。"

这事传到了简家人耳朵里。

梅岚上次被简橙气晕后，心情一直不好，简文茜带她去国外看展了。看完展回酒店的途中收到国内好友的消息，得知此事，立刻给简橙打了电话过去。

"你一天不惹事就皮痒是不是？你就不能学学你姐姐，稳重一点，让我们少操点心？"

啰唆一大堆，中心思想是让简橙以简文茜为榜样。

简橙在她的骂声中把电话挂了，再打过来，直接拉黑。

没多久，简宏云也打来电话。"我之前是怎么跟你说的？男人都是这德行，小情人是宝的时候动不得，你就忍忍，等聿风对那姓蒋的过了新鲜劲就好了。你怎么又跟那姓蒋的闹了？是不是你把人推下去的？你蠢不蠢，聿风现在偏心她，你老欺负她干什么？顺利当上周太太才是你的本事……"

叽里呱啦扯了一大堆，中心思想是让她忍。

简橙挂电话挂得同样利索。

简佑辉紧随其后打了电话过来，倒是关心了两句她的身体，但也只有两句。后面就是训斥，中心思想是骂她愚蠢，损人不利己。

周聿风趁着病房没其他人的时候也来找过她，主要执着于她"摔坏脑子"这件事。

"简橙，你是装的对吧，你故意气我，所以搞这么一出。但是你惹错人了知道吗？别以为你救过小叔，他就能让你这么利用，你是在玩火自焚，最好适可而止。况且，就算你演这么一出，我还是会娶雅薇，是你自己要解除婚约的，既然放手，就别缠着我了。"

简橙对这些话置若罔闻，外面的闲言碎语她也自动屏蔽。

阿弥陀佛，冲动是魔鬼！冲动是魔鬼！冲动是魔鬼！

她先忍忍，她要闷声干大事。

简橙出院这天是周四，天空飘着小雨。

当天晚上简橙就给周庭宴打电话，问他说话还算不算数。毕竟她在医院躺了一周，她怕他忘了，或者后悔。

周庭宴说："只要你考虑好了，就算数。"

她当然考虑好了。"那明天早上九点半，在民政局门口见？"

周庭宴说："我去接你。"

周五这天，天气预报显示有雨，却意外是个晴天。没有阴霾笼罩，不见潮气雾气，阳光照在身上，很暖和。

简橙就是在这样一个阳光明媚的早晨，跟周庭宴去了民政局。

出门的时候八点半，周庭宴的车已经在路边等着了，司机下来帮她打开了后车门。

简橙钻进去。"小叔早上好。"

打了招呼，她就规规矩矩地靠着车门坐直。

周庭宴转头看向她。"吃饭了吗？"

"还没有。"她昨晚失眠，早上起晚了。

"我也没吃，先去吃饭？"

"好。"

附近有家粥铺，味道不错，简橙经常来吃，她带着周庭宴进去，点完餐找了靠里的空位坐下。

等餐的时候，她主动开口："小叔，我之前发您的协议，您签字了吗？"

因为周庭宴没提婚前财产公证的事，她就让孟糖找律师先搞了一份。

听她提到协议，周庭宴抬头，朝她看一眼。"协议内容对我不公平，不签。"

简橙："……哪里不公平？"

不可能吧，全是偏向他的啊。

周庭宴："你自己看看最后一页，附加第十条。"

简橙打开微信。

她给周庭宴发了两份文件，一份婚前财产协议，一份婚内夫妻条款。她直接点开婚内夫妻条款。

这份主要是用来约束她的行为的，比如婚后他是自由的，她不过问他的事，比如大事小事都听他的，她规规矩矩，不给他惹麻烦……

简橙按着周庭宴说的，找到附加第十条。

都是她一条条写的，发给孟糖前她审核了好几遍，她不认为有什么问题。

结果——

如果女方有生理需求，男方需要履行夫妻义务，照顾妻子的身心健康。如果女方不愿意，男方不准强迫女方，也不准出去找女人，忍着。

什么鬼？简橙瞪大眼，这作死的话不是她写的啊，她记得这一条明明是"如果婚后男方带女人回家，女方需主动腾地方"。

她没写夫妻义务这些啊！

简橙正琢磨哪里出了问题，就听周庭宴慢悠悠说了一句："你有需求，我必须配合，我有需求，你可以不配合，简橙，这公平吗？"

当然……不公平。

现在不是公不公平的问题，问题是这条不是她写的，也肯定不是周庭宴改的。

那只有一种可能了。

简橙截图，翻开孟糖的聊天框，发过去问她怎么回事。

点的餐送过来，两碗粥，周庭宴把其中一碗放到简橙面前，又把蒸饺往她的方向推。

简橙接过勺子，道了谢。

"那个……有点误会，我回去改一下，重新发你。"

周庭宴瞧出她的尴尬。"没事，我是觉得那条不像你写的，所以才提醒你一下，至于夫妻义务……"他看向简橙，"我尊重你，如果你不愿意，我不勉强，如果你觉得可以，我配合。所以，这条不用改。"

简橙觉得怪不好意思的。"可是，这对你不公平。"

夫妻义务嘛……其实如果他真有需要，她也不是不可以，她已经放弃周聿风，就没打算为他守身如玉。

"是对你不公平。"周庭宴提到夫妻条款，"除了附加第十条，其他都是为我的利益考虑的，是我占了便宜，所以我没签。回头我改改，改好后发给你看。"

简橙定定地看着他，明艳动人的脸蛋染上一抹红晕，微微恍惚。"哦，好。"

这男人，好温柔啊。

手机振动拉回简橙的思绪，是孟糖回复的消息：是我改的，你之前写的那都是什么玩意？什么叫如果他带女人回家，你给他腾地方？拿了证你就是正宫娘娘，如果他真带女人回家，你需要的是菜刀，不是大度。

简橙：那你也不能这么改，我没想睡他，你这样改，好像我很饥渴一样，脸都丢没了。

孟糖：周庭宴这样的男人，领了证你都不睡，你是不是傻？

简橙：你才傻！

孟糖：知道你脾气为什么容易暴躁吗？就是因为你都二十四岁了还没睡过男人！相信我，阴阳调和有益身心健康，你消了火，就不会那么暴躁了。

简橙：你睡过男人？你睡到秦濯了？

孟糖：……你戳我肺管子！

孟糖：友尽！

孟糖：绝交！

十点半，简橙跟着周庭宴走进民政局的登记大厅。十一点，简橙跟着周庭宴走出民政局，手里多了个红本本。

清风拂面，阳光正暖，简橙盯着手里的结婚证，心里有说不出的感觉。

很遗憾，二十余载，她终究是跟年少时捧她在掌心的少年陌路。她嫁给了别人，从今往后，她再也没有回头路了。

遗憾过后，又很兴奋。她给自己找了个大靠山，以后周聿风见了她，要恭恭敬敬地喊她一声小婶婶，她还抢了简文茜想嫁的男人，多牛啊，她竟然嫁给了周庭宴。合法的，有结婚证的。以后在江榆市，她可以横着走了。

司机把车开过来，周庭宴先问简橙："现在有空吗？"

"有啊。"

简橙目前是创业阶段，有个摄影工作室。最近几个月，她因为周聿风心浮气躁，灵感尽失，一直在调整状态，连套理想的照片都拍不出来，索性给自己放了个假。

暂时没工作，很闲。

周庭宴修长的身子站在车门一侧，矜贵不凡。"我今天上午没事，带你去买婚戒。"

既然领证了，那婚戒是得买。

珠宝店里。

简橙本来想选那个闪瞎眼的鸽子蛋钻戒，后来被一款男女对戒绊住脚。很简单的款式，细细的菱形纹路中镶嵌一颗颗精小的钻，线条纯粹。

吸引简橙的，就是纯粹，独一无二的纯粹。

导购员说："爱情越纯粹越长久，这款主打的是纯粹和唯一。男款配合女款的钻设计，可以完全镶嵌包裹，像一对拥抱着的恋人。寓意是：抱着你，就是抱住了整个世界。"

抱着你，就是抱住了整个世界。

简橙和周庭宴的婚姻不纯粹，也没那么浪漫。但是她真的很喜欢这款。

简橙还在纠结，周庭宴已经握住她的左手，拿着女戒套在她无名指上，冰冰凉凉的触感勾回简橙的神志。下一秒，脑子又一片空白。男人的掌心紧贴她的手背，明明只是温热的，却烫得简橙微微蜷起手指。

她眼睫颤了颤，抬头，恰对上男人深邃如墨的眸子。

她在周庭宴眼睛里，看到了自己的身影。

周庭宴说："我喜欢这款，你觉得怎么样？"

冷不丁听到周庭宴说话，简橙一时有些晃神。"啊，什么？"

"我喜欢这款。"周庭宴看着她光滑纤细的手指，"你戴这个好看。"

他嗓音清冽，简橙听出几分温柔，白皙的脸上瞬间爬上一抹红晕，正准备把手抽出来，周庭宴已经松开手，转身拿了男戒戴上。

"好看吗？"他举着手给她看，简橙顺势看过去。

他手指修长，透着禁欲感，戴上戒指，更添了一种撩人心弦的美感。

"好看。"

他们最后选了对戒，周庭宴付了款，简橙买单没抢成功。

周庭宴要送她回家，简橙没拒绝。

回去的路上，她转着无名指上的戒指，觉得不能占人家这么大便宜。她上次在简佑辉那里顺了一套和田玉茶具，比这戒指贵，打算回头送给他。

"简橙。"

正想着简佑辉的收藏室里还有什么适合周庭宴的东西，忽听周庭宴喊了她一声。

简橙抬头看过去。"啊？"

周庭宴问她喜欢什么样的婚礼。

简橙微怔，当然是越轰动越好，甭管什么样的，最好比周聿风和蒋雅薇的婚礼盛大，气死他们。

不过……

"先不办婚礼吧。"

不能办，因为她这个新娘身份比较尴尬，毕竟是差点成为他侄媳妇的人，婚礼给周庭宴带去的不会是祝福，只会是嘲笑和议论。

还是低调点。

而且，以救命之恩求一张结婚证，她已经很厚脸皮了，婚礼那样神圣的仪式，她不配。

等周庭宴以后遇到喜欢的人，婚礼留给他们吧。

对于简橙这个决定，周庭宴没多说什么，还是那句话。"我尊重你。"

简橙见他脾气这么好，趁机道："小叔，我们结婚的事能暂时保密吗？"

周庭宴暂时忽略她后面的话，先纠正她的称呼："领了证就不能再喊小叔了，不合适。"

简橙刚才是习惯性地喊，这会儿经他提醒，也觉得不合适。虽然他不是她亲小叔，但结婚了再叫小叔，成何体统。

可不叫小叔叫什么？

演戏的时候喊一声老公她已经很羞耻了，总不能以后都喊他老公吧？

周庭宴见她很纠结，给她建议："可以直接叫我的名字。"

简橙眨眨眼："哦，周庭宴。"

是他让叫的，不是她大逆不道。

周庭宴薄唇微扬，轻点了下头，这才把话题带回到她刚刚的问题上。"你说结婚的事暂时保密，是想隐婚吗？"

"不是，只是暂时保密。"简橙斟酌言辞，"毕竟我跟周聿风刚解除婚约，如果这时候就放出我们结婚的消息……肯定有人造谣我们早勾搭上了。"

周庭宴："暂时……是保密到什么时候？"

简橙："周聿风不是要娶蒋雅薇吗？等他们结婚后。"

周聿风先结婚，她再嫁人，这样，至少不会有人恶意揣测她和周庭宴。

最关键的是——周聿风和蒋雅薇结婚之后，周家人肯定要一起吃饭，家宴的时候，她以周庭宴老婆的身份闪亮登场，抢蒋雅薇的风头，亮瞎周家人的眼。

多爽啊！

周庭宴："？"

所以，她这是想到什么了，笑得那么开心，嘴角都要咧到耳后了。

回到公寓已经是饭点，简橙带着周庭宴在附近吃了午饭。知道她昨晚失眠，周庭宴没多留，吃完饭就让她回家休息。

简橙目送他的车离开，回去的路上拿出结婚证拍了张照片，发给孟糖。

五分钟后，孟糖连着几条消息轰炸过来。

啊啊啊！牛啊！

哈哈哈！领证了！

快发朋友圈！我也要发！

打字不过瘾，孟糖直接打了电话过来。"什么时候去找周聿风啊，好急，好兴奋，好想看他的震惊脸！一定要带着我啊，我要前排看戏！"

简橙："兴奋先憋着，我和周庭宴暂时不公开。"

她简单解释了下，孟糖听了，也觉得等周聿风结婚后再公开合适。

"行，那我先忍忍。我现在正在跟我未来婆婆逛街，准备给你买两套性感的睡衣，你穿给周庭宴看。"

简橙调侃道："我证都领了，周庭宴跑不了，你还是自己穿吧，迷死秦濯，好早点领证。"

孟糖："啊啊啊！你又戳我肺管子！绝交！"

周庭宴下午一直在公司开会，得闲的时候翻开简橙发给他的婚内夫妻条例。看到"同居"两个字，突然想到什么，把潘屿叫过来。

"我和简橙领证了。"

潘屿："？"

啥？领证了？

确定自己没听错，潘屿满脸错愕，这也……太快了吧！

周总上次只是让他试探，没敢明说，所以这事肯定是简橙提的，简橙怎么突然想通了？潘屿心中有疑惑，却没敢多问细节。

周庭宴拿便笺写了个地址给他。"这个别墅是去年才装修好的，还没住过人，我打算用来当婚房，回头简橙会搬来住。"

潘屿接过，领悟到他的意思："是要按着简小姐的喜好改动一下吗？"

周庭宴："先不用大改。"

秦濯说过，女人喜欢生活中有一点参与感，等简橙搬过去，她想改成什么样都随她。让她有参与感，才像过日子。

"简橙是摄影师，应该需要一间暗室，你找设计师去看看，挑个合适的房间给她用，另外再腾出一间书房给她。"周庭宴翻开孟糖发来的清单，又嘱咐了几件事，最后提醒一句，"我和简橙领证的事暂时不公开。"

潘屿："明白。"

秦灈最近被家里逼着尽快跟孟糖结婚，烦得很，为排解愁绪，喊人去会所打牌。

周庭宴结束一场应酬，到屏玺会所已是晚十点半。

包厢里十几个人，都是熟面孔，烟味呛人，灯光奢靡。周庭宴迈着大步走进来，把手里的两瓶酒放桌上。

有人瞧见这两瓶酒，惊呼一声："哎呀，宴哥大方！"

秦灈在旁边打牌，闻声转头，顺着他们的目光看过去，定定神，呼地站起来。

这酒秦灈知道，周庭宴在国外有个庄园，是他母亲留给他的，庄园酒窖里存着不少好酒。这两瓶是周庭宴藏了十几年的酒，一直收在酒窖里，两瓶酒抵得上一辆车的钱。

秦灈拿出手机，对着酒拍几张，发给今晚没来的发小炫耀，顺便问周庭宴："今天是什么大日子吗？开这么好的酒。"

周庭宴把酒递给旁边脖子伸老长的人。"两瓶都开了吧。"

那人欢呼一声："好嘞！"

秦灈目送被拿走的酒，再回头瞧瞧周庭宴，突然察觉出不对劲。"你今晚心情很好？"

其他人都闻着酒味过去了，这边只剩他们两人，周庭宴接过他递来的烟。"嗯，今天结婚，高兴。"

简橙还在医院的时候，他就让人把酒空运过来了。

秦灈拿着打火机给他点烟，刚点着火，冷不丁听到他这话，手指一滑，幽蓝的火苗瞬间熄灭了。

"你结——"后面的话没说出来，因为周庭宴伸手捂住了他的嘴。

"先保密，你说今天很烦，我就跟你说个好消息，让你也高兴高兴。"

秦灈："……"

他像是会高兴吗？这是什么糟糕透了的消息！之前周庭宴一直单身，他还能理直气壮地跟家里说："急什么？周庭宴还单着呢，他都不急，我也不急。"现在，周庭宴都结婚了，挡箭牌没有了，家里知道后不得催死他？

"保密好，一定要保密！"秦濯揽住他的肩膀，把声音压得低低的，"所以你跟谁结婚了，简橙？"

他之前好像说过会娶简橙。

周庭宴自己拿打火机点了火。"嗯。"

有人递过来两杯酒，秦濯接过来，自己留一杯，给周庭宴一杯。

"简橙差点成了你侄媳妇，你敢娶她，也是有勇气。"

半杯酒下肚，烟雾缭绕中，秦濯幽幽叹口气。"你说实话，你是不是……还喜欢那丫头？"

周庭宴曾经对简橙动过心，这事只有秦濯知道。事实上，简橙对周庭宴有不止一次救命之恩。那丫头从小就善良，周庭宴最困难的时候，她出于同情，暗中帮了不少。

这事周聿风不知道，连孟糖都不知道，简橙从来没跟人提过。但周庭宴一直记着。

简橙对周庭宴而言，俗套地说，那是照进他灰暗人生的一束光。可惜，简橙满心满眼都是周聿风，所以他的感情从来不敢流露分毫。

去年简橙闹着要跟周聿风订婚，他说已经放下了。

真的放下了吗？如果放下了，为何简橙一句话，他就能赔上自己的未来？

包厢里，周庭宴把剩了半截的烟按灭在烟灰缸里，端起杯子喝了口酒。

他认真想了一会儿秦濯的问题才回答："那天她来会所找我，眼睛和脸都肿着，我当时就有个念头，想娶她，想光明正大地护着她。以前她不来找我，我不能主动帮她，因为我身份尴尬。周聿风母子恨我，我多帮一点，他们就会把怨气多发泄一点在简橙身上，所以我只能看她受委屈。以后就好了，我娶了她，她是我的妻子，我可以名正言顺地护着她，给她撑腰。你问我对她的感情……这么说吧，她甚至不需要说话，只要她给我一个委屈的眼神，我就想把什么都给她。

"婚姻而已，她就算要我的命，我也给。"

第三章
高调表白

元旦的时候，简橙一个人去了芬兰。

"听说一起看过极光的恋人，能得到永恒的爱情。橙子，等高考结束，我们一起去看极光吧。"

读高中的时候，周聿风说要带她去看极光，还特意买了台相机，说先练习练习，等去的时候把她拍得美美的。后来相机基本在简橙手里，拍他拍多了，她的技术越来越好。

他开玩笑："橙子，你以后可以考虑当个摄影师，你拍的照片真好看。"

因为这句话，简橙真走上了摄影这条路。可惜，两个人的极光之旅一直没能如愿。

玻璃冰屋是解除婚约前就订好的，她那时候还想跟他一起去，还在为两人的以后努力。

毕竟憧憬了很久，人虽走散了，美景却不能辜负。

简橙元旦当天出发，在芬兰罗瓦涅米的圣诞老人度假村落脚。

她运气不错，第一晚就看到了极光。

夜幕如同天鹅绒，绿色与紫色交织，似光跳动华尔兹的盛宴，变幻莫测，美轮美奂。

她把视频分享给孟糖。

孟糖元旦的时候回了老家，自家表姐结婚，她被拉去当伴娘。婚礼结束还得参加堂哥儿子的满月酒，满月酒后还有事，假期排得满满的，没时间出去浪。

看到视频的时候，她刚从满月酒宴上离席。

她把视频看了两遍，欣慰又高兴。她了解简橙，这姑娘敢一个人去触碰高中时的梦，说明她是真的放下周聿风了。

简橙在芬兰待了一周才返程，回来睡了一天，第二天下午给周庭宴发消息。

晚上有空吗？

周庭宴在开会，看到消息已经是半个小时后，直接打了电话过去："回来了？"

元旦之前他问过她假期安排，得知她要出国旅游，他有意陪她一起。

简橙没同意，说想一个人散散心，找找摄影灵感。

"嗯，回来了。"简橙又问了一遍，"你晚上有空吗？我请你吃饭。"

"有空。"

其实晚上有个饭局，但简橙主动的机会不多，所以周庭宴不想扫她的兴，让潘屿推迟了饭局。

简橙选了家西餐厅，环境优雅，格调浪漫。

她来得早，瞧见往这边走的周庭宴，朝他挥挥手。

男人穿着黑色的衬衫和西裤，以及过膝的黑色呢子大衣，身材修长，满身矜贵。

"等很久了？"周庭宴在她对面的位子坐下。

"没有很久。"简橙把一杯柠檬水递给他，"这家店味道不错，但是人多，上菜速度慢，所以我提前问了潘助理你的喜好，帮你点好了。"

她挥手招来服务员，两份牛排和浓汤配餐很快被端上来。

周庭宴动作优雅地切开牛排，先提起她这次的假期旅游。"去哪儿玩的？开心吗？"

简橙盯着他盘子里的牛肉。"去芬兰看极光了，挺开心的。"

"极光好看吗？我还没看过。"

"好看，我拍了很多照片，也有视频，我发给你？"

"现场是不是更震撼？"

"当然。"

"我也想在现场看，蜜月的时候再去一次？"

"好……啊？"

大概是周围太幽静，音乐声太柔和，气氛太融洽，一问一答心情很放松，最后一句简橙几乎是脱口而出，说完又觉不对。

"蜜月？我们要去度蜜月吗？"

周庭宴："你不要婚礼，蜜月不能再省，不然太委屈你。你选个时间，去哪里你来决定，提前通知我就行，我把时间空出来。"

简橙觉得挺不好意思的，明明这婚是她厚脸皮求来的，明明委屈的是他，怎么他老觉得她委屈。

"我不委屈，我……"

"简橙。"周庭宴打断她，"你年轻漂亮，聪明有才气，热情又优秀，你值得最好的，配得上最好的。"

微黄的灯光下，周庭宴深邃的黑眸染上几分暖色，他放下手里的刀叉。"我呢，比你大了八岁，性格比较闷，不浪漫，生活单一乏味，自身优点实在不多。是有点钱，但你不缺钱，你也不图钱。如果不是我在周家说话有点用，你肯定看不上我。"他磁性温和的嗓音从简橙耳边掠过，"嫁给我其实是你委屈了，你不要总觉得自己欠了我。你不欠，放松一点。"

简橙的话哽在喉咙，心里有说不出的异样情绪，这就是独属于成熟男人的魅力吗？言谈举止得体，总让人感到舒适轻松，跟他聊天真的很愉快。

周庭宴见她把话听进去了，自然地转移话题："怪我最近太忙了，应该我主动找你吃饭，抱歉。"

简橙忙摇头。"我没有怪你的意思，知道你忙。其实我今天喊你出来，是有事想跟你说。"

马上过年了，简橙知道他公司的事情肯定很多。

"没说你怪我。"周庭宴温声解释，"我只是在自我检讨，以后我会主动约你。"

"不用。不急于一时，等我们的关系能公开了，一起吃饭的机会很多。"

现在还得避着人，出来一趟麻烦，这个餐厅都是她选的离市区比较远的。

跟偷情似的。

"听你的。"周庭宴结束这个话题，从外套口袋里拿了张卡递给她，"这是卖婚房的钱，你拿着。"

他给了周聿风期限，房子卖得很快。

简橙反应了一会儿，才明白是什么情况，这是她和周聿风的那套婚房的钱。

"房子卖了就行了，我不要钱。"简橙拒收，"买房的时候我没出钱。"

周庭宴把卡放在餐桌上，推给她。"除了这笔钱，还有他名下惠安路的两个商铺也给你，回头让潘屿带着律师帮你处理。"

简橙不知道该摆出什么表情。"可是……"

"给你你就拿着。"周庭宴笑容温润，却不容置喙，他解释，"你不用有心理负担，当初他同意订婚，我给了他股份，他因为你得到的利益远远比这多。这钱不是他对你感情的赔偿款，是他用你获得股份的利息，你该得的。"

周庭宴之所以没收回给周聿风的股份，就是让周聿风时时刻刻记着，当初简橙是强求了婚事，但他妥协是因为股份，因为贪欲，所以简橙不欠他的。

简橙推拒不得。"哦。"

行吧，以后把卡里的钱都花在周庭宴身上，也不算亏心。

周庭宴等她把卡收了，回到刚才的话题。"你刚才说，有事找我？"

简橙这才想起今天的主要目的。"对，我现在不是'记忆错乱'吗？我打算在年前把这事闹大一点。"

目前为止，她"摔坏脑子"，把周庭宴认成未婚夫这事，还没有外人知道。周聿风觉得丢人，不会往外说，不知道为什么蒋雅薇也没说，甚至没告诉简文茜。

她这边，孟糖和秦濯，还有周庭宴这个当事人是知道完整情况的。之前的想法是先悄悄把证领了，不大肆声张，元旦出去旅游又耽搁了几天。

现在万事俱备，她养精蓄锐，准备开始发疯了。

她得在众目睽睽下"狂追"周庭宴，让所有人都知道她摔坏脑子，把周庭宴当成未婚夫了。

简橙把自己的想法告诉周庭宴，说完还不忘给他安排退路。"我会尽量选在人多的时候追你，你一定要对我很不耐烦，让大家觉得是我死皮赖脸缠着你的，你很无奈。等周聿风结了婚，你就对外称我对你有救命之恩，闹着非你不嫁，你迫不得已娶我，这样就不会有人攻击你了。"

周庭宴不赞同她的安排，他有自己的想法。"等过了年，我追你。"

从答应会娶她开始，他就一直是这么打算的，高调地追她，高调地求婚，给她足够的体面。

"不行。"简橙拒绝。

她跟周聿风纠缠那么多年，才刚闹掰周庭宴就追她，会有很多人嘲笑他的。但如果是她利用救命之恩死乞白赖地缠着他，他得到的就会是同情。

反正她和周庭宴结婚，总会有一场暴风雨，她一个人面对就行了。

周庭宴对她这种自我牺牲精神依旧不赞同。"简橙，你不要只为我考虑。我要娶谁，没人敢反对，也没人敢在我跟前嚼舌头，就算是背后议论也没关系，我没什么好怕的，你可以多为自己考虑。"

牛排吃完，服务员端来甜点。简橙用叉子戳着蛋糕，抬头看周庭宴一眼。

"我高中……你知道那件事吧。"

他不说话，她了然地笑笑。"我那时候都快被逼出神经病了，现在这种程度，根本不算什么。我告诉自己，嘲笑我的人，都是嫉妒我。"

她笑容洒脱，像是对过去已经释怀。

周庭宴的目光在她脸上微微停留，又逐渐下移，落在她的右手上——白皙修长的手指握着叉子，看着没有用多大力气，但已经戳散了半个蛋糕。

再仔细瞧，那双手还微微颤着。

当年那件事闹得那样大，周庭宴自然是听说了，可惜那时候他在国外，知道时已经迟了。

他最初听到的谣言是各种对简橙的恶意揣测，他不信那些话。

实情是秦濯告诉他的："孟糖说，那天晚上简橙跟她爸妈大吵一架后跑出去，路上被人绑了，绑匪把她卖给了人贩子，人贩子转手把她卖进了山里。半个月后，她自己跑进了一个县城的派出所，那儿的民警说，当时她遍体鳞伤，有些伤口都露骨头了。没有人知道她那半个月是怎么过的，也没人知道她是怎么逃出来的，她闭口不谈，谁也问不出来。简橙现在处于半疯的状态，她一口咬定绑匪是简文茜的人，说昏迷之前听到绑匪说，是简家养女要害她。"

警方介入后，绑匪被抓到了。可那人说，根本不认识简文茜，也没说过那句话，即便被判刑十年，他也咬死了是简橙胡说八道。

没有任何证据能证明简文茜参与其中。

但从头到尾周庭宴都是信简橙的。他很想回去帮她，可那时他还没接手京岫集团，一身的麻烦，尚且自顾不暇，就算能回国，也什么都做不了。

那时候，国内盯着他的眼睛到处都是，如果他靠近她，给她带去的只有麻烦和危险。

他让秦濯暗中调查，可惜半点证据没查到。

秦濯说："虽然找不到证据，但我总觉得不对劲。简家的房子位于寸土寸金的富人区，绑匪如果去那儿绑架人，应该是敲诈勒索才对，怎么有傻子绑了千金小姐，转手卖给人贩子？人贩子能给几个钱？

"那浑蛋我查了，他就是个混混，这是第一次犯案，说是欠了钱，被债主逼得没办法，实在搞不到钱了，就想到自己认识一个人贩子，说卖了风险小，勒索风险大。这不扯淡吗?！你真要奔着风险小，应该绑穷人啊，你绑个千金小姐，不是脑子有病吗？

"他跟简文茜确实没有交集，而且简橙出事那天是简文茜亲爹的忌日，梅岚一直在家陪着她，她有证人。这事吧，就目前来看，确实跟简文茜无关。"

那时候，所有证据都偏向简文茜是清白的，是简橙受了刺激出现幻觉。

然而这事还没完。

之后简橙见了简文茜就发疯，当她整个人濒临崩溃时，外面谣言四起。

有人说，简橙被卖进山里，足足被困了半个月，不管她怎么逃出来的，清白估计是没了，说不好被糟蹋过。

简橙的父母虽然第一时间处理了那些恶毒的谣言，可他们信了。

当时周聿风还没变心，但那些话他也信了七分。

面对外界的恶意揣测，家人不经意间刺痛她的一次次询问，周聿风的欲言又止……简橙一个人跑去了医院。那张写着处女膜完整的证明，是她自证清白的方式，也是把她的自尊完全击碎的重锤。

当时的她该有多绝望，才会妄图以这样决绝的方式，拯救自己脱离那场灾难。

多可悲。

一个女孩子，受了那么大的侮辱和伤害，还要被逼着证明自己的清白。可即便这样，那些躲在暗处看热闹的人依旧没放过她。他们开始质疑那张证明的真假，用"手术修复"的理由说她造假。

他们用最锋利的獠牙造谣，用淬了毒的丑陋手指敲打键盘，对一个无辜的女孩进行不见血的围剿和屠杀。

简橙明明什么都没有做错，却还要接受那些人的审判。就算真失了清白又如何，至少她活下来了，活下来才是最重要的。

区区肉体，怎么比简橙这个大活人还重要？

可惜，针对简橙的那场漫长的攻讦在简家强行把她送出国后才渐渐消停。

周庭宴二十五岁时遭遇过一场人为车祸。

车祸后，他有意放弃周家内部的夺权争斗，准备报了仇就远离纷争。简橙那次出事让他改变了想法。

纵然不能明着爱她，他也要给她留一条退路。

她想嫁给周聿风，那他就成为周家的掌权者，借着救命之恩当她的靠山。她去治病，他给她找最好的医生，砸重金投资有利于她的新药研发。她想回国，他就帮她扫清那些谣言，让所有人不敢轻易触碰她的过去。

新伤易防，旧伤难愈。

纵然他给她铺了一条宽敞的路，也难治她心里的那道疤。她那样高调地向世人展示她的骄傲和嚣张，不过是为了掩盖内心的敏感脆弱罢了。

她喜欢笑，但是她不开心，笑不出来。因为，她从未对过去释怀。

怎么能释怀呢？那段经历，那张证明，是刻进她骨子里的耻辱，是她这辈子最大的恐惧。

周庭宴不会主动触碰她的伤疤。他会等，等她愿意把心声向他祖露，愿意让他触碰。

餐厅里，浪漫柔和的萨克斯曲换成了悠扬舒缓的小提琴曲。

温热的掌心覆在她轻颤的手背上，带着灼人的触感。简橙整个胳膊一抖，随即回神，惊愕地抬头望过去。

她没想到周庭宴会突然握住她的手，下意识要收回。

周庭宴却握得更紧。"不喜欢吃这个蛋糕？"

简橙顺着他的目光低头，整块布朗尼被她戳得不成样子——她什么时候对蛋糕动手的？

"啊，不是，我喜欢吃。"不知道该怎么解释刚才混乱的思绪，她索性闭嘴。

周庭宴也没再问，松开她的手，把自己完整的布朗尼递给她，把她戳碎的拿过去。

简橙看着他把自己戳碎的那块蛋糕都吃进嘴里，脸上莫名燥热。蛋糕拿过来时，她是吃了一口的，他应该没看见吧。肯定没看见，不然他肯定不会吃。

吃完饭，两人并肩走出餐厅。

简橙偷瞄他一眼，见他脸色温润，就把刚才的事又提了一遍。"这次听我的好不好？按我的节奏来，求你了。"

她用了"求"。

周庭宴看着她，沉默很久，才抬手压压她的发顶。"下不为例。"

元旦假期过后，江榆市的上流圈子因为一件事炸开了锅。

"听说简家那位特别闹腾的小公主把脑子摔坏，失忆了！"

"不对，那不叫失忆，那叫记忆错乱，她把周庭宴当成未婚夫了，以为自己爱的人是周庭宴。"

"周庭宴？！是我想的那个周庭宴吗？周聿风的小叔？"

"是他！"

"听说简橙最近一直追着周庭宴跑，到哪儿都跟着他，还嚷嚷着非他不嫁，跟之前追着周聿风时一模一样。"

"说是从二楼摔下来的，二楼摔下来能把脑子摔坏？装的吧，她肯定是又看上周庭宴了，故意的。"

"怎么不可能，去年我们家保姆的儿子，就是从二楼摔下去的，直接摔脑瘫了，这种事不一定，每个人情况不同。而且要说是别人那也许是装的，但是简家那位小公主……啧，肯定不是装的，周聿风就是她的眼珠子，她爱周聿风如命，不可能搞这一出，八成是脑子真摔坏了。"

"周家不是开记者发布会退婚了吗？本来就受了刺激，然后又摔了下，先是精神打击，紧接着就是物理伤害，不出问题才怪了。"

"我去，那周庭宴也太可怜了吧，被她这样一个疯婆子缠上，得多烦人。"

"就是，周庭宴真倒霉，偏偏欠她救命之恩，也不好直接把人打发走。"

简橙摔坏脑子这事传来传去，最后大多数人都偏向于：她是真的记忆错乱了。

连周聿风都快信了。这段时间，周聿风的手机几乎被打爆，微信群里艾特他的消息每天都是"99+"，全都跟简橙有关。

有人看见她在京岫集团门口等小叔，送上一份爱心早餐，小叔第一次收了，第二次没收，让她以后别送了，她还送。

有人看见她在小叔的饭局给小叔挡酒，小叔一脸不耐烦，最后让保镖把她送走了。

有人看见她在暴雨天出现在屏玺会所，就为给小叔送一把伞，伞没用上，她自己淋透，小叔当着朋友的面冲她发火。

有人……

周聿风每天都能收到一大堆这样的消息。他潜意识里觉得简橙是装的，是后悔解除婚约了，就利用小叔让他不痛快。

心里憋着气，他决定找简橙聊聊，警告她消停些。但是简橙早就把他拉黑了。手机号，微信，包括邮箱……所有联系方式，她全拉黑了。

够绝的！

简橙记忆错乱的消息炸开的一周后，心情烦躁的周聿风被朋友一个电话叫到 CLu 酒吧。

"你不是想找简橙吗？"震耳欲聋的音乐声中，朋友抬手指向吧台的位置，

"喏，看那个性感美女，是不是简橙。"

简橙化身小迷妹，连续追了周庭宴一周。

第二周周庭宴要出差三天，她本来想安排一场千里追夫的戏，周庭宴没同意。

"我上次当众凶你，你想要的故事走向已经差不多完整了，效果甚佳，这三天你休息一下，吃点好的，放松放松。"

周庭宴给她一张卡，说是零花钱。简橙没要，但是听劝，没去。

演戏确实挺累的，尤其是当众演周庭宴的舔狗，还是在周庭宴手握剧本的情况下，她挺尴尬。

精神持续紧绷，确实得放松一下。

本来想约孟糖来个临市三天自驾游，但孟糖最近很忙，挤不出时间。

简橙在家宅了一天，晚上接到发小周陆的电话。"出来喝一杯？"

酒吧里暖气开得足，简橙脱了外套，身上穿的是一件贴合身材曲线的黑色真丝吊带裙。两条笔直白皙的腿交叠，懒散地坐在高脚凳上，身段妖娆，配上那头浓密的大波浪，魅惑的长相，性感又撩人，回眸率极高。

在场想过来搭讪的男士不少，但都近不了她的身，因为她身边坐着的男人是 CLu 酒吧的老板，周陆。

简橙喝完杯子里的酒，周陆又给她倒了一杯。"橙子，你跟我小叔没有过去，更不会有未来。"

周陆是周聿风五叔的儿子，是周聿风的堂弟，也是周庭宴的侄子。

周陆跟周聿风相差一岁，在所有堂兄弟中关系最好，周陆跟简橙同岁，两人从小学到初中都是同学。三个人一起长大，曾经是铁三角。

周陆打小就是混子，他高考落榜后，也被父母送出国了，只是跟简橙去的不是一个地方。

他比简橙早一年回国，回来之后无所事事，家里的公司也轮不到他，就砸钱搞了这个酒吧。

简橙和周聿风解除婚约的事，周陆的立场很明确，虽然周聿风是他亲堂哥，但他是站在简橙这边的。如果堂哥因为感情淡了，跟简橙提分手，那他可以接受，可堂哥竟然在简橙出国治病的时候变心，这就是原则和人品问题了。

渣男！

他劝过堂哥无数次，但无济于事，他又劝简橙放弃堂哥，也无济于事。

一个渣男，一个恋爱脑，他谁也劝不好，所以跑出去躲清静了，说走就走的世界游，昨天才回来。

刚回来就听说简橙把堂哥忘了。

这是好事。

结果还没等他高兴，又听说简橙现在主攻小叔了，吓得周陆赶紧把人喊出来劝。

招惹谁都行，独独小叔不行。那可是罂粟一样的男人，他都不敢惹。

简橙是摔坏了脑子，小叔可清醒着呢，就算有救命之恩，小叔也不可能娶简橙的，这事真闹翻天了，难以收场的还是简橙。

为了给简橙留住最后的尊严，周陆苦口婆心地劝："橙子，你不信别人，得信我啊，你真记错了，你跟我小叔以前都不说话的，你……谁啊！"

周陆话还没说完就被人从凳子上拽了下去，刚要发火，抬头瞧见堂哥那张面无表情的脸，眉头一下蹙紧，这渣男怎么来了？

周聿风坐在周陆的位置，眼睛定定地看着简橙："你到底要闹到什么时候？"

简橙连个正眼都没给他。

周陆往前挪，把简橙半个身子挡在自己身后。"哥，你不是挺烦橙子缠着你吗？现在人家把你忘了，你应该高兴才对。别没事找事了。"

周聿风唇线紧抿，目光扫向他。"这是我和简橙的事，你让开。"

简橙拉住要开口的周陆，把他往旁边推。"你走远一点，别溅你一身血。"

周陆："……"

啥意思，要动手？

周围有人认出周聿风和简橙，已经有不少人悄悄往这边移动，等着看戏。

简橙微微侧身，正对周聿风，认真道："最近呢，关于我们俩的传言，我也听了不少，总结下来就是，我们青梅竹马，订婚后你劈腿你秘书。"她指指自己，"我是你的舔狗，知道你渣还死缠烂打，意外从楼梯上摔下来，把脑子摔坏了，不记得你了，是这样吧？"

周聿风冷着脸，紧盯着她，好似要看穿她的伪装。"别装了，简橙，你根本没有失忆，就是故意让我不痛快而已，记忆错乱？呵，你谁都没忘，独独忘了我，怎么可能呢？"

简橙："怎么不可能，每个人的脑子都不一样，就像你脑子里装的全是屎，我脑子里全是知识。"

周聿风："……"

简橙："你要实在觉得我装，就从二楼跳下去亲自试验，姿势要摆正，脑袋朝下。"她看看他的脸，考虑半秒，给出建议，"不过，我劝你最好不要，因为你本来就长得丑，万一摔破了相，那麻烦可就大了。"

"简橙！"周聿风的怒火已经在爆发的边缘，他最近处在舆论中心，不能再被人看笑话，眼瞅着四周聚集的人越来越多，只能用最后一丝理智保持冷静。

"你跟我出来。"

他伸手握住简橙的胳膊，力气极大，几乎把简橙手腕的骨头捏断，不顾她的痛呼把人拽下凳子，简橙差点崴着脚。

周陆见简橙疼得脸都白了，忙要过去帮忙，刚上前一步，又猛地顿住。

砰——简橙随手扫过刚才喝空的酒杯，杯子摔在地上。

周聿风听到动静停住了脚步，回头。简橙趁机往前走两步，跟他面对面站着，然后扬起另一只没被禁锢的手，狠狠甩在他脸上。

"简橙，你疯了！"周聿风舔舔唇角，不敢置信地瞪她，明显没想到她会对自己动手。

简橙没回他的话，趁他错愕甩开他的手，扬手又是一巴掌。

这次周聿风抬着胳膊挡住了，他咬牙警告："简橙，你适可而止！"

简橙还是不理他，巴掌打不成，她往旁边退一步，抬脚，弯身，把七厘米的高跟鞋拿在手里，众目睽睽下，她拿着高跟鞋朝周聿风扑过去，发了疯地追着他打。

"最近我听了太多我和你的事，知道我以前总缠着你，知道你趁着我不在劈腿你秘书，知道我们彼此都不幸福。"她提高的声音带着愤怒，"老天开眼，我把脑子摔坏，忘了之前的事，我不缠着你了，你可以娶你的小情人了，不是皆大欢喜吗？"

她把高跟鞋往他脸上砸。"我在医院睁开眼，第一眼看到的就是你小叔，我现在就是喜欢他，我就喜欢他怎么了？"

细细的鞋跟磕他脑门。"你跟蒋雅薇不是确定婚期了吗？你不是说年后的婚礼不变，就是新娘从我变成了蒋雅薇吗？你都要结婚了，又回来纠缠我干什么？"

最后一下，简橙拿着高跟鞋，重重打在周聿风胸口。"你犯贱啊！"

继简橙摔坏脑子后，简橙在酒吧暴打周聿风的事又在圈子里掀起轩然大波。尤其是那句"年后的婚礼不变，就是新娘从我变成了蒋雅薇"，这话相当于简橙直接替周聿风和蒋雅薇官宣了。现在，所有人都知道周聿风要娶蒋雅薇，知道两人的婚礼就在年后。

外人只是凑个热闹，蒋雅薇知道后，简直想给简橙送面"好人"锦旗。

虽然周庭宴说会成全她和周聿风，但一直没动静，所以她心里一直挺忐忑的。现在好了，这事闹这么大，周聿风不娶她都不好收场了。

周聿风被简橙用高跟鞋打得破了相，胸口处也有不少瘀青，内伤比外伤还严重，只能在家养着。他气简橙的不可理喻，气她当众替自己和蒋雅薇官宣。

事情闹大后，家里人几乎把他的手机打爆，他直接把手机砸了，一天要骂简橙八百回。

简橙自己也忐忑。打上头了，话直接就脱了口。倒不是后悔，就是周庭宴说过他会在小年那天跟家里提周聿风和蒋雅薇的婚事。

她提前讲出来了，不知道打乱他计划没。

今年过年早，一月二十五号就是小年。

没几天了，她再忍忍就好了。

忐忑了一晚上，简橙第二天算着时间，在周庭宴不忙的时候给他打电话，把事情交代清楚。"我是不是打乱你计划了？"

周庭宴："没关系。"

他之所以特意选在小年，是因为小年这天家里人多。老爷子重视中国的每一个传统节日，所以周家有条家规：逢年过节，就算你有天大的事，只要没死，就得回老宅吃饭。

周家人多，钩心斗角也厉害，一到节日，所有妖魔鬼怪都到齐了。他会让周聿风和蒋雅薇都在场，然后当众宣布他们的婚事。要让周聿风的母亲亲口认下蒋雅薇这个儿媳妇，时时恶心她，让蒋雅薇记住婆婆给她的耻辱，让婆媳提前积怨。

他要替简橙出口气。

本来打算元旦说的，那时候老爷子住院，于是聚餐推迟到了小年。

周庭宴没把这些告诉简橙。

"你做得很好，这几天你好好休息，后面的麻烦我来解决。"

虽然计划被打乱，但是没关系，他还有其他办法替简橙出气。

隔天下午，周庭宴出差回来，给周聿风打电话。"晚上七点，带着蒋雅薇回老宅。"

蒋雅薇接到周聿风电话的时候正在婚纱店试婚纱。

她是自己来的，瞒着周聿风。

事实上，周庭宴要成全他们的时候，她就在悄悄准备结婚用的东西了。

先想到的是婚房。简橙设计的那套婚房，周聿风带她去过，他们还在里面住了一晚。她特别喜欢那套房子，不得不承认，简橙确实很有才华，房子的每一个设计她都喜欢。她从没见过那样漂亮的装修，连一个简单的牙签盒都是精致艺术品，据说房子里的很多小东西还是简橙自己做的。

只可惜那套婚房周庭宴让卖了，里面的东西也都处理了，她连碰的机会都没有。

蒋雅薇暗想周庭宴不会那么无聊，肯定是简橙要求的，她一度后悔，就不该让简橙看到那张照片。

那是今年五一的时候，简橙和孟糖外出旅游，她陪着周聿风应酬。晚上下暴雨，车在半路抛锚，她想起周聿风和简橙的婚房在附近，突然就想去看看。周聿风当时迟疑了很久，最后还是答应了。

房子很漂亮，她羡慕又嫉妒。所幸，虽然房子不是她的，但男人是她的。

蒋雅薇一直觉得自己不是贪婪的人，最开始她只是想靠近周聿风，只要他能看她一眼，她就知足了。可人的欲望会一点点被养大，她从远远站在周聿风背后，到被他握住手，像简橙那样被他抱在怀里，被他明目张胆地护着……

她越来越贪心了。

贪念越多，欲望越大，人的劣根性就出现了，照片上的她偶尔会生出可怕的念头。

那晚，在简橙精心布置的婚房里，婚床上，她用所有的热情点燃周聿风，外面的雨声都变得暧昧。

床头柜上，简橙的照片正对着他们，照片上的她笑得那样开心。

事后她跟简文茜聊天，简文茜让她趁着周聿风还没醒，在床上拍一张照片。

她照做了。

不仅如此，等简橙回来，到公司给周聿风送饭的时候，她还故意让简橙看到照片。

她拍照的角度堪称完美，照片里，周聿风沉睡的脸很清晰，她窝在周聿风怀里的羞涩很清晰，简橙精挑细选的床品、台灯很清晰，就连床头柜上照片里简橙的那张笑脸，都很清晰……

简文茜对简橙的评价是：聪明又愚蠢。

聪明是说她的才气。简橙从小就是学霸，脑子活泛，随便学学就能考好，虽说出意外后在国外治病耽误了不少学业，运气却不错，还认识了一个很厉害的摄影大师，拜了师，走上了摄影之路。

愚蠢是说她的性子。简橙脾气太倔了，只要是自己认为对的，就硬杠到底，不会服软，不会装可怜，吵架顶嘴是她的强项。简文茜能夺得她家人的关爱，就是因为她脾气太硬，不知道适当的软弱才是拿捏人心的利器。

蒋雅薇能抢走周聿风，除了因为简橙救了周庭宴产生的利益纠葛，还跟简橙在周聿风面前总是公主脾气，哄男人这方面不如她，有一定关系。

比如照片这事，她只要掉几滴眼泪，告诉周聿风，她是太爱他，想存张照片而已，周聿风就原谅了她。

但是简橙，脾气上来就不顾场合，当着公司同事的面用饭盒砸她，扇周聿风巴掌，完全不给周聿风面子。

愚蠢！

可惜那时候，蒋雅薇只想着刺激简橙，让简橙跟周聿风闹，让周聿风厌恶她。要是早知道她会被气得容不下房子，她就换种方式了。

如果过了年就结婚，时间这么紧，重新买婚房、再装修就来不及了。不过没关系，婚后她可以先住在周聿风的公寓，反正她现在也住那里。

可婚房可以拖，婚纱却不行。周庭宴答应成全她和周聿风的时候，她就在悄悄地准备，只是一直没有看中的。本来想找简文茜帮忙，但最近她和简文茜的关系尴尬，就因为当初她没在第一时间告诉对方简橙记忆错乱的事情。

她当然不能说啊，她知道简文茜觊觎周庭宴，如果她说了，简文茜有可能因为不想让简橙缠着周庭宴，再把简橙推给周聿风。

为了守护自己的爱情，她闭嘴了，在消息泄露之前，她绝不多说一个字。

不过，人性真是很奇妙的东西，她跟简文茜有了矛盾，却又多了其他朋友。

酒吧的事传出来之前，圈子里的那些人见了她明着说两句恭喜，实则个个看不起她。简橙帮她和周聿风"官宣"后，那些人全都热情起来，喊她喝下午茶，给她送化妆品，还介绍婚纱店给她。

她今天来的，就是一个突然拍她马屁的朋友推荐的很有名的店。导购员说，她身上这款是刚从国外的总店空运过来的，春季主打款，设计师刚拿了奖，她将会是江榆市首穿的人。

人的运气来了，真的挡也挡不住。

她穿着婚纱，被导购员卖力地夸赞时，周聿风的电话来了。"小叔让我带你去老宅，你准备一下，我六点去接你。"

周庭宴让周聿风带她去老宅……这是要兑现当初的承诺了。

跟做梦一样，她竟然真的打败了简橙，要嫁给周聿风了。

蒋雅薇站在镜子前，微微挺直了胸膛，笑着跟导购员说："就这件吧。"

周陆接到周庭宴电话的时候，正琢磨着再旅游一次，这次把简橙带走，让她远离小叔。结果还没想好怎么把人拐跑，小叔的电话就来了。

"酒吧的事我知道了，听说简橙打周聿风的时候，你还帮了简橙？"

是有这么一回事，谁让堂哥后来躲得太快，简橙都打不到，所以他冲上去拉偏架，抱着堂哥让简橙打。不过，这是小叔第一次给他打电话，问的竟然是简橙和堂哥的事。

周陆摸不准小叔给他打电话的意图，只能实话实说。"是，虽然周聿风是我哥，但我跟简橙也是从小一起长大的，她是什么人我很清楚，这次是堂哥对不起她。"

虽然周陆经常骂简橙是恋爱脑，但他其实也理解她，毕竟堂哥护了她近二十年，站在她的角度，堂哥是突然不要她的。她肯定觉得堂哥是因为被周家的内斗所影响才怨了她。她天真地不肯放弃，一直给堂哥机会，觉得总有一天能挽回堂哥。

结果，她撞得头破血流，遍体鳞伤。

周陆猜测这通电话的原因——莫非小叔最近被简橙缠烦了开始兴师问罪，连他这个帮忙的也得被株连？

他胡思乱想时，又听小叔开口："嗯，我这里有辆跑车，挺适合你，送你了。晚上七点记得回老宅。"

周陆还来不及说话，电话就挂了，他整个人都轻飘飘的。

啥意思？小叔抽什么风，怎么突然送他东西？还知道他喜欢跑车，怎么突然对他这么好？

啊啊啊，不管了，小叔送的跑车，那绝对是他搞不到的，限量级的，不要白不要！

周庭宴挂了电话，又给司机打电话，让他去自己的公寓把那辆刚提不久的跑车开过来。

潘屿来他办公室送资料，恰好听见他打电话。"那辆跑车您不是很喜欢吗，怎么送给周陆了？"

周陆，整个周家最没功利心的一个，周总跟家里的小辈都不亲，怎么突然要送周陆大礼？

周庭宴自然有自己的打算。

周陆跟简橙关系好，从现在开始，他得把那小子变成自己人。他是长辈，简橙嫁给他，也成了长辈，有时候说话得注意身份。周聿风，蒋雅薇，周家那些被宠坏的小辈……周陆跟他们是平辈，谁欺负简橙，周陆可以帮简橙骂回去，打起来都没关系。

今晚他把周陆叫回去，准备借着这个机会，帮简橙澄清一些莫须有的罪名。

现阶段，他不能明着为简橙说太多好话，但周陆可以。

晚上七点，周家老宅虽然不如过节时热闹，但人也不算少。听说周庭宴要回老宅处理周聿风和蒋雅薇的事，当天在江榆市的周家人都过来了。

客厅几乎坐满了。

周陆的脸比别人大，他是小叔亲自打电话喊回家的，喜滋滋地把单人沙发上的亲妹妹拉开，无视妹妹哭唧唧的委屈脸，自己坐上去。

妹妹腹诽：？？？有病吧！

小叔还没来，周陆就先窝在沙发上打游戏等着他的跑车。

本来心情很好的，当瞧见堂哥周聿风牵着蒋雅薇从门口进来时，他脸色瞬间就变了。

堂哥怎么把这个女人直接带回来了？最近家里因为她都闹成啥样了？周家都快成圈里的笑话了。堂哥这是不怕死吗？

不过，带回来也好，今晚有好戏看！

周陆游戏也不打了，退出界面，打开摄像头，整个人往后一靠，跷起二郎腿，镜头对准蒋雅薇。

十秒后。

啪——

清脆的巴掌声突兀响起，蒋雅薇左脸挨了一巴掌。

打她的是周聿风的母亲，曹瑛。

"你个贱人！我还没找你呢，你竟然敢自己送上门！"

蒋雅薇一直都知道。像周家这样复杂的豪门，她这种平民是必然会遭到嫌弃的。但她又抱着侥幸心理。

她跟曹瑛早就认识了。曹瑛对儿子的控制欲很强，什么都要管，什么都要抓在手里。蒋雅薇作为周庭宴的秘书，曹瑛自然是早就找上了她，可以说她是曹瑛的眼线。但凡简橙联系或者去找周聿风，她就立刻跟曹瑛汇报，曹瑛会找借口把周聿风喊走。

所以最开始周聿风频频放简橙鸽子，是曹瑛搞的。

后来曹瑛看出她对周聿风的心思，并没有阻拦，甚至经常把她约出去逛街喝下午茶，明里暗里表示，不介意她的家世，说比起简橙，更喜欢她当儿媳妇。

有简文茜当军师，曹瑛当助攻，她跟周聿风的感情越来越好。

其实蒋雅薇一直都知道，曹瑛并非真的喜欢她，只是借她的手拆散简橙和周聿风而已。哪里知道简橙和周聿风解除婚约后，曹瑛就开始卸磨杀驴了。

居然想让她辞职，给她一笔钱，让她离开周聿风。

一直以来，她在曹瑛面前的形象都是"很听话、很好掌控"。曹瑛让她离开，她当然说可以，明着说年后就辞职，实则在等周庭宴兑现承诺。

今晚她跟周聿风回家，她知道曹瑛肯定会生气，但以曹瑛的性子，应该不会当众动手才是，毕竟在外人面前曹瑛一直装得很优雅。

蒋雅薇挨了一巴掌也不敢喊痛，低声下气地开口："阿姨，您听我解释。"

她不开口还好，这话一出，曹瑛像受了刺激般猛地朝她扑过去，声音都变得尖锐："解释？你解释什么？当初你怎么答应我的？你说你会离开聿风，让我放心，你就是这么让我放心的？"

曹瑛和丈夫是商业联姻，夫妻俩没什么感情，丈夫整日不着家，她把自己的时间和精力分成两部分。一部分制造夫妻恩爱的假象，一部分培养和教育唯一的儿子。她讨厌泼妇，厌恶那些情绪不能自控的女人，但今晚见到蒋雅薇，她失控了。

这些年，她心里一直堵着一口恶气。

当初周庭宴插手聿风和简橙的婚事，娘家那边的人就都劝她，既然甩不掉简橙，那不如就试着接受。

大哥说："曹瑛，你如果实在难受，就换个思路，你这么想，简橙是周庭宴的救命恩人，等简橙跟聿风结了婚，那周庭宴看在简橙的面子上肯定会帮着聿风，这也算好事。"

换个思路？她换不了。如果简橙当年没救周庭宴，她或许能接受，但简橙偏偏救了周庭宴。如果周庭宴没在当年那场车祸中活下来，那聿风就是京岫集团的继承人。

母亲说："曹瑛，周庭宴已经活下来了，你改变不了什么，你应该往前看。"

往前看？看不了。她恨周庭宴，不单纯是因为他抢了儿子继承人的位置，谁让他是那个女人的儿子。

总之，她恨周庭宴，也恨简橙救了他。她看见简橙就生气，如果简橙真成了她儿媳妇，她怕自己早晚得气死。

这些年，她费尽心思让儿子厌恶简橙，终于成功，能睡个好觉了。可是，刚弄走个让她烦心的简橙，又来个贫民窟里走出来的丫头。她要的儿媳妇，必须和儿子门当户对，有能力在聿风的事业上给予他帮助。蒋雅薇这种从小县城来的土包子，怎么配得上聿风呢？

曹瑛有自己的骄傲，有外人在的时候，她从来都是优雅的，若是以前，她再生气也不会在众目睽睽下动手。但是最近几天她严重失眠，昨晚更是整宿睡不着，今天家里来了那么多人，七嘴八舌地讨论聿风和蒋雅薇的事，刺激着她的神经，她的情绪一直处在崩溃的边缘，脑子快要炸了。

偏偏这时聿风又牵着蒋雅薇进来了。

她控制不住，恨不能把蒋雅薇吃了。"说什么会离开聿风，你根本就是在骗我，从头到尾都在骗我！"

蒋雅薇说她会离开聿风，曹瑛原本是信了的。周庭宴给她打电话，说要谈蒋雅薇和聿风的婚事时，她还说不用谈，蒋雅薇答应了会辞职离开。

当时周庭宴冷笑了一声，道："辞职？她婚纱都订好了，二嫂不知道吗？"

曹瑛这才知道自己被骗了！

"妈！"周聿风没想到向来优雅端庄的母亲会当着这么多人的面动手，眼见母亲把蒋雅薇的脸都挠破了，他赶紧拉住母亲的胳膊。

曹瑛怒火更高涨。"你还敢护着她！"

曹瑛再次朝蒋雅薇扑过去，把失眠的郁气，被欺骗的怨气，全发泄在她身上。

蒋雅薇不敢还手，拼命往周聿风身后躲，周聿风手忙脚乱地阻止。既要护着蒋雅薇，又不能真的伤害母亲，他动作艰难，甚至时不时被误伤。本来脸上被简橙用高跟鞋砸出的伤口还没完全恢复，这下又添不少新伤。

砰！砰！砰！

一片混乱中，周老爷子手里的拐杖连敲了三下地板。"再闹都给我滚出去！"

因为前阵子住了院，老爷子的声音不似往常那样底气十足，但也足够震慑众人。他开了口，看戏的众人才想到去阻止。三人很快被分开，曹瑛被按在沙发上，周聿风和蒋雅薇坐在管家新添的凳子上。

周聿风被误伤严重，脸上都被挠出血了，蒋雅薇的情况也不好，头发凌乱，左边脸颊红肿，右边脸上有几道血淋淋的指甲印。

两人都不敢打曹瑛，所以曹瑛头发不乱，脸上也没伤，只是衣服乱了些。

这边刚安静下来，周庭宴就开门进来了，一起进来的还有周聿风的父亲，周百川。

曹瑛此刻还是头疼得厉害，但已经冷静下来了，看见周百川，她脸色好了些，看见他和周庭宴一起进来，脸色又沉了。

沙发上有两个小辈让位，周庭宴和周百川过去坐下。

周百川看看曹瑛，再看看儿子和蒋雅薇的惨状，就能猜出刚才发生了什么，却什么都没说。

周庭宴倒是问了一句："怎么回事？"

周陆抢答："堂哥带着小情人过来，二婶不喜欢这个儿媳妇，扑上去打人，堂哥护着小情人，被误伤。"

周聿风冷下脸。"周陆，注意你的用词！"

周陆撇嘴。"我又没说错，你跟简橙没取消婚礼的时候就跟这个姓蒋的乱搞，她不是情人是什么？贱人？"

周聿风浑身都疼，脾气也烦躁。"你再说一句信不信我揍你！"

周庭宴淡淡道："你揍他干什么，他又没说错，怎么，敢做不敢承认？"

周聿风紧抿着唇，忍着没吭声。

周陆惊愕地瞪大眼睛，嘿，小叔竟然帮他说话？怎么回事，小叔今天怎么对他这么好？又是送跑车，又是帮他说话的。

周庭宴回到今天的主题："二嫂，既然婚期定了……"

"什么婚期定了！"曹瑛急急否认，"都没有的事，那是简橙胡说八道的！"

周庭宴说："是我告诉她的，聿风跟我提过这事。"

周聿风躲开母亲的瞪视，确实，当初小叔问他想什么时候，他嘴贱说婚期不变。

曹瑛狠狠瞪儿子一眼，试图找回面子。"那也怪简橙，谁让她说的，她就是个祸害。"

周庭宴冷冽的眸光扫她一眼，看向周陆。"你当时在场，说说，简橙错了吗？"

周陆立刻摇头："没有！"

他把那天的事从头到尾说一遍。"我喊简橙去的，我俩喝得好好的，堂哥突然冲过来，他跟简橙说话，简橙连个正眼都没给他，后来也是堂哥把人家拽下凳子，简橙实在受不了才动手的。她当时真是被逼急了才说那些话的，不信我把监控给你们调来。"

曹瑛又憋了一口气。"反正简橙当众败坏聿风的名誉就是不对，如果不是她，闹不成这样，她就是恶毒。"

"二嫂，别太虚伪。"

周庭宴端起管家递过来的茶杯，喝了一口。"你这么讨厌简橙，处处贬低她，侮辱她，不就是因为她救过我吗？如果当年我死了，京岬就是二哥的。"他用最平静的语气，说出让整个客厅都结霜的话，"你怨简橙断了你们的路，可你别忘了，就算没有我，你们也抢不过老大，老大阳谋阴谋玩得溜，有他在，你们什么都得不到。"

客厅里死一般地沉寂。

曹瑛恨简橙的原因，所有人都知道，但从来没人敢当面说。

一杯茶的工夫，周庭宴竟然就将这件事这么平平静静地说出来了。

可怕的是，还没结束。周庭宴漆黑的眸子紧盯着曹瑛，手指一下一下，有节奏地敲着茶几，敲一下，俊脸就沉一下，最后布满荫翳。

他问曹瑛："二嫂，老大呢？"

这话一出，客厅的气压更是降到最低，年纪大的屏气凝神，小辈们连大气都不敢喘。

周陆本来因为小叔帮他说话嘚瑟地跷起了二郎腿，此时此刻，又小心翼翼地把腿收回来，一声不敢吭，嗓子痒想咳嗽，都被他压下去。

是啊，大伯呢？

爷爷有过三个老婆，六个儿子，三个闺女。这些年，所有人都在，独独少了大伯，因为大伯死了。

怎么死的？

可以说，是被小叔逼死的。

大伯和小叔的恩怨，周陆只知道个大概。

小叔经历过一场惨烈的车祸，他同学因为那场车祸而丧生。小叔后来查到，车祸跟大伯有关，就疯了一样报复，把大伯所有的私人产业连根拔起，把大伯在京岬的路堵得死死的。

后来大伯安眠药吃多了，没救回来。

周陆电影看多了，曾经还阴谋论，但警方介入了，所有证据都显示小叔是无辜的。

他爹当时听他猜测，还给了他一巴掌。

"你小叔这个人不会杀人，但他是整个周家最不能得罪的，得罪他，他不会用刀，只会诛心。他会用你最引以为傲的东西惩罚你，击败你，让你觉得自己是个废物，让你自我怀疑，你大伯，就是太着急了……"

这段过去是周家的忌讳，这么多年谁也不敢提，没想到小叔今天竟然主动提了。

小叔怎么这么吓人，早知道他不来凑热闹了，跑车也不要了。

现在跑还来得及吗？

曹瑛也是没想到周庭宴竟然会直接撕破脸。她被吓住了，脸色惨白地看向周百川求助。

周百川低着头没看她，也没说话，手指慢慢捻着手腕上的佛珠，不知道在想什么。

曹瑛恨恨咬牙，最后只能看向老爷子。"爸——"

老爷子半天没吭声，握着拐杖的手却因为用力过猛出现青筋，他没搭理曹瑛，沉默了好半天，才抬头看向周庭宴。"庭宴啊，说说吧，你想做什么？"

周庭宴看向他，发出薄凉的冷笑。"我想做什么？我想二嫂能消停一点。"

他给自己添满茶，问曹瑛："二嫂，现在所有人都知道聿风和蒋雅薇要结婚，你不同意，怎么收场？"

曹瑛被他吓得张了半天嘴，说不出一个字。

周庭宴的目光转向周百川。"二哥，你的意思呢？"

周百川抬头，与他对视一会儿，慢慢站起身。"我一直崇尚婚姻自由，既然是聿风喜欢的，我尊重他。"

他说完就走了，曹瑛气得浑身发抖。"周百川！"

回应她的只有关门声。

周庭宴喝了半杯茶，朝老爷子道："您的意见呢？"

老爷子的目光从周百川离开的方向收回，幽幽叹口气，也起身，挂着拐杖走了。"我老了，你看着办。"

"二嫂？"周庭宴最后看向曹瑛，等着她点头。

曹瑛狠狠掐了下大腿，压住恐惧，垂死挣扎。"聿风和蒋雅薇不合适，他们……"

周庭宴不轻不重地放下杯子，耐心终于用完，他起身，慢条斯理地整理衣服。

"二嫂，我之所以浪费这么多时间处理你们家的事，是因为你们这些破事让周家丢脸，让我丢脸。我现在愿意花时间处理是给二哥面子，蒋雅薇能搞定聿风，你应该出了不少力吧，今天到这一步，完全是你咎由自取。"他看她一眼，眸中满是冷色，"二嫂，好好想清楚，还是说你想让我把聿风送出国？如果你真这样想，也可以，他走了就没那么多事了，家里也能清静些。"

曹瑛惊得浑身一抖，忍了又忍，最后一咬牙。"我同意，我同意让他们结婚。"

从老宅出来已经快十点了。

周庭宴给简橙发消息：睡了吗？

简橙正在去停车场的路上。

没呢。

消息发出去，隔了半分钟，周庭宴的电话就过来了，问她在干什么。

简橙实话实说："突然想吃烧烤，就出来了。你那边结束了吗？"

下午的时候他跟她说晚上要回老宅解决周聿风和蒋雅薇的婚事。

周庭宴："嗯，你把定位发给我，我去找你。"

简橙看看手里的袋子。"我是打包带回去吃的，现在买好了，马上到停车场。"

这边的烧烤干净，味道极好，离公寓二十分钟车程。简橙本来想在店里吃的，但生意火爆，她来得晚，没座位了。

周庭宴顿了几秒，问她："那我方便去你的公寓吗？就坐一会儿，不留宿，如果你觉得不方便，就算了。"

简橙说："方便，你过来吧。"

都结婚了，有什么不方便的。

挂了电话简橙才想起来，忘了问周庭宴吃不吃夜宵，她买的烧烤只够一个人吃。

没再打电话过去，她走出巷口时，拐进一家灯火通明的便利店买了份关东煮。

回到公寓，简橙把手里的东西放到餐厅，目光把每个角落都巡视一遍。

公寓收拾得很干净，昨天阿姨才来打扫过，就是客厅有点乱。她下午窝在沙发上看电视，吃了点零食，地上还有没拼完的乐高。

简橙换了件宽松舒适的衣服，把客厅收拾干净，抹布刚扔进桶里，门铃就响了。

周庭宴是直接从老宅过来的，身上还是那件笔挺名贵的黑色大衣，矜贵俊美，扑面而来的成熟魅力。

简橙往旁边挪一步让他进来，见他停在鞋柜前，才想起这里没有男士拖鞋。

"不用换了，直接进来吧。"

其实本来有好几双，还都是情侣款。简文茜生日那天，她扔东西的时候都处理掉了。

"我自己带了。"

周庭宴手里有两个袋子，一个装着水果，一个装着拖鞋，他把拖鞋放在地上，脱了鞋换上。老宅有很多没穿的新拖鞋，这么晚了，不想太麻烦她，就顺手带了一双过来。

简橙错愕地盯着他的脚，明显没想到他会自带拖鞋。

哪儿有人去别人家做客，还自带拖鞋的？

进了屋，周庭宴把水果放在餐桌上。"吃完烧烤，吃点水果。"

听说她吃烧烤，他又折回老宅。老宅那边不缺水果，很多都是空运来的，他先每样拿了一点，打算看她喜欢吃什么，以后给她买。

周庭宴帮她把烧烤铺开在盘子里，又把关东煮打开，往她的方向推。

"今天太晚了，少吃点，烧烤我会，以后想吃了，我给你烤，我的技术还不错。"

简橙拿了串塞嘴里。"不用那么麻烦，我就是偶尔吃一次，吃得也不多，自己烤麻烦。"

周庭宴："除了烧烤，我会做的菜也不少。"

周庭宴问她喜欢吃什么菜，又说了几道自己的拿手菜，全程保持着平和温润的态度。简橙整个人松快了不少，跟他聊天也不再那么拘束。

不知不觉间，简橙已经吃饱了。烧烤基本都是她吃掉的，关东煮吃了一点，周庭宴晚上没吃几口，也饿着，把她剩下的都吃了。

他让简橙去客厅坐着，自己把餐桌收拾了，又去洗了水果。简橙抢了几次，都被他赶出了厨房。

简橙："？"

嘿，到底谁是主人，谁是客人？

后来两人在沙发上坐下聊天，周庭宴才把今晚在老宅发生的事简单跟她说了。

还着重强调了曹瑛打蒋雅薇的事。

简橙没想到曹瑛会当众动手,她认识的曹瑛是个很会装的人,装优雅,装幸福。伪善!有人的时候连蚂蚁都不会踩,没人的时候能一只手掐死大象。

简橙幸灾乐祸。"现在就开撕,结婚后不知道要闹成什么样呢。"

以后天天有免费的宅斗剧看。

周庭宴仔细盯着她的神色,声音很轻。"这次他们的婚事就真的确定了,马上就要更换请柬,你真的……没事吗?"

前面吵吵闹闹,现在在周聿风和蒋雅薇的婚事铁板钉钉了,听她说一个人吃烧烤的时候他就知道,她其实心里还是会有些刺痛吧。

那一瞬间就很想来看看她。

周庭宴朝她伸手。"要不要抱抱你?"

简橙知道他是什么意思,把嘴里的香蕉咽下去,摇摇头,笑笑说:"我不难过。"

如今这个局面是她一手促成的,有什么可难过的。她只是,突然想吃烧烤了而已。

周庭宴没再继续这个话题,收回手,又聊了一会儿,看了眼腕表,已经深夜一点了。

"你早点休息,我先回。"

他起身往门口的方向走,换了鞋,回头看向跟过来的简橙,漆黑的眸子一片幽暗。"以前对你放纵,是因为你救了我的命,现在对你放纵,是因为你是我的妻子,我有责任保护你。"

他抬起手,想给她一个拥抱,又在最后放弃,怕吓到她,只把手掌在她头顶压了压。"想做什么就去做,随便你闹,捅破天也没关系,别让自己太委屈,出了事,我给你托底。"

随便你闹,捅破天也没关系……

简橙愣住,错愕地看着他。这话听着……他好像知道些什么,别是知道她还要搞事吧?

不应该啊,这是她的私事,她谁都没说。

没错,她故意搞出这么大动静,其实还有一个原因。

马上就过年了,今年她打算回简家过,趁机坑一坑她的亲爹,骗一笔……巨额嫁妆!

还有罪魁祸首简文茜,她不只要抢简文茜喜欢的男人,还要把简文茜从长盛集团踢出去。不知道上次警告简佑辉的话,他听进去没,要是听进去就算了,如果听不进去……她现在有靠山了，家产也可以抢一抢。她会把整个长盛集团抢过来，什么都不给简文茜。

小年刚过就有人收到了周家新印制的请柬。

请柬设计比起之前的那张简直天差地别，看得出来赶制得比较仓促。

新郎：周聿风。

新娘：蒋雅薇。

婚期就是之前跟简橙官宣的婚期，二月中旬，情人节那天。

之前简橙帮他们"官宣"，还有人不信，这次实锤了。

收到请柬的人不多，但这事在圈子里传播速度极快。

"周聿风和简橙的请柬我们家收到了，蒋雅薇这个没有。"

"我们家也是，听说这次只通知了亲属，还有和周家私下交情深的，估计是嫌丢人。"

"周家怎么可能同意这婚事？"

"蒋雅薇有本事呗，能把人家二十多年的青梅竹马拆散，想嫁进豪门不是轻而易举？"

"瞧着吧，这出戏没完，等哪天简橙恢复了记忆，发现周聿风跟小三结婚了，有的闹呢。"

简橙对周聿风换了新娘的事丝毫不关心，继续追着周庭宴跑。从送饭送点心送花，到花钱买户外LED屏幕告白。

京岫集团对面有科技园区的展示屏，夜幕降临，淡紫色的光幕携着表白巨幕在半空扩散，每天都有新花样。

周庭宴，今天是想你的一天。

周庭宴，今天是爱你的一天。

周庭宴，今天是又想你又爱你的一天。

周庭宴，今天又是爱你的一天哟，明天继续爱你，比心比心。

周庭宴，你是我的人间理想，想你哟。

有钱任性，LED巨幕连续滚了一周，得到消息后，众人驱车蹲点，疯狂拍照发朋友圈。这么明目张胆的表白惹众人哗然，等着看简橙笑话的人越来越多，同情周庭宴的人也越来越多。

瞧瞧，被这小公主缠上多可怕。

周庭宴对巨幕的态度是冷漠和无视。不去管，也不回应，问就是有救命之恩，不能把事情做太绝，随她去。

秦濯私下问他，被一个小姑娘用这样热烈的方式表白，激动吗？

当然激动。

每天夜幕降临，他总会坐在办公室的落地窗前，那里可以完整地看到那面LED屏幕。

他用手机把这些录下来，放了多久，他就录了多久。虽然知道这只是一场戏，但他很开心，就当是她送他的新年礼物了。

这是从小到大，他收到的最好的礼物。

除夕，简橙回老宅过节。

这是十八岁后，她第一次在简家过除夕，那五年在国外没回来，去年过年她跟着孟糖回的家。

除夕夜，整个城市张灯结彩，喜气洋洋，唯独简家冷冷清清，气压很低。

简橙六点半进门，餐桌上已经摆好了饭菜，但没人上桌。

简宏云和简佑辉坐在沙发上抽烟，梅岚和简文茜坐在一起聊天看电视，保姆在厨房收拾。

简橙换了拖鞋走过来，看一眼餐厅。"哟，菜都上齐了，怎么都不上桌，等我啊。"

简文茜最近睡眠质量极差，需要喝咖啡提神，杯子里的咖啡是她最喜欢的牌子的，已经喝了一半。看见简橙，她瞬间觉得嘴里的咖啡没味了。虽然很想扒开她的脑子，把周庭宴从里面剔除，但现在不是撕破脸的时候，还得维持和善的表面关系。

简文茜放下杯子，笑笑。"是啊，就等你了。"她又挽住梅岚的胳膊，佯装严肃地朝简橙道，"妈最近一直念叨你呢，很想你，给你打电话你也不接，让你早点回来你也不回，妈很伤心呢，你先给妈道个歉。"

梅岚哼了一声。

若是以前，小女儿能回来过年她还是挺开心的，毕竟是亲生的，闹僵了只会让旁人看笑话。现在她开心不起来。最近小女儿闹腾得太厉害了，先是被周家退婚，紧接着就摔坏脑子，忘记周聿风，缠上周庭宴，最近又搞那么大动静跟周庭宴表白……

一件一件的事，让人看足了笑话。

他们作为家人跟着丢脸，这段时间，她在贵妇圈子里都抬不起头来。

她给简橙打电话，简橙不但不回来，竟然还把她拉黑了，甚至把他们全家都拉黑了。

这丫头真是越来越叛逆了。

简橙的目光落在简文茜脸上，笑盈盈道："我为什么不回来你不知道？我是为了你才不回来的。"

简文茜皱眉。"跟我有什么关系？"

简橙："当然有关，我现在追周庭宴，你心里肯定不舒服啊，你也喜欢周庭宴，想嫁给他，咱俩是情敌。"

这话一出，空气安静了几分。

简文茜眉心一跳，下意识朝简佑辉看一眼，然后急声否认："简橙，你别胡说八道！"

简橙也瞥一眼简佑辉，把他的神色收入眼底。"谁胡说八道了，我听潘屿说的啊，潘屿说你总是借着工作机会勾引他老板，说他老板烦死你了。"

简文茜喜欢周庭宴这事，简橙确实是听潘屿说的，不算说谎。

简佑辉看向简文茜，简宏云也看向她，梅岚拉着她的手，惊愕地问："文茜，你真喜欢周庭宴啊，怎么没听你说过？"

难怪这么多年，相亲无数回，她谁也看不上。

简文茜被简橙打了个措手不及，正想着该怎么开口，简橙已经帮她回答了。"她当然不敢说了，因为周庭宴警告她了，再缠着他，他就吞了长盛集团！"

最后一句，简橙说完朝简宏云瞥一眼，果不其然，简宏云噌地站起来，指着简文茜道："文茜，别胡闹啊！这可不是闹着玩的，你别再去惹周庭宴！"

老天，还让不让他活！一个小女儿就罢了，现在连文茜也开始惹周庭宴了？

简宏云觉得今年运势不好，过了年一定要请风水师过来看看。

长盛集团最忙的时候就是年前年后，所以这段时间，即便知道小女儿闹出的那些事，他也没空搭理。他忙着公司的事，忙着出差，回来已经是腊月二十八了。

最初听到周聿风要娶蒋雅薇的消息，他没信。怎么可能呢，旁的不说，曹瑛那个女人怎么可能允许自己有个出身草根的儿媳妇？

他跟曹瑛是同学，那女人打小就看不起穷人，个子不高，姿态摆得挺高，总拿鼻孔看人。

曹瑛是不可能接受蒋雅薇的。

因为了解曹瑛，所以简宏云打心底觉得消息很假，岂料小年过后没几天，竟然收到了周家送来的请柬。曹瑛竟然同意了周聿风和蒋雅薇的婚事。

好家伙，这个蒋雅薇是个狠人啊！

到手的女婿就这么飞了，简宏云气得火冒三丈，尤其他知道简橙用 LED 巨幕跟周庭宴表白后，气得高血压都要犯了。当即打电话让简橙回家，被拉黑了就用管家的手机打。

"你要是再不回来，就永远别回来了！"

这才把这丫头喊回来。

想到小女儿最近做的事，简宏云朝简橙吼一声："你先跟我进来！"

他先去了书房。

简橙脱了外套，里面是高腰牛仔裤和短款白色针织毛衣，她拨一拨微卷的乌黑长发，扭着柳腰跟上简宏云。

特意从梅岚跟前绕一下，凑到她耳边，嘀嘀咕咕说了一些话，然后优哉游哉地上了楼。

梅岚脸色骤变，愣在原地，目光在简佑辉和简文茜身上来来回回打量，感觉浑身的血液在翻腾。

二楼书房。

简橙跟着简宏云上来时从零食柜拿了包曲奇饼干。半包饼干吃完，简宏云还没骂完。唾沫星子乱喷，中心思想是：一切都是她自己造成的，她愚蠢，她笨，她没脑子，她不听老人言，会死得很惨。

简橙耐心也足，坐在电脑桌前的转椅上慢悠悠嚼着饼干，时不时用脚点一下地，转两圈。

她倒是挺舒服，简宏云都快被气死了。敢情他骂半天，一腔怒火把自己烧着了，这丫头是一个字都没听进去。

他啪的一声拍桌子上。"简橙！你到底想干什么！"

简橙咬一口饼干，嚼碎了咽下去，对上他咆哮狰狞的脸，莫名其妙地开口："老简，你是不是老年痴呆了，怎么自己刚刚说过的话，还来问我？你刚才不是都说了，我胆大包天地跟周庭宴表白吗？"她笑笑，"我现在就是在追周庭宴啊，我还要嫁给他。他给你当女婿不好吗？"

简宏云："？"

简宏云现在基本可以确定，这丫头要么跟生日宴那天一样又受了什么刺激，要么脑子真的摔坏了。

"你别再胡闹了，能拿下周聿风就是你的本事了，周庭宴你攀不上。"他冷静下来，帮她分析目前的情况，"周聿风和那个姓蒋的不是还没结婚吗？周庭宴欠你救命之恩，甭管你现在是不是真脑子坏了，你听爸的，赶紧去求求周庭宴，还有挽回的余地。"

周庭宴那样的男人，怎么可能看得上简橙这样嚣张跋扈、一身毛病的傻丫头。就算简橙用救命之恩要求他，他也不可能娶她，毕竟简橙跟周聿风纠缠这么多年，是差点成为他侄媳妇的女人，他娶了可就成笑话了。

男人嘛，最重要的是面子。

而且最近这丫头那样高调表白，周庭宴半点反应都没有，明摆着对她没兴趣。

简橙自动无视他琢磨几天的分析，忽而道："老简，咱俩赌一把？"

简宏云蹙眉："赌什么？"

都火烧眉毛了，这丫头竟然还有玩心。

简橙："如果我能嫁给周庭宴，你给我百分之九的公司股份当嫁妆。"

"百分之九？"简宏云觉得她疯了。"给了你，你就有百分之十一了，你姐姐这些年为公司劳心劳力才有百分之十，你半点贡献没有，胃口倒是不小。"

简橙嗤笑一声。百分之九就嫌多，这才是刚刚开始，她胃口小一点，只比简文茜高一点点。简佑辉要是不争气，以后她还会比简佑辉高呢。

简橙理直气壮。"我嫁给周庭宴，这不比百分之九的股份重要吗？你成了周庭宴的老丈人，想要什么项目没有？我给你带去的价值比简文茜大多了，你会不会算账？"

简宏云无语。"说得好像你真能嫁给周庭宴一样，见好就收吧，我给你留着面子呢。"

简橙捏了块曲奇饼干在手里，微微用力，碎屑从指间漏出。"我的赌注，常淮路。"

"常……常……常淮路？"简宏云猛地一惊，忽地沉默了。

常淮路这几年发展迅速，现在已经是江榆市最吸客的一条巴黎风情商业街。很少有人知道，那是简家祖上留下的财富。每每提到祖上，简宏云全身上下都跟被刀捅了似的，肉疼。

想当年，他老简家也是辉煌过的。

江榆市的初代富豪有三个，简橙的曾祖父，周聿风的曾祖父，秦濯的曾祖父。

周家的京岫集团是江榆市龙头企业，简家的长盛集团排在秦家之后，位居第三。

那时候，真是风光无限。可惜，从简橙的爷爷，他的老爹开始，简家就走下坡路了。简家嫡系这边连着三代都是独子，他老爹又被宠得骄纵放荡，做生意好高骛远，投资无大小，一投一个坑，真金白银地往里砸，家大业大也架不住这样祸害。

后来家族联姻，他老爹娶了个宝。

提起简橙的奶奶，他的母亲，简宏云心里其实是很崇拜的。英姿飒爽的女强人，短短几年就把他老爹刨的坑基本补上了。

可惜命不好。她在后面补墙，丈夫在前面拆墙。

不但如此，他爹还经常在外偷吃，花边新闻很多，母亲的婚姻不幸福，生他时又伤了身子，养了很多年，慢慢力不从心，没心思再打理长盛集团，早早把公司交给了他。

简宏云继承了亲爹的好高骛远，投资经常踩雷，回报率惨不忍睹。

这个社会就是这样，优胜劣汰，简家吃老本维持的时候，江榆市创业的青年才俊和崛起的优秀企业一拨又一拨。

简家和周家的距离早就拉开了，周家依旧独占鳌头，简家在江榆虽然还能排得上号，但跟周家的距离很远了。

简宏云一直觉得是简家的风水出了问题，不然怎么周家和秦家儿子一个接一个地生，甭管婚生的，还是私生的，起码人家子孙后代多，家大业大。

他简家呢，他爷爷是独生子，他父亲是独生子，他是独生子。他算好的了，生了两个，一儿一女，但还是只有简佑辉一个儿子。这些年他在外面养女人，一是为了解决生理需求，二是为了多生儿子。可惜啊，那些女人愣是没一个争气的，甭说儿子，连闺女也没生一个。

一个个的真没用！

烦人的事一大堆，高兴的事倒是只有一个。

常淮路整条街都是他们简家的，每年光收租都不少，什么都不干，下半辈子也能衣食无忧。可惜啊，整条街的钱，一分都没进他口袋。

父亲还在世时就打过那条街的主意，可惜爷爷早早把那条街给了母亲，母亲死死护着不让动。

母亲还在世时，他也打过那条街的主意，可惜母亲不给他，他想着等母亲百年之后那条街肯定是他的。结果老太太临终前，把那座金山的继承权独独给了她的宝贝疙瘩简橙。

他也是生气，所以当初给文茜百分之十的股份，只给简橙百分之二。

简宏云的思绪慢慢回到简橙的这个赌局上。那座金山比长盛百分之九的股份有价值多了。简宏云完全没想到简橙竟然会用常淮路当筹码。这么大的赌注，不像是在开玩笑。

可她连周丰风都拿不下，怎么可能有本事让周庭宴娶她？

正胡思乱想着，冷不丁听到简橙的催促："怎么年纪越大，越婆婆妈妈的，你就说赌不赌吧，不赌我走了。"

简宏云试图讨价还价："你姐姐才百分之十，你如果能拿百分之十一，就比她多了，这对她不公平。"

简橙起身，在他书房转了转，把柜子里的茶叶拿下来揣怀里。"所以你是不愿意赌喽，行，等我嫁给周庭宴，我吹吹枕边风，让他砍了所有跟简家的合作路子，专门抢你们的项目。"

简宏云眼皮直跳。"你敢！"

墙上挂着的名画简橙也拿下来揣怀里。"为什么不敢，你们不是一直说，我心眼小得像针孔吗？我就小心眼，我就要比简文茜多。"

简宏云看着她的强盗行为，肉疼，一咬牙。"行！"

虽然他不知道这丫头怎么有把握的，但是这么大的筹码，他没道理不赌。就像简橙说的，如果她能嫁给周庭宴，给简家带来的利益比百分之九的股份更多。如果她赌失败了，常淮路那座金山就归他了。

怎么着他都不亏。

更重要的是，这丫头这段时间闹得太厉害，他老脸都丢尽了，如果她真能嫁给周庭宴，他就扬眉吐气了。

反正都闹成这样了，不如信她一次。总归就差了百分之一，如果文茜知道了，大不了他再给文茜……

念头刚起，又听简橙道："老简，别想着偷偷给简文茜补上，我念着你是我亲爹，没跟你狮子大开口，总之，你给她加，就得给我加，我肯定是要压简文茜一头的。"

简宏云无语："你为什么总跟你姐比？你姐为公司牺牲了这么多，她应该比你多。"

简橙白皙的手指摩挲着他电脑桌上的砚台。"养女比亲闺女的股份多，这话传出去，我脸往哪儿放啊，反正我得不到，就毁掉，你答应，咱们就和和睦睦地处。"她看向他，笑眯眯的，"你不给我脸，我还管你是几块钱的葱啊。"

简宏云被她最后一句大逆不道的话气得呼吸不畅，忽又听她问了一句。"老简，你说实话，简文茜到底是不是你的私生女啊，或者是梅女士的私生女？不然你们怎么都把她当眼珠子疼？"

"简橙！"简宏云气到咆哮，"你胡说八道什么！"

简橙笑笑未言。起初他们偏心偏得离谱时，她就偷偷做了亲子鉴定，结果显示她确实是亲生的，简文茜也确实是养女。

所以，她确实是胡说的，至于原因，她就不清楚了。

书房里，父女俩就赌约的条款在谈细节，迟迟没下来；客厅里，简文茜已经有些坐立难安。

简橙跟着简宏云上楼后，简佑辉手机响起，出去接电话了，她想跟过去解释，但梅岚拽着不让她去。

"你陪妈聊聊天。"

说是聊天，但其实全是她在说，梅岚就问一句她和周庭宴的事，她违心解释半天，说自己不喜欢周庭宴。这事她隐藏得很好，不怕被戳穿。

她确实暗示过周庭宴，还巴结过潘屿，周庭宴不搭理她，潘屿也明着劝过她。她没死心，借着工作的事靠近，周庭宴知道是她在负责，竟然直接停了项目，宁愿赔钱也不想跟她说一句话。

简文茜怨极了简橙，这丫头简直乱出牌，完全不按套路，总是打她个措手不及。

既然扯到长盛集团，她自然不能承认，不然以后但凡长盛的项目出问题，她就得背锅。

这件事倒是好隐瞒，让简文茜坐立难安的是简橙上楼前跟梅岚说的话。因为简橙说完，梅岚看她的表情就变得很奇怪。

实在忍不住，简文茜解释完周庭宴的事，就挽着梅岚的胳膊，似不经意地问："妈，橙橙跟您说什么了？我看您脸色不太好。"

梅岚看看她，沉默了一会儿，笑道："没说什么，就说她要嫁给周庭宴，小丫头片子，天天做白日梦，别理她。"

说什么了？

简橙说："我那天啊，看见我哥睡着了，简文茜偷亲他，亲嘴啊，我的妈呀，你这养女玩得挺溜啊。你说我闹腾，我起码光明正大追一个，你这养女觊觎外面的，又祸害家里的，我真是甘拜下风啊。给你个忠告，先别打草惊蛇，你暗中观察一下，搜集点证据，等确认了再拿证据打她脸，不然简文茜不会承认的。我哥多优秀的男人啊，可别让她毁了，兄妹乱伦……这要是传出去，你脸往哪儿搁啊。"

简橙上楼前说的话在梅岚耳边循环播放。文茜和佑辉……怎么可能呢！

梅岚潜意识里是不信简橙的，但人就是这样，事关自己最在意的东西，就会变得很敏感。

就像简宏云，他心里最重要的是长盛集团，所以当简橙说，周庭宴会因为简文茜对长盛下手时，简宏云急了。

就像梅岚，她心里最重要的是儿子简佑辉，所以哪怕简橙说的这件事有多骇人听闻，她还是害怕了。

谁也不能毁了她的儿子。

今年的除夕夜与往年并无不同，大江南北，张灯结彩，辞旧岁，迎新年。

不同的是人的心境。

周聿风的除夕过得糟糕至极，从他和雅薇的婚事定下后母亲就不理他了，年夜饭的时候也不看他一眼，他整个晚上都在热脸贴冷屁股。

LED 巨屏表白一直从小年持续到除夕这天，群里全是简橙表白小叔的视频，热闹都是简橙和小叔的，没几个人祝福他和雅薇。

心情烦闷，周聿风最终拿着车钥匙出门，热闹的除夕夜，他在纸醉金迷的酒吧喝到烂醉。

蒋雅薇以前最怕过年，因为太过卑微，从不被人注意。今年的除夕却不一样，她即将嫁入豪门，所有亲戚都来奉承她，这是有史以来她过的最好的除夕。

孟糖回老家阳城过年，年夜饭后陪着家人看春晚守岁，顺便思考新的一年怎么拿下秦濯。

秦濯除夕前回了趟家，家里的态度是恨不能直接把他和孟糖绑去民政局，他烦于唠叨，直接出国了。

简佑辉借口项目出了问题回公司加班，他需要冷静一下，冷静地想一想和简文茜的关系。如果文茜真的喜欢周庭宴，他是不是该成全……

简文茜吃饭的时候食不知味，饭后陪梅岚在客厅看春晚，眼睛盯着屏幕，却一个节目都没看进去。她不会放弃周庭宴，至于简佑辉，在她嫁给周庭宴之前，她也不能松开……

周陆吃完年夜饭后，在自己的酒吧跟几个同样在豪门当烂泥的朋友打牌，三局打完，看到外面有人打架。他撸起袖子看谁敢在他场子里闹事，定眼一瞧，嘿，是他那渣堂哥。

摆平了事，周陆把走路都飘的堂哥扔进自己的包厢，准备喊人给他整点解酒汤时，耳边传来一句呢喃。"简橙，明明变的是你……"

周陆双手叉腰，抬腿踹他一脚，喝醉了还倒打一耙，解酒汤给个鬼，醉着吧！

想到简橙跟家里的关系，周陆看看时间，还有四十分钟到零点，他给简橙打电话："你晚上出来吗？要不要我陪你跨年？我现在开车过去接你还来得及。"

简橙刚把车开出老宅。"你？算了吧，如果是你小叔约我，我就去了。"

周陆："……"

"橙子，你搞那个什么破 LED 屏幕表白我就想骂你！"周陆再次苦口婆心，"你别折腾了，你跟我小叔没有未来，等你哪天突然清醒了，你得当场悔死，我也得死，我最近在小叔跟前帮你说了不少话，万一哪天你把小叔惹恼了，我也得死透透的。"

他咬咬牙，拿出发小的江湖义气。"要不这样，都是姓周的，你换个人缠，你缠我，我让你折腾，行不行？你别惹我小叔了。"

简橙："我要拿下你小叔了怎么办？"

周陆："我脑袋给你当球踢。"

简橙："行，你再说一遍，我录个音。"

周陆："……"

简橙今晚的心情非常好。

在老宅收获满满，年夜饭也合她的口味，本来她想第二天再走的，毕竟留下能给简文茜添堵。洗完澡后，见简文茜陪着梅女士在沙发上看春晚，她就喊了老简在旁边下棋。

下完棋看手机，才在一堆祝福消息中看到周庭宴发的消息，他是十点半发的。

周庭宴：婚后第一个新年，零点的时候，要一起吗？

已经过去了快一个小时，简橙不确定他还有没有时间，但还是给他回了消息，表示自己才看到。

周庭宴很快回复：还来得及，现在出来？

两人约在了中心广场。

简橙一直走的近道。不堵车，二十分钟就到地方了，但是因为今晚广场这边有烟火秀，来的人不少，她找停车位就找了十分钟。

还有十分钟到零点。简橙往两人约定的地方跑。

这边活动不少，舞龙舞狮，中式灯笼猜字谜，巨型祈福许愿树，简橙绕过层层人群，额头的汗都冒出来。

地方是她选的，现在她有点后悔，人太多了，早知道就找个公园了。她就是想来看看烟火，老宅和公寓那边都不让放。

他们约定的碰面地点是广场喷泉附近，简橙离那儿还有一段距离的时候，周围已经有人在倒计时了。

"十、九、八、七、六……"

简橙越跑越快，数到"二"时，她还是差了几步，来不及了，身子还被人撞了下，不受控地往前栽。

却没摔，她倒在了一个宽厚的胸膛里。男人一条强健有力的手臂搂住她的腰，另一只手落在她背后，把她完全纳入怀中。

"一！"

最后一声倒数，带着冲破云霄的亢奋，简橙被周围的雀跃声唤回神，下一刻，又因突如其来的暧昧感失了两秒心跳。

倒数结束，男人在她耳边说："简橙，新年快乐。"

这样好听又性感的声音，简橙熟悉，是周庭宴。

倒计时的最后一秒，是周庭宴把她接住了。

两人的头顶上方，烟火如梦如幻，比往年的都要美。

说了新年祝福后，周庭宴又说新年愿望。"我的新年愿望是：从现在开始，简橙诸事顺遂，平安喜乐，事业蒸蒸日上，无灾无难，身体无恙。"

简橙刚才扑进他怀里时，下意识伸手搂住了他的脖子，此刻，她与周庭宴的身体严丝合缝地贴在一起。大脑一片空白，她有些迟钝，忘了退开，先回了他一句新年快乐。

她这会儿脑子反应慢，想不出来词，只能把他给自己的祝福也送给他。"我的新年愿望是：从现在开始，周庭宴诸事顺遂，平安喜乐，事业蒸蒸日上，无灾无难，身体无恙。"

倒计时结束，周围的人渐渐散了，只有简橙和周庭宴停留在原地。周庭宴的手依旧放在她盈盈一握的柳腰上，没有松开的意思。男人身上属于他的味道太强烈，简橙觉得再这么抱下去，她快呼吸不过来了，于是伸手推了推他的肩膀。

"你先松开。"

周庭宴顺势松开她，掌心托了托她的胳膊。"站得稳吗？"

简橙往后退一步。"站得稳，谢谢。"

周庭宴听出她话里的尴尬，不着痕迹地收了手。"散散步？"

"好。"

广场上人多，为防遇到熟人，简橙头上戴了个枣红色的贝雷帽，脸上戴着口罩。

他们沿着边缘的鹅卵石路走，简橙突然想起来一件事，她转头问周庭宴："你出来没关系吗？"

她跟周丰风、周陆一起长大，自然知道周家的一些事，老爷子重视中国传统节日，立了个周家人在节假日那天必须回家的家规。周陆上次隔着太平洋的世界游，遇到节日还得连夜飞回来，过了节再飞走。像除夕这样重要的日子，周家人是必须留在家里守岁的。

周庭宴来时被简橙要求，也戴着口罩，这边人少，灯光也比别处暗些，他把口罩拉低。

家规管不了他。

他说起老爷子："最近家里事多，他精神不太好，以前能撑到守岁，今年不行，吃了年夜饭就睡了，年轻的都跑了。"

简橙后知后觉想到周陆，对啊，周陆给她打电话的时候还没到零点呢，周陆也跑了。

时间太晚了，两人逛了一圈就往停车场走，简橙打算直接回公寓，周庭宴让司机去开她的车，他开自己的车送她。

两辆车子一前一后停在公寓前，周庭宴帮她打开副驾驶的门，等她下车，递给她一个精致的首饰盒。"新年礼物。"

简橙一拍脑门。"啊，对了，我也有礼物送给你，你等我一下，我上去拿。"

她说完要跑，周庭宴喊住她。"不着急，我还有句话。"

简橙回头。

周庭宴定定地看着她，嗓音沙哑低沉："新的一年，应该有新的开始，既然我们结婚了，以后就好好过日子，好不好？"

简橙愣住，周庭宴没急着要答案。"我的话，你回去好好想想，或者你告诉我，你想怎么过日子，我们商量着来。"他上前，轻轻抱了她一下，"不着急，还有半个月就是周丰风的婚礼，等他婚礼后我们就搬到婚房住，那时候再给我回答，好吗？"

这是他们第一次真正意义上的拥抱。

简橙在他怀里，脑子有些空白。"哦。"

时间飞逝，新年不知不觉间就这么过去了。

元宵节的前一天，二月十四号，情人节，周聿风和蒋雅薇的婚礼终于还是来了。

天气也是奇怪。明明预报的是大晴天，偏偏情人节当天下起了雨，中雨，湿漉漉的天气让人烦闷。

按理说，周家的少爷，又是周家最受宠的孙子辈，婚礼的场面应该是极盛大，极隆重的。但据参加过的人说，非也。

婚礼挺无聊，挺搞笑的。

周家这边来的基本都是小辈，长辈只有周聿风的父亲和几个叫不上名字的远房叔叔。周聿风的母亲没来，说是病了，不方便过来。但这说辞，基本没人信。

后来大家议论：

"反正吧，挺尴尬的，我在现场都替蒋雅薇尴尬，婆婆没来，老公还一直走神，像几天没睡觉的样子。"

"一点意思都没有，我现在挺想看简橙恢复记忆的。"

"我也是，有简橙的地方才热闹。对了，简橙最近干吗呢，怎么没动静了？"

"听说她前几天去了国外看秀，昨天我还在美容院看到她了呢。"

"我也见了，那皮肤嫩得啊，羡慕死人。"

"……"

简橙确实去看了秀，顺便买回来几件衣服，也确实去了美容院，从头发丝到脚指头，每一寸都收拾了一遍。

今晚周聿风要带蒋雅薇回老宅吃饭。等了这么久，表演秀的最高潮部分，终于要来了。她当然得盛装出席。

第四章
公布婚讯

　　因为赶上元宵节，应老爷子的要求，周聿风和蒋雅薇回老宅的时间推了一天。

　　简橙听说的时候并不觉得意外。婚礼和元宵节就差一天，如今老爷子身体不好，不喜折腾，两件事放一起很正常。

　　周庭宴问她："第一次出场就这么多人，会不会觉得不自在？"

　　简橙："不会，我喜欢热闹。"

　　今天是她扬眉吐气的好日子，就连早上起床的铃声都改成了《好日子》。她只怕人不够多，玩得不尽兴。

　　孟糖比简橙还兴奋，一大早就开始折腾她，做完SPA（水疗）后，又带了一整个造型团队过来。

　　简橙完全配合，唯一无语的是，孟糖把她特意从时装周买回来的战袍塞回了衣柜。

　　那可是她精挑细选的，全是春季新款高定，女明星都抢着借呢。

　　孟糖振振有词："你穿那些衣服去参加晚宴，绝对大杀四方，但你是去见周庭宴的家人，拜托，见男方家长跟走红毯能一样吗？"她神神秘秘地把手里一直拿着的袋子塞到简橙怀里，笑得眼睛都眯起来，"你穿这个，绝对力压蒋雅薇。"

　　简橙接过袋子，好奇地打开，拿出来，沉默三秒，忍了又忍。"你确定？"

　　孟糖把她推进卧室。"当然，快去换。"

周家的老宅在东郊，四十分钟车程。

简橙没刻意早去，下午五点才出发。

春节的喜庆已经渐渐散去，正月十五的灯笼又将热闹点燃。

车子途经中心广场，红灯笼和串灯高高挂起，如同除夕那晚一般。

红灯三十秒，简橙走神了二十八秒。

除夕之后，周庭宴忙于工作，她也很忙，两人没见过面。倒是经常发消息打电话，周庭宴知道她的行程，会主动找她。

她提新车的时候，他让潘屿陪她一起，说潘屿对车有研究；她参加马拉松比赛的时候，他提醒她做好热身运动；她去慈善拍卖会的时候，他给她分享当地的天气，提醒她注意保暖；她去国外看展的时候，他给她推设计师的名片……

简橙大概明白了他那句"好好过日子"的意思。

他会慢慢融入她的生活，希望她也慢慢融入他的生活，像寻常夫妻那样，给这段婚姻一个合适的定位。这样，两个人都会很轻松。

这样的要求她当然乐意配合。问题是，她这人工作不积极，睡觉踢被子，爱使小性子，记仇不吃亏，毛病一大堆。以后同居，时间久了，她原形毕露，周庭宴嫌弃她了怎么办？她唯一拿得出手的就是这张脸，但周庭宴肯定见过比她更漂亮的。

所以现在的重点是，她得赶紧提升自身魅力。别的毛病累积多年不好改，那就……先把工作搞起来？

对，工作，等今晚她扬眉吐气了，下一个阶段，她要朝"摄影大师简橙"进击！

简橙五点四十准时到达周家老宅。

老宅是坐拥半座山，古朴沉静的独栋别墅，墙面有积淀的沧桑，微见岁月斑驳的痕迹。

简橙跟周庭宴约好的，他晚她半小时再过来。她先进去点火，他踩点救场。

简橙把车停在门口，给周庭宴发了个消息：我到了。

周庭宴给保安打了电话，报了简橙的车牌号。"开门，直接放行。"

两分钟后，保安看着那辆驶进院子的红色惹眼法拉利超跑，整个人僵在原地，一脸震惊。瞎了！他一定是瞎了！刚才车里坐着的那个女人，怎么那么像简橙？

不会吧，应该不会吧，简橙来干什么？今天可是元宵节，周聿风带着新婚老婆来，周庭宴怎么会让他把简橙放进来？

可是，那明明就是简橙的脸啊！那么美的脸，他不可能认错！

每次老宅有很多车出入时，管家都会提前把需要放行的车辆信息告知保安室。保安记得，其他人都已到齐，现在只有周庭宴没来了，那辆红色法拉利超跑没在报备信息里。

不知道管家接到通知没，他觉得自己有必要打个电话。

"钟管家，简橙小姐好像进去了……我没有自作主张，那位让放行的……对，他亲自打的电话……没说其他的，就报了个车牌号，让我开门放行……"

另一边，钟管家挂了保安的电话后，在原地愣了好一会儿。

还让不让人活了？每年光周家这一群妖魔鬼怪就够他伺候，今天这场面感觉要控制不住。

周聿风带着蒋雅薇过来，屋里已经开始明夸暗讽较量起来。

谁让家里没个管事的女主人。老大走了后，老大媳妇带着女儿移民了，家里的事都交给老二媳妇曹瑛负责。曹瑛太高傲，得罪的人不少，如今儿子娶了个门不当户不对的，看她笑话的人自然很多。

本来主人家的争斗跟他一个管家没关系，可这些人脸上个个挂着面具，看不惯彼此，还要顾着表面的和谐，心里有火不好直接发，就指挥他们这些用人干活。这个说茶味淡了，那个说茶味浓了，这个嫌空调温度开得高，那个嫌空调温度开得低……反正就是要对着干，看他们这些用人听谁的，来彰显自己的地位。

将近一个小时，几个年轻点的女佣被磨得左右不是人，胆子小的已经躲去卫生间哭了。他亲自上阵，想着自己是家里的老人，总得有几分薄面，没想到女人们的战火烧起来那是片甲不留，他也快被挤成夹心饼干了。

保安打来电话，他觉得是救命符，赶紧出来透透气，没想到不是救命，是催命。

这时候简橙那小祖宗又来凑什么热闹？简直是一锅乱炖的粥！

虽愁绪如麻，但听说是周庭宴亲自打的电话，钟管家觉得还是要迎接一下。本来想回客厅提前打个招呼，结果电话刚挂，就见保安说的那辆红色法拉利朝这边开过来了。

简橙在车里脱了平底鞋，换好高跟鞋才下来，看见朝这边走来的管家，挥手打招呼："钟叔，好久不见啊。"

她第一次来周家时才四岁，跟着梅女士来参加周聿风二姑的婚礼，那时候钟管家就在，她对钟管家的印象挺好。

"简橙小姐，好久不见。"钟管家过来时已经调整好情绪，笑着跟她打招呼。他的视线在她身上多停留了一会儿，有些惊讶。

眼前的简橙，跟当初来这儿求周聿风订婚的简橙完全不同，像是变了个人。那时候，这姑娘满身的悲戚感，恐惧和怨怼的情绪藏不住。此刻，她身上是一件长度到脚踝的米色羊绒大衣，盘起的头发上插着一支海棠花形状的簪子，肤白如雪，气质纯然。还是一样漂亮，但身上的那股戾气和躁郁不见了，她笑着，眉眼弯弯，一脸高兴的样子。

钟管家想问她怎么今天过来了，又觉得既然是周庭宴让进来的，自有其道理，不是他能多打听的，于是笑盈盈地把人往里面请。"外面冷，您快进去，别冻着了。"

昨天下了雨，气温骤降，今天室外的风不小。

室内的风波也不会小。

要了老命，如今的钱可真难挣。

这是蒋雅薇第二次来老宅。

上次过来其实见了不少人，但那时候刚进来就被曹瑛扇了巴掌，然后被拽着头发打，到最后也没人给她介绍满客厅的人都是谁。

今天的人比上次多一倍。

在她老家那边，女方第一次见男方的亲戚，都是婆婆拉着介绍的，可她的婆婆，婚礼不去，如今当着这么多人的面更是完全不搭理她。

周聿风瞧出她的尴尬，牵着她走一圈，给所有长辈拜了年，红包倒是收了不少，但正眼看她的没几个，仔细打量的视线中也隐约能瞧出嫌弃和算计。

她知道自己在这里不受欢迎，就想着多表现一点，所以，她和周聿风中午就到了，想着帮忙干点活，找机会跟同辈的聊聊天，再奉承巴结下长辈拉近关系。结果来了之后，同辈都离她远远的，长辈中倒是有几个喜欢找她说话的，但目的都是利用她刺激她婆婆。

他们问她在老家卖卤菜的父母辛苦不辛苦，问她那高中就辍学，如今在家啃老的弟弟怎么不找个正经工作，问她婚礼上那几个拿塑料袋把整桌好菜都席卷一空的穷亲戚是谁……

他们如何不知道这种问题不适合在周家这块奢贵的土地上问，他们就是故意的。看似关心，实则挖苦，更是刺激她婆婆，制造矛盾。

瞧见婆婆曹瑛那张越来越阴沉的脸，蒋雅薇想跟周聿风求救，可周聿风给她介绍了人后，就被他堂弟周陆拉走了。

坐立难安时，她悄悄给周聿风发消息，刚点击发送，门口就传来声响。嗒嗒的高跟鞋声越来越近，聊天的众人也顺着声音看去，看见那张脸时，整个客厅突然鸦雀无声。

简……简橙？

简橙像是没看见四周怪异的气氛，满面春风地走过来，步伐雀跃，她拍拍手，热情地跟众人打招呼。

"大家好啊，有没有想我？"她朝所有人抛个飞吻，"我可想死你们了！"

众人："？？？"

这姑娘傻了？什么情况啊就大家好，什么关系啊就想你，谁跟谁啊就想死我们。

周聿风收到蒋雅薇的求救信息，就从楼上下来了，刚走到台阶下就看见了简橙，骤然瞪大眼。"简橙？"

简橙听到声音，抬头看过去，脸上的笑容更灿烂。"你好啊，大侄子。"

大侄子？

周聿风："？"

众人："？"

简橙疯了。

这是此时此刻，所有周家人的想法，包括周陆在内。

周陆极为厌恶蒋雅薇，他是故意把堂哥拉走，让蒋雅薇独自面对周家女人的。

他就喝了半杯水的工夫，怎么简橙就疯了呢？

还喊堂哥……大侄子，嘿，这怎么还给自己长辈分呢？如果堂哥是她侄子，那他不也是她侄子？

周陆第一时间跑下去，抓住简橙的胳膊往外拉，同时小声问："你是不是喝假酒了？"

说话的时候，他脸凑过去在她身上闻了闻，没有酒味啊。

简橙站着不动，一巴掌拍他脑门上。"臭小子，说话没大没小，我是你小婶，给我放尊重点。"

周陆捂着脑袋："？"

众人："？"

这个称呼一出来，所有人都明白了——这姑娘把自己代入周庭宴的老婆了。

"简橙，你不要闹了。"周聿风走过来，面沉如水，"你别整天疯疯癫癫的，我已经结婚了。"

他朝蒋雅薇喊一声，等她走过来，将手臂搭在她肩膀上，把她整个人搂怀里，低头，在她唇上亲了一下。

蒋雅薇在羞涩中偷偷打量简橙。她没想到简橙竟然直接跑这儿来了，她想在她脸上看出点什么，可除了笑容，什么都没有。

周聿风离开蒋雅薇的唇，冷厉的目光直直看向简橙。"看见了吗？我已经结婚了，我很爱我老婆。"

年前简橙在酒吧打了他后，周聿风是信了她失忆的，因为没有失忆的简橙不可能打他，哪怕演戏，她也不可能对他动手，她舍不得。后来他又怀疑了。因为除夕前的一番表白后，简橙就没缠着小叔了，他们甚至都没再见过面，那么轰动的示爱行为突然就消停了。

他觉得有一种可能。简橙没失忆，都是装的，他和蒋雅薇的请柬发出去，板上钉钉，她才装不下去了。

如果简橙真是装的，她的安静也就只是暂时的，等他婚礼的那天，她肯定要出来闹。他想她大概会跑去婚礼现场，所以婚礼那天，他总是下意识朝大门口看，总觉得下一秒她就会出现抢亲，以至于走神好几次。

直到婚礼结束她也没来。

但是今天她来了。

刚刚看到她的第一眼，周聿风就觉得自己的猜测都是正确的——她没忘了他，她之前追着小叔跑都是为了气他。

她昨天没去抢亲应该是有事耽搁，没来得及，所以才在今天出现。

"你这么闹下去完全没有任何意义，除了自取其辱。"

说这句话的时候，周聿风声音不小，有报复的快感。简橙搞出个"记忆错乱"，让他几乎沦为了圈子里的笑柄，不敢明着嘲笑的，都在背后挖苦，说简橙会找下家，找了比他优秀百倍的小叔。

这些话他听过不止一次。

周聿风把蒋雅薇搂紧，指着大门的方向，开始逐客："简橙，给自己留点尊严，走吧。"

客厅里安静得可怕，众人的目光都紧紧盯着简橙，等着她的反应。

见简橙低着头，整个人紧绷，双手握成拳垂在身侧，肩膀随着周聿风的话颤抖，像是在哭一样。所有人都觉得，事情被周聿风说中了。

极致的安静后，屋内开始有低低的议论声和不屑的嘲笑声。

然后，简橙动了。她抬手给了周聿风一巴掌，没打脸，像刚才打周陆那样，在他脑门上扇的。

"你个臭小子，都跟你说几遍了，我脑子里就只有你小叔，根本就不记得你是哪根葱。以前的事，就算你说得天花乱坠，我也一个字都不信，我现在是你小婶，跟你小叔领了结婚证的。"

她脸上哪儿有半点伤心，只有被冒犯的火气。

众人："……"

所以，她刚才不是在哭，纯粹是气的？

周陆比别人反应快，听到了重要字眼。"结婚证？"

简橙后退一步，整理了一下衣服，然后从大衣口袋里拿出一个红本，翻开。

登记日期在上半页的持证人底下。

12 月 10 日。

她拿得很有技巧，大拇指的指甲刚好按在数字"12"的"1"上面，拇指指腹挡住前面的字。她先给他看封面的"结婚证"三个字，然后反过来给他看里面。

右手引导着他的眼睛先看红底的登记照片。"是不是我和你小叔的脸？"指尖下移，挪到下半页两人的姓名。"是不是我和你小叔的名字？"

最后，手指随意往上指一下。"2 月 10 号领的证，正月初十。"

她把结婚证塞回口袋里，用最温柔的语气拉开两人的辈分。"亲爱的大侄子，看清楚了吗？我跟你小叔是夫妻哟，合法的。"

周聿风刚才被她一巴掌扇蒙了，眼睛完全跟着她的手指走。看清那张照片，再看下面两人的名字，脸色完全变了。

好一会儿，他朝简橙伸手。"结婚证给我。"

假的！一定是假证！小叔不可能娶她的，小叔怎么可能娶他不要的女人？

简橙不给。"你的表情像要吃人，你给我撕了怎么办？"

周聿风咬牙。"我不撕，我就看看是不是假证！"

简橙无语。"法盲，办假证犯法不知道吗？"

周聿风阴沉着脸不说话。

两人那张红底登记照片一直在他脑子里翻腾，不可言喻的愤怒把他整个胸腔都点燃。他额头青筋暴起，非要再看看结婚证，她不给，他就伸手去抢。

手刚伸出去，就被人抓住手腕。

"你敢碰她一下试试。"

直到周庭宴清冷的声音响起，众人才发现客厅里多了一个人。刚才所有人都震惊于那个红本，竟然没察觉周庭宴是什么时候进来的。

"小叔！"周聿风的手腕几乎被折断，他疼得回神，眼中的疯狂消去，声音低下去，但质问还是没压住，"那结婚证是假的对不对？您不会娶她的，您怎么可能娶她呢？她之前是我的未婚妻啊，您怎么可能娶她呢？"

周庭宴手里也拿着一个红本，递过去。"是真的，我们确实领证了，这是我那本，要看吗？"

周聿风突然就沉默了，没接，接了没意义，小叔自己都承认了，怎么可能是假的。

周庭宴松开他，收回结婚证，视线在简橙身上扫两眼，见她没什么事，松一口气，把车钥匙给她。

"你买的礼物都在后备厢，让周陆陪你去拿。"这是先支开她的意思。

她的戏演了前半场，后半场该他了。

"好。"简橙接了钥匙，转身要走，突然想到什么，她双手搂住周庭宴的脖子，微微踮起脚尖，在他错愕的目光中吻上他的唇。

周庭宴的喉结不断滚动，难得脑子一片空白。

香软，清甜……

等意识到她在吻他时，简橙已经离开他的唇，失落感瞬间席卷空白的大脑。

周庭宴克制着不去抱她，视线不离她的唇。

意犹未尽。

怎么就吻几秒？好歹是他们第一次接吻。

够吗？反正他没够。

简橙从耳尖红到脖子，松开他，回头看向一脸阴沉的周聿风。"看见了吗？我有老公，我很爱我老公，你再没完没了跟我说那些莫名其妙的话，我就让我老公揍你。"

她把他刚才的话还回去。

说完，她看都没敢看周庭宴，拽着一脸蒙的周陆出去了。

两人走后，所有人的目光都看向了周庭宴，神色各异。

"咔——"

中途出来，只看了半场戏的老爷子咳嗽一声，走到沙发上坐下，率先开口："庭宴啊，你说说，这到底是怎么回事？"

另一个单人沙发已经空出来，周庭宴坐过去，不动声色地抿了下唇，把简橙留下的味道压进嘴里，然后按着简橙给他的剧本，解释领证的事。

院子里，周庭宴的车内。

简橙坐副驾驶，周陆在后座。

听完解释，周陆一副见鬼的模样。

"所以，你就是用救命之恩，要求我小叔以身相许，其实你脑子没问题，你只是为了今天不尴尬……"周陆越说越气，"咱俩啥关系，这事你怎么不早点告诉我？你不信任我？"

简橙当然是信任他的。在她和周聿风之间，周陆一直是站在她这边的，她最信任的两个人就是孟糖和周陆。

"不是不想告诉你，你不是去玩了吗？孟糖说你是失恋了，去疗伤的，我就没烦你，后来你回来，我就想着，等跟你小叔公开的时候，再一起告诉你。"她瞥周陆一眼，"我都不知道你什么时候恋爱的你就失恋了，你也没诉我啊，咱俩扯平了，这事翻篇。"

周陆眼神躲闪，没提失恋的事，只是很痛快地笑一声。"行，扯平。"

他把话题扯回到她结婚的事上。"你敢嫁给我小叔，你真勇，以后叫你简大勇得了，你不知道周家是什么情况？二婶的厉害你领教过了，三婶、四婶和小姑她们可都不是省油的灯。"

简橙："省不了油，就把灯砸了，谁怕谁啊。"

周陆："……"

简橙听他说起这个，突然想到一件事。"我记得你说过，你三婶经常欺负你妈。"

周陆没吭声。

简橙看着他，不说话那就是还在欺负的意思了……

车窗外，钟管家正朝这边走过来，应该是周庭宴那边结束了，让管家来叫她。

简橙下车，脱了外面那件羊绒大衣。

周陆跟着她下车，眼皮一抬，目光落在她身上，呼吸微滞，磕磕巴巴道："你……你脱衣服干吗？你不冷吗？"

简橙把大衣扔到副驾驶，站直身子，理了理身上孟糖给她选的战袍。"你不懂，我刚才进去，他们只把我当成简橙，我现在进去，才是第一次以'周庭宴老婆'的身份跟他们见面，气势得足。"

周陆确实不懂她这思维。"有什么区别吗？"

简橙踩着高跟鞋往前走，昏黄的光影下身姿绰约。"当然，今晚属于'周庭宴老婆'的战场，才刚开始呢。"

周陆："……"

在简橙给周家人的剧本里，周庭宴跟简橙领证有三个原因。

第一，谈恩情。虽然她是因为摔坏脑子才缠上周庭宴的，但无论如何，这事都闹大了，尤其年前那场持续一周的 LED 巨幕表白，更是无人不知。她现在非周庭宴不嫁，如果周庭宴不娶她，她很难收场，会成为整个江榆市的笑话。简橙是他的救命恩人，他不能置她于不顾，不然良心上过不去。

第二，谈利益。目前这种情况，简橙的未来大概有两种走向。如果她一辈子不清醒，那周庭宴就一辈子不能结婚，不能有女朋友，不然以她的精神状态，可能会轻生也说不准。如果她哪天突然清醒，那时候周聿风已经娶了情人，以简橙从前对周聿风的占有欲，她也大概率会出事。

总之，两种走向通往的都是死路，她这一系列操作，完完全全是把自己架在火上烤了。唯有周庭宴能救她。如果周庭宴不管她，她真出了事，那些想搞京岫的企业肯定会拿这件事大做文章，真闹大了，会影响京岫的股价。只有他娶了她，这些事才不会发生，他还能为此得个好名声，在商场上，他的名声有时候可以与利益对等。所以，他娶她最稳妥。

关于这一点，周聿风出声反驳："小叔，您刚才也说了，两种可能，要么她一辈子不清醒，要么她会清醒。万一她哪天清醒之后，发现我结婚了，自己又嫁给了您，那不得更疯？"

周庭宴不带情绪地看着他。"最好的办法是你离婚，一直等着她清醒，可你不会离婚，不会为她着想，对吗？"

周聿风下意识避开他的目光，没说话。

周庭宴："所以，我得娶她，尽量让她爱上我，这样，就算她清醒了也不会再纠缠你，皆大欢喜。你觉得呢？"

周聿风张着嘴，一个字都说不出来。是这个道理，以简橙的性子，如果她真爱上小叔，就算她清醒了，也不会再缠着他。

可是，简橙和小叔成为夫妻……他还是接受不了，完全接受不了。

周聿风不吭声，旁边有人开口。

周陆的母亲关清柔点点头。"这样看，确实庭宴娶了简橙比较好，简橙其实是一个很好的小姑娘。"

因为儿子跟简橙的关系比较好，所以关清柔看简橙如今终于有个好归宿，就开口帮忙说了句话。

只是话音刚落，就听到一声阴阳怪气的笑。"哟，老五媳妇，看不出来啊，你平时闷不吭声的，这会儿倒是会夸人了，看来是咱们站的位置不够高啊。"

说话的是老三媳妇叶绮，暗讽关清柔这就巴结上简橙了。

关清柔看她一眼，没再说话。

老爷子最烦女人间的钩心斗角，他把话题拉回正轨，看着周庭宴道："庭宴，这不像你，你要真不想娶，无论是简橙的麻烦还是京岫的麻烦，你都有别的办法解决，没必要把自己搭进去。"

周庭宴："我今年三十二岁，再过几个月三十三岁，年纪大了，该结婚了。"

老爷子："可你不是说，你这辈子不结婚吗？"

这些年，老爷子最操心的就是小儿子的婚事，倒是安排了不少相亲，可他始终没松口，他说他不结婚。还以为是自己管得多让他不高兴了，老爷子就表示只要他肯结婚，他可以娶自己喜欢的，做爹的不干涉。

这么多年都没动静，老爷子虽然着急，但也管不了。

所以年前简橙那样闹他没管，也没过问，他觉得小儿子肯定不会娶简橙。因为简橙跟聿风纠缠那么多年，两人还差点结婚，当叔的娶个差点成为侄媳妇的女人。

脸不要了？

纵容只是因为简橙对周庭宴有救命之恩。他这个小儿子最狠，也最讲情义。

可如今，他突然就结婚了，还是跟简橙。

老爷子感到非常震惊，这要传出去可不得了，嘲笑的唾沫星子能把小儿子淹了。

虽然已经领了证，但老爷子还是想再劝劝。"庭宴啊，趁着现在外面的人还不知道，悄悄把离婚手续办了，今天这事就当没发生，简橙那边，我通知她父母把人接走。"老爷子思考之后，给出最稳妥的方案，"实在不行，让简家再送她出国，费用我来出，只要她肯走，就什么事都没有了。"

客厅里，所有人都看向周庭宴，周聿风也骤然抬起头。

让简家再把她送出国……

周庭宴幽深的眸子看着老爷子，紧握的双手显示出他在暴怒的边缘。"怎么，怕我丢人？"他冷着脸，唇角挂着残忍的笑，"您当年都不怕，我怕什么？"

这话一出，客厅里瞬间安静下来。长辈们纷纷变了脸，小辈们不知道怎么回事，但个个察言观色，瞧出不对劲，也不敢吭声。

曹瑛下意识看向旁边的丈夫，还没看清他的神色，周百川已经起身离开，只留给她一个背影。曹瑛恨恨咬牙，隐忍不发。

最近靠着医生开的药，她晚上能睡着觉了，精神比之前好，今天家里有那么多人，所以她得保持优雅。

老爷子闭着眼睛沉默好一会儿，似是了然地质问。"所以，你娶简橙，就是为了气我？"

周庭宴今天戴了婚戒，他用指腹摩挲着无名指上的戒指，听到这话，眉峰浅皱，俊脸透着轻蔑的冷笑。

"气你？想太多，我娶简橙只是因为我想娶，跟你没关系。"

话说到这里，简橙剧本里的最后一个原因根本不用再提——周庭宴本来也没打算提。

他幽冷的视线在众人脸上一一扫过。"我跟简橙结婚，谁还有疑惑？"

老爷子都沉默，自然没人开口。

周庭宴再问一句："我跟简橙结婚，谁还有意见？"

依旧没人开口，周聿风倒是想说什么，蒋雅薇死死按住他的胳膊，眨眼暗示他不要找死。

虽然蒋雅薇也不能接受简橙嫁给周庭宴，但人家结婚证都领了，听周庭宴这意思不像是会离的，看老爷子这反应也不会阻止了，如果周聿风非要干涉，怕是要惹恼周庭宴。

蒋雅薇心里也堵得慌。周聿风明明都不爱简橙了，为什么对她的事还表现得那么激动？

连着两个问题没人说话，周庭宴便叫来钟管家。"让简橙过来。"

客厅里，因为周庭宴最后跟老爷子的几句话，气氛压抑得有些可怕。墙上的时钟嘀嗒响，没人开口，四周笼罩在一片沉闷的死气中。

用人早就把饭菜端进餐厅了，众人想移步餐厅，但老爷子闭着眼不知道在想什么，周庭宴也坐着没动。

这两个人都没走，也就没人敢动。

突然，门口传来声响，紧接着就是清脆有节奏的高跟鞋声。

嗒——嗒——嗒——

这突兀的声音，像是打破死寂的钥匙，众人皆下意识抬头望过去。

周庭宴猜到是简橙，也抬头看过去。

这一看，呼吸骤然慢了半拍。

简橙身上穿的是紧身束腰设计，能完全勾勒出身体曲线的酒红色旗袍。高高竖起的领子显出白嫩天鹅颈，衬得本就高挑的身形更纤细修长。

以前的简橙，多是烈焰玫瑰的模样，今晚的简橙完全是另一种感觉，高贵端庄，极致纯粹的美，摄人心魄。

周庭宴喉结滚动，浓黑的眸子慢慢燃起灼人的火焰，呼啸着席卷四肢，他几乎忘了起身去迎她，脑子里只有一个想法——她穿旗袍真好看，以后要多给她买旗袍。

简橙进来后，等半天没一个人开口，她笑一声。"怎么了这是，我太好看，都看呆了？"

她这一声笑，唤回众人神志，虽然收了视线，但还是时不时有目光往她身上扫。

周聿风跟简橙认识这么多年，这也是第一次见她穿旗袍，没忍住多瞧了两眼。抛开其他不谈，单单说简橙这个人，周聿风从不否认，简橙的长相一直在他的审美上。

简橙的到来打破了客厅的沉寂，因为她的那句话，气氛活跃了些。甭管她过去是谁，曾经又怎么跟周聿风纠缠，她现在已经是周庭宴的老婆了。

最重要的是，周庭宴当众承认了她。

识时务者不少，表面恭维的也不少，大家都顺着她那句"我太好看"夸她，无论是真心还是假意，至少场面话好听。

简橙大大方方地夸回去，一时间，欢声笑语充斥在客厅。

直到老三媳妇叶绮插了话："哎呀，我才看见，聿风媳妇也穿了件旗袍呢，简橙啊，你说还真是巧了，你们俩的眼光真的很像呢，喜欢的都一样。"

闻言，所有人的目光都看向了蒋雅薇。

除了简橙，她看向了叶绮。

听见叶绮开口，她简直不要太兴奋。

这个叶绮，个子不高，心眼不少，嘴巴又毒，当初她来求周聿风订婚的时候，叶绮还阴阳怪气地利用她恶心曹瑛，致使曹瑛越来越厌恶她。叶绮还因为当年的一件破事，总欺负周陆的妈妈。

简橙本来就打算今天会会叶绮，正愁没机会。嘿，人自己把脑袋送过来了，那就别怪她不客气了。

蒋雅薇没想到简橙今天也穿了旗袍。

她听周聿风说婆婆曹瑛年轻的时候很喜欢穿旗袍，特意选了身上这件想讨好婆婆。她没敢挑太艳的颜色，曹瑛平时的穿搭多为浅色，她怕曹瑛嫌她太招摇，选了最适合她的淡蓝色，周聿风见了也夸漂亮。

她本来信心满满，结果简橙穿的竟然也是旗袍，而且颜色更艳丽，款式更好看，布料更高档。最关键的是，简橙自身条件太优越，完全穿出了旗袍的韵味。

跟谁撞衫不好，偏偏跟简橙撞衫了，真是晦气。

叶绮说那句话的时候，还瞥了眼周聿风。潜台词明显是：你俩喜欢的衣服一样，喜欢的男人也一样。

这个叶绮，嘴巴毒又喜欢阴阳怪气，刚才一直提她家里人刺激她婆婆，带节奏挑事。

蒋雅薇知道她是故意的，但纵然心里被哀怨占据，也不敢发作。她是新婚，家里也没背景，这里任何一个人她都不能得罪。

所幸，这话是叶绮对简橙说的，简橙应该能听出叶绮的潜台词。

蒋雅薇想：但愿简橙能和叶绮结仇，最好能跟周家的所有人结仇。

老爷子懒得管这种闹心小事，由着钟管家扶着去了餐厅。

其他人的视线在简橙、周聿风和蒋雅薇三人身上来来回回转着，留下看热闹的居多——在场人都听出了叶绮的话外音。

周聿风听叶绮这么一说，才想起蒋雅薇今天也穿了旗袍。

见她脸上满是尴尬和委屈，他暗责自己的疏忽，压着声音道："我让周柠拿件衣服给你？"

周柠是周陆的妹妹，今年刚大一，身形跟蒋雅薇差不多。

周聿风其实没想那么多，他只是怕蒋雅薇尴尬，毕竟今晚离结束还长着呢。他不知道，蒋雅薇因为他这话，心里似堵了一块巨石，差点窒息。

他的第一反应是让她换衣服，所以在他心里，简橙比她好看，对吗？

蒋雅薇心情郁结，脸上却未表现出分毫，她挽住周聿风的胳膊，温温地开口："我听你的。"

这时候她可不会怄气，时间还长着呢，她要是不换，就得一直被简橙压着。

周聿风正要去找周柠，忽听简橙开口："三嫂，你不会是到更年期了吧？"

这话一出，客厅安静了一瞬，叶绮的脸色都变了。

"你说什么，更年期？"

简橙今晚主打真诚，有问必答："是啊，三嫂刚才说，才看见周聿风媳妇也穿了件旗袍，可他媳妇中午就来了，三嫂跟她聊了一下午，怎么可能才看见？"

刚才在车里的时候，周陆说蒋雅薇中午就来了，来献殷勤的。现在家里是曹瑛管事，今天这种节日也是曹瑛操办的，蒋雅薇想帮帮曹瑛，还准备在厨房露一手，做两道拿手菜。

其实蒋雅薇殷勤得有点过了，像周家这种家庭，这种大节日，曹瑛只是整体把控，主要干活的肯定是用人啊。

曹瑛再不喜欢蒋雅薇，那也已经是她的儿媳妇，蒋雅薇的举动代表着他们整个二房的脸面，去干活只会自降身份，更会给叶绮这种人留下嘲讽的机会。

对付周家这些人，不能一味讨好。

简橙像是看不到叶绮的怒气，还好心地跟她科普。"女性进入更年期之后，容易出现记忆力下降，情绪激动，皮肤松弛的现象……三嫂跟蒋雅薇聊了那么久，转眼就忘了她穿什么，这忘性确实挺大的。"她满脸关心，"三嫂知道自己更年期吗？如果不知道，那还是赶紧去医院看看吧，早点确诊，早点治疗。"

这话说出来容易挨打。

周围看热闹的众人皆不动声色地后退一步，生怕身上溅了血。

周庭宴倒是松了口气，叶绮第一句阴阳怪气的话说出来时他就想开口了，简橙拽住了他袖口。

她说，女人的战场，男人靠边站。

原本他还担心简橙吃亏，现在看来，这丫头暂时不需要自己的帮忙。

叶绮现在骑虎难下，她其实没想当众跟简橙杠上，她刚才只是心里不爽，因为平时围着她奉承的那几个人当着她的面去巴结简橙，她怄气。见简橙和蒋雅薇都穿了旗袍，想着两人和周聿风的关系，话就脱口而出了。

叶绮这两年嚣张，主要是因为她亲侄女嫁到了秦家，两家关系不错，周庭宴和秦濯又是发小。这里里外外，圈圈层层的关系扯起来，她的气焰自然比别人高涨些。

嘴巴损惯了，话就那么出口了。

倒不怕什么，毕竟她那话都没提周聿风，只是暗讽了一下，谁问起来，她也有办法圆回来。唯一没想到的是，简橙不按常理出牌。

周庭宴在这儿，叶绮不好直接发作，她硬挤出一个笑脸。"简橙啊，三嫂这人吧，有时候嘴快，我刚才可能没表达清楚，我的意思是，刚才没注意，突然注意到了而已，你别揪着那一两个字。"

简橙跟着她笑。"三嫂确实没表达清楚，三嫂说我和蒋雅薇的眼光像，喜欢的都一样，那三嫂说的是旗袍，还是周聿风？"

众人又不动声色地后退一步，好家伙，直接打明牌啊。

叶绮听她提周聿风倒是镇定不少。"聿风？我没提聿风啊，简橙啊，你怎么突然提起聿风了？"她看一眼周庭宴后，认真劝简橙，"你都已经是庭宴的老婆了，可不能老想着从前的事，你跟聿风的那段以后别再提了，让人误会了不好。"

简橙扬起眉梢。"三嫂，你忘了我摔坏脑子，根本不记得从前的事了吗？我怎么可能老想着从前？"她指着叶绮，笃定地下结论，"看吧，三嫂你就是更年期了，你忘性越来越大了。"

叶绮："……"

曹瑛见叶绮被撑，心里很爽，虽然她不想管，甚至想看叶绮和简橙掐起来，但这时候这么多双眼睛看着，以她的身份，不站出来当和事佬不合适。

"行了，简橙，你少说两句，你三嫂比你年长些，说你两句你就听着……"

简橙惊讶。"啊，三嫂年纪比我大吗？我数学不好，你等我算算啊。"她真的掰手指开始算，嘴里念念有词，"我今年二十四，三嫂今年四十八，哎呀！"

她两手一拍，看向叶绮。"二嫂不说，我还不知道，三嫂，你比我大两轮呢！女性更年期一般发生在四十五岁到五十五岁，三嫂你很危险啊！"

那句"二嫂不说，我还不知道"差点没让曹瑛气吐血。虽然她刚才确实有拱火的意图，但也实在没想到简橙这么直接地拖她下水。

叶绮却是一口老血哽在喉头，差点气出内伤。

更年期！简橙这丫头左一句又一句，直接给她确诊了！

她狠狠地瞪曹瑛一眼，提什么不好，非提年纪！

周陆站在简橙右边，视线落在她侧脸，眼神微微闪动着。大概在场所有人里，只有他知道简橙为什么一直用"更年期"攻击叶绮。

她在帮他母亲，以牙还牙。

这场闹剧最终以叶绮的一句话结束。"简橙啊，谢谢你的提醒，有时间我会去医院看看的。"

叶绮当时是接收到丈夫给的眼神才乖乖认怂的，但心里的火一直压不下去，吃饭的时候又开始动小心思。

不过，她这次学聪明了，她只夸简橙。

比如看见蒋雅薇手上戴的是鸽子蛋钻戒，而简橙手上的戒指款式很简单，钻也不大，她就猛夸简橙的戒指好看。

有了刚才的事，即便她只字不提蒋雅薇，众人的目光还是会朝蒋雅薇看去。

这么一看，蒋雅薇的钻戒确实比简橙的贵。

蒋雅薇已经换上了周柠的衣服，没有撞衫压力，这会儿听到这话，心里又不免得意。戒指是男人买的，越贵，说明男人越爱。至少她比简橙幸福。

简橙倒是没说什么，只是在叶绮下一句夸她衣服好看的时候，笑哈哈地从衣服里拽出一条项链，脸不红气不喘地开口："哎呀，三嫂，你怎么知道我老公送了我这条项链。"

叶绮："……"

怎么知道？我不知道啊！我都没看见你的项链，更不知道你老公送了你项链！

简橙无视她无语的目光，举着脖子上的项链给桌上的人看。"这是我老公在拍卖会上给我拍的。"

这是除夕那晚周庭宴送她的新年礼物，是一条心形的粉钻项链。

餐厅里摆了三桌，简橙还特意拿着项链走了一圈，大声问："谁懂钻石啊？来帮我看看这颗粉钻的成色和切工怎么样。"她特意停在蒋雅薇旁边，眼睛往她手上瞟，"我老公说花了九位数呢，我不信，怎么可能这么贵啊，九位数啊，都不知道能买多少鸽子蛋呢。"

蒋雅薇："……"

去死行吗！

众人："……"

行了！知道你老公有钱！没必要这么炫耀吧！

这次连老爷子都无语了。

叶绮完全摸不准简橙的套路，也消停了。

她消停，简橙却没放过她，吃饭的时候，至少当众提了四次让她赶紧去看医生。一顿饭吃下来，她几乎要心肌梗死。

简橙这顿饭吃得身心愉悦。

离开的时候她坐的是周庭宴的车，她的车暂时留在老宅，明天司机过来开。

到了公寓门口，周庭宴让司机先下去。简橙想着他可能有话跟自己说，等司机走后，就安静等着。

结果，等来一个吻。

周庭宴倾身过来，炙热的唇贴上她的。

车里开了空调，她身上还是那件旗袍。周庭宴想吻得深入些，不敢，只能用力地克制着，怕失控，浅尝辄止后就离开。

他说："简橙，你穿旗袍很好看。"

简橙红了脸，扭捏得不行，支支吾吾半晌，磕磕巴巴说了句谢谢。

周庭宴瞧着她娇羞的模样，心里燃着火，压不住，小心翼翼地试探。"明天我来接你好不好？"

简橙一时没反应过来。"啊，去哪儿？"

周庭宴意有所指。"婚房可以住人了。"

周庭宴带着简橙离开，老爷子回房休息，周家的元宵节聚餐算是结束了。

时间还早，长辈们为了维持表面和谐，还要再坐会儿，小辈几乎全跑了。

周陆跟几个朋友约好了在 CLu 继续狂欢，准备走的时候，副驾驶有人开门进来。"小陆厉害啊，这车出来的时候，群里一堆人说抢不到。"

周聿风坐进来，目光在车里打量。

周陆开的是上次小叔送他的跑车，心说：我不厉害，我也没抢到，但是我有本事开。

周陆以为他要蹭车回家，伸长脖子往外面看了看。"你老婆呢？我这车，蒋雅薇和狗禁止入内，她要进来你也下去。"

啪！周陆脑袋上挨了一巴掌。

周陆坐回去，揉揉脑袋，使劲瞪他。"你干吗？！"

周聿风沉着脸。"你就算再不喜欢雅薇，她现在也是你嫂子了，你对她应该有最起码的尊重。"

周陆脸上带着讥诮，语气又冲又躁。"尊重？她哪里值得我尊重？要不是简橙，她高中的时候被人霸凌，不知道得死多少回；她家里让她退学打工养弟弟，是简橙给她交的学费；她没钱吃饭，是简橙管了她一个学期的伙食。她呢，她怎么对简橙的？死白眼儿狼！"

"周陆！"周聿风不愿意听以前的事，"那些早就过去了，你总提有意思吗？"

"为什么不能提？"周陆嗤笑，"她自己做了狼心狗肺的事，还不准人说？

我又没造谣冤枉她。"

每次两人聊这个，最后都要打一架，周聿风今晚身心俱疲，实在没心思吵架。"走吧，去你那儿喝一杯。"

母亲和两个婶婶打麻将，三缺一，四婶叫了雅薇，他准备找个借口带雅薇离开，但雅薇说走了不好，留下陪她们玩两局。

四婶有麻将瘾，坐下去不知道什么时候能起来，他觉得屋里闷就出来抽烟，正好看到周陆，就决定出去喝几杯，喝完再回来接雅薇。

他转移话题，周陆也见好就收，扣上安全带，没再提蒋雅薇，一脚油门把车开出去。

路上，周聿风问了周陆一个问题。"小陆，你不觉得……简橙变了吗？"

周陆想起除夕那晚，堂哥烂醉如泥时也说了这句话，他知道堂哥想听什么样的答案。

他偏不说。

"你和简橙之间，错的是你，别找那么多冠冕堂皇的理由，哥，承认吧，你就是羡慕小叔，嫉妒小叔，你跟二婶一样，怨简橙救了小叔，是你的虚伪让你舍弃了她。"他提到如今的情况，"无论如何，现在已经这样了，你如愿娶了你的蒋雅薇，简橙阴错阳差嫁给了小叔，我不知道你的日子未来会怎样，但我知道简橙会越来越好。"

虽然从小到大，周陆跟小叔基本没说过几句话，但他知道，小叔能给简橙幸福。

他一整晚都在观察小叔。简橙搂着小叔亲时，小叔就不太对劲，后来简橙穿着旗袍进去，小叔的目光就没离开过她。再后来在饭桌上，小叔时时刻刻关注着她的动静，转头跟别人说话时，也能一心二用地回头帮她添满喝空的饮料，给她盛汤，递餐巾纸。

所有人对简橙的炫耀无语时，小叔还给予她回应——"真的没骗你，不信啊，那下次带你去，让你举牌。"

简橙说，小叔只是感激她的救命之恩，他倒觉得，未必。

车里空调开得其实不高，但周聿风就是觉得闷，他把车窗打开了一些，风呼呼地往里灌。"她会越来越好？"周聿风对周陆的结论明显不服，"她今晚都作成什么样了，那么嚣张跋扈，时间久了，谁能受得了她。"

周陆不想搭理这傻子。

人呢，总会因为自己繁杂的情绪忽略掉很多事情。堂哥怎么不想想，如果不是小叔的纵容，简橙今晚会那么嚣张吗？这是周家，不是别的地儿。为什么她那么有底气？因为小叔惯着她啊。小叔允许她作，允许她闹。能给简橙幸福的人，就得是小叔这样，有能力护着她，又愿意惯着她的男人。

堂哥这种被二婶控制着人生的，不行。

他这种一出生就在烂泥里的，更不行。

简橙回到公寓后，在镜子前站了好半天，前前后后都照一遍。

啧，原来周庭宴好这口啊。

简橙想起了孟糖给她准备旗袍时说的，孟糖上周跟同事逛街，在咖啡店偶遇蒋雅薇，听见了蒋雅薇跟朋友聊起旗袍的事。

至于孟糖为什么能在这么短的时间，给她搞到一件这么合身的旗袍——当然是因为她身上这件酒红色旗袍，本就是为她量身定做的。

常淮路上有个裁缝店，店主花奶奶知道她订婚后，非要给她做两身旗袍。

热情难以招架，她付钱老人家又不要，所以她就自己准备了布料。

只是旗袍做好了，她和周聿风也走到尽头了。

旗袍是新的，扔了怪可惜，她就让花奶奶挂店里卖，没想到对方没卖。

孟糖说："本来我准备去店里找个现成的给你，花奶奶就把这个拿出来了，她说你这料子都是最好的，又是她最费心做出来的，不舍得卖，说你总得结婚，先给你留着。"

于是就有了今晚的战袍。

简橙洗了澡刚出来，孟糖的视频就过来了。"快跟我说说今晚的战况。"

孟糖不是江榆本地人，老家在阳城，小时候家里的生意主要集中在江榆，所以她是在江榆长大的。高中的时候，阳城政府鼓励原籍企业家返乡创业，她父亲恰有归乡之心，就借着机会把事业重心落地阳城了。

一家人都走了，只有她留下了。因为江榆有她最好的朋友，最喜欢的人。

今年元宵节她有事没回阳城，秦濯的母亲知道她在江榆，就喊她去秦家过节了。本来想结束后，来简橙这儿挤被窝听八卦的，结果秦濯的母亲不让她走。

简橙拿毛巾擦头发，顺便把今晚的事说了一遍。

孟糖挺遗憾，没亲眼见到周聿风和蒋雅薇那两张震惊脸，不过也能自己脑补出来。

"我今天还见到叶绮的侄女了，她侄女在秦家挺风光的。"孟糖有些担忧，"叶绮那女人挺记仇的，当年周陆的妈妈就得罪她一次，这么多年了，她还跟狗一样死咬着不放，你今天惹了她，她就算不敢正面欺负你，背地里也肯定要搞你。"

说起叶绮和关清柔的恩怨，关清柔也是挺冤的。

关清柔煲汤非常厉害，当年叶绮怀二胎的时候，他们还住在老宅，叶绮就喜欢喝她煲的汤。有天关清柔太忙，忘了给她煲汤，叶绮没等到汤不太高兴，下楼找关清柔的时候踩空台阶。那一摔挺严重，把六个月的孩子摔没了，子宫也摘了。

要说这事，就怪叶绮自己，关清柔好歹是周家的儿媳妇，就算煲汤再好喝，也不能把人当保姆使啊，还不是因为周陆的父亲是老爷子私生子，在周家不受宠，关清柔家境一般，没家底雄厚的娘家人撑着。

叶绮这人，就喜欢捏软柿子。

她第一胎是女儿，第二胎想拼个儿子，结果没了，永远地没了。叶绮为此彻底记恨上关清柔，隔三岔五找事，处处刁难，带头孤立她，但凡关清柔忘了什么事，叶绮就说人家更年期提前了，一说就是十几年。

虽然周陆一家三口后来搬出了老宅，但逢年过节还是要见面。

简橙对孟糖的担忧不以为意。"我既然敢惹她，就不怕她，当年她差点害死周陆的仇我还没报呢，她搞我？我还准备搞她呢。"

周陆初中的时候差点死在叶绮手里。

孟糖听她说起周陆，沉默了下，隔了好一会儿才幽幽叹口气。"橙子，你现在也是周陆的小婶婶了。"

这事，简橙挺高兴。"是啊，不挺好吗？他在周家的日子不好过，为他爸妈受了不少委屈，以前我是外人，没办法帮他，现在我能护着他了。跟着小婶婶有肉吃。"

孟糖没继续这个话题。

两人聊了会儿别的，简橙说起周庭宴让她搬去婚房的事。

孟糖立刻来了精神。"那你去吗？"

简橙用手拨一拨落在肩膀的头发。"嗯，去吧。"

反正都已经公开了，今晚只是周家人知道，估计明天就得传开，再分开住不合适。

简橙洗完澡后只穿了一件黑色的真丝吊带睡衣，她骨子里本来就有种天生的媚，此刻漫不经心拨头发的动作更撩人。

孟糖眼睛往下，盯着她胸前，问了她一个很直白的问题。"周庭宴年纪不小了，憋了这么多年，你俩孤男寡女共处一室，你又这么诱人，我跟你说，他早晚憋不住。他要真想要你，你是从，还是不从？"

这个问题，简橙刚才泡澡的时候还真想过。"从啊，为什么不从，真夫妻，又不是假夫妻。"

她是这么想的，既然周庭宴想好好过日子，那他们就好好过日子。既然奔着过日子去，这种事就是难免的，早晚得有这个程序，都结婚了，宁死不屈没必要。

孟糖觉得她能这样想挺好，欣慰间，又托着下巴唉声叹气。"这才三个多月，你换男人，结婚，同居，估计没多久孩子都有了，我还在订婚阶段，真是人比人气死人。"

简橙问她和秦濯的进展，孟糖眼里全是失落。"没进展，我最近都见不到他，他天天躲我，今天过节他都没回家。"

见面这事，简橙倒是可以帮忙。"周庭宴说明天晚上他组局，带我去见见他的朋友，说是有九个人呢，秦濯肯定也在，你要不要去？"

隔着屏幕都能看见孟糖眼睛瞬间亮起来。"想去，可你们这种场合，我去是不是不合适？秦濯会不会生气？"

简橙让她别想那么多。"有我在，你怕什么？你就好好睡一觉，明天打扮得漂漂亮亮的，其他什么都别管。"

翌日清晨，简橙被亲爹的电话吵醒。"你现在赶紧回来，立刻！马上！我在家等你！"

简橙看看时间，才七点半。她嘴里说好，挂了电话后却把手机调成静音，蒙头继续睡。

她一觉睡到十点，伸个懒腰起来，一看手机，果然，几十个未接来电。

看来是知道她和周庭宴结婚的事了。

公寓离老宅比较远，一来一回得几个小时，下午还得搬家，所以简橙今天不打算回去。

太折腾。

她煮了白粥和鸡蛋，端上餐桌后才给简宏云回电话。

刚接通，不等对方咆哮，她就先开口。"老简，骂我之前想清楚哟，我现在是周庭宴的老婆。"

简宏云憋了一早上的怒火硬生生卡在喉咙里，深吸几口气，咬牙强调自己的身份。"老子是你亲爹，生你养你，骂你两句怎么了？你现在这么金贵，一句话都说不得？"

简橙吹了下白粥的热气。"哦，那你骂吧。"

她把手机放一边，从碗里拿了个鸡蛋，开始认真剥蛋壳。

简宏云："……"

听着这样轻飘飘的语气，简宏云反倒骂不出来了，他急着问正事。"你和周庭宴正月初十就领证了？"

刚知道这事的时候，简宏云一度以为自己没睡醒。昨晚他在外面应酬，喝得烂醉如泥，回家倒头就睡。今天早上起来，手机上几十个未接电话，微信也炸了。

老简啊，你可真不厚道，偷偷摸摸成了周庭宴的老丈人，半点消息都不露。

看到这条消息，简宏云还以为自己起猛了。躺回去清醒了下，再看手机。

正月初十就领证了，这都十六了，简宏云，你嘴巴真紧啊，周庭宴这种女婿你都藏着，你怎么想的。

微信消息太多，他没看完，找了人问，才知道是怎么回事。

原来昨天元宵节，周庭宴带着简橙回家，公布了两人已经领证的消息。消息是从周家传出来的，怎么传的不知道，反正很多人都知道了。

他这个亲爹竟然是最后一个知道的。

气不气？简直要气炸了。

简宏云气的不是两个人领证。其实最初知道的时候，他开心坏了。这是好事，天大的好事，周庭宴成了他的女婿，怎么不是好事？只是后来冷静下来，把所有事情一琢磨，就觉得自己被耍了。

"你是除夕那天晚上跟我赌的，除夕到初十，才不到半个月。"简宏云质问简橙，"也就是说，其实你跟我赌的时候，就有办法拿下周庭宴了，你知道自己会赢，故意坑我，就是想白得百分之九的股份。"

简橙咬一口鸡蛋，大大方方地承认："是啊，恭喜你，猜对了呢。"

简宏云一口气差点没上来。

这臭丫头！

也怪他自己，他当时怎么都不信她能拿下周庭宴，偏偏她又拿常淮路做诱饵。钩子太大，把他钓死了。

简宏云早上一直等不来她，此刻已经在他自己的办公室了。

他端起已经凉掉的咖啡喝一口。"你当时都拿常淮路下注了，既然知道我拒绝不了那么大的筹码，怎么不多要点？"他语气带着挖苦，"你胆子那么大，怎么不直接跟你哥齐平？我那时候不信你能拿下周庭宴，说不定赌瘾上来，就答应了呢。"

简橙咽下鸡蛋，喝了口白粥。"因为我了解你啊。我用最大的筹码，却只比简文茜高百分之一，你一定觉得我是因为跟简文茜较真，夸下海口，才会跟我赌。"

如果她狮子大开口，凭简宏云的疑心，不难猜到她已经有把握拿下周庭宴了，反而不会跟她赌。

毕竟赌不赌，周庭宴都是他女婿。

"老简，这事你不能怪我，得怪你自己。你想想，你赢，常准路就是你的，你输，周庭宴就是你女婿，怎么都不亏。"简橙用他刚才挖苦她的语气说，"你只是从心里觉得，周庭宴这样的男人，压根不可能娶我这样的废物。"

简宏云："……"

心思完全被说中，确实，他答应赌约就是觉得怎么都不亏。甚至直到此刻，他依旧不敢相信自己会输，他不信周庭宴会娶自己侄子不要的女人。

"所以你是怎么让他娶你的？现在外面都说是你用救命之恩逼了他。"

简橙觉得白粥没味，去厨房拿了白糖，往里面加一勺，用舌尖尝了尝，又加一勺，够甜了才往嘴里塞。

"是的啊，我用跳楼威胁他，如果他不娶我，我就从京岫集团楼顶跳下去。"

简宏云："……"

简橙转移话题："我今天不回去了。当初我们签了协议的，你让人把手续搞好，需要我签字的时候我再去，别抵赖哟，不然我在长盛集团门口拉横幅，说你不讲信用。"

简宏云："……"逆女！

事情已成定局，简宏云虽心里还有点气，但总归周庭宴成了他女婿这件事，是值得高兴的。

"都领证了，你什么时候把他带回家吃饭？"

简橙答非所问。"老简，你怎么不问我，初十就领证了，怎么直到昨天才公开。"

简宏云高兴得忘了这事。"对啊，怎么瞒这么久？"

简橙："不是我要瞒着的，是周庭宴要保密。"

"他为什么要保密？"

"你说呢，当然是娶我丢脸啊，他现在很烦我呢。"

"不对啊，我听说昨晚在周家，他对你挺好的。"

"那是当着外人的面，他这种人，爱妻人设对他很重要，其实我俩单独相处的时候，他都不搭理我。"

"真的？"

"当然。所以老简，你们有事不要找我帮忙，你找我，我也不会帮的，等我让周庭宴爱上我，在他面前有了话语权，我再帮你。"

简宏云："……"

那得等到猴年马月？

怎么感觉怪怪的，这丫头是不是又给他下套？

简橙本来打算下午收拾行李，结果刚把行李箱拿出来就接到了孟糖的电话。

"啊啊啊，不行，我不知道要穿什么，感觉穿什么都不好看，你下午陪我逛街吧。"

简橙知道她是因为要见秦濯太紧张了，平时挺稳重的姑娘，一遇到秦濯就容易乱方寸。

"好，你别开车了，我去接你。"

挂了电话，简橙看了眼空行李箱，给周庭宴发了个消息。

简橙：在忙吗？

隔了一分钟，周庭宴直接打电话过来了。"东西收拾好了？"

简橙还没跟他说孟糖要去的事，她先问："今晚秦濯在吧？"

周庭宴："嗯，怎么了？"

简橙斟酌着言辞。"跟你商量个事，就是……我脸皮薄，见你的朋友会很紧张，我能带孟糖去吗？"

周庭宴一下就猜出她的意图。"因为秦濯吗？"

简橙也没隐瞒。"孟糖很久没见到他了，他总躲着孟糖。"

周庭宴也不瞒她。"如果孟糖去，秦濯可能就不去了。"

秦濯为了躲孟糖，甚至不让他跟简橙说自己的落脚地，他倒没有刻意隐瞒，只是简橙没问过他。

"周庭宴。"简橙喊他的名字，求他，"那让秦濯在外面见见她呢？至少让他们见一面吧，孟糖有话跟他说，她最近都瘦了，求你了。"

她软绵绵的语气带着哀求，全撞进了周庭宴心口，痒痒麻麻的。

"好，我来安排，让他们见一面。"

果然，只要她一撒娇，他就什么都想答应她。只能对不起秦濯了。

简橙道了谢，这才提起搬家的事。"我下午陪孟糖逛街，估计逛完就直接去了，今天东西收不了了，明天再搬吧。"

周庭宴："……"答应早了。

"婚房里什么都有，你先拿一套换洗衣服，今晚我们去婚房住，明天我再陪你去收拾，好不好？"

他在婚房那边给她准备了惊喜，好不容易筹划好，明天就看不到了。

"简橙，今晚过去好不好？"

简橙好半天没说话。

没错，她想歪了。就推迟一天而已，为什么这男人非让她今晚就住进去？难不成……他今晚就想睡她？

不对啊！孟糖说，以周庭宴的性子，不可能一上来就迫不及待，怎么都得矜持几天啊。

周庭宴见她迟迟不开口，不再逼她，换了种方式。"那等吃过饭你跟我过去，然后我再把你送回家？"

简橙："可能……不行。"

孟糖今晚有一半的概率会哭，她得陪着孟糖。

周庭宴跟她商量："那你过去半小时好不好？半小时后我送你回家。"

简橙想得更歪了，完了，周庭宴今晚就是想睡她。

她不吭声，周庭宴做最后一次让步。

"十分钟？五分钟，不能再少了，我很快结束，结束后就送你回去，我保证。"

至少得去看一眼礼物吧，得让她知道他的心意。

简橙："……"

五分钟？妈呀，周庭宴这种优质男人……才五分钟？

这么……快吗？果然男人不能看外表。

周庭宴不知道自己被误会被嫌弃了，挂了简橙的电话，他给秦濯打过去。"今晚孟糖也去。"

秦濯正给简橙挑选见面礼，眼睛时不时往柜台瞄一眼。"你叫她干什么？她去我不去啊，我在给你媳妇买礼物，忙着呢，挂了。"

周庭宴以前懒得管他，现在为了简橙却要劝几句。"你就算再不喜欢孟糖，你们也订婚了，但凡你负点责任，你就得娶，你要是确定最后不会娶她，就今天跟她说清楚，早点断了。老拖着有意思？总之，孟糖是简橙的朋友，这件事上，你必须好好处理，如果哪天因为你跟孟糖的事，影响我和简橙的关系，我跟你翻脸。"

吃饭的地方是秦濯推荐的，在城南新开的一家江景餐厅，他说环境好，味道绝，是正宗的老江榆味道。

生意火爆，一位难求。

他跟餐厅老板是朋友，要个包厢就一句话的事。

周庭宴看过菜单后，见有几道是简橙喜欢的，就让他订了，秦濯直接要了观景最佳的包厢。

餐厅在护城河畔，装修雅致，古色古香。湖水反射着晚霞的光，晶晶点点，似人被撩动的心绪。

服务员在前面引着路，孟糖挽着简橙的胳膊走在后面，脸上有淡淡喜色。

下午四点的时候，周庭宴给简橙打电话。"秦濯说，让你直接带孟糖去餐厅。"

简橙当时问她去不去，她当然要去，她想见秦濯，也有话跟秦濯说。

只是她没想到，秦濯同意她过来，不是妥协，而是来践踏她尊严的。

服务员引着两人走到拐角处，推开雕花木门，笑容和善地朝简橙和孟糖做了个请的手势。等两人进去，才关了门离开。

孟糖来的路上满心雀跃，到了此刻才知道紧张，她抓着简橙的胳膊，稍稍落后了一步。

包厢里，墙上挂着两幅水墨画，简橙带着孟糖绕过面前的屏风往里走。屏风后，有四男四女，围着桌子在打牌。

里面的人听到动静纷纷抬头，瞧见简橙和孟糖，皆是一愣。

有人先反应过来，把手里的牌一扔，热情地打招呼："哟！两个小嫂子都到了，来来来，这边坐——"

周庭宴和秦濯不在包厢。周庭宴是出去接电话了，秦濯是还没到，说是路上堵车，得晚一点。

几个人把简橙和孟糖请到位子上，把水果和瓜子往两人跟前推，才刚到自我介绍环节，周庭宴就进来了。

简橙进餐厅时，周庭宴隔着人工湖就看见了，怕她会拘束，所以尽快挂了电话进来。他拉开简橙旁边的椅子坐下，见她身子坐得直，看起来很紧张，便伸出手，用掌心压了压她的手背。

"他们几个是我的大学同学。"他指着那几个男士，从左往右给她介绍，"那个是余成，嘴贫话多，京岫旗下销售公司的总经理，那个……"

这里的人，简橙一个都不认识。

周庭宴的母亲是周老爷子的第三个老婆，周庭宴一岁的时候，父母离婚，他跟着母亲在国外长大，十四岁时母亲病故，他才被接到周家。他的童年是在国外度过的，国内关系好的发小只有秦濯一个，两人的母亲曾是最好的闺密，秦濯小时候每次出国玩，都是住周庭宴家里。

现在包厢里的这几个，四个男的是周庭宴和秦濯的朋友，都是大学一个寝室的同学，关系非常好。旁边的女士是他们的家属。

两对已婚，两对未婚在谈。今晚这饭局是周庭宴介绍老婆给他们认识，所以也让他们带了家属。

周庭宴读大学的时候住校，简橙那会儿才上初中，跟他没怎么见过面，后来两人的交集也不多。他的朋友里，她只认识秦濯。来的路上她问孟糖，孟糖也说不认识秦濯的朋友。

孟糖认识秦濯是因为家里的关系，两家有生意往来，她小时候跟着父母去过几次秦家。后来她留在江榆上学，周末的时候，秦濯的母亲经常接她去秦家玩。

虽然后来她成了秦濯的未婚妻，但他的朋友，她基本没见过。因为秦濯没带她见过，倒是有两个眼熟的，还是因为在秦家的时候打过照面。此刻秦濯不在，孟糖不怎么紧张，跟他们聊得也开心。

简橙来之前还担心他们会不会提周聿风，会不会因为最近的传言对她不喜。事实证明，她想多了。周庭宴应该是跟他们打了招呼，在场没有一个人提周聿风，仿佛她那些不堪的过去完全不存在，在这个包厢里，他们只当她是周庭宴的新婚老婆。

余成的目光时不时落在简橙身上，带着审视和探究。其实他们对简橙还是很好奇的，毕竟她之前闹出过那么大动静。

他们最初听说周庭宴跟简橙领证的时候，都觉得他脑子被门挤了。娶谁不好，非娶简橙。

诚然，简橙长得是漂亮，是很多男人喜欢的款。

就说今晚，她脱了那件白色短款的羽绒服，身上是件枣红色长裙，梳丸子头，淡妆，比平时少了点攻击性，但得天独厚的美人脸还是张扬又精致。简简单单的装扮也足够吸睛。

但简橙是谁啊，周聿风的青梅竹马，是他差一点娶了的未婚妻啊。

周聿风是谁啊，周庭宴的亲侄子啊。

你说小叔娶了侄子不要的女人，这是多不要命的尴尬事啊。

当初周庭宴在群里说的时候，他们瞬间把消息刷到"99+"，全是劝他迷途知返，回头是岸的。漂亮女人多的是，不能在自家墙中找啊。外面那些等着看笑话的人，隔着墙都能把他脊梁骨戳弯。

他们苦口婆心地劝，这家伙只有两句：

简橙是我的合法妻子，带她见你们，是让你们认认脸，以后见了恭敬点，饭桌上，谁让她尴尬，谁让她受委屈，我跟谁翻脸。

我自己选的媳妇，不需要谁来说三道四，在我这儿，她就是最好的那个，你们懂规矩点，红包可以多给，话不能乱说。

得！人家话都说到这份上了，他们还能说什么。知道周庭宴这是认定了她，所以他们连夜把自家媳妇从被窝喊起来，让她们懂事些，别惹简橙。再怎么说，简橙现在也算他们的老板娘了，这以后关系处好了，就是抱上大腿了。

女生跟女生之间的友谊很奇怪。磁场不对，怎么都要挤对两句，磁场对了，聊得不要太开心。

简橙跟今天包厢里的这几个家属属于后者，什么都聊，相见恨晚。

几个大男人看得目瞪口呆。他们在家里嘱咐媳妇对简橙客气点时，媳妇还各种嫌弃简橙，没想到现在小手拉的，跟亲姐妹似的。

古色古香的包厢里，周庭宴见简橙一直在说话，跟朋友聊天的同时，拿简橙的杯子给她倒了杯温水。

简橙接过来，说了声谢谢，低头喝水的时候，分心往他身上瞧了一眼。

黑色衬衫，黑色西裤，袖子卷上去半截，小臂上有精壮的肌肉线条，看着有劲。眼睛有意无意落在他的腰上。宽肩窄腰，线条流畅，看不见肌肉，但隔着那层布料，隐约能窥出几分不羁和狂野。

应该是蓬勃的，健康的才对，怎么就五分钟……呢？

周庭宴察觉到她的视线后，顺着她的目光看向自己的腰间，再挪到某处，呼吸有短暂困难，身子发热，又觉得她不可能盯着他那处看，肯定是自己心术不正想歪了。

对，是他自己心术不正。

昨晚他失眠了，脑子里一直是简橙穿旗袍的样子，挥之不去，整个人跟烧灼了般，燥热难耐，后来去浴室洗了两次澡才终于消停。

"我做主点的菜，有几道是你爱吃的。"周庭宴为掩饰自己的慌乱和心虚，索性直接转移话题，把菜单递给她，"你看看，你还想吃什么，可以加点。"

思绪被他的声音拉回，简橙后知后觉意识到，自己刚才脑子里装的竟然是黄色废料。"我去下洗手间。"

其实包厢里有洗手间，她只是觉得燥热，想在没有周庭宴的地方透透气，不然她脑子里总想着"五分钟"。

见了鬼了，脑子好像有自己的思想，她想忘，偏偏周庭宴那流畅窄腰一直挥之不去。

那腰，看着挺有劲啊，不至于……啊！呸！呸！

不能色色。

可是，今晚周庭宴要睡她。完全静不下来！

简橙去了二楼尽头的洗手间，洗手间旁边是一条幽静的走廊，这里的房间都能看到江景，所以出来的人很少，走廊里没有什么人。

简橙慢慢走着，想等脸上余留的燥热消散后再回去。

楼梯拐角处隐约有声音传来。"聿风，我说句你不爱听的，就算你跟简橙掰了，你也不该找蒋雅薇，真喜欢她，当个情人养着，玩玩就算了，娶回家像什么话。"

"雅薇很好，她一直在为我忍着。"

"忍？呵，她跟咱们就不是一个世界的人，她那不是忍，是舔。有的圈子，不是靠舔就能挤进去的，她刚才一副卑微做小的姿态，我看着都替你尴尬。"

"我没觉得尴尬。"

"没觉得尴尬？骗鬼呢，你不尴尬你跑这儿抽什么烟，要我说，你还不如娶简橙呢，起码人家是正正经经的富家千金，这个蒋雅薇，你以后少带出来吧，给你丢人。"

"……"

居然碰到周聿风带着蒋雅薇出来跟朋友吃饭。

简橙本来不想听的，但还是停下了，因为她看到蒋雅薇了。蒋雅薇站在角落，显然也听到了这段对话，脸上全是泪。

两人的目光突然对上，简橙优雅地朝她挥挥手，笑得很愉悦。"侄媳妇，你好啊。"

蒋雅薇觉得难堪，突然转身往后跑。

简橙做了回好人，朝对话传来的方向喊了声："大侄子，你老婆跑了。"

蒋雅薇脚下一个踉跄，差点摔倒。

简橙还来不及高兴，身后突然传来一道怒吼声。"孟糖！你给我回来！"

是秦濯的声音。

简橙刚才那句话是故意的。

当初周聿风死活要退婚，她追他追到 CLu 酒吧，也是在楼梯口，听到周聿风跟朋友聊天。

当时被吐槽的人是她。

"简橙吧，连她亲爸、亲妈、亲哥都不喜欢她，人品肯定不行。"

"对，我也觉得，不然她家里人为什么都喜欢简文茜那个养女，肯定是她自己的问题。"

"其实伯母怪她也没错，你爸是你爷爷最喜欢的儿子，要是京岫集团给了你爸，那不就是你的吗？现在全是你小叔的，简橙这不就是断了你的路。"

"你和简橙估计是八字不合，她克你。"

"而且简橙当年不是出过事吗？早配不上你了。"

…………

当时周聿风倒是一直没说话，也没阻止那些人。

那天外面下暴雨，她打车到酒吧门口，没带伞，就那么一小段路也被淋得浑身湿透，头发贴着头皮，还有水滴在地上。

她像刚从海里爬出来的水鬼。

也就在那时，蒋雅薇大声喊了她的名字，然后所有人都看向她。

那些吐槽她的人都是周聿风后来交的朋友。

她那时听不得那些话，反正暴露了，干脆扑上去——她要撕烂他们的嘴。

可周聿风把她推倒了。

然后，周陆来了，跟周聿风打了一架后把她带走了。

简橙之所以突然喊那一嗓子，就是因为那件事，当时蒋雅薇喊了她后，还很"体贴"地过来劝架，尖细的嗓音招来很多人。

啧，当初她以为蒋雅薇是为她"着想"，她很感动。现在她作为两人的长辈，自然也得帮忙调解调解。她都准备开嗓，用足以来一首《青藏高原》的音量把附近的人引来看热闹了，结果秦濯那一嗓子惊得她浑身一哆嗦。

孟糖出事了？

简橙下意识顺着声音看过去，见孟糖正哭着往楼梯跑，抬腿就要追，结果刚迈步，胳膊就被人从后面抓住。

"简橙，你怎么在这儿？"

简橙被迫回头，见是周聿风，就使劲甩他的手，同时指着另一个方向冲他喊："大侄子，你老婆往那边跑了，你赶紧追啊。"

周聿风朝后看了一眼，蒋雅薇已经跑远了，刚才的话可以回家再跟她解释，他现在有话问简橙。

"你跟我小叔到底怎么回事？"周聿风抓着简橙的胳膊没松手。

昨晚他脑子不清醒，今早醒来细细把事情捋了一遍，越想越不对劲，具体哪里不对劲，他也说不上来，但小叔跟简橙领证的理由，绝不仅仅是小叔说的那两条。

简橙甩不掉他的手，正要抬脚用高跟鞋踩他，身后忽然传来一道平淡又夹着冷意的声音。

"周聿风，手拿开。"

周聿风抬头，与周庭宴的目光不偏不倚撞上。

"小叔。"他喊了一声，手上的力道也下意识松了。

简橙察觉到了，立刻趁机甩开他的手，转身快步走到周庭宴旁边。

周庭宴知道她想说什么，伸手摸摸她的脑袋，温声开口："你先去找孟糖，她往门口的方向跑了。"

简橙直接跑开了。

等她离开后，周庭宴收敛笑意。"周聿风，我是不是跟你说过，不要碰她。"他危险的眸缓缓眯起，眼底暗波涌动，"听不懂我的话，还是听懂了故意跟我作对？"

周聿风对小叔娶了简橙这件事心里一直有怨气，但也只敢在心里，不敢当着他的面表现出来。

"不是，小叔，您别误会，我就是找简橙问件事。"

"简橙？"周庭宴下颌紧绷，眸底凝着狂风暴雨，"简橙是谁？"

周聿风知道他是什么意思，握了握拳，又松开，不情不愿地开口："小婶。"

周庭宴眼角弧度微扬，对这个称呼很满意，淡淡的嗓音带着明显的警告："你也知道她是你小婶，以后有事说事，不要碰她。今天幸亏是我看见了，我相信她，如果是别人呢？看见你拉着她，被造谣的只会是她，你不要脸没关系，你小婶的脸面很重要。"

周庭宴得去找秦濯，找到把人揍一顿，还要去跟简橙说，刚才包厢的事跟他没关系，所以并没有太多时间浪费在这里。

"这是最后一次，如果你再对她动手，我不会再客气。"

他警告完要走。

周聿风纠结了下，还是问出口："小叔，您到底为什么娶简橙？您其实有办法解决所有麻烦的，根本不用娶她。"

周庭宴顿足，默了一会儿，转身看他。"你想要个什么样的答案？"

没完没了了，他想听到什么，满足他。

周聿风："当然是能说服我的答案。"

其实他也不知道自己想要什么样的答案，他就是接受不了小叔娶简橙。从见了那本结婚证开始，他心里就像堵了块巨石，有时候甚至会突然冒出一种错觉：小叔对简橙似乎很特殊。

小叔喜欢简橙？还是他俩其实早就暗度陈仓，一直瞒着他，把他当猴耍？

他迫切需要一个答案，能让他接受简橙嫁给小叔的事实。

"能说服你的答案……"周庭宴拉长了尾音，"倒是真有一个。"

周聿风紧张地看着他："什么？"

周庭宴提到昨晚的事："当时你爷爷说的话你还记得吗？"

周聿风点头，当然记得，因为爷爷说了那句话后，家里的气氛就怪怪的。

不对，应该是从小叔那句"您当年都不怕，我怕什么？"开始，气氛就变得很古怪了。

尤其是他父母，当时父亲直接走了，母亲的脸色也极其难看。周聿风正琢磨着，耳边就传来一道讥诮的冷笑。

"回去问问你父母，或者你爷爷，问问他们，那句话到底是什么意思。问清楚了，你想要的答案，就得到了。"

第五章
跟你回家

简橙赶到的时候，秦濯已经拦住孟糖了。

两人站在餐厅大门口。秦濯抓着孟糖的手腕，脸色沉冷，能看出明显的不耐烦。"你能不能别无理取闹！"

孟糖用力挣扎着，苍白的小脸往旁边扭着不看他，梗着脖子让他松手。

两人已经僵持了好一会儿，路过的客人频频回头看。

简橙跑过去，搂住了孟糖的肩膀，话是跟秦濯说的："怎么了？"

孟糖转过头，看见简橙的瞬间，委屈的情绪被抛至最高点，眸子里积着的眼泪突然就失了控，哇的一声哭出来。

"橙子……他们欺负我，欺负我！"

秦濯看见简橙稍稍松了口气，他放开孟糖的手腕，朝简橙动了动唇，意思是让孟糖先哭完。

孟糖的手得了自由，转身就扑进简橙怀里。"我不要……不要跟那个女人道歉，我不……我不道歉……我没错……我就没错……"

她哭得身体发颤。

简橙伸手把她抱住，右手轻轻拍着她的后背安抚，不知道发生了什么事，只能先顺着她的话说。"好，不道歉，我们不道歉，你没错。"

秦濯心情烦闷，从口袋里摸出烟盒，拿起来朝简橙晃了晃，表示自己出去抽根烟。

简橙没理他，继续温声细语地劝着孟糖，等孟糖的情绪平静一点，才揽着她出门。

西南角的假山旁边有一排木质长椅，现在没有人，简橙牵着孟糖过去坐。

孟糖把包取下来了，从里面翻出一包纸巾，将眼泪鼻涕全擦干净，起身扔进两米远的垃圾桶后回来。

"你出去大概五分钟，秦濯就进包厢了。他把米珊带进去了。"

她说包厢里发生的事，才说一句，眼泪又往外涌，喉咙酸得几乎让人窒息。

孟糖说得断断续续，说几句就要哭一场。她还没讲完，简橙就已经知道了全部过程。

是余成的老婆江静给她发来了微信。

秦濯把他前女友带来了，就是以前挺红的那个模特，米珊。跟秦濯分手不到半年就退圈嫁人，结婚不到三个月离了。秦濯说，这家餐厅的老板就是米珊，我们这个包厢就是米珊给留的，他说他来的时候在门口碰到米珊了，米珊想过来打个招呼，不是他特意带来的。

不是特意也不行啊，别说小孟，我当时都想给秦濯一锤子，明知道这是前女友的店，他还特意订在这儿，不吃能死啊！气死我了！

小孟应该是怪难受的，说出去找你。她刚走，米珊就说她有其他朋友来了，得去接待，喝了杯酒也走了。

谁也不知道外面发生了什么。小孟出去没多久就回来了，脸色特别难看，米珊也跟着进来了，嘴里一直说对不起。

小孟没理她，拿着包要走，米珊就去拉她，小孟推了她一下，她直接趴餐桌上了，摔得挺惨的，脸还被划破了，PS（又及）：我觉得那一摔有演的成分。

秦濯让小孟道歉，小孟啥也不解释，只说自己没错，拿着包就往外跑……

简橙把江静的消息看完后，又听孟糖自己说了将近二十分钟。

整件事的脉络清晰后，简橙从椅子上站起来，然后把孟糖拉起来往回走。

孟糖抗拒："我不回去，我想回家了。"

简橙握住她冰凉的手，清淡的笑意被风吹散。"怕什么，她不是爱演戏吗？巧了不是，我这段时间演戏也演上瘾了，我去跟她飙下演技。"

暮色四合，霞光渐消，天边只剩一片红。

餐厅外面靠近江边的地方有几把露天休闲座椅。周庭宴找到秦濯的时候，他正一个人坐在椅子上，指尖的猩红随江风忽明忽暗，他眼睛盯着潺潺江水，不知道在想什么。

"你这副模样还挺可怜，我都不忍心揍你了。"周庭宴在他旁边坐下，"但是你还得让我打两拳，不然我跟简橙不好交代。"

秦濯收回视线，把烟盒和打火机都扔给他，用胳膊肘撞他一下。"见色忘友。"

周庭宴从烟盒里抽了支烟咬在嘴里，拿起打火机点燃。

"谁见色忘友？早知道是你前女友的店，我根本不会选在这里。"唇边溢出淡淡薄雾，他也烦，抬腿踹秦濯一脚，"今晚是我组的局，简橙肯定以为我是知情的，现在怕是已经怨我了，我一会儿给她解释，也不知道她信不信。被你害死。"

秦濯比他还烦。"是，我早知道这是米珊的店，但我发誓，我推荐这里真的只是因为这里的菜好吃，而且米珊之前说她这两天不在江榆，我没想到今天会碰见她。"

他找米珊订包厢的时候，米珊说自己回老家了，让店长给他安排。今天在门口碰到，米珊说有事提前回来了。听她说要去包厢打个招呼，他也没想那么多，他跟米珊清清白白，谁知道会发生后面的事。

周庭宴问他："所以孟糖出了包厢后，发生什么了？"

秦濯烦躁地挠了挠头。"米珊这店是我帮她开的，她一直想还钱，我没要。米珊刚才打电话给我道歉，说今天看见孟糖在，就想把钱给孟糖，孟糖听说是我出的钱生气了。"

"喀——"周庭宴一口烟差点呛气管里，"你出钱？"

他冷下脸，一言难尽地看着秦濯，差点爆粗口。"你别告诉我，你跟那个米珊还没断干净？"

"怎么可能！"秦濯为自己辩解，"我有底线！"

他交往过的女朋友确实不少，每一个都是正正经经谈恋爱的，恋爱期间不劈腿不乱搞，前一个分干净，才会找下一个。

多情，不渣，是他做人的基本原则。

他有钱有颜有资本，想要什么都是唾手可得，多谈几次恋爱而已，他尊重每一任女朋友，分手也给足够的分手费。

他有错吗？没有。

说实话，他们这种圈子，这种身份，就没几个干净的。

周庭宴倒是个例外。这么多年，这家伙一个女人都没有，私下也不玩，都三十二岁了，老处男一个，初吻都还在。

他为什么干净？环境造成的。

他的家庭四分五裂，童年阴影挥之不去，他经历过那么可怕的车祸，单单想活下去就耗尽了他的全部，没时间搞乱七八糟的事。

不像他们，命好，一路潇潇洒洒地长大，青春期一到，脑子里只有挥霍和放荡。

如果周庭宴在他们这种环境下长大，不一定是干净的。

周庭宴听他啰唆半天，纠正他的错误："初吻不在了，简橙昨晚亲我了。"就是时间太短。

秦濯："……"

三十二岁了，才被亲一下，又不是多光荣的事，也值得显摆？

话题扯远了，秦濯回归正题。"总之，我跟米珊早就分干净了，虽然一直有联系，但只是朋友，我虽然不喜欢孟糖，但订婚之后，我在外面干干净净，一个女人也没碰。"

周庭宴听出他话里的问题，皱眉。"你跟历任前女友都不联系了，怎么跟这个米珊还一直搅和？你们分了三年，这餐厅是去年开的，那就不是分手费，为什么她开店你还出钱？"

秦濯低头抽烟，连抽好几口才慢慢道："我欠她的，她当年退圈出事……是我害的，她有事，我得管她。"

夜晚的江风吹在人脸上，似刀割，每一处皮肤都要受刑，凌迟一般。还不够，寒风直接灌入衣袖、裤脚，浑身都是冷的。

秦濯的故事说完，周庭宴沉默着抽完一根烟，最后问了一句。"孟糖……你打算怎么办？"

秦濯垂下脑袋，盯着指尖的猩红，好一会儿才开口："她很乖，我其实没那么讨厌她，只是不能害了她。"

秦濯对自己有很清醒的认知，他永远不会为了一个女人停留，所以他不需要婚姻。婚姻会困住他，也会害了嫁给他的那个女人。

当初爷爷以病为由逼他，他答应其实就是哄弄下，没想到家里速度那么快，直接将未婚妻给他找好，订婚宴摆好。他被推上台，那么多人在，他不能让家里人难堪，更不能让孟糖丢人，所以赶鸭子上架，莫名其妙走完了订婚流程。

"你让我今天跟她讲清楚，我就是来讲清楚的，没想到会出米珊这事。"

他确实有错，在包厢的时候没搞明白发生了什么事，见米珊被推倒了，就让孟糖道歉，态度确实不太好。孟糖哭着跑出去的时候，他是后悔的。那丫头在他面前一直没什么脾气，突然那么逆反，肯定是出事了。可惜他当时心里烦躁，她又一个字不肯说……

周庭宴的手机响了几下，是简橙发来的消息。

我不知道米珊对秦濯有多重要，但是她欺负孟糖就是不行，我给你汇报一下，我现在要去欺负米珊，你拦不住我，除非你把我打晕了抬走。

周庭宴，今晚是你组的局。米珊是餐厅老板这事，如果你提前不知情，我不怪你，如果你提前就知道，我要跟你冷战一个月，因为我很生气，不想跟你说话。

还有秦濯，没这么欺负人的，就算不喜欢孟糖，也没必要这么侮辱她，知道未婚妻在包厢，还带前女友过去打招呼，他又不是不知道，孟糖一直很介意米珊。

我不想跟他说话，你帮我问问他，是不是真不想娶孟糖，如果是，我一定说服孟糖跟他退婚，让孟糖离他远远的。

如果你站我这边，就半小时后过来，如果你站秦濯，我们就从今晚开始冷战。

周庭宴把所有消息看完，眼睛就一直盯着"冷战一个月""我很生气""不想跟你说话"这些字上。反反复复看几遍，他把手机放进兜里，站起来，同时把秦濯拽起来，胳膊抬起，手握成拳，直接朝他脸上挥过去。

"×！"秦濯猝不及防挨了一拳，踉跄后退两步才站稳，一脸蒙地搓着脸，"老周你干吗?!"

周庭宴甩甩手，刚才打得不痛快，他伸手解外套的扣子，慢慢朝秦濯逼近。"你把简橙惹生气了，我得揍你，给她出气。"

也是自证清白。

他揍了秦濯，说明他跟今晚这事没关系，他也确实不知道。

秦濯："……"

简橙牵着孟糖回了包厢。

包厢里已经收拾干净了，余成和江静他们坐里面嗑瓜子聊天。

他们本来也追了出去，后来看到周庭宴去找秦濯，孟糖身边有简橙，他们就回来了。

这种时候，人多了反而不好劝。

江静先看到两人进来，伸手打招呼："快过来坐，外面冷吧，先喝杯热水暖暖。"

简橙和孟糖坐下后，江静递了两杯水过来，看一眼孟糖后，凑到简橙跟前，小声道："人已经帮你喊了，应该马上过来了。"

她话音刚落，门就被人从外面打开了。

屏风不知道被谁推到了一旁，简橙顺着声音望过去，就看到米珊了。尽显玲珑曲线的抹胸短红裙，性感的大长腿，江静说她之前穿的是黑裙子，这是换了一套。

瓜子脸，很漂亮，左脸倒是真有一个伤口，小拇指的长度，很细，不严重，像是被什么划破了层皮。

"米珊，好久不见啊，还记得我吗？"简橙笑盈盈地打招呼。

她跟米珊见过一次，还是去年，那天她和孟糖刚从美容院出来。

那时候孟糖和秦濯订婚没多久，米珊主动凑过去的，说话阴阳怪气，暗示秦濯不会跟孟糖结婚，反正挺嚣张的。

巧了，那天她因为周聿风心情正不好，见那女人一直在挑衅孟糖，火气没压住，跟她打了一架，还把米珊的头发揪下来一小撮。

米珊自然是记得那次打架的，头皮都快被扯下来，怎么不记忆深刻？

她知道那是谁，简家的小女儿简橙，孟糖最好的朋友。

这个简橙也是有本事的，闹出那么大的事，最后竟然嫁给周庭宴了。

"简小姐，好久不见。"米珊笑着打招呼。

简橙纠正她的错误："我现在是周庭宴的老婆，请叫我周太太。"

米珊倒是顺着她。"周太太。"

简橙喜笑颜开地应了一声，然后起身，亲昵地挽着她的胳膊往外走。"我有点事想问你，咱们出去说。"

米珊觉得她怪怪的，想推开她，但简橙抓得紧，一直走到一处拐角才松开她。

简橙朝周围和头顶看了看，问她："这里，就是你拦住孟糖的地方吧？"

米珊眼神警惕，面上却维持笑容："你想说什么？"

简橙脱了外套砸她脸上，意味深长地冷笑："这地方的监控肯定坏了吧。"

米珊甩开她的衣服，不自觉往后退。"你想干什么？"

简橙开始撸袖子，在她转身离开时，扑上去抓住她的头发，笑容瘆人。"就你会胡说八道，就你会编故事是吧，我跟你说，你这套幼稚的手段，老娘高中那会儿就见过了！"

孟糖一直都知道秦濯不爱她。这么多年，她为此苦恼，难过，纠结，失落……各种情绪几乎将她吞没。但她从来没像今天这样，哭得这般伤心。

至少，简橙没见过。

"他带米珊进去，我实在觉得难受，就说出去找你，没走多远，米珊就从后面喊我。她说这个餐厅是秦濯给她钱盘下的，还说怕我生气跟秦濯闹，所以要把钱还我。多可笑，我根本不知道这事。她说秦濯对她从来都是只予不取，无论她要什么，秦濯都会给，过年的时候，秦濯还带她出国旅游。她给我看他们旅游的照片，他们牵手，拥抱，接吻。

"我了解秦濯，虽然他交往过很多女朋友，但不会在恋爱期间乱搞，他的历任女友都得到了他的尊重，可他独独这么对我，我们的婚约还没解除，他就跟别的女人接吻。橙子，他独独这么对我，他得多讨厌我……

"我回去拿包要走，米珊非拉我，我真的没推她，我就是想把手抽回来，她突然就摔倒了。"

假摔这种烂招数，简橙在两个人身上领教过。第一个是简文茜。

七岁那年，奶奶知道她喜欢荡秋千，让人在院子里做了一个，她每天都要荡一会儿。

生日那天，她在房间里拆奶奶给她的礼物，出来晚了，简文茜在秋千上坐着。那时候简文茜刚来家里一年，简橙觉得她没有家人很可怜，把玩具都给她玩，有好东西也都会跟她分享。

简文茜说她也喜欢荡秋千，简橙就让给她了，还帮她推。

然后简文茜摔了，膝盖磕破了。

屋里大人出来问怎么回事，简文茜很委屈地说一句："我以后不玩了，橙橙你别生气。"

然后她莫名其妙被简宏云和梅岚教训一顿，意思是她不应该把简文茜推下去。

明明是简文茜自己松开手的。

简橙当时去摸口袋里的棒棒糖，根本没碰她，原本还想把这个棒棒糖给简文茜呢。那是简橙最喜欢的橙子口味，剩最后一个了。

后来很多次，简橙都莫名其妙地被扣屎盆子，莫名其妙地被简宏云他们训斥。

她发现一味忍让没用，所以开始变得强硬。

简文茜惹她一次，她就打简文茜一次，简宏云他们训斥一句，她就顶回去十句，虽然跟家里的关系越来越僵，但她心里舒坦。

第二个敢算计她的是蒋雅薇。

蒋雅薇比较倒霉，遇到的是发疯巅峰期的她。类似米珊今天这种假摔，她都是当场发疯，好好站着都能摔，腿留着也没用，她会狠狠地踹几脚，高跟鞋能把对方的腿踩破皮。

蒋雅薇也是幸运的，遇到的是宁折不弯的她。她强悍一次，周聿风就会离她远一步，慢慢地，周聿风骂她的话都变了。

从"简橙你别闹了"到"简橙你真恶毒"。

孟糖和周陆有时候会劝她，她自己冷静下来后，也会自我检讨。不要太激进，性子放软一点，嘴巴不要那么毒，遇事要心平气和……

可惜，完全没用。每次她给自己洗脑，要学学两面派简文茜，学学忍者神龟蒋雅薇，她脑子里总会冒出另一个声音。

凭什么啊，老娘又没错！

她从来不主动惹事，她没害过人，没做过亏心事，她每年还做慈善，哪里有灾她往哪里捐款，希望小学她都盖了几个……像她这样优秀的人，他们应该向她学习才对，还天天欺负她，那她能忍吗？

当然不能，凭什么是她忍啊，明明错的又不是她。

不过，也有能忍的时候。比如现在，被欺负的不是她，而是她的朋友。

她自己被欺负，她可以毫无顾忌地报复回去，因为她能为自己的行为买单。可孟糖不同。

按着孟糖和江静的说法，这个米珊在秦濯心中的分量还挺重。如果她直接把米珊揍了，惹恼了秦濯，她自己无所谓，万一秦濯因此责怪孟糖怎么办？

她得给孟糖留后路，所以，她得把米珊叫出来。而且，她得比米珊伤得重。

周庭宴按着简橙说的时间，带着秦濯他们过来时，简橙和米珊刚打架结束，两人都躺在地上喘着大气。

惨不忍睹……

简橙软绵绵地躺在地上，右脸惨白如雪，左脸颊被指甲挠了几道，血淋淋的，头发已经散开了，凌乱地散在地上，裙子的领口被扯到锁骨处，脖子上也有两道血痕。

很惨，但那双眼睛亮晶晶的，甚至光芒更盛。

周庭宴克制着情绪，快步跑过去，直到小心翼翼地把她抱进怀里，僵硬的身体才开始颤抖。"疼吗？"

简橙靠在他怀里，轻轻摇头。"没事。"

米珊还躺在地上，她离简橙不远，听到这话，气血翻涌。

这女人确实没事，有事的是她。她知道简橙是周庭宴的老婆，没想惹她的，最开始她一直躲，后来这疯女人又拽她头发，逮着一小撮发狠地拽，她疼得实在受不了才伸手去挠她。

她脸上虽然没伤，但简橙刚才一只手拽着她头发，另一只手握成拳，全往她身上招呼，表面看起来没什么事，但身上疼得厉害呢。全是看不着的伤！

有服务员看清是自家老板，跑过来扶她，米珊借着服务员的搀扶站起来，看见秦濯也来了，捂着发疼的胸口喊他："秦濯……"

她声音满是委屈，秦濯脸色极冷，他站在离她两步远的地方，紧锁着眉头问她："怎么回事？"

米珊正要开口，一个人影晃到跟前。

啪！

孟糖狠狠甩了米珊一个巴掌。

简橙牵她回包厢的时候跟她说了，要在没监控的地方碰瓷米珊，简橙说最多挨个巴掌，会找机会还回去，让她别担心。

孟糖没想到是这样血腥的场面。她气得浑身发抖，抬手要扇第二下时，手腕被人抓住，回头见是秦濯，她第一次用冒着寒光和怨气的冷眸瞪他。

"你还护着她？"

秦濯迎上她的目光，愣了下，下意识道："不是，先听听怎么回事……"

"我来说吧。"简橙在周庭宴怀里开口。

刚一张嘴，脸颊鼓动，伤口的血就流下来，周庭宴深邃的眸冷得骇人，他把简橙打横抱起，抬脚就往前走。

简橙忙制止。"你干吗？我还有话说呢。"

周庭宴知道她这身伤在她的算计之内，应该让她把戏演完，但血色太刺眼，还是有些压不住火。"先处理伤口。"

他全身紧绷，压抑的声音泄露一丝躁怒的戾气。

简橙见他生气了，伸手揪住他的衬衫衣领，小声求他。"我就说几句话，就几句。"

她这血不能白流啊!

周庭宴冷着脸不吭声。

简橙咬牙,凑到他耳边:"我今晚跟你回家,你想怎么样都行。"

周庭宴:"……"

周庭宴妥协了,她跟他撒娇,他最受不了她撒娇。

简橙指着左边,示意他往那边走两步,因为那边来看热闹的客人多。

等周庭宴按着她的指示过去,她才指着米珊朝众人道:"这是餐厅的米老板,她是我闺密未婚夫的朋友,今天我们过来吃饭,她主动来包厢敬酒,这本来是件好事。但是米老板特意提了一件事,她说她开这个餐厅,是我闺密未婚夫给她的钱,不让还的那种。

"我闺密识大体,给未婚夫留脸面,没闹,只是跑出去了,她未婚夫也追出去了,刚才在大门口小两口吵架,应该有朋友看到了吧。"

人群中有人点头议论,简橙继续道:"那傻丫头哭了半小时,我劝她说可能是有什么误会,她愿意听听米老板的解释,所以我就带她回包厢了。因为不确定米老板到底是怎么想的,我就想着提前问问,把她带出来聊。问起为什么提钱的事,你们猜她说什么?她说她和我闺密未婚夫是真爱。"

"简橙!"秦濯听到这里突然开口,"你别胡说八道,米珊不可能这么说。"

"秦濯!"

周庭宴抱紧简橙,冷肃的眸光扫向秦濯,凉凉的声音带着警告:"你再凶她一下试试!"

秦濯:"……"他就是声音大了点。

秦濯正要解释,简橙先一步开口。"我胡说八道?你过年的时候去旅游了吧,和米珊一起去的,她给我看了你们旅游的照片,你们拥抱,接吻……"

"不可能!"秦濯这次的声音比刚才还大了些。

他确实去旅游了,但他跟米珊是在路上偶遇的,因为在同个地方,所以就一起走了一段。他顶多在她爬山崴脚的时候扶了她一下,接吻就更不可能了。

秦濯突然提高声音,周庭宴的脸色完全沉下来,只是他还没来得及开口,简橙已经大声道:"嗓门大了不起啊!她确实给我看了那些照片。"

秦濯看向米珊,米珊忙摇摇头。"没有,我没给她看照片。"

她是给孟糖看的,而且照片已经删了,没有痕迹,她吃准了孟糖不会说。

简橙瞪她。"你手机里肯定有照片,如果没有,就是你删了!"

瞪完米珊，简橙又冲秦濯吼："照片删了没用，我记脑子里了！你们拥抱的那张照片，你穿的是灰色登山服，灰色帽子，黑色鞋子，她穿的是蓝色运动服……"

简橙自然没见过照片，是特意问孟糖的，孟糖不想质问秦濯，但她觉得这事得让秦濯知道，因为她始终觉得，秦濯不是会劈腿乱搞的人。

也许，其中是有什么误会呢？

秦濯听简橙描述完，眸光倏地转向米珊。米珊心里一突，冷汗从后背冒出来。

简橙的视线在两人身上来回移动，最后整个人软在周庭宴怀里，双手搂住他的脖子。

"听说这餐厅的主题是'爱情'，原来老板崇尚的爱情，是破坏人家感情抢来的，这三观不正的餐厅，只有三观不正的人才会吃，老公，我们三观正，我们走。"

众人："……"

他们是不是也应该走？不然三观不正。

看完全程的江静只想朝简橙喊一声"牛 ×"。

她最初以为，简橙让她把米珊喊过来只是想帮孟糖出口气，最多把米珊打一顿，没想到简橙自己挨打，顺便揭露米珊的小动作。让大家知道是米珊的错还不够，简橙又借力挑拨了秦濯和米珊的关系。她以为到这里终于结束了，没想到简橙最后的目的，是毁店。

挂着"爱情"主题的餐厅，老板背地里是破坏人家感情的人，肯定是要影响生意的。

餐厅的钱是秦濯给的，只要这家店存在，孟糖心里总归会不舒服。

简橙这是要把米珊的老窝给毁了啊。

江静看着急于向秦濯解释的米珊，幽幽叹口气。

简橙疯名在外，你说你惹她干吗？

周庭宴抱着简橙刚走出餐厅，秦濯就追上来。

"简橙，你等一下。"他想跟简橙说话。

周庭宴微微侧身挡住他，深邃的眸子暗影重重，低沉的嗓音平静无波。"让开。"

他出奇地冷静，语气都是淡漠的，但秦濯了解他，知道他现在非常生气。

秦濯无奈，往后退一步，目光歉疚地落在简橙脸上。"对不起。"

他实在没想到今天会变成这样，无论如何，事情由他而起，他应该道歉。

简橙的目光越过他，看向他身后跟来的米珊和孟糖。

米珊与她的目光撞在一起，狠狠瞪了她一眼；孟糖低着头，失魂落魄，不知道在想什么。

简橙眼珠一转，抬头看向周庭宴。"我们是去医院吗？"

"是。"周庭宴垂眸看她，"你的伤口得处理，不会让你留疤的。"

他说着就要快步往前走，简橙再拽拽他的袖子。"米珊也受伤了呢，她也得去医院，让她跟我们一起吧。"

众人："？"

江边风大，他们是不是听错了？

十分钟后，周庭宴开着秦濯的车驶出停车场。

秦濯坐在副驾驶，目光时不时望向后视镜，表情一言难尽。

后排坐着三个人，从左到右：孟糖，简橙，米珊。这样的位置是简橙安排的：米珊也受了伤，正好一起去医院；她需要闺密陪着，所以孟糖得跟着；她还有话问秦濯，所以秦濯也得跟着。

至于为什么开秦濯的车，她理直气壮："我老公的车，米珊这样三观不正的人不能坐，晦气。"

至于为什么是周庭宴开车，她理所当然："你未婚妻和疑似情人的前女友都在车上，你有心思开车？出事怎么办？"

什么叫"疑似情人的前女友"？可真会造词，反正都是她的理。

这小祖宗这么安排，肯定又要折腾，秦濯当时是拒绝上车的，结果被周庭宴一脚踹进副驾驶了。

重色轻友的男人一点面子没给他留，他估计屁股上现在还有个鞋印，也不知道简橙又要怎么闹，现在车已经开上了路，他连跑路的机会都没有。

后面，米珊靠门坐着，简橙侧身对着孟糖的方向，孟糖拿着从餐厅带过来的药箱，简单给她处理伤口。

因为没人说话，车里的气氛异常诡异。

秦濯收回目光，身子往座椅上一靠，脑子一片糨糊，整个后背都是麻的。

罢了，随她闹吧，反正他问心无愧。

刚生出这一心思，忽听简橙的声音从后面传来："秦濯哥，你刚才给我道歉，我不接受，因为我这伤不是你打的，我一向恩怨分明，谁打的谁道歉。"

这是点名让米珊道歉。

米珊朝驾驶座的方向看一眼，那男人她惹不起，所以只能忍住怒火。"周太太，对不起。"

"我接受你的道歉。"

孟糖收了药箱。

简橙坐直身子，扭头看向米珊。"你也别觉得委屈，要不是你让我看那些照片，我也不会打你，咱俩也闹不成这样。"

米珊没想到她说起谎来这么面不改色。"我没有给你看照片，你……"

"没有吗？那见鬼了。"简橙打断她，好心提议，"我记得，我们打架的那个地方有监控，我看到摄像头了，反正我心里没鬼，米老板要是心里也没鬼，把监控视频拿出来就行了。"

脸上的伤口火辣辣地疼，简橙在心里把米珊这个名字狠狠记上一笔。

监控？米珊自然是拿不出监控的。她在追上孟糖说那些话之前，就让人把那块的监控关了，后来一直没开。谁能想到简橙会钻这个空子！

米珊恨不能掐死简橙。给她搞出这么多事情就罢了，本来她都想好怎么跟秦濯解释了，谁知道这疯女人竟然把她也拉上了车，她连单独跟秦濯说话的机会都没有。

米珊的沉默让秦濯的脸色越来越难看，他明白了简橙的暗示，也看出了米珊的心虚。

所以，米珊真的给简橙看了照片。只是……那些照片从哪儿来的？他记得当时米珊没拍照，是她朋友拍的？可是照片也不对，简橙描述的拥抱应该是他扶着崴脚的米珊，顶多是错位照而已。

那接吻又是怎么回事？

简橙刚刚只描述了一张拥抱的照片就被米珊打断，秦濯此刻也不好当着孟糖的面细问，只想着，等一会儿到了医院，找个机会单独跟简橙聊聊。

没想到简橙主动提了。"秦濯哥，糖糖说非常相信你的人品，说你绝对不可能在婚约期间劈腿，我觉得你也不像渣男。"她问他，"所以，你到底有没有亲米珊？"

"我……"那张接吻照肯定有问题，秦濯大概能猜到是怎么回事，但如果此刻否认，米珊就会很尴尬。

他本来想说可能亲过，但当目光不经意从后视镜看到望着窗外发呆的孟糖时，又顿住。"我没有。"

话一出口，他自己都愣住，随即又摇头，忽略掉那抹怪异的念头。可能潜意识里他不想被贴上"渣男"这个标签吧。

孟糖看着窗外的夜色，眸光闪动，始终沉默。

米珊总算知道简橙这个疯女人为什么非拉她上来了！她就是要利用她对监控的顾虑，逼她当着秦濯的面默认照片的事，让秦濯亲口说出没有吻她的话，让她尴尬，顺便解决秦濯和孟糖的误会。

简橙像是没看见米珊的愤怒，阴阳怪气地拉着长腔。"哦……所以照片是后期处理的吗？"

米珊不想搭理她，现在说什么都晚了，她闭着眼往后靠，只觉得胸口疼得厉害。

偏偏简橙还没完，她身子往米珊那边挪，整个人的重量压在她身上，心情好了，说话都带着笑。

"我就说那张照片像后期处理的，米珊啊，咱俩也算不打不相识，我其实是摄影师，以后你再想处理这种照片，你找我，我给你打五折。"她姐俩好似的拍拍米珊愈发僵硬的胳膊，"不是我自夸，我的技术那是一绝……"

接下来的二十分钟，简橙对自己的图片处理技术大吹特吹，车里都是她的声音。周庭宴时不时从后视镜看她一眼，脸上全是纵容。秦濯和孟糖各自看向窗外，思绪不知道跑到哪里去。

唯独米珊，一路不知道受了多少煎熬，血压都噌噌往上升。简橙全程靠在她身上，她被迫听完了简橙的话，耳朵都要炸了，要不是周庭宴在这儿，她早开腔骂人了。

终于下车后，趁着周庭宴去停车，她瞪着简橙，无语地捶了下被她压麻木的胳膊。"世界上怎么会有你这种人？你真绝了，简橙，你真绝了！"

诡计多端，厚颜无耻，完全不按常理出牌，气死人不偿命，没脸没皮……

她要疯了！

她服了！

服服的！！！

从医院出来将近晚上十点了。

周庭宴的司机已经把车开了过来。简橙有些纠结，之前仓促之下她随口说要跟周庭宴回家，现在怎么办，如果她跟周庭宴走了，孟糖怎么办？

周庭宴看她欲言又止的模样就知道她在纠结什么。她脸上的伤口已经处理好了，医生说伤得不深，不会留疤。把担心压下后，他也不愿为难她，正想说把她们送回公寓，孟糖先一步开口了。

"周总，橙子的伤不能碰水，麻烦你好好照顾她。"

周庭宴挑眉，没着急回答，转头去看简橙。

简橙拉住孟糖的手。"你呢？"

孟糖的家人都在阳城，她今晚需要人陪着。

孟糖往前走一步，抱了她一下，在她耳边轻声道："你都帮我走到这儿了，如果我再逃避，那就对不起你了。"

有些事，她今晚得摊开跟秦濯谈一谈。

孟糖松开简橙，转身看向秦濯，声音很淡："你跟我走，还是跟她走？"

秦濯盯着孟糖看了一会儿，问她："米珊家离这儿不远，能顺便送她一下吗？这么晚了，打车不安全。"

孟糖说："随便。"

三人离开后，简橙跟着周庭宴上了车，她今晚折腾了很久，直到此刻才松口气。

周庭宴询问她的意见。"太晚了，直接去婚房那边可以吗？那里什么都有，明天再回公寓搬东西？"

简橙也懒得再去收拾。"好。"

车子驶入主路，司机开得很稳。简橙身子歪靠在座椅上，精神松下来后，脑袋就有点昏沉，疲得想睡觉。

轻缓的音乐声响起，很快简橙就真睡着了。

周庭宴见她的脑袋要撞到车窗，及时伸手护住，想让她睡得安稳些，索性小心翼翼地把人放在自己腿上。指尖落在她脸上的纱布上，再慢慢滑到她唇角。

她一直没喊疼，但他知道她疼。医生消毒的时候，她好几次把头低下去，嘴唇都咬破了，怎么可能不疼？

她总是这样，自己的事发疯，朋友的事拼命，明明一身未愈的伤，却还要咬着牙帮人出头，从来不考虑自己。

周庭宴看久了，低头，细碎的吻落在她脸上的纱布、被咬出血的嘴唇、苍白精致的下巴上……

简橙是在周庭宴的吻落在她唇上时醒的，没敢睁眼，因为怕尴尬，她没想到周庭宴会偷亲她。想到他之前的种种暗示，简橙紧张又无语。禽兽啊，怎么还没到家就开始了？车里还有司机呢，就这么着急吗？

不经意看了眼后视镜的司机从震惊中回神，短暂思考后，趁着红灯默默打开了挡板。

给周庭宴开车这么多年，司机第一次遇到这种事，他能帮老板做的，好像也只有这个了。

非礼勿视，非礼勿听，非礼勿言。

晚上十一点，车子开进华春府。

这里是带泳池和花园的独栋双层别墅群，寸土寸金，富豪云集。

这晚，夜色正浓，繁星正闪，墙外几株蜡梅开得正旺，花好月也圆。

车子开进来的时候，管家和住家保姆芳姨已经在门口等候。他们都是从周庭宴之前的公寓过来的，对于突然出现的女主人非常好奇。简橙这个名字他们很熟悉，年前持续一周的LED巨幕屏表白的事，他们也听说过。

刚刚知道自家先生结婚，并且娶的是简橙时，他们是非常震惊且完全不能理解的，毕竟简橙差点成为先生的侄媳妇。他们以为就像外界传言那样，先生是被这位简小姐用救命之恩逼迫的，但先生通知他们过来的时候说：

"简橙是我的合法妻子，在这里，她就代表我，说什么你们就听什么，你们怎么照顾我的，就怎么照顾她。"

——她就代表我。

这个权力可就大了，也能看出先生对她的重视。

车门打开，周庭宴抱着"熟睡"的简橙下车。

管家和芳姨立刻迎上来。

女主人的脸偏向先生的臂弯，他们看不清，也不敢多瞧，早上听说她要带行李搬过来，所以都往后备厢走。

周庭宴解释了一句："今天太晚了，她的行李明天搬过来。"他朝芳姨道，"去给她准备洗澡水，把洗漱的东西都准备好。"

也不知道她身上有没有伤，周庭宴怕她忍着不说，所以打算让芳姨帮她洗澡的时候看看。

简橙听到"洗澡"两个字，浓密卷翘的眼睫轻颤。

果然，禽兽。

她脸上和脖子上都有伤，手上也有两处被米珊抓破，不严重，刚喷了药，如果洗澡，她肯定是不能自己洗的。所以周庭宴还要帮她洗澡吗?!

芳姨应了声就往里走，走两步又停下，朝周庭宴怀里看一眼，小声道："先生，太太还睡着，那屋里准备的那些……"

周庭宴："你忙你的。"

简橙伸长了耳朵，准备的那些? 那些是什么? 迷迷糊糊乱想时，简橙感觉自己被抱进了屋，很快一股香味顺着鼻息钻进来。

她正分辨这是什么香味，头顶传来一道低沉带笑的声音："到家了，可以睁开眼了。"

简橙慢慢睁开眼，抬起头，错愕地看着他。

他知道她早就醒了?

周庭宴朝自己胸口看去，以眼神示意。"刚才以为你是做噩梦了，仔细瞧又不像。"

简橙顺着他的视线看去，蒙了一瞬。她的手正抓着他衬衫的第三颗扣子，衬衫都快被拽变形了，再用力些估计能把扣子拽下来。

简橙尴尬地松开手。"对不起。"

她不知道自己什么时候抓的。

"没事，你要是喜欢这颗扣子，一会儿剪下来送你。"周庭宴笑着打趣。

周庭宴亲她唇的时候就发现她醒了，因为那时候她的手突然抓住了他的衬衫扣子，身体变得僵硬，睫毛也抖得厉害。

他亲她，只是心疼，没有乱七八糟的心思。只是偷亲被发现他还挺尴尬，想解释又见她一直没睁开眼，居然直接装睡，他就没点破。

偌大的客厅里，灯光被刻意调成了浪漫的暖黄色。

周庭宴把简橙放下，双手按在她的肩膀上，把她的身体转了个方向。

简橙总算知道那扑面而来的香味是什么了，红玫瑰铺了一地，花海中间是用百合摆出的两个字：简橙。

简橙一时间不知道该做出什么表情。

感动? 可是好俗啊。

不感动? 才怪，虽然俗，但是她好爱啊。

在国外的时候，室友被求婚时为了留纪念，请她帮忙录过现场，那满地的玫瑰给她的冲击感还是很强烈的。这样的浪漫场面，哪个女孩子不想要?

那时候她想，如果周聿风跟她求婚没有那样的场景，她一定暗示他。后来订婚的时候，她都直接明示了，可别说求婚仪式了，连个花瓣都没有。

"你……"简橙想说又不知道该说什么，她一直觉得周庭宴不是个浪漫的人。

周庭宴牵着她往前走。"领证之前没跟你求婚，领证后没给你婚礼，该有的仪式一个都没有，抱歉。"

所以，这是补求婚仪式？

简橙羞愧，好心提醒他："周庭宴，这婚是我强求的，你不要老觉得亏欠我，我们两个，你才是吃亏的那个，是我占了你的便宜。"

周庭宴："……"

这么多玫瑰，她脑子里就只有"亏欠"和"占便宜"？

简橙以为客厅的玫瑰是结束，没想到是开始。主卧也有惊喜，灯打开，整个房间的装修很简单，黑白灰，奢华又低调，跟想象中差不多。

特别的是，偌大的双人床上铺了很多玫瑰花瓣，也摆出了她的名字，中间还有个鸽子蛋钻戒。墙角堆着十几个盒子，每个盒子上都绑了玫瑰，周庭宴说都是礼物，让她有时间慢慢拆。

简橙看的时候，脑子里全程只有两个字：俗气。

但俗得她好爱。

周庭宴在路上的时候提前给芳姨发了消息，让她准备点清淡的晚饭。晚上那么一闹，他们还没吃东西。

所有的惊喜展示完，周庭宴带着简橙去了餐厅，餐桌上摆着两碗粥，还有三道清淡的炒菜。

简橙喝粥的时候，眼睛时不时往对面看一眼。

"周庭宴，谢谢你，我很喜欢。"她诚恳地道谢。

周庭宴心里却明白，她只是客气一下，就算有感动，也只是对那些玫瑰的，并非对他这个人。她心里还没有他。他也没想通过今晚就在她心里占据一个位置，慢慢来，积少成多，总有一天，她能感受到他的用心。

吃完饭已经是深夜。

周庭宴让芳姨帮简橙洗澡，简橙脑子里还想着玫瑰的时候，芳姨挺惋惜地跟她说："其实先生还给您准备了一件礼物呢，可惜你们回来得太晚了，没办法展示了。"

简橙问她是什么，芳姨神神秘秘地不肯说。

"先生没告诉您，肯定是改时间了，我现在说了，就没有惊喜了，您先期待着吧。"

简橙："……"

不能说你还告诉我？好奇心都被勾起来，晚上能睡得着吗？

她晚上确实没睡着，还是一整晚！

周庭宴把主卧留给简橙，自己去了隔壁的客房，洗完澡出来，正好看见从主卧出来的芳姨。

"怎么样？"

"除了露在外面的，太太身上没有其他伤，我刚才帮她洗澡的时候都避开伤口了。"

听到没有其他伤，周庭宴松了口气，他去楼下喝水，又给简橙热了杯牛奶，然后上楼敲主卧的门。

简橙的声音隔着门传过来："进来。"

周庭宴开门进去，目光在房间里扫了一圈才找到人。

简橙坐在落地窗前的躺椅上，手里端着红酒杯，周庭宴看过去的时候，她端起杯子，直接大半杯灌下去。

周庭宴脸色微变，大步朝她走过去。

"刚从医院出来就喝酒？"他把牛奶放桌上，伸手抢走了简橙的杯子，沉冷的声音里带着担心和责备，"伤口还没好就这么喝？"

这酒后劲很大，他平时都不敢这么喝，这丫头胆子真大。

简橙在他来之前已经喝了半杯，才把剩下的喝完。她还没醉，所以见到周庭宴的瞬间仍旧浑身不自在。

这边什么都有，唯独没有她的衣服，她现在只裹着一件浴袍，所幸周庭宴的浴袍很大，穿在她身上，即便坐着，也能完全遮住。

但还是很尴尬。

简橙不敢跟他对视，解释道："我看你柜子上有酒，是打开的，我就拿来喝了。"

周庭宴半蹲在她跟前，伸手转过她的脸，让她与自己对视。"为什么喝酒，不高兴吗？"

红酒哪儿有这么喝的，明显是有心事。

简橙的脸快红透了，这要怎么说？说酒壮尿人胆？

简橙磨磨叽叽不知道该怎么说，周庭宴也不逼她，直接把人打横抱起，几步走到床前，把她放下，弯腰去扯被子。

简橙见他的脸越来越近，以为他要亲自己，呼吸几乎要停住。

"你……你把灯关了！"

周庭宴想说给她盖好被子再关灯，低头瞧见她涨红的脸，不知道她怎么了，但还是听话地把灯关了。

卧室瞬间黑下来。

周庭宴刚适应了黑暗，脖子突然被人搂住，紧接着，柔滑婀娜的身体贴上来，唇上也是一片潮湿温热。他整个人僵住，脑子有一瞬空白，等回过神，手已经把怀里的人抱住。身体有了知觉后，他开始难受，止不住地发颤，最后的理智让他按住了简橙的肩膀，稍稍把人推离，伸手打开床头柜的灯。

屋里一下亮起来。

对上眼前含着潋滟水光的眸子，周庭宴喉结滚了又滚，声音沙哑不成调。"简橙，这种事，不着急。"

简橙这会儿酒劲上来，胆子也大了："不着急？你下午的时候非让我今天过来，这又是玫瑰，又是礼物的。楼下的玫瑰是补求婚仪式，床上的是补洞房花烛吧？"

她又去亲他，搂着他的脖子把他往床上带，急于结束这难熬的一夜。"快点吧，我都喝了酒壮胆了，反正你也就五分钟，早点结束早点睡，我好困的。"

周庭宴本来都要把她按回床上，强令她睡觉了，听到后面这话觉得不对劲，眉心直跳。"什么五分钟……你这话是什么意思？"

简橙把他拽到床上，扑上去扒他的衣服，嘴里念念叨叨："就是你五分钟能结束啊。"

周庭宴："？？？"

人人都说江榆周家的太子爷周庭宴命好。生母关灵家境一般，但容貌一绝，因为一副好皮囊被江榆鼎盛家族的周老爷子看上，大学刚毕业就嫁入豪门。

关于这段感情，比较有名的标签有两个：灰姑娘逆袭嫁入豪门、老夫少妻。

虽然婚后周老爷子把关灵宠上天，但当时没有人看好这段感情。因为周老爷子是出了名的花心大萝卜——关灵是他的第三个老婆。

外面的人都说关灵是为了钱才嫁给可以当她父亲的周老爷子的，但关灵生下儿子才一年，就主动提了离婚。

据知情人透露，关灵提离婚是因为她发现周老爷子在外面养情人。

当时关灵没哭没闹，直接拿出离婚协议书，且只要儿子，不要任何财产。周老爷子不愿离，关灵抱着儿子就要往楼下跳，周老爷子才把字签了。

她带着儿子出国，走得决然，周老爷子追过去，送钱送房给股份，甚至因为她喜欢喝酒，把国外的整个庄园都送给她。

关灵一走就是十三年，周老爷子没再娶，绯闻都少了很多，关灵不让他去国外看儿子，他就不去，直到关灵病故，他才把十四岁的小儿子周庭宴接回家。

很多人说，周庭宴能在二十八岁拿下京岫集团，一是因为他有个好母亲，二则是因为周老爷子对他的愧疚。

其实恰恰相反。关灵和周老爷子对他的愧疚，都是他的催命符。

周庭宴刚被接回国那几年是周家内斗最厉害的时期。都说周老爷子对关灵是真爱，他是关灵的儿子，周家那些人忌惮周老爷子会爱屋及乌，把他当接班人，明着暗着算计他，他羽翼未丰时在周家寸步难行。

周老爷子对他的处境视而不见，认为是为了他好，能磨炼他。

后来他长大了，京岫集团已经被他大伯把控，周老爷子这时候想保护他，已经没有权力和筹码了。唯一为他做过的事，就是在他被算计出了车祸后，为了保住他的命，费尽心思把他送到国外。

因为这件事，这些年，纵然周庭宴再恨周老爷子，也没真正跟他翻过脸。

旁人看到的周庭宴，手握整个京岫集团，脚下是大半个江榆的经济脉络，风光无限，高不可攀。实则这些年，他不是一帆风顺，他也是踩着荆棘往上爬，从阴诡地狱走出来的，身上难免戾气重。

刚拿下京岫那两年，秦濯说，隔老远都能闻到他身上的血腥味，整天冷着一张脸，面相都变恶了。

秦濯劝他静心养性，把性子沉下来，不然太吓人了。

最开始他只是听听，并没有放在心上，后来偶然见到简橙，两人对视，简橙脸上明显有恐慌，没打招呼扭头就跑，好似他是催命的厉鬼。

她怕他。

回去之后，他接受了秦濯的建议，渐渐放慢了生活节奏，下棋，烹饪，钓鱼，攀岩……这两年不能说完全情绪稳定，但他能控制好情绪，也很少动怒了，尤其是在简橙面前。他从没当着简橙的面红过脸，跟她在一起时，他脾气一直很好很好。

直到此刻……

五分钟？这到底是谁在造谣？她听谁说的？为什么会聊到这个话题？为什么要这么羞辱他？这要传出去，秦濯的两颗门牙都得笑掉。

周庭宴这辈子就没骂过脏话，他以为自己不会骂脏话，他还经常觉得秦濯骂脏话很丢脸。原来有时候，骂脏话是可以无师自通的。就比如现在，他心里已经不知道骂了多少句，甚至被压了这么多年的戾气也被顷刻点燃。

周庭宴气得胃疼，刚才被简橙撩起的火已经熄灭了。

"简橙，五分钟……你听谁说的？"他压着声音，问得艰难又尴尬。

可惜简橙没搭理他，还趴在他身上，笨拙地解他睡袍的带子。她太紧张了，半天没解开，急得额头冒汗。"好难解啊，你就往那儿一躺，也不知道帮忙，明明是你要做的，为什么你不自己脱衣服，要我给你脱啊？那你一会儿也帮我解吗？我里面没穿……"

她嘴里一直在嘀咕，碎碎念不停。

周庭宴听得头皮发麻，他抓住她的手，阻止她的动作。

本来简橙解不开他睡袍的带子，结果被他握着手一拉，倒是直接扯开了。

周庭宴领口大开，简橙直勾勾地盯着，眼珠子都不带挪一下。

好性感，好想摸。

周庭宴愣了下，在简橙要摸过来时，手臂滑至她腰间，抱着她一个翻转，直接把人按怀里了。翻身的时候他一直注意着，让她贴着纱布的左脸在上，右脸在他臂弯，这样不会碰到她的伤口。

简橙在他怀里挣扎。"你干吗呀，我才刚解开。"

她一点不老实，周庭宴呼吸渐沉，努力克制着，把她紧锁在怀里不让她乱动。

"简橙，你饶了我。"

再乱动，他就控制不住了。

他虽然很生气，很想证明他不止五分钟，但必须顾及她的伤，而且，她现在根本不清醒。这种事想要自证清誉，必须在她清醒的时候完成。

周庭宴抱着她安静地躺了一会儿，手掌传来的触感让他突然想起她那句"我里面没穿"，酥麻的感觉沉沉往下腹铺开。他闭着眼平息了一会儿。

又想起她喝的那杯酒。那酒是他让人从国外的庄园空运过来的，劲很足，他昨晚失眠才打开的，也就喝了小半杯。她直接灌一大杯，估计明天起来要难受。

周庭宴让芳姨熬了解酒汤端上来，喂她喝下解酒汤。

屋里只开了床头柜的灯,暗黄的光线中,简橙湿漉漉的眸子一直看着他。

周庭宴把空碗放在床头柜上,给她盖好被子,时间太晚了,他打算去隔壁睡,起身时简橙拉住他的手。

"你今天真不做吗?"

周庭宴把落在她纱布上的头发拨开。"等你的伤好了再说。"见她清醒了一点,周庭宴提起屈辱的五分钟,"你听谁说的?"

简橙眨眨眼:"你自己说的啊。"

周庭宴:"?"

他什么时候说的?

见他一脸蒙,简橙跟他说起自己一下午的煎熬。

周庭宴听完,沉默了好半天。"我说半小时,五分钟……确实是想带你回来,因为今天这里有补给你的仪式,好不容易准备的,我想让你看一眼。"

今天这些是他特意问了潘屿和秦濯之后准备的。玫瑰花是潘屿建议的,秦濯说女孩都喜欢无人机求婚,那样比较浪漫。他两个意见都采纳了,玫瑰花里面的名字是他自己摆的,无人机要展示的图案也是他自己设计的。只是,孟糖从包厢跑出去的时候,他觉得今晚简橙肯定不会跟他回来,打电话取消了无人机表演。

简橙听完也沉默,好尴尬,所以全是她自己脑补的,她还因为这个"五分钟"鄙夷了他好久呢。

房间里没人说话,一片诡异的安静。

简橙索性转移话题:"那你是从什么时候开始准备的?"

无人机是大工程啊。

周庭宴:"领证的第二天就开始想了。"

她说等周聿风结婚后就公开,然后就同居,所以他一直在为这天准备着。

今天过后,是他们新生活的开始。

简橙听他说到新生活,盯着他的俊脸看了一会儿,做了个决定:"周庭宴,新的开始,应该有新的起点。"她伸手抓住他的睡袍,亮晶晶的眸子看向他,又软又柔地开口,"周庭宴,我可以的。"

理智告诉周庭宴,她还有伤,得克制,可抓着睡袍的白皙玉手撕破了他的理智。

这一夜,来得猝不及防。

最初的感觉挺好,简橙的后背压着没来得及处理的玫瑰花瓣,花香扑鼻,男人的吻也温柔，快要窒息的时候他给渡氧气，难受的时候他耐心地安抚。

慢慢地，她就想骂人了，冲动是魔鬼啊。

她想起拜师的第一年，跟着师父的摄影团队到加拿大北部拍摄狼群。第一次近距离地看到狼，一匹健硕的孤狼猎食的场面就让她做了三天噩梦。她觉得，周庭宴就像那匹健硕的狼，她就是被他撕裂的那只兔子。她比那只兔子还惨，兔子被咬一口就能去西天，她被折磨整晚痛觉还在。

男人的嘴，骗人的鬼，周庭宴说不动，结果她背后的玫瑰全被碾碎，他说马上，结果墙上的分针走了一个又一个五分钟。

后来，周庭宴把她抱在怀里，拿手机让她看时间。刻意忽略刚开始的那次，让她从第二次开始算。

"你算算，有几个五分钟。"

简橙懒得动脑子，倒在他怀里昏昏沉沉地睡，被他问烦了，就迷迷糊糊给他一个差评。"几个五分钟不是重点，重点是，你技术太差。"

周庭宴："……"

这比五分钟更诛心。

清晨，第一缕阳光透进来时，简橙才睡了不到三个小时。她困得不行，手机第一次响起时她当没听见，第二次响起时，她拽着被子蒙住头，第三次响起时，她愤愤地伸手去摸。

"谁啊！大早上催魂呢！"

看不太清屏幕，简橙也不管是谁，直接吼，起床气大得离谱。

隔了好一会儿，那边才传来一道压抑着急的声音："简橙，你能来老宅一趟吗？"

这声音……是关清柔，周陆的母亲。

简橙拍着脑门让自己清醒，声音放缓，问她怎么了。

关清柔声音带着哭腔："小陆和聿风打起来了，他爷爷要打死小陆，你能来救救他吗？我不知道怎么办了……"

挂了电话，简橙扔了手机，重新闭上眼睛。

几秒钟后，猛然从床上坐起来。

"小陆和聿风打起来了……他爷爷要打死小陆……"

周陆出事了！她得赶紧回老宅。

旁边已经没人了，不知道周庭宴什么时候起来的。昨晚她的浴袍明明被他扔地上了，现在地上干干净净，她的衣服也不在了。

都不给她留一件。

念在他完事后帮她洗了个澡，简橙忍着没骂人，掀开被子要下床，腿一动，倒吸一口凉气，又想骂人。"禽兽，技术差的老禽兽！"

简橙费半天劲，一只手扶着腰，一只手扶着墙，嘴里骂着周庭宴，哼哧哼哧挪进衣帽间。

昨天穿的衣服沾了血，简橙没打算要，内衣芳姨昨晚拿去洗，已经烘干送了过来，叠得整整齐齐放在角落。

衣柜里只有周庭宴的衣服。

半个小时后，简橙洗漱完，穿着整齐下楼。

客厅里，芳姨刚从外面进来，听到声音看过去，愣了下。

简橙身上穿的是周庭宴的衣服。黑色高领毛衣，黑色有松紧带的运动裤，毛衣遮住屁股，领子被她翻出来，运动裤的裤脚卷了两下。

奇奇怪怪，松松垮垮，浑身透着慵懒劲，少了些贵族名媛的味，偏又让人觉得很酷。

芳姨脑子里冒出一句话：天生的衣架子。

"太太，您不多睡会儿吗？"周庭宴走的时候告诉芳姨，简橙可能要睡到中午，所以芳姨此刻见她穿着整齐下来，有些惊讶。

"有点事。"简橙用手撑着腰走下来，"周庭宴呢？"

芳姨见她走路姿势古怪，领悟到什么，心道自家先生也太不怜香惜玉，太太还受着伤呢，就这么折腾。不过也证明了，夫妻俩感情好。

芳姨跑过去扶她。"先生一个小时前就起了，吃过早饭去公司了，说让您多睡会儿，中午回来陪您吃饭。"

简橙："……"

一个小时前？周庭宴牛啊，折腾她整个晚上，出力的也是他，他才睡多久，他不困吗？

佩服！

简橙的车昨晚已经被周庭宴的司机开过来，她开不了车，就让管家给她当司机。

走得急，连早饭都没顾上吃。

芳姨觉得不对劲，等她走后，给周庭宴打了个电话。"先生，太太已经起来了，早饭没吃，直接去老宅那边了，挺着急的……"

周家老宅。

啪——

拐杖落在皮肉上，撞击声沉闷，伴随着一道细微隐忍的痛苦呻吟声。茶几旁是碎了一地的花瓶，周陆跪在旁边，老爷子连着几拐杖打下去，他整个脊背都弯了，肩膀耸着，脸色惨白。

因为老爷子身体不好，受不得一丝冷，所以每年冬天家里暖气都开得很足。周陆进屋后就把外套脱了，身上只有一件单薄的白色短袖，后背的衣服上已经有血色冒出。

关清柔在老爷子又举起手里的拐杖时扑过去，跪在地上护住儿子。"爸，够了……我求您了，您饶了小陆吧，求您了……"

"呵。"叶绮跷着二郎腿坐在沙发上，心情愉悦地看着眼前这场闹剧，听见关清柔的话，脸上的笑容更大了，"老五媳妇，小陆做错了事，受罚是应该的，更何况他打碎的，是爸最喜欢的那个花瓶啊。"

叶绮指使着用人把她拽走。

老爷子呼一口气，给周陆最后一次机会："你认不认？"

周陆眼睛发红，倔强得很："不认！"

啪——

老爷子被他强硬的态度激怒，手里的拐杖不停歇地往他后背招呼，每一下都用了十足的力气。

周陆狠狠咬着牙，一声不吭，痛到身体扭曲时，幽暗的目光扫了眼沙发上的周聿风。

嘲讽和失望散去，瞳孔渐渐失焦。

哥哥，也不过如此。

周陆挨打的时候，周聿风始终低着头，胳膊撑着膝盖，双手紧紧交握，手背都掐出血痕。

他不敢抬头，不敢看周陆。周陆的身体在受罪，他的灵魂在受酷刑。

怪他，是他害了周陆。

今天这事，得从昨天说起。

昨天从餐厅回来后，他准备依照小叔的话问问情况。

他先问的母亲，母亲让他不要多问，他不死心说要去问父亲，母亲直接大发雷霆。他觉得事情肯定不简单，也没敢再找父亲和爷爷，准备过两天再找小叔谈谈。

结果今天一大早就接到父亲的电话。"你妈早上五点就开始给我打电话，莫名其妙地发脾气，我今天有事过不去，你去看看，别让她在老宅发疯，又让人看笑话。"

周聿风隐约感觉到可能跟昨天他问母亲的事有关。

接电话的时候雅薇在旁边，跟着担心，两个人就一起来了。

到了之后，只有周陆自己躺在客厅的沙发上打游戏。

周陆说："我妈煲了汤，听说你妈早上没下来吃饭，就盛了一碗给她端上去了。"

周陆的母亲煲的汤很绝，正好还有，他们来得急也没吃早饭，所以周聿风就让雅薇去盛两碗。

周陆一下从沙发上跳起来，冲过去把保温壶拿走，不让雅薇碰。"你是我哥，你喝可以，蒋雅薇算什么东西，我妈辛辛苦苦煲的汤，她一个狼心狗肺的玩意喝个屁。"

这话是当着蒋雅薇的面说的。

周聿风很烦躁，昨天雅薇在餐厅听到他和朋友聊天，他回家后哄了她半天，还许诺今天陪她逛街购物。才把人哄好，周陆这一句，他又得哄半天。

他让周陆给雅薇道歉，周陆不肯，反倒是雅薇温声细语地跟周陆道歉，周陆非但不领情，还骂雅薇假模假样。

他当然是护着老婆了。

言语冲突间，他跟周陆打了起来。本来打一架不算什么，他们经常打，他和周陆这么多年感情，没那么容易散。

今天，可能要散了，因为爷爷最喜欢的那个双色花瓶碎了。

爷爷对那花瓶惜若珍宝，平时根本舍不得拿出来，是前段时间发现有个地方彩釉脱落了点，就让人送到专业保养古董瓷器的师傅那里养护。养护好后，还是他去拿的。

昨天他带雅薇去跟朋友吃饭，花瓶暂时放在公寓，今天顺便带了过来。

花瓶放在客厅，还没来得及给爷爷送上去。他当时和周陆扭打在一起，离花瓶还有两步的距离，是雅薇劝架的时候，自己绊到桌子腿碰到了。

那花瓶是雅薇不小心打碎的，可是当爷爷问起的时候，雅薇拉着他的手瑟瑟发抖，眼睛一直往周陆身上看。

然后三婶顺着她的目光看过去，说："周陆，你怎么这么不小心啊，我也看见了，是你打碎的。"

三婶说这话就证明她没看见，她故意说谎。

三婶跟五婶之间有恩怨，这么多年，三婶一直明着暗着踩五婶一家，什么事都要插一脚，当年周陆就差点被她害死。现在有机会坑周陆，她补一刀不奇怪。

周陆自然是否认的，让他开口给自己做证："哥，你知道不是我。"

当时，所有人的目光都在他身上。

"爷爷，小陆是不小心的。"话落，他看到了周陆难以置信的目光。

周聿风知道，从爷爷的拐杖落在周陆身上的那一刻开始，他和周陆之间，就再也回不到从前了，可是他能怎么办？那个花瓶对爷爷到底有什么意义他不知道，他只知道，爷爷让他去取回来的时候，一遍一遍地嘱咐，让他千万小心。

所以他不能不帮雅薇。

雅薇刚嫁过来，母亲本来就不喜欢她，如果捅这么大娄子，母亲更厌恶她，爷爷也恼上雅薇，那雅薇今后在周家的日子简直寸步难行。周陆到底是爷爷的亲孙子，爷爷再生气，总不能打死他。反正爷爷也一直对周陆这个孙子不闻不问的，打一顿就打一顿，对周陆没什么影响。

事后他会好好跟周陆道歉。

客厅里的惩罚还在继续，不过打手换了人。

老爷子大病初愈，年纪又大，体力有限，打累了后就坐下休息，见周陆后背已经被血染红，也给了他喘息和思考的时间。

老爷子给了他半小时，问他认不认错，周陆牙齿咬碎了还是不肯承认。

老爷子最近也是躁郁难消，怒火三尺高，因为小儿子娶了简橙这件事，他连着两个晚上没睡好。本来就烦躁，今天关灵留下的花瓶又碎了，还碰上周陆这么个倔驴。他是真恼了，觉得自己在这个家里没有一点地位了，小辈个个跟他对着干，事事不顺心，正好也需要发泄火气。

周陆就是那个倒霉蛋。

老爷子累了，把拐杖给了钟管家。"我倒要看看，他的嘴巴能有多硬，往死里打，打到他承认为止！"

钟管家拿着烫手山芋，虽然同情周陆，但也不能不听指令。

每次费尽心思控制力道的时候，他总是冒出一个念头：如果简橙在这儿就好了，她跟周陆的关系一直很好，以她那天不怕地不怕的性子，来闹一闹，说不定周陆就有救了。

关清柔被叶绮和曹瑛一左一右挽着胳膊，根本挣脱不开。瞧着儿子已经整个人缩在地上，后背血淋淋一片，她整个人几乎崩溃。

绝望时，门口传来一阵嗒嗒嗒的高跟鞋声，伴随着一道清脆悦耳的声音。

"哟，都在呢，大家早上好啊。"

像天籁。

关清柔的眼睛瞬间亮起来，钟管家也暗暗松了口气。

来了！这小祖宗终于来了！

周陆的后背已经痛到麻木，佝偻着身子蜷在地上，脸贴着地，铁锈味充斥在鼻息间，听到声音，他干裂的唇微微动了下，挤出苦涩的笑。

这丫头……不对，小婶，是小婶。完蛋了，他这糟糕的蠢样被小婶看见了，她又得笑话他了。

简橙走进客厅，一眼就瞧见了蜷缩在地上半死不活的周陆，目光落在他后背刺目的血色上，艳丽的双眸一闪而过一股寒意。

客厅坐着的几个人顺着声音看过去，见到简橙，皆是一愣。

周聿风的视线在她脸上的纱布上停留几秒，又转到她今天的穿着——男人的衣服。她穿的是……小叔的衣服？她为什么穿小叔的衣服出门，她自己没衣服吗？

简橙的情绪收敛得很快，她无视众人的打量，踩着高跟鞋噔噔噔跑过去。"哎呀，周陆，你好惨啊，你这是犯了天条吗？"

周陆刚才已经痛到麻木，看到她，全身的痛感像突然恢复了一般，他艰难地撩起眼皮，本来想撑一句，视线忽地停在她脸上。

"你脸……怎么了？"谁打的啊，这么漂亮的脸都打，他每次被她气得想揍她时，都是踩她的脚。

几个字蹦出来，周陆感觉胸口的骨头都在痛。

简橙伸手戳了戳他的后背，指尖沾了鲜红的血。"被人挠的。咱俩真挺惨的，都有血光之灾，赶明儿小婶带你去山上求个平安符。"

她过来之后直接蹲在周陆旁边，跟周陆说话，眼睛却直勾勾地盯着钟管家。

钟管家被她盯得头皮发麻，心说：老奴也不想啊，小祖宗，你可别记恨我。

这种事，钟管家也不敢随便解释，更不敢随便做决定，于是转头去看老爷子，以眼神询问还打不打。

老爷子没想到简橙会过来。从知道小儿子跟简橙领了结婚证后，他一看见简橙就头痛，烦得很。

元宵节那天，小儿子就跟他把话摊开讲。"对简橙，我不指望您多喜欢，但是您不能打她，不能骂她，不能凶她，她救过我一命，现在周家我说了算，所以她在周家就能横着走。她胆子小，您要是敢让她受一点委屈，我就不会让她再踏进这里一步，当然，我也不会再来。"

胆子小？简橙胆子小？这话他是怎么说出口的？他就没见过哪个女孩子比简橙胆子更大的！

威胁，绝对是威胁。

可惜他不能不听，庭宴那臭小子一向说什么就是什么，他怕他以后真不来了。所以，即便老爷子万分痛恨简橙这个把周家搅成一锅粥的疯丫头，也不能冲她发火。

"简橙啊，你脸上的伤是怎么回事？"她脸上的伤太明显，老爷子还是象征性地问了一句。

简橙见钟管家把拐杖收回去了，才转头看向老爷子。"跟人打架，没打过。"她说完就指着周陆问他，"爸，您为什么打周陆啊？"

一声爸搞得老爷子无语又无奈。他今年都七十七岁了，被一个二十四岁的丫头片子叫爸已经很难为情了，偏偏简橙这丫头以前喜欢聿风的时候，都是喊他爷爷的。

从"爷爷"到"爸"，她改得挺顺乎，他的这颗老心脏却是有点接受不了。

"他做错了事。"老爷子心神疲惫，不想说太多话，看了钟管家一眼，钟管家这才放心地把整件事说一遍。

钟管家说完，简橙沉默了会儿，突然朝老爷子道："爸，我有办法证明花瓶不是周陆打碎的，您能让人先给周陆上药吗？他疼得受不了了。"

老爷子看了她一会儿，朝钟管家递了个眼神。

简橙的到来也让老爷子松了口气，因为简橙给了他一个台阶下，再打下去真要出事了。

钟管家立刻喊来几个用人给周陆处理伤口，关清柔朝简橙投去感激的目光，也赶紧跑去帮忙。

老爷子问简橙："你要怎么证明花瓶不是周陆打碎的？"

简橙还真没办法证明。

关清柔在电话里告诉她："小陆说，他当时跟聿风打架，和那花瓶隔着一段距离，他根本碰不到。蒋雅薇倒是离得近，而且那时候客厅只有他们三个人，他虽然没看见，但怀疑是蒋雅薇碰倒的。聿风夫妇，还有你三嫂，他们三个就一口咬定是小陆，都说看见了，小陆平时对蒋雅薇也总带着敌意，所以没人相信小陆，我信，但是我说话没人听。"

简橙也信周陆，但是现在三个人说是周陆打碎的，周陆没有人证，就很麻烦。而且，最重要的是那个花瓶。关清柔说那花瓶是周庭宴母亲留下的，老爷子一直惜若珍宝，谁动谁死。

既然没办法洗清周陆的嫌疑，那她就把水搅浑，谁也别想干净。

"爸，我刚才听明白了，现在的情况是，周聿风、蒋雅薇和三嫂都说是周陆把花瓶打碎的，他们有证据吗？"她说完，先指蒋雅薇，"你说你看见了，证据呢？空口无凭，你把证据拿出来。"

老宅里没有摄像头，因为老爷子不喜欢整天待在被监控的环境中。

蒋雅薇一直缩在周聿风肩膀后，尽量降低自己的存在感，突然被简橙点名，浑身哆嗦了下。"我们三个人看见了，还不够吗？"

蒋雅薇现在已经后悔了，那花瓶是她故意打碎的。

她最近的精神压力太大了，元宵节那天她被简橙抢走了所有风头，吃饭的时候，人人都只顾着跟简橙攀交情，对她多是看不起和嘲讽。那晚她留下跟婆婆她们打麻将，她本来玩麻将就不厉害，又想着是第一次，得让她们赢，让她们高兴，结果她输了很多钱，还被婆婆骂蠢货。

昨天，她被周聿风的朋友羞辱，自尊几乎被击碎，今天，周陆又当着周聿风的面羞辱她，骂她"狼心狗肺的玩意"。

她真的很讨厌周陆，这男人经常在周聿风面前贬低她，说简橙的好话。她对周陆积怨已久。

周聿风取花瓶回家的时候特意交代过，说那花瓶对老爷子很重要，让她不要碰。她装模作样去劝架的时候，被周陆推了一下，磕着桌子，花瓶就在她眼前。她那会儿真的很生气，情绪失控到由不得她控制，脑子里只有一个念头，如果周陆把花瓶打碎了，老爷子绝对饶不了他。

她脑子一热，就伸手了。

她以为，怎么说周陆都是老爷子的亲孙子，打一顿就算了，她没想到老爷子打这么狠，看到周陆整个后背血肉模糊的时候，她是害怕的。她没想到事情闹这么大。

现在简橙这个搅屎棍又来了，她就更担心了，简橙来了，肯定没好事。

不过她倒是也不怕，聿风会帮她，叶绮因为跟关清柔有仇，也会帮她。

三个目击证人，简橙翻不出浪花。

简橙人证物证都没有，也没打算翻出浪花，但是罪不能认。

"你们三个看见就能给周陆定罪了？你们搞笑呢。"简橙的视线一一扫过三人，"蒋雅薇，我怀疑是你打碎了花瓶，故意诬陷周陆，因为你的动机很大，他说你狼心狗肺，你怀恨在心要报复。"

"周聿风，我怀疑你是帮凶，因为蒋雅薇是你老婆，所以你包庇她。"

"三嫂，你更年期，可能看错了。"

周聿风："？"她这是看见了？猜这么准？

蒋雅薇："？"她就知道简橙是搅屎棍！

叶绮："？"更年期？又来！

简橙无视心怀鬼胎的三人，转身看向老爷子。"爸，他们三个都有可能冤枉周陆，所以他们的话不能信，除非他们拿出实实在在的证据。"

老爷子沉默。

曹瑛虽然不想帮蒋雅薇说话，但到底是自己名义上的儿媳妇，又牵连了儿子，所以不能不开口。"简橙，你一直让聿风他们拿证据，可周陆也没有证据证明自己的清白，如果他有证据，也不会被打得这么惨。"

简橙纠正她的错误。"二嫂，是他们先诬陷的周陆，应该是他们拿出证据证明自己是对的，周陆是被冤枉的，不需要自证，就你这逻辑，怎么管家的？"

曹瑛："……"曹瑛觉得她强词夺理，却又不知道该怎么反驳，一时无语。

简橙咄咄逼人："要是二嫂实在觉得不公平，就报警吧，报警最公平。"

周陆被打成那样都不肯承认，肯定是无辜的。

听到报警两个字，客厅里一时陷入沉默。

周聿风的手背快被蒋雅薇的指甲掐烂，他看向简橙，神色不虞。"简橙……"

"小婶！"简橙冷着脸纠正他。

周聿风咽下憋屈。"小婶，这是周家的私事，报警传出去了不好，会被人看笑话。"

蒋雅薇赶紧附和："是啊，小婶，没必要闹得尽人皆知，你要为周家想想。"

叶绮也不想把事情闹大。"简橙啊，周陆已经挨了打，这事就到此为止吧，你也别闹了，你还受着伤呢，赶紧回家休息吧。"

简橙看向老爷子，老爷子依旧沉默。

她刚要开口，身后就传来周庭宴不冷不淡的声音。"简橙，过来。"

简橙看到周庭宴时有一瞬的恍惚。事实上，从进门到现在，她一直神经紧绷，因为实在太困，身体又酸痛得不行，半小时了，全靠意志力撑着。

她像一根被撑到极致的弹簧，绷得紧紧的，周庭宴的出现，让这根快绷坏的弹簧瞬间卸了力。

她跑过去，声音里有自己未察觉的惊喜。"你怎么来了？"

周庭宴知道她此刻在强撑，伸手揽住了她的腰。"有事不知道给我打电话，乱跑什么？"

他声音平淡，听不出情绪，简橙能察觉到他的不高兴，乖乖窝在他怀里，不敢大声说话，软绵绵的声音很委屈。

"芳姨说你去公司了，我想着你这么早就出门，肯定有重要的事，就没打扰你。"

刚才是周陆那一后背的血让她强撑着，现在周庭宴揽着她，她的身体直接软了，被刻意忽视的酸痛全涌了上来。

她伸手抱住周庭宴的腰，整个人都往他怀里蹭。"我好累啊，又累又困。"

周聿风瞧着这一幕，神色复杂，心里有说不出的滋味。很难形容这种感觉，明明简橙是他不要的，可他就是见不得简橙跟小叔亲密，要不是有一丝理智尚存，他恨不能冲过去分开他们。

周庭宴微微弯身，把简橙打横抱起，简橙惊呼一声搂住他的脖子。

把人抱稳后，周庭宴直接转身往外走，完全没有搭理里面那些人的意思。

叶绮见状，冲他喊了一声："庭宴啊，你妈留下的那个双色花瓶被周陆打碎了。"

周庭宴猛然顿足，抱着简橙转身，视线落在地上那堆尚未收拾的花瓶碎片上。

简橙搂着他脖子的手紧了些，赶紧解释："不是周陆，他们说看见了，但都没有证据。"

"嗯。"周庭宴应了她一声，没再多言，目光移向老爷子。

老爷子也正往他这边看，两人目光对上。

周庭宴脸色无波澜。"人活着的时候不珍惜，死了你搞这一套深情给谁看？"

老爷子呼吸一室，脸色很是难看。"庭宴……"

"一个花瓶比得过人命重要？"周庭宴打断他的话，更打破他的自欺欺人，"那个花瓶并不是我妈最喜欢的，是你觉得她喜欢而已，她活着的时候你就总喜欢把自己的意愿强加给她，她死了，你还不放过她。"

碎裂的花瓶散落在地上，周庭宴微低着头，眉睫落下层层暗影。"打碎了好，非常好。"

老爷子身体颤抖，肩膀塌着，像被抽走了筋骨，颓然地坐在沙发上，想说什么，张张嘴，最终却没开口。

周庭宴看向在毯子上趴着的周陆。"是不是你打碎的不重要，既然是你挨了这顿打，周陆，这功我给你记上。"

周陆："?"

他伤口现在还疼得厉害，脑子转得慢，正琢磨小叔这是什么意思，就听周庭宴道："酒吧当个副业玩玩可以，不能当主业，你也不小了，该稳当一些，等你的伤养好了，来集团找我，投资二部经理的位置给你。"

这话犹如一声惊雷，劈得众人内外皆焦。

周陆："???"

他这是因祸得福了???

周聿风反应过来后猛然从沙发上站起来。"二部经理?!"

小叔疯了？直接让周陆进集团已经是破例，他们这些小辈想进集团都要先去分公司历练，历练过后带着项目才能踏进去。周陆的成绩从小就不好，高考落榜，在国外混个大学，回国后也只能用钱砸个酒吧混日子，小叔竟然直接让他进集团？

自己成绩优异，学历漂亮，毕业后就进了京岫旗下的投资公司，当初小叔用股份逼他娶简橙，他趁机表示要进集团，小叔才同意了。

他进集团一年多，也才是投资一部的经理，二部比一部的资源好，二部经理去年年末辞职，正内部竞聘，他原本信誓旦旦要拿下的，现在，小叔竟然这么轻易给了周陆？

凭什么啊?!

周陆没学历，没经验，要什么没什么，除了跟一群狐朋狗友鬼混，有什么资格坐上集团投资部经理的位置？

"小叔，您开玩笑的吧？二部的经理轮也轮不到周陆啊。"周聿风一脸茄色，完全不敢置信，他觉得一定是昨晚没睡好，今天早上起猛了，要么就是耳朵出问题了。

"我什么时候跟你开过玩笑？"周庭宴眸光淡淡地看着他，"资本市场从来不是论资排辈的，我说周陆可以，他就可以。"

叶绮这会儿也反应过来了，一口老血差点没喷出来，她刚才费心费力地坑周陆，没想到反倒帮了他一把。

"庭宴啊，周陆他没资格进集团吧……"

"他有没有资格，我说了算。"周庭宴看着叶绮，言语间皆是警告，"三嫂，每次家里有事，总少不了你，我最近脾气不好，你最好消停一点，或者你觉得三哥太闲，我给他多安排一点工作？"

叶绮脸色苍白，终是闭了嘴。

蒋雅薇迎上婆婆曹瑛惊怒的目光，心里一阵发凉。完了，弄巧成拙了。

周庭宴抱着简橙出来，司机忙打开了后座的门。

直到车子启动，简橙才从乱七八糟的思绪里回神。"周庭宴，你为什么让周陆进集团啊？"

她之前听周聿风提过，纵然是周家的孩子，想进集团也必须去分公司磨炼几年，做出一点成绩了才能进去。周陆一直把酒吧当主业，别说京岫的分公司了，就连正儿八经的公司都没去过。周庭宴让他进集团，给他那么高的位置，其他人不会闹吗？

周庭宴只说了一句。"别小瞧了周陆。"

司机把车驶到主路，周庭宴让他打开挡板。

司机："……"哦，又非礼勿视。

简橙盯着升上去的挡板，正不解，就觉腰间被一只有力的手臂圈住，然后，熟悉又陌生的气息覆上来，炙热而猛烈。

简橙原本是闭着眼承受，后来他实在太肆意，搅得她舌尖都发麻，承受不住睁开眼，撞上周庭宴也睁眼。

一个委屈，一个灼热，一个控诉他的强势，一个惩罚她的不听话。

视线纠缠，周庭宴察觉到她的难受，放松了力道，把她的气息吞咽进心肺，强劲有力的手臂圈着她的腰，轻而易举就把她抱到腿上。

"知道周陆出事，就没想过给我打电话？"他执着于这个问题，从昨晚见到她脸上的伤时，他就一直压着火，克制着情绪，要知道他发火的时候连秦濯都不敢靠近他。

怕吓着她，所以不敢跟她说太重的话，也不敢责备太重。可他脾气太好似乎不行，她不长记性。

昨晚是孟糖，今早是周陆，她完完全全没考虑过自己，更没考虑过他这个老公。

他是摆设吗？

周庭宴把简橙完全禁锢在怀里，俊脸紧贴着她，一点点品尝她唇瓣的香甜，动作轻柔，声音却严肃。"孟糖是你闺密，你不想我插手，我可以理解，周陆呢，他是你发小，也是我侄子，你想帮他，就不能给我打电话吗？"

简橙嘴里全是男人醇厚的气息，脑子乱成糨糊，问什么答什么。"那花瓶……那花瓶是你妈妈留下的，我不知道对你有多重要，万一你看到花瓶碎了直接发火，周陆就惨了，我没打算瞒你，想着洗清了周陆的嫌疑再找你的。"

周庭宴听到"花瓶"时顿了一下，腾出一只手捏她滚烫的脸，继续问："孟糖和周陆，对你这么重要吗？"

"对，很重要。"

"你心里，还有谁重要？"

"活着的吗？"

"嗯。"

"孟糖，周陆，我小姨，我表哥，嗯……没有了。"

周庭宴等了半天，等来一句没有了，牙齿在她下巴上留个清晰的印。"没有了？你老公是死了吗？"

简橙身上跟通了电似的，全是酥酥麻麻的电流。"没有啊……"

没死，但是不重要。周庭宴心塞，把她软软薄薄的樱唇里里外外都欺负透。

"四个人我都没上榜，哪怕把我排在最后一个呢？简橙，你没良心。"

幸亏她没养狗，如果她养条狗，他岂不是连狗都不如？

两人回到华春府后，周庭宴没再离开，陪简橙吃了饭，就抱着她回卧室补觉了。

简橙有很多问题要问他，但实在太困，往床上一躺直接睡着了。

这一觉睡得踏实又舒服，醒来时已经是下午五点。

周庭宴竟然还在。

两人身体无缝贴着，她能察觉到他的异样，赶紧伸手推他。"你不是很忙吗？怎么还没走啊？"

早上睡不到三个小时就起来工作的人，她以为一睁眼他就不在了。

周庭宴吃素吃了这么多年，刚尝了荤味，跟她躺一个被窝不可能不动心思，但也知道她身体还没恢复，所以没动她，就抱着平息了会儿，冷静下来后才回答她的问题。

"你昨晚把脸伤着的时候，我就把今天的工作全往后推了。"他掀开被子下床，"今天没事，可以一直陪你。"

简橙盯着他身上流畅的肌肉线条，不自在地挪开眼。"那早上……芳姨说你去公司了啊。"

周庭宴从衣帽间拿了套衣服。"早上没去公司，有别的事。"他把手里的裙子和内衣递给她，"都是新的，洗过烘干的，时间太紧，你先穿着，回头再给你买。"

简橙把裙子接过去，这裙子跟她昨天穿的款式差不多。"你早上起那么早，是去给我买衣服了吗？"

周庭宴把她早上穿的黑色毛衣套上。"不是，这是潘屿让秘书去买的，我也不会挑，只按着你昨天穿的衣服提供了你的喜好。"

本来以为她至少中午才能醒，把衣服拿回来也来得及，没想到她一大早就跑了。

简橙准备穿衣服，想让他回避，一抬头就见他套上了自己早上穿的毛衣。"哎，你不换吗？衣服我都穿过了，你不嫌脏啊？"

周庭宴坐床上，把那件运动裤也穿上。"你就穿了一会儿，脏什么？马上吃晚饭了，一天就快过去了，穿新的芳姨还得多洗两件。"

简橙："……"她转移话题，"所以，你早上到底去干吗了？"

"去医院，秦濯昨晚被孟糖打进医院了。"

第六章
设法追求

简橙听说孟糖把秦濯打了，高兴劲上来，抬腿就往外跑。

周庭宴及时拉住她的胳膊。"不着急，吃了晚饭再去。"

从老宅回来她就喝了碗粥，没吃午饭。

简橙被他牵着下楼，乖乖地没有反抗，时不时偷瞄一眼他的侧脸，耳根发热。

她这会儿脑子完全清醒了，想起两人从老宅离开之后的事——他生气了，在车里欺负她。

虽然很气他这种带着惩罚意味的吻，但是，她可以原谅他。

叶绮朝他喊花瓶被打碎的那一刻，她就在他怀里，能清晰地察觉到他肌肉的紧绷和僵硬。

那个花瓶怎么说都是他母亲的东西，应该很重要吧，花瓶碎了，他肯定很难过。

老爷子都气得要打死人了，他还能那么平淡地给周陆记功，那么平静地抱她离开。

有时候，不能说出口的难过，才是最令人痛不欲生的。

他那么迫切地亲她，并不完全是惩罚她的不听话，也是在转移注意力，他不想让人看出他对那个花瓶的在意。

她懂，她也有过这种情绪。

所以，她原谅他。

因为简橙脸上有伤，又经过这一番折腾，芳姨晚上特意给她熬了当归红枣鸡汤。

餐桌上，简橙说起屋里还没处理的那些玫瑰花。"花扔了可惜。"

周庭宴给她盛汤。"都是送给你的，你决定就好。"

简橙在心里算了下，楼上楼下的玫瑰加起来，单位得是万，送人的话，得大规模操办。

"送人吧，整条常淮路上的租户都送一点，让他们都沾沾我的喜气，生意好一点，交房租的时候也能积极点。"

周庭宴听到"喜气"二字，眉梢微挑，心情不错。"好，我让潘屿找辆车过来，以你的名义送过去，每户平分吗？"

简橙喝口汤，随口道："花太多了，给多了他们也浪费，一户给一百朵，剩下的全送到双禧花店……"

说到这里，声音戛然而止。简橙像是突然想起什么，猛地抬头看向周庭宴，声音平和道："不用麻烦潘助理了，我自己联系老板，让他找车过来拉就行了。"

周庭宴扫过她不自觉攥紧勺子的手，又不动声色地把视线移回到她脸上。"好，你自己联系。"

双禧花店？这名字好像在哪儿听过。

江榆中心医院，VIP病房。

孟糖低头给简橙发消息的时候，听见病床上传来动静，抬头，见秦濯用胳膊肘撑着床要坐起来，忙开口制止他。

"哎，医生不让你乱动。"

秦濯没搭理她，继续撑着床，头疼，腿疼，胳膊疼，所以他的动作极慢，身子晃晃悠悠，像随时都会晕倒。

孟糖放下手机，过去按住他的肩膀。"你想干什么，跟我说，我帮你。"

他一手缠着纱布，另一只手打着点滴，腿还吊着，根本不能动。身上哪儿哪儿都疼，稍微动一下就头晕眼花，被她碰下肩膀就无力地倒在床上。

闭着眼缓过来劲后，他撩着眼皮看她。"洗手间。"

孟糖："……你等着！"

五分钟后，秦濯盯着孟糖手里的东西，额头青筋暴跳。"你把这鬼东西拿走，我不需要！"

孟糖站着没动。"医生不让你乱动，你不能下床，你不是着急吗？"

"老子就是憋死也不用这玩意。"秦濯绷着脸拒绝，顺便教训她，"你一个小姑娘，害不害臊？"

孟糖低头看看手里被秦濯万分嫌弃的尿壶，叹了口气。害臊啊，但是她有什么办法，人是因为她住进来的，她总不能让他被尿憋死吧。

孟糖："你放心，我不看你，不占你便宜。"

她觉得这种事速战速决比较好，僵持越久越尴尬，所以没等秦濯再拒绝，闭上眼，拿着尿壶的手往前一伸，另一只手直接掀开他的被子。

秦濯："……"

孟糖闭上眼的同时，还特意把头扭到旁边，把后脑勺对着他，等半天没动静，急了。"你快点啊！"

秦濯盯着她颤颤巍巍，抖着跟摇骰子一样的手，无语半晌，最后磨牙吼一声。"你别晃！"

他屈服了，因为确实快憋不住了。

该死的周庭宴，下午两点的时候就给他打电话让他赶紧过来，消息发了八百条，现在都快六点了，人影都没见。那狗男人就知道抱着媳妇睡觉，重色轻友的家伙，留他在这儿丢人。有媳妇了不起啊，有本事永远别过来。

他要跟周庭宴绝交，必须绝交！

秦濯在骂骂咧咧中完事，孟糖听见水声停了，憋着的一口气终于松了，然后一转身——四目相对，你看看我，我看看你，再同时往下看看。

病房里诡异地安静了几秒钟后，孟糖咽了下口水，晃晃手里的东西，镇定地道："我去处理这个，你好好休息。"

她先去了洗手间处理，然后走出病房，关门，一气呵成。

简橙跟着周庭宴走过来，一眼就瞧见后背贴着门，满脸通红的孟糖。

"糖糖？"

孟糖听到声音转头，如获大赦，跑过来拉着简橙就跑。"我晚上还没吃饭，你陪我去！"

医院附近的面馆里，孟糖要了碗牛肉面。等餐的时候，她把刚才的事说了，很懊恼。

"我真不是故意的，我当时听到没声音了，就松了口气，脑子里也不知道在想什么，就转身了，他还没来得及提裤子……"

她到现在脑子还是乱的，那个画面时不时就会冒出来。

烦死了！真的烦死了！

简橙安慰她："没事，秦濯应该比你更尴尬，他现在应该在撞墙。"

见孟糖还是羞愤，简橙直接转移话题。"所以，你昨晚跟秦濯聊什么了，怎么聊到医院来了？"

牛肉面端上来，孟糖用筷子戳着，完全没胃口。

怎么聊到医院来了……孟糖的思绪回到昨晚。

昨晚秦濯开车，先把米珊送回家，到米珊家门口的时候，还不忘给她打包一份晚饭。

她当时没下车，看着秦濯把米珊送上楼，心里很难受，也知道再抓着秦濯就没意思了。他明明已经知道餐厅的事是米珊先挑起的，可他对米珊还是那么关心。

她在车里等了半小时，大概秦濯跟米珊吵架了吧，反正秦濯上车的时候脸色很臭。

秦濯问她想吃什么，她完全没胃口。

"一直往前开吧，兜兜风。"她当时是这么说的，这么冷的天出去兜风，她也是疯了。

后来车停在江边，她缩着身子冻得瑟瑟发抖，秦濯在旁边抽烟。

他说："孟糖，照片是假的，我虽然不喜欢你，但也没对不起你，订婚期间我没做过对不起你的事。我跟米珊虽然做不成恋人，但没办法完全割舍，我欠米珊的，米珊如果有事，我不能不管她，可能得管一辈子。"

她问他欠米珊什么，他没说。

后来聊起婚约，她问他是不是真的不想娶她，他说是。

"好，那就解除婚约。"

她当时是这么说的，江边的风很冷，冷到能吹散她做了很多年的梦。她没去看秦濯的表情，她情绪很压抑，也不想坐他的车回去，如果打不到车，她准备给周陆打电话，让周陆去接她。

电话还没打出去秦濯就追上来了，非要送她回去，她快被他烦死了，挣脱不开他的手，就用高跟鞋踩他。

有时候，胆大包天和情绪失控就是一瞬间的事。

踩了一下后，她就想踩第二下，然后踩第三下……还不够，就拿包打他。

"我越是不想看见他，他越要拽我，我要让周陆接，他非要送我回去。你都不知道，我当时的火气已经直冲天灵盖了。"面馆里，孟糖逼着自己把面咽下去，胸口堵得慌，就端起水喝一口，"反正，他没还手，我把他打得很惨，打完就跑，不知不觉就跑马路上了，然后……唉，就很悲剧，他一瘸一拐的，没躲开那辆车，笨死。"

幸亏是个老司机，及时刹了车，撞得不算太严重。

"当时太晚了，医生又说没有生命危险，我就没给他爸妈打电话，守了他一夜。早上实在熬得不行了，才给周庭宴打电话，让他替我一下。他来了之后说你今天不舒服，让我别打扰你，我就没跟你说。"

从面馆出来，孟糖不想上去，简橙陪着她沿着马路走，确定她真要解除婚约，就问她以后有什么打算。

这个问题，孟糖昨夜守着秦濯的时候也思考过。

"我想辞职了。"

她大学学的是商务管理，父亲要给她在阳城安排工作，她拒绝了，实习期就进了秦濯的公司，在市场营销部天天加班。

秦濯没公开他们的关系，她一个新人，在公司挺难的。

以前为了秦濯，她可以受委屈，现在他们要取消婚约，她不太想忍了。

"不想忍就不忍了。"简橙揽住她的肩膀，"你明天就写辞职信，扔秦濯脸上，那么点工资还天天加班，破工作谁爱干谁干。"

凉风拂过面颊，孟糖还在纠结的时候，简橙提起了周陆。"这么多年，周陆其实挺不容易的，他一直努力当个闲散富二代，不争不抢，但年轻人，谁没有理想和抱负呢，他其实很聪明的，只是为了父母，他不敢争，一直在藏拙。可是今天，周庭宴说要给他一个机会，让他到集团去，他终于不用浑浑噩噩地度过余生了，以后的周陆，会越来越好。"

简橙揉揉孟糖被风吹乱的头发，眼睛里有光亮。"糖糖，以前呢，周陆困于父母，我困于周聿风，你困于秦濯，现在，周陆要去追求他的梦想了，我们也要好好活，为自己活。之前我浑浑噩噩的，把自己困在笼子里，工作室也没用心经营，灵感都缺失了。不过我决定重新开始，最近正在找新的地方。我缺个伙伴，你要来吗？"

孟糖不知道为什么会哭，但眼泪就是止不住。也许是因为多年执念终成空，也许是因为简橙的那句"为自己活"。

马路边，她抱着简橙哭了很久，最后在她怀里闷闷出声。

"回去我就写辞职信，扔秦濯脸上。"

病房里，周庭宴进来半小时，秦濯骂了他三十分钟。"你为什么不接我电话？为什么不回我消息？为什么不早点来？你有事的时候，我哪次不是第一时间冲过去？你呢？我都快死了，你竟然在家搂着媳妇睡觉！你知道我刚才多尴尬吗？老子这辈子第一次用尿壶这鬼东西，还是一个女人拿着，你知道她眼睛盯着……"

"周庭宴，我恨你，老子要跟你绝交！"

秦濯把刚才受到的奇耻大辱全发泄在周庭宴身上，想到孟糖的目光，他想死的心都有了。平时看就看了，他对自己很有信心，偏偏在解决三急那么尴尬的时候。

他以后怎么面对孟糖？他的一世英名全毁了！

他不爽就乱找碴，指着周庭宴的衣服吐槽。"你穿的什么玩意，毛衣配运动裤，人模狗样的禽兽。"

周庭宴一直没打断他，任他发泄，任他骂，这会儿倒是解释了一句："简橙早上穿的，她没衣服穿，就穿了我的。"

他低头看看自己的衣服，毛衣是买来居家穿的，裤子是早上跑步时穿的，搭得挺好啊，秦濯应该是嫉妒。

"简橙就穿了一会儿，夫妻之间换个衣服穿怎么了，哦，你没老婆，你不懂这个乐趣。"

秦濯："……"

真是"活久见"，有一天他竟然能吃到周庭宴喂的狗粮，谁敢信？

周庭宴显摆完衣服，拉拉外套，把毛衣挡住，开始帮他分析问题。"你之所以这么生气，就是因为不知道以后怎么面对孟糖，其实这事你倒也不用担心，等你出院了，估计也见不到她了。"

秦濯还想骂，闻言一愣。"什么意思？"

什么叫见不到孟糖了？

周庭宴今早来的时候，孟糖跟他说了秦濯出车祸的过程。

"你以前再怎么冷落孟糖，她都没放弃你，这次你几乎没怎么劝，她就主动找你谈了，说明什么？"

说明什么？秦濯自然知道，说明昨晚米珊的事，真让她伤心了。

"你觉得，解除婚约后，她会辞职躲着我？"

周庭宴没说话。

秦濯不信孟糖会辞职。现在的工作，孟糖做得挺好的啊，没抱怨过，干得也挺有劲，如果她不想回阳城，在他那里上班是最好的选择。

而且——

"简橙跟周聿风纠缠了二十多年，闹掰了之后也没躲着他啊，现在还成一家人了，孟糖喜欢我可没那么久，不至于躲着我。"

话头上来，秦濯只顾着反驳了，说完才意识到自己提了周聿风，赶紧道歉："不是故意的啊，我就是说这个事。"

简橙跟周聿风的那些年确实真正存在，周庭宴没办法抹平，倒是没生气。"孟糖跟简橙不同。"

孟家在江榆市不显眼，却是阳城首富，孟糖可是阳城首富的小千金。

周庭宴看向秦濯。"孟糖是被家里宠着长大的，父母、哥哥、姐姐，全都宠着她，她长这么大，只在你这里受过委屈，你就是她人生中唯一的坎，她迈不过去，就不会再想见你。简橙……她奶奶过世后，家里都偏向简文茜，她的日子不舒坦，连周聿风也负了她，这样的环境里，她依旧扛过来了，哪怕遇到当年的事。"

话到这里，周庭宴顿了下，目光望向窗外，沉沉的暮色卷着让人压抑的黑。"孟糖比不上简橙，再大的坎，简橙都能自己迈过去，孟糖自己迈不过去。我不是说孟糖不好，就像你常说的，环境使然，孟糖有回头路走，她累了，有家人做后盾，简橙没有。"

病房里，安静持续了很久。

半晌，秦濯才幽幽道："你说那么多，中心思想是什么？"

周庭宴："夸夸我老婆。"

秦濯："……"

周庭宴坐在椅子上，放下交叠的双腿。"秦濯，婚姻这种事，我不能干涉你，毕竟是你自己的人生，但是作为兄弟，我想跟你说两句话。"

秦濯收敛玩闹的神色，转头看他。

周庭宴："米珊这个人你最好尽快解决，她明知道昨晚是我组的局还敢闹，说明她笃定出再大的事你都会保她，她有恃无恐，你如果任由她这么闹下去，早晚得出事。"

秦濯不说话，他昨晚特意送米珊上楼，就是想警告她，但两人谈得不是很愉快。

周庭宴再说第二件事。"如果你动了结婚的念头，孟糖最适合你，趁着她还没彻底往回走，你还有机会，当然，如果你打定主意这辈子不婚，就别去祸害人家了。"

秦濯的脑子又开始疼，从醒来到现在，他整个人都要炸了，莫名其妙地烦躁，也不知道为什么，反正就是烦透了。

这话题也烦人，他不想再聊下去，于是又开始算账。"孟糖说你早上来了，接了个电话就走了，走的时候挺吓人的，你干什么去了？"

这次轮到周庭宴烦，他对这件事兴致缺缺，三言两语解释了。

他语气平淡，秦濯却听得眉头紧皱，老爷子屋里的双色花瓶？那确实是关灵阿姨最喜欢的，但也是她最痛恨的。

碎了吗？

秦濯抬头看向周庭宴，见他耷拉着眼皮，眉眼淡淡，没表露丝毫情绪，到底是没再问下去，然后换了个轻松的话题。"所以你为什么一下午没来？虽然起了个大早，也不至于那么困，你们昨晚干什么了？"

提到这件事，周庭宴的心情波动很大，先高兴了一下，又很快懊恼。"她说我技术不好。"

秦濯愣了下，随即捧腹大笑，骂几句后捂着笑疼的肚子倒在床上。

周庭宴虽觉得丢人，但这件事必须尽快找到解决的办法，不然简橙总是给差评，很是影响夫妻和谐。所以，他这次也是带着虚心求教的态度来的。

秦濯笑够了之后，也是尽心尽力，一句话道出精粹。"这种事，你不能只顾自己舒服。"

周庭宴先记下这句话，等回去琢磨。

这事聊完，他问出今天过来的最主要目的。"双禧花店，你还有印象吗？"

"双禧花店？"秦濯茫然，"没听过啊，怎么了？"

周庭宴提醒他："三年前，是你告诉我简橙出钱在常淮路的巷尾装修了一家花店的。"

听他这么说，秦濯一拍脑门，想起来是有这么个事。

那是三年前中秋节的时候，孟糖没回阳城，母亲把她叫到家里吃饭。

他晚上有应酬，回去得晚，到家都快凌晨了，进门的时候看到孟糖坐在院子里的长椅上打电话。他也不是故意听的，就是手里拎着母亲让他带回来给她的小蛋糕，见她在那儿，就过去了。

然后听到她喊橙子，又说装修，花店什么的，他就听了一会儿。

"我当时听那意思，就是简橙让孟糖帮忙找个装修队，把常淮路巷尾那个刚退租的店面装修一下，说是开花店，我当时纳闷，简橙在国外还没回来，搞个花店干什么。"

他当时问孟糖了，孟糖吓了一跳，支支吾吾半天也没解释清楚，敷衍着就跑了，他觉得奇怪，就留意了一下。

"那花店是简橙出钱一手操办的，店主是个三十岁出头的女人，从小地方过来的，毕竟是简橙的私事，我就没往深处查，你当时比较关心简橙，我就跟你说了。"秦濯看向周庭宴，"怎么突然说起这个？"

周庭宴提到晚饭时简橙的异样，沉默了会儿才道："当年你跟我说完后我让人查了。"

秦濯说，简橙之前跟那个女人没有交集，他担心再出事，就深入查了下，费了挺大力气，得到一个消息。那个店主离村近十年，简橙当年出事，得救后的第二个月，店主突然回村了。

秦濯惊愕，好半天才找回自己的声音。"所以你的意思是，那个店主可能跟简橙当年的事有关？然后呢，你还查到了什么？"

"没继续查了。"周庭宴摇头，"简橙当年咬死不说，我不想戳破她保护的秘密，我查那个店主，只是想确认她是不是好人。"

秦濯觉得他话还没说完："那你现在突然提，是有新的想法？"

周庭宴："嗯。"

孟糖听了简橙的话，第二天就把辞职信给秦濯了。

倒是没扔他脸上。

"解除婚约的事，我家里我来说，你家里你去说，说完之后，怎么公布你来定吧，工作上需要交接的我尽快。秦濯，以后我不会再招你烦，除非万不得已的场合，其他时候我会躲着你。"

秦濯："……"

还真被周庭宴那家伙说中了！

确定她真要辞职，他倒是关心了一句。"想好去哪儿了吗？回阳城？如果你要留在江榆，我可以帮你介绍个更好的工作。"

孟糖："不用，我以后跟简橙混。"

秦濯："……"

跟简橙混？简橙那个又小又破的工作室？

这话传到简橙耳朵里，她倒是很认同，之前那个工作室是她随便租的地方，因为靠近周聿风的公寓就定了。租金高，地方不大，风水也不好。

早该换了，她得换个风水宝地。

脸上的伤好得差不多了后，她就开始带着孟糖风风火火地选地方，前前后后忙活了大半个月。

在这段时间里，发生了很多事。

秦濯出院，回家说起解除婚约的事，被亲妈拿着扫帚打出门，家里不同意，让秦濯去把孟糖哄回来，秦濯脑袋挨一扫帚，休养了半个月。

周聿风因为周陆去集团的事，对蒋雅薇颇有微词，夫妻冷战，他连着半个月出去应酬。蒋雅薇被老公怨，被婆婆嫌弃，更头疼的是，婆婆让她辞职，说她既然帮不了周聿风，那就好好调养身体生孩子。

简文茜最近也不顺，过了年后梅岚就开始让简佑辉相亲，简佑辉每周至少见一个，她快气死了，又不能干预，因为梅岚最近也逼着她相亲。简宏云不管家里这些事，就盯着简橙，撑了大半个月，实在忍不了，直接连环夺命 call（电话）过去。

"简橙，你今天必须带周庭宴回家吃饭！"

简橙接到简宏云电话的时候，车子刚开到惠安路的屏玺会所大门口。

"回去吃饭？可以啊，我那百分之九你搞定了吗？要不回去的时候一起办了？"

提到股份，简宏云嗓音里的暴躁少了些，语气缓下来。"这事有很多流程要走，一时半会儿处理不完，我既然答应你了，就不会骗你，这是公事，吃饭是私事，不能混为一谈，你们先回来。"

车子驶过会所，停在旁边的一个铺子前。

简橙解开安全带。"行吧，等我忙完。"

挂了电话，简橙下车，往前走几步，抬头看向那块写着"橙心摄影工作室"的牌子，感慨万千。

不对，不是感慨，是感激，对周庭宴的感激，犹如滔滔江水，连绵不绝。

这里就是当初周庭宴从周聿风那儿给她要过来的两个铺子所在。位于惠安路，邻近屏玺会所，位置绝佳，环境极好。

两个铺子是紧挨着的两层小楼。

年末的时候，周庭宴就让潘屿带着律师帮她交接完了。之前的租户是开美容院的，把两个铺子都租了。位置好，生意其实不错，只是老板去年携全家移民，正好合同到期，就直接退租了。

周聿风名下的产业不少，都是交给专人打理的，这儿空了后他那边的人还没来得及处理，就被周庭宴帮她定下了。

一开始周庭宴问能不能把铺子租给他，他有用。她钥匙没握热乎就给他了，也没跟他要房租，让他随便用。

那时候她完全没想到，他说要用，是给她准备的惊喜。

她带着孟糖给工作室选址的时候，总找不到心仪的地方，累得腿都要断了时，周庭宴给了她两把钥匙。

就是这里。

两个铺子，左边装修成了工作室，右边是甜品店。左边是工作的地方，右边这个，一层是甜品店，二层是小型的一居室，客厅、卧室、洗手间一应俱全，可以用来休息。

问到为什么搞个甜品店，周庭宴解释道："孟糖说你累的时候喜欢吃甜品，这条街没有，如果你想吃，得过了马路再走几公里，那不如在工作室旁边开一个，不过不能多吃。师傅是我找的，我会让师傅给你定量。"

简橙最震惊的还是工作室，装修风格竟然完全在她审美上，她问他是不是也是孟糖说的，周庭宴说是。

其实不是，周庭宴有她之前工作室的照片，也拿到了她和周聿风之前那套婚房的设计图。他把工作室的照片和婚房的设计图都交给设计师——很厉害的设计师——从中挖出了她的喜好。

他不想提之前的婚房，所以让孟糖保密了。

孟糖乐见其成，为此还暗中给简橙拖后腿。她早知道周庭宴要送简橙一个工作室，所以当简橙拉着她满城找地方的时候，她意见超多，但凡简橙多看两眼的，她总能挑出一堆毛病。

好在周庭宴的速度够快，钥匙送来得及时，不然她真怕再挑几次毛病，简橙把她嘴缝上。

简橙今天过来是做最后一次检查的。

周庭宴给她钥匙的时候，该完工的都完工了，剩下的得她自己来。比如摄影棚、服装区、化妆区和接待室这些，电脑和家具也得她自己安排。

忙活了大半个月，基本齐活了，她这次只是来看看还有什么遗漏。

孟糖又被秦濯的母亲喊去逛街了，大概率又是劝她不要解除婚约，至少得晚上才能回，所以今天她自己过来。

因为刚经历过血光之灾，之前又总不顺当，这次，她特意找了个大师算日子。

估计是拿钱忽悠人的江湖骗子，但算的是真巧，说端午节那天是她的幸运日，那天开张最好，会给她的命格破灾，是顶好的日子。

好个鬼啊！端午节是她生日，明明是她的多灾多难日。

简宏云再给她打电话的时候，简橙刚从工作室离开。"今天没忙完呢，等着吧，忙完我再联系你。"

简宏云这一等，又是大半个月。直到三月的最后一天。

确定简橙第二天会过来，晚饭的时候，他跟阿姨嘱咐了一堆。

"明天晚上简橙带着她老公过来吃饭，菜品一定要注意，一会儿我给你列个单子……水果要挑最新鲜的……还有茶叶……"他摆摆手，"这个我自己来，茶叶，烟啊酒啊的，我来准备，你们把菜和水果搞好。对了！"

他想到一件最重要的事，扭头交代管家："简橙那丫头每次过来都跟强盗入室一样，寸草不留，我那些宝贝你都给我藏起来。"

管家："……好的。"

梅岚等他全都交代完了才问："你确定她明天回来吗？上次你给她打电话，她嘴上说着回来最后也没回。"

他们连着被简橙放了好几次鸽子，这次她又这么说，也不知道到底准不准。反反复复，没一点诚信，要不是最近忙着给儿子相亲，梅岚早杀过去管教女儿了。

简宏云今天心情非常好，跟梅岚说话都带着耐心。"那丫头挂了电话后发了朋友圈，你没看见？"

发朋友圈？

梅岚赶紧拿手机翻出微信，朋友圈里的动态不少，她翻了一会儿才找到简橙的那条。

简橙：明天回家灭蚊子，坑老简喽，开心值+10000。

梅岚无语又无奈，这丫头每次过来之前都会发一条这样的朋友圈，文字都一模一样。只要发，第二天肯定会来。

灭蚊子……显而易见，她说的是文茜。

像是生怕别人不知道她跟文茜不合，微信昵称：橙子牌灭蚊神器。

哪个大家闺秀叫这个名字？

关键她这名字用了五年了，让她改她也不改，不知道的还以为她真是卖灭蚊器的。

简宏云吃完饭就去酒窖找酒，临走前不忘交代梅岚。"你给佑辉打电话，让他明天早点回来。"

简佑辉最近工作忙，又得按着梅岚的要求相亲，来来回回折腾得厉害，他最近都是直接住在公司那边的房子里。

想到周庭宴过来，梅岚应下来。"行，那文茜呢？让文茜过来吗？"

简文茜为了躲梅岚给她安排的相亲出差了，明天中午会回来。

简宏云朝梅岚道："来啊，简橙不是说她对周庭宴有心思吗？现在周庭宴是她妹夫了，正好让她认清现实。"

简橙之前说文茜对周庭宴有心思，他观察了一下，倒是没看出什么。不过……

"文茜年纪不小了，该嫁人了，你帮忙看着点，有好的也安排见见，最好今年就定下来。"

简橙才二十四岁，都嫁人了。文茜都三十岁了还没结婚，再不嫁人，她丢脸不说，外面那些人又该说他偏心了。

要不要回简家老宅吃饭，简橙是先问了周庭宴的。她以为他会拒绝，结果他同意了。

"我正好有件事要跟简董聊聊。"

她没问他什么事，反正在老简那儿，周庭宴应该吃不了亏。

周庭宴让她选时间，她特意选在愚人节这天。就老简那贪得无厌的样子，饭桌上指不定怎么给她设圈套，肯定还要想方设法跟周庭宴要项目。

她都想好了，无论老简说什么，要什么，她都答应，然后吃过饭，坑点东西，拍拍屁股走人。

反正是愚人节，出了门就可以赖账。

她一直憋到愚人节的前一天晚上才给老简打电话，主打一个措手不及。让他只顾高兴，连思考的时间都没有，还得老老实实把自己珍藏的好酒拿出来。

简橙发了朋友圈后，就兴奋地在床上打滚，脑子里想着亲爹那一屋子的宝贝里，哪个适合放在她的工作室。

周庭宴在书房开视频会，十点半出来，推开卧室的门就看见床上那道凹凸有致的身影。

感觉来得很凶猛。

简橙不喜欢太亮，所以每天晚上，房间里只留昏黄的落地灯，光线柔和，她睡裙半撩。

空气中萦绕着她身上沐浴露的香气，橙子味的。

周庭宴走过去，坐在床沿，低头，在她唇上落下一个轻吻。

简橙听到脚步声的时候睁开了眼，看见他眸中的灼热，她也没躲，乖乖躺着，与他对望，然后接受他带着暗示的吻。

这样的习惯，已经持续一段时间了。

他们的第二次，发生在简橙的脸不需要换药后。

不可否认，放下羞涩和害臊后，夫妻之间这种事的体验感是很快乐的。既然是快乐的，周庭宴又进步神速，不会再让她遭罪，那就顺其自然。

结果就是……不用开口，他的一个吻、一个眼神，就是想要的信号。这是他们用半个月的时间培养出来的默契。

比如此刻。

他洗了澡后，身上穿的是休闲短袖和长裤，一个信号吻结束，他双手交叉，抓着衣摆朝上拽掉短袖，她已经自觉地贴上去……

要不要生孩子的事他们也讨论过，周庭宴说尊重她的意愿。

简橙考虑到他年纪不小了，没敢太放肆，先要了一年的时间。倒不是说她不想现在生，真怀了，生了也无所谓。她可以请最好的保姆，最好的月嫂，最好的营养师，边养孩子边工作，她玩得起，也输得起。

她只是觉得，孩子还是出生在有爱的家庭比较好。她和周庭宴之间没爱情，所以她想花一年的时间跟他增进感情。

理智被撞碎时，简橙想到明天回简家的事，迷迷糊糊中拽他的手。"简文茜没我漂亮，没我乖，没我听话，你别被她迷惑啊……"

周庭宴把她圈在怀里，亲了亲她湿漉漉的额头。"只喜欢你。"

这丫头，看上去大大咧咧，什么都不在乎，其实很敏感。她一直很介意简文茜。

愚人节这天是周五。

简文茜下午两点到家，一进门就觉出与往日的不同，院子里的花和树都特意修剪过，君子兰上水珠圆润。

进了屋，用人们还在致力于每个角落的卫生清洁，玻璃地板通明锃亮，花瓶里的鲜花娇艳欲滴，果盘里摆着新鲜应季水果。

里里外外都透着认真和严谨。

简文茜早上就接到梅岚的电话，知道简橙今晚带周庭宴回来吃饭。

很讽刺，以前简橙回来哪儿有这种待遇，现在嫁了个好老公，待遇直接升级。

所以，嫁个好男人，真的很重要，周庭宴这样顶配的男人配简橙，真是浪费了。

说是五点半到，还有三个多小时，简文茜刚下飞机，很疲累，准备回房间睡一会儿，起来洗个澡，再好好收拾一下。

见周庭宴，她必须精致。

二楼的书房，门虚掩着，里面有人说话。

听到简佑辉的声音，简文茜停下脚步。

"爸，您这么着急把我叫回来，就是说这些废话？"

"什么叫废话？我跟你说的这些，你一定得记住，周庭宴好不容易来一回，你们年纪相仿，聊着合适，你就按着我跟你说的……"

书房里，简宏云嘱咐简佑辉一通。"年前周庭宴砍了长盛几个项目，那时候再气，话也不好说，现在他成了简家的女婿，这事就有的说了。那些项目丢了就丢了，分配不均，真搞下来咱们也没多少好处，现在京岫有个游乐场项目，市委和市政府高度关注，这可是块大蛋糕，如果周庭宴带咱们玩，那长盛去年的亏损就不算什么了。"

简佑辉并不赞同他刚才说的那些谄媚讨好的办法，却也没再说什么，就站在那里听他唠叨。见他拿着笔记本在写什么东西，瞅着机会准备告辞。

"爸，您要是忙，我先出去？"

钢笔不出水，简宏云抬手甩了甩。"不忙，我就是先把你妹妹以前坑我的套路写下来。"

简佑辉："您写这个干什么？"

简宏云嘚瑟地哼一声："那丫头鬼得很，我怕她再坑我，把她用过的招都列出来，趁着她还没来，我研究一下，举一反三，逐个击破。"

他被简橙那丫头坑怕了，那百分之九的股份他就吃了大亏，一直气到现在。她脑子转得快，话里话外全是陷阱，万一再坑他个百分之九，那他真得吐血了，未雨绸缪是必须的。

说起这个，简宏云突然想到什么，抬头看向儿子。"那丫头上次搞个破工作室，坑了我不少东西，听说她最近在倒腾新地方，这次回来，指不定又要当强盗。"

简佑辉觉得他接下来的话不是什么好话，想跑了都，果不其然——

"毕竟呢，今天周庭宴也过来，咱也不能太抠搜，得大方些，所以啊，你妹妹真想要什么东西，你把你的收藏室打开，让她去挑。你要以大局为重。"

简佑辉："……"

去他爹的以大局为重！上次就因为这句话，他奉献出一个清乾年间的砚台，还被简橙搬走一套和田玉茶具，花大价钱暂且不提，关键那是他费尽周折才搞到手的。

因为那套茶具，他气到现在。

"爸，就没您这样坑儿子的，您的宝贝是宝贝，我的也是啊。"他提出合理的解决办法，"要不咱俩一人出一半，您挑一个，我挑一个，咱们直接当礼物送给她，当乔迁礼物？"

简宏云："……"不孝子！

用人在擦楼梯扶手，顺着台阶走上来。简文茜冷眼扫过干净透亮的扶手，转身回了房间。

不就是简橙带着周庭宴回来吗？一个个这么殷勤，殷勤得让人觉得恶心。想到简橙那张嘚瑟显摆的脸，她更觉得恶心。

领证又怎么样？离婚的多的是。

五点半，黑色宾利准时驶入简家老宅。

简文茜洗了澡，换的新裙子是年前陪梅岚看展时买的，当时买了好几套，各种风格。她今晚穿的是很显女人味的一套，妆容也是显女人味的精致风格。

她有自己的心思。

这么多年，周庭宴接触到的女性都是职场女性，一个和他暧昧的女人都没有，或许，他是不喜欢女强人呢？以前只是猜测，现在他娶了简橙，简橙就是女人味十足的妖艳款。周庭宴这样的男人，要说单单因为救命之恩就娶简橙，她是不信的，她唯一能接受的理由，就是周庭宴看上了简橙的那张脸。

所以她今天全身上下都透着小心机。

她对自己这一身很满意，但当从二楼看到从车里下来的简橙时，又觉得自己很可笑。

今天的简橙是干练"御姐"范。她一改往日的性感，笔挺的酒红色西装干净利落，收腰设计，凸显窈窕高挑身体，发型也特别，顶部自然垂下，发尾大弧度卷曲。

第一次见她穿西装，抛开偏见，简文茜不得不承认，这样的简橙英姿飒爽，别有一番风味。尤其她旁边的周庭宴也是一身笔挺西装，两人站在一起，养眼十足。

简文茜低头看一眼自己的裙子，最终还是没换。周庭宴还没看过她这样偏女人味的打扮，换了可惜了，应该让他看看，简橙再美，也是空有躯壳，被钱砸出来的花瓶而已，她虽然最开始投胎不好，但是现在，她姓简，她叫简文茜，家世好，学历高，工作能力强。

她才是周庭宴的顶配。

简橙上次见亲爹把眼睛笑没了的样子，还是她和周聿风确定婚期的那天。这次，他比上次还兴奋，嘴巴都咧到眼角了，还特意穿了件喜庆的唐装，跟过年似的。

他亲自出来把周庭宴迎进门，一口一个庭宴叫着，连简橙都跟着沾光，时隔多年，再次听亲爹亲妈喊一声橙橙。

因为他们是掐着饭点来的，所以聊几句客套话就直接进了餐厅。

今晚所有的菜都是周庭宴爱吃的，是昨晚简宏云给简橙发消息要的信息，而简橙给他列的单子是问芳姨要的。

餐桌上的气氛很融洽，大家戴着面具谈笑风生，聊的话题很片面：哪道菜不错，简佑辉拿来的雪茄不错，简宏云珍藏十几年的酒够味……

后来简文茜有意无意插嘴，把话题往金融圈子引，聊周庭宴最有名的投资，聊股市变化，聊京岫在江榆的影响力……

简文茜有自己的打算，把话题引到工作上，让简橙插不上嘴。

只是，她才把这个话题打开，简橙就把筷子放桌上了。"说到工作，你们都没看见，我今天穿的什么吗？"简橙站起来，原地转一圈，顺着简文茜刚才的话，先把自己夸一下，"我最近为了工作也超拼的。"

她把自己这段时间搬工作室的辛苦，用夸张的语调说出来，诉苦结束，话题一转。"所以，我换了新的工作室，你们准备送什么礼物给我庆祝？"

简橙眼睛盯着简宏云和简佑辉，当着周庭宴的面开口。"我老公送了我两栋楼，你们都是我最亲的人，不能比他送的寒碜吧。"

她可没说谎，工作室和甜品店那两栋楼确实算周庭宴送的。以周庭宴的身价，送两栋楼就跟送两个包一样。

两栋楼，还不能比他送的寒碜？

简佑辉看向亲爹，以眼神询问。"完蛋，超预算了，你的未雨绸缪，举一反三呢？"

简宏云："……"

晚饭结束，简宏云和简佑辉把周庭宴请去书房。

简宏云难得把简橙夸得跟花一样。"我这个小女儿，从小就懂事乖巧，聪明伶俐，性格好，脾气好，尤其孝顺……"

他夸了半小时，周庭宴安静地听了半小时。

简宏云见他神色平和，听了半小时废话也没有不耐的情绪，便给旁边的简佑辉递了个眼色。简佑辉得到亲爹的暗示，端起茶喝一口，润了下嗓子，然后顺着他夸简橙的话往下说。

"我记得橙橙小时候最喜欢去游乐场玩，一到假期就闹着要去，但是人多，每次都要排好久的队。"他看向简宏云，"爸，当年您还说要自己建一个游乐场给她，这么多年了，您也没兑现承诺。"

简宏云装模作样地愧疚道："是，这不是太忙了嘛，一直没机会，我对不起橙橙。"

简佑辉给周庭宴的杯子添了茶，像是突然想起来。"对了，庭宴，听说郊区那个天榆游乐场项目被你拿下了？"

他正要深入话题，周庭宴忽而开口："我有个私人的问题，想单独跟简董聊。"

简佑辉一愣，转头看向简宏云。

简宏云见周庭宴面色虽平和，却有不容置疑的冷冽，便朝简佑辉点点头。

等简佑辉出去关了门，周庭宴问得直接："简董前面铺垫那么多，无非就是想在游乐场项目上分一块蛋糕，对吗？"

简宏云尴尬，正想假模假样一下，就听他道："我可以带简董玩，但是，有个条件。"

周庭宴从书房出来已经是半个小时后。他没看见简橙，客厅里只有简文茜。

简文茜本来坐在沙发上玩手机，看到他就站了起来，见他拦着一个用人问简橙，就抢先道："橙橙被我妈叫走了，应该还得一会儿才下来。"

简橙确实是被梅岚叫到房间了，说是有事，已经进去快半小时了。简佑辉从书房出来后也被梅岚叫了进去，不知道在聊什么。

周庭宴没说话，抬脚往外走。

晚上九点半，夜幕黑沉，天边有几颗零散的星。

周庭宴站在院子里抽了两根烟，依旧不能让情绪平缓。

刚才在书房，他冲简宏云发了脾气，他庆幸这会儿简橙不在，不然她可能会看出什么。

准备抽第三根烟时，简文茜过来了，手里端着两杯红酒，递给他一杯。"烟不是好东西，如果心情不好，喝杯酒试试？"

周庭宴无视那杯递到眼前的酒，从烟盒抽了根烟含在嘴里。"滚开。"

对周庭宴到底有什么心思，简文茜自己也说不准。她是喜欢他的，有周庭宴在的地方，她总会下意识看他，这么近距离站在他身边，她的心脏跳动得很快，是雀跃的。

但她的喜欢，更多的是占有欲。她并不是爱情至上的人，相比爱情，她更追求物质和权力。她喜欢周庭宴，但不会死去活来地爱他。只提爱太幼稚，她唯一笃定的，就是她想嫁给周庭宴，她要嫁给周庭宴。

她追求完美，她有野心，她想得到所有人艳羡的目光，想人人巴结奉承她，她要物质、权力，她的男人也就不只得必备这些，还得有一张好看的脸。

放眼整个江榆市，也只有周庭宴能满足她的所有要求，所以，周庭宴必须是她的男人。

为了这个目标，她努力过。

这几年，她讨好简宏云，与简佑辉维持暧昧的关系，拼命在长盛站稳脚跟，为了排挤简橙，更为了配得上周庭宴。

以前借着合作项目，她有理由去找他时，会把自己从头到脚打扮精致，连说话时嘴角上扬的弧度都按着她的设计来。每次去见他，她总会提前演练。她下足功夫，以为能润物无声地侵入。

偏偏，他看穿了她的伪装。

去年，周庭宴以特邀嘉宾的身份参加了金融论坛。

开幕式结束后有酒会，她费尽心思才坐到他旁边，想聊几句，他直接跟人换了座位。那场酒会其实就是开放式的商务洽谈会，她借着跟人谈合作意向，又不着痕迹地挪过去，他直接放下酒杯。

"简副总，合作的事，你直接联系潘助理。"

他说话的时候，桌上很少有人打扰，那句话虽然声音不大，但很多人都听见了。

乍一听这话没什么，但那个场合，她又连着两次坐他旁边，就很尴尬。他给她留了该有的体面，同时告诉所有人，他跟她不是私下能联系的关系。

他不待见她，她没资格跟他直接对话。

简文茜觉得，反正他已经看透她，与其这样被动僵持着，不如主动挑破。就像当初，周聿风也不喜欢蒋雅薇，她帮蒋雅薇撕开了一个口子，蒋雅薇才能拿下周聿风。

但是她忘了，周庭宴和周聿风不一样。她才往前一小步，周庭宴已经把她的路堵死，他不给她见面的机会，甚至直接砍掉了两家的合作项目。

——滚开。

如今，他对她的厌恶，已经不加掩饰了吗？

简文茜至今想不明白，周庭宴为什么那么讨厌她，以前是没机会问，今晚她多喝了两杯酒，就有股冲动。"我比简橙差在哪儿？你连她都能接受，为什么总把我拒于千里之外？"

黑沉的夜色中，周庭宴指尖点了点烟灰，目光在她身上扫一眼，似乎听到了什么笑话。"自不量力。"

简文茜僵在原地，手里的高脚杯都要捏碎。

他这一眼太犀利，即便隔着浓浓夜色，也能让人遍体生寒。

自不量力……这意思是让她别自取其辱？

一根烟抽了不到半根，周庭宴转身要走。

简文茜被羞辱后，咬牙喊住他。"你以为简橙多好？她跟周聿风那么多年感情，你以为她真忘了？她说她摔坏了脑子，她就真摔坏了？周庭宴，她就是在利用你报复周聿风而已。"

简文茜知道不应该，不应该在简家跟他说这些，不应该这个时候使性子，可酒精上头，她实在憋不住。

今晚她一直观察周庭宴和简橙，周庭宴对简橙算不上太热切，但会给简橙夹她够不着的菜，会给简橙倒饮料。她不相信周庭宴这么快就对简橙有感情，只知道他此刻的冷淡和讽刺冲击着她的大脑。尤其看到他顾长挺拔的背影，宽肩窄腰，抽烟时性感的动作……一想到这样的男人不是她的，她心里就跟猫抓似的嫉妒。

随着她的话落，周庭宴停下脚步，回了头。

简文茜还没来得及喜悦，就听他道："有件事正好想问问你。"

"什么？"

"简橙高三的时候出过事，她当年一直强调是你策划的。"

简文茜僵在原地。

周庭宴直直盯着她，在她的惶恐和震惊中慢慢开口。"所以，当年的事，你参与了吧。"

梅岚把简橙拉进房间，最开始是聊她和周庭宴。

"吃饭的时候，我看周庭宴对你不错，你够不着的菜，他还夹给你。"

从两人进门，梅岚就一直在观察他们，周庭宴愿意跟简橙回来，吃饭时表现不错，对他们的态度也和善。她自己得出的结论是：简橙的日子过得应该不错。

简橙一看她的表情就知道她想干什么。"如果我们感情挺好，你想干什么？"

梅岚先提到简佑辉的婚事。"从年前开始，我就在给你哥物色大家闺秀，你哥这条件是顶好的，可就有几个瞎眼的，说你哥条件再好也是二婚，娶个低门户的绰绰有余，但在咱们这个圈子找，那就得找次一点的。"

梅岚每次提到这事就气，因为她看中的两个儿媳妇都婉拒了，嫌她儿子是二婚。

"二婚怎么了？二婚你哥也是最优秀的，那些个没长眼的，就是眼皮子浅，以后有她们后悔的时候。"她拉着简橙的手，"你现在嫁给周庭宴了，要多帮帮你哥，你让周庭宴跟你哥多走动，有饭局的时候带上你哥，工作上也多帮着点，让他多跟长盛合作。"

简橙等她说完，问她还有没有其他要帮忙的。

梅岚又提起简文茜的婚事。"我给你姐姐相看了不少青年才俊，她总看不上，你爸让我多操心，我能介绍的都介绍了，周庭宴那个圈子有没有合适的？你帮忙留意着点。"

上次简橙跟她说了简文茜和儿子的事后，她一直处于高度警惕状态，但是没发现什么猫腻，她觉得简橙是故意的。

不过文茜也确实该嫁人了，她介绍的几个条件都不错，文茜一直找各种理由拒绝，应该是想找更好的。

周庭宴那个圈子比她的厉害。

简橙把手抽出来，也没拒绝，笑笑说："行，这两件事包在我身上。"

梅岚正讶异她今天怎么这么好说话，简橙又道："一件事一千万，两件事两千万，钱今天给，事明天办。"

听她提到钱，梅岚很气，忍不住嘟囔："怎么动不动就要钱，你真掉钱眼里了？你哪次来都跟强盗一样，总要坑你爸和你哥的东西，每次都是蝗虫过境，寸草不生。"

简橙手里端着用人送来的水果，把一块切好的杧果往嘴里送。看她一眼，像是不理解她为什么生气。

"你不是一直让我学简文茜吗？我就是学她的，小时候，我那些玩具，只要她说一句喜欢，你们就拿给她，我收到的礼物，贵重的不贵重的，她多看两眼，你们也给她，她抢了我多少东西？她说羡慕我的卧室，你们就要我让给她，她现在住的还是我的卧室，我当时哭得跟什么似的，你们还把我关储藏室，让我自己反省。我一直在跟她学习啊，想要什么就抢什么，我们唯一的不同就是我得自己抢，她要什么，有你们帮她。

"我为什么总坑老简他们的东西？这叫坑吗？这叫拿回来，老简的一切都是简家的祖宗留给他的，这里所有的东西，都是姓简的，知道吗？都是属于我和简佑辉的，奶奶走的时候也特别强调了，简家的东西都只属于我和简佑辉，跟简文茜半毛钱关系没有。

"可是她在简家近二十年，你们给她提供最好的东西，那些都是我的，你们把我的东西都给她了，我为什么不能要？傻子才会老老实实地吃亏，我又不傻，你别给我洗脑，没用。"

梅岚被撑得一个字都说不出来。

简橙又吃了块杧果。"或者告诉我，你们到底为什么这么偏心简文茜，否则，且等着吧，我要的东西多着呢，除非你们跟我断绝关系，不然简家的东西简文茜别想碰！"

僵持中，梅岚听见外面儿子的声音，于是把儿子叫进来，想让他劝劝简橙，别那么偏激。

简橙还挺乖，简佑辉说话的时候她也不打断，就安安静静地吃水果，等他说完了，她张口要自己的乔迁礼物。

简佑辉："……"

得！白说了，浪费口舌。

简橙不知道周庭宴和简宏云在书房谈了什么，只猜测肯定不是小事。

那晚离开的时候，周庭宴一身的烟味，话也很少。

简宏云也古怪，她从简佑辉的收藏室抱着两幅字画出来时，他还招呼她。"去爸爸那儿看一下，有喜欢的就直接拿走。"

爸爸？呀，鸡皮疙瘩要掉一地。

她当时只觉得周庭宴的面子真大，老简肯定是看在周庭宴的面子上才这么和蔼，所以她也没客气，直接去他那儿搜刮，还给周庭宴拿了几件藏品。

后来想想，不对劲，完全不对劲。老简事后竟然没发微信骂她，没让她还回去一些，以前她拿了东西老简要啰唆半天。

她问周庭宴他们在书房谈了什么，周庭宴只说是项目上的事。

简橙觉得不对，可也没心思再管，因为她亲爹不知道哪根筋搭错了，突然有一天给她打电话。

"橙橙，马上就是你生日了，今年的生日大办吧，爸给你办，保证办得风风光光。"

他话还没说完，简橙直接摔了手机。

啧，过生日？竟然还敢提生日，老简这是要跟她断绝关系？

简橙最近过得其实挺舒坦的。

先是回简家吃了一顿饭，离开的时候大丰收，搜刮了一后备厢的好东西，紧接着是清明节，五一小长假，她跟周庭宴回周家吃饭，也是平平静静的，半点风波没有。

大概是上次花瓶事件，周庭宴虽然没发怒，但威压给到了，这段时间没人敢闹腾，连叶绮都是规规矩矩的。这两次他们回去，叶绮还拉着她说了很多好话，送她昂贵的化妆品，有意跟她修复关系。

蒋雅薇最近被婆婆曹瑛逼着辞职生孩子，婆媳间闹得不太愉快，也没心思找简橙的麻烦。

花瓶事件后，周聿风的心思都在工作上，周陆五一小长假后到集团报到，周聿风忙着跟他较劲，无心管其他事。

简文茜清明节后突然开始跑长盛的一个国外项目，出差到现在未归。梅岚那天说让她帮忙，她没帮，梅岚也反常地没打电话骂她。

总之，简橙过了快两个月的清静日子。

清静，又忙碌。

工作室搬迁后还没正式开张，她这两个月也没闲着。

孟糖现在是她的经纪人，工作室装修工作完全结束那天，孟糖直奔经纪人的旋转椅，把桌子拍得啪啪响。

"你之前那个经纪人，我早看她不爽了，自己没用还怪你拍的照片不好，辞掉她，我来！"

简橙最初搞工作室的时候想省心一些，就找了个经纪人。是周聿风介绍的朋友家的表妹，能力不行，话挺多，看不上她，又舍不得她给的高工资。她是看在周聿风的面子上一直没开她的，两人一直互相忍着。

后来简橙跟周聿风闹掰，本来是要辞退她的，结果事多，一忙就忘了这茬。

孟糖宣布自己是经纪人的第一天就把她只有两千粉丝，且近一年没发布作品，已经长草了的微博账号要走了。

"从现在开始，你的微博暂时归我管，你就负责拍照，我负责经营。"

于是简橙这段时间一直是沉浸式拍作品，天天往外跑，灵感不说完全回来了，但比之前好了很多，能勉强拍出让自己满意的作品了。

虽然累，但是没有乱七八糟的事，她过得很快活。

愉快的生活在简宏云打来电话的一刻戛然而止，他还挺会挑时间，她的生日是端午节，他提前一周给她打来电话。

工作室开张在即，他纯粹是让她不痛快。

给她过生日？他怎么有脸提，怎么敢的？

她一天不发疯，他们一天不舒坦是不是？非要闹得你死我活，非要让她提着刀把他们都砍了是不是？

芳姨打来电话的时候，周庭宴正在屏玺会所跟秦濯他们打牌。

京岫拿下游乐场的项目后，眼热的不少，秦濯有个近两年才结交的朋友也想分一块蛋糕，于是找到秦濯牵线搭桥。

周庭宴给秦濯面子，预留了一顿饭的时间，饭桌上聊得不错，就有了会所的牌局。

但凡是从家里来的电话，周庭宴如果看见，就会在第一时间接起，因为芳姨他们没事不会打电话，除非是有很紧急、很重要的事。

电话接通不过五秒，周庭宴突然扔了手里的牌，起身就往外走，快到门口时，回头喊一声周陆。今天是周庭宴带周陆来的，说介绍几个朋友给他认识，其实就是给他铺路。

周陆在另一桌打牌，他们这桌的人都比较年轻，气氛轻松，扔一张牌出去，喝口红酒，吹吹牛皮。他正吹自己酒量能喝倒一头牛，冷不防听到小叔喊他，下意识就应了一声。

"啊？"

说话的时候回头，见小叔拿着手机往外走，那脸色沉得怪吓人，他赶紧扔了牌站起来。

怎么了这是？

周陆朝秦濯的方向看一眼，以眼神询问，秦濯也是一脸蒙。

周庭宴突然扔牌离开，直接冷了整个局，留下众人面面相觑。今天组局分蛋糕的朋友更是心慌，他刚从洗手间出来，就看见周庭宴一身寒气地往外走，打招呼都没得到回应。

他后背发汗，腆着啤酒肚，踩着小碎步跑到秦濯面前。"老秦啊，他怎么走了？"

刚才聊得挺好啊，只差周庭宴开金口，合作就成了，人怎么突然走了？想到那么大的项目可能泡汤，朋友脸皱成一团，急得额头冒汗。

"是不是我老去洗手间，急慢那祖宗了？哎哟，我今晚喝了不少，年纪也大了，遭不住，你过两年到我这个年纪就知道了……"

秦濯黑着脸打断他的话："不是因为你，别往自己脸上贴金。"

至于是因为谁——

秦濯刚才看见来电显示，是芳姨的电话。芳姨的电话，又让周庭宴这么着急，那只能是简橙出事了。

秦濯本来想跟过去，最后又放弃了。算了吧，孟糖最近天天和简橙在一起，万一碰到孟糖怎么办？他倒不是怕，主要是孟糖已经答应解除婚约了，人家把家里也说服了，他这边还没解决。

他家里不同意，他只要开口，就会被母亲拿扫帚赶出来，话说得狠了，母亲眼睛一闭直接往医院躺。

他服了，真服了。以前是他天天想退婚，现在是孟糖等着他退婚，怪尴尬的。

周陆跟着周庭宴上了车。

车子很快驶出会所，过两个红绿灯直接上高架桥。

周陆坐在副驾驶，从后视镜窥一眼后座的男人，瞧见他暗沉紧绷的脸色，心里愈发不安。电话早就挂了，小叔全程没说话，所以他不知道是谁打来的，但是小叔刚才给司机说的地址，是简家老宅。

这么晚了，小叔去简家老宅干什么？

周陆偷偷给简橙发消息，迟迟没得到回复，心里的不安愈发强烈。

实在受不了这样压抑的气氛，他转身朝后看。"小叔，简……小婶是不是出事了？"

周庭宴身子往后靠着，整个后背僵硬，俊脸此刻覆满担忧。

芳姨在电话里很着急："太太今天回来得晚，说晚上只吃了个玉米，饿了想吃碗面，我就给她煮了碗牛肉面，她刚吃了两口，手机就响了。我当时在旁边呢，她喊老简，然后我隐约听见里面说什么'生日''大办''爸给你办'。太太听了没几句，忽然就把手机狠狠摔在地上，面也没吃完。砸了手机后，她把您那个棒球棍拿走了，抓着车钥匙就出了门，状态特别不好。"

过程说完，周庭宴大概理清了整件事：简宏云给简橙打电话要给简橙过生日。

该死的简宏云。据他所知，从简橙十岁的时候简家就不给她办生日宴了。

简橙今年的生日在端午节，眼看着就要到了，秦濯提议给她在会所好好办一场，周庭宴觉得有问题，没接受建议。

他之前特意问了孟糖缘由。

孟糖说起这个很气愤："还不是因为那个该死的简文茜！也不知道怎么那么巧，她亲爹的忌日正好是橙子的生日。她刚进简家的时候还好好的，从橙子十岁开始，她跟突然中了邪似的，一到橙子生日她就发疯，乱号乱叫，还从楼上往下跳。橙子她爸信鬼神，找人看了，说她是鬼上身，被她亲爹上身，说人死是凶，不能在忌日那天办宴席，还必须吃素。

"你说多荒谬啊，因为一个养女这么欺负亲闺女的，全世界找不出第二家，你说你要是真觉得鬼神之说可信，那你把简文茜送走啊，她走了，这鬼东西不就不在了吗？她来之前，简家气氛多好啊，橙子有亲爹亲妈亲哥，每年生日都是大办的，也没出过事，自从简文茜来了，什么都变了。

"橙子一直觉得，简家收养简文茜是有其他原因的，因为她奶奶是最爱她的，但在生日这事上，她奶奶竟然默认了简叔他们荒谬的做法，就很奇怪。"

孟糖还提到了简橙高三那年发生的事。"橙子奶奶临走的时候说，在橙子生日这件事上她一直很愧疚，她跟简叔他们交代，以前的生日就算了，但橙子的十八岁成人礼一定要办得风风光光的。简叔他们都答应了的，但奶奶一走，简文茜一发病，他们就又要算，不但如此，他们还要把奶奶送给橙子的成人礼物要回去。就是常淮路，奶奶把整条常淮路都留给橙子了，说是欠了她那么多年的生日礼物，一次性补齐。

"其实橙子是最心软的，她吃软不吃硬，你对她有恶意，她能咬死你，但只要你给她一点点关心，她就能卸掉盔甲。她那时候不贪财，只要简叔他们给她一点关心，她甚至会把常淮路给他们，她说她要那么多钱又没用，可惜啊，简叔他们把那么懂事乖巧的女儿一点点推开了。

"是他们食言在先的，既不给温情，又想要回常淮路，橙子直接爆发了，那天他们大吵了一架，橙子给了台阶的，她说如果他们给她办成人礼，她就既往不咎，如果不办，他们断绝关系，以后她也不姓简。"

后面的事周庭宴就知道了。

那天吵架，简宏云和梅岚并未妥协，还扇了简橙一巴掌，之后简橙就跑了。

然后，出事了。

就是因为那次，简橙这辈子差点毁了，现在看似已经过去，其实那是难以磨灭的印记，是无法痊愈的伤口。

周庭宴和周陆赶到简家老宅的时候，简橙刚把墙上的全家福砸了。

家里这张全家福是在简橙十二岁的时候拍的。

那年，简文茜十八岁，简宏云和梅岚给她办了盛大的成人礼，让她许愿，她指着墙上那张没有她的全家福，说最大的愿望，就是可以成为他们真正的家人。

然后之前的全家福被取下来，挂了这张新的上去。

简橙十八岁的时候就砸过一次。当年她就是砸了这张全家福，被梅岚扇了一巴掌后跑的。

后来这张全家福被简文茜拿去修复，重新挂在上面。

回国后，简文茜指着这张照片问她还原得好不好。她不是当年那个容易被激怒的简橙，谁先露怯谁孙子，她没生气，只是吐槽了几句当年的拍照技术。

她赢了一局，并且保持到今天之前。

她都忍着了，他们还往她嘴里塞抹布恶心她。

啪！

简橙手里的棒球棍挥出十足的力道，相框碎裂的同时，墙被砸出一个坑。

简文茜出差未归，简佑辉住公司那边，家里只有简宏云和梅岚，还有几个吓傻的用人。所有人都站在后面，谁也没敢往前挪一步，更不敢去阻止发疯的简橙。

梅岚气得抱怨丈夫："你说你提她生日干什么？你明知道她最介意这个，闲着没事干啊！"

简橙听到这话，眼底的情绪愈发浓郁。

她最介意这个，你看，他们其实都知道。

他们知道。

周庭宴进来的时候，瞧见的就是这一幕：简橙不知疲惫地挥着手里的棒球棍，一下一下砸着墙。相框碎裂的玻璃溅到她右手虎口的位置，玻璃碎屑被她一起握住，手上已经染了血，她像没看见，表情出奇地平静，没有大吵大闹，更没哭。

不知道挥了第几下时，手腕被人抓住，简橙机械地转头，看见是周庭宴，愣了很久，迟钝的脑子才稍稍回神。

"周庭宴？你……你怎么来了？"

周庭宴薄唇紧抿，目光落在她被血染红的手上。"不疼吗？"

简橙顺着他的目光看过去，这会儿才觉得手不舒服，也后知后觉地意识到自己在干什么。地上的狼藉和手里的棒球棍都在提醒她，她此刻是狼狈的、疯狂的。

跟周庭宴领了证后，她虽嚣张了几次，但在他面前一直是乖顺的。第一次把自己的暴戾和不堪暴露在他面前，简橙有些局促。

她绷紧身子，讷讷开口，试图解释："他们惹我生气了，我很愤怒，所以……所以……"

她脑子难得打结，支支吾吾半天不知道该怎么解释，焦灼间，周庭宴把她手里的棒球棍拿走，温热的指尖轻轻滑过她的虎口，把沾血的玻璃碎屑拿掉，又问了句。

"不疼吗？"

简橙昂起下巴，呆呆地看着他，始终没外露的情绪突然有点收不住，眼角都开始发红。

"不疼。"说话时抿着唇，牙齿咬得死死的。

周庭宴盯着她那张倔强的小脸，喉结滚动，冷峻的面容上一闪而过一丝无力。

他让管家拿来药箱，把药箱递给周陆，让周陆把简橙带出去。

等两人离开，整个客厅都安静下来。周庭宴低头把玩着手里的棒球棍，平静得吓人，有种山雨欲来的压迫感。

简宏云上前："庭宴啊，橙橙她……"

声音戛然而止，因为周庭宴转身，把棒球棍对准了他。

梅岚哎呀一声，惊慌地跑过来，挽着丈夫的胳膊把人往后拽。"庭宴，你千万冷静，再怎么说我们也是简橙的父母，是你的长辈，你先把棒球棍放下来。"

周庭宴无视梅岚，荫翳的眸子只盯着简宏云。"我知道你们在打什么算盘，把心思收回去，不爱她，至少不要利用她。简董，您是长辈，我不能用拳头，但是，"他顿了顿，语气平静，"我今天也放一句话，从现在开始，长盛集团的兴衰，取决于你们对简橙的态度。再利用她，以后长盛在江榆的路怕是不好走，简董，您自己掂量轻重。"

周庭宴大概能猜出简宏云的想法。

今天这事，他也有错。

从孟糖口中听到那些话后他也特别想知道简宏云为何收养简文茜。就像孟糖说的，简橙的奶奶那么疼她，也默许了简文茜那样荒谬的鬼神之说，肯定是有原因的。

所以，简宏云要项目，他就提条件，让简宏云告诉他收养简文茜的真相。

但简宏云总敷衍搪塞，只说是老同学的女儿，自己觉得可怜就带回家养。任由他怎么问，怎么威胁，简宏云就是不说，甚至，简宏云宁愿不要游乐场那个项目。

那天他没控制住情绪，冲简宏云发了火。可哪怕他动怒，简宏云依旧只字不言。

他隐约有种感觉……简宏云好像在保护什么秘密。

他猜不透，所以这段时间他一直在查，查简文茜的亲生父母，查她来简家之前的所有事。

可毕竟时间过了太久，很难查到什么。

简宏云这个时候想起简橙的生日，目的很明显。那天合作谈崩，他直接断了简宏云加入游乐场项目的可能，最近简宏云去京岫找过他几次，他也没见。因为生气，他甚至截和了长盛的一个项目。

简宏云急了。

他想给简橙办一场声势浩大的生日宴，无非是借此向外界传递两个信息：第一，他跟简橙的父女关系很好；第二，简橙嫁到了周家，他是周庭宴的老丈人。

拿不到游乐场的项目，他就想借着周庭宴老丈人的身份，引来其他项目。

简橙坐在车里，整个人很颓。"周陆，我刚刚是不是很吓人？"

刚才被周陆强行带出来，凉风拂面，她混沌的脑子才清醒了些，越清醒越懊恼。

完蛋了，她发疯被周庭宴看到了。

周陆正给她处理伤口，闻言头都没抬。"是怪吓人的，主要你技术太差，以后这种事你找我啊，我打棒球比你厉害，就这老房子，都不够我两棒子的。"

简橙在他脑袋上拍了下。"吹牛。"

周庭宴开车门进来，周陆收了药箱，自觉去了副驾驶，把后座留给他们。

简橙坐姿拘束，周庭宴往她这边挪了挪。等两人紧挨着，周庭宴伸手，把她的脑袋按在自己肩膀上，嗓音低沉有磁性。"肩膀给你，想哭就哭，不笑话你。"

简橙："……"

简橙没哭，她哭不出来，但是没挣扎，他宽阔的肩膀让她有安全感。尤其周庭宴的手掌在她僵硬的脊背上一下又一下地揉着，她整个人都沉静下来，疲惫感侵入四肢百骸。

简橙靠在周庭宴怀里睡着后，周庭宴把她的手握在掌心，低头看着白色纱布，俊脸暗沉。

周陆朝后视镜看了一眼，很快又移开目光，脸转向窗外。

路灯坏了一个，忽明忽暗，让人看不清前方的路。

车子驶进华春府，周庭宴把睡着的简橙抱回房间，给她擦了身子，换了睡衣，盖好被子才下楼。

周陆还没走，小叔上楼的时候说有事问他，让他等会儿，他就在客厅等着了。

周庭宴下来带他去了负一层的酒窖，两人坐在吧台前喝酒。

周陆以为他要问简橙和简家的恩怨，没想到——

"我想让简橙心里有我，你给我出出主意。"

简橙今晚有事又没想到他，这让周庭宴心里的挫败感上升到极限。

第三次了。先是孟糖的事，后是周陆的事，现在是她自己的事……她第一时间，都没想过找他帮忙。

他越来越像摆设。

周陆跟简橙关系比他好，所以他想问问周陆的建议。

"我给您出主意？"周陆完全蒙了，见小叔不像开玩笑，才慢慢平复下来，他犹豫了下，先问了句，"小叔，您从什么时候开始喜欢简橙的？"

这段时间，周陆越来越有种感觉，小叔绝对是喜欢简橙的。可他们领证才多久？不可能是婚后培养的感情。

那只有一种可能，小叔在领证前就对简橙有心思了。

周庭宴灌了半杯酒，冷肃的眸子染着少有的怅然。"很早，真要追溯，能追到简橙救我的那天。"

他至今无法形容那种感觉。

车子被撞击，卷着空气腾空，翻滚，火从底部烧起来时，他觉得自己必死无疑，临死前他想了很多事。

是想到过简橙的。

他十四岁被接到周家，老爷子打着磨炼的名义对他不管不问，他受各种排挤，日子不好过。简橙经常来周家找周聿风，因为周聿风母子不喜欢他，所以她也总躲他远远的。

只是，那小姑娘太善良了。他被所有人排斥时，她给他塞过糖果；他发烧没人管时，她给他买过药；他被关进仓库没饭吃时，她给他塞过面包。

她怕被人发现，每次都是偷偷摸摸的，也不让他知道，送东西也不打照面，都是从窗户或者门缝悄悄塞进去的。她以为他不知道，其实他都看见了，后来故意把窗户打开，故意不锁门。

濒死的那一刻他想到她，只是想着，应该跟她说声谢谢的，毕竟在那个没有人情味的周家，只有她一个外人给过他温暖。

遗憾还未散去，眼前突然出现一个模糊的身影，她是跑着过来的，越来越近……

那天，逆着风，踏着火，朝他跑来的简橙，周庭宴能记一辈子。

他真的能记一辈子。

"那时候只是心动，没想过能跟她在一起，只要她过得开心就行，如果周聿风能好好待她，我能一直跟她保持距离。"吧台前，周庭宴把剩下的半杯酒灌下去，"可是，我娶到她了，是我的荣幸，我应该知足，可我又很贪心，我想她心里有我，想让她喜欢我一点点。"

周陆听他说完，不知道该做出什么表情。"让简橙喜欢你，难。"

简橙跟周聿风多年的感情，被那样践踏，她怕是不会相信爱情，也不会再爱上谁了。

周庭宴知道他的意思。"所以我才找你想办法，你了解她，主意也多。"

周陆觉得这里挺闷的，就从冰箱拿了冰块，拿两块丢进酒杯里，端起来直接一杯灌下，才觉得心情平复些。"倒是有个办法，死马当活马医，以毒攻毒。"

周庭宴眼睛微亮。"怎么说？"

周陆："她的病症在周聿风身上，那你就利用周聿风，治好她的顽疾，简单地说，就是踩着周聿风追她。"

周庭宴没听懂。"什么意思？"

周陆解释半天，最后伸出一根手指。"第一步，找个理由，让小婶只要有空就去公司陪你吃午饭，我来制造机会，让她跟周聿风见面。"

周庭宴沉下脸，无语："你这是在帮我，还是给周聿风制造反悔的机会？"

周陆："你要是信我，就别质疑我，简橙跟其他女人不一样，我这招反其道而行之才能拿下她。"

周庭宴："……"

简橙不知道周庭宴在简家多待的那半小时跟简宏云和梅岚聊了什么。回来后，他什么都没问，不问她为什么失控，不问她为什么特意跑去砸全家福，像是那晚的事从来没发生过。

简橙也没主动提。

她很感激，感激他的安静，如果他真追根溯源，她真不知道该怎么解释。

不知道是因为她那晚的发疯，还是因为周庭宴的威慑，简宏云没再提给她过生日的事，连着一周没联系她。直到端午节这天，给她转了好几笔款，总额八位数。

他第一次这么主动大方。难得，还特意发了条欲盖弥彰的消息。

简宏云：祝我们家小公主开业大吉，一帆风顺，财源滚滚，吉星高照，日进斗金，爸爸爱你。

打着祝开业的幌子，翻词典找到几个成语，就想粉饰太平，是简家一贯不要脸的作风。

简橙现在的观念跟出国前不同，这要是换作以前，她肯定拒收，还得再回去闹一场，把屋顶掀了。现在就觉得，有钱不要是傻子，她闹过，发泄过，冷静了，犯不着跟钱过不去。

所以，她把钱收了。

梅岚和简佑辉这天也给她转账，祝她开业大吉，她通通收了，简佑辉还替简文茜送了个限量款的包，她也来者不拒。

没错，她就是这么财迷。

工作室开张这天，来送东西的人不少。

周庭宴送车，周陆送相机，秦濯送画，余成他们送花篮，关清柔送绿植，周老爷子送古董摆件，连叶绮也送了两个超大花篮……

元宵节那晚见到的周家人，大部分都看在周庭宴的面子上送了东西，就周聿风一家没动静。

孟糖帮她登记的时候还吐槽。"真不会做人，怎么说都是一家人了，哪怕送个花篮也行啊，又花不了几个钱，周聿风真是一抠抠一家，蒋雅薇这小家子气也是上不了台面。"

简橙倒是无所谓，她也不稀罕。

她现在觉得糟心的是那风水大师。她高价请来算风水，说端午节是她人生开启新航线的时间的大师，花了她两个限量款的包的大师。

可恶！折寿的江湖老骗子！转个屁的运，开启屁的新航线。工作室开张之后，根本就没什么生意，她作品拍了不少，各种比赛投了不少，完全没泛起水花，微博上的反响也无波无澜。

总之，各项数据如一潭死水。

简橙准备通缉那江湖老骗子的时候，孟糖把她最近拍的照片都翻出来，研究了两天，最后犹犹豫豫地开口。

"橙子，其实，有没有可能，是你的照片出了问题，我觉得你现在的作品……少了灵魂。"

她分析完每一张照片，最后一拍桌子。

"橙子，转型吧，你以后别只拍景了，咱转战时尚圈，你有技术，我时尚圈有人脉，保准能带你杀出一条血路。"

简橙最初走的是动物摄影师路线。她刚被送出国的时候，情绪经常处在崩溃边缘，简宏云给她找的心理医生都被她打跑了，走时还抱怨她是疯子。

第二个心理医生是孟糖带来的，说是秦濯介绍的挺厉害的专家。

这名专家确实很厉害，跟别的心理医生不同，不跟她聊那些只会刺激她的废话，没试图用刀尖撬开她封闭的秘密。知道她喜欢摄影，直接介绍了一名摄影大师给她认识。

就是她恩师，一个世界顶级的野生动物摄影师。

简橙不知道那医生是怎么说服师父收下她这么一个精神有问题的疯子的，但那几年的经历确实拯救了她荒芜的、没了信念的人生。

她跟着师父在加拿大北部追狼群，在阿拉斯加原野追迁徙的北美驯鹿，去印度尼西亚捕捉自然栖息地的野生动物……遇到过生死一瞬间的危险。

第一次被狼吓到做噩梦是最小的事，她还被毒蛇咬过，在印度拍犀牛时，他们还被犀牛群袭击……

她好几次觉得，完了，吾命休矣。所幸师父的团队处理这些意外情况很有经验，虽然逃得狼狈，但活下来了。

很刺激，玩命的刺激。

经历得多了，她身体都叛逆了，越害怕，热情反而越高涨。

那段经历，是她从未有过的波澜壮阔，处处是严峻考验，却是人生的新体验，那奔腾的热情，是她的生命在燃烧。

焚去旧的伤疤，生出新的枝丫。

以前听人说，你想重获新生，就得多死几次。

她命悬一线好几回，虽然那时候还是不能断药，但已经不会轻易发疯了，也能控制好情绪。

回国的前一年，她在森林深处与老虎面对面，虎口脱险时她就想，国内那些烂事能比老虎可怕？老虎都不能撕了她，她还会怕简文茜?!

她跟老虎借了胆，虎胆雄心击碎了过去的阴霾和恐惧时，她就决定回国了。

都说大难不死必有后福，她接近死亡那么多回了，她怕谁啊，谁惹她，她就咬死谁。

可惜，那时候老虎的爪子激出她的熊心豹子胆，却没把她的恋爱脑拍碎。那时候唯一的变故是周聿风。她把唯一的忍耐给了周聿风。

周聿风变心后，她就不追着动物跑了，改追着周聿风跑。

她唯一感到愧疚的人是师父，但师父并没有怪她，分别时还把自己的相机送给她。

"你一个小姑娘，整天跟着我们一帮大老爷们奔波在生死边缘，你就是不走，有一天我也会劝你回归平静生活，你现在已经战胜了心魔，我的任务也完成了。"

师父说，她是第二个跟着他玩命，战胜心魔的人。她问第一个是谁，师父笑说一个朋友，最后嘱咐她一句。

"丫头，人生是你自己的，你可以在任何时候改变赛道，但是，要选最适合自己的赛道，别钻牛角尖，别选死胡同。"

她改了赛道，也选了死胡同。

她从野生动物摄影转战风景摄影，专拍自然风景。

其实当初改赛道的时候，孟糖就给过建议，劝她往时尚圈发展，起因是她帮过孟糖嫂子一个忙。孟糖的嫂子是时尚杂志的主编，有一期的主题是保护野生动物，呼吁大家关注濒危的野生动物。

封面需要当红女明星和野生动物同框拍摄。

当时合作的摄影师那边出了状况不能来，上面催得急，女明星的行程又紧，时间紧迫，拍野外的摄影师又不能随便找。孟糖的嫂子急得晕头转向，孟糖就推荐了简橙。

一个抱着死马当活马医的试试态度。

一个是你敢用，我就敢拍的勇士。

于是就有了那次合作。

拍摄地点在荒野，动物中有猎豹，拍摄难度大，但成片效果出奇地好。当时简橙正处在改赛道的考虑期，所以孟糖劝简橙往时尚圈发展，有她嫂子在，还能帮一把，路也好走。

简橙没同意，最大的原因是曹瑛。曹瑛这人很拧巴，她喜欢旗袍，但不喜欢鲜艳开叉高的旗袍；她希望儿媳妇能对儿子的事业有帮助，但儿媳妇必须在家相夫教子；她喜欢对别人评头论足，但不能让人家说她一句……

时尚圈是个复杂的名利场，进了就少不了话题，少不了被评头论足。她当时虽然跟曹瑛互看不顺眼，但曹瑛到底是周聿风亲妈，所以为了周聿风，她没踏出那一步，即便她对时尚圈也感兴趣。

她拍静物，拍自然风景，最初的热情被各种琐事压下，拍不出完美的东西，一次次打击后，灵感缺失。如今终于能放下过去，重拾热情，照片拍得很美，却缺失灵魂。

除了当年那件事囚困于血液，简橙无法完完全全释怀，如今对其他任何事，她都拿得起，也放得下。一条路不通，她就重新选赛道，她还年轻，有时间闯，她有钱，也有能力承受失败的后果。

就听孟糖的，去时尚圈闯闯，成功了，她功成名就，荣耀加身，失败了也无所谓，大不了工作室一关，老老实实当个包租婆。

她这么优秀，周庭宴又这么完美，基因强大，她就多生两个孩子。每天吃喝玩乐，逗逗孩子，收收房租，日子也爽。

简橙点头后，孟糖跟打了鸡血似的，她在时尚圈的人脉就是她嫂子，嫂子最近在休假，她直接飞回阳城取经了。

孟糖的工作计划没出来，简橙暂时没事干。

之前她被周聿风和蒋雅薇气到头上冒火时，进了一个攀岩俱乐部，正好这个月俱乐部有比赛，她准备过去松松筋骨。

周陆当时陪她一起去的，也是这家俱乐部的会员，她随口问他去不去，消息刚发过去，周陆就直接打电话过来。

"祖宗啊，所以你现在终于闲下来了是吗？"他语调扬起，听起来很激动。

简橙觉得莫名其妙。"是啊，暂时没事了，你那么高兴干吗？"

周陆："我不是高兴，我是气的！最近小叔跟一个女人走得很近，我怀疑小叔出轨了！"

简橙从工作室开张就一心扑在工作上，忙忙碌碌的，一顿瞎折腾，到确定转型才停下来。

接到周陆的电话，回首一望，才发现竟然是八月份了。

时光如流水啊，不知不觉间，距离端午节已经过去两个月了。

她忽视周庭宴两个月了。

因为她这段时间要么是往外跑，要么是在工作室，晚上回来得也晚，疲累一天，回家洗了澡倒头就睡。

她一直就觉得哪里不对劲，好像忘了点什么，周陆这一通电话让她想起来了。她和周庭宴，快两个月没做了。

难道是她冷落他太久，周庭宴耐不住寂寞，家里没的吃，就出去吃？

妈呀！完蛋！家要被偷！她的靠山要没了！

挂了电话，简橙立刻去衣帽间挑选战斗服。

整个衣帽间翻一遍，最后挑了件仿旗袍叠领白色长裙，周庭宴喜欢她穿旗袍，她搬过来后，他给她定做了好几身，一直没机会穿。

能让周陆这么生气，特意跟她提起的女人，肯定不简单。所以，她得去把周庭宴的魂勾回来，顺便去看看，到底是哪个盘丝洞的妖精，敢觊觎她的男人，可恶！

周陆的电话是早上九点打的，简橙是中午十一点半到的。

京岫集团总部的双子大厦位于城市中心的江榆金融街心脏地带，东西两栋，周陆让简橙把车开到东边 A 座。

八月八号，秋已立，暑气未消，天气依旧闷热。

简橙拎着食盒从车里下来，扑面一股燥热之气，热气覆盖每一处毛孔，像置身在蒸笼里。

周陆知道她这个点过来，提前十分钟下来等。看见她时，微微愣了下。

美人一袭仿旗袍叠领白色长裙，妆容精致，简单的菊花簪把头发绾起，衣服上是淡淡雏菊花纹，天鹅颈上是莹白珍珠项链。

气质柔净，今天是含蓄婉约的美。像月光里住着的仙女。

周陆快步跑过去，接过她手里的食盒和包包，跟她要车钥匙。"车牌给你入系统，以后你再过来，直接开到负一层的停车位，坐电梯上去，不用晒太阳。"

他伸手招来保安，把车钥匙扔过去，交代了几句，就带着简橙往门口走。"你今天怎么穿成这样？不是你风格啊。"

他以为她会像以前那样，走性感路线，大杀四方。

简橙抬手挡着太阳。"你不懂，女人多的地方才需要争奇斗艳，这里是你们工作的地方，得稳重些，主要我这张脸太好看了，稍微穿得艳些，给人的第一印象像花瓶。"她叹气，"唉，就比较吃亏，其实我有颜又有内涵。"

周陆："……"

简橙无视他的无语，指着自己的衣服。"而且什么风格不重要，重要的是你小叔喜欢，这衣服是你小叔给我买的，肯定符合他的审美。"

正得意，周陆来一句扫兴的话。"小婶啊，不是我打击你，有时候男人喜欢一个人，看的不是外貌和衣服，是感觉。"

简橙鼓着腮帮，不吭气了。

可不是嘛，她和蒋雅薇比差在哪里？蒋雅薇没她漂亮，没她身材好，周聿风不还是跟蒋雅薇跑了。就是因为有周聿风这个前车之鉴，她现在才很着急。

周庭宴这个年纪，这个身份，见过的美女不少，比她漂亮的肯定也很多。他以前都没看上，也没传出过什么绯闻，现在突然出现个女人……旁人说的话她会觉得是造谣，毕竟婚后周庭宴对她一直很好。关键现在是周陆提醒她小心，那肯定是不简单了。

她靠脸不一定能赢。

简橙挺郁闷，第一时间打探敌情。"所以那女的到底什么来路？干什么的？多大年纪？我漂亮还是她漂亮？"

这些问题她在电话里就问了，周陆说让她自己过来看，然后把她电话挂了。

听她又问，周陆眼神飘忽，把目光从她脸上移开。"来路嘛……是京岫的一个大客户，在我眼里肯定是你漂亮，但是在小叔眼里……啧，不好说，我看小叔对她挺好的，你得自己观察。"

京岫的大客户，那她岂不是不能得罪？

简橙心里瞬间危机感爆棚。如果是周庭宴公司里的人，她还能收拾一下，就像当初蒋雅薇是周聿风的秘书，她生气的时候还能扇蒋雅薇个巴掌。她要把京岫的大客户得罪了，周庭宴肯定会生气吧。

就算周庭宴绅士，那些身上绑着集团利益的大股东，一人一脚都能把她踩死。

她这个老板娘因为吃醋，让集团痛失大客户，传出去她以后怎么混啊。

她这是造了什么孽，初恋跟秘书跑了，老公被大客户盯上了。

可恶！

一楼大厅，前台接待处。

形象好气质佳的前台小姐看见周陆，立刻起身，喊了一声小周经理。

周陆现在是投资二部的经理，为了跟周聿风的一部经理区分开，周陆让人在他姓前面加个"小"字。

来这儿上班后周陆就丢弃了以前花里胡哨的潮服，今天穿了西装，不过是藕粉色的，全靠那张俊脸撑着，但凡脸丑一点，就容易被当成流氓。

前台小姐的目光时不时朝简橙望一眼，只觉得两人年纪相仿，十分般配，见周陆又帮她拿包又帮她开门的，以为两人是情侣。

结果——

"这是我小婶，记着这张脸，以后她来了，直接放行。"

前台小姐："？"

小婶……小周经理的小婶……那不就是周总的老婆？

京岫的前台小姐，那是在万人中杀出重围才应聘上的，反应迅速，专业素养高，震惊之余，已经快速收敛八卦心思，回应了周陆的话后，恭恭敬敬朝简橙弯了弯身。

"夫人好。"

"你好。"简橙微笑着跟她打招呼，眉眼弯弯。

等两人走远了，前台小姐才敢露出惊愕和八卦的表情。如果是周总的老婆，那不就是简橙吗？简橙谁不知道啊，年末在他们公司对面的 LED 巨幕屏跟周总表白的女人，从小年到除夕，连着一周投了滚动播放广告的有钱人。

周总跟简橙领证的消息刚在群里爆出时没人相信，他们都觉得是造谣。毕竟简橙是差点成为周总侄媳妇的女人，周总娶谁也不可能娶她啊。

大家议论纷纷的时候，有眼尖的人发现，周总竟然戴戒指了，无名指，那款式，肯定是婚戒啊！

有人私下跟潘助理打听，问周总是不是真的跟简橙领证了。

潘助理当时推了推眼镜，只说了一句："不该打听的别瞎打听。"

按着潘助理的性子，如果是假的，肯定当场就否认了。

所以，周总真的跟那个简橙领证了。

前台小姐是五一后才来的，没见过简橙，不过她听说简橙是狐狸精长相，刁蛮任性，嚣张跋扈，被宠坏了的富家千金。

她心想，这不对啊，老板娘哪里是狐狸精长相，皮肤又白又嫩，能掐出水来，漂亮惹眼，笑容明媚，静静往那儿一站，跟菩萨一样，多有气质啊，谁家狐狸精长这样，说这话的分明就是嫉妒。

不过，老天爷啊，今儿周总和周聿风都在公司呢，这要是碰上了，不尴尬吗？

简橙此刻确实挺尴尬的。

周陆带她坐贴着专用标志的电梯上来，直达八十八层，电梯"叮"的一声，门开，外面站着一男一女。

男的穿一身剪裁得体的黑色西装，身形颀长，眉骨立体，五官棱角如雕刻，贵气逼人，真帅啊。

巧了，这人她认识，她老公，周庭宴。

女的她不认识。三十多岁，保养得很好，清爽干练的中短发，两侧发丝拢在耳后，戴一副烟花系耳环，穿一身利落的蓝色西服套装，脚踩高跟鞋，扑面而来成熟职场女强人的魅力。

门开的时候，两人正在交谈，中间隔着半截手臂的距离。

女的歪头看着周庭宴，不知道说了什么，周庭宴俊脸上挂着淡淡笑意，心情似乎不错。

然而看到简橙的那一刻，他黑眸幽暗，视线往她身上一扫，笑容慢慢收敛，眉头都皱起来。

"你怎么来了？"

寡淡的语气，细听之下，带着一丝不悦，黑眸都带着火光。

简橙听这冷冰冰的语气，心里顿时一凉。完蛋，难怪周陆的危机感那么重，还特意打电话让她过来送饭刺探敌情，这是真的有情况！

什么嘛，他不是喜欢她穿旗袍吗？虽然是仿旗袍款，但也是他自己挑的啊，她特意穿来给他看的。怎么说也算曲线玲珑，有胸有屁股，凹凸有致，大长腿也抢眼，她还特意化了个非常精致的妆。

这男人之前看见她穿显身材的衣服时眼神跟狼一样凶狠，恨不能把她吞进肚子里，这会儿不夸她就算了，还那么凶。

果然男人都一样，有了新欢就忘了旧爱。她刚才看见了，周庭宴对那个女人笑。他对别人笑，看见她却不笑了。

"我……"

我来捉奸？来会情敌？

简橙被他漠然的眸子盯着，一时不知道该怎么说。

电梯门不能总开着，周陆拉着简橙的胳膊把她拽出来。

"小叔，小婶是来给你送午饭的。"他把简橙往周庭宴身边推了推。

周陆声音不小。

小婶？

周庭宴身后还站着几个京岫高管，旁边有路过的员工，一时间，所有人的目光都落在简橙身上。中短发的女人也朝简橙看过来，半眯起的眸子在她身上来回打量，目光意味深长。

简橙在距离周庭宴一步远的位置站住脚，察觉到她的目光，转头迎上去。

毕竟是京岫的大客户，初见她没表露一丝敌意，朝那女人点点头，扯出一个礼貌且友好的笑。

那女人想说什么，手机响了，她拿起来看一眼，微微皱眉，很快转头朝周庭宴道："我还有个比较着急的事，午饭不能跟你吃了，先走一步。"她又看了眼简橙，"等你们什么时候有空，一起吃个饭。"

简橙这次眼睫微垂，没看她，因为脑子里全是那句"午饭不能跟你吃了"，她心里正凉，所以周庭宴本来是要陪那女人去吃饭吗？那她这个食盒可真尴尬啊。

简橙想跟周陆说，食盒里的饭让他吃了算了，抬头就看见周庭宴正在帮人按电梯，心里更凉了。

周庭宴等电梯门关上，回头见简橙耷着脑袋忧心忡忡的模样，下意识就要去哄她。

周陆幽灵一样飘过来，声音压得低低的："这么好的机会，得抓住啊……"

周庭宴凉凉地看他一眼，沉住气，长腿迈到简橙跟前，不冷不热地开口。"你跟我过来。"

简橙从周陆手里接过包和食盒，哀怨地跟着周庭宴进了办公室。她心里想的是，以前都主动帮她拿包的，今天没帮她拿……

等两人进了办公室，周陆伸手招来一个年轻小伙，问："你们经理呢？"

小伙是投资一部的人，上来找老板签字的。"啊？我们经理？在……在办公室呢。"

周陆拍拍他肩膀。"你去告诉你们经理，就说周总找他，让他半小时后上来一趟。"

年轻小伙惊骇，犹犹豫豫开口："……小周经理，我们经理，叫周聿风。"

周陆："我知道啊。"

第七章
来会情敌

这是简橙第二次来周庭宴的办公室。

第一次过来，是被周聿风刺激，胆大包天地跑过来，问周庭宴缺不缺老婆。那时候急着自荐，没敢仔细瞧，今天才算看清楚了。

三百多平方米的豪华大开间，比她公寓还大，真皮座椅，意大利手工地毯，角落小门应该通着休息室，整个办公室以黑金色为主，豪得很符合周庭宴的气质。偌大的落地窗，几乎能俯瞰整个江榆，气派十足。

吧嗒——周庭宴关了门，转身，两人视线相撞。

安静了几秒，周庭宴先收回目光。他解开外套纽扣，看一眼简橙手里的食盒。"给我送午饭？"

语气依旧不冷不淡。

简橙想到他刚才对着别的女人笑，看见自己就收回笑容，这会儿说话也没以前热情，心里的红色警报器已经快炸了。

"嗯，我最近没什么事，会休息几天，就想着过来看看你。"

这解释违心，所以没敢看他。其实是周陆说，她那情敌今天来京岫了，估计中午才走，让她过来捉奸，以免尴尬，就找了个送饭的理由。

周庭宴把西服外套脱了挂衣架上，上身只穿一件黑色的衬衫。解开上面的两颗扣子，露出性感的锁骨，西服裤子裹着的两条长腿从她身边走过去。

"过来。"

简橙跟着他坐到沙发上，把手里的食盒放茶几上，偷瞄一眼两人之间的距离。

嗯，隔了一个人的位置。

以前不管在哪里，他都是紧贴着她坐的。

周庭宴把食盒打开，一层层放下，一荤一素，一个汤，一份米饭。

他先问简橙："你吃了吗？"

"没呢。"她心里装着事，下意识回答。

话落，见周庭宴把食盒往她这边推，又反应过来，赶紧道："没事，你吃吧，我现在不饿，一会儿回家吃。"

她没胃口，来会情敌的，哪儿有胃口。

周庭宴看她心不在焉，明显情绪低落，有点忍不住想抱她，哄她。

简橙跑简家砸全家福那晚，他让周陆帮他出主意追人，周陆的第一个建议就是让简橙经常来京岫找他，于是他忍了两个月没开口。

因为这段时间简橙很忙，不只身体忙，精神也忙。她把时间分配得很精准，几乎有些魔怔了。每天早上六点起床，起来去跑个步，回来吃饭，七点半出门，一出门就是一整天，晚上十一点回家，十一点半之前绝对睡着。

她让自己忙成陀螺，是完全为了工作室吗？不是。

孟糖私下找过他。"橙子不会为了一份未定前程的工作把自己逼成这样，工作室没生意，我也没给她安排太多事情，她其实不用那么忙。她只是停不下来。"

那张碎掉的全家福并没有让简橙放松，她想起了当年的事。

他知道，因为简橙这两个月几乎天天晚上做噩梦。做噩梦时，她把自己缩成一团，额头全是汗，嘴里一直无意识喊着人，喊爸爸，妈妈，哥哥……

甚至，喊周聿风。

她让他们救她，她说她痛，哪里都痛，她在噩梦中哭到岔气，问为什么没人救她。她说那些人天天打她，她要死了，太疼了，她不想活了。

过了端午，她就二十五岁了，她却没意识到。那一天就那么无声无息地过去。

她还停留在二十四岁砸全家福的那晚，她的灵魂还被困在十八岁那场无法磨灭的噩梦里。

这两个月里，两人面对面交流的时间几乎没有。

其实周庭宴每天都能见到她，只是她很少能见到他，因为他在刻意躲着她。

他躲她，是因为她每天明明很累，见到他时却又会假装没事，假装很高兴。她不想把自己狼狈的一面展现在他面前，她在他面前，总是戴着乖巧的面具。

他不想她这么辛苦，于是躲着她，给她时间和空间冷静。

孟糖跟他说："每年端午前后，橙子都会自我封闭一段时间，这时候，你就给她一点时间和空间，等她缓过劲就好了。"

她缓了两个月。

每天晚上，芳姨说她睡着了他才回家，洗了澡上床，把她抱在怀里，等她噩梦平息，给她擦了身子再睡。睡不了多久就得起——他得比她早出门，错开与她见面的时间，让她不用在自己难过的时候，还费力在他面前演正常人。

这两个月，他在家几乎睡不了觉，都是回到办公室的休息室再补觉。

他想帮她，可她的防备心太重，始终把他当外人。即便她终于缓过来了，第一时间想到的也是周陆。

今天早上九点多的时候，周陆跑过来。"小婶说她最近闲了，小叔，我刚才灵机一动诬陷了你，给你戴了个'疑似出轨'的帽子。"

他刚一脚踹过去，潘屿就进来，说秦颖之到楼下了。

秦颖之是秦濯的堂姐，过来跟他聊游乐场的项目，也想入股，他们约好了今天见面。

周陆听说秦颖之要过来，直接兴奋了。"哈，我本来还愁到哪里去找个工具人，这不，工具人自己跑来了。"

周陆说要让简橙误以为他跟别的女人走得近，误以为他对她冷淡了，激起她的危机感。

他不赞同这个方法，因为简橙肯定会难受。

周陆说："小叔，简橙对我而言，先是我最好的朋友，然后才是你老婆，真让她伤心的事我不会做，不只我，如果哪天你真的伤了她，我也会给你一拳。"

见到简橙的时候，周庭宴的不高兴不全是按着周陆的剧本演的，他是真的心里不舒服。

办公室里，周庭宴的目光又落在简橙的衣服上。

玲珑曲线太惹眼，刚才在电梯那边，他一眼扫过去，全场男士的目光都在她身上，灼灼惊艳。他很不喜欢，甚至有点懊恼，这衣服还是他让人给她定做的，他后悔了，早知道给她做几件宽松不贴身的。

贴身的让她在家穿，他自己看。

简橙被他盯着，见他一会儿皱眉，一会儿懊恼，简直坐立难安。

这是什么意思？难道是在比较她和刚才那个女人？

简橙现在受不了窝囊气。"周庭宴，刚才那个……"不能出卖周陆，她只能斟酌着开口，"我刚才，看你对她笑了，她是谁啊？"

简橙这样问，跟周陆预料的一模一样。

"京岫的大客户，优质客户，我总不能冷着脸，微笑是礼貌。"

他是笑了，他们当时在聊秦濯，秦颖之说，因为秦濯要和孟糖退婚的事，秦家现在个个上火，说上周家里开针对秦濯的批斗会，秦濯连夜跳窗逃走，脚崴着了。

他知道这事，秦濯一直躲在他的公寓，想到秦濯那一瘸一拐的狼狈样才忍俊不禁。

简橙反驳不了周庭宴的话，心里跟猫抓似的，索性直接问："那你喜欢她吗？"

周庭宴按着周陆教的，只说了五个字。"她很有个性。"

秦颖之确实很有个性。事业型女强人，对感情拿得起放得下，感觉对了就结婚，感觉不对了就离婚。今年三十七岁，已经四婚了。

她最喜欢第三任，跟第三任老公生了一儿一女，现在她拼事业，第四任老公在家心甘情愿地帮她带孩子，男人还黏她得厉害。

秦濯最佩服的就是他这个堂姐，每次提及，总要竖大拇指，甘拜下风。

很有个性？这下简橙心里的红色警报器彻底炸了。

她问他喜不喜欢那女人，他没直接回答，反而说那女人很有个性，这不明摆着对那女人有兴趣吗？

简橙突然站起来就往门口走。

周庭宴下意识抓住她的手腕，以为她真生气了，瞬间把周陆的提醒抛到脑后。"我不是故意冷落你的，我……"

"啊！"简橙根本没听见他说了什么，她转身动作太快，膝盖碰到了茶几，正好撞到棱角处，痛得腿一软直接往前倒。

周庭宴及时扶住她。

姿势有点尴尬，因为周庭宴暗使的巧劲，简橙直接跨坐在他腿上，双手搂着他的脖子。周庭宴左手揽住她不盈一握的腰，右手顺着她的腰滑到她膝盖间，碰一下被撞到的那处，轻轻慢慢地揉。

"干什么去？"

简橙膝盖还疼着，小脸苍白，老实交代："把门反锁。"

周庭宴继续帮她揉。"你锁门干什么？"

简橙长睫眨着，又委屈又不好意思，犹犹豫豫很久，在他错愕的目光中，手指往上，压着他后脑勺的头发，脸凑过去，把之前从他那儿学的接吻技巧全还给他。

他轻而易举被引诱，格外配合。

办公室内的温度持续升高，过了很久，简橙艰难推开面前反客为主的人，羞耻心爆棚。"你两个月都没……就……你懂的吧，我问周陆了，你们午休到下午两点半呢。"

她臊得慌，在他怀里别别扭扭，说完脸都不敢抬，鸵鸟似的把脑袋埋在他胸口。

这暗示已经很明显了。

周庭宴听懂了，霎时呼吸一乱。

简橙坐他腿上，能第一时间感知他的反应。她知道他的厉害，所以有点怕，害怕之余，又觉得欣慰，有反应就行，说明他还是很喜欢她身体的，喜欢就好办了。

简橙把右手从他脖子后收回来，白皙的手指指指不远处休息室的门。"你那里面，有床吗……"

话音未落，周庭宴的手捏着她白皙后颈，把她按怀里，咬牙切齿。"简橙，求你别说话了，饶了我。"

他对她的渴望大，瘾大，但还没不要脸到在办公室欺负她。

晚上饶不了她，现在他不能欺负，也得讨点利息。

简橙的熊心豹子胆用完，软脚虾一样任由他摆布，被他支着腰坐起来，又被他整个拉怀里。

也不知过了多久，要不是敲门声忽而响起，简橙都怀疑他想把她舌头吸下来。

敲门声又急又重，简橙推推周庭宴的肩膀，刚想说把她放下来，门外那人已经等不及。

听到开门声，简橙蒙了，心说哪个不要命的啊，未经允许就敢擅自开老板的门！

回头望过去。哦，是周聿风那傻×。

周聿风最近比较焦虑。

在京岫，投资二部是整个投资事业部的王牌军，从实习生到总监，个个高学历，随便一指，不是国内名校的硕士生、博士生，就是从华尔街回来的金融精英。

二部总监是业内有名的金牌投资人，小叔接手京岫后带过来的，这几年带着二部飞起，接手的全是大盘子，一个项目够二部吃几年的。

来京岫投资部的，谁不想进二部？

当初投资二部的经理出于身体原因辞职，他就去找小叔，小叔说内部竞聘。他私下把竞争力大的几个都请去喝酒，花了很多心思，对这次内部竞聘是很有把握的。

结果，周陆被空降了过来。

有人说小叔疯了，有人说小叔要培养周陆了，有人说小叔是故意整他。

"周总被迫娶了亲侄子不要的女人，这算耻辱吧，叔侄俩还在一个公司，多尴尬啊。"

"周总估计早想把周聿风弄走了，只是毕竟是一家人，周总又是当叔的，不能做得太过分，所以就干脆把周陆这个草包调过来。"

"周聿风不是想进二部吗？周陆这次空降，估计能气死周聿风，周聿风自己受不了，可能就申请调离总部了。"

周聿风心里有点怨简橙。她招惹谁不好，偏偏赖上了小叔，如果她没嫁给小叔，就没后面这么多事了，周陆不会来总部，那投资二部经理的位置是他的，有一天他会取代总监，他会拿下整个投资部……

对京岫来说，战略投资是非常重要的一环，当年小叔就是控制了这张王牌，才扳倒了大伯，接手了京岫。他握在手里，他也可以。

"经理，投资二部的小周经理说周总让您过去一趟。"

传话的小伙欲言又止，他就多问了一句，于是……

"周总的老婆来了。"

周总的老婆？简橙来了！他当时脑子乱哄哄的，也没听见后面那小伙又说了什么，直接跑了上来，电梯都没等。

简橙是还嫌不够乱吗？她突然跑公司来算怎么回事，这不是送上门让人看笑话吗？

他敲门的时候，潘屿过来阻止了，说是要通报一声，然后周陆过来把潘屿拽走了，说是有事。

他本来就急，看见周陆更气，想到最近的憋屈和窝囊，一时没压住冲动，敲了好几下都没人应，就直接开门了。

他看到了什么？

偌大的办公室内，小叔姿态慵懒地靠坐在沙发上，脸上几个红唇印，一副情欲勃发，又强忍欲念的模样。简橙跨坐在他双腿上，胳膊攀着他的脖子，转过脸时，眼眸里带着没来得及消失的激潋水光，媚眼迷离，红光满面的脸颊，娇艳欲滴的唇……

他们刚才在干什么显而易见。

周聿风僵在原地，愣愣地瞧着，一时忘了反应。

周庭宴也没想到他敢直接开门进来，第一时间把简橙的脸按到自己怀里。

"滚出去！"

周聿风被他那道极寒的冷戾目光镇住，下意识往后退两步，出去，关门，后背靠在墙上，脑子里是简橙趴在小叔身上那柔弱无骨的模样和那泛着红潮的娇柔脸颊。

挥之不去。

他没见过那样的简橙。

办公室里，简橙和周庭宴面面相觑。

她眨眨眼，先安慰他。"没事，我们是真夫妻，有证的，被看见也没关系，不丢人。"

周庭宴本来还想着怎么不让她尴尬，此刻见她反过来安慰自己，笑了下。"嗯，不丢人。"

简橙瞧着他扬起的嘴角，又想起那个中短发的女人。"周庭宴。"她喊他一声，"就刚才那个女人，你喜欢她吗？"

"她是秦……嗯。"秦潋的堂姐。

后面的话没说完，因为简橙突然捧着他的脸，凑过来在他唇上亲一口，堵住了他的话。

她自己先亲了，亲完，圆圆的杏眼瞪着他。"你就直接告诉我，你会不会因为她跟我离婚？"

周庭宴："不会离婚，她是秦……嗯。"

后面的话又没说完，因为简橙又在他唇上亲了一口，这次亲得很用力，亲完，灼热的呼吸凑到他耳边，像勾人的小猫。

"周庭宴，我明天再来给你送饭，好不好？"

周庭宴的手在她腰间摩挲，呼吸有点乱。"好。"

简橙高兴了，在他受到蛊惑想深吻前，双手撑着他的肩膀坐起来，双脚终于落了地，她整理衣服，指着食盒道："你把饭吃了，食盒晚上你自己带回家。"

不给他开口的机会，她弯腰拿起自己的包，顺便又在他脸上亲了两口，留下一脸口红印。"你好好上班，我不打扰你了，我回家吃个饭，下午去攀个岩，晚上在被窝里等你。"

她说完，朝他抛个飞吻，转身就往外跑，像有鬼追她似的。

周庭宴："……"

真是又尻又可爱。

简橙刚跑出门就被人拉住胳膊。一回头，是周聿风。

周聿风盯着她白瓷肌肤上染着的晕红，想着刚才看见的那一幕，微微握紧拳头，脸色荫翳。"这里是公司，简橙，你怎么那么不要脸？"

这话很难听，他也不知道自己气什么，就是瞧见刚才那一幕心里绞得难受。

简橙知道这里是公司，所以没空跟他掰扯，见不远处有路过的员工时不时往这边瞧一眼，就转头隔着门朝办公室里喊。

"老公，大侄子管我借钱，我身上没有现金，你让人拿二百五十块给他。"

路过的员工："……"

周聿风："……"你才二百五！

他正要说话，办公室里已经传来小叔的声音："周聿风，滚进来。"

淡淡的嗓音，能听出威胁，周聿风只能松开简橙的胳膊，低声警告她一句。"你以后别来了，你来了大家都尴尬。"

简橙拍拍被他碰过的袖子。"哦，下次带着你老婆一起来。"

周聿风："？"

四个人在公司同框，那跟直接去死有什么区别？

简橙无视他阴沉的脸色，踩着高跟鞋扭着柳腰走了。

一口气走到电梯前，见周陆在等她，依旧是乘来时的专用电梯，周陆送她下去。

"怎么样？问出什么没？"

简橙接过他递来的矿泉水。"没有，不问了。"她喝两口水，"周庭宴说不会跟我离婚，这就够了，据我分析，他现在对那女的就算有兴趣，也没多少。"

她受不了窝囊气，所以她刚才直接问了。后来又尻，是因为她没那么傻了。

她曾经在察觉到周聿风对蒋雅薇不同时，非得直接挑明了问他，得到答案后又受不了，去扇蒋雅薇，然后和周聿风的关系才越来越僵。

有了前车之鉴，这次她不会那么冲动了。

有些事还是不要打破砂锅问到底才好，人生难得糊涂。

从现在开始，她努努力挽留他，留得住就好好跟他过日子，留不住就放他走。

周陆视线扫过她娇艳欲滴的红唇，没再开口。

把人送上车，烈日炎炎下，他站在马路边目送她离开。

车子渐渐远去，看不见踪影，他依旧站在原地。

总裁办公室里，周庭宴站在偌大的落地窗前。

简橙走了多久，他就站了多久。幽暗的目光从消失的车尾，转移至烈日下的那道身影，凛凛沉沉的眸底，噙着暗芒。

"小叔？"

周聿风已经进来好一会儿了，见小叔站在落地窗前，双手插进西裤口袋，不知道在想什么。

他之前喊了几声，小叔一直没搭理他。谁知这一等就快半小时。

"小叔，您要是没空，那我……"

话音未落，窗前的人终于有了动静。

周庭宴转身，走到沙发边坐下，拿过简橙送来的食盒。"你有事？"

周聿风错愕："不是您让我来的吗？我们部门的小陈说，周陆告诉他说您找我有事。"

"周陆？"周庭宴垂眸，把刚夹起的排骨又放下，像是刚想起来，"对，是我让周陆叫你过来的。"

他抬头，淡漠的眸子扫周聿风一眼："就是想让你过来看看，我和你小婶的感情很好，你看到了，现在可以滚了。"

周聿风："？"

周庭宴想起什么，打电话给潘屿："拿二百五十块钱现金过来。"

周聿风："？"周聿风忍着火气，还是得说一句："小叔，您以后别让简橙来公司了，她来了不好，我们都比较尴尬。"

周庭宴："劈腿的只有你，不道德的只有你，尴尬的也只有你，我和简橙又没做错事，我们不尴尬，所以我会让她经常过来，你忍不了，要么憋着，要么滚。"

周聿风："？"

秦潆在周庭宴的公寓躲了一周，闲得快发霉了。中午收到堂姐的消息，说见到简橙了，立刻精神抖擞，下午就来了京岫。

他腿上打着石膏，坐着轮椅，司机推他进大厅，潘屿亲自下来接，直接把他推到周庭宴的办公室。

"周陆喜欢简橙？"几杯茶喝完，秦濯把听到的故事拼拼凑凑，还是有点难以置信。

周庭宴的最后一杯茶还没喝完，他端着杯子放唇间浅抿，淡漠的眸让人瞧不出情绪。

秦濯见他不说话，一阵唏嘘，感慨完，用那只好的脚踢他。"你不厚道啊，你早知道周陆喜欢简橙，还让人家给你出主意追简橙，有你这样的小叔，周陆真怪可怜的，你丧尽天良。"

周庭宴放下杯子，微暗的眸闪过波澜。"他的机会一直比我多，他有太多次可以抓住，可是他没有勇气，顾虑太多，不能怪我下手快。"

至于为什么让周陆帮他出主意——

"从我和简橙公开的那晚，周陆就一直在观察我，帮简橙试探我值不值得托付，我告诉他我对简橙的真实想法，也是让他安心。"

简橙不能让给周陆，他只能在事业上成全周陆。当初借着花瓶的事让他进总部，是因为他确实有能力，最主要也是成全他的抱负。

秦濯换了话题："那他出的主意靠谱不？"

周庭宴："他确实很了解简橙，不过我陪他演今天这场戏，主要是想验证一件事。"

秦濯来了兴趣："验证什么？"

周庭宴拿了根烟含嘴里，又扔给他一根，眸色深远。"我想看看，周陆在下什么棋。"

秦濯："？"

简橙连着往京岫跑了一周。没再遇到过那个中短发的女强人，周陆说那女人是来谈项目的，项目谈成了，就暂时没再来。

听说是出差了。

出差了正好。简橙对自己的认知还算清醒，对付蒋雅薇那样的，她能发疯，能胡搅蛮缠，遇上中短发女强人那样的，她还真有点怯场。

她年轻漂亮，人家英姿飒爽，她有钱，人家肯定也不缺钱，她跟周庭宴不混一个圈，人家的事业跟周庭宴对口，话题更多。这一对比，几个方面都比不过，简橙就没准备跟那女人硬碰硬。

硬的不行，她来软的。

连着一周，她跟周庭宴的作息保持同步。

正常情况下，周庭宴是早上六点起床，出去跑步半小时，回来洗个澡，吃饭，七点准时出门，七点二十到公司。

简橙早上跟着他起，陪着他跑步，陪他吃早饭，然后把他送出门，他一走，她立刻回屋补觉。

不补不行，腰受不住。

从那天她在办公室调戏了周庭宴后，他们就纵情声色，夜夜笙歌。

她有自己的小心思：在家把他喂得足足的，让他吃饱，让他没精力出去偷吃，所以她纵容他的放肆，任由他摆布。

结果她高估了自己。他床上床下完全两副面孔，完全没有疲累的感觉，她不行，她腰酸背痛。

这样酣畅淋漓的运动虽然累人，也有好处。

她前段时间晚上一直做噩梦，乱七八糟的过去，沉甸甸的恐惧，她迫切地想醒来，又迟迟醒不过来，像是掉进无底的深渊，一直在下坠。

现在每晚运动，倒是没做过噩梦了，早上醒来精神不疲累，只是腰酸背痛。

挺好，身体酸，总比做噩梦好。

周庭宴不让她早起，那怎么行，她得让他看到积极向上，生活有规律的简橙呀。

她不只积极向上，她还勤快。她往京岫跑了一周，给周庭宴送了一周的午饭。下午她就在书房看看书，跟芳姨聊聊天，再去院子里浇浇花。晚上在家等周庭宴吃饭，晚饭结束，周庭宴会去书房忙到十点半，她就在客厅追剧。算着周庭宴快出来时，她就回房洗澡，躺床上等他。

这一周，她过得很舒坦，他们真的像寻常夫妻那样过日子。

只是，这样放纵且舒服的日子，只持续了八天。

第八天晚上，孟糖给她打视频。"我后天早上回江榆，跟我嫂子一起，有个大惊喜给你。"

嘴里说着惊喜，简橙从她的语气中却听不出半点惊喜，在她脸上也看不到高兴。

"你这眉头皱的，能夹死一只蚊子了，是惊喜还是惊吓？"

孟糖伸手按按眉心。"放心吧，绝对是大惊喜，我给你搞到了一个机会，能让你一炮而红的机会，你的事业运要来了。"

具体情况，任凭简橙怎么问，孟糖也没吐露半个字，只说后天见面聊。

简橙知道她肯定是碰到了什么事，问不出来就没再问。

反正也快了。

孟糖回来后估计要开始忙了，明天还能给周庭宴送一天的饭，简橙尽心尽责地站好最后一班岗，恰好是周一，简橙像之前一样，拎着芳姨准备好的食盒出门。

可惜出门没看皇历。

砰——

车子撞上来的时候，简橙的脑袋空白了一瞬。她前一秒正想着孟糖的事，后一秒额头就撞在方向盘上，整个后背都冒出冷汗来，缓了好一会儿，人才慢慢清醒。

额头好痛，好想骂人。

现在是红灯，她车好好地停在这儿，这也能被撞？

简橙解开安全带，开门下车，看一眼车被撞的情况，几个大步走到后面那辆车旁，伸手敲敲车窗玻璃。

车窗落下，她弯腰往里看。"你会不会开车……"张口就要训人，却在看见驾驶座上的人时愣住，"蒋雅薇？"

目光再移到副驾驶，眼睛微微瞪大。"周聿风？"

好家伙，难怪她车停那儿都能被撞上，原来是这对"卧龙凤雏"。

司机是蒋雅薇那就不奇怪了，她跟周聿风拍婚纱照那天，蒋雅薇这白眼儿狼就追尾了路人的车。那次追尾更离谱，人家是停在路边停车位里的，那样蒋雅薇都能撞上去，也是奇葩。

就是那次，她扇了蒋雅薇一巴掌，周聿风打了她一巴掌。

男人的力气大，她脸肿了好几天。也就是那一巴掌，让她对周聿风的感情几乎耗尽。

如今，她倒是要谢谢蒋雅薇了，谢谢她抢走了周聿风。

能被人抢走的男人，都不是好男人。

蒋雅薇坐在驾驶座上，这会儿她也吓得不轻。刚才她和周聿风吵了几句，脑子里是乱七八糟的事，情绪不稳，内心躁郁，根本没看见红灯，周聿风在旁边提醒她时已经来不及了，等她反应过来后已经撞上去了。

意识到出了车祸，她脑子还蒙着，听见有人敲玻璃，就下意识按下车窗。

她也没想到会跟简橙的车追尾，失神地看向副驾驶的周聿风。

刚才两车相撞，周聿风撞到了胸口，疼得闭上眼睛缓了好一会儿，听到有人敲车窗他才睁开眼，他也完全没想到追尾的是简橙的车。

周聿风揉着胸口下车，蒋雅薇跟着他下来，视线在简橙那辆车上看了一眼。

简橙回国后开一辆黑色卡宴，元宵节那晚开的是红色法拉利，这又是辆新车，七位数的跑车，限购款。

蒋雅薇挺嫉妒的，她嫁给了周聿风，成了周家的儿媳妇，开的却是周聿风淘汰下来的车。她当时也看中了简橙的这辆车，还在周聿风跟前提了几次，周聿风后来答应了给她买，婆婆不让，婆婆说她不上班了，用不着开那么好的车。

对，她不上班了，她辞职了。

在她跟婆婆的这场僵持战中，她输了，因为周聿风最后站在了他妈那边。

她不想那么早辞职，想等怀上之后再说，周聿风跟他妈一个鼻孔出气。"妈说得对，我又不是养不起你，你就安心当你的周太太不好吗？"

在豪门安心当阔太太自然是好，可她不能安心。他们结婚后，周聿风的收入被婆婆要走了，说是帮他管账理财。

说白了，就是防着她这个穷儿媳。

她这个儿媳妇进门，没有管账的权力，花钱得跟婆婆要，就连周聿风花钱，也得跟他妈开口。上次周聿风带她去江景餐厅跟朋友吃饭，就是碰到简橙撞见她被人议论那次，她受了委屈，周聿风答应带她逛街买包，跟婆婆要钱，婆婆说浪费，把自己背了几年的破包给她了，还是以一副施舍的态度，她差点心肌梗死。

她以为嫁到周家就财富自由了，没想到，别说买包买车了，以后她连买身衣服的钱都得求人。更让她无法忍受的是，辞职后，婆婆每天给她喝中药，催她生孩子，每天盯着她的肚子瞧。

婆婆是接受她了吗？不是，她心里很清楚，婆婆只是需要她的肚子生个孩子。一来，她和简橙同年嫁过来，简橙的肚子至今没动静，婆婆想抢在前头，先传出喜讯。二来，也是最重要的，婆婆依旧对她进门耿耿于怀，她对周聿风这个儿子很失望，想尽快抱上孙子，培养孙子。

她现在完全就是婆婆眼中的生育机器。

她难道不想生吗？她当然想，她甚至想多生几个儿子巩固地位，可她的肚子就是没动静。

简橙还没回国的时候，她为周聿风打过三次胎，吃过很多药，不知道是不是受到影响了，反正婚后他们没避孕，但是一直怀不上。婆婆逼她喝了几个月的中药，还一直没反应，就让她去医院检查，她畏惧不好的结果，一直没敢去。

直到今天早上，她回老宅给婆婆送东西，婆婆又开始唠叨，叶绮也一直阴阳怪气。她最近本来就不太舒服，当时脑子要炸了，一脚油门开到医院，临下车时又不敢了，于是就来了京岫，想让周聿风陪她去。

总部里传着她是小三的谣言，她没进去，只把车停在路边。

然后周陆过来了。"哟，你也来送饭。"

蒋雅薇那时候才知道简橙竟然连着去京岫一周，天天给周庭宴送午饭。

大概因为这段感情和婚姻是偷来的，所以她对这个名字格外敏感，周聿风上车后，她就提了这事，他没否认，她就说她在家里没事，也可以来送饭，周聿风不同意，然后他们就吵了几句。

他说，她来公司会很尴尬，大家都尴尬，最好别来。

蒋雅薇当时气得火冒三丈，她会让大家都尴尬，那简橙呢？简橙跟周聿风青梅竹马二十多年，订婚又解除婚约，扭头嫁给周庭宴，简橙天天往公司跑，不尴尬吗？

他不让她来，是因为简橙，还是因为他新换的美女秘书？

她以前很少在周聿风面前暴露真实脾气，总是哄着他，顺着他，今天实在太烦了，就跟他吵了几句。起先是因为简橙吵，后来是因为那新秘书吵。

她想让他换个男秘书，他说她管得多，让她别瞎想。

血气上涌，她就没看见红灯，撞了上去。

真是阴魂不散啊，在哪儿都能看见这女人。

简文茜到底在干什么？简橙嫁给了她想嫁的人，按着她的脾气，早该出手搞简橙了才对，怎么到现在都没动静？

难道在憋大招？

撞车的地方离京岫只有一个红绿灯路口的距离，前面拐弯就是了，又是这个点，周聿风知道简橙这是去给小叔送饭。

心里不痛快，语气也强硬。"车撞得不算厉害，你先走吧，修车的钱回头我转给你。"

他今天没精力处理这事，所以想私了走人。他不想让简橙知道他在跟蒋雅薇吵架，不想让简橙觉得，离开她，他过得其实不好，生活越来越糟糕。

简橙这车是新车，新工作室开张时周庭宴送的，她今天第一天开，实在是晦气。她没理会周聿风，直接打电话报警，挂了电话后，她准备给周庭宴打电话。

周庭宴每晚总要使出各种方法让她答应他，出事必须第一时间给他打电话。她最近被折磨得厉害，这话在耳朵里跟生了根似的，记忆深刻。

追尾是大事，她应该告诉他。

只是，电话刚打出去，蒋雅薇突然抓住周聿风的胳膊，脸色惨白地说肚子疼。

简橙："……"

她还没发疯呢，这女人干吗？

蒋雅薇这会儿是真的肚子疼，疼得说话都发颤。"聿风，我肚子好痛，快送我去医院……"

接到简橙的电话时，周庭宴刚结束一场剪彩仪式。

"你受伤了吗？"

"没有。"简橙摸摸额头，其实很痛的，撞方向盘上直接把她撞蒙了。"我没受伤，就是你送我的车撞坏了。"

越想越气，早知道她不开这辆车出来了。

周庭宴："撞就撞了，人没事就行，我现在往回赶，十五分钟能到。"

简橙打电话就是跟他汇报一下，以免他事后才知道不高兴，晚上把她折腾得更惨。

"你不用着急回，我没事，交警应该快到了，我等一会儿，走完理赔流程就没事了。"

周庭宴这次语气没商量。"别乱跑，在那儿等我。"

司机把车开过来，周庭宴刚要上车，主办方老板腆着啤酒肚，满头大汗地跑过来。

"周总，您是要回吗？"

周庭宴："有事。"

来人叫姚成仁，耀安集团如今的掌舵人。

姚成仁见他不欲多说，也没多问，他追来有另外一件事。

"周总。"姚成仁递根烟过去，"*Win* 杂志您知道吧，半个月前，老板胡一军唯一的儿子嗑药过量，人没了，消息一直压着，还没爆出来。昨天我的一个副总得到一个保真的消息，胡一军他自己身体也一堆毛病，打算把公司出售套现，带老婆出国定居……"

"说重点。"周庭宴急着去找简橙，并没有时间在这儿听八卦。

姚成仁见他脸上露出不耐，赶紧长话短说。"我知道周总对娱乐时尚这块没兴趣，但 Win 实在是块肥肉，我瞧上了，打算拿下，别的人我也不信任，就想请周总帮个忙。"

他眼睛朝四周望望，见没外人才压着声音开口。"周总，如果您出面，Win 那边肯定跟您合作……"

周庭宴听明白了他的意思，他想让自己介入这场兼并收购，最好锁定卖方，代表卖家进行交易。这样，只要他把天平往姚成仁这边倾斜一点，姚成仁必然能从这些买家中胜出。

算盘打得真好。

周庭宴没搭理他，直接开门上车。

姚成仁能察觉出他生气了，但不知道他为什么生气，正想问，潘屿已经把车门关上，侧身挡在车门前。

"姚总，任何一场兼并收购都有必须遵守的规则，您这相当于让周总违背道义，监守自盗，没您这么玩的。周总这次过来，是看在您父亲的面子上，如果您再这么天真，怕是以后，老爷子的面子也不能用了。"

姚成仁这个人其实心不坏，就是蠢。他接手耀安完全是捡漏，胸无点墨，偏偏得千亿身家，身边一群贪婪的魑魅魍魉。

潘屿知道，自家周总其实挺喜欢姚成仁的，所以拿话点他："姚总，谁给您出的主意，您可得小心了，这是要让您得罪周总啊，得亏周总气量大。"

简橙挂了电话才想起来，忘了跟周庭宴说是谁撞的她了。没再打过去，想着见面了再提也不迟。

周聿风送蒋雅薇去医院了，因为这儿离京岫很近，他临走前给自己的秘书打电话让她过来处理。

简橙听周陆说过，蒋雅薇辞职了，周聿风换了新秘书。谱摆得挺大，周陆跟他同样的岗位都没秘书，他倒是秘书不断。

简橙这是第一次看到周聿风的新秘书，是个身材窈窕的美女，包臀裙勾勒出性感线条，"事业线"明显。

啧，蒋雅薇那心眼比芝麻粒还小的妒妇，能容忍周聿风身边出现这样的尤物？

简橙没跟周聿风的美女秘书说话，这女人来得晚，等她过来时，周庭宴的车已经到了。

"不是说没受伤？"周庭宴盯着简橙红肿的额头，沉着脸训她。

他是发现了，谁的方法都不管用，对简橙，该温柔的时候要温柔，该严肃的时候就得严肃，该打的时候得打。

当然，只能打屁股，打这儿她才会害羞，才会听话。

这是他自己领悟到的。

今天出事，知道第一时间给他打电话了，就是因为他最近总"用刑"，她才长记性。不然她总报喜不报忧。

简橙最近在撩他，见他变了脸，马上拉着他的手解释。"都没出血，不严重。"

周庭宴这会儿也没空生她气，还是心疼居多，潘屿留下来处理追尾的事，他带她去医院。

路上，周庭宴听说是蒋雅薇开车撞的，脸色都沉了。"故意的？"

等红绿灯的时候都能撞上去，又是蒋雅薇开的车，周庭宴难免阴谋论。

简橙摇头。"应该不是。"

蒋雅薇今天穿的浅色裤子，她捂着肚子转身的时候，好像有血。

蒋雅薇的心情像坐过山车，医生连着告诉她四件事。

第一件事，她竟然怀孕了；第二件事，她刚怀孕一个月，着床不稳定，车追尾时撞了下，胚胎部分从子宫壁剥离，先兆流产；第三件事，不幸中的万幸，还有希望，只是以她身体的情况，之后必须卧床休息保胎，不能有意外；第四件事，她之前打胎，子宫内膜损伤，最后一次恢复得也不算太好，这次怀孕很难得，得好好珍惜，再出事，受孕概率就微乎其微了。

蒋雅薇一颗心脏忽上忽下，把今天的意外怪在简橙身上，怨上了简橙。

当时那条路那么宽，前面只有简橙一辆车，如果简橙不在那儿，她顶多闯个红灯，就不会追尾了，她也不用卧床保胎，还得承担流产的风险。

当然，最多的还是高兴。不管怎么样，她终于怀孕了，至于卧床保胎，她根本不用担心，婆婆那么想要这个孩子，肯定会费心。

在周家这样的家庭，保胎是很容易的事，只要她防着简橙就好。

如果说谁有可能害她的孩子，那肯定是简橙了。

简橙在医院的一楼大厅碰到周聿风和蒋雅薇，才知道蒋雅薇怀孕的事。她当时在等周庭宴，周庭宴坚持带她做了个头部的 CT 检查，说发生车祸不能小觑，做了检查才能安心。

她没说实话他不太高兴，所以她对他百依百顺，老老实实照做。

周庭宴拿着检查结果去找医生了，她不喜欢医院，觉得透不过气，准备出去等，还没走出大厅，迎面就碰上周聿风和蒋雅薇。

蒋雅薇坐在轮椅上，周聿风推着她。

三人打照面，蒋雅薇脸上虽有病态的苍白，但微微上扬的唇角显出她的喜悦。

简橙正纳闷她是不是被撞傻了，就听她道："小婶，我怀孕了，我怀了聿风的孩子。"

几乎是迫不及待地炫耀。

周聿风没说话，眼睛盯着简橙看。

简橙愣了下后，挑高了眉笑一声。"你倒也不必特意强调一下，你怀的如果不是周聿风的孩子，那事情就大了。"

蒋雅薇脸色僵了下，扯扯唇角："小婶真会开玩笑。"

她盯着简橙平坦的小腹，似好心提醒。"小婶也抓紧吧，毕竟小叔也不年轻了，肯定想早点有个孩子。"

简橙："男人三十一枝花，我老公怎么就不年轻了？我们一晚七次，你们几次？"

蒋雅薇："……"怎么说出口的？不要脸！

正巧路过的人频频回头看，好家伙，真是好家伙！

周聿风嘴角抽搐，突然就想到了上次推开小叔办公室的门，简橙妩媚风情地跨坐在小叔身上的一幕。

所以，她就是用身体蛊惑小叔的？难怪小叔对她这么纵容。

不想再讨论这个话题，周聿风指着简橙头上的大包。"你受伤了？"

他也是刚刚才看到。

他这么一说，简橙又想起追尾的事。"是啊，所以修车的钱你们得赔，我的医药费你们也得赔。"

周聿风之前被她删了微信，这会儿拿出手机。"你把我微信加回来，多少钱，我给你转过去。"

简橙本来不想加，当目光瞧见蒋雅薇那双快把轮椅扶手抠出洞的手时，突然又想加了。"好啊。"她痛痛快快地扫他的二维码，嘴里还念叨着，"大侄子，以后常联系啊。"

蒋雅薇的手一滑，前几天刚做的指甲劈了。

周庭宴从医生那里出来，又去给简橙取了药，过来正好瞧见她在扫周聿风的二维码，再听到她的话，脚步顿住。

她加回了周聿风的微信？

孟糖回来的那天，简橙去机场接她。

本来说请她嫂子吃饭，结果人落地，只匆匆忙忙打个招呼就走了。

孟糖解释："我嫂子上飞机前接了个电话，好像杂志社出了什么事，现在赶着去开会了。"

简橙没多问，她对孟糖之前说的惊喜比较好奇。"所以，到底是什么惊喜，让你眉头皱得能夹死蚊子？"

简橙开车把她送回公寓，孟糖一直憋到她把车停下才说。

"一个好消息，一个坏消息。"她把安全带解开，把窗户降下来，呼一口地下车库微凉的空气，"好消息是，我从我嫂子这儿要到一个机会，一个可以让咱们工作室一炮而红的机会。坏消息是，米珊上个月复出了，现在要拍一套 Win 杂志封面，你，就是给她当摄影师。"

简橙："？？？"

米珊？那不是秦濯的前女友吗？听说阳城连着下了半个月的雨，孟糖回一趟阳城，脑子进水了？

晚上的时候，江榆也下了雨。

夜色如化不开的墨，雷声滚滚，风声呼啸，大雨滂沱，是一个暴雨夜。

周庭宴的车驶进院子时已经是晚上十一点了。他今晚有应酬，没回家吃饭，提前给简橙发了消息，让她今晚不用等他，早点上床睡觉。

她回复了消息说好，但显然没听话。他进来的时候，她还在客厅看电视。

"怎么还不睡？"周庭宴脱了被雨水打湿的外套递给芳姨，换了拖鞋走过来。

简橙听见声音回头，趴在沙发上看他。"睡不着，你不是要凌晨才回来？"

他发消息说饭局结束后在会所还有个牌局，得凌晨回来。

周庭宴在她旁边坐下。"散场了。"

其实还没散，是他先回来了，因为听见打雷声，担心她睡不好。

周庭宴见她情绪不太好，伸手把她往怀里揽。"怎么了？"

她今天去接孟糖了，不该高兴吗？

简橙："下周我要开始工作了。"

"什么工作？"

"给一个时尚杂志拍封面。"

"什么杂志？"

"*Win*。"

"*Win*……"周庭宴顿住，这名字怎么那么熟悉？

哦，对了，姚成仁那个蠢货。

简橙今晚之所以等周庭宴那么久，是因为有事要问他。"米珊复出的事，你知道吗？"

周庭宴正想着姚成仁和 *Win* 的事，冷不防听她问了一句，点点头："知道。"

米珊退圈之前是正当红的模特。跟秦濯确认恋情，后来分手，仅半年退圈嫁人又离婚，哪一件事都引起过轩然大波。

当年她公开说过自己不会再回来，如今突然复出，直接上了热搜，加上团队刻意的营销，声势浩大。但凡手机能上网的，都看到过强制推送的这条新闻。

周庭宴自然是知道的。

简橙认真盯着他。"米珊能这么快复出，闹出的动静这么大，几百个营销号给她造势，这背后，是秦濯在帮她吗？"

周庭宴听出她话里的不对。"怎么突然问这事？是不是出事了？"

米珊是上个月复出的，她真想知道早该问了，不能忍到现在。

简橙也没瞒他。"孟糖的嫂子是 *Win* 的主编，孟糖这次去阳城是让她嫂子帮忙引荐个项目，无意中听她嫂子跟人打电话，说米珊要上 *Win* 的杂志封面。"

周庭宴额前的发丝溅了点雨水，简橙伸手戳了戳。"孟糖求了她嫂子，把这活接了过来。"

她劝孟糖别冲动，她又不缺这一个项目，长盛集团这两年也有过相关投资，大不了她去老简的办公室坐坐。

工作室重新开张的时候她挺有骨气，发誓不靠家里，不靠周庭宴，她自己闯。但如果真山穷水尽，誓言算个屁，她要么回家啃老简，要么在工作室外面挂个牌子，写上"周庭宴老婆"。

能屈能伸才是真本事，其他都是浮云。

她当时都要给老简打电话了，孟糖一点不听劝，比她还冷静。"米珊之前算计我，我这次，就是要借她的势，许她算计我，不许我利用她吗？你别劝我，这活我接定了！"

简橙苦口婆心劝了半天，没用。

米珊复出，秦灈到底是不是幕后推手，周庭宴还真不知道，他没问过秦灈这事。不过，他猜也是秦灈，米珊身边有这么大本事捧她的，只有秦灈。

他知道米珊复出时就没想着问秦灈，因为实在不想管他那些破事，万一简橙问他，他不知情，还可以理直气壮地说不知道。

"没听秦灈说。"周庭宴去西装裤兜里找手机，"我现在问问？"

"算了。"简橙按住他的手，"我以为你知道就问问你，你不知道就算了。"

周庭宴见她眉头还皱得紧，不动声色地表明立场。"在孟糖和秦灈这件事上，我一直站孟糖的，之前我还打了秦灈，你看见了吧，他当时脸上有伤。"

简橙回忆了下，好像是有。

简橙吐口浊气，整个人软下来，脑袋靠在他肩膀上。"要不是当年秦灈帮过我，我欠他人情，我早揍他了。"

"他帮过你？"

"嗯，就是我在国外那会儿，"简橙顿一下，道，"治病的时候，秦灈帮我找过医生。"

周庭宴沉默，把她往怀里搂了搂。心里郁闷，小时候他没少帮秦灈背黑锅，秦灈倒好，他帮秦灈背锅，秦灈把他的人情都领走。

简橙今晚心情不是太好，周庭宴没碰她，等她睡着，拿出手机给潘屿发消息。

Win，按正常流程走。

潘屿看到消息的时候还在加班。他领悟到这条消息的意思后，给姚成仁发信息，让他明天有空回个电话。

信息刚发两分钟，姚成仁直接打电话过来了。"潘老弟，是有什么事吗？我现在就有空。"

电话里传来震耳欲聋的金属乐声，潘屿微微适应后，直接进入正题。"周总说，*Win* 的事他可以帮忙。"

姚成仁白天被周庭宴拒绝，被潘屿提点，回去跟自家副总干了一架，晚上喊了一帮人喝酒解闷，这会儿已经喝得半醉，身子歪歪斜斜地靠在沙发上。

听到潘峄的话，酒醒了大半。"不是说破坏规则？周总怎么突然改变主意了？"姚成仁半点惊喜没有，心慌得不行。

其实暴揍副总之前，他找一靠谱的朋友问了。朋友告诉他，潘峄那些破坏规则的话都说轻了，如果私下跟周庭宴达成某种个人协议，那是让周庭宴干拉皮条的活。

堂堂京岫集团的大总裁，你让人家干拉皮条的活，那不找死吗？

周庭宴没有当场抽他，算给足面子了。

姚成仁跟周庭宴也算认识很多年了，知道他的脾气，从来说一就是一，绝对不会出尔反尔，所以这会儿潘峄的话，对他来说不是惊喜，而是惊吓。

潘峄并不知道自家老板为什么突然改主意，但老板要传达的意思他很清楚。"不做卖方，你想要 Win 也容易。"

蒋雅薇让周聿风暂时别跟婆婆曹瑛说她怀孕的事。刚撞了车，她的状况不太好，看上去半死不活，以她对曹瑛的了解，就算她怀孕了，这样的模样被曹瑛见到也会挨骂。

所以她在医院躺了三天。

等身体的各项数据都趋于稳定，她看上去也有了精气神后，才敢给曹瑛打电话。

"卧床保胎？"曹瑛顾不上吃午饭就赶过来，一进门听到这个消息，脸色都变了。

蒋雅薇赶紧解释："是因为刚怀孕一个月不稳，跟小婶的车撞了，先兆流产。"

曹瑛一听是跟简橙撞车了，赶紧问："是简橙撞的你，对吗？"

蒋雅薇一时不知道该怎么说。

那天交警去了，她全责，她想说谎都不行，因为如果她说谎，以曹瑛的脾气，肯定要趁机找简橙的麻烦。简橙是个不能受委屈的人，手里又握有证据，这事闹大了，倒霉的还是她。

本来是跟周聿风商量好的，保胎和追尾这事都由周聿风说，无论曹瑛怎么生气，都有周聿风担着。但曹瑛进来的时候，周聿风恰好出去接电话了，病房里的小护士又刚好在嘱咐保胎的注意事项，被曹瑛听见了。

蒋雅薇时不时往门的方向看，只盼着周聿风能赶紧回来。然而望眼欲穿的人没回来，曹瑛质问的目光她已经受不了了。

"如果不是简橙，我不会躺在这儿。"她暂时只能这么解释。

她也没说谎，当时只有简橙的车在那个车道，如果简橙的车没有停在那儿，她顶多闯红灯，不会撞车，所以还是怪简橙。

曹瑛听蒋雅薇说完就出来给简橙打电话了，听说是简橙惹的事，她第一反应竟然是高兴，因为她总算有理由收拾简橙了。

差点把她孙子害没了，她饶不了简橙。

简橙接到曹瑛电话时，正坐在工作室旁边的甜品店吃栗子可颂。师傅推出的新品，第一份先拿给她吃。

淡淡的栗子香，口感极好，她吃得正欢喜，听见手机响了随手接起，刚要问哪位，电话里就传来一句句凌厉的责备和人身攻击。

"简橙！你也太恶毒了，你自己生不出孩子，就来害聿风的孩子。聿风当初不要你，果然是对的！你最好祈祷蒋雅薇肚子里的孩子没事，不然我饶不了你，你害的是我孙子，是一条无辜的生命，这次周庭宴也护不了你！"

"……"

噼里啪啦一顿输出，跟炮仗一样，简橙连插嘴的机会都没有。

蒙了一会儿，她喝口水，润润嗓子准备开骂，那边突然挂断了电话，她隐约听到周聿风喊了一声妈。再打过去，先是不接，后来直接关机了。

好家伙，骂了就跑，这么不要脸的吗？她有段时间没回老宅，真把她当病猫了？

嘿！她这暴脾气！

简橙把剩下的栗子可颂吃完，准备回老宅干架，临走时又想起来，骂得狠了，估计她得跟曹瑛打起来，万一见血了呢？那这就是大事了，既然是大事，她得第一时间跟周庭宴汇报。

于是她给周庭宴打电话，说了曹瑛骂她的事，周庭宴沉默了会儿，让她别冲动，说等他消息。

简橙从中午等到下午，等到潘屿发来的一段视频，是那天追尾的监控，蒋雅薇撞她的全过程。

简橙看完视频，准备退出微信给周庭宴打电话的时候，才发现不知道什么时候，周陆把她拉进了一个群。

群名叫"相亲相爱一家人"。

简橙给周陆发消息：？？？

周陆秒回：小叔让我重新建个家族群，把周家主家的，旁支的……反正能拉的全拉进来，我也不知道什么情况。

周陆收到建群指示的时候也是惊呆了。

他微信里没那么多人，就先把他有的都拉进去，然后让群里那些人再拉人。

这才半天，已经一百多人了，人数还在涨。

又是家族群，又是视频的，简橙脑子里刚冒出一个念头，周庭宴的消息就来了。

周庭宴：打架你也得受伤，你受伤心疼的还是我，观众给你找好了，你把视频发群里，怎么说随你，骂得难听也没事，我给你兜着。

简橙盯着那句"你受伤心疼的还是我"看了很久，心里痒痒麻麻的，心跳都快不少。

周庭宴帮她搭好了戏台，简橙也没客气。

群里人数涨到"299"的时候，简橙把视频发到群里。

元宵节那晚，在老宅见到的人全在群里。

简橙：第一，点名批评蒋雅薇。侄媳妇啊，你这车速，人家奔丧的都没你快，你还怀着孕，不知道的，还以为你不想要这个孩子呢。

简橙：第二，点名批评周聿风。大侄子啊，这可是你劈腿求来的媳妇，得到了就不珍惜了？怎么能让怀孕的媳妇开车呢？

简橙：第三，点名批评曹瑛。二嫂啊，请睁开眼睛看看，是你儿媳妇撞的我，我都没计较，你反而打电话骂我半小时，我大度，你在这儿跟我道个歉，我就原谅你了。

正在看群的众人："……"

牛×！

消息发出去后，周陆给简橙私发了一条。

周陆：所以小叔建这个群是给你出气的?!

简橙没回，因为她的消息发完后，周庭宴也在群里发了两条。

周庭宴：@曹瑛 @周聿风 @蒋雅薇，道歉。

周庭宴：二哥 @周百川，该管管了。

曹瑛看到群消息时，气血上涌，差点晕过去。她冲动也是因为被误导了。

蒋雅薇的那句话，让她以为追尾是简橙的原因，她好不容易才抓到一个理直气壮收拾简橙的机会，冲动战胜理智。骂的时候挺痛快，只是还没骂完，聿风就把手机抢走了。

"妈，追尾这事，跟简橙没关系，她停那儿等红灯，是雅薇没看见撞上去了，也怪我，当时我因为工作上的事迁怒雅薇，她慌神了。"

周聿风回病房时正好看见母亲在过道打电话，听着不对劲，就把手机抢了过来。本来想跟简橙解释，但母亲过来抢手机，他只能先挂了，刚挂简橙又打过来，他拒接，最后索性把手机直接关机。

他的本意是先跟母亲把事情解释清楚，再去跟简橙解释。没想到还是迟一步。

曹瑛冷静下来后，心里知道要坏事。简橙就不是忍气吞声的主，如果她真骂错了，简橙肯定要闹，那丫头就是条毒蛇，你招她一下，她能咬死你。

曹瑛当时就冲进病房，扇了蒋雅薇一巴掌，如果不是她误导，自己也不会冲动。

后来周聿风把她拉开，把手机还给她，让她给简橙回个电话道歉，她把手机开机，却迟迟没打电话。

让她给简橙道歉，她脸不要了？

周聿风劝她好半天，僵持中，周陆把她拉进一个群，说是周庭宴让建的群，她隐约觉得不对劲。果不其然，她就说周庭宴怎么可能闲得没事，建什么家族群！

简橙在群里发的那几句点名批评已经让她脸面丢尽，周庭宴竟然还艾特她让她道歉，甚至把周百川也搅和进来，这下她里子面子全没了。

啪！

曹瑛扔了手机，又扇了蒋雅薇一巴掌。

"你个倒霉鬼，自从你嫁过来，我们就没一天好日子过，聿风因为你被周陆抢了工作，我因为你在那些富太太面前都抬不起头，现在连聿风他爸都要跟着你丢人！"

今天的奇耻大辱都是蒋雅薇给的。曹瑛一想到丈夫那张对她失望的脸，心里就堵得慌，火气直接冒出天灵盖。

"你就是来讨债的！你个祸水！"

曹瑛红着眼朝蒋雅薇扑过去，气到面目狰狞。

蒋雅薇躺在病床上，行动不便，挨了好几个巴掌。她也委屈，她又没说谎，虽然她是全责，但如果简橙的车没停在那儿，她确实不会追尾。不追尾，就不会躺在这儿保胎，她的逻辑没问题啊，明明是婆婆自己理解错误，非要怪她。

"聿风！"蒋雅薇怕发疯的曹瑛误伤了她孩子，双手死死护着肚子，痛得直喊周聿风。

周聿风此刻也是火冒三丈。

劈腿……简橙竟然半点面子都不给他留！尤其看到群里成员数已经突破三百，周聿风整个人都要炸了。

他直接给周陆打电话。"周家哪儿来的这么多人？从棺材里爬出来的吗？"

周陆振振有词："怎么没有？你妈的二姑、三姨、四舅，你大爷……人多了去了，小叔在群里，谁不想趁着这个机会拉些人进来攀关系？"周陆完全不理会他的咆哮，越说越兴奋，"我还准备把我大姨的女婿的未婚侄子拉进来呢，正好群里未婚姑娘多，直接在群里相亲。你瞧着吧，群人数上限是五百，这得涨到上限去，你们要是受不了，可以退群，不过我提醒你，小叔在群里艾特你们了，你们最好道了歉再滚。"

周聿风直接挂了电话，脑子气得发疼时，听见蒋雅薇的惨叫声。一回头，就见母亲已经掐住了蒋雅薇的脖子，忙跑过去。

"妈，雅薇怀着孕呢，您快松手！"

病房里一团乱，群里也热闹起来。

周庭宴发了消息后，隔了大概十分钟，周百川回了消息。

周百川：子不教，父之过，妻不贤，夫有错，是我的责任，抱歉，改天登门负荆请罪。

简橙对周百川的印象其实挺好。她和周聿风在一起的时候，曹瑛经常阴阳怪气侮辱她，周百川没有。虽然她很少在周家见到周百川，但两人见过的那几次，周百川都挺慈祥的，有长辈该有的风度，是很儒雅的一个人。

只是常年眉头紧锁，就没舒展过。

如今周百川当众道歉，她倒是不好再刁难，想说没事，周庭宴先一步回了消息。

周庭宴：登门不必，红包可以。

然后周百川就开始发红包。

叶绮看热闹不嫌事大，为了恶心曹瑛，也开始发消息。

叶绮：哎呀，这视频看得真是让人心惊胆战，聿风媳妇以后少开车吧，别害了人。

叶绮：庭宴媳妇，你说你也是，出这么大事怎么都不说呢，三嫂也没去看你，真是罪过，三嫂给你发红包，自己买点好的补补。

然后叶绮也开始发红包。

她以嫂子的身份发红包，别的嫂子就不能不发。于是除了曹瑛，剩下的几个嫂嫂都发了红包。

主家这边的嫂子发了，旁支那边的嫂子也顺势凑个热闹，赚个脸熟。

于是，一堆近的远的表嫂和堂嫂都冒出来。

群里开始为简橙一人下红包雨。

有人刚进来，被这满屏的红包雨亮瞎眼，心说果然，有周庭宴的群就是豪气，抹一把刚睡醒的脸，喜滋滋地开抢。

刚抢了一个，直接被点名。

叶绮：熬夜帅哥，这昵称，是谁啊，你别抢我红包啊，红包都是给简橙的！

熬夜帅哥：简橙是谁啊？

他是拐着几个弯才加进来的周家远房亲戚，刚毕业的大学生，今年准备来江榆找工作。人刚睡醒，此刻眼睛里脑子里只有红包，不知道简橙是谁。

消息才发出去，微信就"叮叮叮"地响，一连十几条消息过来，他正准备返回去看，群里又有了新消息。

周庭宴：我老婆。

简橙：请把"周庭宴的老婆叫简橙"这句话写在群公告，谢谢。@周陆。

看热闹的众人："……"

脸皮好厚。

周陆：收到。

熬夜帅哥：……对不起，我手贱，小婶婶，红包请笑纳。@简橙。

于是又添一人发红包。

嫂子们都给简橙发红包这事动静闹得不小，连周老爷子都被惊动了。

周庭宴接到老爷子电话的时候，正在俱乐部跟姚成仁打高尔夫，顺便聊聊助他拿下 Win 的条件。

手机是潘屿帮他拿过来的，刚把耳机戴上，老爷子质问的声音就传过来。"你让周陆建群，就是为了给简橙出气？"

周庭宴此刻穿深灰色休闲服，拿杆比量着角度，不冷不淡地应一声："嗯。"

老爷子的声音逐渐尖锐，完全不可置信。"你要帮她出气，可以，你建个群，把江榆这边的拉进去就行了，为什么要把那些乱七八糟的人全扯进来？"

老爷子最气的就是这个。

视频他看了，也把事情的原委搞清楚了，就事论事，今天这事确实怪蒋雅薇和曹瑛，但庭宴和简橙更过分。这么丢人的事，自家人知道就行了，现在倒好，搞那么大一个群，族谱上那些错综复杂的关系，全都跑了出来。

丢脸丢到姥姥家去了。

老爷子苦口婆心："庭宴啊，你不能这么纵容简橙，她现在是越来越嚣张了，当着那么多人的面，还点名批评，她真是了不得！"

周庭宴挥杆把球打出去。"当时那条道只有简橙的车在，如果她前面还有一辆，再或者有一辆大货车，蒋雅薇那一脚油门上去，简橙被夹在中间，你说是什么后果？你只顾着面子，知道我这几天晚上都睡不着觉吗？我一闭眼，脑子里就是简橙被撞的那个画面，我不止一次庆幸，幸亏啊，她前面没有车。"

老爷子没吭声。

姚成仁瞅着那球飞出去，啧啧称奇，双手拍得啪啪响。"好球！"

周庭宴把杆扔给潘屿，往露台的方向走，继续跟老爷子说家族群的事。

"简橙哪句话说得不对？她一没骂脏话，二没人格侮辱，她受了那么大惊吓，也没把事情闹大，曹瑛偏偏打电话对她进行人身攻击，她就不能有脾气？"

以简橙的性子，如果真闹起来，也够曹瑛他们受的，可她明显收敛了，只是把真相说出来，并没有用太过激的话。她甚至没收那些红包，还自己发了大红包到群里，让小辈们去抢。

她是在为他考虑。

老爷子无法反驳，语气软下来："可以换一种方式解决这事，没必要搞得尽人皆知，毕竟家丑不可外扬。"

"换一种方式？"周庭宴接过潘屿递来的冰水灌下半瓶，"曹瑛那样的人，不让她颜面尽失，她永远不知收敛，简橙嫁给我之前，她就欺负简橙，简橙嫁给我之后，她还这么嚣张，她不是最要脸吗？我就是要把她的脸皮扒下来，我就是要告诉她，我是给简橙撑腰的人，在我这儿，不能有人说简橙坏话，不能有人欺负她，她做什么都是对的，谁想欺负她，掂量着点，看看自己能不能承担后果。"

他声音始终淡淡的，甚至听不出起伏。

老爷子做最后挣扎："那你二哥呢？你二哥没做过对不起你的事，你为什么要把他扯进来？"

周庭宴："我就是给他面子，才会把他扯进来。"

周百川确实得出面。周庭宴在群里艾特他的时候，他正跟朋友在茶室喝茶，没看手机，是老三打电话让他赶紧看微信，他这才知道出事了。

得知整件事的原委，他又气又无力。

他知道曹瑛这些年一直怨恨简橙，他以为简橙嫁了人，曹瑛终于能安静了，没想到还不肯消停。

他给曹瑛打电话，是儿子接的。

"妈在我这儿，她刚才在医院发疯，雅薇还怀着孕，我就把她带我这儿了，她情绪不太好，我就没送她回老宅。"

于是周百川立刻驱车去儿子住处，出发前先交代："你妈肯定不会道歉，你正好拿着她手机，你用她的名义在群里道歉，再给简橙发几个红包，你和你老婆也要道歉。"

周聿风抗拒。"爸，道了歉我们就没脸了！"

周百川："我已经在群里道歉了，你们不道歉，就是打我的脸。"

周聿风气得太阳穴突突，声音都提高不少："小叔太过分了，您平时对他不错，他竟然把您也扯进来！"

周百川："蠢货，我出面这场闹剧才能结束，这是你小叔顾着我的面子，给你们留的退路。"

周聿风："？"

周聿风这辈子有五个难忘的日子。

第一个是得知简橙失踪那天。那时候，他还爱着她，所以他记得那种惶恐无助的感觉；第二个是简橙被警察送回来那天，他记得那种失而复得的欢喜；第三个是身边所有人都说"简橙被卖进过山里，肯定脏了"，他从坚定信任她，到开始动摇，再到发现自己不信她，他记得那种想抱她哄她，又生理性排斥的挫败感；第四个是看见简橙和小叔结婚证的那天，他始终无法想象这两个人会走到一起，所以至今不能释怀。

最后一个就是今天，他听到一个秘密。

父亲过来时，他刚决定听父亲的话，在群里道歉。

他明白了父亲的意思。如果父亲不出面，那他和母亲肯定不会道歉，尤其是他，一旦道歉，就是当着这么多人的面承认了自己劈腿。但是现在，父亲先道歉了，那他们跟着父亲道歉，就是顾及着父亲的面子。

被迫道歉，并非自愿。他们是向父亲妥协，并不是向简橙和小叔。

只有道歉，这场闹剧才会结束，不然双方僵持着，谁都下不来台。

小叔让父亲发红包，就是顾着父亲的面子，给了他们一个台阶下。

周百川把曹瑛拽进书房，周聿风留在客厅往群里发消息。

他先替母亲发。

曹瑛：对不起。@简橙。

发完后，他又替母亲发了个红包，母亲的所有密码都是他的生日。

红包发完，他又拿出自己的手机，他想发长篇大论给自己辩解，但又觉得，如果真发了，简橙那个狂妄的小辣椒又得来劲。群里那么多人，赶紧结束这场闹剧才是上上策。

周聿风：对不起。@简橙。

他又给蒋雅薇打电话："你跟我发一样的消息，一句对不起就行，不用多说。"

蒋雅薇一个人躺在病房里，脸还肿着，哪儿哪儿都痛，脖子还被曹瑛抓破了。她心里正恨着，不肯道歉。

"虽然是我全责，但我又不是故意的，我也没说是简橙的错，是你妈自己理解错误，明明是你妈想趁机对付简橙，她捅的娄子，还把我打成这样，我再道歉，我成什么了？"

群里全在给简橙发红包，她心里嫉妒得不行，再让她当着三百多人的面道歉，她真是没脸没皮了。

要不是周聿风他们都没退群，她自己退了不好，她才不要留着这恶心的群自虐。

周聿风此刻也是心力交瘁。"我爸已经道歉了，你不道歉不是打他的脸吗？现在是给我爸面子，我现在已经很烦了，你别找事了，行吗？"

蒋雅薇听出他话里的不耐和责备，咬唇，没敢再继续抱怨。"我知道了。"

周聿风等了两分钟，终于在群里看到蒋雅薇的道歉，刚松口气，书房突然传来"砰"的一声，像是杯子砸在地上的声音。

周聿风怕他们打起来，赶紧跑过去。

刚到门口，就听到母亲歇斯底里地咆哮："周百川，当年你娶不到关灵，是因为你父亲看上她了，是你父亲棒打鸳鸯，你要恨就恨你父亲，别把怨气撒我身上！周庭宴是你弟弟，不是你儿子，聿风才是你亲儿子，你不能这么偏心！"

简橙看到周聿风发来的微信时，正在孟糖的办公室。

她让甜品店的师傅打包了栗子可颂带过来给工作室的人分享，然后就进来跟孟糖说家族群的事。

关于嫂子们的红包雨，孟糖兴致勃勃。"牛啊你，一共多少钱？"

简橙还真不知道一共多少钱，因为她一个也没收，毕竟其中包含了旁支和远房亲戚。也是因为叶绮发了，他们不好不发。

收了不妥，所以她不仅没收，还发了几个大红包给那些小辈抢。

周庭宴说这个群给她留着，不解散，以后谁欺负她，都可以把他们的罪行发到群里，让他们丢脸丢到五湖四海。

简橙想着，这群以后就是她的断案衙门了，她当然得撒钱维护下。她准备逢年过节都往群里发些红包，收买人心，主要笼络年轻小辈的心，让他们多多宣传，让周家人都知道，周庭宴的老婆最好最牛 ×。

孟糖听了她这个远大志向，把几张简历砸她手上。"这都是以后的事，就你今天这一闹，最近傻 × 才会找你事，你现在的首要任务，是先看看这些简历，赶紧挑一个助理。"

简橙的前经纪人挺狠，办完流程走人时把本就不多的员工全带走了，一个不剩。这也没办法，当初招人是前经纪人招的，招的都是她认识的同学或者亲戚，连保洁阿姨都是她亲大娘。

人家要走，她也留不住。

重新开张后，孟糖招了几个人，造型师，修图师，接待员……还有好几个岗位没来得及张罗。目前最着急的是得赶紧给简橙招个助理，马上要开始忙了，没助理不行。

之前也给她看了好几个，可她太挑剔，一个没看上。

愁死。

简橙以前用人听周聿风的，现在主要看眼缘，之前孟糖给的那些简历，她确实没有太中意的。

简历一共八张，简橙看到第四张的时候，手机响了，她拿起来滑开看一眼，是条微信消息。

周聿风：想知道小叔为什么娶你吗？明天早上九点，东街街尾那家咖啡馆见。

手机就放在桌上，孟糖抬头就看见了。

她以前有多支持周聿风，现在就有多恶心他，见简橙一直盯着消息看，生怕她动摇，赶紧劝道："橙子，你千万别去，周聿风肯定是记恨你今天在群里点名批评他，他道歉是因为他爸先道歉，心里肯定还压着火，没憋好屁。"

说起群里的事，孟糖又开始夸周庭宴："甭管周庭宴为什么娶你，他对你都没话说，结婚后一直纵容你，就说今天这事，他搞这么大排场，就为了给你出口气，哪个男人能做到？"

孟糖把咖啡往简橙跟前挪，让她喝了提神，保持清醒。"周庭宴这样的男人，打着灯笼都找不到啊，你好不容易攥手里了，可千万别作。"

简橙觉得她的担心多余。"我跟周庭宴的这场婚姻，是我先利用他的，所以无论他是什么理由，我都能接受。"

孟糖见她截了图，却没回复就退出聊天界面。"你怎么不回复？那你到底去不去啊？"

简橙找到周庭宴的微信，把刚刚截的图发给他，嘴里回着孟糖的话："前未婚夫单独约见面，这是大事，大事得先跟周庭宴汇报，不然他会生气，晚上要折腾我。"

孟糖："……"

得，她白操心了！

简橙发完消息，又想起孟糖刚才说的话，也没心思再看简历了，开始唉声叹气。"你说我把周庭宴攥手里了，这话不对，你忘了我跟你说的那个在他们公司碰见的人了？虽然周庭宴对我挺好的，但我危机感超重的。"

孟糖上次听说的时候，正被米珊复出的事搅得心乱，没心思琢磨，此刻冷静下来再想起这事，总觉得哪里不对劲。

"橙子，我觉得你说的这人，很像一个我认识的人。"

"啊？"

"像秦濯的一个堂姐，秦颖之。"

孟糖很佩服秦濯这个堂姐，不过见到的次数不多。

秦颖之二婚嫁了个老外，然后就一直在国外拼事业，后来离婚再嫁也没回来，去年才把公司重心转移到国内。今年元宵节的时候，孟糖被秦濯的母亲叫回家吃饭，还见到秦颖之了。简橙描述的跟秦颖之很像，年纪也差不多，关键是，以秦濯和周庭宴的关系，秦颖之能与京岫合作很正常。

秦颖之？简橙没见过人，但听过这名字，孟糖之前就跟她提过秦濯这个堂姐，说是贼有魅力的美女，敢爱敢恨，有魄力。

四任丈夫，每一任都很爱她。

妈呀，这得多大魅力啊。

简橙觉得压力更大。"如果真是她，那不是更糟糕？万一周庭宴也……"

孟糖摆摆手。"如果真是秦颖之反倒好了，秦颖之对周庭宴这种类型的男人不感兴趣，她喜欢温柔款和小奶狗，周庭宴对秦颖之跟秦濯一样，只把她当姐姐。"

简橙还是不放心。"可是能让周陆觉得不对劲……"

"周陆？"

孟糖惊愕，猛地一拍脑门。对了，简橙当初跟她说这事的时候好像提过，不过她当时没想那么多。

周陆是见过秦颖之的啊，如果真是秦颖之，他明知道周庭宴和秦颖之不可能，为什么要误导简橙？如果不是秦颖之，以周陆对简橙的在意，只会朝周庭宴挥拳，不可能让简橙伤心。

周陆在搞什么鬼？

简橙没发现孟糖脸上的凝重，因为周庭宴回消息了，她低头看微信。

周庭宴：我知道他想跟你说什么，别搭理他，回家我自己解释。

周庭宴知道周聿风想跟简橙说什么。在米珊的餐厅碰面的那次，周聿风让周庭宴给他一个娶简橙的理由，他让对方回去问父母或者老爷子。

这么久没动静，应该是没人愿意告诉他，毕竟当年的事不光彩。今天他突然给简橙发那样的消息，想必是知道了。也许是今天家族群的事，让曹瑛爆发，她跟周百川争吵，翻旧账，正好被周聿风听见了。

当年的事……

"我母亲上大学的时候，回高中母校演讲，周百川当时高一，对我母亲一见钟情，追了很久，母亲说等他大学毕业再考虑，不久后，母亲在一个公益协会当志愿者的时候，被老爷子看上……其间发生了很多事，导致母亲刚毕业，就被迫嫁给了老爷子。"

晚上十点，只留了壁灯的卧室里，简橙窝在周庭宴怀里，惊愕地张大嘴巴。

她跟孟糖吃晚饭的时候还在猜，到底是什么原因能让周聿风专门约她出去。

没想到，是这样的过去。

她不知道该说什么，只能安安静静地继续听。

"周百川是在婚礼的时候才知道新娘是我母亲，当场掀了桌子要抢婚，闹得很难看，这件事被老爷子压下了。我母亲过得不好，梦想和人生都被老爷子毁掉了，周聿风大概是想告诉你，当初老爷子抢了儿子的女人，我为了报复，跟侄子抢老婆。"

简橙只是听着就脑补了一场惊心动魄的大戏。本该是把几个人的命运都搭进去的一段历史，周庭宴却只用三言两语就概括完，语气一如既往地平静，像在说别人的故事。

简橙感慨，老爷子保密工作确实做得不错，她小时候总往周家跑，竟然一点风声都没听到。别说她了，周聿风竟然也不知道。

难道是今天家族群的事刺激了曹瑛，曹瑛跟周百川吵架，崩溃后揭露旧伤疤，提了关灵，正好被周聿风听见了？

简橙觉得自己真相了。

不过她现在更好奇的是，这么大的事，到底是怎么压下来的。外人惧怕周家的势力，不敢随意议论可以理解，曹瑛这么憎恨周庭宴的存在，竟然也从来没拿这事做过文章。还有周百川，都直接掀桌子抢婚了，关系应该破裂了才对，但如今看他跟老爷子的关系，虽不是父慈子孝，却也算平和。

还有周庭宴。

他说他母亲是被迫嫁给老爷子的，他母亲的梦想和人生都被老爷子毁了，以前他势单力薄需要隐忍，现在他已经拿到京岫了啊。她要是周庭宴，指定把老爷子送养老院去，最多给他选个贵的养老院。

谁让他老牛吃嫩草，造成两代人的悲剧。

"我知道你不是为了报复。"简橙知道周庭宴很喜欢抱她，所以她挪挪身子，往他怀里钻，右手轻轻拍打他的后背，慢慢安抚。

就算是为了报复也没关系，反正她嫁给他的初衷也是利用，目的都不纯，过去已经是过去，现在和未来更重要。而且她又不是傻子，结婚后周庭宴对她非常好。就像孟糖说的，她需要周庭宴，所以她不能作，她不能把周庭宴给作没了。

周庭宴说完那几句话后就沉默了，简橙能敏感地察觉出他情绪的转变。他心里有事，很沉重，很压抑，不能与人说；她心里也有事，所以她能准确地捕捉到他的脆弱。

简橙心里虽然还有很多疑问，但没有继续追问，她手指从他微凉的脸颊，摸进他发间，整个人贴上去。

周庭宴今晚是跟姚成仁吃了饭才回来的。他要能让简橙以后在 Win 横行霸道的股权，姚成仁只需明着露露脸，跟人喝喝酒吹吹牛就能把钱装兜里。

谈判很愉快，姚成仁喝得尽兴，他也多喝了两杯。

洗了澡，身上的酒气还在。

他也是借着酒劲，才跟简橙提两句过去的事，目的是想告诉她，他并不是为了报复才娶她。

故事讲完，他还没来得及做总结陈词，她已经反过来安抚他，还那么热情。

她是在可怜他吗？

昏黄的光线中，周庭宴一动不动，幽暗的眸子紧紧盯着她。

简橙如今的吻技已算娴熟，她轻而易举就能完全捕捉他唇齿间的酒气。周庭宴感受着她柔软的手指从他发间滑出，沿着脸颊，喉结，一路往下，曲指钩住他的睡裤。

周庭宴头皮发麻，黑眸翻涌着情绪，慢慢散出水雾。

他努力克制半天，最后一败涂地，纵容她的胆大包天后，还要在下一次找回男人那该死的自尊。

简橙决定今晚给周庭宴暂时改个名。

周流氓，或者叫周变态。

他疯了。

大半夜把她从床上抱起来，亲自给她换上旗袍，刚穿好就开始掐着她的腰吻，嘴里还提着要求。

"那些旗袍，以后别往外穿了，就在卧室穿，行吗？"

"行。"反正是他买的，他让怎么穿就怎么穿。

看她这么好说话，周庭宴得寸进尺，再提一个要求："周聿风的微信，我帮你回，行吗？"

这个要求，简橙没听见，也没空回答他，她现在很生气。这男人眼里的火能把她烧灼，点火的手更厉害，旗袍坏了！那么贵的旗袍，直接被他扯坏，盘扣都崩开。

那是钱啊，败家爷们！

周庭宴后来又问了一遍，简橙嗯嗯啊啊的，周庭宴自动忽略后面的"啊"，只当自己听见的是"嗯"。

嗯，她同意了。

于是等简橙睡着，他把她手机拿过来，用她的手指解锁，直接打开微信，找到周聿风的聊天框，连发三条消息。

简橙：你爸抢婚的事吗？她已经知道了，我告诉她的，咖啡你自己喝吧。

简橙：以后别耍这种小心思，如果你还是个男人，有事直接找我。

简橙：我是周庭宴。

周聿风今晚注定难眠。

母亲撕心裂肺的吼声传到他耳中时，他整个人都蒙住，双腿似灌了铅，再也迈不开一步。他在书房外站了很久，听到不少话。

"周百川，我要是早知道你们父子俩争一个女人，我就不会嫁给你，当年想娶我的人那么多，我真是瞎了眼才看上你。是，关灵没做错什么，但我就是恨她，凭什么她什么都不用做，你就能那么爱她？凭什么她离你们远远的，你们还是爱她？周庭宴娶了简橙，我的恶气出了一半，关灵的儿子，娶的是我儿子不要的女人，我儿子帮我出气了。你说他多可笑，娶简橙还编那么多冠冕堂皇的理由，谁不知道他就是为了气老爷子，当年要不是老爷子强娶，关灵也不会被毁了。简橙那蠢丫头，还以为周庭宴多爱她，呵，她不过是一枚棋子而已，我等着看她的笑话。"

"……"

母亲断断续续说了很多话，周聿风听得浑浑噩噩。

他后来没进去，拿着车钥匙出门了。他需要吹吹风冷静一下。

车子一路开到江边，他依旧不能平静。

这些事他是第一次听说，虽然从前就对小叔的母亲好奇，但爷爷不准人提及，所有人都对关灵这个名字讳莫如深，连母亲这样痛恨小叔的人，都没提过。

原来，爷爷抢了父亲的心上人。

两根烟抽完，周聿风乱糟糟的心情才平复了一些。

能正常思考后他发现，对于过去的恩怨，他除了震惊和匪夷所思，并没有太多直观的感受，毕竟那是上一辈的事情，他关注的重点是小叔娶简橙的理由。

所以，小叔真的是因为要气爷爷才娶了简橙？

周聿风不知道自己是什么心理，知道这件事后，他整个人松了口气，他比较能接受这个理由。小叔和简橙的结合不是因为喜欢，不是因为爱，只是因为报复。

从江边回来前，他给简橙发消息。

他实在看不惯简橙那嚣张的样子，看不惯简橙一脸"周庭宴好爱我"的嘚瑟嘴脸。他不想让人觉得，离开他简橙越来越好。

五点发的，他一直等到凌晨，等来一句"我是周庭宴"。

好样的，简橙真是好样的！

周庭宴给周聿风发的三条消息，他没删，简橙第二天看到了。

她能想象到周聿风看到消息的脸色。尤其是最后一句，周聿风估计能气死。

活该。

她觉得回复得挺好的，反正想到周聿风看到消息后的脸，她心里挺爽。以后周聿风再给她发消息，她还让周庭宴给她回！

周聿风没再找她，经过家族群的事，最近也没人敢惹她，简橙过了几天舒坦日子。

然而也就舒坦几天。

孟糖从阳城回来的第二天，就去找她嫂子，敲定了合作的事。

拍摄时间原定在出伏那日，结果米珊那边临时改行程，推迟了几天。于是拍摄时间改在了八月的最后一天。

这是孟糖成为经纪人后拿下的第一个项目，拍摄的模特又是米珊，所以她做足了准备，简橙暂时没助理，她亲自上阵。

约定的时间是早上六点，是米珊那边定的，因为她的行程很满，只能挤出那个时间段。

简橙五点就被孟糖拽到摄影棚，虽然昨晚周庭宴没折腾，她睡得也很早，但还是困，眼皮都打架。

她知道孟糖对这次拍摄的重视程度，就没说废话，自觉喝咖啡提神。

确实提神了，火气也提上来了。

一杯咖啡她喝了四分钟，米珊迟了四个小时还没来。

约定的是六点，十点了还没见人影，他们是五点到的，已经在这儿等了足足五个小时。

她很久没打人了，手有点痒。

孟糖好几次想给她嫂子打电话，最后都忍住了。她跟简橙解释："我嫂子说，上次开会，她听出一个苗头，他们杂志社要换老板了，有人说，新老板跟副主编关系不错，如果是真的，嫂子的主编位置估计是坐不稳了。"

手机紧握在掌心，捏得紧了，硌得掌心疼，孟糖低头，情绪微有波动。

"橙子，对不起，其实米珊推迟拍摄日期，再把拍摄时间提到六点，我就猜到今天拍摄肯定不顺利。我嫂子说，米珊那边知道今天拍照的是我们了，本来坚持用杂志社的摄影师，后来突然又改变主意了。"

孟糖猜到米珊可能要报复上次的事，可她又觉得，这是米珊复出后拍摄的第一本杂志，事关她的事业，她既然答应了，应该不会太作妖。

结果她迟到那么久。

"给米珊这个资源的就是秦濯，嫂子知道我跟秦濯的事，不想让我接，我非要接。他们那个副主编一直跟嫂子作对，嫂子为了帮我们拿下这个项目立了军令状。"

军令状的事，孟糖也是今天早上才听说。嫂子不想给她压力，是孟糖嫂子的助理早上来送东西的时候，悄悄跟她说的。

如果她早知道，嫂子为了给她这个机会立军令状，她就不接这个工作了。

"橙子，我是不是太冲动了，万一米珊一直不配合，这次拍摄失败，不用等新老板上任，嫂子就得被我害得离职。"

简橙安安静静听完。"你忘了我以前是干什么的了？"

她语气颇为严肃，孟糖愣了一瞬。"干什么的？"

简橙："我拍野生动物的，米珊再凶残，还能比老虎可怕？"

话音刚落，门口传来声音，几个人有说有笑地进来。简橙转头看过去，拳头都硬了。

好家伙，不只米珊，秦濯那个大狗熊也来了。

第八章
自曝马甲

约定的拍摄时间是六点，米珊十点半才到，迟到了足足四个半小时。

陪她来的有四个人，秦濯，*Win* 的副主编和助理，她自己的经纪人。

秦濯的目光先落在孟糖身上，顿了几秒，再转向简橙，笑着跟她打招呼："听说今天是你们过来，我特意来探班。"

简橙灌了半瓶矿泉水，也笑着回他。"特意来探班？我们接到的拍摄时间是六点必须到，现在十点半，已经过了四个半小时，如果六点拍摄，早拍完了，秦濯哥，莫非你跟米珊一起耍我们？"

秦濯听了这话，脸色微变，转头看向米珊，浓眉皱起。"六点？你不是说十一点吗？"

米珊把墨镜摘了，蓝色紧身裙尽显好身材，面对秦濯的质问，她脸上并未显露半分慌张，耸肩无辜道："我昨晚在你那儿熬太晚了，我想着早上肯定起不来。我让他们改时间了啊。"

她说话的时候，朝孟糖看了一眼。

昨晚在你那儿……熬……早上……起不来……

这话说得实在太暧昧，简橙下意识看向孟糖，孟糖半垂着眸，唇瓣咬得发白。

秦濯瞪了米珊一眼，刚要解释，*Win* 的副主编陈佳已经道："是是是，我确实接到米珊这边改时间的电话了，是改到了十一点。"

她解释完，转头朝自己的助理训斥道："我不是让你通知摄影师这边吗？为什么没通知到？"

助理："……"为什么没通知？因为你压根没通知我啊！

助理此刻心里也明白，自己又被拉出来背锅了，这种事也不是第一次了，谁让这老巫婆是自己的顶头上司。

她熟练地当帮凶："我当时忙别的事，忘了。"

说完，她又转头跟简橙和孟糖道歉，身体弯成九十度："对不起。"

简橙看出她的憋屈，也没为难她，说没事，然后看向秦濯道："其实你们还来早了，毕竟米珊的人品我有所耳闻，听说她每次都会故意迟到五小时以上，来证明自己是大牌，我实在想不通，到底哪个脑子不灵光的在捧她。"

秦濯："……"

她看着他，这话分明是已经猜到了。

米珊承认自己今天是故意的，但简橙说她每次都故意迟到五小时证明自己是大牌就过分了。她很敬业的，除了这一次是报复，其他任何时候，她只要接了工作，就没迟到过。

米珊知道简橙是周庭宴老婆，但她也不怕，反正她闯了祸，有秦濯给她担着。

"简橙，你别太过分！"

简橙冷笑："谁过分？你不想让我拍直接说啊，你以为老娘稀罕你一个刚复出的老模特？"

米珊的经纪人没见过简橙，见自家艺人被骂，脸色也不好看，指着简橙跟副主编陈佳道："这就是你们请的摄影师？真是好大的脾气，一点教养都没有！"

简橙最讨厌别人用手指她，把孟糖往身后一拽，手里喝了半瓶的矿泉水直接朝对方砸过去。"你指谁呢？想打架啊！"

"啊——"

米珊尖叫一声，她跟经纪人肩并肩站着，半瓶矿泉水砸在经纪人身上，水却溅了她一身，脸也湿了大半。

"简橙！我同意让你来拍是给秦濯面子，你真以为以你那点资历能拍我吗？你自己什么水平你不知道？你除了靠男人还能干什么！"

简橙声音比她还大。"我靠男人怎么了？我靠我自己老公，我光明正大，比你强，你靠别人未婚夫，靠搔首弄姿，你个烂臭虫，你还有脸说我？"

"你——"

眼看着场面越来越混乱，秦濯朝米珊吼一声："你少说两句！"

吼完米珊，他烦躁地抓了抓头发，又朝简橙道："简橙啊，你们都等那么久了，先开始吧，有事拍完再说？给我个面子。"

这是偏着米珊了。

孟糖抬头看了秦濯一眼，等秦濯察觉，把脸转向她时，她又把头低下。

简橙看着米珊嘚瑟神气的眉眼，很想给周庭宴打电话，让周庭宴把秦濯拽走，念头刚升起，又被她压下去。

对付米珊这种人，还用不到周庭宴这把宰牛刀，杀鸡刀足矣。

靠男人？她又不是只有一个男人能靠！

简宏云接到简橙电话时，正在长盛集团的大会议室开会。本来九点就能结束的会，快十一点了还没结束，因为他今天火气大，训人训了将近两小时。

手机响的时候，他正把一个高管骂得狗血淋头。

振动声传来，他以为是谁的手机没静音，怒火更高涨。"谁啊！说多少遍了，进会议室要么静音，要么关机，罚钱！"

半天没人承认，简宏云刚要拍桌子，旁边的简佑辉就提醒他："爸，是您的手机。"

嗯？简宏云顺着儿子的手看过去，看到屏幕上"小王八蛋"四个字，满腔的怒火瞬间熄灭，惊喜和惊吓交织在脸上。

这小王八蛋终于想起来自己还有个亲爹吗？都多久没回家，多久没联系了？不过……完了完了，这小王八蛋每次打电话准没好事，要么惦记他的东西，要么是把他气到只剩半条命。

偌大的会议室，所有高管和部门负责人都在，满满一屋子人，刚刚还人人自危，此刻人人无语。

怎么不无语？前一秒还气势汹汹，把人骂到狗血淋头的董事长，这会儿动作滑稽地伸手去拿手机，指尖碰到手机又收回去，收一半再去碰手机，反反复复好几次，手机像烫手一样，半天没拿起来。

直到简佑辉无语地提醒："爸，这丫头脾气不好，没什么耐心，您再不接，她就要挂了。"

简宏云最后还是接了。他得听听这小王八蛋到底想干什么，大不了再让她坑几次，父女关系必须缓和了。听说京岫的游乐场项目投资方马上饱和，他再不使点劲，就真的连肉汤都喝不上了。

"喂，橙橙啊，你……"

"老简，有人欺负我。"

委屈的声音传来，简宏云有一瞬的恍惚。记忆中，这小王八蛋很久没跟他撒过娇了，也从来没这么委屈地跟他说过话。这些年，这丫头一直是嚣张跋扈的，对任何事都是一副硬气牛×的态度。

简宏云稍稍放缓语气："谁欺负你？"

Win 摄影棚，一号化妆间。

米珊身上溅了水，刚换上拍摄时穿的衣服，此刻正在化妆。

经纪人和陈佳安静地站在一旁，秦濯坐在米珊旁边的凳子上，正在跟她说话，脸色不太好。

"你别去招惹简橙，别给我惹事，你……"

话还没说完，有人推开门进来，几人扭头去看，见是简橙拿着手机进来了。

秦濯止了声音，米珊经纪人推了副主编陈佳一下，陈佳上前想要拦住简橙，简橙直接绕开她，一屁股坐在沙发上。

她还在跟简宏云打电话。"就那个刚复出的米珊，她欺负我，她背后的金主是你吗？"

听见这话，化妆间的几人面面相觑，看看秦濯，再看看简橙。

秦濯也蹙眉朝简橙看过去，一脸的纳闷，这丫头又想干什么？

远在长盛集团会议室的简宏云："？？？"

刚复出的米珊？他不认识啊，但他知道是个模特，因为前段时间网上全是那个米珊的消息。

简宏云不知道她从哪里听来的谣言。"我怎么可能是她的金主？我跟她都没见过面。"

简橙看秦濯一眼。"哦，我自己猜的，我刚刚得出的结论，米珊背后那人应该是个脑子不好的企业家，我认识的企业家里只有你脑子不好。"

秦濯："……"厉害，指桑骂槐第一名。

被内涵的简宏云："？"

简橙又看米珊一眼。"幸亏不是，这个米珊啊，她人品不好，这种人红不长，老简，你哪天给别人当金主的时候，可得擦亮眼睛，不能让这种人花咱家的钱。"

米珊："……"要不是刚才秦濯把话说重了，她早扑上去撕简橙的臭嘴了。

简宏云这次关注的重点不同："咱家？"

简橙："是啊，你是我亲爹嘛。"

简宏云心里乐呵："亏你还知道我是你亲爹。"觉得她今天态度好，简宏云趁机道，"庭宴什么时候有空啊，你们什么时候回家吃饭？"

简橙："你说吃饭我想起来了，上次回家吃饭的时候，你说我那个百分之九快了，所以老简，距离咱俩打赌都大半年了，还没好吗？"

简宏云："……"

简橙："老简，我明天没事，去你办公室坐坐啊，我记得你那儿有一斤野生的太平猴魁茶，我老公也喜欢喝，你给我准备半斤，我明天带回来。"

简宏云："……小王八蛋！"

一通电话抽干了简宏云的力气，他挥挥手让副总主持会议，自己拿着手机去外面冷静。

整个会议室的人目送他离开，面面相觑。

所以，到底谁是小王八蛋？

董事长刚刚明显是气得冒火了，偏偏又把火压下了，整个人憋屈得不行，还透着一丝……委屈？

简佑辉跟着简宏云出来。"爸，怎么了，简橙说什么了？"

简宏云此刻冷静不少，也觉得莫名其妙，那丫头突然提一个模特，说些让人听不懂的话，他甚至有种感觉，觉得简橙那小王八蛋是故意借着他指桑骂槐。骂谁他不知道，但是，他感觉自己成冤大头了。

简宏云不去深想这些，他记着另外一件事，秘书刚才也跟出来了，他朝秘书嘱咐道："我那小女儿明天要来，我办公室里值钱的东西你都给我藏起来。"

秘书："？"这是防着亲闺女？

简宏云想想，又觉得不能太过分，他还有事求简橙，于是改了口："留几个吧，昨天张总侄子送来的小叶紫檀佛珠，你拿出来摆桌上。"

秘书应声走后，简佑辉迟疑开口："爸，文茜过两天就回来了，她最喜欢那些小玩意，佛珠给她留着吧，简橙不喜欢那些。"

他见过那佛珠，文茜肯定喜欢，而且那佛珠开过光的，那成色，一看就是有市无价的好东西。

文茜最近状态不好，瘦了不少，他希望她平安吉祥。

简宏云听到这个名字，脑子里忽而闪现简橙拿棒球棍砸全家福的那一幕。

沉默了会儿，他转头朝儿子道："文茜跟你感情最好，你帮着劝劝，让她别那么挑，耀安的小姚总很不错。"

简佑辉脸色微变："爸，您说过会尊重她，不会强迫她，更不会把她当家族牺牲品！"

简宏云拍拍他的肩膀，没说话。

Win 摄影棚，一号化妆间。

简橙当着两个当事人的面，一通指桑骂槐后，心情舒畅地挂了电话。

撒了气，她心里的火消了一点点，无视米珊愤怒的目光，她把秦濯喊到外面。

"秦濯哥，米珊推迟日期，又把时间提到六点，糖糖就猜到她不会好好配合，可我们还是在五点的时候就到了。"

秦濯也不傻，刚才的事他看明白了。今天这事，确实是米珊的错，只是——

秦濯皱眉。"孟糖既然早就猜到了，为什么还过来？"

"为什么？"简橙惊讶他竟然会这么问，"这里是什么地方？摄影棚，不是她的江景餐厅，这是米珊复出后的第一本杂志，是她的工作。我和糖糖都以为，她最多是拍摄的时候不好好配合，那我多点耐心就行了，谁知道她会这么幼稚，这么任性，直接浪费四个半小时。我和糖糖都是把工作和私生活分开的人，我们明知道米珊会刁难，还是来了，四点就起床，五点过来准备，就是想做好今天的工作，够尊重她了。"

简橙问他："秦濯哥，你会拿自己的事业开玩笑吗？你会公私不分吗？"

秦濯惭愧："抱歉。"

简橙提醒他："米珊明知道我是周庭宴的老婆，知道我脾气不好，为什么还敢这么明目张胆地挑衅我？"

秦濯沉默。为什么？因为米珊的底气是他给的，米珊是借着他的势。

简橙刚才进化妆间的时候，孟糖本来要跟着进去，走到门口时她手机响了，是她嫂子打来的电话，去接电话这会儿还没回来。简橙想起她泛红却隐忍的眸子，有些控制不住情绪。

"秦濯哥，不管怎么样，你和糖糖的婚约还没解除，她还是你的未婚妻，你今天跟米珊一起出现在这儿，一点脸面都不给她，你要实在喜欢米珊，你能不能赶紧把婚约解除啊！"

秦濯觉得这事必须解释："我和米珊是在门口碰上的，我……"

"有差别吗？"简橙打断他，"你们不是一起进门的吗？你明知道米珊借你的势，你还跟她一起出现。"

简橙到底没忍住，在他小腿踹一脚。"太过分了，太欺负人了，你就算不喜欢糖糖，也拜托给她留点尊严吧，哪怕一点点。这个项目，她嫂子立了军令状的，如果拍不好，她嫂子就完了，她怕害了嫂子，你们来之前她一直在哭。她今天已经很难过了，你还给米珊助威，刺激她。还有那个副主编，那女的跟她嫂子是对头，今天这里是她嫂子的场子，你带那副主编来不是恶心人吗？秦濯，要不是当年你帮过我，我今天一定跟你拼了！"

孟糖接完电话没急着回去，摄影棚附近有家咖啡馆，她需要喝杯咖啡提提神。

刚给简橙发了消息，秦濯就进来了，他在她对面的位子坐下，要了杯温开水。

"我问了门口的保安，他说你往这边来了。"

秦濯想着简橙那句话，把目光落在孟糖眼睛上。

在摄影棚时，她没正脸看他，他望过去时她就把头低下。这会儿大概是没想到他会来，人僵在那里，目光有点呆，眼睛也发红，明显是哭过了。

"对不起。"

孟糖听到道歉，愣了一下，旋即又露出一个牵强的笑。"对不起？又帮米珊道歉吗？用不着。"

秦濯解释刚刚的几个误会。"我跟米珊是在门口碰见的，我知道今天是你们过来拍怕你们起冲突就说来探班，毕竟上次有过矛盾。我真不知道你们之前定的六点，问了米珊时间，她说十一点，我说我十点半到，我们不是一起来的。"

说起这个，还有个事得解释。"米珊说昨晚在我那儿，这话有误会，我没跟她在一起，她复出后有狗仔去她家蹲点，太不安全了，我有套公寓保密措施做得不错，就借给她住了。"秦濯静了几秒，为自己的清白证明，"我说过，一段感情没断干净，我不会开始下一段，跟你的婚约没解除，我不会碰别的女人，我跟米珊也不是你想的那种关系。"

孟糖道歉："所以是婚约束缚了你吗？对不住。"

秦濯皱眉。"我不是这个意思。"

服务员端来孟糖点的冰美式，又把秦濯刚才要的温开水放下。

孟糖先打破沉默："秦濯，你知道为什么简橙爱了周聿风那么多年，却能在一晚上决绝地放手吗？"

秦濯不明白她怎么突然提简橙和周聿风，却知道她还有话说，所以没吭声。

"其实不是突然放手的，简橙给了他很多次机会，"孟糖也没等他回答，自顾自地说，"一百次。周聿风伤她一次，她就在日记本里记一次，用钢笔一个字一个字记下来，每一个字都像把匕首，把她浑身的刺剜下来，痛得多了，她就慢慢清醒。很多人以为她是在简文茜生日宴上受了委屈，才突然死心的，我最开始也这么认为。其实不是的，她早就死心了，她只是不甘心，她跟周聿风走过了那么多年啊，那个满心满眼都是她的少年，突然就变心了，她怎么能甘心呢？所以哪怕已经死心了，她还是劝自己，再等等吧，一百分还没扣完呢。"

秦濯瞧着对面突然泪流满面的小姑娘，心里莫名发紧。"孟糖……"

"你先不要说话，听我把话说完。"孟糖伸手捂着脸，不去看他，也不让他看自己，"我没简橙那么有骨气，我到现在还爱着你，但是，我也有自己的尊严，就算不顾着我自己，我也得为我家里人考虑，他们疼我爱我一场，我不能让他们每天为我担心。所以啊，我也学了简橙，用一个日记本囚禁爱情，我没有简橙那么强大的心脏，所以，我的满分只有十分。"

"你现在，只有一分了。"

孟糖自己点的咖啡一口没喝，拿着给简橙打包的咖啡离开。秦濯迟迟未起身，水已经凉透了，他保持握着杯子的动作，掌心的凉意透过皮肤传至四肢百骸，把他整个人都冻住。

脑子里，孟糖最后的一段话怎么都挥之不去。

"你说自己是不婚族，我不敢奢望，听说你需要一个未婚妻，我才求了爷爷成全。上次在江边你跟我坦白，我才知道你当时只是随口说说应付家里，对不住啊，耽误你这么久。虽然还有一分，但你也不用紧张，我同意解除婚约的那晚，就决定彻底放弃你了。你家里一直不同意你解除婚约，其实我有办法，只是没说，你要问为什么，大概是不甘心吧，因为我真的爱你太久了，这一分是我的不甘心，很好扣完的，米珊今天有很大概率不会好好配合，一会儿你去摄影棚，当着我的面，就像刚才那样维护一下她，让我把这一分扣完。十分全没了，我对你的不甘心也好，执念也罢，就都没了，我会去找你爸妈，我有办法解除婚约。

"秦濯，简橙和周聿风的结局，就是我和你的结局。

"我们的结局是陌路。"

米珊愿意给孟糖和简橙一次机会，一是要整她们，二是她对简橙根本没期待。她就是来走个过场，给秦濯面子，让简橙拍几张，然后指出她的毛病，最后再让 Win 换摄影师。

副主编陈佳就是她让经纪人找来的，做个简橙工作很差劲的见证人。

来之前就想好了流程，所以米珊换上衣服配合地去了拍摄区，但拍摄期间不怎么配合。

她十五岁出道，面对镜头无数次，她太知道怎样的表情，怎样的动作能让摄影师满意，也太清楚摄影师会在什么情况下发飙。她打定主意要让简橙发飙走人，于是在简橙的镜头下，她尽量不着痕迹地表演一个没有灵魂的模特。

一个好的摄影师是能精准地抓取镜头下人物的灵魂的，拍不到灵魂，说明摄影师不行，跟模特没关系。

简橙能察觉到米珊的故意，所以拍几张就做了个暂停的动作，让其他人休息，她自己收拾好东西后去找米珊。

米珊的经纪人立刻拉着副主编陈佳过来拦住她，简橙先她们一步开口："我在化妆间当着你们的面打电话，难道是白打的吗？那通电话主要是给你俩听的。"

她先看向副主编陈佳："我当着秦濯的面指桑骂槐，秦濯对我的态度是不是还挺好的？"她又去看米珊的经纪人，"这说明什么？说明我身份不低，连秦濯都对我客客气气的，你们这些巴着秦濯吃饭的，真要惹我？"

一分钟后，简橙顺利进了米珊的休息室。

米珊以为她是来威胁自己的，回击的词都想好了，没想到简橙拉着椅子坐她旁边，吃她的水果，跟她唠嗑。

"苏蕴当年在 Win 拍了一期封面，主题是保护野生动物，呼吁大家关注濒危的野生动物，这事你知道吧。"

米珊自然知道这事。当红女星苏蕴凭一本杂志封面被电影界知名导演钦定为女主角的事在热搜挂了好几天。

为什么轰动呢？因为这位国内最有声望的电影界大导演有个习惯，主角两不用，不用整容脸，不用大流量。苏蕴不是整容脸，却是女顶流。两人本没有合作机会，谁也没想到，这位导演某天突然在微博上艾特了苏蕴，配图是她在 Win 拍的杂志封面，导演表示非常喜欢那几张照片。

拍得也确实好，米珊当时还特意买了杂志。

拍摄地点在荒野，苏蕴跟野生动物同框，摄影师非常厉害，不只拍出了苏蕴的灵魂，还拍出了动物的灵魂，人物与场景宏大有气魄。

只一张照片，一个眼神，就能看到一整个故事画面。

导演邀请苏蕴出演自己下一部电影的女主，说是会为她单独开一个剧本。

这事轰动一时，后来导演真为苏蕴量身定做了一个剧本，苏蕴上一部电视剧今年五月拍完，结束直接进组，如今就是在拍这部电影。

因为这事吃到红利的不少。苏蕴，杂志社所有参与这个项目的人，唯独拍摄的摄影师不见踪迹。

当时很多明星一窝蜂地抢 Win 的拍摄机会，但拍出的效果不尽如人意。*Win*

这边的解释是，当时的摄影师是自由爱好者，不愿留下姓名，也不愿进行第二次合作。

米珊还在想简橙为什么突然提这件事，就见简橙指着自己。"那个牛 × 的摄影师，就是我。"

米珊听到这话，只觉得简橙大概是今天早上起得太早，脑子没完全清醒。

她知道她们五点就到了，到了之后也没休息，一直帮忙布景，布景结束就一直等着她。简橙又是个暴脾气，当着秦濯的面发飙就表示她的怒火已经不小了，刚刚她又完全不配合，简橙这会儿肯定很暴躁，但又不能不憋着，因为孟糖的嫂子邱蓝立了军令状，如果今天的拍摄不顺利，邱蓝就得引咎辞职。

所以简橙再气，也必须忍。

简橙其实可以找周庭宴帮忙，如果她找了周庭宴，米珊顶多讽刺两句，没想到她为了顺利拍摄，竟然冒领业内前辈的功绩。

真不要脸！

米珊知道简橙为什么敢这么做，因为那次给苏蕴拍摄的工作是由邱蓝全权负责的，据说本来负责拍照的是杂志社合作的摄影师，结果那天摄影师临时有事来不了，火燃眉毛时，谁也不知道邱蓝从哪儿找的摄影师，救急的摄影师都没在杂志社露面，结束后直接去荒野了。

那时候大家的重点都在苏蕴身上，苏蕴对拍摄满意就行，杂志社对摄影师倒是没深究，毕竟有邱蓝这个大主编担责。

直到苏蕴凭那期杂志封面被大导演选中，那期的摄影师才彻底火了。

但这份荣誉，迟迟没人出来认领。

Win 这边是邱蓝回应的，说当时的摄影师是她一个朋友，自由摄影者，不喜圈里的名利场，要求对身份保密，他们签了保密协议，不能透露。

据副主编陈佳说，这次 Win 的高层之所以同意邱蓝用简橙这种职场菜鸟，就是因为邱蓝上次的冒险创造了奇迹。至于为什么逼邱蓝立军令状，其中当然有副主编陈佳的手笔，主要原因也是杂志高层想给邱蓝施加压力——如果简橙不行，她立了军令状，就只能把上次那位摄影师找出来。

简橙是邱蓝保的，她俩是一条绳上的蚂蚱，如果简橙咬死她是那位大师，邱蓝大概会指鹿为马。

反正，米珊打死都不信简橙这个被宠坏的千金小姐，会是那位神秘的摄影大师。那样的功底，得三十岁以上，怎么可能是简橙。

关键，那人是她的偶像。

比 Win 有名气的杂志不是没有，她把自己复出首秀交给 Win，其实也是奔着偶像来的。

她提前接触过邱蓝，邱蓝还是签了保密协议无可奉告的架势，她生气，所以扭头就找了邱蓝的死对头陈佳。今天带陈佳过来，也是故意气邱蓝的。

米珊还没来得及张口讽刺，简橙就把 iPad（苹果平板电脑）递过来，给她看了一段视频。

简橙给米珊看的视频，是孟糖录的。孟糖知道简橙是苏蕴的粉丝，所以当初她给苏蕴拍封面的时候，在旁边偷偷把过程录了下来，说给她留个纪念。

保密协议是她要求签的，苏蕴是流量明星，她的杂志一出来热度不能小，她当时还没放弃周聿风，不能跟曹瑛正面对上，所以得低调。

保密协议上签的是，除非她本人同意，不然她的身份不能公开。

其实当时孟糖去找她嫂子要资源的时候，简橙知道自己名气小，想让她嫂子公开自己的身份，这样她嫂子就不为难了。

但孟糖不同意："嫂子说，如果现在就公开，那副主编陈佳知道我们手里有你这样一张王牌，肯定又要作妖，所以我们得出其不意。现下应该是陈佳带的节奏，不看好你的人很多，抨击你的人也很多，米珊的很多粉丝甚至已经在微博开骂了，你的微博我管着，这几天粉丝多了不少，但都是骂你的。我们就先忍着，等宣传的时候再公开，那样的效果绝对翻几番，你也能一炮而红。到时候，米珊粉丝骂你的那些话就会反噬到她自己身上。"

米珊被简橙拽回了拍摄区，这次她出奇地配合，简橙让她做什么表情，做什么动作，她一丁点小心思都没有，完完全全按着简橙的要求来。让她趴在地上，她甚至都不需要工作人员清理，直接弯腰趴下了。

整整一个小时，她半点抱怨没有，惊呆了众人。

等终于拍完最后一组，简橙比了个 OK（好的）的手势，收工后挑了几张给米珊看。

米珊目光复杂地看着她："你决定就好。"

这一通操作，不只看呆了米珊的经纪人和副主编陈佳，也看蒙了孟糖。

拍摄一结束，她立刻上前挽住简橙的胳膊，把她拉到一旁："怎么回事？米珊怎么那么配合？感觉好像被夺舍了，你跟她说了什么？"

简橙眼睛盯着相机，头都没抬："我自曝了马甲，她知道当初给苏蕴拍照的人是我了。"

孟糖一愣，急了："哎，不是说了等预热的时候再自曝马甲吗？如果她说出去，那不是连新鲜感都没了？"

"她不敢。"简橙一张张地看相机里的照片，"我跟她说了，如果她不保密，以后我就专门给她的竞争对手拍。"

其实就算她不说，米珊也会保密。米珊入行多年，比她更懂欲扬先抑，出奇制胜的效果，在这件事上，她们属于互惠互利。

看完照片，简橙收了相机，总的来说还算顺利。

她不想再谈米珊，接过孟糖手里的咖啡喝一口，想起一件事。"对了，秦濯呢？他不是来探班吗？怎么刚才拍摄的时候一直不见他？"

听到秦濯的名字，孟糖没吭声。

她不明白秦濯，明明都说好了，只要他出现，只要他再当着她的面维护下米珊，他在她这里就是零分了，她就可以放下不甘心和执念，彻底远离他。

可他一直没回来。

简橙刚才中场喊停，说米珊不配合的时候，她就马上给秦濯打电话了，可是打了好几次都没人接，她甚至打了秦濯秘书的电话。

秘书说不知道人在哪儿。

换句话说，秦濯，跑了。

简橙收工后就直接回家睡觉了，一觉睡到晚上八点。

饿了一天，芳姨给她熬了鸡汤。

周庭宴早上去临市开会，一直到晚上十一点才回家，进来的时候，简橙正在客厅看电视。

"怎么还不睡？"周庭宴脱了外套走过去，在她旁边坐下，见她紧绷着小脸，脸色不太好，掌心在她脑袋上揉了揉，"怎么了？"

他早上跟简橙同时起的，一起吃了早饭，她去摄影棚，他去临市，忙了一整天，也没空联系。

他知道她今天是给米珊拍照。"过程不愉快？"

简橙情绪不高，摇头。"没有，拍得挺顺利，效果很好。"

电视还开着，两人谁也没往电视上看。

周庭宴看她样子，猜测她可能是受了委屈，想着得加快进度，早点拿下Win，这样简橙就谁也不用怕了。

简橙脑子里想着孟糖和秦濯的事。

可恶！秦濯竟然在这么关键的时候跑了！气死她了！

芳姨他们很有眼色地先回了房间，整个客厅静悄悄的，突然"砰"的一声枪响，两人下意识顺着声音朝电视看去，这剧是简橙最近一直在追的，都市悬疑剧，苏蕴演的。今天大结局，她折腾了一天，吃了饭九点多才开始看，这会儿演到大结局的最后一个镜头。

女主中了一枪，倒在血泊中。

周庭宴没看过，但知道这剧，因为简橙前几天一直在追，芳姨也在追，今天早饭的时候，两人还在讨论剧情。

周庭宴想起早上的时候，她跟芳姨聊起这个女主，说是女主的粉丝，之前有个合作的机会，错失签名，一直很遗憾。

他当时接了个电话，挂电话的时候就该出门了，没来得及跟她说这事。

"你还想要她的签名吗？"他能帮她拿到，就一句话的事。

"啊？"简橙反应了一会儿才知道他说的是苏蕴，"想啊，我是她粉丝呢。"

苏蕴是这几年风头正盛的女演员，入行快十年，五年前凭一部宫斗剧爆火，资源一路飞升，拿奖拿到手软。微博粉丝过亿，口碑极好，出道零绯闻，红了后就一直兢兢业业演戏，不作妖，不谈恋爱，专心搞事业。

简橙不追星，但是挺喜欢她的，之前答应孟糖的嫂子，也是想近距离看看喜欢的大明星。可惜，当时差一点就合影要签名了，位置都站好了，结果苏蕴被她的经纪人拽走了。

那个经纪人特烦人，拍摄的时候就她事最多，简橙还跟她吵过一架。

"你能帮我要到签名？"

京岫的核心产业是地产、金融、旅游、连锁百货、高级酒店……没听说京岫涉足娱乐板块啊。

不过像周庭宴这种身份，搞来一张明星签名应该很简单。

"如果你想要，我让潘屿打个电话。"他说着就要拿手机。

简橙忙道："太晚了，签名的事不着急，我有个事问你。"

现在孟糖的事排第一，追星靠后。

周庭宴放下手机。"什么事？"

简橙实在好奇："秦濯说他跟米珊没什么，但为什么一直对她这么好啊？米珊也救过他的命？"

这个事，周庭宴还真知道。"秦濯不欠她的救命之恩，但是欠别的。"

简橙问他欠什么，周庭宴把她往怀里抱，带着歉意道："抱歉，这是秦濯的秘密，我答应了要保密。"

简橙没打破砂锅问到底，只是唏嘘："我以前去山上玩，拜佛祖的时候总祈祷着，如果秦濯也喜欢糖糖就好了，我希望糖糖能得偿所愿。现在我真是庆幸秦濯不喜欢糖糖，真是太好了。"

周庭宴没听明白："为什么？"

简橙说："因为有米珊啊，秦濯得管她一辈子，这个是绝对不行的，没有一个女人能忍得了自己的爱人要管另一个女人一辈子。"

周庭宴一愣，撑着她细腰的手用力，呼吸都紧了些。"没有感情也不行吗？秦濯对米珊没有感情，只是因为一份亏欠，想尽可能去成全她，如果他能全心全意爱孟糖，这样也不行吗？"

"不行。"简橙觉得这事没有讨论的意义，米珊对秦濯有占有欲，欺负孟糖不是一次两次了，这两个人不能共存的。

就算秦濯以后爱上孟糖了，万一……嗯，怎么说呢，打个很俗的比方，万一孟糖和米珊都掉海里，秦濯先救谁？

他不一定先救孟糖的。

为什么？因为有些男人心里的责任感很重。

参考周庭宴，因为救命之恩，他都愿意娶她了。

八月的最后一天，是简橙今年为止最累的一天。

早上四点就起床，下午四点回，回来饭都不想吃，沾了床倒头就睡。睡醒又想起秦濯跑了的事，气得鸡汤都没喝多少。好不容易等周庭宴回来，她说诉诉苦吧，结果也不知道哪句话说错了，这男人当了一晚上的狼。

不知道他哪儿来的力气，明明也是早上四点起床，来回坐车就要折腾四个小时，按理说比她还累，可已经到了凌晨，他还如荒野中被饿了许久的狼，把她里里外外都碰个干净。

简橙扛不住他的掠夺，心说转移转移注意力吧，就提了签名的事，结果这男人竟然不认账了！

"我不认识明星，孟糖的嫂子不是 Win 的主编吗？她肯定能拿到，你跟她要吧，抱歉，帮不上你。"

"可是，刚才是你先提的，你还要给潘屿打电话。"

简橙也不是非要苏蕴的签名，她只是剧粉，签名不是必需品，只是随口一说。主要这事是这男人先提的啊，刚才还说能拿到。

周庭宴："我今天喝了假酒，吹牛了。"

简橙："……"

九月的第一天，简橙就开始忙碌。

早上在工作室修照片，十一点半结束，修完发给孟糖。

孟糖把每一张都认真仔细地看过一遍，挑不出问题，才满意地伸个懒腰，之后又叹气："真是便宜米珊了。"

简橙正在吃甜品店送来的提拉米苏。"咱们也借了她的东风，这次，公事上谁也不欠谁，私仇肯定要报。先忍一下，等我能在事业上踩她两脚的时候，我晾她二十四小时。"

孟糖盯着她看一会儿，若有所思。"橙子，我觉得……你跟以前不一样了。"

简橙点头。"我也觉得，我最近好像越来越漂亮了，早上照镜子的时候，差点被自己美哭。"

孟糖："……我说的不一样，是你现在处理问题的方式变了，没那么冲动了。"

换作以前，简橙虽说为了她和她嫂子，会忍气吞声先把照片拍完，但照片拿到手，以简橙的暴脾气，肯定当场就得给米珊一脚。

简橙往嘴里塞一口提拉米苏，头都没抬，随口道："没办法，周庭宴不让我打架，说如果打架，我也会受伤，我受伤，他会心疼。"

"哦……原来是老公管得严啊。"孟糖暧昧地拉了长音。

简橙被这风向不对的长音闹了个脸红，正想翻过这个话题，又听孟糖道："橙子，我觉得，周庭宴是爱你的。"

下午孟糖去看她嫂子，顺便把修好的照片拿给她看。简橙暂时得空，午休过后，开车去了长盛集团。

简宏云提前接到她的电话，让秘书下去接她，等待的工夫，他一通电话把儿子叫过来。"一会儿我们说话的时候，你留意着点，要是发现那小王八蛋给我挖陷阱了，你就咳一声，给我提个醒。"

简佑辉："……爸，我在开新品研讨会呢，一屋的人等着我，你火急火燎地叫我过来，就为这事？"简佑辉简直无语，"你现在怎么一遇到简橙的事就慌成这样？以前可不这样。"

以前简橙横行霸道的时候，他记得父亲都是直接吼的，早几年简橙闹腾得厉害，父亲还扇过她巴掌。

"以前跟现在能一样吗？现在她是周庭宴的老婆。"简宏云提到简橙砸全家福的事，"你没见简橙发疯的时候被他看见了，他都没什么反应，让周陆把简橙带出去，转身就拿着棒球棍对准我。"

简宏云至今对那天的事记忆尤深，那天他一整个晚上没睡着觉，一闭眼，脑子里要么是简橙发疯的样子，要么是周庭宴拿棒球棍指着他的样子。

更厉害的还在后面，周庭宴为了证明自己不是吓唬他，明着抢了长盛几个项目，还不遮掩地投资了两个跟长盛核心竞争力差不多的企业。

关键是等对家瞧出周庭宴在打压长盛，趁机抢长盛市场时，周庭宴又扭头帮长盛守护领地。

主打一个让人猜不透。

现在外面那些人都摸不清周庭宴是什么路数，只有他心里跟明镜似的。

周庭宴说，长盛的兴衰跟简橙有关，简橙不好，长盛就不好，简橙好，长盛就好。周庭宴是在证明这句话，所以，他必须跟简橙处好关系。

秘书敲门，带着简橙进来。

"哟，哥哥也在呢。"简橙绕过秘书走进来，径直朝沙发走去，坐到简佑辉旁边，"哥哥今天没去相亲啊。"

简佑辉听她喊哥哥，心里就不踏实，听到相亲这两个字，脸色更不好。

简宏云坐到旁边的单人沙发上，正好跟简橙说这个事："定下了，汪董的小千金，过了中秋节两家见个面，我正要跟你说这事，吃饭的时候你要带庭宴过来。"

简宏云对这门婚事相当满意。虽说汪家那小千金身体不好，但她嫁过来，利大于弊。

汪念念嫁过来，汪家控股的银行就算自家的了，以后长盛的融资渠道和贷款方面就都好办了。

汪董的小千金……汪念念？

汪念念跟简佑辉？这不是乱点鸳鸯谱吗？

简橙跟汪念念从小学到高中都是同学，但关系一般。一来汪念念虽出身好，但性格软，安安静静的，喜欢独处；二来汪念念的身体不好，说是心脏有问题，隔三岔五就要请假。

简橙对她印象比较深的点有两个，一是她那张容易害羞又乖巧的小圆脸，二是她在高二元旦晚会上，用小提琴拉的那首《纪念曲》。

"老简，你怎么还乱点鸳鸯谱。"简橙懒散地坐在沙发上，跷着二郎腿，颇为无语地瞪自己亲爹。

简宏云见不得她这种坐姿，把她的腿抬下去。"怎么就乱点鸳鸯谱了？你哥和她挺般配的。"

般配？哪里配？

抛开简佑辉二婚和年龄这些，汪念念嫁到简家肯定是不会幸福的。首先，婆媳关系不会太和谐。

不知道梅岚是怎么同意的，大概是老简用汪家的银行说服了她，但梅岚肯定不会喜欢身体不好的汪念念。

再说简佑辉。他和简文茜那恶心的关系不知道处理好没有，没处理好，汪念念嫁过来就遭罪了，就算处理好了，以简文茜对简佑辉的占有欲，汪念念过来也得受罪。汪念念那么软的性子，根本不是简文茜的对手，早晚被她欺负死。

简橙瞥一眼简佑辉，实话实说："一点都不配，哥哥哪里配得上人家汪念念，鲜花插在牛粪上呢。"

"简橙！"简宏云警告地喊她一声。

简佑辉虽然脸色难看，但并没有说什么，他目光复杂地看了眼简橙，站起身，朝简宏云道："爸，我去开会了。"

简宏云也没拦他，挥挥手让他离开，等办公室只剩下父女俩，简橙给简宏云倒了杯茶。"汪念念好歹是我同学，人家身体也不好，你就不能换个人坑吗？"

"什么叫坑啊。"简宏云接过她的茶，"这叫双赢，生意场上的事，你不懂。"

简橙把他端到嘴边的青釉茶杯抢过来，笑眯眯道："我是不懂，所以我今天来学习了，你把我的百分之九股份给我，另外，咱家这几年不是接触娱乐那块了吗？回头但凡是长盛投资的电影，主题宣传海报和微视频都交给我呗。"

简宏云："……"呸！他这张臭嘴，说什么生意场上的事。

简宏云知道她今天过来，肯定要提股份，他其实也没打算坑她，毕竟她嫁给周庭宴了，反正也没有多少，权当给她的嫁妆吧。只是他每次想起被亲闺女坑了就生气，所以走流程的时候一直也没催，就慢慢地走，于是拖到了现在。

大半年了，手续早已经好了，他压着而已，今天他也是想用这百分之九的股份，跟她要京岫的游乐场项目，没想到她又多提了一个要求。

这小王八蛋，真是让人防不胜防。

"长盛确实投资了电影，你那三脚猫的本事能拍好吗？别回头给人家搞砸了，电影赔了，咱也得赔。"

他是真觉得这小女儿除了花钱，没什么真本事，工作室也是搞着玩的。

他怕她真胡搅蛮缠，给她提建议："你小姨就是电影导演，你想要这方面的资源，找你小姨啊，她很疼你，你开口，她肯定给你。"

简橙给自己倒了杯茶。"就是因为小姨疼我，我才不能坑她啊，她闯到现在不容易，我不能给她添麻烦。"

当年就因为她的无知，差点害小姨倾家荡产。

简橙想，等她混出个人样再去找小姨。

简宏云听了这话，气得吹胡子瞪眼："你不能给你小姨添麻烦，就不怕给我惹麻烦？"

简橙理直气壮："当然不怕啊，我小姨疼我，所以我为她着想，你又不疼我，我为什么替你着想？我脑子又没病。"

"我怎么不疼你？"简宏云自认这段时间对她不错，"什么都依着你，要钱就给钱，你用打赌算计我，我也没怪你，百分之九的股份说给就给，你还想我怎么样？"

简橙："你现在依着我，是因为我嫁给周庭宴了，从前你可不这样。"

简宏云今天非要跟她辩个清楚："我以前什么样？我怎么你了？"

简橙又给自己倒了杯茶，他想听自己的罪行，她当然成全他。

"简文茜来的第一年，她喜欢我的娃娃，你和梅女士让我送给她，可你们明明知道，那是我最喜欢的一个娃娃；简文茜来的第二年，明明是她自己摔下秋千的，你和梅女士听她一面之词，把我骂一顿，说我小小年纪不能这么恶毒；简文茜来的第三年，我的钢琴老师送我四张音乐剧的票，她说她想跟你和梅女士、简佑辉一起去，你就同意了，你们去，把我留在家里，凭什么啊，那明明是我的票；简文茜来的第四年，在我生日的时候装鬼上身，说我的生日跟她爸的忌日在同一天，你们就不给我过生日了，我闹一下，你扇我两巴掌；简文茜来的第五年，看中我的卧室，你们让我换给她，我不愿意，闹了两天，你们说我自私自利，把我关在一楼的储藏室，那天正好是她的生日，你们只顾着给她过生日，把我忘了，我在里面待了一天一夜，要不是奶奶回来发现我不见了，我可能就饿死，渴死，憋死了；简文茜来的第六年……"

…………

一个小时后，简橙从简宏云的办公室出来，手里拎着五个盒子，收获颇丰。

秘书负责把她送下去，一直在外面待命，见她出来，目光往她手里扫一眼，脸上满是错愕，心说董事长之前让她把值钱的东西都藏起来，只留两幅画和小叶紫檀佛珠，以及半斤野生的太平猴魁，怎么简橙手上这么多东西？

来不及多想，秘书赶紧跑过去："我来帮您吧。"

简橙朝办公室的方向扬扬下巴。"不用，你们董事长现在血压可能有点高，你送杯降火的茶进去。"

秘书："……"

血压高，送降火的茶，是气的吗？

简佑辉用最快的速度开完会出来，在电梯口等她，两根烟抽完，才听到颇有气势的高跟鞋声。回头，见她手里一堆东西，无语了一瞬。

"爸说得对，你每次来，都跟强盗一样。"

简橙没有手按电梯，抬抬下巴让他帮忙。"这次我可没有，是他自己给的，我说都是自家人，不用那么客气，他非往我手里塞。"她瞥他一眼，"没办法，谁让我嫁得好，不像汪念念运气不好，要嫁给你这样的渣男。"

简佑辉："……"习惯了她话里的阴阳怪气，简佑辉没跟她吵，把手伸过去。"重不重，我帮你拿？"

简橙怪异地看他一眼，也没客气，把手上几个沉甸甸的大盒子塞给他。

简佑辉先按了电梯，然后接过她手里的盒子，送她下去。

电梯是专属直达的，里面只有他们兄妹二人，简橙见他迟迟没开口，不耐地催一句："无事献殷勤，非奸即盗，你有事快说。"

简佑辉这才提起他和汪念念的婚事。"爸一直想促成我和汪念念的事，之前汪董嫌我二婚，总敷衍过去，后来你嫁给周庭宴，爸又找上他，他才同意了，大概是想拐着弯搭上周庭宴。"

简橙听出他话里有话。"你想说什么？"

简佑辉："我跟汪念念见过面，我不想娶她，她也不想嫁我，但是她反抗不了她的父亲，我也说服不了爸，所以，"他顿了一下，看向简橙，"你能不能帮帮我？"

简橙想翻白眼。"我为什么帮你？我跟你的关系并不好。"

简佑辉自嘲："你知道，在感情上，我是个烂人，你跟汪念念毕竟是同学，看你刚才在上面的反应，我就知道你不想让汪念念嫁给我这个烂人。"

简橙夸他："也不算完全烂，起码有自知之明。"

简橙闻着他身上刺鼻的烟味，再听他这么说，就知道他心里有办法了。

帮不帮另说，她挺好奇："你想让我怎么帮你？"

简佑辉犹豫了一会儿才说："过了中秋节，不出意外就是十七号，两家一起吃饭，到时候你过来，当着两家人的面，说你不喜欢汪念念当你嫂子，你的靠山是周庭宴，没人敢责怪你。"

简橙："……"

好家伙，让她去当冤大头，成全他的爱情？他怎么想的，脑子被门夹了吗？

电梯门开了，简佑辉拎着东西往外走。"其实妈也没看上汪念念这个儿媳妇，我回去跟她说说，她到时候会配合你……"

简橙落后他一步，听他啰里啰嗦，忽而抬脚，直接在他屁股上用力踹一脚，嘴里还高喊一声："走你！"

踉跄着差点摔个狗吃屎的简佑辉："？？？"

恰好路过的几个长盛员工："……"

他们看到了什么？简总被一个女人踹了！

简佑辉完全没想到有一天他会这么狼狈，被亲妹妹踹一脚，还恰好被员工看见了，要不是他反应快，刚才得趴地上。

"滚！"

平地一声吼，磨磨叽叽慢走想留下看热闹的员工，瓜还没吃完，就被简佑辉一个凶狠的眼神吓得逃窜。

很快，电梯口只剩兄妹二人。

简佑辉瞪着简橙，面目扭曲，恨不能把手里的东西砸她脑袋上。"我是你亲哥，我当众丢人你就这么高兴？"

简橙手腕上戴着一串小叶紫檀佛珠，上面刻了佛经，简宏云说是开过光的，简橙不太懂这玩意，但也知道就这成色，肯定是好东西。

周陆喜欢收藏这些，她打算回头送给周陆。

听到简佑辉的话，简橙晃晃手腕上的珠子。"你也知道你是我亲哥，刚才老简说，你惦记这东西，想要过去送给简文茜，他没给，特意给我留着了。"

简佑辉："……"坑儿子的爹。

简橙的指尖滑过珠子上面密集的牛毛纹，半垂着眸，慢慢开口："哥，简文茜来之前你最疼我了，有什么好东西都给我，你的零花钱都拿来给我买零食、买玩具，你说只要我喊一声哥哥，无论什么愿望，你都帮我实现。"

她强硬嚣张惯了，突然说这些话，简佑辉有些手足无措。

"橙橙……"话哽在喉咙里，他一时不知道该说什么。

简橙抬头看他，眼睛红红的，一脸的委屈。"哥，我一直想不明白，怎么就突然变了？简文茜来了之后，为什么你们都变了？哥，我以前没做什么罪不可恕的事吧，为什么你们都不疼我了？"

简橙走后，简佑辉在原地站了很久，最后被亲爹一通电话叫回办公室。"那丫头踹你了？"

简宏云按着儿子的肩膀，把他转过去，眼睛盯着他屁股瞧，虽然不太清晰，但隐约可见鞋印，忍俊不禁。

"行，你比我惨，我心里也舒坦些。"

刚才秘书进来给他送茶，说是简橙临走前嘱咐的，新煮的清火茶。

茶放下，秘书又说，简橙在楼下踹了简佑辉一脚，往屁股上踹的，还被几个员工看见了，挺丢人。

"这么看，那丫头还给我留了面子，没让我当众丢人。"简宏云实在好奇，"所以，你是怎么惹她了？"

简佑辉后退一步，伸手拍拍被简橙踹到的地方，哀怨地看他一眼。"还不是因为您，您把那珠子给她就给她，提我干什么？"

简宏云心虚，还不是因为那会儿，被那丫头说得老脸挂不住，就想着赶紧拿礼物堵住她的嘴，当时气氛又太尴尬，于是拉儿子当个垫背的。

他也没说谎，昨天儿子确实想要走送给文茜呢。

"我好像又被那小王八蛋坑了！"想到刚才的事，简宏云又气得心肝疼。

他那时候就是在气头上，杠了简橙一句，谁料到那小王八蛋一下列举了他那么多"罪行"。

其实她说的那些事，时间太久了，他印象并不深，甚至有些都记不住了。倒是储藏室那次记忆最深，因为当他把奄奄一息的简橙从储藏室抱出来时，他也愧疚害怕。毕竟是亲闺女，他也是疼过她的，就是后来这小女儿不听话，不被他掌握了。

愧疚是一方面，另一方面是因为老太太拿擀面杖把他打了一顿。真没留情，都是往死里打的，谁过来求情，老太太就打谁，谁的面子也不给，他在医院还住了一周，梅岚也差点破相。

大概是鞭子打在谁身上，谁的记忆最深刻，他竟不知道，在小女儿的心里，他给她留下过那么多的阴影，一口气能说出他十条罪，他实在不敢听下去，就赶紧拿了那串小叶紫檀佛珠给她，为了缓解尴尬，就拉踩了下儿子，以此证明他其实还是疼她的。

简宏云把刚才的事一说，头疼地按着太阳穴。

"那丫头说了那么多伤心事，竟然一点也不伤心，看见礼物还乐滋滋的，我现在怀疑她是故意的，这是她的新套路，让我愧疚，白得了东西，又什么都不需要付出。"

让她在股份转让协议上签了字，电影海报的事答应了她，珠子送了，画给她了，剩下的野生太平猴魁也全给她了，藏在抽屉里、书架上的东西全拿出来，她喜欢的就让她拿走，他在旁边含泪做讲解。

想起那根让人难眠的棒球棍，怕惹怒这小祖宗，他连提游乐场项目的机会都没有。

这次，他又亏本了！

血亏！！！

简宏云刚才喝了两杯降火的茶，越想越觉得这肯定是那丫头的新套路！

简佑辉这会儿低着头，没怎么听他说话，沉默了好半天，才慢慢开口："爸，刚才简橙问了我一个问题。"

"什么？"

"她说，她一直想不明白，为什么文茜来了之后，我们都变了，她说，她以前没做什么罪不可恕的事，为什么我们都不疼她了。"

简佑辉搓着手，抬头看向简宏云。"爸，刚才在下面，我看着简橙越走越远，越走越远，我就在想，是啊，我以前是最疼她的，你和妈忙，都是我带着她，我怎么突然就不疼她了？爸，我不知道为什么，我就……挺难受的，很难受。都怪我，当年的事，都怪我，是我让家里变得那么糟糕，我害了你和妈，害了橙橙，害了我自己。我有时候在想，如果当年你们没把文茜接来就好了，你们可以给她补偿，不把她接来就好了……"

简佑辉不知道为什么事情会变成今天这样。他从小疼爱的妹妹，他亲自带大的妹妹，他希望她能像公主一样无忧无虑地长大，可后来，她的所有灾难，好像都是他造成的。

他一直愧疚的养妹，他希望她也能幸福，可他让这段关系变得畸形，想走却走不出来，想走进去，又布满重重荆棘刀刃。

还有他的前妻，那个满心满眼都是他的姑娘，他也对她有过真心，偏偏他负了她，伤她最深。

马上，他还要娶一个不喜欢的女人。

他这辈子，真的很失败。

简宏云看他难受的样子，也沉默，半天才开口道："别想那么多了，以后跟汪念念好好过日子，那姑娘我见过，虽然身体不好，但乖巧听话，一身的才气，小提琴拉得很好。"

简佑辉一听这话，更烦了。

简橙把车开出长盛集团的停车场前，给孟糖打了个电话。"你还在你嫂子那里吗？"

"没有，下午五点的时候有个面试，我回来了。"现在四点半。

简橙挂了电话，把车开回工作室。

孟糖今天要面试的是个司机，上个月，简橙给工作室添了辆面包车，之前没多少工作，车一直没用上，以后活就多了，得招个专职司机。她上周在朋友圈发了招聘信息，今天来面试的是高中班长推荐的人，说是老家的邻居。

老同学的面子，孟糖想着怎么都得给，结果见了人，头疼。

二十六岁的年轻人，有种经常熬夜酗酒的颓感，眼睛半眯着，跟睁不开似的，聊了十分钟，打了五个哈欠。

这种人怎么能当司机呢？车技估计跟蒋雅薇有一拼，能撞上停车位上的车。

把人请回去，孟糖唉声叹气地回到办公室，刚坐下两分钟，简橙敲门进来了。她把手里的东西放下，挑了个盒子递过去。

"你爸不是喜欢喝茶吗？来，半斤的野生太平猴魁。"

简宏云手里有一斤，他就喝了两次，剩下的全给她了，半斤让孟糖带回家，剩下的给周庭宴。

茶分完，简橙又递过去一箱燕窝。"咱嫂子不是病了吗？给咱嫂子补补。"

马上就是中秋节，燕窝是长盛集团买来送给高级客户的，简宏云让人给她拿两箱，她拿不了，只拿了一箱，回头再去要两箱给孟糖。

燕窝分完，简橙把两幅画和几个小的古董玩意一起递过去。"这些，你看有没有喜欢的，喜欢就留下，没有就按老规矩办。"

老规矩就是拿去处理了，换成钱再捐掉。

这些年，简橙从简家拿来的东西，大部分都助力慈善事业了，常淮路收的租金也拿出来了一部分。孟糖自家表哥有个慈善基金会，涉及濒危物种保护，环境保护，教育医疗，宠物医疗，希望小学……简橙懒得自己处理，都让她拿给表哥。

孟糖表哥在阳城，每次处理这些她都要回去一趟，反正这东西在哪儿都一样，于是孟糖给她建议："大企业都有自己的公益事业部，专门做公益项目和慈善的，京岫肯定也有，你现在是周庭宴老婆，何必舍近求远呢，以后这种事，你直接找你老公。"

"找周庭宴？"简橙还真没想过这事。

"是啊。"孟糖越想越觉得可行，"你找周庭宴，那他就知道你在做慈善，肯定觉得你人美心善。"

简橙听着确实是这个理，于是道："行。"

聊完这个，孟糖看着桌上这些加起来不知道值几位数的东西，终于想起来问一句："这么多东西，你亲爹怎么舍得的？"

简橙从她办公室的冰箱里拿出瓶矿泉水，直接灌半瓶。"都是别人送给他的，又不是他自己花钱买的，他怎么舍不得。"

她今天真没想着要东西，就是去催催股份，顺便聊聊电影海报的事，结果聊着聊着话题就偏了，老简还一副"我很疼你，我最疼你，你还坑我，你没良心"的样子。

是他让她列举他的"罪行"的，她当然成全他，结果她话还没说完呢，老简就往她手里塞珠子，说是开了光的，有市无价的好东西。

她当时想着周陆肯定喜欢，没说话，老简就以为不够，又给她别的东西。

全是老简自愿的，她可没逼他。

孟糖轻轻叹口气，那些事情说出来，对简橙何尝不是一种伤害。

周庭宴晚上有应酬，简橙就没回家吃饭，孟糖还有点工作，也没急着回。两个人一起叫了一份烤鱼外卖。

吃饭的时候，孟糖跟她说："照片我给我嫂子看了，她很满意。她说可以用你的微博账号发一张花絮照，我准备明天发，肯定少不了被骂，你做好准备。"

简橙兴致勃勃："能对骂吗？我其实还挺想跟网友吵架的，好几年没对手了，嘴都痒了。"

孟糖："……"

她还准备等粉丝数破百万的时候，把账号还给她，看来得再考虑考虑了，她真怕哪天一觉醒来，冒出一则新闻：惊！知名摄影师简橙与黑粉对骂三天三夜，把黑粉骂哭进医院！

"对了。"孟糖说起司机的事，"今天面试的那个人不行，你那边有没有合适的？"

简橙把碗里的鱼吃干净，想一圈，还真没合适的，摇头时，忽地就想起周陆建的那个家族群了。

"你把你朋友圈发的招聘信息截图给我，我在群里问问。"

她拿出手机，打开那个叫相亲相爱一家人的家族群，群成员是 496 人，满员过一次，周陆在群里提醒不要再拉人了，这才安静了。

红包事件后，群里就没人再说话，页面上全是拉人的邀请。

孟糖把截图发过来，简橙转发到群里，发完，她把手机放下准备吃饭，筷子还没拿起来，桌上的手机就响了。

简橙把手机拿起来，就见群里有人回复了。

熬夜帅哥：小婶婶，我我我！

熬夜帅哥：本人男，二十三岁，活泼开朗，胸有大志，长相俊美，颜值担当，政治合格，品德高尚，身体倍棒，吃吗吗香，工作认真，抗揍耐打，学富五车，粉丝百万。

简橙看完，跟孟糖说："司机没找到，找到助理了，你把助理的招聘信息撤了吧。"

孟糖："啊？"

简橙在群里给"熬夜帅哥"回消息：就喜欢你的不要脸，加我，私聊。

周庭宴看到群里消息的时候，正在简橙工作室隔壁的屏玺会所，他今晚有饭局。

确定 Win 的老板要出售套现后，姚成仁作为潜在的买家，雇了京岫。

管理层会议上，京岫投行事业部的人往那儿一坐，腰板一挺，整个会议室都沉静不少。

有京岫作保，老板能安心退，杂志社的高层也放心，股东更满意，用不着明示暗示要什么手段，杂志社那边的态度明显已经偏向了姚成仁，现在只等规矩地走完流程。

姚成仁今晚做东，组这场局的目的倒不是提前庆功，毕竟生意场上的事瞬息万变，没确定下来的事不好提前庆祝，容易走霉运——这是姚家的家训——主要是感谢周庭宴这段时间的帮忙，正好有几个朋友想认识他。

周庭宴过来，一是给姚成仁面子，二是今晚来的人里有他想见的人。

喝了一圈人敬的酒，周庭宴喝水缓缓，趁机拿出手机，想问问简橙今晚怎么吃的，刚打开微信就看到群里的消息。

前面的他一扫而过，最后停在简橙的那条消息上：就喜欢你的不要脸，加我，私聊。

喜欢？还私聊？

周庭宴看不下去，退出去给简橙发消息。

周庭宴：这个"熬夜帅哥"不行，太年轻，不要脸，开车反而危险，他给你当司机我不放心，你别加他，我让潘屿给你找个合适的。

消息发送完，他还没来得及找潘屿，简橙已经回复了。

简橙：我也是这么想的，所以不让他当司机，让他给我当助理。

周庭宴：……

酒过三巡，包厢里，大家都带着点醉意，话题多起来，天南海北地扯。

周庭宴在这样的嘈杂中跟人换了位置，坐到一个五十岁出头的中年男人身边。

"吴总。"他端着酒杯敬过去。

被叫吴总的男人没想到他会主动过来敬酒，受宠若惊。

他是这里面身价最低的，草根出身，家庭条件不好，靠着奖学金和父母微薄的收入勉强支撑读完大学。毕业后进了长盛那样的大企业，薪资待遇不错，在长盛近十年，存了点钱，后来辞职，出来自己创业。

创业不易，他咬牙硬挺了过来，今天这个包厢里，谁都比他尊贵，谁都比他身价高，但只有他是靠着自己挤进来的。

近两年市场大环境不好，他早就想跟周庭宴合作，攀上京岫这棵大树，可惜一直没机会。于是，他盯上了姚成仁。

他跟姚成仁这两年有合作，各种利益牵扯不少，姚成仁这人好交朋友，三分真情就能攀上。姚成仁蠢，但命好，耀安集团靠煤炭发家，姚老爷子是腰缠万贯的煤老板。姚成仁是姚家最不成器的儿子，年轻时只顾着吃喝玩乐泡妞，学历都是买的，肚子里半点墨水没有，唯一的优点就是讲义气，广交朋友，广结善缘。

典型的地主家傻儿子。

傻人有傻福，姚家内部斗争激烈，"七子夺嫡"，个个损失惨重，最后便宜了姚成仁这个草包老八，几辈子花不完的钱砸他头上了。

命好，纯属捡漏。

没能力没关系，老爷子会给他找厉害的人帮他，甚至找了周庭宴这个"王炸"。

听说当年周庭宴进京岫的时候，姚老爷子帮过忙，具体什么忙不知道，但周庭宴欠了老爷子人情，这些年没少帮姚成仁。

姚成仁此人，该玩的年纪拼命地玩，玩够了，回家继承千亿财产，前有周庭宴拉着他，后有一堆厉害的人推着他。这样的好命，羡慕死谁？

吴总有自知之明，知道自己没那命，也不妄想，他今晚就是想趁机跟周庭宴搭上话。

正琢磨怎么拉近距离，没想到周庭宴竟然主动过来了！

"周总，您怎么还亲自过来了，该我去向您敬酒才是。"吴总忙不迭地起身，端着自己的酒杯跟他碰杯。

一杯酒喝完，周庭宴示意他坐下："谁敬都一样，吴总不用拘束。"等他坐下，周庭宴又给他添满酒，"我今天其实就是奔着吴总您过来的，有件事想跟您打听。"

吴总年长他不少，周庭宴说话一直带着尊称，吴总更受宠若惊，让他尽管问，自己一定知无不言。

周庭宴："听说吴总刚毕业就进了长盛，待了十年，想跟您打听个人。"

"谁？"

"赵军。"

吴总没想到他会问这个人，简文茜的生父——赵军。

太久远的事，尤其是长盛的那段经历，他其实并不太想回忆，但实在要说，也不是不能："我刚毕业就进了长盛，当时，赵军是长盛集团的生产部副经理。"

赵军这个人，其实能力一般，但因为是简宏云的同学，升职一路绿灯。

"他被简宏云捧得太高，飘了，得罪了很多人，苛待下属，他犯了错，整个部门都得给他背锅，我当时就很不幸，成了他的助理。"

那两年跟噩梦一样，每天高强度工作，跟上了发条一样，松懈不得，他差点被整抑郁。不辞职只是因为薪资待遇好，又是大企业，他当时需要这段工作经历。

好在他没辞职，因为后来，赵军死了。

赵军的死，吴总知道得并不是很清楚。

赵军出事的时候，他不在江榆，被赵军派去跟销售部一起到某个经销商的工厂实地考察。

本来不是他的活，他是替赵军的小情人去的。

因为工厂偏远，定的时间又在端午节前几天，考察要一周，来回路上就得两天，去了，假期就算没了。赵军的小情人不想去，撒个娇，他就被派去帮忙记录数据。

这种事常有发生，那女人是销售部的，赵军跟她混一起后，经常让他去销售部帮忙，有段时间，他都以为自己是销售部的了。

脚走出两个水疱的时候，他还诅咒过赵军，咒他早晚出事。

没想到，他真出事了，还是天大的事。

赵军出事的那天，他刚好从工厂赶回江榆，在路上的时候听说了这事。

端午节的前一天，赵军和他的小情人在长盛二号仓库幽会的时候，仓库失火，两个人没能跑出来。

夜幕沉沉，屏玺会所二楼尽头的包厢内，酒局还在继续。

周庭宴来之前就告诉姚成仁，他有事要跟吴总单独聊，所以酒过三巡后，姚成仁见他挪到了吴总旁边，就嚷嚷着要打牌，一群人被他喊到角落，打牌的打牌，看牌的看牌，实在无聊就继续天南海北地扯，给他们留空间。

吴总酒量不算好，跟周庭宴碰了几杯，已经有点醉了。"所以说，人不能太作恶，不然老天早晚得收拾你，赵军就是作恶太多，把自己害死了，报应啊。"

周庭宴给他倒了杯温开水。"这话怎么说？"

吴总道了谢，喝了两口水，胃里舒服不少。"长盛二号仓库放的都是贵重货品，价值千万，每个月都要重点排查，那里一般人进不去，但赵军可以，那天他带着人进了仓库里的办公室，把门反锁。听说当时他们被送到医院，就晚了几分钟，那几分钟就是破门的时间，要不是他自己把门锁了，有很大概率是能活下来的，这不就是自作自受。"

周庭宴："仓库起火的原因是什么？"

吴总揉着太阳穴回忆了下。"说是仓库电线短路导致的火灾。"

大家都说赵军自作孽，也是天收。可不吗？自己把自己锁起来，耽误抢救时间，就是自作孽。

周庭宴看向吴总。"简宏云收养赵军的女儿，您觉得是为什么？"

吴总没想到他会问这个问题。"简宏云和赵军是大学同学，一个寝室，他俩玩得最好，简宏云继承家业后，就把赵军带进了长盛，以他俩的关系，简宏云收养赵军的女儿也算合情合理。"

赵军死后的第二年，他老婆就带着女儿改嫁了，说是嫁的人不太好，男人家暴，母女俩日子过得水深火热，后来那男人醉驾，出车祸，夫妻俩全没了。

简文茜那时候也就十二岁吧，听说她是自己找上简家的，简宏云夫妇最后真收养了她，还给她改了姓，赵文茜改成简文茜，跟亲闺女一样疼。

别说，简宏云挺讲义气。

吴总喝了水，又静坐了会儿，脑子清醒一点，总算想起来一个问题。"周总打听赵军，是有什么事吗？"

周庭宴没多说，把手机拿出来。"方便加微信吗？"

吴总面色一喜，忙不迭拿出手机。"当然！当然！"

加了微信后，周庭宴又给他倒了杯温水。"有件事，想请吴总帮个忙。"

饭局散场，已经十一点。一群人把周庭宴送上车，然后各回各家，只有吴总还在原地站着，盯着周庭宴车离开的方向凝神沉思。

姚成仁送走另外一个人，回头见他还在，走过来，胳膊搭在他肩膀上。"周总说有事找你帮忙，什么事啊？"

吴总摇头，叹口气。"我也不懂。"

确实不懂，周庭宴加了他的微信，请他帮忙做两件事：第一件事，找些故人，再查一下当年二号仓库失火的原因；第二件事，查一下赵军老婆改嫁之后的事，也就是简文茜进入简家之前的事。

他不知道周庭宴查这些干什么，周庭宴也没说，他确实不懂，但是他会帮忙。

能卖周庭宴一个人情，可不是人人都有的机会。

周庭宴让司机把车开到下条街，又掉头回来。

刚才经过简橙工作室，里面还灯火通明，他在路边的车位看见简橙的车了，她应该还在工作室。

一来一回二十分钟，周庭宴也不想这么折腾，但没办法，老婆嫌弃，工作室重新开张的时候，简橙就给他下了禁门令。

"你目标太大，如果都知道我是你老婆，每天进来巴结的人得把我这门槛踏破了，我还得泡茶，还没开张，茶叶都得浪费不少钱，我这刚创业，得节约，所以你能别来就别来吧。"

言外之意，就是不让他帮忙，她要自己闯闯。

结婚之后，哪件事没纵容她？她一句话，他自己不敢来不说，还得跟一圈人打招呼，没事别来工作室打扰她。她一句话，他只敢大半夜掉头回来，把车停在路边等她。

没着急打电话催，周庭宴今晚喝了不少酒，临走前让人煮了碗解酒汤，这会儿还是头疼。于是他下车，靠着车门抽烟，沉暗如墨的眸望向工作室的方向，脑子里想着吴总的话。

简文茜自己找上简家的……有问题。

"周总。"周庭宴低头弹烟灰时，司机降下车窗，喊了他一声。

"太太出来了，好像，喝醉了。"

孟糖也是没想到，她就是出去接个视频的工夫，简橙能把自己喝醉。

虽然，时间有点长。

视频是从阳城老家打来的，爸妈知道嫂子病了，让她好好照顾嫂子，然后又让她照顾好自己，说起话来止不住。这通视频接了快两小时，她走的时候简橙还在她办公室看书，说要陶冶陶冶情操，以后走气质美人路线，她就放心去了。

回来没发现气质美人，屋里就一个酒鬼。

简橙有时候忙一天，喜欢小酌一杯，当初特意留了一间小房间专门放酒。

孟糖知道她今天心情不是很爽快，吃烤鱼的时候，她指着手腕上那小叶紫檀佛珠说："老简都说要把这个给我了，简佑辉还想要过去送给简文茜，说我不喜欢，你说气不气？就这还想让我当众发疯，为他的爱情保驾护航，他脸皮真厚。"

简橙对简宏云和梅岚的怨，一直都是很清晰的，可对简佑辉，她怨的同时，其实是留着一点感情的，毕竟，简橙算是被简佑辉带大的。

简橙知道简佑辉和简文茜的事后，没说出来，既是因为她奶奶生前疼爱这个孙子，她不想伤奶奶的心，也是因为，她打心眼里不想毁了简佑辉。

珠子其实是小事，只是简佑辉表面上关心她，扭头就让她当着两家人的面发疯，成全他的爱情和人情，事事都为简文茜考虑，完全把她当工具人的行为伤到她了。

孟糖之所以出去打视频，就是给她留点时间和空间，以为她顶多喝个半醉，没想到直接喝到烂醉。

孟糖扶着简橙出来。喝醉的人东倒西歪，她脚上是高跟鞋，也跟着东倒西歪，下台阶时脚跟一滑差点摔倒。

电光石火间，怀里的简橙被人拉过去了，她也得以站稳身子。

"怎么喝这么多？"周庭宴揽住简橙的腰，借着墙上的壁灯，低头看她红扑扑的脸，眉头都皱起来。

孟糖心说不能让简橙白白受委屈，酒不能白喝，也不能白难受，于是抱着告状的目的，把简橙回来跟她说的事，全都告诉了周庭宴，说完还添油加醋。

"简佑辉太不是东西了，他自己不想娶，又搞不定人家，就让橙子当众发疯，太可恶了，橙子的命也是命啊。这事如果传出去，不知道多少人骂橙子呢，骂她破坏哥哥姻缘，回头再有人把简文茜嫁不出去的原因也怪橙子身上，橙子得多冤啊。"

周庭宴垂下的眸幽深，他沉默了少许，抬头看向孟糖。"我知道了，谢谢你照顾她，时间不早了，你也早点回去。"

孟糖确实也该回去了，她今晚去她嫂子那边。"行，那你们路上小心。"

简橙让她带给嫂子的燕窝还没拿，她转身回屋，突然想起什么，走一步又退回来。"周总，你帮我给秦灈带句话，我知道他日理万机，但是，如果他想彻底解脱，还是联系一下我吧，总拖着影响他谈恋爱。"

"好。"

周庭宴把简橙抱进车里，知道她这会儿难受，他直接把人抱到腿上，肩膀撑着她的脑袋。

司机把车驶向主路，朝后视镜看一眼，很自觉地把挡板打开。

简橙今天喝得确实有点多，红酒后劲大，她胃里翻天覆地地难受，身上热得不行。

"我渴，周庭宴，你快给我水喝，我要烧死了。"

周庭宴给她喂了半瓶矿泉水，水喝完了，她又去扯自己的衣服。"好热，周庭宴，你帮我把衣服脱了，我热死了。"

周庭宴下意识抬头，看见挡板已经升了起来，暗暗呼了口气，心想回头就给司机涨工资。抓住她乱动的手，周庭宴低头亲亲她的唇，温声哄她："回家再脱。"

简橙窝在他怀里老实了一会儿，又抓着他的衣角乱晃。"周庭宴。"

她下巴抵着他胸口，因为喝了酒，眼尾红了一圈。

周庭宴用指尖扫过，声音低沉性感。"嗯，我在呢。"

简橙勾魂的狐狸眼颤着，像是受了多大的委屈，眼泪断了线似的流，模样惹人怜爱。

"周庭宴，你别对我这么好，糖糖说，你可能喜欢我……就算，你有点喜欢我，也别对我这么好。"

周庭宴的手贴着她的脸，曲起的手指抹去她的眼泪。"为什么不能对你好？"

简橙眼泪越来越多，打湿周庭宴的整个掌心，罪魁祸首还委屈得不行。"我怕有一天，你也突然不疼我了，他们……他们以前都很疼我，突然有一天就不疼我了，你也会的，爱会消失的……"

平时天不怕地不怕，对什么都不在意的人，这会儿借着酒劲暂时释放脆弱和委屈。她用脸蹭他的肩膀，周庭宴顺势抱紧她，抱在怀里哄，哄了好半天都没哄好。

到最后，只好用滚烫至极，缠绵悱恻的一个吻堵住她的嘴，直到车停下才结束。

简橙被抱下车，全身发软地躺在他怀里，昏昏欲睡间，隐约听他咬牙切齿地低咒一句：

"简佑辉真该死啊。"

次日，简橙是被手机铃声吵醒的。

困得眼睛睁不开，她往旁边挪挪身子，伸手去摸床头柜上的手机。

"橙子，一个好消息，一个坏消息，你想听哪个？"孟糖不算平静的声音传过来，似乎在压着火气。

简橙现在脑子混沌，反应慢。"随便。"

"你不是还在睡觉吧？"孟糖听出她嗓音的不对劲，"都要吃午饭了，你还没起呢？"

房间里的窗帘拉着，遮光效果极好，屋里黑沉沉的，简橙把手机拿开，看一眼时间：11:41。

已经到中午了。

孟糖想起她昨晚喝了酒，于是长话短说："坏消息就是，我用你的账号发了张花絮照片，已经被米珊粉丝围攻了，评论里骂得不能看，你暂时别打开微博，我怕你用小号跟人干架，咱现在得低调。"她又说好消息，"你说的那个助理已经到了，我让他在工作室等着，你要是暂时不过来，我让他回去等？"

简橙这会儿神魂归位，清醒了："这事我忘了，他是说过今天早上十点到。"

昨天群里聊完，那"熬夜帅哥"就加她了，管她要了地址，说今天早上十点到，她还答应了人家，结果睡过头了。

简橙觉得孟糖刚才的语气不对，说是好消息，但这话里明显憋着火气："怎么了？我感觉你提这人的时候咬牙切齿的，他惹你了？"

"我第一次在现实里见到活的唐僧，他话真是太多了，我真服了，我觉得你还是慎重，不然得被烦死。"她不想多谈，"等你过来就知道了。"

简橙翻个身，伸手搓搓脸。"我吃了饭过去，下午两点半能到，他要是不愿意等，就让他先回去，他要是愿意等，就让人给他订份饭。"

挂了电话，正好芳姨敲门喊她吃饭。

简橙赤着身从床上爬起来，不适感提醒她昨晚的荒唐，记忆断断续续涌入。

她记得，昨晚周庭宴把她抱回卧室，给她洗澡，她非要拉着他一起洗，后来她缠着要，人家还拒绝呢，说她喝太多会难受，她还霸王硬上弓。

完蛋，她真是越来越色，越来越贪恋他的身体了。

十二点整，简橙下楼。

瞧见餐厅里那个背影傲岸的男人，愣住。

周庭宴侧脸冷峻，连棱角都犀利，他一只手在摆餐具，另一只手拿着手机讲电话，说的是工作上的事。

听到脚步声，他转头看过来，对着手机嘱咐一句就挂了电话，然后朝简橙招招手："过来。"

今天不是周末，简橙以为他中午不回家吃饭。"你怎么回来了？"

周庭宴帮她拉开椅子。"下午三点的飞机，回来陪你吃个饭，时间正好。"

简橙坐下。"你要出差吗？"

周庭宴在她对面坐下，闻言，讶异地挑高了眉，笑着看她。"昨晚跟你说了，你还说那边有场拍卖会，让我帮你拍个东西。"

欸？简橙不记得："什么时候？"

芳姨还在厨房，餐厅里只有他们两个人，周庭宴还是把声音压了压。"就是，你在我身上的时候。"

"我什么时候在你……"简橙想到某个画面，白皙的脸庞骤然通红一片，立刻住了嘴。

周庭宴见她尴尬，也没继续说，先拿碗给她盛鱼汤，递过去，不着痕迹地转移话题："微博上骂你的不少，要帮忙吗？"

他没有注册微博，是早上潘屿告诉他的，说简橙发了条微博，评论里全是骂声，所以他回来看看她的状态。

简橙松口气，喝一口鱼汤，无所谓道："不用，骂得越厉害越好，这是好事。"

话是这么说，等周庭宴一走，简橙还是打开了微博。

孟糖把她的账号要走后，她就搞了个小号。

孟糖用她微博发的花絮照，是米珊休息时的侧脸，像是随手一拍，但配合着窗外的阳光，照片也美得很。

简橙V：第一次合作，米珊女神太美了，期待下次合作 @米珊 @米珊工作室 @Win。

早上八点发的，到这会儿评论已经超过三万条，米珊的粉丝们怒火沸腾，黑粉也来凑热闹，还有路人围观。

简橙无视那些恶毒的话，往下翻了几页。

粉丝评论的主旨是：一个小作坊，没作品没名气，竟然有 Win 和米珊这样级别的资源，铁定是资本控制的，资本真可怕，米珊好可怜。

黑粉评论的主旨是：米珊刚复出就有无数营销号出动给她接风，不也是资本控制？许她背后有金主，不许人家工作室有人？别太双标。

路人评论的主旨是：别说，照片还挺好看的。

在这场风波中，路人的评论很快被淹没，评论区是米珊粉丝和黑粉的战场，闹得沸沸扬扬。

简橙关掉微博，于两点半到工作室，见到了孟糖说的那个活唐僧。

话确实多，嘴也确实碎，刚见简橙就一顿天花乱坠地夸，简橙这么厚脸皮的人都被他那句"仙女下凡的小婶婶"雷得头皮发麻。

还不止，他自我介绍的时候把族谱都翻出来了："我叫林野，二十三岁，我是小叔叔姑姑的远方侄子的儿子的堂弟的……太绕了，省去中间的复杂关系，我就是小叔叔的侄子，您就是我小婶婶。我本来叫周野，后来我那花心大萝卜亲爹跟人跑了，我深以为耻，所以改了我妈的姓，虽然改了姓，但血缘不断，我还是您的侄子。我专业学的是英语，修英德双语，虽然专业不对口，但我身高一米八六，打架也厉害，可以当保镖用，三年驾龄，开车贼稳，坐过的都说好……"

办公室里，林野叽叽叽地说个不停，孟糖趴在简橙耳边小声说："看见了吧，话太多了，早上刚见到我，也是噼里啪啦一通夸，什么神仙姐姐，什么梦中情人，我鸡皮疙瘩起一身。"

孟糖说完，见林野直勾勾地盯着她，神色一凛，直接出门了。

林野的目光跟着她挪动，从她起身就看着她，直到她关门离开，桃花眼熠熠生辉。

简橙敲敲桌子，把他的魂叫回来："你叫'熬夜帅哥'，你经常熬夜？"

林野解释："准确地说，我一周熬一次夜，通宵打游戏，其他时候都是生活作息规律的精神小伙，因为朋友都说我熬夜之后的颓废感贼帅，所以起了这个名字。"

简橙觉得这人挺有意思。"司机你干不了，也屈才了，我缺个助理，你来不来？"

林野一愣："小婶婶的助理吗？"

简橙："是，试用期两万，奖金另算，如果能过试用期，工资和奖金都给你翻一倍，如果你在江榆没房子，可以包吃包住……"

"成交！"林野不等她说完，直接兴奋拍手，"今天就能上班吗？"

简橙："随便，你时间 OK 就可以。"

林野当天上岗。

第一天没什么工作，他觉得不能拿着钱不干事，于是当简橙举着相机对着窗外拍照时，他举着手机抓拍一张，并把照片发到家族群里。

小婶婶的助理林野：第一天上岗，工作中的小婶婶真美呆了，跟小叔叔简直绝配！

没想到林野的这张照片惹了事。

蒋雅薇流产了，说是看到照片后，跟周聿风吵架，怒火攻心见红了，虽然及时送到医院，但还是没保住孩子。

曹瑛听说后，差点昏死过去，她吸取上次的教训，这次没直接打电话骂简橙，但是想给她打电话，让林野负责。

周聿风拦着没让："人家就是发了一张照片，我早让雅薇退群，她偏不退，明明知道会生气，非要看，看完就找事，怪谁？"

周聿风最近快烦死了。工作不顺，连着几个方案被否决，公司里周陆的风头已经压过他。

父亲知道他心里不爽，劝他换岗："我一开始就劝你，如果去总部，就去事业部，京岫的事业部更适合你。我在你小叔面前，还能说上几句话，上次那件事发生后，我探过他的话风，如果你进事业部，他能把事业一部的经理位置给你。"

父亲当时喝了酒，语重心长："聿风，我知道你是怎么想的，你不要被你妈影响，有些事你不懂，你小叔是受害者，就连简橙那丫头，被你们怨上也实在无辜。你按着你妈给你铺的路走，总有一天会万劫不复，一无所有，你就听爸一句劝，换个轻松的方式生活。"

他听不进去这话，小叔当年就是凭投资翻身的。小叔当年能借着所有股东的势扳倒大伯，就是靠着手里的大项目，他手握能让整个京岫吃一辈子的项目，用最强大的利益牵制股东，他甚至什么都不用做，往那儿一站，就有人帮他对付大伯。

小叔可以，他为什么不行？

他最初的想法是出国韬光养晦，小叔当年就是自己在外锻炼的，他也想出去，但母亲不让，母亲非让他一毕业就进京岫。

"周家哪个不想进京岫，你偏要出去，傻啊，京岫就有最优秀的投资团队，你跑外面干什么？你走个几年，京岫就没有你的位置了。"

他在母亲的念叨声中留下了。

如果不留下，也许，他跟蒋雅薇就没有后来的交集，也许，他和简橙就是另外的结局。

简橙知道蒋雅薇流产，是听周聿风说的。

周庭宴出差的第二天，她不想回去太早，就在工作室打游戏到半夜，从办公室出来，就看见沙发上坐着一个不速之客。

周聿风下午失去孩子，又跟母亲吵一架，今晚在屏玺会所跟朋友喝酒，喝得难受，脑袋要炸了，就出来走走。他知道简橙的工作室在旁边，鬼使神差地就走过来，看到里面还亮着灯，就想进来坐坐。

简橙不知道他怎么了，但毕竟认识这么多年，这样醉态的周聿风还是第一次见，所以简橙语气还算平和。

"我要锁门了。"简橙晃晃手里的钥匙，示意他离开。

周聿风胃里烧得厉害。"能给我一杯水吗？"

旁边的柜子上就有矿泉水，简橙随手拿了一瓶扔给他。

周聿风双手接过，眼睛未离开她，微微失神道："简橙，孩子没了。"

第九章
归国女星

简橙听到这话，一时没反应过来什么意思："什么孩子没了？"

周聿风把一整瓶矿泉水全喝完，胃里才缓和了一些。"雅薇流产了。"

简橙终于听明白他在说什么，下意识后退两步。"我的妈呀，我这段时间忙着呢，连你们家蒋雅薇的面都没见着，她流产跟我没关系啊，你可别又赖我身上。"

周聿风瞧着她这样下意识的防备和警惕，微微愣住，话也脱口而出。"简橙，你是不是，想起过去了？"

周聿风想起简橙回国后的第三个月。

简橙要去度假村泡温泉，他本来不想去，雅薇说她也想去，于是他就借着考察度假村的理由带着雅薇去了。

泡到一半，女池那边传来重物落水声和尖叫声，他听出是雅薇的声音，立刻穿了衣服过去。

雅薇说简橙逼她辞职，她不愿意，简橙就推她下水。

简橙说："我没推她，她自己脚滑，我还想去拉她一把，她把我推开，自己掉下去了。"

他不信简橙的话，劈头盖脸把她训斥一顿，简橙当着他的面，一脚把雅薇踹回池子里，趾高气扬。"这次才是我，刚才不是我！"

他那时候觉得母亲说得对，简橙果然太嚣张了，不如雅薇乖巧听话，就她那样的脾气，娶回家被叶绮那样的挑事精一挑拨，早晚出事。

297

简橙回国后的第五个月。

雅薇的合租室友换工作，要换房子，雅薇一个人负担不起那房子，他就把二环的一套房子给她住，他周末也会过去住。那天正好是周六，他开门的时候听到里面轰的一声，进去就见雅薇一脸血地倒在地上，旁边是碎裂的鱼缸和几条翻着肚皮的鱼，简橙也在旁边，像是被吓住了，呆呆地站在那儿。

这次是简橙先解释的："不是我，是她自己撞过去的。"

他依旧没信她，雅薇性子乖顺，一向怕疼，怎么可能自己撞过去。

他说的话很难听，简橙当场发疯，把客厅里能砸的东西都砸了，眼睛通红着朝他吼："不是我！就不是我！我没碰她！"

母亲说得对，简橙果然太任性，已经不把人命当回事了，错了也不知悔改。

简橙回国后的第六个月。

他们共同的朋友过生日，在 CLu 酒吧庆祝，开始气氛挺好，后来简文茜和雅薇进来了。

简文茜说她和雅薇跟朋友在隔壁，她们喝多了出来透气，走错了包厢。都是认识的，既然来了，自然是要坐一会儿，大伙聊得很愉快，只有简橙一个人闷声喝酒。

后来简橙去洗手间，雅薇和简文茜没坐多久也说要回她们的包厢。

半小时后，有人进来说简橙在洗手间把雅薇推倒了。他急忙赶过去，雅薇坐在地上，墙角边的花瓶已经碎了，碎片在雅薇手上划了道口子。作为唯一的目击证人，简文茜说，确实是简橙推的，简橙让雅薇离他远点，没说两句就动了手。

简橙说是简文茜推的，姐妹俩互相指责对方，争执不下，最后雅薇说是简橙推的，雅薇总不可能帮伤害自己的人说话，所以肯定是简橙在说谎。

他那时候挺气，简橙前一个月才把雅薇害进医院，又来伤害她。他当时喝了不少，怒气借着酒劲攀上来，使劲推了她一下。

简橙崴了脚，整个人还跟点着的炮仗一样。"我没推！她俩合谋坑我的，周聿风你能不能信我一次！"

他没信，他记得当时说了很多难听的话，吸取在度假村的教训，把雅薇护在身后，简橙就扑过去打简文茜。

后来周陆来了，以老板的身份当场给雅薇和简文茜下了禁令，不让她们再踏入 CLu 一步。

周陆背着简橙离开，简橙一只手搂着周陆的脖子，另一只手垂下来，那时候他才发现，她的整个掌心都是血，应该是她被他推倒的时候，被地上的碎片割伤的。

他没信过她，后来很多次，只要雅薇出事，他就没信过她。

再后来，她开始避着雅薇了，雅薇在的场合，她不会出现，偶尔碰上，也总跟她站得远远的，每次听到雅薇有什么事，她第一反应就是："跟我没关系啊，别又赖我身上。"

就像今晚的反应一样。

有那么一瞬间，他觉得简橙想起过去，觉得她记忆恢复了，但简橙看他的目光没有半点爱意，只有冷漠和防备，所以他又觉得不可能，毕竟，有记忆的简橙，是爱他的。

"我没说是你。"周聿风知道，这次确实不是简橙导致的，不过多少也跟她有点关系。

昨天下午小叔开视频会，他做了很久的方案被当众否决，心情郁闷到不行，父亲听说了这事，晚上约他喝酒，说了换岗那些话。

他没听进去，回家倒头就睡，迷迷糊糊中被雅薇摇醒，她拿手机给他看，问他简橙好不好看。

他当时没退群是觉得退了不好看，毕竟所有人都在，但他把群设置为消息免打扰了，所以直到雅薇给他看照片，他才看到林野发的那张图。

上次准备约简橙出来，小叔回复了消息后，他就没再联系过简橙，有段时间没见她。照片里的她好像跟以前没什么差别，和以前一样的长鬈发，不堪一握的腰，漂亮的脸。但又有哪里不一样了，阳光照在她的脸上有种说不出的柔和，这是回国后的简橙从来不曾有的感觉。

鬼使神差地，他多看了两眼。

雅薇脸色瞬间就不好了，阴阳怪气地问他，是不是因为看到简橙的照片才喝酒。

他实在冤枉，解释了两句，雅薇不听，拽着被子哭成泪人，他顾着她的身体，哄了半天。

本以为这事就这么过去了，没想到第二天一早，雅薇又开始发牢骚，说他以前睡觉抱她，现在不抱她，说他以前起床会亲她，现在不亲她，说他嫌她怀孕后变丑了。

唠唠叨叨半天后，又开始扯简橙的照片，说简橙是故意让人把照片发群里炫耀的。

他劝了几句，主要也是顾及她的身体。医生说不能生气，所以他小心劝，结果不知道哪句话又让她不高兴，她越哭越厉害。

他因为公司的事和父亲的话，心里一直堵着气，见劝不好，他也来了气，凶了她几句。她就开始摔东西，后来捂着肚子喊疼，一掀被子，那刺目的鲜血让他头昏脑涨。

这事怪谁？怪雅薇吧，当初他让她在医院保胎，这样更放心些，她偏不愿意，非要出院，还要来老宅住。如果是在医院，兴许孩子能保住。

第一次做父亲，他对这个孩子是抱着期待的，就这么没了。

简橙听完他的话，直接无语："跟我没关系你跑我这里来干什么？这些话你也跟我说不着。"

周聿风也不知道自己为什么想过来，就是鬼使神差地走进来，也不知道为什么要跟她说这些，被她当面质问，脸上有点挂不住，话也不经过大脑。

"林野发照片是你允许的吧，如果不是那张照片，雅薇也不能那么闹。"

简橙："……"

什么脑回路，一张照片就能让蒋雅薇流产？

简橙知道他刚失去孩子，肯定是受了打击，所以没冲他发火，却也懒得搭理他，她又扔给他一瓶水，拿着车钥匙往外走。"你在这儿坐一会儿，我去给你买解酒药。"

出了门，她直接给林野打电话，三言两语把事一说。"人家觉得是你发照片她才流产的，事是你搞的，你过来把人轰出去。"

挂了电话，她直接开车回家。

林野火急火燎赶到工作室。

周聿风已经走了，他清醒后觉得就不该来这儿，所以简橙刚走，他就直接溜了。

林野过来扑了个空，气得直接在群里发歇后语。

猪八戒败阵——倒打一耙。

倒打一耙。《西游记》故事：猪八戒以钉耙为武器，常用回身倒打一耙的绝技战胜对手。自己做错了，不仅拒绝对方的指摘，反而指摘对方。

周陆最近很忙，大半夜还在加班，看到消息回：大半夜不睡觉，气成这样，内涵谁呢？

背锅的林野：我在等红灯呢，怕等红灯的时候被车撞，得集中注意力，不聊了。

周陆：确实，上次小婶婶就是等红灯的时候被聿风媳妇撞了。

众人：……

哦，所以这是内涵蒋雅薇呢。

周庭宴这次出差，是因为京岫集团旗下的互联网公司在纽交所挂牌上市，他作为京岫掌舵人，过去陪京岫高层站台，有很多事要忙，应酬不断，看到群里消息时，已经是第二天。

他特意挑着国内午饭时间给简橙打电话。"蒋雅薇又找你事了？"

林野跟蒋雅薇没什么关系，唯一的交集是简橙，他突然在群里内涵蒋雅薇，周庭宴第一个猜测就是蒋雅薇找事了。

芳姨今天包的饺子，简橙回家吃饺子，刚咬了一口，满嘴的肉香味。

关于周聿风的事，她对周庭宴向来是知无不言，吃半碗饺子的时间，她把昨晚在工作室的事说了一遍。

周庭宴这才知道蒋雅薇流产的事。

简橙知道他很忙，安抚道："周聿风就是喝醉了胡言乱语，你好好忙你的工作，这种小事不用挂心上，我在家挺好的。"

简橙是真没放心上，她现在脾气没那么暴躁了，只要不跑到她跟前撒野，她没心思陪他们玩幼稚无聊的游戏。一直以来周聿风醉酒后都是小孩性子，想发泄，想让人哄，这么多年毛病都没改，所以她只当他幼稚。

周庭宴确定她没事后，没再多说什么。

中秋节的前一天，周陆在惠安路附近办事，临近中午，就来工作室找简橙蹭饭。聊起第二天回老宅过节的事，周陆带来两个好消息。

"国外有个收尾的项目，得三个月才能结束，小叔让周聿风过去了，今天就走，你明天见不到他。蒋雅薇这次流产好像挺严重，说是得住一个月的院，你明天也见不到她。这俩恶心的都见不着，高兴不？"

简橙挺高兴，最高兴的是周庭宴今天回来。

简橙要去接机，先走一步，临走把小叶紫檀佛珠给他。

孟糖过来的时候，见周陆低着头，指腹反反复复摩挲着珠子，看不清神色。

孟糖坐到他对面。"周陆，你有病吧？我问了秦颖之，那天在京岫的人就是她，你明明认识她，为什么故意误导橙子？"

孟糖跟秦颖之没什么联系，但跟秦濯的一个侄女关系特别好，这事她是让秦濯侄女帮忙问的。

知道那天让简橙误会的人是秦颖之后，她完全看不明白周陆了。

"你明明知道橙子现在对男人没什么安全感，为什么还故意吓她？她最信任的就是你了，甚至超过我。"

两人坐在工作室大厅的玻璃窗前。这里摆着一张方形的桌子，因为简橙喜欢坐在这里吃饭，她说，看窗外人来人往，车来车去，忙忙碌碌的，她自己悠闲用餐，很惬意。

她以前喜欢热闹，现在依旧喜欢，不同的是，如今更喜欢隔着一层玻璃，把自己隔在安全距离，对人起了防备心。

孟糖看着周陆，目光复杂。"我劝过你，我也不知道你到底为什么就是不敢，但是周陆，橙子现在挺好的，周庭宴很适合她，所以你……你懂我的意思吗？"

周陆笑道："你以为我要破坏他们？"

孟糖没吭声，因为她确实想不通，连她都知道简橙现在最忌讳的就是男人劈腿出轨，周陆不可能不知道。简橙跟周陆认识的时间比她还久，跟周陆的感情也比她深，周陆说的话，简橙从来不会怀疑。

"小叔要追橙子，觉得橙子没把他放在心上，所以问我的意见。"周陆语气坦然，"我给他出的主意，让橙子有危机感。"

周庭宴要追简橙？

孟糖错愕之后，惊喜之余，又蹙眉看他。"那你用什么办法不好，你用疑似出轨这招，这不是找事吗？"她狐疑，"而且周庭宴这样的人，竟然会信这么俗套的办法？"

周陆低头看手腕上的珠子，指尖慢慢摩挲上面密集的牛毛纹，慢慢道："一半一半吧。"

"什么？"

"他信了一半，证明他确实是喜欢橙子的，他只信一半，说明他……挺好，挺好的。"

孟糖愈发听不懂他在说什么了。"什么叫信一半挺好？你什么意思，能不能说人话？"

周陆抬头，视线落在桌上的花瓶上，白瓷花瓶里插着新鲜的太阳花。工作室每天早上都会换上新鲜的花束，是常淮路的双禧花店送来的。

周陆摘了一朵花瓣在掌心，抬头看向孟糖，黑沉的眸子含着笑。"人话就是：孟糖，如果有一天，你发现突然不认识我了，你可以像今天一样怀疑我，但你要相信，我就算再面目可憎，也永远不会伤害橙子。"

孟糖越听越糊涂，总觉得这话怪怪的。"你越说我越不明白。"

周陆笑道："以后有的是时间明白，现在，你还是先把自己的事搞明白吧。"他朝窗外点点下巴，示意孟糖往外看，"你的'不明白'来了。"

孟糖顺着他的视线看过去，目光微滞。院子里站着一个身形颀长的男人，大概是阳光太刺眼，她只能看见他朦胧的轮廓。

不清晰，却能一眼认出来，是秦濯。

秦濯是昨晚才回的江榆。

那天孟糖走后，他在摄影棚旁边的咖啡馆里又坐了很久，想一些乱七八糟的事，最后他觉得，应该按着她说的做。既然她有不甘心和执念，反正只剩一分，那就让她扣完，成全她，也算让自己解脱。

所以出了咖啡馆，他就往摄影棚走。

还差一步进门，手机响了，集团旗下的一个分公司出了点棘手的事，其实他不需要亲自过去，但他还是去了。

去机场的路上看见孟糖的电话，他有一种说不出来的心虚。

秘书接到孟糖电话时，他就在旁边坐着，秘书见他不敢接电话，也没敢多说。后来一忙，他就暂时忘了这事。直到周庭宴给他打电话，说孟糖有话转告他，问他怎么回事，他才把事情说清。

周庭宴劈头盖脸把他骂一顿："你现在要是在我跟前，我一定揍你，人家都说最后一分了，你既给不了婚姻，也给不了承诺，为什么不成全她？秦濯，你就算不爱孟糖，起码给她一次尊重吧，你这样一声不吭地跑了，真的很不尊重人，你就作吧，也就是仗着她爱你。

"秦濯，其实在我看来，你对孟糖不是一点感情都没有，好好想想吧。"

秦濯对孟糖能有什么感情？这个问题，不用思考都知道：他不喜欢她，不想跟她结婚。

但真要抽丝剥茧，仔仔细细地追究，秦濯其实也说不清。

孟糖刚来秦家的时候，他第一眼其实很喜欢，因为她长得实在可爱，肉嘟嘟的脸看着就想捏捏。那时候他对她的感情很明确，她天天跟他侄女混在一起，他把她当侄女疼的，他对孟糖很好，喜欢逗她，给她买很多很多糖果，那些个侄子、外甥欺负她，他会把欺负她的人揍哭。

后来慢慢疏远她，是在她高二暑假的时候，因为她看他的目光变了。

虽然很隐晦，但他是谁？从高中开始就一学期换两个女朋友的秦濯，对男女那些事太清楚了。

小姑娘目光躲躲闪闪，显然没有摊开讲的意思，他也做不来揭穿小姑娘秘密的事，于是他很少回老宅，有时候放假也不回去。偶尔躲不过去，碰到了，他也有意疏远她，他以为她能理解他的意思。

后来家里催着他相亲，爷爷装病，他没办法，只能勉强答应，他实在没想到她竟然主动求了她爷爷过来谈。

他的家人都喜欢她，自然是欢欢喜喜的，他直接被架上台，连反抗的机会都没有。

莫名其妙订婚后，他对她各种漠视，各种冷落，他不想伤害她，但他是个挺烂的人，只能把她往外推。

他一年可以喜欢上两个人，可以对两个女人有好感，可以谈两次恋爱，认识他的人都知道他是个放浪形骸，游戏人间，不结婚，只恋爱的人。

很多人都说，浪子不回头是因为没有遇到一个让他疼到心坎的人，这话挺对，他确实喜欢过很多人，但始终没有一个让他挠心挠肺，痛彻心扉的人。

跟他以往的所有女朋友相比，孟糖是个很奇怪的存在，她事事为他着想，对他抱着一百分的热情，点着火把往他心里扔，经常让他挠心挠肺，但没让他痛彻心扉。

只占了一样，所以，他应该是不爱她的。

来之前他想了很久，觉得应该像周庭宴说的那样，给她一个解脱，也给自己一个解脱。所以，他今天过来，是要带她跟米珊一起吃饭，帮她把最后一分扣完的。

孟糖走到院子里，在距离秦濯两步远的地方站定，朝身后指了指。"要进去坐坐吗？"

秦濯摇头："不用，你晚上有空吗？想请你吃个饭，跟米珊……"

"孟糖姐！"林野抱着一大束玫瑰花欢欢喜喜地跑过来，把花递给孟糖，"刚才有个小姑娘卖花，我瞧着可怜，就把她的花全买了。我觉得这么漂亮的玫瑰，跟你很配，请你一定要收下，不然就辜负了卖花的小姑娘。"

孟糖嘴角狠狠抽了抽，因为秦濯在这儿，她忍着怒意没发火。

前台小姑娘出来扔垃圾，恰好瞧见这一幕。"林野，我都无语了，你第一次送，说是老爷爷卖花，第二次送，说是老奶奶卖花，今天又换成小姑娘了。"她半开玩笑地说，"我比你来得早，我怎么不知道这条路上天天有卖玫瑰花的？想追孟糖姐你就直接追，送个玫瑰花都能被你玩出一百种花样。"

林野看着孟糖，还真问了一句："孟糖姐，那我以后不找理由了，直接送花，我想追你，你让追不？"

孟糖："……"

秦濯的视线在林野身上上上下下打量，最后给出一句评价：开屏的花孔雀，挺讨厌的。

孟糖这会儿没工夫跟林野闹，把他往旁边推，又看向秦濯。"是晚上和米珊一起吃饭吗？"她大概能猜出他的打算，"我有时间，几点？"

秦濯看看她，再看看林野，最后视线落在那束惹眼的玫瑰花上，好半晌才开口："不跟米珊吃，就我跟你，怎么说我都是你未婚夫，我们很久没一起吃饭了。"

孟糖："……"

简橙到机场的时候，是下午两点半，等了不到半小时就等到周庭宴了。

"不是不让你过来？"周庭宴把行李箱递给司机，伸手一把将简橙揽到怀里，防止她被人撞到。

他只穿着一件单薄的黑色衬衫，简橙整个人贴着他，在他怀里了才觉得这几天有点漫长。

"反正也没事，就过来了，还挺想你的。"

周庭宴指腹移到她白皙的脸颊，低头，简橙想问他有没有想她，他却堵住了她的声音。

毕竟是在机场，只一个短促的吻，却抵得过千言万语。

周庭宴松开她，又在她额间落下一个轻吻。"算你有良心，不枉我赶着暴雨天去给你拍东西。"

简橙欢喜："你给我拍到了？"

"当然，你的要求，我什么时候没答应过？"

"好像是，谢谢你。"

"嗯，晚上谢。"

"……"

两人有说有笑地离开，身后的广告大屏上，有条采访视频正在播放。

记者："电影还没拍完，为什么突然回国？有急事吗？"

苏蕴："嗯，有个人要过生日，答应了今年陪他过。"

中秋节要回老宅吃饭，简橙中午才起。

昨晚周庭宴很过分，她甚至想把林野那个"倒打一耙"送给他，因为他现在尤其会赖人，大错小错都往她身上推，说给她拍东西时淋了雨，就要求她也化为一摊水，说这样的感谢才能让他忘了淋成落汤鸡的狼狈。说车子还在路上抛锚，就非得让她身体力行地感受下，什么叫来势汹汹。

简橙也委屈，被抽干了力气也要打断他。"少骗我，你出门都有保镖跟着，保镖能让你淋雨？"

简橙一开始不知道周庭宴身边有保镖，是蒋雅薇撞了她之后，周庭宴非要给她配一个专职司机才知道这事的。

他说那司机经验丰富，能眼观六路，耳听八方，就算是等红绿灯，也能精准地避开后面的车。

她当时怀疑周庭宴在暗示她车技不好，跟周陆聊天的时候偷偷吐槽。

周陆说她不识好歹。"你别身在福中不知福，那肯定不是一般的司机，是司机兼保镖，你那个我没见过，小叔的司机，那可是八连冠的泰拳冠军。他给你的肯定也不会差，怎么着也得是个冠军，你就听小叔的，以后出门尽量别自己开车。"

她恍然大悟，就说见那司机的第一面就觉得他不一般，身材魁梧高大，眼神犀利，胳膊上肌肉硬邦邦的，看着就像会功夫的，让人觉得很有安全感。

周陆说周庭宴不止司机那一个保镖，他每次出门最少两辆车，只是后面的车远远跟着，不易察觉。

简橙自从成为苏蕴的剧粉后，看的电视剧不少，什么商战剧，豪门恩怨剧，太多了，所以当时就脑补一场大戏。

"有人要害他吗？"

周陆："现在应该很少有人敢，不过也不能完全安心吧，毕竟当年那场车祸太惨烈，他差点就死了，又亲眼看着自己的兄弟死在眼前，这要是我，出门至少带十卡车的保镖。"

简橙亲眼见过那场车祸有多惨烈，所以当时提了保镖后她就后悔了，生怕让他想起不好的事，自己先厌了，从被动到主动，缠他缠得厉害。

周庭宴没回答，她以为他没听见，只庆幸着，幸亏他沉浸在欢愉里。

事实上，周庭宴听见了，也想到了那场车祸，不回答只是因为一时间不知道该怎么跟她解释，因为这要牵出很多事。

最重要的，有件事，他还没有万全之策。

简橙让周庭宴帮忙拍的是一对黄钻耳坠，她本来打算自己去，周庭宴恰好去出差，赶上了。

出门前，简橙把一个精致的绒面盒子递给他。"中秋节礼物。"

其实是生日礼物。

周庭宴的生日是中秋节的第二天。

她还是从结婚证上看到他生日的，她以前的精力只放在周聿风身上，不怎么关注周庭宴，也不知道他的生日以前是怎么过的。

一个月前，她偷偷问了秦濯。

秦濯说，他不怎么喜欢过生日，每年都是跟几个朋友吃饭喝酒，打通宵的牌，没什么意思，他一直都是没劲的人。

简橙说要帮他准备生日，给他惊喜。

秦濯劝她："别了，我问过他，说今年给他办场大的，他不领情，还让我以后低调，说过一次生日老一岁，气人，啧，不办就不办吧，你也别问他了，随他高兴吧。"

她把这事告诉孟糖，孟糖分析了一通，得出一个跟她有关的结论："虽然周庭宴以前的生日也没劲，但都过了，今年突然不过，我觉得可能是因为你，你的生日都没办，所以他才不办了吧。"

简橙也不好自恋地跑去问他是不是跟自己有关，只偷偷准备了礼物，她担心当天送他会怀疑，于是借着中秋节送，合情合理。

周庭宴接过她递来的绒面盒子，打开。是一对珍贵稀有的黄钻袖扣，复古气息浓郁，儒雅又贵气，很配他身上的黑色衬衫。

周庭宴抬头看她，尾音拉长："中秋节礼物？"

简橙面不改色地点头。"是啊，好看吧，我第一眼看到的时候就觉得特别适合你。"

这是实话。她觉得寻常的东西配不上周庭宴，所以就去了拍卖会，快结束才看到这对袖扣，第一眼瞧见，就觉得跟周庭宴的气质很配。

尊贵不凡，神圣不可侵犯。

周庭宴说抱歉，没帮她准备中秋节礼物。

简橙指着自己的耳坠："准备了啊，这是你帮我拍的，就当是你送我的中秋节礼物。"她摸摸耳坠，又指着他手里的袖扣，有些抱怨地开口，"你到现在都没发现吗？这算情侣款呢，我特意挑的。"

悄无声息地转移了话题。

周庭宴伸手把她揽过去，目光温柔地低头看她。"早就发现了。"

他们今天的衣服也极搭。他是黑色衬衫配黑色西裤，她今天走高贵优雅的赫本风，从衣服到袖扣，再到耳饰，都是特意搭配过的。

周庭宴的呼吸贴近她的耳垂，性感的嗓音勾得她整个人后背泛着密密麻麻的痒。

"昨晚是我不对，下次你直接说，我让你欺负回来。"

简橙："……"

男人的嘴，骗人的鬼。

周庭宴心里清楚，这大概不是中秋节礼物。她给秦濯打电话，问他生日的事，秦濯转头就打电话告诉他了。

"我觉得你想太多，人家简橙都主动提了，肯定是不会受影响的，一个生日而已，她还能想不开？你太小心了。"

周庭宴有时候也觉得自己太小心翼翼了，跟她结婚之前，他没经验，没哄过谁，也没讨好过谁，更没为谁费过那么大的心思，所以结婚初期，他病急乱投医，潘屿说送满屋的玫瑰他送了，秦濯说的无人机暂时没用上，但当时也是精心准备的。

后来他发现，对他精心准备的浪漫仪式，简橙的回应最多是感动一会儿，跟喜欢和爱无关。所以他觉得，这种盛大的浪漫暂时不适合他们的情况，还是留到他们热恋时期再上阵。

再后来，他接受了周陆的一点建议，更后来，全靠自己摸索。

如果他过生日，他相信简橙会高高兴兴地祝福他，可他就是不想办，她不过生日，他也不过了，这叫妇唱夫随。

反正他觉得生日这种事情，其实真没什么过头，吵吵闹闹一晚上，喝到胃里难受，最后还得被提醒：呀，你比简橙大八岁呢。

谁爱过谁过，反正以后他是不过了。

这是简橙在周家老宅吃得最舒心的一顿饭。一来，今天来老宅吃饭的多数是"相亲相爱一家人"家族群里的人，都见到过周庭宴的态度，所以没人找事，机灵的找简橙巴结两句，顺便塞两盒月饼，不机灵的就远远躲着；二来，可能找事的人不在，周聿风被周庭宴暂时贬去了"边关"，蒋雅薇在医院，曹瑛得知儿子在中秋节当口被要求出差，气得要跑去京岫找周庭宴闹，被丈夫周百川拦住，发一通脾气后赌气回娘家了。

老爷子也没对今年缺席的几个人多说什么，整晚最开心的是叶绮，二房的人几乎全军覆没，曹瑛走了，今天她就是老宅的女主人。晚宴都是她带人准备的，虽然只是指手画脚的活，但好名声落她头上了。

一顿饭在平和的气氛中吃完。

饭后，老爷子把儿子、孙子都叫到书房，简橙等周庭宴的时候，被关清柔请到房间，几句闲聊之后，关清柔提起儿子。

"小陆不争气，学没上好，人家都正正经经地上班，就他在酒吧瞎混，现在好了，总算有个人样了。"她抹着眼泪，朝简橙表达感谢，"我知道，小陆能进京岫都是因为你，简橙，真的谢谢你。"

简橙帮周陆说话："周陆很厉害的，他想做的事情，就没有做不成的，您应该对他有信心，他会越来越好的。"

简橙认识的男人里，最厉害的有三个：周庭宴，她表哥，周陆。

她心里的排行榜要是按着智商算，周庭宴排第一，周陆第二，连她表哥都得排第三。

人人都觉得周陆那些年在国外是混子，其实不是的，他很厉害，这些年常准路都是周陆帮她打理的，他帮她理财，帮她投资，那些钱翻了多少倍，她也数不清。

周陆是投资鬼才，周庭宴让他进集团，其实是挖到宝了。

关清柔听简橙帮儿子说话，脸上全是感激，说周庭宴娶了个好媳妇。

简橙正觉不好意思，关清柔突然提到了周庭宴的母亲。"如果关灵还在，一定非常喜欢你这个儿媳妇。"

简橙一愣，正想说什么，关清柔已经住了嘴，似乎是意识到提了不该提的人，脸色讪讪。她让简橙在这儿等一会儿，出去再回来，手里拎着一个保温盒。"今晚的汤是叶绮让外面的餐厅送的，我看你都没怎么喝，想来应该是不合你胃口，就重新熬了汤，刚刚好，你带回去喝。"

简橙知道她煲汤一绝，小时候周陆给她带过，记忆尤深。

她没推辞，接过来。"谢谢五嫂。"

离开的时候已经将近十一点。

司机刚把车开出院子，就从后视镜里看到往这边跑得极快的周陆，于是扭头请示。

"停车。"

车子停在路边，周庭宴刚要降下车窗，手机忽而响了，是潘屿打来的电话。简橙想着潘屿这个点打过来，应该是重要电话，于是开门下车。

脚刚落地，周陆就已经跑了过来，明显跑得太急，双手叉腰喘了很久才抬头。

昏黄的路灯下，他的目光在简橙身上一扫，喘着气问："小婶，我……我妈是不是给你一个……一个保温盒？"

简橙见他喘得要岔气，走过去，掌心在他后背拍两下，等他顺了气才道："是啊。"

周陆这会儿好受一点，微微站直了腰。"保温盒给我吧，我妈忘了，那是给我的，我要带走送人。"

简橙无语。"我以为是什么天大的事，那你跑什么，直接打电话不就行了。"

周陆尴尬地扯着唇角笑："一时着急，我忘了。"

简橙觉得他不对劲，晶亮的眸子看着他，正要问，周陆已经催她："小婶，你快点，我赶时间呢。"

简橙见他十万火急的样子，没再浪费时间，保温盒在周庭宴手里，于是她转身开门上车。

周庭宴还在打电话："你跟她说，我今年不过生日，让她从哪儿来回哪儿去。"看见简橙上来，周庭宴直接挂了电话，捏紧掌心的手机，不动声色地问："他什么事？"

简橙指着他手里的保温盒。"这个送错了。"

黑沉的夜色中，周陆拿着保温盒，目送他们的车离开，等再也看不见那光点，才转身。路过垃圾桶时，他随手把保温盒扔进去，从兜里拿了支烟抽，猩红的火光映着颤抖的手。

周家老宅的后面有棵桂花树，周陆绕着老宅走，最后停在桂花树下。

中秋节，正是桂花飘香的时候，鼻息间净是甜甜的味道，周陆其实不喜欢太甜的味道，但简橙喜欢，小时候她经常来，适逢桂花盛开的季节，她总要来这里看看，她说甜甜的味道像蜂蜜，让人觉得心里也跟着甜。

她爬到树上，站在最低的枝丫上要往下跳，让他和周聿风接住她。

他笑她，说往下跳干什么，干脆学着那嫦娥，也往月亮上奔，她还真往天上看，说也想乘着风去广寒宫看看。

周聿风那时候护她护得厉害，不准人说她一句，见她飞不上去气得哭鼻子，急得拿脚踹他。

他也见不得她哭，软着语气哄她："你往下跳，也能乘风。"

娇滴滴的小公主，情绪来得快，去得也快，真就欢欢喜喜地往下跳。

他们怕摔着她，手忙脚乱地去接，她跳下来，身上裹着桂花的香，笑得眉眼弯弯，比头顶那熠熠生辉的月亮还灿烂。

后来她出国，他和周聿风偶尔会过来。

再后来，周聿风渐渐迷失自己，慢慢把她丢了，也不来了。

今晚，只有他来到这里，过了今晚，他也不能来了。

周陆背靠着桂花树，席地而坐，感受着那带着桂花香的风，想着从前的事。两根烟抽完，抬头往上看，见葱茏的树叶把月光挡着了，就起身往前走。

昏黄的路灯下，他追着那月亮走了一根烟的时间，带着几分寒意的夜风吹到脸上，他掐了烟，转身往回走。

身后的月亮，离他越来越远。

老爷子的身体最近一直不太利落，所以今晚不准备留人，晚宴结束，该嘱咐的嘱咐完就撵人了。

周陆回来的时候，客厅的灯已经熄了，他摸黑上楼，敲开母亲的房门。

关清柔坐在沙发上，正闭着眼浅眠，听到声音睁开眼。

周陆关了门，在她旁边蹲下，弯了脊背，脸埋在她的双膝间，破碎的哽咽声反反复复，让人听着窒息。"我听话，您别动她，妈，求您了，别动她，别动她，求您了，我不敢了，我听话，您别动她……"

屋里点着熏香，不知道是不是燃得久了，让人觉得眼睛不舒服。

关清柔伸手，轻轻拍着儿子的后脑勺，悠远的目光飘向柜子上那张全家福，良久，叹一口气。"傻孩子，你太紧张她了，那真的，只是再寻常不过的鸡汤。"

中秋节的第二天中午，简橙接到叶绮的电话，对方主要是来表达歉意的，说昨晚太忙了，那么多人她都要顾及，经验不足，工作没做到位。

"我给你和庭宴留了最好的几箱螃蟹，昨晚我都忙糊涂了，一眼没看住，用人们就拿错了。还有茶叶和燕窝，我都给你们挑的最好的，你也忘了拿，我刚才点货的时候才发现。"

简橙此刻正在吃蟹，她拿着细细的长柄勺撬一口塞嘴里，对面的周庭宴还在帮她掀螃蟹壳。

"没事，谢谢三嫂。"

叶绮态度极好，伸手不打笑脸人，简橙回得也礼貌。

拿错就拿错，送进老宅的蟹，总归没有太差的，都一样吃，而且家里的螃蟹吃不完，光周庭宴从京岫带回来的就不少。茶叶和燕窝也不是忘了拿，是昨晚临走时，一群人出来往车里塞东西，后备厢装得满满的，实在塞不下了。

叶绮说："别人是别人，三嫂的心意是三嫂的，肯定是要给的，下午我让司机给你们送过去。"

挂了电话，简橙感慨："三嫂现在太热情了，昨晚当着一群人的面夸我，还送我香水和一堆美容院的卡，热情过头了。"

叶绮当年差点害死周陆，她还没找叶绮算账呢。仇还没报，叶绮先换了张脸皮，她倒是不好搞了。

周庭宴慢条斯理地撬开蟹钳："京岫和江榆电视台有个合作，我让三哥负责了，他挂个名，吃吃喝喝，就可以名利双收，还能在电视上露面，能拿的好处不少。我有暗示过三哥，是看在上次三嫂在群里帮你说话，带头给你发红包的事情上，才把这事交给他的。"

他剥出蟹钳的肉，放进简橙刚吃完的小碟子里。

"三哥因为这事夸了叶绮，这段时间对她也好，她心里对你有感激，所以她给你什么，你都拿着，不用不好意思。"

简橙恍然大悟："我说呢，她昨晚怎么那么夸我，以前最多是说两句好听的，昨晚都快把我夸成花了。"说完又担心，"听说三哥社交能力可以，真本事不太行，跟电视台合作，他会不会给你丢脸啊。"

周庭宴拿起第二只蟹，说："不会。那是个助残上学的公益项目，温暖工程，由京岫牵头，设立助残专项基金，江榆台给热度，三哥负责募资，他旁的不行，就这事靠谱。"

这样的事，他自然不会混着私事当儿戏，他先确定好了让三哥负责，然后顺便把这个恩情算简橙头上。

简橙听到公益项目，突然放下手里的勺子，跑回房间搬出一个不大不小的箱子，打开，里面是之前从她亲爹那里拿的东西，以及一些她不用的包和首饰。

"这些都不要了，你让人处理了吧，都捐了。"

她说以前也捐过很多，都是孟糖的表哥帮忙的，为这事得回阳岫城，太折腾，不如送到京岫去。

简橙说完，就眼巴巴地等着他夸她人美心善，周庭宴听她说这些，第一时间想到的却是另外一件事。

"米珊那本杂志发布得到十一月份，这期间你还接其他项目吗？"

简橙："暂时还没定。"

孟糖说可以先接一两个项目，她还在选。

周庭宴又提到那个公益项目。"这次合作，要聚集社会各界爱心力量，达到助残助学的双重效果，需要一个跟拍摄影师。"

简橙听出他的意思，惊愕道："你想让我拍？"

周庭宴："今天之前我没有这个想法，因为我担心片子出来，你会被人攻击，说是靠我的关系拿到的。"他抽一张餐巾纸给她擦嘴，"现在觉得，这个工作非你莫属，你做慈善这么多年，肯定会带着诚心拍摄，能拍得非常好，交给你我放心。"

至于靠关系……

"你回国前就在做相关的事情，我会让人跟孟糖的表哥对接，如果有人攻击你，不怕，咱有证据。"

简橙见他一直剥，她一直吃，有点不好意思，也拿勺子喂他一口。"我没问题，但孟糖是我的经纪人，我得跟她商量商量。"

周庭宴握住她的手，含住蟹肉。"好。"

下午，周庭宴被秦濯一个电话喊走，说有十万火急的事，简橙就去了工作室找孟糖。

今年的中秋三天小长假，孟家人来江榆过节，孟糖昨天陪了他们一天，上午又陪他们逛商场，下午得歇歇。

想着还没给简橙选定下一个项目，她在家也是躺着，就来工作室坐着。

她手里有几个小项目，虽然微博上骂简橙的很多，但她就是跟 Win 和米珊合作了，甭管怎么合作的，热度是有了，来蹭热度的合作项目也是一拨接一拨。

只是项目没有太好的，毕竟简橙之前混国外的圈子，又是动物圈，在国内没名气。

人家是来蹭热度的，肯定不让你糟蹋好项目。孟糖挑了很久都没一个满意的，正烦躁，就听简橙说起那个公益项目。

听完，孟糖一拍桌子，兴奋起来："真是瞌睡了有人送枕头，周庭宴真是及时雨啊，橙子，我发现啊，自从嫁给周庭宴后，你的运气都变好了！"

她之所以对那些项目挑挑拣拣总不满意，最主要就是缺一个拍摄的意义，说不上来是什么，就是觉得少个东西。简橙这么一说，她醍醐灌顶。

对了，就是公益！

Win 的十一月刊一发布，简橙借米珊这股强风，肯定要火的。她刚转型，算是新人，又这么年轻，势必要经受一场造谣和恶意揣测的风波。

这圈子，甭管你是什么人，只要你对他们有威胁，搞你的人就不能少。

简橙这把火烧起来后，不会缺好项目，资源不用急于一时，但她缺一个能让她在大火中屹立不倒的口碑。

怎么能做到屹立不倒？公益项目，慈善。

这么多年，简橙捐款是实实在在，有凭有据的，所以，慈善对她来说是单向的保护伞。

她决定了，以后简橙走两个方向：时尚圈闯一下，停一停，公益项目走一拨，主打时尚和公益两手抓。

简橙跟孟糖的想法不谋而合，不过她考虑更多的是周庭宴。她是周庭宴的老婆，出去代表的是周庭宴，是京岫。别的她也帮不了他，只能接点公益项目，多做点慈善，给他带点好的话题。

建立一个正面的形象是应该的，她不想给他丢人，就算站不到与他比肩的高度，至少，她得是最优秀的简橙。

工作上的事解决，孟糖催简橙赶紧回家。"虽然周庭宴不过生日，但到底今天是他的生日，他今天不是休息吗？你快回家陪他吧。"

简橙："他被秦濯叫走了，说有十万火急的事。"

提到秦濯，简橙突然想起来一件事，眼睛直勾勾地盯着孟糖，笑嘻嘻道："我那天去机场接周庭宴了，没瞧见热闹，但是小丁跟我说，说那天修罗场，林野送你玫瑰，秦濯约你吃饭，你最后谁也没理，直接跑了，你走后，林野和秦濯差点打起来。"

"那天我爸妈他们突然过来，说是给我和嫂子惊喜，到了才打电话，我接到电话就赶紧去机场接人了。"

孟糖不想谈林野，因为他太烦了。一天几百条消息，从起床到睡觉，跟写日记记录生活似的，什么都跟她说，连指甲劈了也跟她说，她快被烦死了。

孟糖也不想谈秦濯，因为那男人又跑了，说是公司有急事处理，得忙几天，闲了再找她。

不想谈男人，就聊女人。"苏蕴回国了，你看到消息没？"

简橙："当然，网上全是她的消息。"

昨天她就看到采访了，现在还挂在热搜上，她挺好奇苏蕴口中那个要过生日的人是谁。

孟糖也好奇。"梅导的戏除非特殊情况，一般是不许请假的，苏蕴第一次演梅导的戏就请假，真的很勇。啧，她说的那个过生日的人，得有多重要啊。"

墙上的时钟走过四点。

简橙起身。"巧了，我这儿也有个今天要过生日的人，也挺重要，我得回去，给我男人准备烛光晚餐了。"

孟糖："……"

办公室禁止秀恩爱。

江榆海港码头。

天已近黄昏，被万丈霞光染成炫目金黄的海平面，一辆白色游艇劈浪驶过，留阵阵浪花翻涌。

本是秦濯主场的游艇派对，因为特殊事件，天还没黑，就早早结束，喝酒未尽兴的众人全被秦濯撵了下去。

这会儿，不见声色奢靡，没有纸醉金迷，不闻欢呼，只有秦濯和潘屿在甲板上吹风。

秦濯眺望远方，担心地灌两口香槟。"小潘啊，你说，我一会儿会不会挨揍？"

潘屿给的答案很肯定："会吧。"

秦濯更担心了。"那要不，我先跑，你帮我顶着？"

潘屿："跑得了和尚跑不了庙，我劝您留下挨揍。"

秦濯："我不太抗揍，一会儿你帮我挡着点。"

潘屿："我也不太抗揍，要不，我给太太打个电话，周总发脾气的时候，只有太太压得住火。"

秦濯："……你想我死得更快吧。"

潘屿心说，可不嘛，谁让你太缺德，自己闯了祸，还非拉他一个助理垫背，他本来好好的一个假期，被秦濯给坑没了。

游艇下沉式的休息区内，圆形的茶几上放着一盘新鲜的水果，旁边是一瓶打开的红酒。

啪！高脚杯落地，伴随着一道不可置信的破碎颤音："所以，潘屿没有骗我，你……你真的结婚了？"

掌心掩饰情绪的酒杯不在，苏蕴细白的手指慢慢收拢，指甲几乎掐进肉里，染满晶莹泪光的眸子紧紧盯着对面的男人。

她希望他否认，希望他说，没有结婚；希望他说"苏蕴，我还在等你"。

乱糟糟的思绪让人觉得窒息，苏蕴甚至连那短短的一两秒都等不了。"你骗我，庭宴，你骗我的，对不对？你……"

"没骗你，我确实已婚。"周庭宴打断她的话，把戴着婚戒的手举起，静静看着她脸上滑至嘴角的泪，语气极为平淡。

她哭，他甚至没有丝毫波动。

苏蕴愣愣地看着面前的男人，他背后是金色余晖，脸部轮廓和棱角依旧冷峻，沉稳得让人着迷，还是记忆里那个人。

可是——

苏蕴的目光从周庭宴的俊脸移到他手上，失神地看着他手上那枚戒指，脑袋一片空白。

"已婚？你已婚？怎么可以，你怎么可以跟别人结婚？你怎么能跟别人结婚呢？"她泪流满面，声音哀怨，"你不是在等我吗？周庭宴，你不是一直在等我吗？"

周庭宴微微蹙眉，对她的话提出疑问："我什么时候说过，一直在等你？"

苏蕴不自觉提高声音："我跟你说过，我的愿望是三十岁退圈，三十岁嫁人，你说你等我到三十岁。"

周庭宴记得这件事，但并不记得自己给过她什么婚姻的承诺。"我说我等你到三十岁，是保你在娱乐圈顺顺利利到三十岁，你嫁人，我给你嫁妆，保你荣华富贵。我没说过等你，更没说过会娶你。"周庭宴看她，"这是我的原话，我当时是这么跟你说的。"

原话？苏蕴没印象，她当时刚拿了个大奖，喝了酒，迫不及待地给他打电话分享，她听到那句"我等你到三十岁"就已经醉了。

"可是……"苏蕴想说什么，突然就住了嘴。

可是，可是什么呢？

他确实没说过"苏蕴，等你三十岁退圈，我就娶你"这种话。

他对她，从没说过"娶"这个字。

是她错了，这么多年，他身边一个女人都没有，也没有绯闻，她就以为他对她是不一样的，以为他只是性格如此，不是会把爱挂嘴边的人。

如今才发现，他不是性格使然，而是一直没遇到他喜欢的。

周庭宴出来之前，跟简橙说了会回家吃饭，抬手看时间，已经快六点，他心里惦记着简橙，打算先离开。

"苏蕴，你不该回来，梅导的电影不是儿戏，你盼了那么多年，得到了，就应该珍惜，而不是随随便便请假，跑到这里浪费时间。"周庭宴顿了一下，声音终是放缓了些，"这么多年，你想要的我都给了，除了爱情不能给你，苏蕴，欠你的，我差不多还完了，我……"

"还完了？"苏蕴突然尖叫着打断他，"怎么还？怎么算还完？那是一条命！那是我哥的命！你怎么还完？你能把哥哥还给我吗？"

周庭宴垂下目光，弯了脊背，沉默。

一通发泄后，苏蕴慢慢冷静下来，见他沉默的样子，哭着摇摇头，跌坐在地上，捂着脸崩溃道："对不起，对不起，我知道哥哥的事不怪你，我知道不怪你。对不起，我就是不能接受你结婚了，我接受不了。"

苏蕴不是江榆本地人，她祖籍在北方，一个很远很远，远到她已经没多少记忆的地方。

苏蕴两岁的时候父母离异，父亲带着真爱远离故土，母亲去了沿海城市上班，大概是外面的繁华迷了眼，短短一年，都断了消息，绝了来往。

她和哥哥跟着爷爷长大，三岁的时候爷爷病故，兄妹俩被打包送到大伯家，小叔家，姑姑家……吃百家饭长大，肚子却没怎么饱过。

后来有人找到叔伯，要领养哥哥，哥哥怕自己走了之后她被抛弃，怎么都不肯去，手里捏着石头，谁抱他，他就狠狠砸谁。

后来，没人再愿意管他们，哥哥牵着她，走了很远很远的路。

哥哥说："娇娇不怕，以后哥哥会挣很多很多钱，给娇娇买最大的冰激凌，买最大的房子。"

娇娇，她小名叫娇娇。

她跟哥哥相依为命，只有哥哥叫她娇娇，后来，哥哥没了。

当年的那场车祸，带走了她的哥哥，带走了她在这世上唯一的亲人。

她其实没因为这事怨过周庭宴，因为她知道，这事不怪他。

那天周庭宴不太舒服，刚在医院挂完点滴，是哥哥非要带他出去的，哥哥知道她喜欢他，非要拉着他给她过生日。

得知哥哥死亡的消息，她从楼梯上摔下来，昏迷了两天，知道周庭宴被人救了，还活着，她庆幸，庆幸他还活着。

唯一的亲人走了，在她六神无主之际，脑袋上还裹着纱布的周庭宴坐着轮椅过来看她，跟她道歉，说以后会代替哥哥的位置，好好照顾她。

周庭宴走后，苏蕴一个人坐在休息区，拿过周庭宴刚才没动一下的杯子，举起，一饮而尽。

现在想想，其实从一开始，他就把身份摆得很清楚。他说："娇娇，以后我就是你哥哥，我会代替你哥哥的位置。"

他从一开始就把自己摆在了哥哥的位置上，像哥哥一样喊她娇娇，是她自己贪心了。

她当初为了挣钱给哥哥买房子，被人三言两语哄进娱乐圈，磕磕碰碰，不想被潜规则，就一路群演走到底。

他代替哥哥的位置后，给她资源，帮她扫平所有危险和隔绝恶人的窥探，把她捧到她想要的位置上。今天的苏蕴，是周庭宴的成全。

这样的男人，她怎么不心动？

少女时期就芳心暗许，繁华诱惑之地走一遭，归来，她目光依旧只容得下他。可是，他并没有留在原地等她，他已经往前走了，甚至连结婚的事都不曾告诉她。

她知道梅导的电影机会难得，知道梅导不喜欢有人请假，可是，她必须回来啊。

经纪人告诉她，最近公司高层有动静，说是要换老板。其他人不知道，但是苏蕴知道，她现在签约的娱乐公司，真正的老板是周庭宴，是当年周庭宴为了给她铺路，私下创办的。

经纪人问她，多久没见周庭宴了。

多久了？三年了吧。

过了年她就三十岁了，她想在退圈前多留几部作品，所以全年无休，无缝进组，一部接一部地拍。

完全不想回吗？不是，只是周庭宴不让她来，他说他忙，没时间见她。

忙？

只对她忙吧。

她因为心里越来越不安，千里迢迢来找他，潘屿却告诉她。"周总在陪太太吃饭。"

听到这话的时候，苏蕴脑子里在想什么？哦，突然觉得挺悲哀的，不知道从什么时候开始，周庭宴不接她电话了，她找他都要先联系潘屿。

后来回神，听清那句"太太"，她僵在原地。难以形容那种感觉，她不相信，哪怕潜意识里她觉得潘屿没道理骗她，她还是不信，偏要听周庭宴亲口跟她说一句。

中秋节那天再给潘屿打电话，潘屿说："周总陪太太回老宅吃饭了。"大概是想让她认清现实，潘屿很婉转地说，"苏小姐，周总很爱周太太，他们感情很好，周总对您突然跑回来不太高兴，我觉得，您还是尽快赶回去吧。"

她不死心，潘屿无奈，说会帮她传话。

今天早上，潘屿打电话说："苏小姐，周总让我给您买机票。"

她没办法，只能找秦濯帮忙。

人是见到了，但是周庭宴说："我已婚。"

从游艇出来，苏蕴接到经纪人章珍的电话，章珍听说周庭宴已婚，大惊失色，问她现在怎么想。

苏蕴抬头，看向头顶那片忽而昏暗的天空，目光晦暗不明。"我想见见他的妻子，我想看看，我到底输在哪里。"

苏蕴上岸的时候，秦濯出来送她。"今天是最后一次，别再给我打电话了，不然我以后见了老周媳妇会有负罪感。"

今天这事，秦濯确实对不起简橙，他接到苏蕴电话的时候，就在这艘游艇上。

他这段时间情绪不对，暴躁易怒，一点点小事都能让他发火。于是他安排了今天的游艇派对。

为什么情绪不对？这得从那天在简橙的工作室，见到那个叫林野的花孔雀开始说起。

那天，他本来是准备约孟糖和米珊吃饭，帮孟糖扣完分的，结果话还没出口，就碰到林野那花孔雀。虽然婚约要解除，但他这个未婚夫还挂着名呢，怎么能让一个花孔雀当着面撬墙脚呢，所以他就没提米珊。

结果孟糖没答应就跑了，她家里人来，她去接父母了。

他本来也想走，还没抬腿就被林野喊住。

那天的对话，他记忆尤深，因为他生平第一次被一个男人气到晚上失眠。

林野："你真是孟糖姐的未婚夫？"

秦濯："我……"

林野："你不用回答，就算是，你俩早晚也得分，我天天围着孟糖姐转，就没见你打过电话，也没见你接她下班，你这样的未婚夫要来干吗？"

秦濯："你……"

林野："我？我叫林野，刚才你也听到了，我要追孟糖姐，反正你也没把孟糖姐当回事，不如当个好人成全我，如果你不是好人，那咱们就公平竞争，不过你应该赢不了我，因为你看起来，太老了。"

秦濯："……"

老？说他老？

秦濯至今后悔当时没挥过去一拳，他被众星捧月着长大，还从没人敢这么挑衅他。

只怪他教养太好，怒火都直冲天灵盖了，也只是抢了他手里的玫瑰花，转手送给了司机，还得到司机一个惊恐怀疑的眼神，真是造了孽了。

秦濯当晚失眠，第二天去拳击馆累得半死，汗出了不少，气却没出够。

后来孟糖打电话，又说要跟米珊吃饭，他也不知道哪根筋不对，又推掉了。

他像被人架在火上烤一样，随随便便的小事都能让他发火。他不爽，秘书左脚先踏进他的办公室，都得被他骂一顿。

早上起来，洗脸的时候照镜子，有那么一瞬间，他真觉得自己老了。

秦濯想着这么下去不行，就约了一帮人吃喝玩乐，打算调整调整心情，本来也想喊周庭宴的，打开微信又骂骂咧咧地退了出去——两人的聊天记录停留在周庭宴中秋节发给他的照片上。

照片里是一对黄钻袖扣和一副黄钻耳坠。

周庭宴：老婆送的生日礼物，情侣款，好看吗？

他当时回了一句：秀恩爱，凉得快。

原本定的游艇狂欢主要在晚上。他下午没地方去，就早点过来补觉，其他人也来得早，几人凑在一起喝酒打牌。

接到苏蕴的电话时，他正在游艇的休息区睡觉。

"我是苏蕴。"

听到这话，秦濯一下就想起自己回周庭宴的那句"秀恩爱，凉得快"，他要早知道自己是乌鸦嘴，第一个诅咒绝对送给林野。

诅咒林野，今年秃顶。

苏蕴说周庭宴不见她，让她回去，起初，秦濯也让她回去。虽然他确定周庭宴对苏蕴只有补偿心理，没有丁点的男女之情，但苏蕴这时候出现不太妥，女人对这事都是很敏感的。

就像孟糖对米珊。他说过很多次他对米珊没有男女之情了，但孟糖还是介意。简橙又被周聿风背叛过，只会更敏感，所以这时候让她知道苏蕴的存在，绝对不是明智的。

至少得等简橙对周庭宴的感情再深些。

秦濯也劝她回去好好拍戏，但是苏蕴说："我不会闹事的，只是想让他亲口告诉我他结婚了，我等了那么多年，就是想要他的一句话，这都不行吗？秦濯，你明白的，如果我真想见他，提我哥就行了，他会来见我的，我不提，是不想提醒他，他身上背着一道枷锁。"

最后一句算是威胁，偏偏这种威胁对秦濯而言，是最致命的。他太知道这种背负枷锁的沉重和无力感。

这几年，米珊就时时刻刻提醒他那道枷锁的存在，她想要什么，只要一句"秦濯，这是你欠我的"，他就得成全她。

周庭宴和苏蕴之间隔着人命，比他的枷锁更重。

秦濯给周庭宴打电话，用的理由跟简橙有关。"你不是在找跟简文茜生父有关的人吗？我碰到一个，快来。"

一个电话就把人骗过来，人来了之后往休息区一指，把游艇上的其他人都撵下去，再等着苏蕴过来。

知道周庭宴肯定会生气，怕他不理智的时候揍自己，所以秦濯决定拉一个垫背的。本来想找周陆，又想着周陆那么喜欢简橙，要是知道苏蕴的存在，只会越来越乱。想了一圈，就把潘屿叫来了，要说谁最了解周庭宴，那肯定是潘屿这个助理。

不愧是周庭宴肚子里的蛔虫。

快六点的时候，潘屿提醒他："如果您现在让游艇靠岸，今天就不用挨打了。"

他不信。

潘屿说："晚饭时间快到了，周总出来，肯定急着回家陪太太吃饭，我来之前问过了。"

秦濯虽然前女友多，但至今没有谁能让他在生气的时候还惦记着一起吃饭的事。他不能理解，但大为震惊，因为潘屿说对了，周庭宴出来后，见游艇靠岸，竟然真的就直接走了，连个正眼都没给他。

潘屿："正眼都没给您，秦总，您自求多福。"

秦濯知道这次真把周庭宴惹生气了，所以追上苏蕴，把话跟她说清楚。

"老周这次是着急回家见媳妇，没时间弄死我。"

海风裹着凉意吹在脸上，苏蕴戴上墨镜，遮住酸涩的眼睛。"着急回家见媳妇，你是想告诉我周庭宴很爱他老婆？"

"是。"秦濯也不拐弯抹角，"苏蕴，谁的日子都不好过，你们这些人，眼睛里只看得到京岫的周庭宴，可你们不知道，他如今的荣耀是怎么来的，他生在周家，受过的苦不比你少。"

苏蕴对周庭宴从前的生活确实一无所知，她第一眼瞧见的是二十岁的周庭宴，有着看一眼就能让人沉沦的皮相和风骨。

记忆就要冲破屏障回到过去时，秦濯冷然的声音又把她的神志唤回。"苏蕴，老周这些年对你够可以了，他前半辈子一直在还债，替别人操心，自己没有一天好日子。现在，他都三十三岁了，好不容易过上自己想要的生活，娶到自己想娶的女人，你别去打扰他行吗？

"苏蕴，我今天之所以帮你，是因为我一直觉得，你其实算个拎得清的人，如今你有这么好的事业，少不了你自己的努力，不容易，听哥哥一句劝，别拘于爱情了吧。"

秦濯走后，苏蕴在原地站了很久，脑子里一直重复着她和秦濯的最后一段对话。

她问秦濯："跟那个女人相比，我就没有一点点胜算吗？"

秦濯甚至连一点犹豫都没有。"别说一点，半点都没有。"

不知道是不是要下雨，天色已经暗了下来，一半晴朗，一半阴暗，远处连绵的山也看不清晰。

苏蕴摘下墨镜，眼睛还酸涩，迎着风只能眯起。

起风了。

简橙觉得秦濯十万火急地喊周庭宴出去肯定有问题，不然怎么出去一趟回来后，周庭宴突然那么黏人了？

他回来的时候，她还在跟芳姨学做最后一道松鼠鳜鱼，正十五度角斜着切花刀呢，他推开厨房的门进来，让芳姨出去，说他自己教。

简橙对他的厨艺还是很满意的，不能说比外面的五星级酒店大厨好多少，但是味道正，非常合她的口味。只要他在家，有空他就会亲自下厨，简橙最喜欢吃他做的辣子鸡丁，虽不是他的拿手菜，但她就爱那个味。

周庭宴一开始教得挺好的，后来就不正经了。

嫌她菱形刀切得不好，就从后面抱着她，高大精壮的身躯紧贴她后背，手伸过去握住她的手，更过分的是，教一下就得在她侧脸亲一下，还说是学费。

亲完，还得操着勾人性感的声音再问一句："学会没？"

他这么撩，能学进去才怪了。

想让他收敛点，结果话还没出口，他已经放下手里的菜刀，身体整个往前倾，探头吻住她。

这姿势有点别扭，简橙顺势侧过半个身子，本来是想让他更方便亲，结果他一只手掐着她的腰不让她动，另一只手贴着她的脸颊往他唇的方向送。

热烈又滚烫的一个吻，缠绵悱恻，让人悸动。

这还不止，后来她去冰箱拿东西，他跟着，她去外面扔厨房垃圾，他跟着，她去卫生间，他跟过去在外面站半天，她去洗澡，他也跟着……整个晚上，他都跟个尾巴一样，她挪一脚，他跟一脚，那架势，好像生怕一个眨眼她就没了，一定要让她在他视线里才行。

他在害怕。

夜里也比较温柔，折磨人的温柔，什么都满足她。

简橙实在受不住，按着他胡作非为的手，一个翻身压住他，开了床头灯，两只手捧住他的脸问："你到底怎么了？"

周庭宴把她按在怀里。"怕有一天，你不要我了。"

简橙不知道他为什么突然有这个想法。"是不是发生什么事了？"

周庭宴："秦濯说，最近有个小年轻在追孟糖，攻势很猛，聊天的时候，我突然发现，我也老了，我怕哪天你也被年纪小的给勾走了。"

简橙："……"

周庭宴那晚的反常很快被简橙抛之脑后。中秋节小长假的最后一天晚上，她和周陆的共同发小打电话给她，说周陆下午跟母亲吵架，心情不好，晚上在CLu玩命喝酒。

"关姨给他安排了相亲，他不想去，他心里有人，唉，都喝吐了还要喝，我们一群人说话他都不听，橙子，你过来劝劝他吧，他向来最听你的话。"

简橙晚上九点半到CLu。

傍晚下了雨，淅淅沥沥还未停，简橙低头撑着伞步履匆匆，心里想着事，伞挡着半边视线，没注意前面的情况，结果刚出停车场就撞到了人。

"啊，对不起——"简橙道歉说到一半，对面的人忽而拉下口罩，摘掉墨镜。

简橙慢慢睁大眼，激动起来，不太确定地喊了一声："苏……苏蕴?"

苏蕴怎么都没想到，就这么猝不及防地遇到了简橙。

昨天从游艇回到酒店，她自酌自饮，不知道喝了多少，今天中午经纪人章珍去了才把她叫醒。

看着她吃完午饭，章珍说："我已经在托这边的朋友问周庭宴的老婆是谁了，明天还有一天假，一定让你见到那个女人。"

她脑子昏沉，章珍一走，她又睡了一下午，睡得不踏实，一直做噩梦。梦里有记不得样貌的父母，有爷爷，有小时候的百家饭，有哥哥，有周庭宴……

所有人都在离开她，如今，连一个喊她娇娇的人都没有了。

从噩梦中惊醒，她在房间里待不下去，只觉得密闭空间让她窒息，于是她出去走走。也不知道走了多远，接到章珍的电话。"那女人叫简橙，是长盛集团的小千金。"

简橙……

苏蕴对这个名字是有印象的，当初给她拍 *Win* 杂志封面的摄影师就叫简橙。她能出演梅导电影的女主角，就是因为那次杂志的封面拍得好，所以对这个名字记忆深刻。

后来章珍给她发了张照片，果然是同一人。

苏蕴不只对"简橙"这个名字记忆深刻，对简橙那张脸也印象很深。当时在荒野拍摄，她第一眼见到简橙，就觉得她太漂亮了，很有攻击性，就算是放在娱乐圈，也是极出众的。

她以为是刚出道的新人，没想到是摄影师。

有时候就是这么巧，苏蕴正低头看照片，就被人撞了下，抬头，完全愣住。干净白皙的小脸，挑不出任何瑕疵，淡妆，却自带桃花面，美目流转，桃花眼勾着几分妩媚风情，漂亮得像是用手机软件美颜过。她的头发随意绾成丸子头，简简单单的浅灰色长风衣，修身牛仔裤，一双腿修长笔直，整个人纤细高挑。

还是记忆中的那张脸，但又是不同的。

上次见她，她眉间还带着浓浓愁绪，像空有美貌的躯壳，灵魂不知飞到哪里去了。

如今的简橙，眉间不见半点忧思，明亮的眸子灵动喜气，像是灵魂归了位，人也精神了，是翻天覆地的变化。

照片上的人突然出现在眼前，苏蕴有一瞬的恍惚。

她出门的时候不知道下雨，没带伞，那会儿是蒙蒙细雨，她也懒得上去拿，半路细雨转急，口罩湿了，贴在脸上让人觉得窒息，于是苏蕴拉下口罩，拿下墨镜。

"苏……苏蕴？"

不掩惊喜的声音，让苏蕴恍惚，她想起当初第一次见到简橙，这姑娘就高高兴兴地跟她打招呼："女神，我是你粉丝呢。"

简橙实在没想到会在这儿遇到苏蕴。

跟镜头下光鲜亮丽的大明星苏蕴不同，眼前这人，深蓝色运动服裹得严严实实，头顶的帽檐压得也低，没带伞，衣服湿了，帽檐还在往下滴水。

因为此刻的苏蕴属实有点惨，所以简橙一开始没怎么敢认，最后认出来，还是因为她这段时间看苏蕴的电视看多了，对这张脸比较熟，又适逢这几天苏蕴回国给人过生日的消息每天挂热搜上，网上有她出现在江榆机场的照片，知道她在江榆。

"我叫简橙，咱俩见过，*Win* 杂志，荒野拍摄，我就是那天的摄影师，你还记得吗？"简橙说话的时候，朝前走了一步，把伞举过苏蕴的头顶，帮她遮着雨。

苏蕴神色复杂，说了声谢谢。

又是情敌又是粉丝，还是间接帮她拿到梅导女主角的人，苏蕴生平第一次遇到这种事，一时不知该怎么处理。

她深呼吸，平复了下情绪，看着简橙道："我记得你。"

苏蕴演这么多年戏，情绪再崩溃，只要她想，她就能摆出一张笑脸，此时此刻，她脸上就挂着专业的面具。

"简小姐，*Win* 的那期杂志帮了我很大的忙，我一直想谢谢你，明天你有时间吗？我想请你吃个饭。"

她嗓音轻柔，顺理成章发出邀约。

简橙直接报了自己的手机号给她。感谢倒是不需要，但孟糖说了，任何圈子，看的是本事，拼的是人脉，人脉来的时候必须紧紧抓住。苏蕴这么大的影视咖主动约饭了，不接住那真是天理难容。

心里还惦记着周陆，简橙也没时间跟她多聊，她把手里的伞塞苏蕴手里，挥手告别。"时间和地点你定，定好给我打电话。"

苏蕴看着她用包顶在头顶跑开的背影，再低头看看手里的伞，心里忽而升腾起一股别扭的难受。

为什么偏偏是简橙呢？她还挺喜欢这姑娘的。

简橙被领进包厢的时候，周陆已经喝得东倒西歪了，都这样了，那手还紧握着酒瓶，嚷嚷着要往嘴里灌，从脸红到脖子，大有今晚老子要把你们全喝趴下的架势。

他旁边站着两个人，嘴里周少爷、陆少爷地哄着劝着，没一个顶用的，越劝那少爷越来劲。

见简橙进来，包厢里有一瞬的安静。

简橙小时候的朋友圈跟周陆和周聿风都是重合的，三人共同的发小有好几个，只是后来简橙出事，被强制送出国，跟他们联系不多。简橙回国后，一些人一起聚过，只是关系还没恢复到从前，她和周聿风又闹掰。

现在三人的朋友圈，基本断开了。

跟周聿风玩好的，都因为周聿风疏远她和周陆了，跟周陆玩得好的，虽没刻意疏远她，但因为她嫁给了周庭宴，身份变成了长辈，他们拘谨不少。

"小婶。"包厢里两人跟着周陆叫人。

话音刚落，包厢的门被推开，一身潮牌的年轻小伙端着解酒汤进来，看见简橙，眼睛亮了。"小祖宗啊，您可终于来了，您快劝劝吧，喝吐两回了都，再喝真得送医院了。"

来人叫曾绍，曾家小少爷，纯纯一混世坑爹富二代。跟周陆关系最好，死党，电话就是他打的。

其他两人出去，包厢的门被关上，简橙坐到周陆旁边，把他晃来晃去的身子扶正，然后去抢他手里的酒瓶。

周陆不给，把酒瓶往怀里抱，简橙一巴掌拍他脑门上。"给我！"

曾绍想拿手机录下来，瞅着简橙那凶巴巴的劲，没敢。

周陆抬手揉揉脑门，又揉揉眼睛，头脑稍稍清明了些，眯着眼看简橙，勉强把人认出来后，唇角扬起笑容。"橙子啊。"

咧着大白牙，像小奶狗。

简橙没计较他的称呼，又伸手要酒。"给我。"

周陆这次乖乖给她了。

简橙把酒放下，曾绍立刻把手里的解酒汤递给她，简橙端着，半哄半凶地让周陆喝完了。喝了解酒汤，周陆没撑太久，身子一歪就躺沙发上睡着了。

鼓噪的金属乐已经关了，包厢里安静了不少。

简橙中秋节给司机放假了，今天是自己开车来的，不能喝酒，曾绍让人给她送了杯橙汁。

说起周陆今天这情况，曾绍直叹气。"其实中秋节前，关姨就开始让周陆相亲了，周陆现在算他小叔跟前的红人，有人闻着味就来了，最近请关姨喝下午茶的贵妇不少。你知道关姨那人，烂好人一个，不想得罪人，也是真想趁机找个儿媳妇，所以总让周陆去相亲，周陆不愿意，中秋节前两个人吵了一次，今天又吵一次。"

简橙想起去年周陆突然去旅游，走了快一年，那时候就说是失恋了，出去散心，今晚曾绍又在电话里说，周陆心里有人。

"所以，周陆心里的人是谁啊？是他之前失恋的那个吗？"

曾绍隔着雾色的眸子看向她。"是，之前失恋也是因为他心里的那个人，喜欢很多年了，从小就喜欢。"

简橙："？"

从小就喜欢？？？

"谁啊？从小就喜欢？那肯定是我认识的人啊。"

好个周陆，瞒得够深啊！她什么秘密都告诉他，他竟然憋着这么大的事不说！

曾绍把目光从她身上收回，端起桌上的酒喝一口，好一会儿才慢吞吞说出三个字。"汪念念。"

简橙听到这个名字，愣了很久，脑子差点成糨糊。

汪念念？那不是……老简给简佑辉挑的媳妇吗？

半个小时后，曾绍把简橙送出去，回来就瞧见不知何时睁开眼的周陆，他后背靠着沙发，人坐在地上，吞云吐雾。

曾绍扔了两块糖过去。"喏，一颗后悔药，一颗止痛药。"

周庭宴晚上有饭局，三哥周成帆做东，请电视台的人吃饭，聊即将合作的公益项目的细节。

刚开始谈得一直很顺利，直到聊起摄影师。

电视台这边的意思是，为了有最好的拍摄效果，他们会请知名摄影师全程跟拍，做个纪录片。

还在讨论人选，周庭宴的手机响了。

全场寂然，见他没有出去的意思，就安安静静地等他接电话。

电话是潘屿打来的："周总，太太要捐的东西我找人估了值，一千万元左右，确定全捐吗？"

"嗯。"

"好的。"

三句就结束的电话，潘屿声音不小，安静的包厢内，众人听得很清楚。

捐款这种有意义的话题，自然有人奉承两句。"周太太真是人美心善。"

周庭宴喝了旁边人敬的酒，放下高脚杯。"工作室开到现在，她没挣几个钱，捐款捐不少，我说不用捐，我每年捐的不少，算我们夫妻的，她不愿意，还跟我闹，说她见不得那些孩子受苦。没办法，她不高兴，还得我哄，只能什么都依着她。"

众人："……"

老三周成帆突然悟了。

其实今天这饭局，周庭宴没必要来，都是已经确定的合作，商量细节而已，他自己就能搞定，但周庭宴来了，潘屿的这通电话，又实在太巧……

周成帆是个人精，像是突然想起来，两手一拍。"说起来，简橙还是个摄影师呢，咱们干吗舍近求远呢，这不是现成的吗？"

他迂回地问周庭宴的意见。

周庭宴拿着纸巾擦手。"这事，我不参与具体运营，你决定就好。你要是想找简橙，就让人去她的工作室谈，千万别提我，她不让我干涉她的工作，被她误会我给她资源，晚上不让我上床，我得哄好几天。"

众人："……"

原来周庭宴怕老婆吗？

老三周成帆细品他的话，这不明摆了就是说，对，就是让你去找简橙。

周庭宴到家的时候已经是深夜，简橙还没睡，在床上翻来覆去。

周庭宴一身酒气，洗了澡才上床，从后面抱住她。"怎么了？心情不好？"

简橙翻个身，手搂着他的腰，跟他说周陆的事。"周陆有个喜欢很多年的人，叫汪念念。"

离开的时候，曾绍说："周陆今天喝成这样，其实也是因为听到一个消息，汪家和简家要联姻了，汪念念要嫁给你哥。简橙，周陆这些年一直挺你，对你没话说，你能不能帮帮他？"

帮周陆，就得去简佑辉说的那个饭局，她本来不想去的。

好烦……

周庭宴深邃如墨的眸子里闪过疑色，周陆喜欢汪念念？他在搞什么？

简橙因为周陆忘了苏蕴约饭的事，直到第二天接到苏蕴的电话才想起来。

中秋小长假结束后，上班的第一天早上，简橙接到两个电话。

第一个是叶绮的老公，老三周成帆打来的。问她什么时候有时间，说有个跟电视台合作的项目，找跟拍摄影师的事，想过来跟她谈谈细节。

这件事，今早跑步的时候，周庭宴跟她说过了。

"三哥昨晚领悟到了我的意思，以他的性子，估计你刚到工作室就能接到他的电话，合同你不用担心，他不敢坑你，你有什么要求只管跟他提，也不用替我省钱。"

果然如他所料，她刚到办公室，一口水没来得及喝，电话就来了。

虽然靠山强大，但简橙觉得一码归一码，这种事应该由他们上门，哪儿有让甲方亲自过来的道理。

于是她跟周成帆约了下午三点在京岫谈。

挂了电话，简橙到孟糖办公室先跟她说了下午去京岫的事，孟糖挺兴奋。这事聊完，简橙又跟她说起周陆的事，听完孟糖脸色却变了，手一抖，咖啡杯落在地上，杯子碎了。

"周陆喜欢汪念念？"她惊疑地瞪大眼，"这哪儿跟哪儿啊，这两个人怎么扯上的，周陆怎么可能喜欢汪念念？他喜欢的明明是……"

叩叩——两道敲门声打断了孟糖的话，林野开门进来，目光在孟糖和简橙身上扫一圈，半天冒出一句："有话好好说，别打架，打架伤感情，淡定。"

简橙："……"

谁打架了？

孟糖则暗暗呼了口气，幸亏啊，幸亏林野进来了，她第一次看林野这么顺眼。

"我们没打架，也没吵架。"她猜他应该是听见了杯子掉在地上的声音，语气挺好地解释，"咖啡是我不小心碰掉的。"

林野跟着松了口气，拍着胸口道："吓死我了，我进来的时候还纠结，一个是我老板，一个是我女神，你们真要打起来，我都不知道帮谁。"

孟糖现在听不得"我女神"这三个字。

林野天天把这三个字挂在嘴边，甚至每天在朋友圈打卡，发一张她的背影照，文案按着顺序是：

追我女神的第一天。

追我女神的第二天。

追我女神的第三天。

…………

每天一更，准时打卡，恨不能让全世界都知道他在追她。

她早晚得揍他一顿。

简橙把林野撵出去，等办公室安静下来，她狐疑地看着孟糖，继续刚才的话题："周陆喜欢汪念念，你为什么这么激动？还有，他喜欢的明明是什么？"

孟糖嘴张半天，最后憋出几句："男人！他喜欢的明明是男人，我一直嗑他和曾绍的CP（配对），我的CP悲剧了，我气死了！我接受不了！"

简橙："……"

无语！

简橙现在没心思管什么CP不CP，最让她伤心的还是周陆，她气一晚上了。

"我跟他多少年的感情啊，夸张地说，那是从穿开裆裤的时候就一起玩的，我有什么秘密他都知道，汪念念都是他小时候喜欢的人了，他竟然从没跟我说过。"

孟糖这会儿倒是平静下来。"周陆为什么不告诉你，我应该能解释。橙子，你没有暗恋过人，你喜欢谁，不喜欢谁，都摆在明面上，你敢爱敢恨，想要什么都能不顾后果地说出来，但是橙子，不是人人都有你这样的勇气。"

简橙那杯咖啡还没动，孟糖端过来，拿着咖啡勺搅动，指着那稀碎的拉花道："有些暗恋，是不能窥见天光的，因为见光即死，就像这拉花，一碰就碎，你看我，明知道秦濯是不婚族，我偏要飞蛾扑火，最后也只能把'喜欢他'死死压住，装得很潇洒。

"周陆应该跟我一样，他的暗恋不能窥见天光，但他没我幸运，我有疼爱我的家人能给我力量，除了爱秦濯这件事，其他事上我不会太谨慎。周陆呢，他成长的环境导致越看重的人，他越会小心翼翼地对待，他就是太在乎你了，所以不敢告诉你，因为他知道，以你的脾气，知道后一定会帮他出头，他知道这段感情不能善终，所以不如不告诉你。"

简橙从未将这个问题想得太复杂，她觉得孟糖这些话有些拗口，好像听明白了，又觉得不明白。她知道周陆不告诉她肯定有他自己的理由，她就是刚开始有些气，气他把什么话都憋心里。

曾绍昨晚送她出门，说周陆连喝几天了，她单纯就是气他喝成那副鬼样子，也不找她帮忙。

以前她只能闹，只能用伤敌一千自损八百的方式搅个天翻地覆，可她现在有靠山了啊，她明明能帮他的。

孟糖点到即止，也没敢说太多，只能转移话题，问起汪念念和简佑辉的事。"你真要帮周陆搅散简佑辉的婚事？"

简橙说："简佑辉不适合汪念念，汪念念嫁给他，属实是倒了八辈子血霉，我能搅散，也算救了她。"

至于汪念念和周陆……

简橙叹气："我先搅了简佑辉和汪念念的饭局，把婚事搞没再说，如果汪念念自己愿意嫁给周陆，那我一定撮合他们，如果汪念念不愿嫁，那只能周陆自己想办法了。"

两情相悦她可以帮，如果是周陆单相思，她总不能把汪念念绑起来送婚礼上吧。

孟糖还想说什么，简橙的手机响了。

来电显示是一个陌生号码。

"简橙，今天中午可以吗？我下午的飞机。"

简橙愣了半天才反应过来对面是苏蕴，两人昨晚见过面，好像是约了要一起吃饭的。她后来脑子里全是周陆的事，把这事忘得彻彻底底。

等挂了电话，她跟孟糖说："苏蕴请我吃饭，你去不去？"

"去……算了，我不去了。"孟糖指指墙上的时间，"马上到中午了，下午还得去京岠，虽然有你老公撑腰，但该有的资料咱们也得备齐，准备工作还得好好搞一下，不能让人觉得咱们走后门，是花瓶。"

至于苏蕴，等他们工作室步入正轨，简橙的名字响彻江榆，还愁没有跟苏蕴见面的机会？而且，她觉得现在最要紧的是周陆。

周陆到底在搞什么鬼！

苏蕴选的是郊区的一家私房菜馆，有点偏，人不多，胜在环境幽静，菜品也不错。

苏蕴今天跟昨晚完全不同，特意打扮过，穿一条玫红色的裙子，身材高挑，顶着一张老天爷赏饭吃的脸。

简橙以前看电视少，对她的印象也只局限于网上看到的那些话题，什么魔鬼身材杀疯了，哪儿哪儿都完美，最美红毯人，艳压全场。

不过最近两年苏蕴在慢慢转型，气质也在往优雅转变，以前从妆容到衣服都是性感风格的，如今倒是偏清冷了。

今天这一身玫红偏复古裙，波浪鬈发，有二十世纪港星的味道。

反观简橙，休闲服，淡妆，今天的穿着和妆容就没那么隆重了。

苏蕴把菜单递给简橙。"这家的菜还不错，我也不知道你喜欢吃什么，你自己点。"

简橙也没推辞，点了两道菜，又把菜单推给苏蕴，苏蕴也点了两个，把菜单递给服务员。

苏蕴的身份毕竟特殊，虽然选的地方偏僻，以防万一，还是选了包厢。

等菜的时间，两人聊起上次拍摄的事，气氛很好。

苏蕴说第一次跟豹子近距离接触，虽然有驯兽师跟着，但她那天还是腿软得不行。

"我那时候要面子，看你一个小姑娘都不怕，还跑过去跟那豹子玩，就觉得我也不能丢人，硬是咬牙拍完，回去之后，我整个后背都湿了。"

简橙笑说，自己以前是专拍野生动物的，所以不怕。

苏蕴看着她，忽而盯着她无名指上的戒指，问了一句："你结婚了吗？"

简橙顺着她的视线看去，大大方方地承认："是。"

苏蕴脑子里想着周庭宴手上的戒指，心中黯然，她低头喝口饮料，掩饰性地撩了下鬈间掉落的长发。

"你跟你老公感情怎么样？"

简橙虽然是苏蕴的粉丝，但也不喜欢在外人面前聊太多自己的私事。"挺好的。"

她准备转移话题聊别的，苏蕴却道："想听听我的故事吗？"

简橙惊讶，心说：我一个刚进圈的小咖都懂得保护自己隐私，你一个娱乐圈大咖竟然主动跟人分享秘密？

还没等她回应，苏蕴已经道："我这次回来，是为了给一个人过生日，一个我以为，我们会结婚的人。"她看向简橙，"这些年，我在娱乐圈混得如鱼得水，几乎没人敢找我麻烦，很多人猜测，我背后有金主。我没回应过，其实这话也没错，我背后……确实有个男人。"

简橙："……"

这话是她能听的吗？

简橙想提醒她，作为一个公众人物，不要把秘密随意跟人透露，只是苏蕴似完全沉浸在自己的思绪里。

"我们约定好的，我三十岁就退圈，他等我到三十岁，我这次回来是特意给他过生日的，我以为我终于等到了，可是你猜，他给我一个什么惊喜？"

苏蕴盯着简橙。

"他结婚了，他竟然结婚了！"

跟京岫那边约定的时间是下午三点，孟糖在工作室等到两点半，依旧没等到简橙回来，给她打电话过去，简橙也没接。

她知道简橙的司机兼保镖是周庭宴给配的，她倒是不担心简橙出事，想着她可能是见着偶像了，想多聊一会儿，就先一个人去了京岫。

到门口的时候碰到潘岈。

潘岈知道今天简橙和孟糖要过来，没看见简橙，就多问了一句。

孟糖笑说："她偶像苏蕴请她吃饭，还没回来。"

潘岈笑不出来，完全笑不出来，带孟糖上楼，等人一走，直奔周庭宴办公室。

"周总，苏小姐和太太见面了。"

潘岈这话，不仅周庭宴听见了，简佑辉也听见了。

简佑辉今天过来，是来找周庭宴帮忙的，长盛集团遇到了点麻烦，如今能帮长盛的，只有周庭宴。他一个小时前就来了，周庭宴一直在开会，把他晾到现在，进来不到五分钟，两人寒暄几句，刚要进入正题，潘岈就进来了。

仅仅一句话，就让周庭宴瞬间变了脸色。他骤然站起身，砰的一声，膝盖撞到茶几，看着都疼，他却毫无感觉，几乎是迫不及待地往外走。

这个苏小姐是谁？能让周庭宴这样失态。

简佑辉隐约感觉不对劲。

潘岈临走时，余光瞥见已经从沙发上站起来的简佑辉，暗道一声糟糕，刚才太着急，把这人忘了。

他脚步慢下来。

简佑辉趁机走过来问："苏小姐是谁？跟简橙怎么了？"

潘岈就等着他问呢。"苏小姐是周总的表侄女，跟太太有点误会，两个人见面可能会打起来。"

简橙确实经常跟人打架，周家人丁兴旺，亲戚里姓什么的都有。简佑辉没怀疑什么，就是无语，简橙怎么走到哪儿打到哪儿，这都嫁人了，性子还是那么冲动。

"我跟着去劝劝吧。"

他要跟着，潘岈侧身拦住。"这是周总的家事，简总别插手吧，要不您先回

333

去，等周总回来了，我再给您打电话？"

长盛集团的事比较棘手，简佑辉今天必须和周庭宴说清楚，回去也不能安心工作。"我去会议室等等吧。"

来时父亲说，如果周庭宴不帮忙，就找简橙，现在周庭宴把简橙看得很重。

父亲说的是对的，女人打架而已，小打小闹，周庭宴竟然都这么着急。

潘屿没再管他，喊了人带他去会议室。

周庭宴出了办公室就给简橙打电话，一直无人接听，他又给简橙的司机打，关机。

等电梯的时候，他想给苏蕴打电话，查无此人才想起之前他把苏蕴删了。

潘屿迟来一步，在电梯门合上前追过来。"我给苏小姐打过电话，没人接，也给苏小姐的经纪人章珍打了电话，同样无人接听。"

知道事情的严重性，所以刚跟孟糖分开，潘屿就马上打了电话，都没人接，所以他才着急得忘记简佑辉还在。

周庭宴随手把领带扯下来，给秦濯打过去。

小长假后第一天上班，秦濯也忙，正在公司开会。

因着游艇的事，他还欠周庭宴一顿揍，如果周庭宴这通电话在晚上打过来，他肯定是不敢接的，他觉得再怎么着也不至于大白天约他打架。

"老周啊，你……"

"你现在给苏蕴打电话，问她在哪儿。"

"苏蕴？她不是下午的飞机吗？你找她……"

"她中午约了简橙吃饭，简橙的手机现在打不通。"

秦濯第一次当着公司所有高层的面，从椅子上摔下来，不顾形象地爬起来往外跑，留下一脸蒙的众人。

周庭宴挂了电话，问潘屿："我是不是做错了？我应该早点告诉简橙关于苏蕴的事，是不是？"

潘屿知道他现在不冷静，所以理智地提醒他："我觉得您没做错。"

简橙的这种性格其实挺难得的。对朋友真挚，可以为朋友两肋插刀，为朋友，怎么受委屈都可以；但事关自己，那是宁愿闯得头破血流，也不愿受委屈，但凡她性子软一点，不那么宁折不弯，她跟家里的关系都不会这么差。

她这辈子，唯一的纵容给了周聿风。当初她明知道周聿风劈腿还不肯放手，是因为她和周聿风有十几年的感情加持，过去那十几年，周聿风是真真切切护着她的，比简家人宠爱她的时间都长。

所以她能容忍周聿风对她一次次的伤害。

简橙的这种偏爱，周总可没有特权，周总没有那十几年。两人的婚姻只有十个月，一年都不到，简橙现在对周总，依赖居多，喜欢也许有一点，但还没到爱，一旦知道周总得一直护着苏蕴，她有很大概率会走。

哪怕周总不爱苏蕴也不行。

如果苏蕴对周总坦坦荡荡，没有丝毫非分之想，只要资源，那还好一些，可苏蕴明显不是，这就很糟糕啊。

简橙就不是受夹板气的人，尤其经历过周聿风和蒋雅薇的事。当初她嫁给周总，是想找个保护伞，也是想气气周聿风和蒋雅薇，现在，她明显已经彻底放下了，一旦她觉得这段婚姻让她不舒服了，以她那潇潇洒洒的性子，她得连夜扛着飞机跑。

潘屿理智地分析完，扭头看见自家老板沉寂苍白的脸，又同情地安慰。"您也不用太担心，您不是在整理给苏小姐的一次性补偿吗？等这事办好了，您也算仁至义尽了，到时候事情就好说了。"

周庭宴沉默了一阵，嘱咐他："那边的手续你亲自盯着，快一点。"

简橙并不知道周庭宴和秦濯在疯狂找她，此时此刻，她正在医院，看医生给苏蕴包扎脸上的伤口。

为什么在医院得从一个小时前说起。

当时苏蕴正在说她自己的故事，说她为了陪一个男人过生日，冒着得罪梅导的风险，特意请假回来，说那男人是一直在捧她的金主。

不对，不能说金主。苏蕴的意思是，她跟那男人有约定，她三十岁退圈，那男人等她到三十岁，然后娶她，她说她跟那人认识很久，有很深的感情。

那这应该算情侣了吧。

结果，她欢欢喜喜地回来，那男人跟别人结婚了，关键是男人的老婆她还认识。

简橙挺同情她的，也完全能理解她的心情，这不就是她和周聿风的故事吗？虽然不能说完全一样，但也差不多，周聿风说大学毕业就娶她，她只离开五年，回来就见他变了心。

大概是受了刺激，苏蕴当时的表情挺可怕的，尤其是在说那句"他结婚了，他竟然结婚了"的时候，还盯着她看，看得她毛骨悚然，要不是她知道周庭宴

335

不是那种给了别人承诺，还娶别人的渣男，她都以为抢苏蕴男人的是她了。

当她正琢磨该怎么安慰时，苏蕴突然趴桌上哭了，一哭就是一顿饭的时间，菜都凉了她也没好意思吃一口，到现在肚子还饿着。

事实证明，饭是一定要吃的，不然打架都没劲。

见苏蕴哭得差不多，她正准备喊服务员挑两个主菜热一下，包厢就进来四个醉鬼，嘴里说着走错了，眼睛却肆无忌惮地往她和苏蕴身上瞧，色眯眯的眼神恶心死人。

可能是见桌上只摆着两副碗筷，屋里只有她和苏蕴，更胆大包天。

一个留着小胡子，二百多斤的大胖子直接走过去把哭红了眼的苏蕴揽住，一句"哥哥疼你"差点没让她把早饭吐出来。

简橙当时就知道要出事。

进来的这四个人体重都超一百八，个个身强力壮，她自知打不过，所以第一时间没去帮苏蕴，躲在一边给她司机打电话。

周陆帮她打听过，说她这个司机会很多拳路，散打很厉害，周庭宴给了她一个很牛 × 的保镖。司机就在外头，警察都没他来得快。

结果电话刚拨出去，手机就被一个满脸痘坑的男人抢过去挂断摔了，她脸还被摸了一把，一气之下她直接抬腿，差点帮他省了养儿孙的钱。

后来就打起来了。

简橙从小到大没少打架，会些简单拳脚，苏蕴一点不会，她得护着苏蕴，面对的又是四个身强力壮的成年男人，根本打不过。

恶心的话听了不少，脸被捏了好几下，衣服都被拽歪了，不仅受屈辱，还挨了揍。最后两只胳膊被按在墙上，完全动不了。

苏蕴急红了眼，从桌上拿了碗就朝按着她的男人身上砸，扑上来咬那人的胳膊，结果被男人挥胳膊甩开，摔在地上时，脸正好压在碎裂的盘子上，血淋淋的一片。

万幸，简橙的司机觉得她打了电话又挂断很奇怪，觉得不对劲，就上楼来看，见这场面一拳一个，一脚一人，勇猛得不行。

可惜最后为了帮她，后背被胖子用凳子重重砸了一下。

然后他们就在医院了，三个人全有伤。

司机后背软组织损伤，简橙心想那力道要是砸她身上，她这会儿估计在跟奶奶告老简的状。

苏蕴的伤最麻烦，伤在脸上，虽然医生说伤口不深，不会留疤，但关键是她还在拍戏期间。

简橙则都是皮外伤，护着苏蕴的时候，被那胖子粗鲁地拉开，撞到几次墙，肩膀也疼得不行。

她没好意思喊疼，因为现在愧疚居多。

医生给苏蕴包扎好出去，苏蕴见简橙满脸愧疚的样子，嘴角艰难地扯出一抹笑。"餐馆是我自己选的，是我拉着你说那么多话的，如果我们早点吃完早点走，就不会遇到这事了，所以，不怪你。"

简橙更愧疚了，她擅长应付一切恶意，唯独面对善意束手束脚。"对不起。"

苏蕴伸手摸了下脸，说没事，她转移话题。"今天我跟你说的话，你能帮我保密吗？"她眼睫微垂，苦涩道，"你别看我表面光鲜亮丽，其实镜头外，我一个真心的朋友都没有，遇到事，连个可以倾诉的人都找不到。"

她拉着简橙的手。"我这两天实在是太难受了，太想找人倾诉，我觉得我们很有缘分，我很喜欢你，所以跟你说了那么多。"

简橙听懂她的意思："我保证，不会跟任何人说。"

苏蕴又补充一句："你家里人也别说，我怕万一……"

"我发誓，"简橙举着手，"今天你在包厢跟我说的话，不会有第三个人知道。"

她本来就没有泄露人家秘密的习惯，苏蕴这次又因为她伤了脸，她肯定会保密。

秘密肯定不能说，但今天受这么大屈辱，她一定要告诉周庭宴。

她得告状，那四个渣渣，她连埋在哪儿都想好了。

要打电话时，简橙才想起来手机摔了，司机进包厢时见那满脸痘坑的男人在扯她头发，直接扔过手机砸向那人的后脑勺。临走的时候，简橙将两个手机都塞进包里了，她的包……包还在车里。

简橙跑去车里找包，翻出司机的手机发现碎得厉害，找到她自己的手机一看，还好，屏幕碎了，但还没关机。

简橙见满屏的未接电话，刚要点开，周庭宴就打来了，她赶紧接通。

周庭宴明显没想到这次会打通，声音都在抖，他试探着喊了一声。

"简橙？"

简橙听到他的声音，眼泪没忍住。

"周庭宴，我被人揍了，你快来医院接我。"

第十章
噩梦记忆

简橙挂了电话，去看过自家司机后，又回到苏蕴的病房里。

苏蕴的经纪人也来了，因为苏蕴的身份特殊，特意给她要了个 VIP 病房。

简橙这会儿正在被她经纪人埋怨。"苏蕴这次是专门请假回来的，今天下午四点的飞机，明天一大早就得拍戏，本来她请假梅导就不高兴，现在她脸还受伤了！"章珍气得不轻，指着简橙道，"简小姐，昨晚苏蕴跟我说要请你吃饭，我就不太同意，毕竟你们就合作过一次，大家也不算太熟，可苏蕴说她能拿下梅导的电影，你功不可没，饭是一定要请的。

"我不是不讲理的人，也不是说让你为了苏蕴拼命，但现在是什么情况？她为了救你脸伤了，你知道这代表什么吗？万一梅导真生气了，她可能会失去这次机会，你这是毁了她的工作知道吗？她是靠脸吃饭的，幸亏这次伤得不重，万一落了疤，说严重点，你这就是在毁她的事业啊！"

简橙乖乖坐在病床前的椅子上，低着头，愧疚又憋屈。

苏蕴确实是因为扑上去救她，被推开时划到脸的，这个她认，但她又不是故意的，这个经纪人指着她骂半小时了，还一直骂个不停，要不是她实在愧疚，早扑上去撕她嘴了。

何况两人还有旧怨呢。

当初两人合作拍杂志封面的时候，苏蕴没耍大牌，态度一直挺和善，这个章珍却老是找事，拍摄的时候各种要求不断。最让她难以忍受的是，章珍居然趁她去洗手间的时候，随便动她相机，删她照片，还说看的时候觉得照片不好，就随手删了。

这完全是踩着她的底线，在她的雷区疯狂蹦跶。

苏蕴为此跟她道歉，她当时没闹不是给苏蕴面子，她真生气的时候，偶像都得靠边站。她忍下来是因为孟糖，那场拍摄，孟糖的嫂子是负责人，如果她真得罪了苏蕴这边，闹僵了不能拍摄，会让孟糖的嫂子为难。

要不是顾及这个，以她当时的脾气，非把章珍打得爹妈都不认识。

一直忍到拍摄结束，苏蕴问简橙要不要合影，她当然乐意，结果刚往那儿一站，苏蕴就被章珍拉走了。她当时气得啊，想着反正拍完了，不干一架实在对不起自己，袖子都卷起来，可惜被一群人拉住了。

她回去气了好几天。

正巧周聿风和蒋雅薇也做了一些让她生气的事，她没抑郁纯粹是因为她个人优秀。

病房里，苏蕴见简橙一直低着头，一副老老实实挨骂的样子，伸手推了章珍好几下。

"行了，这事又不怪简橙，谁也不想碰见这种事，你别说了。"她给章珍递眼神，示意她适可而止，别太过了。

章珍瞪她一眼，趁机又骂她一句。"你总是这样，什么事都为了别人着想，你就没想过你这张脸怎么办？梅导那边你怎么交代？"

她明着骂苏蕴，实际上阴阳怪气骂简橙。暗示如果苏蕴这部电影出了问题，影响到今后的事业，简橙得受一辈子良心的谴责。

章珍将话题引回到梅导的那部电影，简橙沉默了会儿，把头抬起来，眼睛看向苏蕴。

"梅导那边我帮你解决，你安心养着，别担心。"

章珍心说：你能解决个鬼啊，还不是靠着周庭宴，就算你不说，苏蕴找周庭宴帮忙，周庭宴也得想办法帮。

她正要说话，病房的门被人从外打开，周庭宴和秦濯进屋，后面跟着潘屿。

简橙第一眼看见的就是周庭宴。她也不知道怎么了，看见周庭宴之前觉得，章珍骂就骂吧，反正苏蕴脸上的伤是因为她，骂她，她就忍着，虽然憋屈，但没觉得委屈。

可看到周庭宴，她突然觉得，凭什么啊，她也很委屈啊，今天这事又不是她想的，她也受伤了，她肩膀现在超痛的，右手都抬不起来。那几个人又不是她招来的，她也帮苏蕴挡了好几下。章珍抱怨几句就算了，凭什么骂她啊，还指着她鼻子骂她半个小时。凭什么啊，老简他们现在都不敢骂她半小时，章珍是欺负她没人疼吗？她明明有人疼，周庭宴就很疼她，她干什么都会纵容她，除非她真错了，不然周庭宴都舍不得对她大声说一句。

周庭宴是她的靠山，她现在最怕的是周庭宴，连周庭宴都没骂过她，他一直纵容她，宠着她。

章珍凭什么啊?!

简橙越想越委屈，从椅子上起来往门口迎，眼泪唰唰往下掉，声音都哽咽。"周庭宴，你怎么才来啊。"

周庭宴见她落泪的样子，心疼得不行，步履匆匆朝她迎过去，等把她完全抱在怀里，心里才踏实一点。"对不起，我来晚了。"

简橙双手搂住他的腰，在他怀里哭得挺惨，整个病房都是她委屈的哭声。

秦濯第一次见向来流血不落泪的简橙哭成这个样子，心里也不是滋味，抬头看向苏蕴的方向。

苏蕴没看他，从周庭宴进来，她的目光就一直在周庭宴身上，她伤在右脸，明明从他的角度能看得清清楚楚，可是，他只扫过来一个带着冷意的眼神，满心满眼都是简橙。

简橙这一哭，哭得肝肠寸断。被抓着双手按墙上的时候她是怕的，怎么不怕？衣服都快被扯掉了。当年那些不愉快的记忆，一些试图忘记又刻在心底的不堪场景，再次涌进脑子里。

要不是她家司机来得快，她真不知道自己这会儿在干什么。也许会跟当年一样，奔着去见奶奶的劲拼个你死我活……

周庭宴搂着她哭得发抖的身子，把她紧紧搵在怀里。

简橙肩膀被他箍得疼，伸手推推他。"疼，我肩膀疼。"

周庭宴立刻松了力道，小心翼翼把她推离些，见她缩着右边肩膀，脸色变得严峻。"肩膀伤着了？"

简橙脸色惨白，嗯了一声。

撑腰的人来了，简橙这会儿也不忍着了，她直接从四个醉鬼进包厢开始告状。

"他们把我往墙上摔了好几下，每次都撞到肩膀，疼死了，苏蕴为了救我脸也伤了，还有咱家司机，帮我挡了一下，后背让那个两百斤的胖子砸了。"

说完，她后知后觉想起一件事。

简橙用左手牵着周庭宴，走到苏蕴的病床前，先跟苏蕴说："这是我老公。"

说完又指着苏蕴跟周庭宴介绍："这是苏蕴，就是我跟你说的那个大明星，我是她的粉丝。"

病房里有一瞬的安静。

潘屿担忧地看向自家老板，心里跟着着急。路上的时候他提议到了他先上楼把太太带下去，这样老板就暂时不用跟苏蕴见面。老板没吭声，下车就往上跑，明显是太过担心太太。

秦濯也知道这时候情况不乐观，怕苏蕴乱说话，赶紧走过来，推一把周庭宴。"简橙肩膀不是受伤了吗？你先带她去找医生，我……"

"你好，我是苏蕴。"苏蕴打断了秦濯的话，抬头看着周庭宴，神色无常地打招呼，像是第一次见到他。

秦濯："？"

周庭宴面无表情地看着苏蕴，冷漠的脸看不出他在想什么。

苏蕴不怎么介意地收回目光，又看向简橙，笑得挺疲惫。"简橙，你们先回去吧，我也需要休息了，折腾到现在挺累的。"

简橙自己也疲惫，她还得去派出所做笔录呢。"那你好好休息，我先去派出所。"

她嘱咐了两句就牵着周庭宴往外走，临走又想起什么，指着章珍跟周庭宴告状。"她刚才骂了我半个小时，还是指着我鼻子骂的。"

周庭宴看了章珍一眼。

章珍："……"

死丫头，怎么那么会告状啊！

等人都走了，病房里只剩章珍和苏蕴，章珍骂一句："简橙这个女人不简单啊，小妖精。"周庭宴刚才离开前看她的那一眼，明显就是要秋后算账的意思，章珍心里挺不安的，"早知道今天你应该选个更偏僻的地方，直接让人办了她，她……啊！"

话还没说完，一个水杯贴着她的脸扔过去。

章珍吓了一跳，不可置信地瞪向苏蕴。"你干什么！"

苏蕴的脸色不见刚才的温顺，此刻布满寒霜。"我就觉得不对劲，那四个男人虽然对我也动手动脚，但没来真格的，反而对简橙下死手，所以那四个人真是你找的？"

章珍没否认。"是我，我还不是为了你。"

苏蕴难以置信。"为了我？你也是女人，你让几个男人去糟蹋一个女孩子

341

的清白，怎么想的？当初有人要潜我，你是拼了命保护我的，你说最恶心这种手段！"

章珍不想提过去的事，她们从无到有，到如今，见过的名利场太多，早就变了。

她讽刺："你今天带简橙去那里，不也是安排了一场戏，你有什么资格指责我？"

苏蕴脸色沉下来，是，她是有目的。她私下见了简橙，周庭宴知道的话一定会生气，她现在不能惹怒周庭宴，所以她要利用简橙缓和跟周庭宴的关系。她只是安排了一场抢劫戏，她会救简橙一命，会让简橙欠她人情，帮她说话。

她是心思不纯，但她从来没想过用那样恶心的手段。

要抢回周庭宴，她有更好的法子。

章珍问她什么法子。

苏蕴伸手摸着脸，沉默了挺久才道："昨晚你跟我说了简橙和周聿风的事，我想了一夜。让简橙彻底远离周庭宴，最好的办法就是让简橙自己觉得，她变成了我和周庭宴故事里的……蒋雅薇。"

从苏蕴的病房出来，简橙就被周庭宴抱着，没骨头似的窝在他怀里。

她从小就这样。孤立无援，精神紧绷的时候，她一个人能撑很久，再痛再累，眼泪都没有一滴，腰板都不能弯一下；有人护着的时候，那是一点点硬骨头都没了。

如今跟泥一样随意摊在周庭宴怀里，连骨头都是软的，手指头都不想动一下。

医生给她检查肩膀的时候，她也看都没看，只把脸埋在周庭宴颈窝里，医生问一句，她答一句，疼的时候就喊疼。

各种检查做完，医生给出结论：剧烈撞击造成的肩关节脱位，疼得胳膊抬不起来是因为关节移位了。

万幸只是肩关节脱位，周围组织没有受损，没骨折，韧带没损伤。

简橙也不知道医生怎么弄的，握着她的胳膊动了几下，倒是真没那么疼了，说回去好好休养，一个月内可恢复。

从医院离开，简橙还得去派出所做个笔录。

司机和苏蕴的笔录有民警到医院做，本来她也可以在医院做，但她想去看看那四个该死的人渣。

派出所离医院不远，开车十分钟就能到。

简橙做笔录的时候，周庭宴就在大厅等着，等简橙的身影消失在视线里，潘屿从旁边跑过来，面色凝重。

"周总，他们咬死只是喝醉了，单纯地见色起意。"

周庭宴怀疑今天的事不是偶然发生的。苏蕴把简橙约到那么偏的地方，恰好出现四个酒鬼，简橙又出事……他不能不思考今天的事是不是跟苏蕴有关。

所以他带简橙去找医生的时候，就让潘屿先过来了。

潘屿得到指令，打电话到离这儿最近的一个分公司，喊了公司的法律顾问过来，先见了那四个彪形大汉。该问的问了，该威胁也威胁了，说谎什么后果也分析得清清楚楚，可谓软硬兼施。最后他们还是一口咬定，就是喝醉了，看见包厢里的两人长得漂亮，见色起意。

虽然他们口径一致，但潘屿说："周总，您的怀疑应该是对的。"

周庭宴下巴微微抬高，冷漠的眸子盯着门外来来往往的车辆，不知道在想什么。

简橙刚做完笔录就接到了苏蕴的电话。这通电话只打了两分钟，基本是苏蕴在说，简橙一直沉默地听着，只在最后的时候嗯了一声。

出来后没在大厅看见周庭宴，简橙就在原地等他。

周庭宴出去接简佑辉的电话了，简佑辉在会议室等急了，问他什么时候能回去，周庭宴让简佑辉先回去，挂掉又打给秦濯。通话结束进来，就瞧见了坐在椅子上的简橙。

周庭宴在她旁边坐下，伸手揉揉她的脑袋。"结束了？"

简橙嗯了一声。

周庭宴去牵她的手。"潘屿带着律师在等着了，我们过去。"

简橙反手握住他，白皙的手指攥紧他的衣服，鼓着腮帮说："算了，这事就到这儿吧，我不追究了。"

周庭宴愣住："为什么？"

简橙说起苏蕴给她打的那个电话。"她说如果今天这事曝光出来，被媒体和营销号一带节奏，不知道要闹成什么样子，她的电影快拍完了，不能再出事。"

周庭宴沉默了片刻，伸手轻轻抬高她的下巴，让她看着自己。"别管苏蕴，她怎么着是她的事，你受了伤，这口气必须出。"

简橙又高兴又憋屈。"有你这话就行了，我还是不追究了，谁让苏蕴是因为救我才把脸伤了的，这次我忍着，就当还她的情了。"

周庭宴不赞同："章珍不是还骂你半小时？我还没给你出气呢，也这么算了？"

简橙提起章珍就气，却也只是点点头。"嗯，这次算了。"

君子报仇十年不晚，这是她第二次放过章珍，她都记着呢，而且……简橙见周庭宴脸色不怎么好，钩着他的手指笑道："你别气，我多精啊，在餐馆报警的时候我就说了，他们除了寻衅滋事，还强奸未遂，这已经算是刑事事件了，可不能私了。"

简橙跟周庭宴说过程的时候，特意避开了这个环节，此刻见周庭宴脸色瞬间阴沉，有狂风暴雨袭来之势，忙凑过去亲了亲他的唇。

"我没事，他们就是扯了几下衣服，捏了几下脸，我没被他们占多少便宜。"

她当时的确因为他们的动作想起了不好的事，不过那几个人也确实只捏了脸，拉了几下衣服，她身上没被碰，不然她现在不能好好的，早疯了。

苏蕴扑过来得及时，那几个人看到苏蕴脸上有血，也吓了一跳，动作都迟钝了，然后她家司机就赶到了。

周庭宴脸色还沉着，没说话。

简橙挠着他的掌心，长睫微微眨着，声音软软的："我只是不追究了，你找个厉害的律师，他们最少三年起步。"

打人这事简橙不追究，剩下的事有潘屿和律师在处理，周庭宴先带她回家。

路上，简橙靠在周庭宴怀里，拉着他的手揉揉自己的脸，挺遗憾地说起一件事。"周庭宴，我以后不喜欢苏蕴了，我不当她的粉丝了。"

周庭宴低头，手指抚着她又白又嫩的脸颊。

简橙没等他开口，自顾自地叹着气。"今天这事，站在她的立场上讲她没错，她是大明星，还在拍大导演的大电影，这时候出一点点动静，媒体和营销号添油加醋一说，她就麻烦了。我理解她，她说她想跟我成为朋友，我本来还挺愿意的，但现在不想了。"

蒋雅薇以前也算她的朋友，后来却背刺她，所以，她对朋友这个身份很敏感，她轻易不和人做朋友，她认可的朋友，是她能用命护着的。

今天这事一出，她就不想把苏蕴归在可以护着的朋友里面了。

她很喜欢苏蕴，但苏蕴的身份太敏感，会有很多迫不得已的时候。俗话说为朋友两肋插刀，如果她跟苏蕴成为朋友，时间久了，她得受多少伤。

"还有那个章珍，苏蕴说过，她有时候也看不惯章珍的某些想法和做法，但她刚出道时章珍就陪着她，两人之间有太多年的情分，利益捆绑得也严重，她不能把章珍抛开。"

简橙跟章珍又完全不对付，真混一起得天天打架，苏蕴夹在中间也为难。

就算苏蕴愿意受夹板气，她也不行，这辈子，能让她受夹板气的朋友，有周陆和孟糖就够了。

周庭宴安安静静地听她说完，伸手抚摸她倔强的脸，想起她说被醉鬼捏脸，低头吻上去，把她脸颊的每一处都吻一遍。后来滚烫的吻从她合着的眼睛移到唇上，搅弄着那滑腻软舌。

简橙在神情迷乱中听他说了一句。"对不起。"

简橙逐渐被他的吻安抚了情绪，这一下午的灵魂终得平静，再无心思窥探他这声"对不起"的意思，躺在他怀里慢慢睡去。

周庭宴揽着她的身子，手指一遍一遍抚弄她的长发，眼神落在她右边的肩膀上，目光沉沉。

把简橙送回家，等她睡安稳了，周庭宴又折回医院。

秦濯一直在简橙司机那边坐着，跟他聊天，聊完出来抽了两根烟，才终于等到周庭宴。

"你想问什么，我帮你问不就行了，还特意回来干吗？"

本来说好的，潘屿先一步去派出所打探消息，然后周庭宴带着简橙去派出所做笔录，他就留下来问问苏蕴今天的事。结果，他刚把苏蕴谴责一顿，还没进入正题呢，周庭宴又打电话过来，说要自己回来问，他就去简橙司机那边找人聊天了。

周庭宴没回答他的问题，出了电梯，径直走向苏蕴的病房。

苏蕴早猜到周庭宴会回来，他下午从这儿离开时看了她一眼，那裹着冰碴的一眼让她明白，今天这事如果没有一个很好的交代，他不会善罢甘休。

所以她也没隐瞒。"我昨晚碰见简橙是意外，今天请她吃饭，确实也是想见见她，我想知道，我到底输给了一个怎样的女人，我想看看，能让你随随便便就结婚的人到底是什么样的。"

周庭宴站在离病床三步远的位置。

苏蕴看着两人之间的距离，垂下眼。"你放心，我没跟她多说，如果我跟她提了你，她也不能这么安静，她不知道我们认识。"

周庭宴看着她，只问了一句："今天这事，跟你有关吗？"

苏蕴一愣，随即神色凄然，苦笑着问："在你心里，我是这么不择手段的人吗？"她似气急了，大大方方承认，"是，我是放不下你，我也不想放，但我不会用这么腌臜的办法，那四个男人不是我找的，我……"

"章珍，"周庭宴打断她，"是章珍吗？"

苏蕴愣了下，很快把头转过去。"不是。"

周庭宴把她刚才那一瞬的慌乱看在眼里，心里有数，没多言，只道："这是最后一次，以后别再找简橙，如果……"

"周庭宴。"苏蕴知道他要威胁什么，突然开口打断他，"就到这里吧，你不欠我什么，也不用再想着补偿我，我哥的事就算结束了，你不用再管我，我也不需要你的帮忙了，以后的路，我自己走。"

周庭宴和秦濯走后，章珍从洗手间出来。

她知道苏蕴心里有主意，还是多嘴问了一句："我不明白，你为什么非要现在跟他划清界限。"

苏蕴："置之死地而后生。"

她总得为自己拼一次，成功，她幸，失败，她就放手。

苏蕴不欲多谈，想起一事，看着章珍道："你找的那四个人，确定靠谱吗？他们真的不会把你供出来？"

章珍神神秘秘道："放心。"

秦濯和周庭宴走出医院，电梯里听说简橙因为苏蕴不再追究，能想到她那张憋屈的脸。

"那现在怎么办，真的不追究了？"

"嗯。"

秦濯正惊讶他这次怎么这么好说话，就听他问了一句。"章珍的大本营不在江榆，这次来江榆不到两天，却能找到心甘情愿替她办事，不惜坐牢的人，你不觉得奇怪吗？"

秦濯揣摩他话里的意思，惊愕道："你的意思是背后有人帮她？谁啊，谁敢在江榆帮她欺负简橙？"

周庭宴："章珍在江榆有个老乡。"

"谁？"

"简文茜。"

秦濯张了半天嘴，突然悟了："你不追究，是想顺着这几个人把简文茜薅出来？"

　　周庭宴没吭声，他有种强烈的感觉，这次，也许能通过那几个人，顺藤摸瓜查出简橙当年出事的真相。

　　简文茜如果真参与了当年的事，这次，她跑不了。

　　简橙这一觉睡到晚上八点多，醒来周庭宴不在。

　　她中午没吃东西，大概是饿过劲了，胃口不怎么好，芳姨给她煮了粥。

　　简橙吃完又回到卧室，刚躺床上，孟糖的视频就打过来了。"小祖宗，你可终于醒了，真能睡！"

　　孟糖下午在京岫跟周成帆谈合同细节，该提什么要求她早前都跟简橙商量好了，简橙不在，她以经纪人的身份也可以做主签合同。

　　毕竟有周庭宴这层关系在，谈判一切顺利，她提什么周成帆都答应，合同里的条条款款都是偏向简橙工作室的。

　　孟糖五点出来发现简橙十分钟前给她回过电话，再打过去，简橙说她在派出所，刚做完笔录，在等周庭宴。

　　孟糖当时吓一跳，问她什么事，简橙只说跟苏蕴吃饭的时候遇到醉鬼，打了一架。孟糖听完说要过去找她，简橙说她累得不行，困得不行，得先回家睡一觉，等睡醒了再联系她。

　　然后一直到晚上八点。

　　孟糖洗了个澡出来已经八点半，发现简橙二十分钟前给她发消息说起来了，于是打来视频。

　　简橙趴在床上，用十分钟讲完中午发生的事，只隐去了苏蕴和她背后那个男人的部分。

　　孟糖脸色一会儿青一会儿白，一会儿愤怒一会儿拍着胸口庆幸，把醉鬼骂得狗血淋头，骂完又开始骂章珍。

　　"这只该死的章鱼，之前拍摄就她破事最多，这么久了，还是这么讨厌，居然骂你半小时？怎么敢的，你当时就该撕了她的嘴！"

　　简橙每次提到章珍都要气一下。"她两次惹我，都在我不得不忍她的时候，能在我手底下跑两次，她运气可不是一般地好。"

　　提到苏蕴，孟糖非常好奇简橙刚才说要保密的事。"连我都不能说吗？所以她回来到底是给谁过生日？她来江榆……是江榆的富豪圈里有她男朋友吗？"

　　简橙保持原则："进我嘴的秘密，除非当事人同意，不然我进棺材了你都听不着。"

苏蕴没说那男人是谁，不过简橙心里有大概的判断。

那人肯定是富豪圈的，不然哪儿有本事捧她这么多年。再者，苏蕴来江榆，那男人应该是江榆富豪圈的。这范围一下就缩小了。

有能力捧苏蕴，跟苏蕴年纪差距不大，这两年才结婚的，把所有符合条件的一筛，一只手数得过来，就三个：周庭宴，秦濯堂弟，曾绍的亲哥。

周庭宴肯定不是，京岫旗下不涉足娱乐板块，周庭宴又是责任感极强的男人，做不来这种不负责任的事。秦家类似秦濯的花心品种多，秦家又在娱乐圈有投资，秦濯的堂弟情史丰富，婚姻是联姻，婚后绯闻不少，渣男，可能性百分之五十。曾绍的亲哥倒是不花心，不过他是纯粹的事业型男人，娶的也是门当户对的人，所以他为了家族放弃苏蕴，也不是不可能，曾家也有自己的传媒公司，所以曾绍的亲哥也占百分之五十。

啊，对了！生日在中秋节假期的。

那就只剩两个了，周庭宴和曾绍的亲哥。

百分之百是曾绍的亲哥。

渣男。

孟糖不知道简橙在自个儿脑补分析，也没继续问，这世上最硬的东西，就是简橙的嘴。生气的时候说不出一句软话，让她保密的事情，只要她发了誓，你就是打死她，也撬不出一个字。

虽然好奇得挠心挠肺，但孟糖也不会让她放弃原则，不过……

"你真不喜欢苏蕴了？我中午跟我嫂子聊天，还说下次有机会再促成跟她的合作呢，你拍她很有感觉，她的咖位也能成全你。"

简橙睡了一觉，心情还不错，脚丫子乱晃着。"公是公，私是私，有合作的机会，我会配合，谁会跟钱过不去啊，就是私下不会走太近吧。"她其实还挺担心苏蕴，"我觉得章珍心术不正，如果苏蕴不离开她，早晚会被她连累，幸亏今天是善良优秀的我，换个脾气不好的，人家饶不了她。"

孟糖："……善良优秀，脾气好……你确实，我也觉得。"

无语的同时，孟糖又松了口气，这么自恋，说明她是没事了。

她又提起苏蕴脸上的伤："你说要帮她解决梅导那边的问题，是要让周庭宴帮忙吗？"

"当然不是。"简橙立刻摇头，义正词严，"解决这事得求人，我老公只能为我求人，不能为别的女人，我心眼小，善妒，我会吃醋的。"

"……"孟糖不跟她贫嘴，猜出她要做什么，试探着问了一句，"你真要打电话？敢打吗？"

简橙没吭声。

挂了视频，她酝酿很久，磨磨蹭蹭快半小时，最后呼一口气，拨一个号码过去。

"小姨……"

周庭宴回来的时候，简橙正光着脚在卧室跑步，跑两圈停下，呼口气，又是下腰又是蹲马步，整个人显得异常兴奋。

"医生让你多休息，怎么大晚上还锻炼？"

周庭宴关门进来，直接把正在下腰的人打横抱起，简橙惊呼着搂住他的脖子，听出他声音里有责备，凑过去亲亲他的脸。

"我没事，胳膊不怎么疼了。"

下午她听医生啰唆一大堆，总结就两个字——脱臼，复位后就好了，根本不用一个月就能恢复。

周庭宴把她放在床上，手指戳戳她的额头，俊脸严肃又认真。"遵医嘱。"

简橙笑着说好，拉着他的手让他在自己旁边坐下，脸上还挂着喜滋滋的笑。"我不是锻炼，我就是太高兴了，想释放一下。"

周庭宴见她心情尤其好，脸上也有笑容，好奇道："什么事这么高兴？"

简橙爬到他腿上坐，双手捧着他的脸凑过去，在他性感的薄唇上亲了两口，声音都裹着愉悦。"我小姨刚才骂我了，小姨骂我了……呜，她骂我了。"

话没说完，又开始哭："小姨好久没理我了，我以为她不爱我了。刚才打电话，我说苏蕴是为了救我受伤的，让她别怪苏蕴，她问我有没有受伤，我说肩膀疼，她就骂我蠢，说我自己有事不找她，别人有事才求她。"

简橙的小姨就是圈里鼎鼎大名脾气最古怪的梅导，周庭宴知道这事，但不知道简橙和她小姨之间有什么矛盾。他没问，只抱着她哄。

半天才把人哄好，简橙软软地靠在他怀里，眼睛明亮，手钩着他的后颈，送上一个带着感激的热吻。

"周庭宴，直到今天，我才发现你对我有多好，章珍骂我的时候，我就一直在想你，想我们结婚后发生的很多事，发现你对我真的太好了。"她说，"周庭宴，我真的，好喜欢你啊。"

周庭宴逐渐加深了这个吻。

第二天一早，简橙被手机铃声吵醒。

是简佑辉打来的："橙橙，家里出事了，你能回来一趟吗？"

事情是这样的：长盛集团旗下有个盛辉房地产公司，盛辉在郊区的新楼盘明年开春交房，最近却突然惹上事了。有人举报新楼盘的地暖铺设得有问题，负责人拿地暖厂家的回扣，以次充好，偷工减料。并把偷拍到的视频和照片等证据送到了电视台记者手里。

盛辉新楼盘的负责人听说后，立刻找到那名记者，准备私下贿赂解决，记者不吃这套，饭局上没谈拢，负责人一时冲动把人打了。

这事闹到总部，简宏云和简佑辉收到消息是中秋假期的前一天，已经迟了。

记者被打后躺在医院里，态度很明确，说出院后一定会曝光这事。

盛辉地产的总经理去医院道歉，没用；简宏云亲自去道歉，表示开除负责人，并给记者相应的赔偿，还是没用。

记者那边还没搞定，新楼盘的问题又在业主群传开。

新区一期室内装修临近收尾，二期在施工，现在所有业主都闹开了，吵着嚷着要盛辉给个说法，甚至有人跑总部去闹。

总部给出的解决方案是：开除负责人，不合规的地暖全部返工。

安抚业主的同时，他们唯一的要求就是私下解决，希望记者不要再报道。

换作一般记者也许有回转的余地，偏偏当初偷偷举报盛辉地暖有问题的那人把证据寄给了电视台民生新闻部的孙记者。这个孙记者的牛脾气是出了名的，但凡他经手的新闻，只要有实证，就没有不曝光的，他才不管你是谁，该曝光就曝光，私下被人称作为民请命的包青天。

孙记者因为这性子得罪的人不少，但有什么关系呢，人家根本没在怕的。他在群众中呼声极高，也有亲戚在上头当官，只要不傻的，都不会去主动招惹这个孙记者，平时巴结都来不及。偏偏盛辉地产的负责人把这个孙记者打了。

孙记者不买长盛集团的账，连简宏云的面子也不给，说不但要报道，还会向主管和监管部门投诉，一点活路都不给他们留。

简宏云着急上火，想起周庭宴来。

京岫最近跟电视台有合作，他想着，周庭宴肯定认识电视台的人，想让周庭宴找电视台的领导帮着劝劝那孙记者。他们可以再让步，怎么都行，只要孙记者不曝光这事。能用钱解决的事都不是事，曝光的后果非常严重，影响股价不说，跟"偷工减料""以次充好"这种负面的词绑定，长盛的名誉受损可不是一星半点。

简宏云本想亲自来找周庭宴，临出发想到周庭宴拿棒球棍指着自己的画面，心里又发怵，所以先派儿子过来了。

简佑辉昨天没等到人，以为周庭宴故意不见他，实在没办法，于是今天把电话打到简橙这儿了。

简橙下楼的时候，周庭宴刚跑步回来。

"简佑辉给我打电话了。"

简橙把事情一说，周庭宴丝毫不意外，他揽着她往卧室走，笑问她："想不想要更多长盛的股份？"

简橙："？"

听到这次的事情能帮她拿到长盛的股份，简橙整个人都来劲了。

"我刚才还在电话里跟简佑辉说，让我帮忙可以，把简文茜手里的股份全给我，我保证为长盛鞠躬尽瘁，他气得挂电话了。"

吃饭的时候简橙念念叨叨，顺带夸周庭宴一句。"周庭宴，他还挂我电话，还是你好，你就从来不挂我电话。"

她手上粘了一粒米，周庭宴抽了张餐巾纸给她擦掉，趁机提要求。"知道我好就行，那就多心疼我一点，以后出去吃饭让司机跟着，我给他开的是两份工资，你不用觉得不好意思，你再出事，我心脏受不了。"

简橙潋滟水眸看着他，眉眼弯弯地笑，觉得今早的小米粥尤其甜。"好。"

吃完饭，简橙就欢欢喜喜地要回简家。

周庭宴把她拉住，求人得有求人的样子，哪儿有求人的摆这么大谱，不亲自来，还敢挂电话，惯的他。

"你先别搭理他，晾着他，孙记者明天该出院了，最迟明天，简佑辉会再给你打电话。"

以简橙对简家人的了解，简佑辉早上被她骂一顿，气着了，今天肯定不会再打给她。出了这么大的事，老简肯定睡不着觉，换作从前，早把她电话打爆了，应该是上次她数落他的"罪行"，周庭宴那个游乐场项目又没带他玩，他又气又心虚，虽然是亲爹，但也拉不下脸求她，所以才让简佑辉先出面。结果简佑辉没把事办成，他现在肯定急得跳脚，下一步，应该会让梅女士出面。

果不其然，还没到中午，简橙就接到了梅女士的电话。"简橙啊，你们这儿的保安不让我进，我把手机给他，你跟他说下。"

梅岚从过了年，就将主要心思放在了找儿媳妇的事情上，最近烦得心绞痛，因为简宏云定了汪家的小女儿汪念念。

简宏云考虑的是，汪念念嫁过来，汪家控股的银行用起来就方便了，不说别的，以后长盛的融资渠道和贷款方面都好办了。

梅岚明白这个道理，但还是不愿意接受。汪念念的身份确实配得上他们家佑辉，模样好，人也文文静静的，哪儿哪儿都好，就是身体不好。

偏偏身体是最重要的。

儿子今年都三十一岁了，她连孙子都没抱上，跟她一样大的，人家孙子都上小学了。第一个儿媳妇就不能生，这个再不能生，娶回来干什么，让人家嘲笑吗？再有钱又怎么样，简家又不缺钱，没了汪家，长盛集团又不是要破产了。

梅岚最近一直在做丈夫的思想工作，烦得要死，今天早上简宏云又告诉她，长盛出事了，现在只有简橙能帮忙，让她找简橙聊聊。虽然梅岚生简宏云的气，但也不是完全没有理智，她知道一个企业爆出丑闻有多严重，所以，纵然怨气未消，她还是来了。

本来想打电话，简宏云说："佑辉就是打电话，被她气得早饭都没吃，你打电话，她态度也不能太好，你直接去工作室找她当面聊。"

她去了工作室，只见到了孟糖，孟糖说简橙今天在家休息。

简橙提前半小时接到了孟糖的电话，知道梅女士去过工作室，猜到她会来家里。

梅岚只知道她住在华春府，不知道在哪一栋，华春府的安保措施又极为严格，业主没提供受访信息，外人进不去。

简橙在电话里让保安放行，梅岚按着她说的路线把车开进来。

后备厢里塞满了东西，梅岚让管家和用人帮忙拿进去。都是来之前简宏云亲自放的，有营养品，也有他和简佑辉收藏室里的一些古董玩意。

"那小王八蛋平时来家一趟跟强盗似的，我主动把东西送过去，让她高兴高兴，你们聊的时候也顺利些。"

换作以前，梅岚肯定要唠叨两句，小女儿本就嚣张贪婪，再这么宠着，就完完全全宠坏了。现在不比从前，一来简橙嫁给了周庭宴，二来现在长盛比较重要，这些东西和他们能受的利比起来九牛一毛。

简橙也没客气，照单全收。

芳姨给梅岚煮了杯咖啡，又洗了水果给简橙，然后就去厨房准备午饭，管家和用人也都很有眼色地出去了。客厅里只剩简橙和梅岚。

梅岚最近因为儿子的婚事心力交瘁，也没绕弯子，直接开门见山："你哥哥早上给你打电话，长盛的事你知道吧，京岫跟电视台有合作，你爸的意思是让庭宴找电视台的领导帮忙劝劝那个记者。"

苹果被芳姨切成小块，简橙手里捧着瓷碟，用水果叉往嘴里送一块，慢慢嚼着。"这不是小事，连老简都没办法，可见那孙记者不好得罪，你觉得周庭宴会帮忙吗？"

梅岚坐在单人沙发上，目光在四周扫一圈。这里装修风格偏沉稳，颜色单一，但后来添置的物品色彩鲜明。桌上各色的小摆件，奶黄色的抱枕，同色系的落地灯，角落五彩缤纷的照片墙，一应摆设表示女主人的存在感很强。

"所以你要求求周庭宴啊，他对你不错，你求求他，他会帮忙的。"梅岚在面对这个小女儿的时候其实是压着火的，"你是嫁给了周庭宴，但你别忘了，你还是姓简，如今简家有事，你应该主动帮忙才对，长盛出事对你有什么好处？你哥是尊重你才给你打电话的，你竟然还骂他。我们是你的娘家人，没了娘家人的庇护，你以为你在周家能荣耀到几时？还有你哥的婚事，当初我就求你，让你跟周庭宴说一声，多带带你哥，时间久了，都知道你哥和周庭宴关系好，谁还嫌你哥是二婚？现在倒好，定了那个有病的汪念念，一阵风就能把她吹倒，也不知道能不能生孩子……"

啪！

简橙把手里的瓷碟扔茶几上，不悦地问："汪念念怎么了？"

知道汪念念是周陆的心上人后，简橙就有了护犊子的情绪，能让周陆喜欢那么多年，那肯定是非常非常好的人。

周陆喜欢的人，哪里容得下别人诋毁侮辱。

"你以为简佑辉是什么好东西？一个出轨的渣男！人家汪念念嫁给他才是倒了血霉。"

眼看着就要到跟汪家见面谈婚事的日子，梅岚最近愁得厉害，昨晚还失眠了，火气本来就大，这会儿听简橙胳膊肘往外拐，帮着外人诋毁亲哥，一点就着，气急之下口不择言。

"你又是什么好东西？你跟周聿风有十几年的感情，他为什么突然不要你了？还不是因为你嚣张跋扈，自作自受？你跟周聿风才解除婚约，转头就嫁给周庭宴，周庭宴真会因为救命之恩娶你？你姐姐说得对，肯定是你早就在背地里勾搭周庭宴了！你多能耐，抛弃侄子，扭头嫁给小叔，整个江榆的人也没你厉害！"

梅岚吼完，客厅一阵安静。

简橙这次没发火，更没摔杯子，她现在对母亲的期望已经低到几乎没有了，所以梅岚的话无法让她大动肝火，她甚至还能笑出来。

"听听，这是一个亲妈能跟女儿说出的话？还姐姐说得对？又是简文茜。"

梅岚吼出刚才那些话就后悔了。来之前简宏云千叮咛万嘱咐，让她好好跟简橙说话，她刚才又被情绪引导了。

"我刚才是在气头上，不是那个意思……"

简橙不理会她的道歉，拿出手机在她面前晃了晃。"如果我现在给老简打个电话，就说我本来是要帮忙的，但是你骂了我，我又不想帮忙了，你猜，老简会不会跟你发火？"

梅岚脸色瞬间难看起来。

怎么可能只发火，就简宏云那爱面子的劲，知道她坏了事，打她都是有可能的。

简橙笑眯眯地看着脸色难看的梅岚。"我说过多少次了，我讨厌简文茜，别在我面前夸她，你不夸，咱俩还能和平相处，平时当个亲戚走，也能和和气气地维持关系。可你非不听，每次骂我还总提她，不长教训，非要恶心我是吧，行，你是我亲妈，我不能打你，那给钱吧，上次简文茜生日，你要把奶奶留给我的耳环送给她，耳环值多少钱，你就给我转多少，一分不少，我就当你刚才的话没说过，少一分，我就给老简打电话，说因为你，我指定不帮这个忙，以后，你和老简的日子也甭过了。"

梅岚难以置信："耳环最后不是被你抢走了吗？"

简橙："抢走是我的本事，如果我好欺负一点，耳环你就给她了，你有这个想法也不行，你敢给，就别怪我坑你。"

梅岚："……"

梅岚还想说什么，简橙的手机响了，她低头看一眼，脸色瞬间阴转晴，眸子都亮了，急匆匆地接通。

"小姨……"

简橙没耐心跟梅岚再扯别的，喊了芳姨送客，拿着手机回房间，拖鞋都没顾得上穿。

雀跃的声音断断续续传来。

"小姨……没有没有，我想给你打电话的，但是我不敢，怕打扰到你……我肩膀真没事了，真的就是脱臼，现在一点也不疼了。

"小姨，我好想你啊。"

梅岚愣愣地站在原地，失神的目光望向小女儿的背影。那是简橙吗？她竟然还会撒娇？

多少年了，梅岚已经忘了，这个逐渐被宠坏的小女儿有多少年没在她怀里撒娇了，她也记不得母女俩到底从什么时候开始生疏的了。

明明这丫头以前最喜欢让她抱，最喜欢撒娇的，可是现在，她们这样针锋相对，比陌生人还陌生。她觉得简橙各方面都不如文茜，带出去会给她丢脸，所以会经常冲简橙发火，贬低简橙。

可是明明，简橙才是她亲生的女儿。

她以为简橙被他们养废了，变得面目可憎，可这丫头竟然还会撒娇，会软绵绵地说话，还会像小时候一样露出亮晶晶的眼睛，即便只是得到了一块最喜欢的糖果。

只是，她的这些表现都是对着别人的，虽然那个人是她亲妹妹，但梅岚心里还是有着说不出的嫉妒。

开车回到简家老宅，梅岚没急着进去，她把车停在路边，不知道该怎么跟简宏云交代，就拨个号码出去。

简橙一向听她小姨的话，那就让她小姨劝劝她。

电话打通，说明简橙那边已经挂了。

梅岚把事情简单说清楚，央求道："小妹，这次你一定要帮帮姐，姐实在是没办法了，你劝劝简橙，她最听你的话……"

"劝个鬼！"那边冷笑着打断她的话，"我要是橙橙，你们都进不了我家门，橙橙给你和简宏云两个蠢货当闺女，真是倒了八辈子血霉了！"

梅岚把整个后备厢的东西都送了，最后却无功而返，简宏云气得吼她半天。梅岚知道是因为自己那几句话搞砸的，心虚得不敢反驳，挨了半天骂。

孙记者明天就出院了，简宏云急得跟热锅上的蚂蚁似的，晚上终于遭不住，亲自给简橙打去电话。

打电话前做了很多思想准备工作，他知道那小王八蛋难对付，想了各种对付简橙的法子，把两人可能的对话都模拟了一下，亲情牌和苦情戏也都安排上，还专门在书房打了个草稿。

磨磨蹭蹭半天，十点才拨出去，结果，接电话的是周庭宴。

简橙二十分钟前就睡着了，躺周庭宴怀里睡得正香。

简宏云草稿打了满满两张纸，都用不上了，他将纸揉成一团扔进垃圾桶。

跟周庭宴打交道也要费脑子，他索性直接打感情牌。"庭宴啊，长盛要是出点什么事，对橙橙也不好啊，她是我闺女，也会受影响，你说是不是？"

简宏云又把草稿纸从垃圾桶里翻出来，准备用应付简橙的长篇大论、煽情台词感化他。

结果周庭宴怕吵醒简橙，只说了一句就挂了。

"明天早上九点，您和简佑辉去京岫找我。"

周庭宴挂掉电话关了灯，躺下，搂着老婆安安稳稳地睡觉。

另一边，简宏云高兴之余，把儿子叫回家，父子俩在书房聊到半夜。

简橙一夜好眠。

次日吃早饭的时候，周庭宴说简宏云和简佑辉会去京岫，问她去不去。简橙当然要去，周庭宴今天要帮她要股份，她过去高兴高兴。

简橙跟着周庭宴去京岫，约定的时间是九点，现在才八点，时间还早，潘屿送来一堆要签字的文件，周庭宴已经开始忙了。

简橙也不打扰他，半靠在沙发上，戴着耳机打游戏。

八点半的时候，简宏云和简佑辉父子提前到了，潘屿把两人带进来。

"橙橙？"简宏云没想到简橙也在这儿，见她正舒舒服服地歪在沙发上打游戏，身上搭着周庭宴的西服外套。

简宏云眼睛里闪过亮光，随即感慨，这小王八蛋倒是厉害，凭救命之恩让周庭宴娶了她，婚后还能让周庭宴这么纵容她。他以前真是看走眼了，竟然觉得文茜才是值得培养的那个，明明简橙这小王八蛋才是最厉害的。

"这不是在家里，怎么没规没矩的。"简宏云摆出亲爹的架势，佯装严肃地教育一句，"这里是庭宴的办公室，你坐要有个坐相，幸亏是我和你哥进来了，要是换作旁人，该说三道四了。"

说完还朝周庭宴笑道："橙橙这丫头被我宠坏了，庭宴啊，你别介意。"

周庭宴放下笔，抬头，先示意两人坐，然后才说："在我的地方，她可以放肆，怎么舒服怎么来，没人敢说三道四。"

简宏云再次感慨，简橙这小王八蛋果真厉害。

"是是是，你们和和睦睦，我这当爸的心里也高兴。"

简橙输了这局游戏，把责任怪在简宏云身上。"老简，你可别虚伪了，你看看，你虚伪得我游戏都输了。"

简宏云："……"

再厉害，还是个逆女。

周庭宴把签好的文件递给潘峄，起身走到简橙旁边坐下，亲自给简宏云父子煮茶，该有的尊重和礼貌都有。"简董今天的来意我明白，我还是想当面问一句，简董想怎么解决这件事？"

简宏云接过他递来的茶。"这件事肯定是不能报道的，你认识电视台的领导，帮我搭个线，组个饭局，他们想怎么样都可以，只要能让孙记者不报道这事。"

周庭宴把另一杯茶递给简佑辉。"你也是这个意思？"

简佑辉双手接过杯子。"是，最好大事化小，小事化了。"

潘峄刚才送来了红心软籽石榴，周庭宴剥了，喂给简橙，问她："你觉得这事该怎么处理好？"

简宏云父子面面相觑，显然没想到周庭宴会问简橙的意见。

简橙自己也愣了下，她今天跟过来纯粹是看热闹的，前一秒还在感慨有靠山真好，不用动脑子，下一秒就被点名。这情况周庭宴可没给她预演过，也没告诉她会有这样一个环节。

不过他既然问了，她就大胆说。"我觉得，孙记者要报道，就让他报呗，哪个公司没有白痴？盛辉只是长盛旗下的分公司，天高皇帝远的，底下人干什么，总部的人还能事事都知道吗？"

简佑辉接了一句："你是说，把那负责人拉出来，让他全权负责？"

简橙张嘴含住周庭宴喂过来的石榴。"他自己吃厂家回扣惹出来的事，他不负责谁负责？"

周庭宴抽了张纸巾给她擦嘴。"如果你是长盛的决策人，你会怎么做？"

简橙："我啊，那我肯定趁着孙记者还没出院，先把事曝光，主动向大众承认错误，给一个态度，该赔偿赔偿，该返工返工，只要姿态摆得低，赔偿到位，业主不会再闹事的。"

简佑辉觉得她把问题想得太简单。"业主这么闹就是想要钱，返工加赔偿到位确实能让他们安静，那网友呢？现在网上的'键盘侠'这么多，跟风的人比比皆是，你怎么堵他们的口？"

简橙又吃一口周庭宴喂的石榴。"网友就是看个热闹，这事是盛辉一个小负责人搞出来的，一个集团老总亲自出面，亲自道歉，够真诚了。堵他们的口？为什么要费那心思？他们有口，我有钱啊，让公关部的人在网上找一帮水军带带节奏，这就是一个反向宣传，集团知道这事第一时间就采取了补救措施，是积极影响啊。"

她说完，鄙夷地看一眼简佑辉。"我都对你们无语了，出事第一时间不是想着做些靠谱的事，竟然想堵一个记者的口，堵就堵吧，还碰上一个硬茬。"

简佑辉被她一顿批评，脸色很难看，想反驳两句，又觉得她这话好像在理。

简宏云此刻倒是冷静，他朝简橙道："橙橙啊，这里面的事你不懂，报道出去后罚款也好，要求整改也罢，你知道想让长盛倒下的企业有多少？万一对家搞点手段，把事情闹大，又或者哪个贪心不足，想用蛇口吞象的业主趁机闹事，这事有的麻烦了。"

简佑辉认同地点头，简橙说的是个办法，但不是万全之策。既然周庭宴有这关系，走走后门事情就能轻而易举地解决，谁还铤而走险？业主事多，他们如今很信任孙记者，所以这事最终还是得求孙记者出面平息。

要说服孙记者，就得让周庭宴牵线搭桥。

简橙这次没反驳简宏云的话，她只是按着自己的想法说，没打算去改变一个商人的观念。商人重利，简宏云和简佑辉他们考虑的自然有他们的理由。

意见不同，吵着也没啥意思。

桌上还有两个红心软籽石榴，简橙拿过来，跟周庭宴说："你们聊吧，周陆也喜欢吃石榴，我把石榴给他送过去。"

她正好找周陆有事。

周庭宴深深地看她一眼："我也喜欢吃。"

简橙啊了一声，把最大的石榴递过去。"那给你留一个，最大的给你。"

她怎么不知道周庭宴喜欢吃石榴，好像每次都是喂给她吃。

惭愧啊，她以后要对他好一点。

周庭宴没接，伸手摸摸她的脑袋，笑笑。"石榴还有很多，一会儿让人送过来，你去吧，周陆换了新的办公室，让潘屿带你过去。"

简橙跟着潘屿走了，临走还是把那个最大的石榴留下了。

简橙离开后，偌大的办公室安静了一会儿。

简宏云见周庭宴只顾喝茶，一直没表态，试探着问："庭宴啊，所以你的意思是？"

周庭宴放下杯子，抬头看他。"简橙比你们有远见，如果是京岫底下的公司闹出这样的事，我会用简橙的法子。"

简宏云觉得他虚伪，周庭宴站着说话不腰疼，这事也就是没被京岫碰上。

周庭宴知道他在想什么，直接戳破他的心思。"简董觉得我虚伪？简董不虚伪吗？其实您知道简橙的办法可取，可您为什么咬死不报道？因为一旦报道，有关部门就会盯着您返工，一期已经装修了，返工的成本您不想承受，要把瓷砖扒开，人工费也是笔巨款，长盛付得起，但您不想在这上面浪费钱。不报道就什么事都好说，没有人盯着，您挑几家细致返工，录个视频，拍个照片，就算完事，业主不可能天天盯着你，等瓷砖一铺，房子一交，就不会再有人扒开瓷砖看，既渡过了难关，损失也不大，最关键的是，您还能通过我搭上电视台的人，他们帮你一次，就相当于有把柄在您手里，以后长盛再出什么事，您这关系就好找了。我给您牵线搭桥，也成了您这局里的一枚棋子。"

周庭宴看着简宏云，不吝啬地夸赞："简董，好盘算。"

看似夸，实则淡淡的语气带着嘲讽。

简宏云没想到周庭宴会一眼点破他的心思，他投资经常踩雷，但也在长盛董事长的位子上待了半辈子，怎么不知道简橙那个法子是最好的，不用得罪孙记者，还能趁势给长盛宣传一把。

可是，能把长盛跟京岫绑在一条船上的机会不多，只要周庭宴这次帮了他，以后一旦长盛有事，周庭宴不帮，这事翻出来，京岫就也是网友讨伐的对象。

简宏云被戳穿心思，一时没话说。

简佑辉看了父亲一眼，一时也没说话。

短暂的安静后，周庭宴给简宏云添满茶，意有所指道："简董，我帮您承担风险，可以，就看您能给什么筹码了。"

投资二部在五十八层，潘屿带着简橙坐贴着专用标志的电梯下去。

电梯里，潘屿的目光时不时瞄向简橙手里的红心软籽石榴。

简橙觉得，他一个大企业老总的特助，应该不至于觊觎一个石榴，就问道："潘助理，你是不是有话想跟我说？"

潘屿欲言又止，周陆对简橙的心思他是知道的，他甚至比周总先知道。

这事，得从周总送周陆那辆跑车说起。

周总以前跟家里的小辈走得不近，后来因为简橙的关系，对周陆挺好，回老宅促成周聿风和蒋雅薇婚事的那天，还送了周陆一辆跑车。

周陆的母亲关清柔知道周总送了周陆跑车，特意跑来找周总。

那天挺晚了，他陪周总应酬回来，在周总的公寓外碰到关清柔，周总喝了不少，他之后得扶周总进屋，所以没走，下车在旁边等着。

车门开着，关清柔站在门前说话。夜里很安静，关清柔的有些话随风飘进他耳朵里。

"庭宴啊，你送小陆的车，他很喜欢呢，谢谢你，他很久没那么高兴了。我今天来找你是有个事想求你。你看小陆，他也不小了，天天混在酒吧里，也没什么志向，以前无所谓，现在他到了结婚的年纪，不能天天这么混了。你看，你能不能给他安排一个工作，就随随便便一个地方，哪里无所谓，主要得有一个正职，让女孩子看着靠谱就行。"

后来关清柔走了，他回到车里，周总递给他一个鞋盒大小的黑色储物盒——那是关清柔来时怀里抱着的。

他打开，里面是周陆的履历和资料。东西很杂，没什么价值，但有一个厚厚的日记本，上面全是关于投行的信息，记录得挺有意思，见解也深。

周陆游戏人间的事迹和稀烂的成绩，潘屿有所耳闻。他去周家老宅接过周总几次，有时候碰到周家家宴，把车开进院子里，会听到叶绮的大嗓门。

她夸自己的学霸闺女，笑周陆的烂成绩，阴阳怪气地损关清柔，说她有儿子有什么用，长成了废物。

潘屿听到过几次，又知道周陆白天黑夜都在酒吧混，所以也一直觉得，他就是混世的二世祖。所以，翻完日记本，看到周陆对投行的见解后，他是震惊的。

周总当时应该也是惊讶的，按着眉心，安静半晌，笑了一声。"有意思。"

潘屿跟着他多年，知道他说这句话是让他查一下的意思，所以他就暗中收集了一些资料。

调查的结果给他的震撼不小，惊吓也不小。

震撼的是，周陆在国外那几年，表面是混，实则厉害着呢。周陆瞒着所有人私下搞投资，眼光毒辣，跟他打过交道的都说他是投资鬼才。

惊吓的是，周陆对简橙的感情颇深。

周陆在国外那几年，每年都会去简橙所在的城市，住在她住所对面的酒店，酒店有他固定的房间。酒店经理是个很热情的华人，知道周陆，聊起周陆，话里话外都是遗憾。

"你说 Lu 啊，他是个很痴情的男人，他每年都来，有时候住一天，有时候住半个月，他说马路对面有他喜欢的女孩。我说既然喜欢，就去表白，他说那女孩有个很喜欢很喜欢的人，不是他。我说不表白也可以约出来吃个饭，他说那女孩生病了，不让他来，他是偷偷过来看她的，知道她没事就行。后来，那女孩的病似乎好了，他去见她了，挺开心的。

"今年年初吧，我又碰到他，说是旅游经过这里，他心情很糟糕，喝了不少酒，倒在酒店门口的台阶上。那天还下了雨，我扶他回房间，他说，那女孩很喜欢的男人变心了，但女孩执迷不悟。我开玩笑让他把人抢过来，他当时沉默了挺久，说了一句话，我到现在都记得。他说，那女孩是月亮，他的爱会遮住月亮的光芒，他希望他的月亮永远是亮着的。"

经理特意留意过简橙，看到简橙的照片，一眼就认了出来。"对，就是她。"

那时候潘屿才知道，原来周陆喜欢简橙。

他至今记得，周总当时看完所有资料，好半天没说话，连抽了两根烟。第二根烟抽完，拿来垃圾桶，用最后的烟头把资料全烧了。

周总还跟他解释："如果领证前我知道周陆喜欢她，我会成全他们，周陆跟她年纪相仿，对她的感情不比我少，我可以帮周陆成长，让周陆有能力保护她。现在不行了，太迟了，简橙已经是我老婆了，我不可能放手，只能当作不知道这一切。"

潘屿明白，这是让他闭嘴的意思。

"潘助理？"电梯里，简橙伸手在潘屿眼前晃了晃，满心不解。

这人一直盯着她的石榴看，电梯马上到了，他还一言不发，直接走神了。

难道真是想要石榴？

简橙见他眼皮动了下，知道他回神了，接着问："你是想要石榴吗？"她把手里的石榴揣在怀里，"这个不行，这是给周陆的，周庭宴说还有很多呢，我一会儿上去给你拿两个？"

潘屿："……"

他是想要石榴吗？他是想说：姑奶奶，心疼心疼你老公吧，知道这个季节的石榴甜，知道你喜欢吃石榴，特意让人从采摘园空运过来的。刚才送进办公室的，都是挑的最好最大的，每一个都是你老公的心意，你竟然拿着送给别的男人。

还是一个暗恋你的人。

潘屿叹气，最终还是把话咽了回去，他收敛思绪，笑说："我不喜欢吃石榴，周总倒是喜欢吃。"

周庭宴说了一遍，潘屿又说了一遍，简橙这下彻底记住了。周庭宴喜欢吃石榴。

电梯叮的一声开了门，潘屿手挡着门让简橙先出去，然后自己才出去。

路上跟她说起周陆最近的情况："周陆刚来一个月就盯准了一个人工智能项目，是个大盘子，开会的时候周总直接通过了他的方案，二部最近都在忙这事。人手不够，多招了几个，周总就把整个五十八层都给了他们，周陆也换了个大一点的办公室。"

两人说着话，走到了周陆办公室门口。

投资二部的部门例会刚结束，简橙远远地看见周陆带着几个人朝这边走。他没看见她，正扭头跟旁边的人说话。

跟那晚在 CLu 喝成烂泥的酒鬼不同，此刻的周陆，身上是昂贵笔挺的灰色衬衫，黑色西裤，短发蓬松，体体面面，一身的职场精英范，谁也想不到这人还是 CLu 的老板。

有人先看见了简橙，立刻恭敬地打招呼。

周陆这才转头，他愣了一下，马上大步走过来。"小婶，你怎么来了？来找小叔的吗？"

简橙当着众人的面，把手里的石榴递给他。"昨天新到的石榴，特别甜，我吃着好吃，你小叔说你也喜欢吃，让我给你送一个。"

周陆笑盈盈地接过。"帮我谢谢小叔。"

众人："……"

一个石榴还特意送下来，周总对小周经理真好，以后跟着小周经理混，准没错。

潘屿越看越心疼自家老板，不打算再待下去，跟简橙说一声还有事就先回去了。

周陆把简橙带进办公室。

简橙转了一圈，确实比之前的大，装修虽然简单，但瞧着很舒服。

"京岫跟电视台有合作，我是京岫签的跟拍摄影师，周陆，我们马上也算半个同事了呢。"

周陆知道这个事，孟糖来签合同的时候他见了，跟她聊了两句。

"所以那天你去哪儿了？"简橙在上面吃了也喝了，周陆就没让人给她准备咖啡，从抽屉里拿了两盒糖果给她，"曾绍从国外带回来的，挺好吃的，本来想中午给你送工作室去呢，你来了正好。"

提到曾绍，简橙就想起他大哥，顺带着想起了苏蕴。

她打开糖盒，里面是她喜欢的圆圆的水果糖，捏了个橘色的丢进嘴里。"我去CLu找你那晚碰见苏蕴了，就那个大明星苏蕴，我那天中午跟她吃饭去了，中途遇到了几个醉鬼，打了一架。"

她三言两语解释完，周陆听着脸色越来越沉，目光在她身上来来回回打量。"受伤没？"

简橙过来想聊的不是这事。"没有，我们家司机多厉害你不知道？他来得及时，一拳一个，特勇猛。"她看着周陆，略微不满，"我前面的铺垫你听不见？我说我去CLu找你那晚，那晚你在干什么？为了汪念念喝得烂醉，你暗恋人家这么久，这事还是曾绍跟我说的，你气死我得了。"

她以为等他酒醒后会来找她，但他竟然一直装死。

周陆听她提到汪念念，头垂着，指尖把玩手腕上的小叶紫檀佛珠，好半天才说一句："暗恋啊，不能窥见天光嘛，你什么事都喜欢为我出头，我怕你去找她，打扰到她。"

这是承认了他喜欢汪念念。

简橙之前气他瞒她，后来听了孟糖的话就不怪他了，她现在气的是另一件事。"之前就算了，那你知道汪念念要嫁给简佑辉的时候，怎么不跟我说？我跟你说过我前嫂子怎么离婚的吧，你明知道简佑辉不是个好东西，你就看着喜欢的人往火坑里跳？"她伸手戳他的脑门，"得亏曾绍有嘴，这周六老简他们就要和汪家吃饭，商量简佑辉和汪念念的婚事了，我要晚几天知道，他们就真成了，你就等着后悔吧。"

周陆任她戳着，没吭声，乖乖挨骂。

简橙的火气来得快，去得也快："周陆，这周六我会把简家和汪家的联姻搅散，至于你和汪念念，得你自己努力，如果你能让她同意嫁给你，我就让你小叔给你做主。"

她说："周陆，我希望你幸福。"

简橙走后，周陆半天没动，后来目光落在那个红心软籽石榴上，拿过来看了一会儿，拉开抽屉，小心翼翼地放进去。

小叔才不知道他喜欢吃石榴。

简橙回了周庭宴的办公室，恰好碰上简宏云和简佑辉从里面出来。

简佑辉的脸色很不好看，瞧见简橙，脸色更沉，朝她竖起大拇指，什么都没说，转身走人了。

简橙："……"

莫名其妙，疯病吧。

简宏云落后一步，也是神色复杂地看着她。

简橙见简佑辉气成那样，就知道周庭宴没少帮她要股份，心里美滋滋的，对简宏云态度都好了不少。

"老简啊，放心，周六你跟汪家吃饭的时候，我一定带着周庭宴去给你撑场子。"

车停在京岫集团地面一层的 A 区停车场。十分钟的路，简宏云走了二十分钟。

刚下了台阶，就远远看见儿子蹲在地上抽烟，脸上的烦躁隔着几排车都能看见。

简宏云走过去，拿脚踢踢他。"怎么蹲下了？让人瞧见了多不雅观，起来。"

简佑辉没动："起不来，饿，头昏眼花。"

说起这个，简佑辉脸上的烦躁更甚，生平第一次对父亲又唠叨又抱怨。"爸，您以后甭整那些有的没的，我就说您那些预想都没用，可别再提前打草稿了！"

这算怎么回事？明明昨晚该商量的都商量好了，他夜里两点才睡，今儿一大早，刚从床上爬起来，就又被父亲叫到书房，说把昨晚的思路理了一遍。

早上连饭都没来得及吃。

预演了八百遍怎么让周庭宴答应，怎么利用简橙让周庭宴帮忙。结果呢，父亲还打着别的心思，连他都被蒙在鼓里，最后两人坐在那儿被周庭宴一顿批评。

瞒就瞒吧，这招好使也行啊。结果呢，周庭宴完全不按套路出牌，精准避开他们抛下的每个坑。

"爸，我就想不明白了，简橙她又不是有三头六臂，就算她嫁给了周庭宴，那也是您亲闺女，是简家人，您至于每次见了她都尿吗？"

简宏云为自己澄清："那不叫尿，那叫……"

叫什么？简宏云自己也说不清。以前肯定是讨好，缓一缓父女关系，他能通过简橙搭上周庭宴，搭上京岫，让长盛越来越好。

月初和简橙在办公室聊完，他心里就不得劲了。他又不傻，简橙的语气异常平静，但每一句都是带着怨的。他心里莫名有些负罪感，很别扭，就拉不下老脸再找她帮忙。

要不是家里这一个两个的都没用，他也不用亲自上阵。

简佑辉没抬头，他用力吸口烟，也不知道要抱怨什么，只知道心里堵着气，要说点什么缓解下情绪。"早饭没吃，我饿得胃都疼了，忍着饿看她自己吃了一个石榴不说，还得听周庭宴数落。"

简宏云一听这话，跟着蹲下。他也没吃早饭，昨晚吃得少，刚才不觉得，这会儿听儿子一说，也觉得饿劲上来了。

他朝儿子伸手："你给我一支烟。"

父子俩肩并肩蹲着，简宏云先解释自己的隐瞒。"我不是故意要瞒你的，只是周庭宴那小子太精明了，你有时候冲动，我怕你露馅。"

结果呢，他都还没开始发挥，周庭宴提前看出来了。

简佑辉说："爸，您以后别自作聪明了。"

简宏云心里憋屈，一听这话，一巴掌就扇儿子脑袋上。"你还有脸怪我？这事就是你惹出来的，谁让你欺负你妹妹！现在被周庭宴报复，长盛这个劫度不过去，都赖你个混账东西！"

简宏云完全没想到今天这事会是这个走向，他是怎么被周庭宴牵着鼻子走的？

一个小时前他问周庭宴能不能帮忙。周庭宴说，可以帮忙，也可以帮他承担风险，但是得看他能给什么筹码。他当时就说，以后但凡长盛跟京岫合作的项目，长盛全都让三分利。

周庭宴笑了一声："简董，又给我挖一坑吗？京岫以后大概不会跟长盛合作，所以不存在长盛给京岫让利，长盛那点利，我也看不上。"

简宏云也算看明白了，绕弯子他绕不过周庭宴，挖陷阱，周庭宴一双火眼金睛不好骗。

于是他直接打明牌。"周总想要什么？只要我有，我一定给。"

周庭宴那双深邃的黑眸锁着他，沉沉地笑，问了他一个问题："简董，其实我一直想问，您到底为什么觉得我会帮长盛？"

"长盛也有橙橙的一份。"

周庭宴当着他的面喂了简橙一整个石榴，话里话外都向着简橙，他自然是刻意把什么话题都扯简橙身上。

他以为他这么说，会聊得舒心一点，没想到周庭宴又沉沉地笑，笑得让人觉得心慌。

"简董，外面谁不知道您更偏疼养女，长盛的股份也给得多，也许以后您会把长盛给简橙分一点，但简文茜也有份。简橙和她的矛盾很深，她俩在集团不能共存，以后您老了，简文茜会和简佑辉联手把简橙踢出局。我现在帮了您，帮了长盛，不就是帮着简佑辉和简文茜提前积蓄能量对付我老婆？我娶老婆是用来疼的，不是帮着别人欺负她的。"

简宏云被他连着几句话说得莫名和茫然。"佑辉和文茜联手把简橙踢出局？周总，这怎么可能呢？"

简佑辉当时也是一脸莫名。"再怎么样简橙是我亲妹妹，我不能浑蛋到把她踢出长盛吧。"

周庭宴把简橙留下的那个最大的石榴剥了，没自己吃，剥好的石榴都放在干净的瓷碟里。

他声音慵懒，浅浅淡淡的话，给了父子两人当头一棒。"简董，事到如今，我也没什么好瞒的，其实孙记者拿到证据后第一时间联系了我，我跟他交情不浅，他知道长盛是我老婆的娘家，所以先跟我知会了一声。他给我面子，答应给你们一次机会，条件是你们把有问题的地暖全部返工，一期的地板全扒了，换上符合标准的地暖。其间，他会派人全程监工，只要你们不走形式，完完全全按着规矩来，只要所有的业主权益能得到维护，他可以不报道。结果，我们这通电话还没打完呢，孙记者走在路上就被你们的人带走，设鸿门宴，挨了一顿打。哪怕挨了打，孙记者还是问了我的意思，是我让他不要让步，跟你们死磕到底的。"

简宏云当时差点掀桌子，话都到嗓子眼了，周庭宴自己先解释了。

"至于我为什么这么做……九月一号，我老婆去长盛找你们，你们跟她说了什么？她那晚在工作室喝得酩酊大醉，还是我抱回去的。"他指着简佑辉，"谁告诉你我老婆不喜欢小叶紫檀佛珠？什么好东西你都要拿回去给简文茜，简文茜不像你妹妹，倒像是你老婆。你不想娶汪念念，让我老婆去帮你掀桌子，替你当这个罪人，你知不知道如果她掀了汪董的桌，得罪人不说，破坏哥哥的婚事，传出去会有多少不知内情的人攻击她？这些事你想不到？不，你知道，你只是不疼她，只是没替她着想，你真把她当亲妹妹，会这么坑她？

"她是你们简家的人没错，但是她嫁给我，就是我周庭宴的人，你欺负她，就是打我的脸。你应该庆幸长盛出了这个事，在这之前，我正准备抢长盛一整年的项目，给我老婆出气。"

简佑辉脸黑如炭，周庭宴又朝一脸震惊的简宏云说："就这么一个偏心的哥哥，说他不会帮着简文茜把简橙踢出局，简董，您信吗？反正我不信。"

他抽一张餐巾纸，把手上的石榴汁一点点擦去。"帮忙不是不可以，给长盛保驾护航也不是不行，我还是那句话，我只帮我老婆。"

简宏云再蠢也听懂了他的意思，这是帮简橙要股份呢。犹豫不决间，他接到秘书的电话，说孙记者已经在收拾东西准备出院了。

他只能问："你要多少？"

周庭宴狮子大开口："两年内，跟简佑辉持平。"

周庭宴甚至好心地给他提建议。"简董，我要是您，就把简文茜的股份全给她，反正简文茜以后是要嫁人的，占着长盛的股份，男方那边也会惦记上，事情有的闹呢。"

简宏云当时憋着一口气。"简橙不也嫁人了。"

周庭宴一张嘴能把人气死。"她嫁给我了，简董觉得我能看上长盛吗？老太太在的时候也许会，但这些年，长盛被您折腾得快散架了，我没那闲工夫帮您收拾残局。"周庭宴给气成河豚的老丈人倒杯清火的茶，"您以后想找我帮忙，不必这么绞尽脑汁，拐弯抹角，只要简橙在长盛的权力大，长盛有事，我肯定不会袖手旁观。"

简宏云一杯清火茶下肚，彻底领悟到一个道理：简橙，以后就是长盛的吉祥物，他得把她供起来！

简橙觉得亲爹离开前看她的那个眼神很奇怪，有种看菩萨的顿悟感。

她推开周庭宴办公室的门，刚想问问怎么回事，见周庭宴在打电话，赶紧闭了嘴，默默走到一旁的沙发坐下。

简橙见瓷碟里有剥好的石榴，拿几颗准备往嘴里放，又想起周庭宴喜欢吃，于是端着瓷碟看他。

见他打完电话，就起身跑过去，把瓷碟往前一送："给你吃。"

周庭宴："……"他笑，"那是我剥的，你借花献佛借我头上了。"

见她脸色羞红，一副不好意思的样子，他从衣架上拿过外套，牵住她另一只手。"你拿着，路上喂我。"

简橙跟着他往外走，把石榴护得好好的。"去哪儿啊，回家吗？"

周庭宴："孙记者出院，我们去接他，顺便介绍给你认识。"

京岫到医院有二十分钟路程。路上，周庭宴跟简橙解释为什么要介绍她跟孙记者认识。

"京岫和电视台合作的那个项目，就是孙一森在负责，你是跟拍摄影师，你们要经常见面的。"

到医院时快中午十二点，医院门口站着两个男人。

简橙没看过孙一森的节目，也没在电视上见过他，第一次听他的名字，还是在简佑辉那个电话里。

周庭宴指着左边那个男人给她介绍："孙一森，江榆电视台主任记者。"

简橙顺着他的视线看过去。男人三十五岁左右，高高瘦瘦，模样中等，寸头，身上是宽松舒适的蓝色运动服，额头还缠着纱布，身上的病态未消，但一双眼睛很犀利。

孙一森朝她伸手，脸上带着平和的笑。"你好。"

简橙低头，目光落在他伸过来的那只右手上，虎口处有个牙印，不算深，能看出是多年的旧疤。

头顶的阳光有些刺眼，九月的太阳不至于让人中暑，简橙却觉得有点晕，她迟迟没伸手打招呼。

周庭宴转头看她，见她脸色苍白，整个人颤颤巍巍站不稳，忙伸手揽住她的肩膀。

"不舒服？"

简橙手握成拳，用力攥了两下，站稳，摇摇头，挤出一抹笑。"没事，可能是石榴吃多了，胃有点不舒服。"

孙一森的目光在简橙眼睛上多停留几秒，把她的反应尽收眼底，随即不动声色地移开，笑着朝周庭宴道："石榴吃多了确实会肠胃不适，尤其是石榴籽，石榴籽会聚集在胃肠道，容易消化不良。"

简橙见周庭宴脸上担忧之色依旧很重，扯了扯他的衬衫袖子。"我真没事，现在不难受了。"

她重新看向孙一森，这次伸出手跟他握一下。"孙主任。"

周庭宴的手搭在她的肩膀上没松，掌心下，是她竭力保持平静却止不住轻颤的身子。

周庭宴看向孙一森，眸中疑色渐渐浓烈。

恰好是午饭时间，周庭宴来之前跟孙一森已经约好了饭，去的是市区一家私人餐馆，包厢是潘屿提前订的。

四个人。简橙和周庭宴，孙一森和帮他办理出院手续的助理。

这顿饭吃了一个多小时，周庭宴和孙一森在聊天，聊的什么简橙都没听见，她全程紧贴周庭宴，低着头默默吃饭，一直在走神，连饭局结束，周庭宴牵着她的手离开都没注意到。

怎么回到家的她也不知道，只知道自浑浑噩噩中回神时，司机已经把车开进了华春府的车库。

周庭宴问她下午要干什么，她说困了想睡觉，周庭宴就牵着她往卧室走。

简橙知道他挺忙的，贴心道："你回公司吧，不用陪我，我睡醒了给你发消息。"

周庭宴没松开她的手。"我下午没事，正好也困了。"

卧室的窗帘遮光效果极好，全拉上跟夜里差不多，简橙睡得特别快，在周庭宴怀里躺了十分钟就沉沉睡去。

周庭宴等她的呼吸平稳，才轻手轻脚地从床上下来。

孙一森接到周庭宴的电话时，正坐在书房的沙发上抽烟。憋了好几天，今天烟瘾突然犯了，这会儿也忘了医生的嘱咐，回到家洗个澡，衣服洗了，东西收拾收拾，就坐在这儿抽烟。

这是第二根。

"你看出来了吧，你老婆见了我后整个人完全不在状态，你是不是想问我是怎么回事。"

周庭宴这会儿也在书房，他也想抽烟，但是忍着没抽。一会儿还得回去搂着简橙睡觉，身上烟味太重不好。

"所以，到底是什么情况？"

孙一森吐了口烟，低头看自己右手虎口的牙印，微微失神，好半响才道："我们第一次喝酒的时候，你问我我手上这牙印是怎么来的，我说是一个小姑娘咬的。我也是今天才知道，给我留下这牙印的，是你老婆。"

当年那事，孙一森非常不愿回忆，快八年了吧，他用了这么多年忘记，可有些记忆，就像用刀刻进骨头里，总不能忘，用噩梦的形式反反复复纠缠着人。

"我那时候不在电视台工作，是报社的新闻记者。那年有举报信送进来，说有个矿业公司在一次矿难事故中瞒报了十一名遇难矿工，我参与了那次调查核实。"

到大山深处找那些遇难矿工的工友，找他们的家人，走访了十几个村庄。

待了快半个月，终于拿到了遇难矿工的信息，以及矿方刻意隐瞒和处理方法不当的证据。

一个能瞒报十一名遇难矿工的矿业公司不简单，他们还没出山就面对了一群身强力壮的男人，个个下死手。

"我和几个同事跑散了。我也不知道自己跑了多久，一直跑不出去，我真觉得我死定了，在大山里迷路，死了都没人收尸。天快黑的时候，我找到一个山洞，本想进去躲躲，没想到里面竟然有个人……我刚看见她的时候，要被她吓死。"

怎么形容呢，那像个血人。长头发，巴掌大的脸，明显是个姑娘。衣服上有泥有血，脸上也是，脏兮兮、血淋淋的，只能看得清眼睛。

那双极度恐惧、极度绝望的眼睛，给他留下的印象太深刻。

他是记者，见过太多困境中的人，直到现在依旧没见过比那更恐惧的眼睛。

他不知道她经历过什么。

"她整个人缩在角落，看见我就像看见洪水猛兽。我不知道她是谁，但看她那惨样，肯定跟我一样是在逃命。她看见我就跑，我不知道外面追我的那个打手在不在附近，就拦住她，怕她叫，把人引过来，我就捂着她嘴。

"她像受惊的兔子，真狠啊，差点把我手上那块肉咬掉。

"后来她意识到我也是逃命的，还把手里的馒头分了我一半，又硬又干，真不知道是怎么吃下去的。

"我们在山洞躲了一晚，谁也不敢睡觉，天快亮的时候，外面没动静了，她给了我一张图，皱巴巴的，上面标注着下山的路。她方向感不是很好，拿着路线图也走得很慢，我就带着她按路线图上画的顺着河流走，终于看见大路了。

"我拦了辆车，让她先走，然后跟她要了那张路线图，我得回去，那里有我的同事，有我的爱人，我得回去。"

他找到了其他同事，也等来了警察，唯独没找到他的女朋友。经过一整晚的搜索，第二天才在悬崖下找到，衣不蔽体。

他们才刚刚确定关系，那一年，是他们爱情最浓烈的时候，是他最爱她的时候。刻骨铭心，怎能释怀？

书房里，孙一森伸手捂住眼睛，缓了缓才道："当年那姑娘坐的车，我有记着车牌号，脱险后托朋友去查，知道她后来进了派出所，我就放心了，没再跟。我那时候沉浸在失去爱人的痛苦中，又进了电视台工作，很多事聚在一起，过了两年颓废的日子，慢慢才好一点。

"你老婆看到我失态很正常，我当年没看清她的脸，她却看到我的了，我手上还有牙印，她肯定是认出我了。我出现在她生命里那段不好的回忆中，她肯定是想起那时候了。

"我还是通过她眼里的恐惧和她的反应才判断出她就是当年的那个姑娘。给她一点时间吧，我一个大男人至今都不敢回忆那段过去，别说她了。"过去的事说完，孙一淼的语气开始严肃起来，"长盛集团简宏云的小女儿简橙……一开始听说你老婆是她时，我没多想，我关注你们那个圈子不多，只隐约听过一点，你老婆高三的时候是不是出过事？"

周庭宴沉默挺久，嗓音沙哑地"嗯"了一声。

孙一淼："那就对了。刚才回来我就一直在想这事，这么联系起来看，你老婆就是我当年遇见的那个姑娘，时间对上了，她应该是被卖进山里，碰见我的那会儿正好是她从山里逃出来的时候。"

这通电话聊了两个小时。

临挂断的时候，孙一淼说："我刚才打听了一下……当年简家小公主出事，我原来报社的一个同事跟踪调查过。他说他当年想挖简橙是怎么逃出来的，没挖到，但是查到另一件事——简橙当年出事，可能跟她那个养姐有关。"

图书在版编目（CIP）数据

迟来的周先生：全二册 / 尤知遇著 . -- 长沙：湖南文艺出版社，2025.7. --ISBN 978-7-5726-2387-5

Ⅰ. I247.5

中国国家版本馆 CIP 数据核字第 2025B96J51 号

上架建议：畅销·小说

CHI LAI DE ZHOU XIANSHENG : QUAN ER CE
迟来的周先生：全二册

著　　者：尤知遇
出 版 人：陈新文
责任编辑：刘诗哲
监　　制：毛闽峰
策划编辑：颜若寒
特约策划：茶小贩
特约编辑：赵志华
营销编辑：刘　珣
封面设计：潘雪琴
版式设计：李　洁
插图绘制：小石头
出　　版：湖南文艺出版社
　　　　　（长沙市雨花区东二环一段 508 号　邮编：410014）
网　　址：www.hnwy.net
印　　刷：三河市中晟雅豪印务有限公司
经　　销：新华书店
开　　本：680 mm × 955 mm　1/16
字　　数：844 千字
印　　张：47
版　　次：2025 年 7 月第 1 版
印　　次：2025 年 7 月第 1 次印刷
书　　号：ISBN 978-7-5726-2387-5
定　　价：79.80 元（全二册）

若有质量问题，请致电质量监督电话：010-59096394
团购电话：010-59320018

迟来的周先生

（全二册）下册

Mr. Chou

尤知遇——

著

湖南文艺出版社
HUNAN LITERATURE AND ART PUBLISHING HOUSE
博集天卷
CS-BOOKY

· 长沙 ·

目录
Contents

第一章 ❤ 爱上你了 /001

第二章 ❤ 绑架始末 /037

第三章 ❤ 热搜事件 /066

第四章 ❤ 暂时分开 /122

第五章 ❤ 接连打击 /164

第六章 ❤ 她怀孕了 /191

第七章 ❤ 闹出人命 /255

第八章 ❤ 尘埃落定 /289

第九章 ❤ 迟来的周先生 /324

番外 /351

第一章
爱上你了

长盛集团。

简文茜敲门进来时，简佑辉正低头看文件，他听见动静抬头，看到来人，愣了下。"什么时候回来的？"

简文茜出完差就回来了，这两天又飞到别的城市，说是参加同学婚礼。简佑辉以为她过了周末才回来。

"刚下飞机就来看你了。"

简文茜拉开他对面的椅子坐下，伸手拿他喝水的杯子，端起来喝了两口水。"你周六就要跟汪家人吃饭了，我要有新嫂子了，我回来恭喜你啊。"

简佑辉盯着她手里的杯子，想起从京岫回来的路上，父亲突然很严肃地开口。"佑辉，周庭宴有句话我觉得挺可怕，他说'简文茜不像你妹妹，倒像是你老婆'，如果连他都这么看，那其他人呢？你马上要结婚了，以后跟文茜保持距离。"

简佑辉把杯子从简文茜手里拿过来，起身去茶几下面拿了一次性杯子，给她倒了杯温水。

简文茜不接，抿着唇问他："新嫂子还没进门，我现在连你一口水都不能喝了吗？"

简佑辉把一次性杯子放在她跟前。

他早上在京岫受一堆窝囊气，回来忙得连口水都没顾上喝，看见她，心里更乱。

"嗯。"他敷衍一声，就低头翻桌上的文件。

"你前嫂子就介意这些，汪念念身体不好，以后我们要注意些。"

简文茜还是没碰那杯子，她不愿听这些，就转移话题。"听说你和爸今天去京岫找周庭宴了，怎么说的？盛辉的事解决了吗？"

简佑辉没抬头。"嗯，周庭宴会帮忙。"

简文茜追问："这不是小事，他提了条件吗？"

确实提了条件，但简佑辉并不知道具体是什么。因为周庭宴劈头盖脸把他数落一顿，说今天这事，是为报复他把简橙气哭。他觉得挺屈辱，去了趟洗手间，抽了支烟。

再回去的时候，父亲和周庭宴已经谈完了。

回去的路上，他问父亲后来怎么谈的，父亲说周庭宴答应帮忙了，代价挺高，具体什么代价，父亲没说。

"我不清楚，爸跟他聊的。"简佑辉淡淡回了一句。

简文茜察觉出他有意冷落，心里很不舒服，想到他马上娶汪念念，心里更不舒服。"哥，你真要娶汪念念吗？"

简佑辉依旧没抬头。"嗯。"

简文茜盯着他看了会儿，凑过去，把他的钢笔抢过来。"哥，我饿了。"

"我晚上有应酬……"

"我想吃你做的炸酱面，哥，我晚上去你那儿，你给我做炸酱面好不好？"

自从见了孙一淼，简橙整个人都不在状态。连芳姨都看出来了，说她经常走神，问她是不是晚上没睡好，要给她炖稳定心神的猪心汤。

周庭宴也时时刻刻关心，但就是一直没提孙一淼，简橙心里不得劲，喝汤都尝不出滋味。

她主动试探。"那个孙一淼，他以前见过我吗？我觉得他那天看我的眼神不对，好像认识我？"

周庭宴舀一勺汤送到她嘴里，问她："你以前见过他吗？"

简橙喝了汤就把头低下去。"在电视上见过。"

周庭宴听懂她这话的意思，当年的事，她还没做好跟他提的准备。

他又舀了勺汤喂过去。"他看过你的照片，说你比照片上更好看。"

孙一淼到底是个记者，遇到再震惊的事也能第一时间稳住情绪，不露一丝破绽，更能窥探他人心思，不让人尴尬。认出简橙时，见她眼神躲避，他就知道她并不想跟自己相认。所以，他的表现一直很平和。

简橙觉得孙一淼应该认不出她，毕竟当年她狼狈得连她爹妈都认不出，孙一淼从始至终都没看清她的脸，又隔了这么多年。本来就心存侥幸，又听周庭宴这么说，她就稍稍放心了。

也许未来某一天，她会告诉周庭宴，但不是现在。

关于盛辉地产新楼盘的地暖问题，长盛先发声了。

董事长简宏云亲自出来道歉，表示总部接到业主举报，盛辉地产在郊区的新楼盘地暖不合规，他知道这事后，立刻成立了调查小组。调查结果是举报属实，确实是新楼盘的负责人拿了地暖厂家的回扣。长盛对这种行为坚决不包庇，开除负责人，并处理了盛辉地产的副总。

简宏云还表示，一期铺好的瓷砖会全部扒开返工，二期也会返工，全部换成合规的地暖，请相关部门严格监督，业主也可派代表随时过去监工。

这事出来后，很快登上热搜。谁也不是傻子，企业不可能无缘无故地自曝，肯定是出了事私下解决不了，才用这种方式解决。

不过有什么关系呢？分公司的错，人家集团老总出来道歉了，摆的态度好。该处理的人都处理了，地暖也全部返工，业主的权益得到维护，满意了，不闹了。

长盛被警告，被罚款，耽误了工期，损失几千万，整改完全按着标准，让人挑不出刺。长盛的公关带带节奏，网友本来就是看个热闹，很轻易就能跟着走，毕竟人家拿出最大诚意了。

也有厉害的人查到了盛辉负责人把电视台记者打进医院的事，网上闹出一阵动静。打孙一淼的蠢货是靠裙带关系上位的，就是那副总的亲戚。后来孙一淼站出来，说确实挨了打，不过是那负责人的个人行为，他挨打后，长盛集团总部的人才知道这件事，董事长简宏云第一时间来医院道歉，并承诺地暖全部返工。

无论那时候简宏云是不是真心要返工，孙一淼说的都是实话。这个人这么多年的铁面无私摆在那儿，他站出来，就是给长盛最好的宣传。

那些趁机要抹黑长盛、踩一脚的企业消停了一半，京岫的公关也下场帮长盛，网上乱带节奏的人就彻底消停了。即便有漏网之鱼乱蹦跶，也无碍大局。

盛辉地暖这事，只要简宏云兑现承诺，老老实实认亏返工，维护业主的权益，就会慢慢平息。因为长盛处理问题及时，这次算是做了一个反向宣传。效果不错。长盛集团旗下其他房地产公司，问房购房的人明显增多，因为有些人会觉得，长盛如今被大众盯着，至少这个楼盘的房子可以信任。

暂时解决了这件棘手的事，简宏云心情不错。

简汪两家人见面这天，他豪气冲天，选了江榆最贵的餐馆，最大的包厢，拿最好的酒，抽雪茄，茶叶都飘着金钱味。

简橙和周庭宴来得不算早，是倒数第二个来的。也不算晚，因为今天的女主角汪念念还没来，说是这两天住外婆那儿，离得有点远，路上堵车。

简宏云和汪董本来在聊天，看见周庭宴进来，赶紧起身迎上来。"哎呀，周总，您可来了，就等您了！"

两个一家之主站起来，桌旁的其他人也都起来了。

招呼打完，周庭宴请简宏云和汪董先坐。他今天的身份是简橙老公，简家的女婿，有外人在，他给简橙面子，于情于理都要等老丈人坐下才能坐。

汪董跟简宏云是平辈，他算晚辈了，所以也得先让汪董坐。结果，两个长辈一番谦让，磨磨蹭蹭半天，谁都没坐下。

周庭宴挺无语。

简橙这边也无语。她进来后汪夫人就过来打招呼了，梅岚因为不喜欢汪念念，对汪念念的后妈——如今的汪夫人更讨厌，只是见她拉着自己女儿聊得热情，也过来说话。

该聊的聊完，该坐下的时候，两人也开始虚伪地谦让。长辈不坐，一屋的人也只能站着。

简橙直接拉开了椅子。"都不坐是吧？我后台硬，我坐。"

简橙说着坐，但是没坐，不过她这一打岔，也没人抢着让座了，简宏云笑声爽朗地佯装骂一句："没大没小，都被我宠坏了。"

毕竟以后还要相处，该给的面子要给，简橙没撑他，等他和汪董这两个大家长坐下，梅岚和汪夫人也入席了，才拉着周庭宴坐下。

简橙已经有一段时间没见简文茜了。她今天明显是用心打扮过的，从头发丝到鞋底都精致，蓝色深V紧身裙，很有女人味。

知道姐妹俩不对付，两人中间隔着梅岚，简橙刚坐下，梅岚就靠过来跟她说话。"今天是你哥的大事，你不要闹。"她虽然不满意这桩婚事，但丈夫昨晚把话放那儿，汪念念是他看中的儿媳妇，如果这婚事黄了，饶不了她。她完全阻止不了，只能先忍着，等汪念念进了门，还不是她想怎么收拾就怎么收拾。就像第一个儿媳妇，受不了就自己走，以他们家佑辉这种条件，还能找不到更好的？

她就不信了！

梅岚这两天一直想着那天简橙跟她小姨打电话时的语气。作为亲妈，闺女跟自己不亲跟别人亲，梅岚心里是很不舒服的。她试图把闺女的心往回收。所以这会儿，语气放得很轻柔，为刚才的话解释一句："妈的意思是，今天女方家里人都在，你给你哥留点面子。"

简橙看一眼简文茜，凑到梅岚跟前说："你今天要防的不是我，是简文茜。"

简文茜今天明显不对劲，换作平时，简文茜的目光早暗中跟她较量上了。简文茜从刚才就一直在走神，心不在焉的，还时不时朝简佑辉看一眼。

简橙也把目光移向简佑辉。简佑辉今天完全不在状态，心事重重的，老简和汪董缠着周庭宴说话他也不加入，一直低头喝茶，全程没看简文茜一眼。

什么情况？简文茜和简佑辉吵架了？

梅岚听了简橙的话，正要开口，门被打开，汪念念来了。

看见汪念念，梅岚的脸色瞬间冷下来，她本来就不喜欢这个儿媳，这么重要的场合，还迟到将近十分钟，太没规矩。

简橙看见汪念念，倒是眼前一亮。跟她记忆中的没什么区别，还是娇娇弱弱的大家闺秀样，一看就好欺负。又跟她记忆中的不同，上学那会儿，她们都比较青涩，眼前这个汪念念，穿一身纯白长裙，细腰不堪一握，乌黑长发自然垂落到肩膀的位置。为了掩饰病容，今天的妆偏浓，很漂亮，让人瞧着也舒服。原来周陆喜欢这种软萌妹子。

"对不起，对不起，堵车……"汪念念进来就道歉，用苍白的手指抓着细细的包带，额头有汗，明显是跑着过来的，身体不好，所以喘着。

梅岚用挑剔的目光扫了她一眼，皮笑肉不笑。"没事，以后早点出门就行了。"

汪念念想解释，汪夫人拽她一下，用力把她拉到椅子上，她脚步不稳差点摔倒，汪夫人像是没看见，顺着梅岚的话训了几句。

简橙笑盈盈地跟汪念念打招呼。"念念，还记得我吗？我是简橙，我们从小学就是同学，我今天本来不想来的，听说你是我新嫂子，我就赶紧来了。"

汪夫人本来还想再训汪念念，听简橙这话，转头就变了笑脸，亲切地握住汪念念的手。"你看，我都忘了，我们家念念跟橙橙你还是同学呢。"

汪念念用湿漉漉的眼睛看向简橙，见她朝自己眨眼，感激地朝她点点头。

点餐的时候，一桌人又互相推，简宏云让汪念念点，念念拿着菜单，半天不知道点什么。

简橙见她纠结得脸都红了，直接从她手里拿过菜单。"我后台硬，我点。"

这顿饭，前面吃着没什么意思，简宏云和汪董还是一直缠着周庭宴，聊起来没完没了。

简橙跟汪念念互加了微信，刚要发消息，余光瞥见简文茜出去了。隔了两分钟，简佑辉的手机响一下，然后简佑辉也出去了。

简橙半眯着眼，嗅出奸情，拿手机给汪念念发微信。

简橙：走，去洗手间。

简文茜这次出差，是跑长盛的一个国外项目。从清明节开始，到九月，近半年的时间。这是她进了简家后，离家最久的一次，她不想走的，可是没办法，她得消失一段时间。周庭宴吓到她了。

愚人节那天，简橙带着周庭宴回老宅吃饭，那晚，简橙被梅岚叫进房间，周庭宴出去抽烟，她跟出去了。她想跟他说说话，可他那一句"滚开"，对她的厌恶，不加掩饰。

甚至……

"简橙高三的时候出过事，她当年一直强调是你策划的。所以，当年的事，你参与了吧。"

参与了吗？

不。

她不是参与了，她就是主谋。简橙当年被人绑架，被人贩子卖到山里，差点死在那儿，是因她的一念之差。是，这事她做得不对。简橙回来掐着她脖子，要跟她拼命的时候，她也害怕，她也后悔，可人都有劣根性，谁没有脑子发热、鬼迷心窍的时候？

而且，也不完全怪她吧。

怪谁？

怪简宏云和梅岚，用十几年把她的欲望和野心一点点喂大。怪简佑辉，给她放肆的权力，让她一步步取代简橙。怪她的生母，如果不是那个女人改嫁，给她留下一个像毒蛇一样甩不掉的麻烦，她就不会在享受新生活时，还得脚踩钢丝。

是这些人。是这些人逼着她把不幸和悲愤报复在简橙身上，是他们让她觉得，只有简橙不存在了，她才能高枕无忧。

所以，那天，当她的情绪被各种事推至最高点、无处发泄时，她跟魔鬼做了交易。

　　她要毁了简橙。

　　把简橙卖到山里，如果简橙回不来了，那简家就只有她一个女儿了，她就能永远取代简橙。

　　如果简橙哪天被救回来了，也早被糟蹋了，早毁了。简宏云和梅岚那样的人要面子，如果简橙的存在成为污点，他们会把简橙送出国，藏起来。

　　一念之差，她当时真是一念之差。她本善良，是那些人，把她极端的一面逼出来的。所以简橙当年遭遇的事，所有人都有责任。

　　她以为这事早就翻篇了，简家封锁消息，后来周庭宴也在压消息，没有人敢提当年的事。

　　简橙回国后，自己都不提了。没想到那天，周庭宴突然提了当年的事。

　　她知道，他只是怀疑，试探而已。

　　因为他不可能有证据，哪怕他是周庭宴，他也不可能找到证据。

　　但人做了亏心事，心里总归是有阴暗面的。

　　当年简橙是被警察送回来的，见到她的第一眼，那双眼中的恐惧慢慢转为愤怒、怨恨，当着警察和简家所有人的面，简橙扑过来跟她拼命。

　　那时候，她能感觉到，简橙是真的要跟她一起死。二楼的阳台，简橙掐着她要冲出护栏，幸亏被警察拉住了。那丫头像疯狗一样挣扎，谁都按不住她，后来周陆和周聿风来了，她在周聿风怀里才停止发疯。

　　那时候，只有周聿风能哄好她。

　　这么多年了，简文茜好不容易把那一幕忘记，周庭宴突然提起，她又连做了几晚噩梦，精神紧绷。所以，她走了，她需要冷静一下，需要调整一下自己。

　　听说简宏云给简佑辉定了门亲事，她才匆匆回来。

　　为什么匆匆回来？

　　简文茜对简佑辉的感情很复杂。

　　她十二岁到简家，最开始接近简佑辉只是为了跟简橙夺宠，简佑辉对简橙的疼爱几乎到了宠溺的程度，她太羡慕了，她也想要这样的哥哥。

　　后来她开始有意无意地跟他暧昧，是因为发现简佑辉有喜欢的姑娘。就是他的初恋——他的前妻杨曦，简佑辉对杨曦好，她也嫉妒。所以，她开始拿他的杯子喝水，她穿轻薄的睡衣去他书房请教工作上的事，她陪他出差，应酬时装醉，借着酒劲碰他的唇……

她跟简佑辉没有半点血缘关系，所以她不觉得有负罪感。

简佑辉应该是有的，察觉两人的距离不对劲时，会避着她。男人嘛，最开始都要脸，一旦他们的距离是负数，他想避都避不开了。所以借着又一次出差，她让他碰了她，他们负距离。

简佑辉觉得愧对杨曦，对杨曦越来越好，她就越来越不爽，所以她让杨曦看见她和简佑辉接吻。她不觉得自己有错，简佑辉能出轨，说明他本身就不是值得托付的人，她帮杨曦早点离开渣男，也是好心啊。唯一有点亏心的，就是害杨曦盛怒下没了孩子。

简佑辉跟杨曦离婚的第二年，想公开和简文茜的关系。"我跟爸妈谈谈，想办法把你的户口迁回你老家，你改回赵姓，还是叫赵文茜，出国留学几年再回来，我们就能在一起。"

迁回老家？她宁愿去死，她好不容易才成为简文茜，怎么可以一棍子被打回原形。而且，简佑辉异想天开，就算她叫回赵文茜，就算梅岚再喜欢她，都不可能让她进门当儿媳妇的。

她不愿意，简佑辉就提出第二个方案。"我跟父亲提，我去管国外的项目，让你也过去，在那里，我们可以光明正大地在一起，等父亲快退休的时候再回来接管长盛，那时候，我们的孩子也大了，已经成定局。"

她也拒绝了。因为他提的时候，她已经瞄准周庭宴了，她要嫁给江榆最优秀的男人，她要嫁给周庭宴。

她跟简佑辉暧昧，勾着简佑辉，只是想得一份偏爱，想踩着他在长盛站稳脚跟，利用长盛，让自己越来越优秀，让自己配得上周庭宴。她一直把简佑辉当垫脚石、工具人而已。可是，当听说简佑辉同意娶汪念念的时候，她回来了，当她主动提出晚上去他那儿过夜却被他拒绝的时候，她慌了。当她想亲他却被他推开时，当他告诉她以后两人只做兄妹时，她更慌了。

简文茜偶尔会正视自己的内心。大概，她骨子里有生父的风流和滥情。

她的目标很明确，她一定要拆散简橙和周庭宴，她最后一定要嫁给周庭宴。

她想嫁给周庭宴的心一直没变，可同时，她又会因为简佑辉娶别人心慌。

她清楚地知道自己的野心。两个男人她都要。

她这次回来，已经想到办法拆散简橙和周庭宴，绝对一击即中，把两人的婚姻搅散。

所以，今天简橙和周庭宴再怎么秀恩爱，她也不在意，就让简橙再嚣张一会儿。

她不能等的是简佑辉。

饭桌上，汪董和简宏云聊得热切，简佑辉完全没有开口反对的意思，酒马上都喝完了，再不说，这婚事真就敲定了。

简佑辉从包厢出来，在楼道抽了支烟，然后走出餐厅，往左拐，一路走到D区停车场。

简文茜的车停在最角落的位置。他打开副驾驶的门，坐进去，烟味随风飘入，简文茜在后座，她以为他会来后座坐，从前，他都是坐她旁边的。

"文茜，你别闹了。"

简佑辉出来，是因为简文茜刚才给他发了一条消息。

我有话跟你说，你不出来，我就跟汪念念说我们的事。

简佑辉这两天想得挺多的，他跟文茜没有未来，那不如就接受现实吧。他娶汪念念，回头让爸妈给文茜挑个好男人。两人都结婚，以后各过各的日子，把从前的事都忘掉。文茜嫁了人，不常回来，简橙就不会再闹，爸妈安心了，简家的日子也能消停了。

简文茜听他说别闹了，心里很不舒服。她身子往前凑，伸手抓他的胳膊，声音放软。"你不是说过，要跟我在一起吗？我去迁户口，我改回赵文茜，或者我们出国，你别娶汪念念好不好？"

她给他出主意。

"今天简橙在，汪念念是她同学，我看她俩刚才聊得挺好的，你跟简橙说说，让她帮忙坏了今天的事，她对我们的事知道一点，肯定也不想让汪念念嫁给你的。"

简佑辉沉默了会儿，把她的手拿下来。"我想娶，我今天突然发现，汪念念跟杨曦挺像的，很乖，又胆小，我当年挺浑蛋的，对不起杨曦，我会好好对汪念念，把对杨曦的那份愧疚给她，我们会过得很好。"

他出来太久了，包厢里一屋子人，他该回去了。简佑辉开门下车，临走时跟简文茜说："你要是待着难受，就先回去，我找个理由跟爸妈说。"

简文茜没想到，自己都这么说了，他竟然还是走了，下意识开门追出去。晚上快八点，停车场这边没什么人，简文茜从后面抱住简佑辉的腰，她知道怎么让他心软。"你要是娶她，我就一辈子不嫁人，你要是舍得让我孤独终老，那你就娶。"

停车场里，一排排汽车整齐地停放着。不远处，一辆黑色的轿车后面，汪念念把目光收回来，转头看向旁边正举着手机录视频的简橙，轻轻问了一句。

"我爸和你爸都是铁了心要促成这桩婚事，这样真的能行吗？"

半小时前，简橙给她发消息，喊她一起去洗手间，出了门就问她，想不想嫁给简佑辉。

"你说实话，心里话，想，还是不想？"

心里话？她当然不想，她跟简佑辉一点也不熟，她不想嫁。

简橙说："不想嫁就行。"然后带着她偷偷跟着简佑辉，等他抽了烟，又跟着他来到停车场。

汪念念实在没想到，简佑辉竟然跟简文茜有情况。

"怎么不行？"简橙还在录视频，示意她再看，"你看行不行。"

汪念念重新看过去，瞪大了眼。若说那个拥抱没什么，那现在，简佑辉拉开简文茜的手，转身准备跟她说什么，简文茜直接亲上去了。她正要说什么，余光突然瞥见一个人，赶紧道："哎呀，简橙，坏了坏了，那是你妈妈吧？"

简橙看了一眼，平静地说："是啊，我喊她过来捉奸的。"

汪念念："……"这样真的好吗？

简橙："你也准备准备，一会儿梅女士打完简文茜，你就冲过去，'啊啊啊'地叫，就说你看见他俩接吻了。"

汪念念："……"怎么还有她的戏份？

汪念念正想说自己不会演戏的时候，那边已经打起来了。

梅岚一把扯开简佑辉，带着凌厉之风的巴掌狠狠扇在简文茜脸上。梅岚颤抖着手，指着她，满脸的不可置信，通红的眸子像在看洪水猛兽、蛇蝎毒物。"简文茜！你个白眼儿狼！你怎么敢！你怎么敢的？他是你哥啊，你竟然勾引你哥！"

白眼儿狼。

梅岚第一次对这个词有深层理解，是因为亲妹妹梅钰。

梅家有三个孩子，她是老大，梅钰是老二，两人还有一个弟弟。梅钰总说，爸妈偏心她和弟弟。梅岚不觉得，她觉得爸妈对三个孩子都是一样的，甚至没有重男轻女，对弟弟也没有多宠爱，还不如对她们姐妹好。她觉得爸妈是最好的爸妈。

可梅钰不觉得。

梅钰心胸狭隘，总因为一点小事记恨爸妈，爸妈对她那么好，对她寄予厚望，结果给她安排好的路她不走，非跑去搞什么破电影。逢年过节不回家，家里停了她的卡，她还跟倔驴一样在外面闯。穷到连盒泡面都舍不得买，每天啃馒头吃咸菜，营养不良到身上没几两肉，硬是不肯回家认个错。

被男朋友劈腿，把男朋友的头打出一个坑，她宁愿坐牢，也不肯让家里帮她。后来她带了一个孩子回来，扑通往地下一跪，说孩子病了，想借点钱给孩子看病，爸妈只是让她先认个错，没说不给钱。她牛气，抱着孩子起来，扭头就走，钱没拿，也再没回过家。

后来母亲病倒，她没回；父亲临终时最大的心愿就是见她一面，她没回；弟弟被弟媳洗脑，家里公司被弟媳霸占，她没回。公司是父亲一辈子的心血，梅岚求她帮忙，她不理，明明那时候，她已经是挺有名气的导演，她是梅家三个孩子里最聪明的，只要她肯，一定能把公司抢回来。

她不帮忙，还说风凉话。"姐，但凡爸妈当年把对你的爱分十分之一给我，我就是赔了我这条命，也把公司给他保住。我劝你啊，就好好过你的日子，别那么多事，人家比你那蠢弟弟厉害多了，公司交到她手里，比交给你们强。还有，姐，我真的要给你一句忠告，你出于什么乱七八糟的理由偏心那个简文茜我不管，但是你给我记住了，橙橙才是你亲生的。别等哪天橙橙跟我一样，对你们失望透了，你才知道后悔。"

梅岚那时候听不进去。她只知道，她妹妹梅钰，完完全全是一个白眼儿狼，梅家白养梅钰这么多年。后来她跟简橙的关系越来越远，她生病，只有养女简文茜在身边照顾她，她骂两句简橙，简橙就跟她顶嘴。有一天她怒火攻心，冲简橙喊出"白眼儿狼"的时候，才猛然想起梅钰当年给她的忠告。

"别等哪天橙橙跟我一样，对你们失望透了，你才知道后悔。"

她是后悔了。只是那时候的后悔，是后悔自己太放纵了，就不应该让简橙整天跟她小姨混在一起。

梅钰当年离家后，跟她也不怎么来往，后来是在江榆拍戏，见过几次面。

也是奇怪了，梅钰尤其喜欢简橙，简橙也天天嚷着想见小姨。

梅钰在江榆拍了八个月的戏，一收工就带简橙出去玩，给她买一堆东西，当亲闺女宠。

梅岚那时候忙，有人帮她带孩子，她乐得自在，所以也没怎么管。结果，等她骂出"白眼儿狼"的时候，梅岚才惊觉，简橙已经被她小姨带坏了，跟她小姨一样，自私自利、刁蛮任性。

直到今晚之前。

在梅岚心里，梅钰是大白眼儿狼，简橙是小白眼儿狼。养女简文茜虽然最近让她有点不高兴，但还算"一件暖和的棉袄"。毕竟，这些年，她生病时对她嘘寒问暖的是简文茜，让她脸上有光的是简文茜，听话乖巧、事事以她为先的是简文茜。

结果，没想到啊，最大的白眼儿狼，竟然是简文茜！她甚至比梅钰和简橙更恶毒。

月光下的停车场，一排排车，车身泛起的光泽都是冷冰冰的。

梅岚气得要昏过去，颤抖的手再次扬起，在简文茜脸上落下第二个用了十足力气的巴掌。"你十二岁就到家里，再过两个月，你都三十一岁了，你自己算算，多少年了？快二十年了！我怎么对你的？我自己亲生的闺女，我冷落在一边，我事事顺着你，东西都是先尽着你用，你就是这样报答我的？"

梅岚一想到以后被人指着脊梁骨嘲讽，说家里出了个兄妹乱伦的丑闻，脑子就要炸。她朝简文茜扑过去，一拳一掌往她身上打，悲痛欲绝。"你干什么不好？你勾引我儿子！你们虽然没有血缘关系，但名义上是兄妹啊，这事要是传出去，你不要脸，你哥就毁了，就毁了啊！"

"妈——"

简佑辉没想到母亲会过来。他刚才被用力拽了一下，脑子有点蒙，这会儿终于醒过神，忙往前一步挡在简文茜身前，双手抓住母亲的胳膊。"妈，这事跟文茜没关系，是我对她有想法，是我没把控好距离，都是我的错。"

梅岚本来就气他护着简文茜，一听这话，两眼一黑，就直接晕了过去。

"妈！"

简佑辉见她闭着眼往后倒，脸色一变，忙伸手扶住她。

简文茜愣愣地瞧着这一幕，被打过巴掌的脸上火辣辣的，脑子嗡嗡直响。她没想到梅岚会过来，今天这种场合，按着梅岚的性子，注意力应该在汪念念身上才对。她不喜欢汪念念，这会儿应该在找汪念念的不痛快才是。

梅岚怎么会过来？

简文茜突然想到什么，倏地抬头，目光在四周扫一圈，最后定格在左前方。

简橙站在一处昏暗的角落里，笑盈盈地朝她挥挥手。

两人目光短暂接触，简橙用胳膊肘碰碰汪念念。"念念，该你了，上。"

汪念念："我……我能不能不上？我不会演戏。"

手机有消息进来，周庭宴问她怎么还不回去。简橙低头回消息，简单解释这里的事，嘴里跟汪念念说："你要是不想嫁给简佑辉，你就上，当然，我上去也行，但效果没你这个'准未婚妻'好。"

话说完，一直没人搭理她，简橙把消息发过去，一转头，旁边没人了。

她正疑惑，不远处突然传来汪念念的哭声。

"简佑辉，你……你怎么能这样，她是你妹妹，你怎么能……你要实在不想娶我，你直接跟你家里说啊，你这算什么？里面还在谈我们的婚事，你让我的脸往哪儿放？要不是我身体不好，受不了里面的烟味，出来透透气，恰好撞见了，你打算怎么办？你打算把我娶回去，当摆设，当你们俩暗度陈仓的挡箭牌吗？"

汪念念边控诉边哭，用手捂着胸口，一抽一抽的，似乎下一秒就要气晕过去。

简橙："……"

好家伙，她刚才还说不会演戏，上去就是影后级别的。

简佑辉感觉脑子更疼了。

母亲在他怀里昏着，文茜在他身后颤抖，汪念念在他面前哭着。三个女人，每一个都是麻烦。

他真的要烦死了。

面对汪念念的指责，他现在也不想解释了，因为他本来就百口莫辩，所以他给的回应是沉默。

倒是梅岚，她刚刚已经恢复意识了，听到了汪念念的话，此时此刻，悔得肠子都青了。早知道当初就不阻拦了，应该让他们早点订婚，汪念念再不好，也比简文茜好，现在倒好，这事被汪念念看见了。婚事估计要黄。

梅岚自己掐着人中站起来，想着汪念念性子软，哄她两句，至少得让她保密，结果还没开口呢，汪念念哭着转头跑了。

梅岚怕她回包厢乱说话，赶紧推儿子一把。"你快去追，别让她瞎说，那个汪夫人嘴巴最快了！"

简佑辉也知道事情的严重性，看一眼简文茜后，抬脚去追汪念念。

简橙等简佑辉走了，才慢慢悠悠地晃过来。"怎么样啊，梅女士，现在你信了吧，我就说简文茜不是什么好人。"

梅岚听到这话，悔不当初。

简橙其实早就提醒过她，除夕的时候，就跟她提过一次。

"我那天啊，看见我哥睡着了，简文茜偷亲他，亲嘴啊，我的妈呀，你这养女玩得挺溜啊。你说我闹腾，我起码光明正大追一个，你这养女觊觎外面的，又祸害家里的，我真是甘拜下风啊。给你个忠告，先别打草惊蛇，你暗中观察一下，搜集点证据，等确认了再拿证据打她脸，不然简文茜不会承认的。我哥多优秀的男人啊，可别让她毁了，兄妹乱伦……这要是传出去，你脸往哪儿搁啊。"

梅岚那时候是重视过的，也暗中观察过，可并没有发现什么，然后她就专注在给儿子相亲的事上。

后来过了清明，简文茜又出差了，一走就是半年，她把这事完全忘了。直到刚才在包厢里，简橙说她该防的是简文茜，她都没立刻反应过来。然后，十五分钟前，简橙又给她发消息。

惊！简文茜强吻简佑辉，现场直播。

梅岚怕儿子搞不定汪念念，暂时没心思管简文茜，急着去救场了。

简橙准备跟上去的时候，简文茜把她叫住。黑沉的夜色中，简文茜问简橙："梅岚是你找来的？"

简橙心情好，笑盈盈的。"她怎么来的不重要，重要的是，是你自己不要脸的，你要是不犯贱，别说梅女士，就是老简来了，也没事。"

手机响了，是周庭宴发来的消息。

你爸掀桌子了，你还不回来？我给你录？

简橙要走，简文茜又叫住她。"简橙，你不让我好过，那大家就都别过了。"

简橙觉得她笑得有点瘆人。"你什么意思？"

"苏蕴。你知道苏蕴上次来江榆，是给谁过生日吗？"

简文茜盯着她，一字一句道："周庭宴。苏蕴是给周庭宴过生日，给你老公过生日。"

既然她的生活要乱套了，那就都乱套吧。她要疯，简橙也得疯，谁也别想好过，毁灭吧，都毁灭吧。

简文茜第一次接到章珍电话时，还没回江榆。

她生母第二任丈夫的老家在北边的一个小县城，章珍就是那个小县城的。章珍比她大一届，她们在学校见过，但以前没什么交集。五年前，苏蕴的知名度和影响力暴涨，长盛有一个新产品，想请苏蕴代言，正好是她负责，她跟章珍才正式有了接触。

因为是老乡，又是校友，谈得挺好，可惜最后没合作成。据说苏蕴不跟江榆的企业合作，章珍替她接了，她还发脾气。

简文茜当时问了章珍，章珍说："苏蕴的哥哥是在江榆出车祸走的，所以，她不喜欢这座城市吧。"

请不到苏蕴，还有其他人，明星多的是，简文茜当时也没在意。

因为知道苏蕴不来江榆，所以她后来跟章珍也一直没联系过，只是微信没删，电话号码也没删，就那么存着了。

时隔五年，再接到章珍的电话，她以为是工作上的事。没想到，章珍问的是简橙。

"听说，你妹妹简橙嫁给了京岫集团的周庭宴，是真的吗？"

她奇怪，章珍怎么突然打听简橙的事，章珍磨磨叽叽，叹了半天气，最后才跟她说实话。

"周庭宴，是苏蕴背后的那个男人。"

简文茜也不傻，她知道，以章珍的人脉，想知道周庭宴老婆是不是简橙，很简单。

章珍来问她，且明知她是简橙的姐姐，还跟她说苏蕴和周庭宴的故事，是因为章珍知道她和简橙关系恶劣。整个江榆，但凡知道简家的，随便一打听，就知道她和简橙不对付。

关于苏蕴和周庭宴的故事，章珍说得绘声绘色，表达的重点是：苏蕴和周庭宴约定好了，等苏蕴到三十岁，周庭宴就娶她，结果，苏蕴明年就三十岁了，周庭宴却变心了，娶了简橙。

这个故事，简文茜很喜欢。

所以礼尚往来，她也送给章珍一个她喜欢的故事，简橙和周聿风，以及蒋雅薇的故事。

章珍的办事效率很快，第二天就问她有没有靠谱的人，帮苏蕴演出戏。她以为，像章珍这样一个混圈多年的金牌经纪人，做事肯定靠谱，所以也没多问。正好那时候，她在跟简佑辉聊天，简佑辉说他已经答应娶汪念念，她心里烦，也没心思问。

但她没想到章珍竟然会这么蠢，太急功近利，第一次就"放大招"，差点动真格的，浪费她四个人。

她一通电话打过去，章珍还挺委屈。

"我是急了点，因为苏蕴不能得罪梅导，没时间了，马上就得走。戏还得拍两个月，不搞点事，下次回来，简橙的孩子都有了，周庭宴不得更护着她。我又不傻，大白天的，我没让他们来真的，因为你说过，简橙以前被卖到山里过，心里肯定有阴影，我就是吓唬吓唬她。是那几个人看她漂亮，又喝了点酒，真动了歪心思，幸亏那个司机去得快，不然我也吓死了。我给你介绍的那个胖子打了电话。我的意思是他自己进去吓唬一下就行了，是那三个人听说有大明星，非要跟着去看看热闹。看热闹就看热闹呗，结果真要耍流氓，最重要的是把苏蕴的脸伤着了，我都没地方撒气呢。"

简文茜也气，人折进去了，事没办成，她还得给他们擦屁股。

简橙报案说的是强奸未遂，不能和解，周庭宴第一时间就让潘屿找律师了，简文茜不敢在周庭宴眼皮底下动手。

三年牢狱是跑不了了，她只能保证，那四个人不会乱说话。

她那时候出差结束，准备回来了，后来跟简佑辉说她去参加婚礼，其实就是去处理这事了。谁让她现在跟章珍是一条绳上的蚂蚱。

还有苏蕴，听章珍的意思，苏蕴对周庭宴并没有死心。她万分期待苏蕴的归来。

停车场的台阶下，有个供人休息的长椅。简橙和简文茜在上面坐着。

简文茜先开口。"很生气对不对？我刚知道你和周庭宴结婚的时候，也气得不能言语，跟你现在一样。"

天上挂着半轮残月。简橙目光直直地望向前方，完全沉默。

简文茜跟她看一个方向。"当年周庭宴出车祸，你救了他，那你肯定知道，当时驾驶座也坐着一个人吧。那个人叫苏城，那场车祸，是周庭宴大哥主导的，苏城是因为周庭宴死的。苏蕴，就是苏城的妹妹。周庭宴，是苏蕴背后的男人，是这些年一直捧她的金主。"

简橙的手机响了，是周庭宴打来的电话。简橙低头望着屏幕上跳动的"老公"两个字，想起一件事。

八月的最后一天，她给米珊拍 Win 杂志封面那天，秦濯跟米珊一起出现在摄影棚，她晚上跟周庭宴吐槽。聊起秦濯要管米珊一辈子，她说是个女人都不能忍这种事。

周庭宴当时的反应就挺奇怪的。他很急地问她："没有感情也不行吗？秦濯对米珊没有感情，只是因为一份亏欠，想尽可能去成全她……这样也不行吗？"

亏欠……

原来，那时候周庭宴是在说他自己啊。所以，他觉得，他应该管苏蕴一辈子？

那晚，他明明说了可以帮她弄到苏蕴的签名，这事聊过，他又不认账了，他说他不认识明星，搞不来签名。原来，一切都有迹可循，他真的认识苏蕴。他怕她知道。

简橙没接电话，她转头看向简文茜。"周庭宴不告诉我，无论是什么理由，肯定是怕我知道，你说，如果我现在告诉他，你把这事跟我说了，他会怎么样？"

简文茜说的时候，就想过后果。"他不会放过我，可那又怎么样？你哥会护着我，无论我做错什么事，或者我得罪谁，你哥都会帮我出头。你要是想让你哥跟他对上，你要是想毁了你哥，你就去告状。"

简橙不意外她会这么说。

她好奇另外一件事。"你没那么傻，按你的性子，不该在今晚亲简佑辉，为什么？"

简文茜没吭声。

为什么？冲动是魔鬼啊，她不想承认，但简佑辉要回去敲定跟汪念念的婚事时，她脑子完全不受控了。她那时候只有一个念头，留下简佑辉。这种糟糕的冲动，只有一种解释，她是爱简佑辉的，虽然她很不想承认这一点。

但确实，看见周庭宴和简橙亲密，她只是嫉妒，只是想拆散他们，只是觉得，周庭宴这样的男人，应该属于她。但是，看见简佑辉跟别的女人亲密，她除了嫉妒，还会抓狂，想到他要娶别人，她心里密密麻麻地痛。

她失去理智了。唯一的一次，就万劫不复。

她今晚的脑子就不正常，竟然能坐下来跟简橙好好聊天了。只能说，简佑辉对她的影响，超出了她的认知。

简文茜走后，简橙接了周庭宴打来的电话。她告诉他自己在哪儿，让他过来，挂了电话。

九月的夜风夹着几分凉意，简橙缩了缩肩膀，目光所及，是繁华闹市的盛景，是马路上喧嚣而过的车辆，是人行道上惬意或匆匆忙忙的路人……是从暗影中走来，着黑色衬衫、黑色长裤的周庭宴。

挺绝的一个男人，即便头顶只是昏黄路灯，也能把他衬得如一尊神佛，光芒太盛，耀眼得让人移不开目光。

简橙忽而想沾一沾佛气。等周庭宴走过来，她站起身，踮起脚尖搂住他的脖子，整个人贴向他，周庭宴顺势抱住她。

简橙先开口："包厢里结束了吗？"

周庭宴双手环在她腰间。"嗯，人都走了。"

今晚这饭局，热闹开场，收场时见血光。

简佑辉在进包厢前拦住了汪念念，汪念念答应不提简文茜，但他必须解决两人的婚事，并且，两个大家长的怒火，必须由他承担。

于是，当包厢里的人惊讶汪念念怎么把眼睛都哭肿了时，简佑辉扯了个很欠揍的谎。"我刚才碰到朋友，随便聊天，聊到汪小姐，我说，我娶她，是因为她背后有汪家，因为她短命，她死之前我能把汪家控股的银行收入囊中，她死后，我还能另娶佳人。汪小姐正好路过，听见了，她受不了。"

这么直白的话，不只汪念念受不了，整个包厢的人都受不了，后脚跟着进来的梅岚，差点又晕过去。

简宏云动了怒，让简佑辉道歉，简佑辉不道歉，汪董气得血压飙升，嘴里说着高攀不起，带着汪家人走了。

婚事黄了，结亲不成，还得罪了汪董，简宏云盛怒之下，把手里的酒杯直接往简佑辉脸上砸，砸中他额头，血流不止。

梅岚被那血刺激，情急之下说出真相，简宏云直接掀了桌子。

简橙听完，唏嘘不已，啧，简佑辉和简文茜还双向奔赴了。

"你跟简文茜聊了什么？"周庭宴握住她的手，冰冰凉凉的触感让他皱眉，简橙就把两只手都塞进他手里。

"聊了她和简佑辉。"简橙说了一句，就凑过去亲他，用鼻尖蹭了蹭他的脸。

"周庭宴，我不会游泳。"

她话题跳跃得太快，周庭宴差点没跟上。"嗯？"

简橙说："我不会游泳，所以，我爱上你了。"

简橙不会游泳。她一直不肯学，是因为恐惧溺水的感觉。

初一的暑假，老简难得腾出时间，带着全家人去海边玩，简佑辉说要教她游泳，结果简文茜也要学，他先去教简文茜了。一个浪头把简橙卷到海里的时候，她张口喊"救命"，嘴巴张开的瞬间就被咸涩的海水堵住。

老简到岸上打电话了，梅女士没下水，简佑辉在教简文茜，隔着一段距离，背对着她。抓不住安全绳，游泳圈也"抛弃"她，简橙那会儿觉得自己死定了。

太难受了，波涛汹涌的海水把她完全吞没，她身体往下沉，喉咙火辣辣地疼，眼睛睁不开，耳朵里全是咕噜噜的水声。那是她第一次感觉到窒息的恐惧和绝望。

后来简佑辉把她抱上去，空气涌入肺部的时候，她发誓，以后再也不下水了。

她以为，只要她不下水，就再也不会有那种窒息的恐惧和绝望感。然而，不下水，也有。

比如周聿风第一次告诉她："简橙，我不想瞒你，我爱上雅薇了……"

比如刚才，简文茜告诉她："苏蕴是给周庭宴过生日，给你老公过生日。"

两次窒息的感觉不同。

知道周聿风变心那次，是沉到海底时的绝望。听到苏蕴背后的金主是周庭宴时，是刚被浪头卷到海底的恐惧。

她知道这意味着什么。周聿风那事，她那么痛，是因为那时候她爱着周聿风，情深，所以痛得刻骨铭心。周庭宴这事，她痛，但还没窒息，这表示她爱上周庭宴了，有爱才会有痛，只是她爱得还没那么深，所以不会一下就窒息。

苏蕴……她确实介意，非常介意。但她也不傻，周庭宴如果真喜欢苏蕴，怎么可能娶她？所以现阶段，她才不会傻到发疯，才不会傻到把周庭宴推出去。除非，周庭宴自己说，不要她。

简家和汪家的这个饭局，全员被重击，无一人幸免。

简宏云被气到血压飙升，都没回到家，半路被送到医院，进了抢救室。

梅岚因为亲眼看到儿子跟养女接吻的一幕，心提在刀尖上，儿子脑袋被砸破，丈夫被送去急救，她一口气没上来，在抢救室外哭到昏厥。

简佑辉没想到事情会演变成这样，一个人坐在过道里，抽烟的手都颤抖着。早知道，他今晚就不该跟文茜出去，早知道，母亲为他安排的那些相亲者，他就该早早地答应一个。

简文茜跟简橙聊完后，就先回了自己的公寓，她知道简宏云进医院了，梅岚打电话骂她了。

她没去医院是因为简佑辉给她发消息，不让她去，说她去了，会更刺激到梅岚。她心里明白，今晚过后，她在简家的地位，会发生天翻地覆的变化，梅岚从前多偏爱她，以后就会有多憎恶她，简宏云也会冷落她。

这倒是没关系，不是最坏的境地，简佑辉不可能不管她的，有简佑辉在，她就什么都不怕。

最让她头疼的，是简佑辉对她的影响，完全超出她的认知。

这是不对的。她的野心不能被爱情支配，她不需要爱情，她不能有爱情，爱情只会是累赘。

男人这种生物，只配成为她成功的垫脚石。

她要冷静冷静，她要戒掉对简佑辉的喜欢。

她还得好好想想，怎么帮简佑辉化解这次危机，不知道汪念念是怎么说的，但简佑辉肯定是得罪了汪董的。

汪董夫妇都不是好东西，小肚鸡肠，记仇，她得帮帮简佑辉。

汪家今晚的灯，确实亮了整晚，汪董第一次被一个小辈当众下面子，又是当着周庭宴的面，心里的火气从回来就没消，连夜打了几个电话。

汪念念虽然得偿所愿，不用嫁给一个陌生的男人，但也受了罪。她被父亲冷落一路，回家又被继母骂了半夜。意思是简家当初答应娶她这个病秧子，图什么，大家心知肚明。两家为什么结亲，也都心照不宣，如今打破平衡，搞砸这事，是因为她偷听，她逼着简佑辉把事情摆在明面上。

汪念念心情倒是平静，无论怎么样，她把婚退掉了，她不用嫁了。在书房跪到半夜，拖着疲累的身体回房间，她拿手机给简橙发了个消息。

今天谢谢你，我想请你吃饭，什么时候有空？

简橙没看到她的消息。她晚上回到家，很疲累，脑子里想着简文茜的话，想着苏蕴，乱七八糟一大堆，还得承受周庭宴的兴奋。

没错，今晚所有人被重击，周庭宴也被重击了。

只是，他的重击跟旁人不同，其他人是被冰雹钝刀击中，他是被简橙那一句"周庭宴……我爱上你了"击中的。

人家流泪流血，他冒的是粉红爱情泡泡。

刚听到那句"我爱上你了"时，他整个人都僵在原地，手臂收拢，把她都抱疼了，说没听清，让她重复说好几遍。她满足他，连说八遍。

他一声不吭把她打横抱起来，上了车，让司机尽量开快点，整个人严肃得不行。

司机以为出了什么事，在保证不违反交通规则且安全的前提下，把车速开到最高，二十分钟的路程，他十三分钟到。

简橙一路也很忐忑，因为周庭宴实在太严肃，他不握她的手了，她说话，他也是敷衍地"嗯"一句。

简橙心里委屈，心说：我都告白了，你就这反应？司机在，她也不好说什么，回到卧室，她想好好问问他什么意思，结果房间的灯还来不及打开，她的腰就被搂过去，然后整个人转个方向，唇被吻住。

从轻慢温柔，到急切强势，不留一点空隙，不让她有喘息的空，完完全全地把她的呼吸掠夺。

他实战经验丰富，现在的技巧已经接近满分。至少简橙是这么认为的。因为等她回神的时候，她已经跟荔枝一样，被剥去皮，身下是软绵绵的被褥。

这就是他的厉害之处，尤其会蛊惑人心，悄无声息就把她压制了，那双深邃漆黑的眼睛就是打火机。

先是克制，再是不加掩饰，最后是沸腾。

沸腾的过程，像煮茶。

简橙比较懒，平时一瓶矿泉水就可以应付口渴，周庭宴不同，他喜欢喝茶。只要他闲在家，他就喜欢给她煮茶喝，简橙最喜欢看他煮茶。

他的手非常好看，是小时候常听到的"弹钢琴的手"，修长，有骨感。煮茶的时候，他先从茶罐里取出嫩芽，拨弄的动作雅观，赏心悦目，用指尖点一下，嫩芽抖一下，散落在水中。

简橙觉得自己快化成水的时候，还记着他一路的冷漠，哪怕这时候抖得不成样子，还要问一下。

"你在车里为什么不说话？我都跟你表白了，你一句话都不说，一点反应都没有，你怎么想的，你直接给句痛快话行不行？"想起当时被放开的手，她记仇，还用那只手在他后背挠。

周庭宴微微抬头，把她的呼吸还给她，听她的控诉，给自己辩解。"没给你反应吗？你确定？"

他笑着，简橙觉得他这笑容非常古怪，好像在暗示什么。

她没明白，此刻也没脑子去思考他的别有深意。"你说人话，别绕弯子。"

周庭宴在她耳边低语一声，简橙一脸茫然地"啊"了一声。

"你当时抱着我，你裤子……我有什么感受？我……"

简橙不说话了，接下来很长一段时间都不吭声，周庭宴说卧室隔音好，不让她憋着，她一口咬在他肩膀上，让他别说话了，烦死了。

事后，周庭宴抽了支烟。简橙没骨头似的躺在他怀里，见他抽得愉悦，抢他的烟也要抽一口，结果被呛到了嗓子。

周庭宴要给她倒杯水，她心血来潮，说想喝他煮的茶。

"太晚了，喝了一会儿睡不着。"

"我就喝一杯，润润嗓子就行了，求你了。"

于是大半夜，周庭宴去给她煮茶。

简橙穿着单薄睡衣，坐在他怀里，盯着他的动作看。他取出嫩芽的动作，如她记忆里的好看，等嫩芽被抖在水中，吸了水，他直接倒入开水。

简橙看着杯子里受不住滚烫开水拼命挣扎翻滚的嫩芽，眨眨眼，脑子里刚闪过什么，耳边就传来一道低笑。

"跟你很像。"

简橙现在也算"老司机"，瞬间听懂了他的意思，脸色涨红，他穿着宽松的单薄休闲裤，简橙直接在他腿上掐一把。"老流氓！"

周庭宴把她抱回房间，愉悦的笑声带着低沉的鼻音。"嗯，我是老流氓，你是小流氓，老流氓爱小流氓。"

简橙："……"这是表白吗？

简橙第二天中午醒来，才看到汪念念的消息。

本来想说没关系，后来一琢磨，为什么不呢？吃饭的时候把周陆叫上，成人之美。

于是她给汪念念回：我随时有空，时间你定。

消息刚发送，她就接到简佑辉的电话。

"爸妈昨晚都住院了，医生说没什么危险，我怕打扰到你，就没叫你，现在他们都醒了，你来医院看看吧，劝劝他们。"

简橙倒是没推辞。吃了饭，她让管家在车上放些营养品和水果，让司机送她到医院。

简宏云和梅岚在同一个病房。

简橙进去的时候，简宏云的秘书正在给他汇报工作，梅岚闭眼侧躺着，简佑辉坐在旁边的椅子上，脊梁弯着，头低着。

"二小姐。"秘书先看见简橙，暂停汇报，恭敬地朝她点头打招呼。

简宏云立刻转头看过来，梅岚和简佑辉也抬头看过来。

简橙拎着东西进来，见三人一个比一个灰败的脸色，心情很愉悦。"哟，都在呢。"

说完，她眼睛往四周一瞥，又摇头。"不对，简文茜呢？"

病房里一阵沉寂，没人搭理她。

她像看不懂，先问简宏云。"老简，你最得力的闺女呢？怎么都没来看你？"

简宏云："……"唉，心脏疼得更厉害了。

简橙又看向梅岚。"梅女士，你最贴心的小棉袄呢？你都躺在医院了，她都没来看你啊。"

梅岚："……"昏吧，让她再昏一次吧。

简佑辉见简橙把目光对准他，立刻起身，走过去，把她手里的东西都接过放下，牵着她的手腕把她拉出去。

无人的过道里，简佑辉冷着脸质问："文茜说，是你把妈叫过去的，你为什么这么做？你还嫌家里不够乱？"

简橙没说话，她从兜里拿出手机，放了一段录音。是简文茜的声音。

"很生气对不对？我刚知道你和周庭宴结婚的时候，也气得不能言语，跟你现在一样。"

"他不会放过我，可那又怎么样？你哥会护着我，无论我做错什么事，或者我得罪谁，你哥都会帮我出头。"

只放了这几句，简橙就把手机关了，她直直地看向简佑辉。

"男人了解男人，女人了解女人，站在女人的立场，我跟你解释下，这几句话的意思。前两句，我跟周庭宴结婚，她很生气，这意思是她想嫁的是周庭宴，不是你。后一句，无论她做错什么，你都会护着她，这意思是你就是她的忠实'舔狗'，她怎么犯贱，你都会帮着她。"

简橙往前一步，抬起胳膊，用手指用力戳他的肩膀。

"简佑辉，我说过，我之前容忍你们，是因为我不想毁了你，奶奶对你有多大的期盼，你不是不知道，奶奶希望你能撑起长盛，你不是不知道……我一直给你留着脸呢，可是现在，简文茜要把你毁了，所以，我就不让步了。与其让简文茜毁了你，不如我毁了你。你应该能听懂我在说什么，好自为之吧！"

简佑辉昨晚一夜没睡，实在撑不住，先回家休息。下午简橙守着。

简宏云把秘书赶走，门一关，就忍不住问简橙。"昨晚的事，是不是你搞的鬼？"

简宏云早上醒过来，劈头盖脸把儿子骂一顿，发泄完，听梅岚说，昨晚是简橙喊她下去捉奸的。所以他忍不住多想，这事会不会跟简橙有关？

简橙坐沙发上，寻了个最舒服的姿势靠着。"我搞的鬼？我怎么搞？我让简文茜去强吻简佑辉？"

简宏云："……"

说得也是。

简橙特意喊梅岚下去，肯定有趁机闹事的意思，但无论如何，简文茜和佑辉接吻是他们自愿的，没有人逼他们。

梅岚这会儿从床上坐起来了，她首先想到的是汪念念。"橙橙啊，那个汪念念，她不是你同学吗？你跟她说说，这事可千万不能往外传，尤其她那个继母，嘴巴大，人又恶毒，绝对不能让她继母知道。"

简橙让她放心。"这还用你说，简佑辉和简文茜的事传出去，我也跟着丢人啊，周家是什么家庭？我娘家出了这样的丑闻，我脊梁骨都得被人戳烂。汪念念用她已故生母发誓了，绝对不会说出去。"

梅岚刚刚松口气，又听简橙说："我给了五百万封口费，你得给我报销。"

梅岚："……"钱钱钱，就知道钱，上次才坑她一笔巨款，明明老太太留下的耳环她都拿走了，还坑她一副耳环的钱。钱包刚刚大出血，她这次又要五百万。

梅岚不信汪念念会要钱。"她一个汪家的千金小姐，还要封口费？"

简橙："我一个简家的千金小姐，我不就是事事都谈钱？我不就是掉钱眼里了？谁会嫌钱多啊？"

梅岚还要说什么，简宏云已经不耐烦地打断她。"就五百万而已，磨磨叽叽，你以前给简文茜拍一套珠宝，也不止五百万了，橙橙要，你就给她，废什么话啊。"

梅岚不吭声了，越是憋屈，越是怨简文茜。

简宏云训了梅岚，转头问简橙："橙橙啊，你说现在怎么办？"

他的意思是让简文茜出国，出了这种丢人的事，一定要把她送得远远的。他早上跟儿子说这事，那蠢货竟然反对。

儿子说："偶尔出差可以，您要长期把文茜一个人扔在国外不行，她一个女人，在外面连个撑腰的人都没有。"

简橙听到这里，"啧"了一声。"我十八岁时，被你们送出去五年，我这个十几岁的神经病都能去，她这个三十岁的正常人，去不得？"

听她提到当年的事，简宏云张张嘴，突然不知道该说什么。

简橙看向梅岚。"哟，梅女士，您儿子爱您这个养女，真是爱得深啊，不然就成全他们吧，让他们结婚得了。"

梅岚："除非我死了。"

将近二十年，梅岚疼简文茜不是白疼的，她对简文茜是有感情的，但简文茜千不该万不该碰她儿子。她能纵容一切，唯独儿子是底线，谁都不能毁了她儿子。

简宏云经过这事，一夜似乎老了十岁，眼角的皱纹都多了不少，他好好跟简橙说话。"橙橙，要不你劝劝你哥，现在最好的办法，就是把简文茜送出国。"

简橙低头欣赏前两天刚做的美甲，笑了。"最好的办法？未必吧。简佑辉经常出差，出差去哪儿，你总不能天天跟着他吧，万一他去找简文茜呢？天高皇帝远，可能过不了多久，他带回来一个孩子，喊你们爷爷奶奶呢。"

梅岚完全受不了她说的"喊你们爷爷奶奶"这种刺激。光想着她就觉得要晕过去。

"橙橙啊，你要是有主意你就说。"梅岚还是了解这个女儿的，如果她不想管这事，她不会说这么多。

简橙给建议。"与其在外面放养，天天胆战心惊，不如放眼皮底下。"

她看向简宏云。"盛辉地暖的事，得等全部返工，才算结束，你让简文茜去管吧。"

让简文茜去盛辉，是周庭宴给的建议。

昨晚，简橙喝了周庭宴煮的茶后，还真睡不着了，于是就跟他聊起这事。

她能猜到老简的办法，肯定是把简文茜送出国。老简这个人把脸面看得很重，认为家丑不可外扬，遮不住家丑，就往外送，藏起来。当年她出事就是这样，那时候关于她的各种谣言压不住，老简觉得丢人，就把她送出去，简文茜这次是兄妹乱伦，也得被送出去。

周庭宴说，把简文茜送出去，并不是好主意。"这些年，简文茜利用长盛集团，没少发展自己的人脉和势力，她野心不小，能力也有，把她放在国外，天高皇帝远，不是放羊，而是养虎。最好的办法，是让她远离权力中心，又在掌心之内。盛辉在同行中排名不错，各种数据都扛打，这次是一颗老鼠屎差点坏了一锅粥，简文茜身为副总，为这种有前途的公司坐镇，没人会觉得不妥。"

简橙当时还不乐意，既然盛辉能恢复辉煌，为什么要让简文茜过去。

周庭宴捏她的脸，轻轻缓缓地笑。"一期的瓷砖要全部扒开，什么都得重做，本来就不是好活，现在又要在大家的监督下返工，工作就更不好做了。简文茜人品不行，但很会处理这种事，就让她去处理，处理好了，长盛的名声就能保住，简文茜过去是给长盛卖命的。等这次危机彻底过了，把盛辉从长盛分离出去，以后盛辉再有什么事，就跟长盛无关了。我这儿有个消息，盛辉的劫不只这一道，还有道天雷在路上，这道雷可不小，如果属实，能劈死简文茜。"

简橙在病房待到晚上六点。整个下午，她主要跟老简说把简文茜调到盛辉的事，周庭宴告诉她的那些，她没说。毕竟老简偏心简文茜那么多年，保不齐不忍心用雷砸死简文茜。所以她就扯别的。

比如盛辉现在麻烦事多，分散简文茜的精力，让她没心思勾搭简佑辉；比如盛辉的事多重要，简文茜有能力处理这事。

简宏云一开始的打算，其实也是把简文茜放到盛辉。盛辉的事很重要，是长盛口碑的关键，简文茜处理这种事比较擅长，他是打算等简文茜出差回来，就让她代表总部去盛辉坐镇。只是，出了昨晚的事，他就一心想把简文茜送出去了。

听简橙一通分析，他觉得也是，他又管不住儿子的腿，简佑辉经常要出差，万一跑到国外找简文茜，给他弄个大孙子回来，他得吓死。不如将人放在眼皮底下。

简宏云这边被搞定，简橙又给梅岚出主意。她难得展现孝心，主动给梅岚削了个苹果。"我要是你，我就让简文茜住在家里，我盯死她。"

梅岚看着手里的苹果，倒是有些受宠若惊。这么多年了，母女俩针锋相对，互相看不顺眼，她还是头一次吃到简橙给她削的苹果。

简橙没注意到她复杂的目光，继续给她出主意。"你是我妈，说你缺心眼不合适，不过你确实心眼不多，除夕那晚，我都直接提醒你了，你竟然都没抓住证据，这次可得用心了。简佑辉虽然又渣又蠢，但挺孝顺，他要是偏心简文茜，你就该装病装病，该哭就哭，实在不行往地上一躺，别硬碰硬，傻乎乎地被人利用。"

梅岚听她絮絮叨叨，心里怪怪的，觉得这丫头胆大包天，竟然敢教育起她来了，第一反应想发火。后来火燃到一半，又熄灭。多难得啊，她们母女，竟然会有这么心平气和地聊天的时候。

简橙晚上跟孟糖约了饭。没等简佑辉回来，家里阿姨来送晚饭的时候，她让阿姨等简佑辉，自己拿包撤了。

临走时，梅岚叫住她，第一次以母亲的身份嘱咐。"你别整天风风火火的，周庭宴年纪不小了，你们结婚快一年了，该要个孩子了。"

简橙接受她的建议，不接受她的关心。

她和周庭宴约定的本来就是一年，快一年了，时间一到，她自然会考虑要孩子。至于亲妈的关心，她不需要，现在不需要，以后更不需要。

梅岚、老简和简佑辉——只要他们不是太过分，她可以跟他们和平相处一辈子。但是，永不原谅，绝不原谅。

这辈子，他们的亲情缘浅。

简橙和孟糖约在一家中餐厅，因为要聊秘密，所以简橙特意订了个包厢。她把昨晚的事一说，孟糖第一反应是兴奋。

"我去，你妈亲自捉儿子和养女的奸，这么刺激吗？你有录视频吗？我要看。"

简橙把视频翻出来给她看。

孟糖看完视频，啧啧称奇。"简文茜冲动了啊，不符合她一贯的阴险狡诈、心思沉稳的人设，所以，她是真喜欢上你哥了？"

简橙嗤笑。"她只是习惯了简佑辉给她一个人当忠实'舔狗'。"

这话题聊完，简橙提了苏蕴。

孟糖听完，立刻就想起了米珊和秦濯，脸色都变了，好半天才问一句："那你……你打算怎么办？离婚吗？"

简橙摇头。"不离，我爱上周庭宴了，除非他亲口跟我说不要我。"

若是之前听到这话，孟糖大概会高兴，此刻却怎么都高兴不起来。她伸手摸摸简橙的额头，一脸担忧。"除非他亲口跟你说……橙子，你又长恋爱脑了？"

简橙拍掉她的手，往嘴里塞一块肉。"我的意思是，两种情况下我会离婚：第一，我觉得婚姻还好时，周庭宴亲口说不要我了；第二，周庭宴觉得婚姻还好，我觉得不舒服了。现阶段，我觉得还好，所以他不说，我就不离。"

周庭宴肯定不喜欢苏蕴，这是她能确定的。因为确定这个，因为她爱上了周庭宴，所以她暂时不会离婚。

"周庭宴和苏蕴这事吧，其实我可以理解周庭宴，但理解归理解，周庭宴可以管苏蕴，但绝对不能因为苏蕴而让我受委屈。如果哪天，苏蕴的存在真让我难受了，我就踹了周庭宴。我是爱他，但我现在更爱我自己，我不受夹板气。"

她就一条命，当年为了周聿风，丢了半条命，折腾不起了。她还想好好活着呢。

孟糖见她想得明白，也松了口气，自己不喜欢米珊，所以也不想在简橙面前一直提苏蕴，就转移话题。"跟电视台的那个合作，马上开始了，那个孙一淼……项目是他负责的，你真的没问题吗？"

简橙这次沉默很久，端起杯子慢慢把饮料喝完。"没事。"

隔了一周，汪念念发来约饭消息。

简橙问她，还记不记得周陆，都是同学。

汪念念当然记得。初高中那会儿，简橙是学校出了名的风云人物。她成绩稳居年级榜首，人漂亮，家世好，会打架，风头太盛，又有个清风明月的优秀竹马周聿风。汪念念即便不合群，也经常听说他们的事，知道简橙旁边围着一圈人，孟糖、周陆、曾绍……

后来简橙出事，出国，大家各奔东西。汪念念也有自己的事忙，离过去渐渐远了，孟糖、周陆这些名字，也只在久远的记忆里了。

简橙问她能不能喊周陆一起来，汪念念跟周陆不熟，不过既然是同学，又是简橙问的，她也没拒绝。等在餐馆见到人，她花了将近半小时，才把周陆与过去的记忆联系起来。

变化太大了。她对周陆的印象，还停留在学渣、混子、奇装异服的二世祖这些形容上。但眼前的周陆，已经带着西装笔挺的精英范，成熟稳重。

那顿饭吃了将近三个小时。这期间，简橙一直在夸周陆，说周陆哪儿哪儿都好，周陆的话不多不少，开口就是接简橙的话茬。

汪念念觉得怪怪的，有种简橙想当媒婆，要撮合她和周陆的错觉，一顿饭吃得晕晕乎乎。

最让她晕乎的是——

饭后，简橙被司机接走，周陆送她回家，路上，周陆跟她说："汪念念，我知道你一直屈服你父亲的原因是什么，你想要的东西，我有，我可以给你。但我有个条件，你嫁给我，跟我结婚。"

汪念念愣住，一时没听懂他什么意思。"你知道我想要什么？"

雷阵雨说下就下，噼里啪啦的雨点砸在车窗上，一声闷雷，周陆的声音平静悠长。

汪念念差点没听清楚他的话，等反反复复确定自己没听错后，骤然瞪大眼，不可置信地惊呼出声。

"你既然知道，你还要给？你……你疯了！"

周陆的眼睛紧盯着前方，把车开得很稳，面色无波无澜。"我疯没疯，跟你没关系，这是一笔交易，你回去好好想想，如果你觉得可以，就给我回个消息，微信我们刚才加过了，如果你觉得不行，就把我拉黑。"

又一道闷雷劈下，汪念念狠狠打了个寒战。脑子混乱间，她又听周陆警告和威胁道："这件事，你保密，尤其是对简橙，如果你敢让简橙知道……汪念念，你知道，我是疯子。"

汪念念沉默。

疯子，确实是个疯子。

简橙帮两人牵线搭桥，互加了微信后，就让周陆自己追人了。外界的因素她能帮忙，感情的事，得让他自己努力。

简宏云出院后，没跟简佑辉商量，直接发一纸调令把简文茜派去盛辉坐镇。简佑辉觉得比出国好，没异议。

所有事告一段落，简橙也开始忙起来，国庆小长假后，京岫跟电视台合作的那个项目正式开启。

拍摄地点还在江榆市，只是在城市边缘的一个小村子，名叫小湾村。

小湾村始建于九年前，是江榆市第一个村级残疾人集中托养点，京岫和电视台的这个项目，主要是为帮助其中二十六个残疾孩子上学。

第一天，周成帆代表京岫，给所有村民送日常用品，给二十六个孩子送开学礼物。第二天，京岫派专业的心理辅导人员跟孩子们聊天，有专门的队伍陪他们做游戏。

简橙的任务就是拍照录像，保存每一个值得留下的画面，前两天她的状态还可以，第三天就有点心不在焉。因为孙一森作为总负责人，这两天一直在，她虽然已经能冷静地跟他打招呼，但也架不住天天见面。

林野作为她的助理，这两天一直在她旁边跑前跑后，能明显察觉到她的变化。"小婶，你是不是晚上没睡好？累不累，不然我跟孙主任说，休息半天？"

"没事，继续。"

这样的对话，持续到第三天，林野见自己劝不好她，就偷偷给周庭宴打电话。"小叔，我觉得小婶不太对劲，她好像有心事，你要不要来探班？"

周庭宴接到林野电话的时候，正跟人喝酒。

他知道简橙的心事是什么。她看见孙一淼会想到从前的事。

其实听孙一淼说了过去的事后，周庭宴好几次隐晦地跟简橙提，如果她想毁约，随时可以，他帮她处理好。她的态度是接了的工作，就得负责到底。

周庭宴想过让孙一淼退出，但这个项目，对孙一淼拿下下一任副台长这职位很有帮助，而且这项目的雏形，是孙一淼提的。他不能过河拆桥，更不能因为一己私欲，断了人家的路。

孙一淼今晚就撤了，简橙明天看不到他，就会好了。

周庭宴知道，简橙这三天肯定会受影响，他不去，是不想她更有负担，如果他去，她还会担心，他会不会看出什么。

"你把你们的酒店地址和她的房间号发给我，我今晚就过去，凌晨能到，你先别告诉她。"

周庭宴这顿酒还没喝完，对面换作旁人，他可以立刻起身走人，而对面坐着的是吴总。

他之前让吴总帮忙调查的事情，吴总带来了消息。

"说起来，也是巧，我堂弟的媳妇跟赵军的老婆李芬正好是老乡，她知道我在查李芬，特意回了趟老家帮我打听了。李芬这个人，怎么说呢，用我堂弟媳妇的话说，这个人既正常又极端。

"李芬祖上是杀猪宰羊的屠夫，李家猪肉在他们那一片很有名，那时候猪肉也贵，他们家那两个猪肉摊门面一年挣不少，李芬长得又不错，求亲的人不少。可惜这李芬吧，心气高，最讨厌别人喊她'猪肉妹'，为了摆脱这个身份，拼了命地考到离家最远的大学，于是就考到江榆来了。

"赵军是她房东的儿子，她通过房东认识了赵军，没多久两人就好上了，日子本来挺好，结果，她才嫁到赵家第一年，赵军的父母做小生意就赔了本，卖房卖车回老家了。赵军比较幸运，跟简宏云关系好，被简宏云带去了长盛集团，对他跟对亲兄弟似的，赵军在长盛没少搞钱，李芬的日子又好起来了。

"这个李芬啊，生了闺女后，就没去上班了，还染上了打麻将的瘾。赵军活着的时候，她把赵军给的生活费全用于打麻将了，赵军死后，她把赔偿款都花完了。

"最可怜的就是赵军那个女儿，听说赵军死后，李芬经常虐待女儿，李芬觉得赵军出去找女人，是因为自己没生儿子，把气全撒在女儿身上。那丫头怪可怜的，赵军出事后，李芬带她回老家，李家娶了个强势的儿媳妇，那儿媳妇觉得李芬走了这么多年，对家里不闻不问，在外面混不下去知道回来了，特烦她，处处跟李芬作对。

"李芬又从家里出来，随便找个人嫁了，嫁了个家暴又酗酒的男人。那人可怕得很，打李芬，也经常打赵文茜，还有那个男人的儿子，也不是好东西，左邻右舍都见过，那小子把赵文茜欺负得到处跑。不过赵文茜也幸运，她十二岁的时候，李芬和她继父都死了，赵文茜被简家收养，简家把她当亲闺女养着，锦衣玉食。"

说完这些事，吴总长长地叹了一口气，突然想到什么，端起酒杯，微微起身，跟周庭宴碰了下杯。"你让我查赵军当年遭遇火灾的事，我还真找到一个人，是当年二号仓库中的一个保安。"

他把声音压低。

"那保安说，发生火灾的时候他不在，他是后来换班的时候才知道出事了，他当时觉得幸亏不是在自己在的时候出的事，不然还得负责任。他高兴，就跑到仓库后面，跟家里打电话说这个事，然后，他看见简宏云了。他说简宏云当时慌得不行，抱着儿子说'今天的事跟谁都不能说'。

"保安听得模模糊糊，后来据他自己琢磨，当年简佑辉不知道怎么跑到二号仓库，在仓库玩火，火燃起来了。赵军出事的那场火，应该……是简佑辉放的。

"如果保安的猜测没错，那简宏云后来收养赵文茜，大概是因为这个事，也许是为儿子赎罪，也许，是被人抓住了把柄。"

当年那场火，竟然是简佑辉放的。这样的话，有些事，就说得通了……

吴总已经离开，包厢里只剩周庭宴和秦濯。

"被人抓住把柄？"

秦濯从烟盒里拿了两支烟，递一支给周庭宴。

"就算火是简佑辉放的，他那时候才六岁，属于无民事行为能力人，不需要承担刑事责任，不用被判刑坐牢，简宏云作为监护人，也赔得起钱。"

这事就算曝光，影响也不大。简佑辉当时只是一个孩子，简家当年也赔偿到位，据吴总说，当时长盛赔的钱，足够李芬母女俩一辈子衣食无忧。可惜李芬是个赌徒，把钱输光了。

当年事情发生时，简宏云也许顾忌得多，选择隐瞒。可以理解。但简文茜进简家时，已经过了六年，六年了，还有什么好怕的？所以，不存在什么把柄。

简宏云和梅岚对简文茜的偏爱，就是帮儿子赎罪。

周庭宴："像简宏云和梅岚这样自私的人，会因为赎罪，让一个养女凌驾于亲闺女之上？"

秦濯："会的。"

　　周庭宴暗中调查简文茜的生父，秦濯也一直在帮忙。他这次出了趟远门，就是因为这事。他找到了赵军的妹夫，王磊。

　　据王磊说，当年是简宏云夫妇主动找到了赵家，表示想见见简文茜，到了之后才知道，简文茜跟着她母亲改嫁了。

　　王磊是个市井流氓，人精明，会算计，他当时在旁边听着，比别人多了个心眼。

　　简宏云当时说，赵军是在长盛出的事，他们一直很愧疚，路过他家附近，就来看看孩子，给孩子买点东西。

　　王磊觉得不对劲，人死了都快七年了，如果真愧疚，他们早来了，突然跑过来，那肯定有猫腻。

　　"我知道李芬嫁到哪儿了，当时就追出去，说我可以带他们去，那姓简的很高兴，给了我一笔钱。我坐了半天车，骨头都快散架了，终于到地方了，结果发现李芬跟她男人都死了，赵文茜正被她那继兄按在地上打。

　　"姓简的当时就把那小子踹地上了，挺混乱，我就出去抽了支烟，回来就听那姓简的说，要把赵文茜带走。他们去屋里谈的，我也不知道怎么谈的，反正赵文茜那继兄出来的时候，脸都笑开花了，说随时都可以带走她。

　　"我一眼就看明白了，肯定是钱给到位了，那我心里也痒痒，想趁机讹一笔，赵文茜进屋收拾东西的时候，我看姓简的被他老婆拉出去了，就悄悄跟着。

　　"那女的说，钱给得太多了，姓简的就说'给少了不行，人带不走。大师都说了，得把她带回去，儿子才能好'。

　　"我就说他们不是因为愧疚吧，哼，是因为自从赵军死了，他们儿子就经常做噩梦，还经常生病，他们找大师算了，得把赵文茜带回去养着，他们儿子才能好。嗐，我还以为是什么见不得人的原因，能让我讹一笔大钱呢，结果是信鬼神风水。"

　　包厢里，秦濯往后仰着身子，懒懒散散地靠在沙发上，沉沉吐一口烟气。"王磊的话，我想了一路都没想通，想不通为什么简佑辉做噩梦，简宏云要把赵军的闺女接过来养，所以我就赶紧回来，准备把这事跟你说说。"

　　赶巧了，正好吴总来了。两件事对上了。

　　"根据目前我们掌握的消息，这整件事，我给你捋一捋啊。"

秦灈伸出一根手指。"赵军自己带情人，到长盛二号仓库里面的办公室幽会，把小门反锁了，大门没锁。"

他伸出第二根手指。"六岁的简佑辉，跑到仓库去玩火，不小心把仓库点着了，赵军和他情人死了，简宏云隐瞒了火灾发生原因。"

他伸出第三根手指。"简佑辉那时候毕竟是个孩子，年纪小，被火吓着了，又知道死人了，受影响了，经常做噩梦，噩梦做多了，精神压力大，容易生病，简宏云信风水，找大师算。"

他伸出第四根手指。"现在那些骗钱的大师，离不开'因果业报'这种词，简宏云向来最信这个，所以就把简文茜带回来养，给她最好的补偿。简宏云夫妻俩心里愧疚少一点，简佑辉有机会弥补赵家，也慢慢心安。简文茜敢这么放肆索取，我猜，她已经知道她生父的事了，利用这事搞事，逐渐取代简橙。"

秦灈盯着最后一根未伸出的小拇指，叹了半天气。唯一蜷着的小拇指，可怜巴巴的。他好像看到了简橙这些年的生活。

"他们是舒坦了，苦了简橙了。"

他听孟糖说过，简橙是个早产儿，发生火灾那天，距离梅岚的预产期还有一个月，听说发生火灾后受了刺激。现在看来，应该是因为听说那火是她儿子放的，受刺激了。

多可怜的小橙子。

明明是赵军的死，让她不足月就来到这世上，偏偏，因为哥哥的错，因为简文茜的恶，因为父母的蠢，她还得为赵军让道。

就因为出生这天，是赵军的忌日，小姑娘连生日都不能过。

林野发来的地址，是镇上一家经济型的酒店。比不得市区的五星级酒店，但确实是镇上最好的了。

周庭宴到的时候，还是深夜，林野下来接他。

林野是第一次见到这位传闻中的小叔，多瞧两眼，暗自评价：挺绝的一张脸，俊美无俦，气场强大，隔着马路都能感受到那清贵的压迫感，黑色风衣下是两条性感的大长腿，走路都带风。

林野的第一反应是松口气。幸亏啊，幸亏他的情敌不是小叔。

秦灈那男人虽然也比他帅，比他有气场，但秦灈那张脸一看就不靠谱，一看就欠揍，跟秦灈比，他还是有胜算的。

小叔这张脸一看就稳重踏实，幸亏他俩喜欢的不是同一个女人，不然他只能含泪成全了。

"小叔。"林野迎上去，恭敬地喊一声，虽然有些紧张，但也大大方方。

周庭宴"嗯"了一声，刚走进大厅，就听到一句"周总"。

他顺着声音瞧去，就见孙一森拉着行李箱从电梯的方向过来，周庭宴让林野在原地等着，大步迎上去。

孙一森跟他说抱歉。"我知道简橙看见我会不舒服，但这三天确实有工作要安排。"

周庭宴递给他一支烟。"是我该说抱歉。"

孙一森把烟接过来，知道他急着去找老婆，也没多扯别的，直接说重点。"小梁今天跟我联系了，他们能提前到下个月回来。"小梁就是他原来报社的那个同事，跟踪调查过简橙当年的事。

周庭宴想见见他。不过不巧，小梁现在是市属新闻单位的编辑记者，三个月前去英国参加培训了，得培训半年。

小梁说因为时间太久，有些细节他记不清，当年的调查资料都在国内他家里，得回去找找。所以孙一森的意思是等小梁回来，拿着资料再见面谈。

本来得等到十二月，现在提前两个月，下个月就能见面。

简橙正好拍完这个项目。

周庭宴跟孙一森道谢，两人又聊了几句后，周庭宴到前台，拿出结婚证和身份证，又有林野和孙一森在旁边，前台给了他一张房卡。

然后，孙一森退房离开，林野带他去简橙的房间。

林野等他进去后，拿手机给孟糖发消息。

孟糖姐，小婶今天不太对劲，情绪低落，不在状态，我有点担心她。

孟糖第一天来了，这两天没来是回家陪她嫂子。杂志社下个月就要宣布新老板，副主编最近挺嚣张，完完全全一副要升主编的派头，她嫂子这两天被气得血压高。

今晚跟嫂子喝了酒，孟糖刚洗好澡上床，看到消息，直接打电话过来。

林野没接，挂断了，发消息说现在不方便接电话，于是孟糖发消息问他怎么回事。

林野：不知道，我问了她不说，可能是不好意思说，所以我才找你。

林野：明天你来探班不？

林野：我想你了。

孟糖直接忽略最后那句"我想你了"，回：去，中午到，给我留饭。

林野满意了，截图，裁剪，发朋友圈，并配文：姐姐来探班，开心。

秦濯跟周庭宴分开后，去第二个酒场，喝一半，拿手机看朋友圈，正好看到林野发的内容。

两人能加上微信，是周陆的功劳。

周陆早看不惯秦濯对孟糖的态度，知道林野要追孟糖后，挺支持，看热闹不嫌事大地直接把秦濯的微信推给林野。

"你不是天天发孟糖吗？给秦濯看，气死他。"

林野觉得可以，直接把一个加好友申请发过去，周陆当时跟秦濯喝酒，故意借他手机打电话，帮他通过申请。

秦濯第一次在朋友圈看见林野动态的时候，还以为见鬼了。

当时林野发了一张孟糖的背影照，他一眼就认出来了。鬼使神差，他就没把林野拉黑。虽然很长一段时间，他被林野那些追人的情话气到半死。他一直觉得，孟糖不可能喜欢林野这样的人，所以，当瞧见林野今晚的朋友圈时，他手里的酒都洒了一地。

图片上，只有三句话。

林野：明天你来探班不？

林野：我想你了。

孟糖：去，中午到，给我留饭。

秦濯看了半天，给周庭宴发消息：把酒店地址给我。

周庭宴没看见秦濯的消息。他刷房卡进来时，简橙正在做噩梦。

她身体蜷缩成一团，额头上全是汗，眉头皱得紧紧的，脸色惨白，像在经历酷刑。

简橙梦到了很多：带血的擀面杖；能把人骨头抽断的烧火棍；脸上带刀疤整日挥着镰刀的老头；只会傻笑、又矮又胖的男人；躲在墙角脸上带着悲悯和同情的中年妇女……

她想醒却怎么都醒不过来，前面有悬崖，她想跳下去，背后突然传来声音。

"简橙，醒醒！"

周庭宴，是周庭宴的声音。

几声痛苦的哀鸣后，简橙身体一颤，骤然睁开眼，满头大汗，气喘吁吁。

一双手伸过来，然后下一秒，她就被人抱起来揽入怀。"没事了，没事了……"

耳边传来轻柔的声音，简橙的神志慢慢清醒，意识到此刻抱着自己的是周庭宴后，立刻伸手抱住他的腰，拼命往他怀里钻。

"周庭宴，我做噩梦了。"

"不怕了，我在这儿。"

"周庭宴。"

"嗯，我在。"

"我其实……早就见过孙一淼。"

第二章
绑架始末

　　小时候，最初察觉到老简他们偏心时，简橙会觉得是自己做得不对，会很乖。后来实在委屈，她会跑奶奶怀里哭，奶奶总会跟老简和梅岚吵一架。

　　奶奶身体一直不太好，经常被气到吃救心丸。慢慢地，她就不告状了。有委屈她自己上，她揍老简，气梅岚，骂简佑辉，打简文茜，把家里搅得天翻地覆，反正闹成什么样她都不哭。

　　流血流汗，就是不流泪。

　　因为她哭，奶奶也哭，她心疼奶奶。

　　奶奶是在她高二那年深秋走的。奶奶临走前把老简和梅岚叫过去，说十八岁很重要，让他们发誓，一定给她办一个盛大的成人礼。

　　老简和梅岚当时都答应了。

　　高三那年的清明节，他们从奶奶的墓园出来已经很晚，回家时直接是晚饭时间。

　　她提了一下成人礼的事。

　　先开口的是简文茜。

　　"这些年因为我，橙橙不能过生日，我一直很愧疚，也一直在想办法解决。前阵子，我找了一个很厉害的风水大师，带他回老家看了一下，他说，是我生父走得太冤，怨气重，才会在忌日这天折腾，大师说，重新给他选一块风水宝地就能化解。

　　"那大师给算的吉日，就在端午节后面几天，所以，橙橙，你的成人礼可以办，但是能不能推迟几天？等迁坟结束再办。毕竟，这些年……也不知道为什么，你生日那天，我生父总来找事，我怕出什么事。"

这话一出，老简和梅岚就直接同意了。

简文茜的话，简橙当时是一个字都不信，她觉得简文茜肯定又没憋好屁，所以不同意。然后，老简和梅岚对她教育一番，说简文茜的考虑是对的，都是为了她好。

简橙忍了那么多年，奶奶也不在了，再忍，就真成忍者神龟了。她闹了，掀了桌子，砸了简文茜刚挂上去的全家福。

一巴掌落在脸上的时候，简橙反倒安静了。

那会儿她在想什么？她想：没意思，真没意思，闹了没意思，生气没意思，跟他们吵架没意思，待在这个家没意思，当简家的女儿没意思。她马上成年了，奶奶给她留了很多钱，她不用他们养着，周聿风说大学毕业就娶她，再等几年，她就有自己的家了。她的人生一片光明，何必在这儿受窝囊气。

所以她跑了，她一刻都不想在那儿待着，多待一秒都让她觉得窒息。

如果有后悔药，简橙宁愿那晚信了简文茜，也不会跑出去。

推开那道门，她以为自己迈向的是新生活，不想，是深渊。

后脑勺突然的剧痛她受不住，鼻息间的香味更夺了她的意识。醒过来的时候，她在一辆行驶的面包车上，手脚都被绑着，嘴巴上有胶带，身上没劲，声音都发不出。

驾驶座上的男人在打电话。她听明白了，这人把她绑架了，要把她卖给人贩子，他正在给人贩子打电话，商量价格——六万。

简橙恐惧的同时，还挺无语，她好歹是拥有一整条街的小富婆好吗？才值六万？这男人是不是脑子有病？简家那块是富人区，他跑到富人区绑人，如果想要钱，直接勒索老简，搞笔大钱不是更好吗？冒这么大风险，就要六万？

车子开了很久，久到简橙又昏迷了一次，再醒来时，车已经停了，那男人把她抱下车。

迷迷糊糊中，她听到绑匪说了一句话。"丫头啊，你也别怪我，要怪就怪你爸妈收养了一个蛇蝎心肠的女儿，是你那姐姐要搞你，我只是拿钱办事。"

简橙在绑匪的车上躺了一整晚，又被绑匪送到另一辆车上。她像砧板上的鱼，任人宰割，完全没力气反抗，从平缓宽敞的马路到颠簸崎岖的山路，她一直处在半梦半醒之间。

她脑子里，唯一印象深刻的就是绑匪那句话。

——是你那姐姐要搞你。

半个月。

准确地说，简橙在那个不见天日的小黑屋待了十六天。

第一天，醒来的时候，她手脚还是之前被绑着的样子，躺在一间十多平方米的房子里。那天她见到三个人。

脸上带刀疤、六十多岁的老头；只会傻笑、又矮又胖的二十多岁的男人；皮肤黝黑、瘸了一条腿的三十多岁的女人。

傻子是老头跟第一个老婆生的，这个女人是老头的第二个老婆，两人没孩子。

他们说方言，简橙一句也听不懂，不过从那老头的手势中看懂了，他们把她买过来，是给那傻子当媳妇，生孩子用的。

当天晚上，老头就把那傻子和她关在一个房间了。她的脚被松开了，手还绑着，晚上那女人喂她吃了饭，恢复了点力气，趁着傻子脱她衣服的时候，她连着两下高抬腿，差点让他断子绝孙。

后果是挨打。老头用擀面杖打了她半小时，打出血才满意，后来那女人进来，给她简单处理伤口。

连着两天，傻子都在养伤，她也得了两天清静。

第四天的时候，老头进来把她的手脚都绑了，晚上又把她和傻子关在一起，她差点把傻子的耳朵咬掉。

连着两次，老头彻底恼了。他用烧火棍几乎把她骨头打断，打去她半条命，等她身上的伤稍微好一点，又把傻子带进来。老头手里拿着干农活用的镰刀，往旁边一站，跟死神似的。他说，要看着傻子跟她洞房，还挥着镰刀警告她，如果她敢反抗，就打死她。

简橙那会儿，真的没怕。

她袖子里有把刀，是那个瘸腿的女人晚上给她送饭换药的时候留下的，折叠刀，不大，藏在袖子里正好。她不知道那女人是故意的还是无意的，总之，她没提醒对方。她本来是想留着刀防身，没想到当晚老头就让傻子来了。她有办法对付傻子，却不可能逃过那把泛着冷光和寒意的镰刀。

所以，她把刀拿出来了，将刀尖对准了自己。

她不想活了。

第九天了，没有人来救她，她知道自己躲不过去了，与其在这暗无天日的小平房里没有尊严地被糟蹋，不如死了痛快。

刀不大，一刀捅不死人，她不知道往身上划了多少刀，也不知道刺了哪里。

她那时候不觉得痛，只是难过。她等不到周聿风娶她了，她还没跟周陆和孟糖告别，还没等到小姨的新电影上映……

她命大没死。

毕竟是六万块钱买的她，老头也不想钱打水漂，给她买了药，让那个瘸腿女人看好她。

她那时候确实是不想活了，绝食，不肯配合。

"我能帮你逃出去。"这是她来那么多天后，那瘸腿女人跟她说的第一句话，她还以为那女人是个哑巴。

那女人叫双禧，原本是个大学生，大一寒假在街上发传单，被两个声称是记者的人拉上车采访。

再醒来，她就躺在这个十多平方米的小平房里。

老头的第一个老婆死了，留了个傻儿子，老头想要个正常的孩子，村里娶不上媳妇，就把她买过来。她最初也是天天想着逃，怀过两个孩子，都在初期被老头无意中打掉，伤了身子，不能再怀孕。她还想着逃跑，老头直接打断她一条腿。

"我逃过很多次，有一次已经看见大路了，又被他们抓回来了，虽然我现在的腿逃不出去了，但路我还记得。我在这儿生活了十几年，村里的情况我也大概摸得准，等你身上的伤不碍事了，趁着半夜他们熟睡，我把你送出去。你年轻，腿也没瘸，跑得快，只要你跑得够快，就能藏到山里去，到了山里，你就按着我给你画的地图走。"

简橙问她："为什么帮我？"

双禧沉默了很久，眼睛盯着远方。

"我那天故意给你留了把刀，是知道他们晚上要进来，让你防身用的，我以为你会用刀保护自己，结果，你把刀尖对准了自己。你那时候……很绝望吧？等了那么久，也没人来救你，我也是，我当年……也等了很久，也幻想着有个人能来救我，可是没有。

"所以，我救你，也算成全了当年的我自己吧。我一直苟活到现在，是因为心里还有牵挂，我是单亲家庭，我妈还在等我，她最疼我了，她一定一直在找我。所以，简橙，我让你跑的时候，你一定要跑快点，你一定要活着逃出去。如果你成功了，你救救我。"

那里离最近的镇，纯靠两条腿，得走七八个小时，双禧让她从村后头的那条窄路往山上跑，只能凌晨三点半出发，因为村里睡得最晚的人，那个点才会入眠。

那条平时要走一个小时的路，她必须半个小时内跑完，因为，四点之后，村里有人起来。

村里有去镇上的拖拉机，每天早上六点一趟，临时有事等不到拖拉机的人，会在早上四点出发，年轻的会从山上翻过去，近一半路程。

双禧说，不能保证那天不会有人翻山去镇里，但最稳妥的办法，就是半小时内跑到山上先躲起来。

第十六天的时候，等来一个机会，老头去镇上的一个亲戚家吃席，太晚没回来，双禧在凌晨三点半把她送到进山的岔口。

那时候简橙身上的伤口还痛，中途跑得太急还摔了一跤，膝盖、胳膊肘都磕破了，她没敢停，爬起来继续跑。不知道跑了多久，再回头时，她能看到猩红的火光。

双禧回去后，把关简橙的那间屋烧了，这样她有办法跟老头解释，万一那时候有人起床，也能帮简橙转移视线。

简橙方向感不好，即便手里拿着双禧给的地图，走得也很慢。尤其是在山里待了两天后，她找不到路了，找不到双禧画的那棵有标志性的树，也或许双禧很多年没来，树被砍了。

外面有动物的叫声，她躲在山洞里不敢出去，直到那天，孙一淼闯进来。

简橙不想见孙一淼，跟孙一淼无关。是她不愿回忆那段过去。

简橙知道，孙一淼认出她了。

最初，她只是怀疑。孙一淼是项目负责人，她是跟拍摄影师，开会的时候经常要碰到，但孙一淼似乎知道她有意躲着他，总是在无意间配合。

但简橙依旧存着侥幸。她给自己洗脑，应该是她想多了，肯定是她想多了，是她疑神疑鬼心思重，他不可能认出她的。因为，他们见面那会儿，她脸上既有血又有泥，脏得不行，后来跑进派出所，派出所的小姐姐帮她洗了很久才洗干净。

孙一淼根本看不清她的长相。

可今天，她确定了，孙一淼就是认出她了。

下午周成帆来了，因为孙一淼要离开一阵，周成帆喊他们去吃饭，给孙一森送行。

饭局上，简橙跟孙一森其实没说几句话，因为周成帆把他老婆叶绮也带来了，说叶绮想她了。

简橙确实有段时间没见叶绮了，上次见她，还是中秋节的时候。

国庆小长假她没回老宅。

周庭宴大概是看出她那阵心情沉闷，出钱让她和孟糖去玩，他说不用去老宅了，她就真没去，欢欢喜喜地跟孟糖出去玩了。

叶绮不一定是真想她，但肯定是真想跟她说八卦。不知道是有意还是无意，她一直在说周聿风家里的事。

叶绮说蒋雅薇小月子的时候，婆婆曹瑛不管她，是她亲妈过来照顾的。

"亲妈照顾自己亲闺女，不是应该的吗？亲生的，没人疼，那可得当娘的自己疼吗？我要是蒋雅薇她妈，我闺女在婆家受这委屈，我得跟曹瑛拼命。哎哟，你是没见那老太太，闺女流产了，婆家也没人问，她非但没生气，还上赶着去巴结，拎着鸡鸭鱼蛋跑到老宅去。

"你猜她去干什么？啧，去给她儿子求工作的，把儿子夸得跟朵花似的。想让她儿子进京岫上班，你说哪儿有这样的妈——你这么一去，你闺女脸面往哪儿搁？

"嘿，她还挺会挑时候，在家里有客人的时候来的，鸡是活的，往地上一扔，满屋子飞，两个金贵的富太太还被鸡爪子踩了两脚，脑袋上落了几根毛，哈，曹瑛那个脸啊，跟青豆一样。蒋雅薇亲自过来把人接走的，这次流产她没少受罪，脸色蜡黄，皮肤状态太差了，跟变了个人似的，被曹瑛甩了一巴掌，直接扇到地上了。

"也是活该，不该是自己的姻缘，硬抢，那就得承担这些，周家这样的家庭是她能进的吗？既然进了，那就管好自己的家人，这下好了，曹瑛本来就烦她，现在更恶心了。

"聿风那孩子现在应该烦透了，老婆和亲妈一天给他打几个电话，听你三哥说，他已经跟庭宴申请了下个月回来，再不回来，家里的房顶都要被掀了。"

叶绮问她，知不知道周聿风要回来的事。

简橙不知道，周庭宴没跟她说，她也不想知道，周聿风现在如何，跟她没关系，爱回不回。

叶绮这个人，就是唯恐天下不乱的性子，尤其爱听八卦。

比如那会儿，见简橙不愿多说，也心不在焉，她讪讪地住了嘴，就把眼睛盯在了孙一淼身上，准确地说，是盯在孙一淼手上那个牙印上。

"哎哟，孙主任，这是谁咬的啊？女朋友吗？不是说你单身吗？我还想着给你介绍一个呢。"

简橙听到"牙印"两个字就下意识看过去。

牙印，那是当年她咬的。她当时以为孙一淼是村里的人，来找她了，第一反应是逃，被他抓住了，所以就一口咬上去了。

咬到满口是血，他都没打她一下，没粗鲁地把她拽开，她才觉得不对劲。

叶绮的问题，孙一淼回答得倒是很平静。"家里小侄女咬的。"

简橙当时跟孙一淼对视了一眼，孙一淼很快移开目光了，那时候她还没深想。

后来饭局结束，她想着林野还没吃饭，回去给林野要了两个菜，打包。

路过电梯，她听到孙一淼和他助理说话。"你回去把东西收拾一下，我再去跟小张他们开个会，结束后我们就走。"

"主任，台里的会是明天下午开，明早走其实来得及，晚上路不好走。"

两个人面对着电梯站，孙一淼低头看手上的牙印，简橙在他们后面，看不到他的表情，但听他叹了一声。

"走吧，我多在一秒，她就得多难受一秒。"

她是谁？

简橙想到了这两天的怀疑，想到了叶绮提到牙印时，孙一淼下意识看过来的眼神。

孙一淼认出她了。确定了这个，简橙就想到了周庭宴，她在医院门口见孙一淼那次，那么反常，周庭宴不可能看不出来，但是他什么都没问。

现在想想，周庭宴应该已经问过孙一淼了。他应该早就知道了。所以，她没有什么不能说的了。

不算宽敞的房间内，周庭宴抱紧简橙。

他其实能猜到，她在那里一定受了很多罪，他只是一直不敢往深处想，不敢想，她到底是怎么跑出去的。

难以想象，她在那个十多平方米的小平房，十六天，是多么绝望。

难以想象，她跑向山里的那半个小时，是怎样地害怕和恐惧。

简橙说完整个故事就察觉到他比她还颤抖的身子，她往他怀里钻，用脸蹭蹭他的脸。

"你别安慰我，我已经没事了，我现在过得很好，我把这些事告诉你，是因为我觉得，如果再瞒着，就对不起孙一淼了。我还欠他一声谢谢，等下次有空了，我们请他吃个饭，我好好跟他道个谢。

"还有双禧姐，当初你送我满屋玫瑰花，我说把剩下的花都送到双禧花店，双禧姐就是店主。当年我安全后，不敢跟人说双禧姐的事，当时太多记者围着我，所以我偷偷给小姨打电话，小姨认识的人多，找到了双禧姐的母亲，还找了她们市局的警察。"

她蹉跎了十几年光阴，青春不再，腿也瘸了一条，找不到工作，还要被村里的人揣测……

双禧姐找她的时候，她已经被送到国外，就让孟糖帮忙装修了那花店。孟糖把她们母女都接过来，给双禧姐开花店，给她母亲开了一家裁缝店。

"我第一次去老宅穿的那身旗袍，就是双禧姐母亲做的，等这边的事情结束，我带你见见她们。"

简橙做噩梦后，出了一身的汗。她从周庭宴身上起来。"我想去洗个澡。"

"好。"

周庭宴等她进浴室，在原地站了会儿，然后拿着手机和房卡出门，下楼到前台要了杯热牛奶。

秦濯在他等着拿牛奶的时候打来电话。

"老周啊，我给你发的消息你没看见吗？"

"看到了。"刚才出门的时候看到了，周庭宴说，"不想回你。"

秦濯急了。"×！你不地道啊，我为了你的事，辛辛苦苦好几个月，王磊我都是亲自跑去见的，飞机就转三次，腿都跑细了，你……"

"孟糖不在这儿。"

周庭宴脑子里想着简橙，心里像压了块巨石，他在想，这时候该不该把简佑辉跟火灾的事告诉她。

"她明天去！"

秦濯愤愤地提起林野的朋友圈。"林野那小子就是故意的，故意发给我看的。"

周庭宴有林野的微信，但他没看朋友圈，安安静静地听完，他问了秦濯几句。

"所以呢？你被他刺激了？吃醋？你不是不喜欢孟糖吗？她是不是跟林野在

一起，关你什么事？"

吃醋？秦濯否认。"我就是觉得那小子不行，像花孔雀一样，嘴巴又碎，他不适合孟糖，我怕孟糖被他骗。"

周庭宴从前台小姑娘手里接过牛奶，道了谢，转身往电梯走。

"你现在认清自己还来得及，再迟些，真晚了。"说完，他直接挂了电话，翻出微信，把定位发过去。

秦濯盯着屏幕上的定位，闷声把剩下的半杯酒喝完，然后把空杯子重重一放，骂一句"×，无良奸商，一瓶酒快抵一辆车的钱，竟然还是假酒"。

旁边有人听到这话，端起来喝一口，说："不是啊哥，不是假酒啊，味很正啊。"

秦濯一眼瞪过去。"兑了水你喝不出来？什么舌头啊？明儿赶紧去医院挂个号。"

那人："……"

假酒他是真没喝出来，倒是看出秦濯心情不好了，跟媳妇跟人跑了似的。

秦濯没空搭理他，想着明天怎么隆重出场，秒杀林野。

周庭宴回来的时候，简橙刚洗完澡。

听到浴室门被拉开的声音，周庭宴换好拖鞋，转身看过去，好似瞧见一幅水墨画——白如雪的浴袍，松散的湿漉漉的乌发，细长的天鹅颈，精致深陷的锁骨，因为刚洗完澡，素净的小脸被热气熏得潮红，睫毛挂着水珠，身上还有氤氲雾气。

他愣神间，画中人已经走过来。"你出去了吗？"

周庭宴收回旖旎的心思，把牛奶递给她。"嗯，给你要了杯牛奶，助眠。"

简橙接过来，喝一口，看他一眼。"你今晚还走吗？"

周庭宴揽着她的腰往浴室走，拿条干毛巾给她擦头发，动作轻缓，声音轻柔。"不走，这两天你不在家，我一个人睡不着，总失眠，从今天开始，我晚上都过来。"

闻言，简橙安心地喝牛奶。她把牛奶喝完，周庭宴把毛巾放下，拿吹风机帮她吹头发。

简橙从镜子里看他，目光从他冷峻的脸移到他紧皱着的眉头。他大概是专注地想着某件事，沉浸其中，难得让情绪挂在脸上。

似乎在压着火。又似在纠结什么事。

纠结……

简橙静静地看着他，微热的风拂过头皮，密密麻麻地侵入脑子，连同最后那点破碎的记忆，也彻彻底底地被剥离干净。

"周庭宴。"她喊了他一声，周庭宴没听见，因为他想着别的事，也因为吹风机的声音太大。

简橙转头，伸手扯了下他的衣角。

周庭宴一直想着，该怎么跟她说简佑辉和火灾的事，没听到她喊他，但是察觉到她扯了自己衣角。

他马上把吹风机关了。"吹得不舒服？"

简橙摇头，扭头的动作不舒服，她直接转过身，眼睛一眨不眨地看着他。"我没有被那个傻子欺负，那……不是做的。"

她说得艰难，问得却认真。"那张证明，不是假的，我没有做手术修复，你信不信？"

周庭宴从刚才就一直不说话，眉头还皱那么紧，又一直欲言又止。

简橙以为他介意这个。毕竟那时候，那么多人怀疑她。他们说她被卖进山里，被困半个月，无论怎么逃出来的，都肯定被糟蹋过了。

她说没有，几乎没人相信。

老简第一时间处理了那些恶毒的谣言，梅岚也为了她的清誉跟人争吵，简佑辉会把她护在记者的镜头后面。

但是，那是他们对外的态度。对内，他们也是信了的。

简文茜一句"好心"的提醒——"橙橙，要不还是去趟医院吧，这种时候，可千万别怀孕了，如果怀了，孩子可千万不能要。"

老简和梅岚如临大敌，立刻就要带她去医院，她扑上去把简文茜掐得半死他们才放弃。后来发现她没有怀孕的迹象，他们又开始劝她。

"事已至此，橙橙啊，你要想开一点，聿风说了，他不会嫌弃你。"

不会吗？刚开始确实不会。

她刚到家的那段时间，脑子里只有一个念头：要么弄死简文茜，要么跟简文茜同归于尽。没人能帮她，因为她没证据证明是简文茜害的她。

警察介入了，人贩子被抓到了，人贩子说只跟绑匪联系，她是谁家的姑娘自己真不知道，绑匪也被抓住了，绑匪说，根本没说过那话，也根本不认识简文茜。即便被判刑十年，他也咬死了不认识简文茜。他说绑架她只是巧合，只是因为他想绑架人的时候，她恰好过来了，是她倒霉。

简橙不知道，那绑匪为什么转头成了简文茜的"死忠狗"，她只确定自己没听错，她发誓她没听错。但偏偏没有任何证据能证明简文茜参与了绑架。也没人相信，平时立"乖巧懂事、优秀上进、懂得感恩"人设的简文茜，会这么阴险歹毒。

证明不了，她就跟简文茜拼命，那时候，她跟疯狗一样，谁都按不住她，只有周聿风可以。周聿风说信她，他说，她的话，他全都信，连着七天，他都在简家陪她，只有在他怀里，她才能安心。

后来曹瑛忍不了，亲自过来把周聿风带走了，临走时骂她一句"残花败柳"。

再见周聿风，是半个月后。那时候周聿风看她的目光就有点复杂了，她那会儿尤其敏感，过去抱他，他身体僵硬，她问他怎么了，他欲言又止，犹犹豫豫。

"橙子，他们……真的没碰你吗？"

后来想想，也许从那个时候开始，她和周聿风之间，已经裂开了一条缝，那是无法愈合的伤口。可惜那时候，她太害怕了，她承受不住。

因为周聿风的犹豫，把这场独独针对她的海啸，演变成一场毁灭性的灾难。

她知道，站在他的立场上，他的母亲、他的朋友，都会替他介意。所以，她一个人跑去了医院。

她开一张写着"处女膜完整"的证明，一张足以击碎她尊严的薄薄纸张，不是为了自证——清者自清。她是想帮他堵住那些人的嘴。

她以为有了这张证明，这场海啸就会过去，没想到只消停两天，又有另一种谣言席卷她的生活。有人开始质疑："证明是真的吗？""不是吧，现在用手术就可以修复。"他们用一场兵不血刃的围剿和屠杀，彻底摧毁了她的生活。

老简说："橙橙，出国吧，时间久了，就没有人记得这件事了，那边爸爸已经安排好了。"

简橙想起周聿风，倒不是因为过去的遗憾。

她只是觉得，那时候，她跟周聿风十几年的感情，周聿风都不信那张击碎她尊严的证明。

她跟周庭宴虽然也认识很多年了，但真正熟起来是结婚之后。他会介意也正常。

她觉得他应该是介意了，因为他的脸色不对劲，那么纠结，明显是想说什么，又不知道该怎么开口。如果他只是怜惜她的遭遇，他不该露出纠结的表情。

狭窄的浴室里，简橙的后腰抵着洗漱台，跟周庭宴面对面站着。见他一双深邃的眸子过于平淡地看着她，也不说话，她心里便更没有把握。她又说一句："证明不是假的，我没有做手术修复，我没骗你。"

浴室的光线偏黄，她脸色也偏黄，一幅水墨画变成了复古旧照。

周庭宴放下吹风机，双手掐着她的腰，把她抱到洗漱台上。

"啊！"

简橙两只脚脱离地面，吓得抱住他的脖子。"你干什么？"不知道是不是因为刚受了委屈，又被吓一跳，她带着凶巴巴的奶音。

周庭宴双手撑在台面上，身子往前倾，把她完全禁锢在怀里，深邃惑人的眸子直勾勾地看着她。"我信，简橙，你说什么，我都信你。"

简橙鼓起腮帮子。"骗人，你刚才脸色就不对，你肯定在纠结，这件事该不该问。"

周庭宴刚才心思重，倒是不知自己是什么样的脸色，听她这样指控，没反驳，只是更往前靠近几分。

两人鼻子挨着鼻子，呼吸挨着呼吸。

简橙眨眨眼，长长的睫毛扑闪在他脸上，她脸微热，刚想往后撤，他就凑过来亲她。密密麻麻的吻，让她舌根都微有痛感，这人的手也不老实，掌心滚烫，贴着她浴袍的边缘，用指尖轻轻一拨，腰带滑落，大片的凝脂皮肤就跟空气亲密接触，旖旎带起渴望时，简橙赶紧抓住他的手。

"问题还没解决，我还在生气，你不给我答案，你就是耍流氓。"她控诉，"你说说，你刚才在纠结什么？"

周庭宴也不挣扎，任由她抓着手。"我说了，你不能生气。"

简橙捏他的手指，低头不看他。"不生气，你说。"

周庭宴在她脸颊上亲一下。"我在想，以后我们生儿子，还是生闺女。"

周庭宴想着，简佑辉的事还是先不告诉简橙了。秦濯说孟糖明天来，孟糖了解她，他还是先跟孟糖说，让孟糖帮他拿个主意。

简橙："……"

很无语，但她也很好奇。"那你想要儿子，还是想要女儿？"

周庭宴："这就是我纠结的地方，我想要儿子，这样我们爷俩能一起保护你，可我又想要女儿，想要个跟你一样的女儿。"

他问简橙："你呢？"

简橙一本正经。"这又不是我想要就有的，得看你的本事啊，你要是厉害，第一胎就生龙凤胎不是问题，你要是不行，一个都没有。"

周庭宴："呵呵。"

当晚，简橙全身上下都被摸遍了、亲遍了，被折腾遍了后，她明白了一个道理。

呵，男人其实才是最小心眼的。无论何时何地，无论何种场景，都听不得"不行"这两个字。

次日，简橙睡到中午才醒。

下午两点，村干部会带她去一个孩子家里走访拍摄。

简橙这次最主要的任务，就是用相机给二十六个孩子建立档案。

半个月，她除了要记录美妙瞬间，抓拍天使微笑，还得把二十六个孩子的家都走访一遍。

前三天主要在学校活动，进展慢，是因为很多人恐惧镜头。

孙一淼这几天就是忙着做家访，说服心里有顾忌的家长。他的任务结束，就意味着简橙要忙了。

孟糖发微信，说中午过来探班，所以简橙就想着，中午带周庭宴和孟糖，叫上林野，去镇上的饭店吃。

结果，秦濯来了。来了辆大房车，在现场摆火锅，又有上百份水果捞、上百份凉菜、上百份奶茶、送二十六个孩子的高档礼物……豪气，又气人。

秦濯穿一身招摇的酒红色西装，从头到脚都精致贵气。全场寂然中，他先跟简橙说话，说知道她辛苦，特意来探她的班。

简橙没去揣测他话里的真假，她当真，然后抬腿踹他一脚。"为我来的是吧？那我能打你，就你能！就你会显摆！自己吃吧你！"

说完她又补一脚。"花孔雀！"踹完扭头就走。

秦濯无缘无故挨了两脚，倒是没生气，就是有点蒙。

他问周庭宴："你老婆今天火气这么大？心情不好吗？你惹她生气了？"

周庭宴假装不认识他，迈开长腿直接跟着简橙走。

秦濯目光收回来，又看向孟糖，刚要说话，孟糖也过来踹他。"就你会显摆！就你有钱是吧？！"

孟糖本来没想踹他，毕竟周围有很多人看着，她想给秦濯留点面子，但简橙开了头后，她胆子就大了。

也不管什么面子不面子，心里火大，她比简橙多踹了一脚。"花孔雀！"

秦濯："……"

花孔雀？怎么一个两个都这么叫？这不是林野的外号吗？他今天虽然穿的衣服鲜艳了些，但也很绝啊，不"烧包"，很正。

秦濯握住她的手腕，皱眉问："我做什么人神共愤的事了？"

孟糖拍掉他的手。"秦总，您送错地方了吧？这里是公益现场，不是米珊的拍摄现场。"

秦濯下意识道："没送错啊，就是给你……给你们的。"

孟糖站直身子，拨了下被风吹到额前的头发，深吸了口气。"秦总，我们这儿什么都不缺，您是有钱，我也不缺钱，简橙和周庭宴更不缺，您这些东西，我们还真不稀罕，以后别来了。"

她说完就走，朝着简橙离开的方向跑过去。

"孟糖！"秦濯想追上去，胳膊被人从后面抓住，他蹙眉看过去，脸色更不好看了。

"放开！"

林野刚才一直没说话，这会儿才开口。"秦总，今天这事，您确实做错了。"

无视秦濯脸上的寒意，林野拿话点他。"我相信，您不会无聊到来这儿炫富，但您看看这里都住着什么人，您来这一趟，给他们带来的是巨大的心理落差。"

秦濯愣住。他回味着孟糖说的"公益现场"，想到简橙那无语的表情，再想到周庭宴刚才一副"我不认识你"的避嫌臭脸，终于意识到了问题的严重性。难怪，他辛辛苦苦地把东西送来，还得受这种待遇，把奢靡之气带到这么淳朴的地方，被踹也是活该。

"我没想那么多，抱歉。"

秦濯伸手招来助理，指着刚才还没来得及卸货就被简橙一声河东狮吼喊停的车，低声嘱咐几句。

等助理跑开，他才转身看向林野，真诚地朝他道："谢谢提醒。"

林野倒是没想到他会谢自己，见他真诚，也真诚地说："我也有责任。"

他提到自己昨晚的朋友圈。"我那就是发给你看的，但我没想到你会受这么大刺激，完全失去理智，早知道你搞这么一出，我就不发了，还惹孟糖姐生气了。"

秦濯："……"还挺坦诚。

林野不仅坦诚，还挺好心。"今天中午小婶请吃饭，肯定没邀请你吧，你要是没地方吃饭，就跟我一起去吧，我现在是小婶跟前的大红人，我帮你说话，小婶不会把你撵出去。”

秦濯不信他是真好心。

林野也不否认。“小婶现在肯定还生你的气，你过去，她肯定不给你好脸色，你让小婶生气，小叔肯定护着小婶，也得收拾你。”

逻辑关系摆明，他才道出最终目的。“你惹孟糖姐生气了，那你今天也别想舒服。”

秦濯知道跟过去会坐冷板凳，还是跟着林野去了。确实是他错了，所以挨顿批他能接受。

简橙见秦濯进来，也没说什么，毕竟秦濯是周庭宴的朋友，又帮过她，她下他一次面子，不能下第二次。

镇上最大的一个土菜馆，十个人的包厢，坐五个人。简橙挨着周庭宴坐，孟糖挨着简橙坐，林野挨着孟糖坐。

秦濯本来是往孟糖那边走的，林野抢先一步，直接拉椅子坐下了。他不想跟林野坐一起，就随意地在对面拉开椅子。

是点菜的时候服务员那古怪的目光让他后知后觉地意识到不对劲。看看对面的四个人，再看看自己，好家伙，他跟一个两百瓦的电灯泡似的，对面的人成双成对，就他孤零零地一个人坐。

秦濯想过去挨着周庭宴坐，周庭宴的信息就发过来了。

周庭宴：简橙现在看你很不顺眼，你今天离我远点，当着她的面，别跟我说话，不然我得被你连累。

这话翻译过来，就四个字：莫挨老子。

秦濯心说，行吧，今天是他做错了，他忍。

贴着一个“巨大电灯泡”标签，秦濯倒是觉得没什么。简橙一直夸林野，说他聪明、上进、有天赋，说他幽默风趣，是工作室的开心果，秦濯也觉得没什么。他唯一觉得不舒服的，是孟糖对林野的纵容。

孟糖自小被家里宠成小公主，身上是有一点娇气的，不做作，但有轻微的洁癖。

在外，只吃他和简橙夹的菜，其他人夹的，她碰都不碰。

但一顿饭下来，林野给她夹过好几次菜，她都吃了。

林野也是个厉害的，他跟简橙说话的同时，也一直注意着孟糖的情况。孟糖杯子里的饮料没了，他立刻添满，孟糖想吃的菜一直转走，他直接按住桌子把菜转给她，孟糖去拿螃蟹，他接过去给她拆……

饭吃到最后，秦濯无语了。

林野给孟糖拆螃蟹的时候，周庭宴也在帮简橙掀螃蟹壳。

周庭宴的动作慢条斯理，撬开蟹钳的动作都赏心悦目，把最精华的肉喂给简橙，简橙不吃的，他自己吃。

林野的手略粗糙，没周庭宴的好看，但主打一个干净利落，他还在追人阶段，没敢跟孟糖同吃一个螃蟹，把拆出的肉全给她了。

秦濯虽然女朋友众多，但从没这么细致地为一个女人服务过，都是女朋友拆蟹给他吃，根本不用他动手。

以前，他和孟糖一起吃饭的时候，有螃蟹时，孟糖也给他拆过。

秦濯看着孟糖拿长柄勺装一口蟹肉，慢吞吞塞进嘴里，心里有说不出的滋味。他是不是……真的很渣？

这顿饭吃完，简橙直接去找村干部。林野是她助理，跟着她走了。

孟糖见简橙状态挺好的，周庭宴也在，准备下午回工作室一趟，临走时被周庭宴叫住，说有事问她。

附近没有能聊天的地方，秦濯昨晚没怎么睡，早上起个大早，正好打算开个房间睡一觉，提议去他房间聊。

进电梯的时候，他跟周庭宴聊天。"今天这事，我确实做错了。"

周庭宴今天肯定要揍他，但此刻能帮也帮他一下，知道他是想说给孟糖听，也配合他。"错哪儿了？"

秦濯看一眼孟糖。"心理落差会毁了一群质朴的孩子，我没考虑后果，下不为例。"

周庭宴低头给简橙发消息，问她到村里没，嘴上不忘配合秦濯。"补救措施呢？"

秦濯又看一眼孟糖。"今天正好你这个京岫的大老板在，我让他们以你的名义去找村干部了，车没开到村里去，火锅给项目的工作人员和老师，在镇上吃。其他东西，让他们推小推车，跟着村干部送到每家每户，只是菜和水果而已，不是贵重的东西，村干部会帮着解释，就说是京岫的慰问品。"

孟糖站在角落，眼睛盯着电梯内的数字，对秦濯的话没什么反应。

秦濯摸不准她的想法，用胳膊肘碰碰周庭宴。周庭宴刚收到简橙的回复，知道她到地方了，才放心地收了手机。他说："补救得还不到位，回去后联系我三哥，这项目他负责，你不是钱多吗？往这里砸。"

秦濯从他这话里品出另一层意思，马上点头。"我正有这个打算。"

三个人到了房间，秦濯和周庭宴并肩坐在沙发上，孟糖坐在离两人稍远的椅子上。

半个小时，孟糖听他们说了两个故事。

一个是简文茜生父葬身的那场火，是六岁的简佑辉贪玩放的。

另一个是简宏云和梅岚收养简文茜，是为了给儿子赎罪。

听完的反应就是，她从震惊中回神后，起身就往外跑。

秦濯反应极快地上前拉住她。"干什么去？"

孟糖挣扎，眼睛通红。"去找周陆啊，我自己又打不过，我要带周陆去砍了他们！"

她挣扎得厉害，秦濯只能把人抱住，用点力按在怀里。

"你先别冲动。"

孟糖要气死了，整个人火大得很，压都压不住，在他怀里剧烈挣扎。"我就冲动！凭什么啊！简佑辉造的孽，凭什么让橙子还啊?! 他们一个个的是赎罪了，是心安理得了，橙子呢？她做错什么了？"

秦濯见她簌簌泪下，有些无措，也不知道怎么安慰，只能把她抱得更紧。

孟糖越想越气，在他怀里哭到抽搐。

"你们不知道橙子，她不是没心没肺，她也怀疑过自己，是不是她真的不好，是不是她真的不乖，不然为什么，一直宠爱她的爸妈和哥哥突然不爱她了。赎罪这个理由，橙子接受不了的。这些年她闹她疯，她看着很潇洒，其实不是的，她回国那年，还特意去给她爸妈和哥哥买礼物，她挑了很久的。

"多荒谬啊，从简文茜进入简家的那一刻起，她的不幸就已经注定了，偏偏她那些年……那么多年，还在竭力跟家人缓和关系，连生病时也想着他们。

"多窒息啊，她最爱的爸妈和哥哥，竟然踩着她的人生，成全他们自己，是用她的一辈子，换得他们自己安心，你让她怎么接受啊……

"你如果问我的意见，我建议你先缓缓。你不是在查简文茜参与绑架的事吗？让她知道真相最好的时机，就是简文茜落网的那天。你现在说，她得天天想着弄死简文茜，又没证据给简文茜定罪，只能干着急，会很难受。

"而且，她还想帮她奶奶守着长盛，现在还不是跟她爸闹僵的时候，你不是在帮她要长盛的股份吗？至少，得等她在长盛有话语权的时候。"

周庭宴下午四点有个会，潘屿和司机过来接他。

全程走高速，路上最快也要一个小时，他们接到的通知是下午两点到酒店，结果等到三点老板都没出来。

潘屿没接到推迟会议的消息，所以眼瞅着来不及，就给老板打电话。

"周总，四点的会要推迟吗？"

"嗯。"

潘屿还在等他后面的话，电话已经被挂断了。

潘屿："……"所以，推迟到几点？

听出自家老板语气不对，潘屿没敢再打过去，不知道具体推迟到几点，就在公司群里发消息：

原定于今天下午四点召开的天榆游乐场项目综合交底会议，时间有变，等待通知。

刚艾特完所有参会的人，司机就开口提醒："周总出来了。"

潘屿一眼就瞧出，自家老板心情不好。

他从上车就开始沉默，脸色也不太好，靠在椅背上闭目养神。

潘屿侧身，面朝后座，小心翼翼地开口："周总，四点的会，往后推半个小时？"

半个小时来得及。

"嗯。"后面传来一道不走心的、听起来既颓废又倦怠的声音。

潘屿不敢多问，把手里的文件递过去。"周总，这是开会的资料，您先看一下？"

周庭宴没接，像是没听见，潘屿慢慢收回手，朝司机使了个眼色。

一路上，车内气压很低。

群里一直有消息，潘屿悄悄把手机调到静音，低头回消息。

这群人每次都是在大群里打官腔，回一句"收到"或者"谢谢领导"。回完，立刻在没有周总的群艾特他，各种铺垫，明里暗里跟他打听老板的行踪。

几百多人的群，潘屿回：周总今天来小湾村视察工作，在回去的路上。

众人："……"小湾村，噢，看老婆去了。

潘屿发完了消息，放下手机，时不时从后视镜中瞄一眼周庭宴。虽然他始终闭着眼，整个人极度沉默，脸色也平静，但潘屿还是察觉到了，周总现在，很难过。

潘屿想到，上次见他有这种情绪的时候，还是老宅的那个花瓶被打碎时，也就是周陆被老爷子打的那天。

那天已经很晚了，夜深人静，周总给他打电话，让他去找一个花瓶。他听完描述，觉得奇怪，心说老爷子那儿不是有一个现成的吗？老爷子一直当宝贝藏着。而且，找个一样的？那是古董啊，就算花瓶最初是一对，两个也不能完全一样啊。

他还在揣测的时候，就听周总说了句："花瓶碎了。"

他恍然，也不敢多问，刚要说去找找，周总又说："算了，别找了，找了也不一样。"

潘屿当时不敢出声，周总那晚说的最后一句话是："潘屿，她留下的东西，越来越少了。"

隔着手机，潘屿看不见他，却知道他在难过，那声音压得低低的，仔细听，甚至能听出委屈和无措。他没说"她"是谁，但潘屿知道，那个"她"，是周总的母亲，关灵。

那个让人一想起就觉得心疼，觉得难过，觉得可悲可叹，觉得命运不公，觉得遗憾的关灵。

想到那个花瓶，想到那晚电话里他的委屈，潘屿不免猜测，难道老板不是跟太太吵架了，是发生了什么事，跟他母亲有关？

"潘屿。"

正犹豫该不该问，冷不防听到自己的名字，潘屿下意识回头。"啊？"

周庭宴说："我后悔了。"

潘屿不知道发生了什么事，不敢随便接话，也不敢随意猜测，只安安静静地等着他的下一句。

隔了很久，潘屿才听到那句——

"我后悔了，我应该早点出手，我不该那么迟出现在她面前，我应该早点爱她的。"

这次，他依旧没说"她"是谁，但潘屿也知道，这个"她"，是周总的老婆，简橙。

车子开进加油站，司机下车，潘屿没忍住，小心翼翼地问："周总，是发生了什么事吗？"

周庭宴简单地说了秦灈找到王磊的事，潘屿听完也震惊了，暗自吐槽完简家那几个愚蠢的人，话题一转，突然提到简文茜的继兄。

"当初您让我查简文茜的时候，我还真找到她继兄了，那人叫余涛。"

不过跟王磊说的不同。按王磊的意思，余涛是个贪财的混子，但他查到的这个余涛，是运输公司的老板。

"公司规模不算小，员工对他的评价都挺好，说他大方，开的工资高，给的奖金多，是个好老板，我见过余涛，他说他跟简文茜很多年没联系了，我就没往下查了。"

听到这里，周庭宴突然睁开眼，目光由混浊转至清明。他拿手机给秦濯打电话："你把王磊的联系方式发给我。"

秦濯不知道周庭宴为什么突然要王磊的联系方式。他现在没心思问，因为周庭宴离开后，他就在房间里安慰孟糖。

挂了电话，找出手机号发过去，秦濯把手机塞回裤兜，然后继续哄孟糖："你别哭了，妆都哭花了。"

秦濯哄人的次数实在不多。历任前女友，都知道他不喜欢太矫揉造作的，不喜欢经常哭鼻子的，都尽量在他面前展现完美的一面。他自身的优越感就是这么来的。

偶尔有两个觉得他不浪漫、使小性子哭的，也是哭两声试探他是不是会心软。他对人感觉还在的时候会哄两下，但耐心只有一次。对方也会见好就收，不会歇斯底里地哭。

哪儿像孟糖，此刻完完全全把自己哭成一个泪人，偏偏他还不能说她，他知道她跟简橙感情好，知道她是替简橙伤心。

他也觉得简橙可怜，所以他不觉得她哭得烦人。就是他没哄过哭得这么厉害的姑娘，什么好话都说了，语气放软了，也像哄侄女一样摸摸她的头。

她还是哭。

秦濯进屋的时候脱了外套，现在只穿着一件黑色印花衬衫，孟糖趴在他身上哭了快半小时，他整个肩膀都湿透了。衬衫下的皮肤都湿漉漉的。

他倒不是心疼衬衫，是觉得她再哭，得把眼睛哭肿了，喉咙哭哑了，回头难受的还是她自己。

秦濯把她从怀里推出来，双手捧起她的脸，本想严肃地训她一句，对上她还在落泪的眸子，又训不出口了。

"别哭了好不好？"他软声哄，孟糖抽泣得更厉害。

秦濯的拇指在她沾了泪的湿漉漉的唇角滑过，眼神微暗。

他是碰过这张唇的。那是订婚后的第二天，他跟周庭宴这帮人在会所喝酒，莫名其妙就订了婚，他心里不爽，喝多了，酩酊大醉。昨晚品不出假酒的那浑小子也在，知道他和孟糖订婚了，自以为好心地给孟糖打电话，让孟糖过去接他。

他是在后半夜醒过来的。当时他渴得不行，嗓子里冒火，眼睛还睁不开，就迷迷糊糊地要起来找水喝，结果被人推回床上，一个吸管塞到了他嘴里。他一口气喝不少，喝完水嗓子舒服了又要睡过去。

入眠的前几秒，鼻息间萦绕着的香气越来越近，慢慢浓郁，然后，唇上有温温软软的触感。

有人在亲他。秦濯当时脑子晕乎着，迟钝一些，忘了反应，那人趁着他喝醉，得寸进尺。只含着唇瓣不能让她满意，便笨拙地撬开他的唇。

胆大包天。

也厉得厉害。

他才刚刚意识到她偷亲他了，她已经逃出去，时间只有短短一分钟，秦濯的记忆其实挺深刻的。

她嘴里是甜甜的糖果味，舌头软得像果冻，缠进来的呼吸似绵绵三月细雨，清爽甘甜。

他第一次这么亲她，冲击感很大，他竟然生了贪念和反应，就因为那荒唐的欲，他对她越来越冷淡。因为他不会娶她，也不想伤害她，所以需要让两人之间保持安全距离。

他确实保持得挺好的。好到她在慢慢远离他，好到她现在身边有了一个叫林野的"小鲜肉"。

好到……她能随随便便就吃别的男人夹的菜。

"不是有洁癖吗？为什么要吃林野夹的菜？还敢吃他拆的螃蟹，你掰螃蟹壳不是挺厉害吗？你自己没手吗？"

秦濯也不知道为什么，明明是哄着她的，最后怎么偏题了，只知道指腹滑过她的唇时，他想起林野给她夹菜的画面。说不好是不是嫉妒，但心里就是很不舒服。除了简橙，她明明只吃他夹的菜，她现在吃林野夹的菜，她不介意林野，是不是……

"你和他接吻了吗？你们是不是接吻了？"

孟糖的唇瓣被他用指腹用力搓了两下，她不哭了，用湿漉漉的眼睛看着他，眸底藏着几分执拗。

孟糖今天一整天都很清醒。

秦濯确实有错，但他送来的东西大多是吃的，真送给村民和孩子也就送了，事过了，也就过了。

那简橙为什么还当众踹他？为什么当众下他的面子？为什么当众让他难堪？

因为不踹不行。

这是京岫和电视台合作的公益项目。京岫作为江榆市的头部企业，不知道有多少双眼睛在暗处盯着。如果今天的事被有心人拍下来传到网上，稍微做点文章——说他们打着助残的旗号，在村里开价值几百万的豪华房车吃吃喝喝，网友能把他们的祖宗骂醒。京岫和电视台都得跟着遭殃。

秦濯是商人，怎么可能不懂。那他今天为什么来？

因为他受刺激了，他失去理智了。

秦濯有林野的微信，能看到林野的朋友圈，他今天这一身烧包的打扮、不顾人死活的排场，很明显，是来挑衅林野的。

当然，孟糖有自知之明。她不会傻到觉得秦濯是因为吃醋，更不会蠢到以为自己在他心里有多重要。

秦濯这个人，占有欲特别强，他自小被人奉承惯了，太有优越感，他的东西，即便他不碰，即便他放在那儿冷落，他也不允许别人碰一下。她和秦濯的婚约还没解除，在秦濯心里，她还是他的附属品。所以即便秦濯不爱她，在朋友圈看到林野发的那张图，误会她和林野有什么后，他还是会生气的。

孟糖知道，秦濯昨晚喝到凌晨四点。她有他一个好哥们的微信，他那哥们凌晨四点发了个朋友圈，拍下秦濯烂泥一样倒在车里的画面。

配文：非说是假酒，假酒能醉成这样？谁啊，谁这么讲义气啊？四点了还得送一个老男人回家。

知道秦濯醉成那样，孟糖今天在这儿看到他，是很惊讶的。只是，惊讶的表情还没收敛，就被他蠢哭。他应该是宿醉还没醒，生气到失去理智。也可能是他经常用这种排场，哄他那些前女友，习惯而为之。

所幸简橙当时反应快，刚准备卸货就一声河东狮吼让他们停止，并且当众跟秦濯发火。

如果今天这事真被拍了，真闹到网上了，简橙作为京岫的老板娘，她的态度代表了京岫的态度，京岫就好做公关了。

她后来补两脚，是生气，也是为救秦濯。她跟秦濯的婚约还没解除，如果事情闹起来，她当众跟秦濯发火，秦氏那边的公关，就可以往"她和秦濯闹脾气，秦濯哄未婚妻"的话题引。

她知道，他睡一觉，脑子会清醒的。

其实他已经清醒了。

电梯里，他跟周庭宴的对话她听明白了。他敢以京岫的名义处理那些东西，就是在告诉她，今天这事，会妥善解决，更不会闹出事。

也是，周庭宴和秦濯，这两个人在江榆跺跺脚，那地都得震三天。就算有人拍了那豪车、那排场，传上网，也翻不起浪花。

是她和简橙太紧张了，关心则乱，这对周庭宴和秦濯而言，完全是芝麻大的小事。

简橙紧张周庭宴，她紧张秦濯。紧张的同时又生气。他不允许她和林野走近，她偏要，是她给林野发消息，让他给她夹菜。如果秦濯仔细看，其实就能发现，林野拿了两双筷子，给她夹菜的那双筷子，他嘴没碰过。

她说："是，我跟林野接吻了。"

秦濯听见这话，喉结滚了又滚，声音哑得不行。"接吻？孟糖，我们的婚约还没解除，你跟别的男人接吻？"

孟糖往后退两步，离开他的怀抱，清丽的小脸扬起。"那又怎样？我就是跟他接吻了，他的吻技很好，我很喜欢，他……嗯……"

后面的话她没来得及说，因为秦濯的薄唇压下来，夺了她的呼吸，堵住了她后面的话。

孟糖只在他醉酒的时候，偷偷亲过他一次，这是第一次在两个人都清醒的状态下接吻，还是他主动的。跟她想象中的不同，一点都不浪漫、不温柔，甚至是凶残的，强势中带着惩罚的力道。

孟糖愣愣地站着，脑子里一片空白，直到唇瓣传来一道刺痛，才惊得回神，立刻伸手推开他。

"你干吗?！"

他竟然咬她！

秦濯盯着她唇上的血，沉黑的眸子染着几分晦暗。"你不是说他吻技好吗？你还没试过我的，你怎么知道他的更好？"

他眼睛里有疯狂，朝前一步。"你们上床……"

啪！孟糖这一巴掌，用了自己最大的力气，掌心都发麻。

"上床？你想说，如果我和林野上床了，你也要跟我睡，让我比比你们谁的技术更好吗？那抱歉了，我们没睡，也没接吻，我骗你的，我们甚至连手都没牵过，林野不是你，他是绅士也是君子，他知道尊重我。

"昨晚，我跟嫂子还聊起你，嫂子问我，既然已经决定放弃你了，为什么非得要把那一分扣完。为什么？秦濯，因为我真的……爱了你很多年啊。我现在放弃你，是因为你伤了我，短时间内我不会回头，可一年、两年之后呢？我会不会哪天脑子抽风，又开始想你？那时候会不会后悔，为什么当初不坚持一下呢？还剩一分呢，也许当时再给你一次机会，你就回头看看我了呢。

"简橙给了周聿风一百次机会，伤痕累累也要把分扣完，我也问过她，为什么非要把分扣完。她有一句话，让我非常震动。她说，她要用她自己制订的规则，杀死爱周聿风的自己，她要用她的规则，把爱周聿风的简橙困在那一百分里，这样，她就能永不回头。

"秦濯，我也是，我也在用自己的规则，杀死爱你的孟糖。

"谢谢你，今天帮我把分扣完了。"

简橙敏感地察觉到，那天之后，所有人都变得怪怪的。

先是周庭宴。

她在这儿待了半个月，他就来了半个月，晚上不应酬了，下班就来陪她，来之前会问她有没有想吃的。他会跑半个城市，给她买一份网红凉皮，会排几个小时队买板栗，甜品店的师傅只要出新品，他就会把第一份带过去给她吃。

她抱着相机跑一天，回来不想动，他就把饭喂到她嘴里，散步的时候她说走不动，他会背着她走完两条街。晚上回去他会帮她洗澡，做的时候完全由着她乱来……

简橙自己都觉得，他宠得有点没边了。

她矫情地抱怨："周庭宴你这样会把我宠坏的，谁家宠老婆这么宠啊。"

他笑："我不宠我自己老婆，我宠谁啊？"

简橙嘴上拿腔拿调，心里却疯狂给周庭宴加分，她是个斤斤计较的人，想在她心里拿分可不容易。周庭宴最近上大分。

怪怪的人还有孟糖。

孟糖最近听不得秦濯的名字，谁提跟谁急，发呆的次数尤其多，会拿笔写秦濯的名字，然后再一笔笔画掉。力气大得纸张都烂掉了。

"秦阿姨回老家探亲了，十一月初回来，等她回来，我就跟秦濯解除婚约。"

简橙这才知道，秦濯强吻她了，还说了欠揍的话。难怪呢，难怪最近秦濯也安静了。他平时挺高调的一个人，也不惧媒体记者，以前那么多绯闻，就是不在意这些，最近倒是一点消息都没了。

秦濯这人，很难评，他的性格是环境塑造的，他这辈子过得太舒坦，没遇到过挫折。那天他做那么高调的行为，谁都能看出来，他嫉妒了，他被林野发的朋友圈气到失去理智了。

站在旁观者的角度，简橙觉得秦濯对孟糖是不一样的。

他那样没有心的人，不好说是不是爱，但他对孟糖肯定有占有欲。

强吻孟糖，不是理智的秦濯能做出来的事。所以，他现在肯定也在自我怀疑中。行，让他后悔去吧，悔死他。

林野也奇怪。

林野之前天天发朋友圈，追女神的第 N 天，突然就不发了，人也变得沉默了。

他是最早变古怪的，秦濯来的那天，他们跟着村干部给第一个孩子做完拍摄访问，林野突然想起来，孟糖到酒店的时候，去他房间洗了脸，包没拿走。

孟糖的电话一直打不通，林野担心，想亲自回去一趟。

来小湾村之前，工作室把该招的人都招了，简橙这次是带着小团队来的，他离开几个小时没影响，就让他去了。岂料，他去时是精神小伙，回来时是垂头丧气的颓废男。

她问他怎么了，他憋半天问了一句："小婶，你说，如果秦濯追孟糖姐，孟糖姐会回头吗？"

后来结合孟糖的话，简橙猜到了，林野大概是看到孟糖从秦濯房里哭着出来了。

爱情这种事，谁也帮不了谁。她看好林野，却也不能参与太多，只能拿话点他。"对于一个被旧爱伤得千疮百孔的女人，唯有一颗真心能打动她。"

抛开这些乱七八糟的事，简橙在小湾村工作得非常顺利。

唯一不顺利的是在最后一天。她在小湾村碰到了一个熟人，周陆的母亲，关清柔。

最后一天中午吃饭的时候，村干部过来说："今天的拍摄，到这儿就结束了。"

简橙和林野面面相觑。一共二十六个孩子，他们走访了二十五家，下午还有最后一家，但村干部说拍摄结束了。

简橙记得，下午要走访的家里是个小姑娘，叫何妙，今年刚满四岁。资料上的介绍是小姑娘有听力障碍，跟父亲何润相依为命，何润是盲人，父女俩是一年前才来小湾村的。

简橙第一天来的时候，见过何妙。当时周成帆代表京岫送礼物，二十六个孩子都聚齐了，何妙是里面年纪最小的，也是最漂亮的，扎羊角辫，穿红裙子，非常上镜。

这次入户拍摄走访，是按着顺序来的，因为父女俩来的时间最短，住得最远，所以被排在了最后面。

简橙至今没见过何妙的父亲，还挺好奇。"何妙那边，是出了什么事吗？"

村干部听简橙问，开始叹气，说何润也不知道怎么想的，昨晚突然说不想接受资助了。

"真是糊涂啊，你说他犟什么，他说不愿意就不愿意？那妙妙不能等啊，妙妙的情况比较严重，需要植入人工耳蜗，说是得花四十万呢！人家京岫那边的大领导听说这事，当即拍板，第一笔钱就给孩子看病，钱都打过来了，人家把医院都帮孩子找好了，何润这时候突然要放弃！

"他说既然要退出，就不能占人家便宜，还要把钱退回去，钱的事他再想办法，你说他傻不傻？这事我也一直没敢跟你们说，我怕你们觉得他事多，真不给他资助了，我心说，我再劝劝，兴许能劝好呢。"

结果没劝好。

简橙对何润也实在好奇。"要不，您带我去，我试着劝劝？"

简橙和林野跟着村干部去找何润。开门的是一个完全在他们意料之外的人。

"五嫂？"简橙看见那张脸，直接愣住，错愕地瞪大眼，"你怎么在这儿？"

关清柔见到简橙，倒是没觉得意外，脸上挂着淡淡的笑，先朝村干部道："李书记，何润说这几天麻烦您了，他知道您是好心，记得您的恩情呢，今天您就先回去，他想跟简橙单独聊聊。"

村干部虽然不认识她，但见她是从里面出来的，又跟简橙认识，只能回了，临走时还朝简橙比了个"加油"的手势。

等村干部离开，关清柔才看向简橙道："何润，是我外甥。"

"外……外甥？"简橙一时没反应过来，"亲的？"

关清柔点头："嗯。"

简橙："???"

关清柔有个亲外甥在这里？村干部说何润今年二十九岁，就比周陆大四岁，那就是周陆的亲表哥呀。没听周陆说过啊！

简橙脑门上挂着一百个问号，跟着关清柔往里走，林野跟在她后面，也凑过来。

"陆哥昨晚找我打游戏的时候，我们还聊过，他说他之前看过名单，还问，最后一家小姑娘的父亲是不是叫何润。

"我说是啊，你认识啊？他说不是，是他有个高中同学叫何润，也没提他有个表哥叫何润啊。"

高中同学？

简橙和周陆就是同学，但她在脑子里翻了一遍也找不到何润这个名字，也不奇怪，一个班那么多人，这么多年了，她现在能记得的名字没几个。

简橙最终也没见到何润。

关清柔让林野留在院子里跟何妙玩，带简橙到堂屋，何润在里屋没出来。

"他是我姐的孩子，虽然是我亲外甥，但我们也是很多年没联系了。他三岁的时候眼睛失明，没爹，我姐……也死了，他被送人了，是一对失去孩子的老夫妻，送得挺远的。现在的人，在跟前长大的都没什么感情，更何况是送了人的，慢慢地，也就没什么联系了。"

关清柔似乎不太想说从前的事，几句话概括完，便解释自己今天为什么在这儿。

"昨天晚上，周陆在家打游戏，我听他不知跟谁提了下何润的名字，又说是盲人，我就一下想到了我这个外甥，名字对上了，又是盲人，我就问了年纪，也是二十九岁。哪儿有这么巧的事，我在家坐不住，就想着过来看看，没想到竟然真的是他。"

关于何润之前同意资助，后来又不同意的事——

关清柔说："他最初同意，是因为不知道这次是京岫牵头，李书记只跟他说牵头的是市里来的大企业和电视台。"

简橙："不知道是京岫牵头的意思是？"

里屋静悄悄的，没有丝毫动静，关清柔这次沉默了很久，过了半晌才说："你知道何润那双眼睛……是怎么瞎的吗？"

半个小时后，简橙带着林野离开。

关清柔站在窗前目送他们，等关门的声音响起，里屋才传来动静。窸窣的脚步声越来越近了。

"她就是……小陆喜欢的那个？"

关清柔没回头，也没回答。拄着盲杖的男人慢慢地挪过去，站在她旁边，也往外面看，虽然什么都看不见。

"我这次配合你，是为了小陆，我怕你再逼他。你要做的事，我劝不住，也不想劝了，但是，你以后对小陆好些，他是无辜的。"

依旧没得到回复。

男人并不在意，自顾自地说着："她是小陆喜欢的人，你不要动她。"

简橙从离开何家后，就一直沉默不语，脸色也凝重。

林野跟了她一路，见她这副模样，有点担心。"小婶，你没事吧？你们谈什么了？"

简橙没搭理他。

林野觉得事情不对劲，慢她一步，偷摸给周庭宴发消息。

小湾村的工作告一段落，晚上孙一森过来，组了个饭局，请村干部、托养点的领导，以及项目这边的主创人员吃饭。

周庭宴也过来了。

简橙是以跟拍摄影师的身份参与项目的，只有项目这边的人知道她和周庭宴的关系，村里的人不知道。

村干部见周庭宴坐在她旁边，又一直给她夹菜，听旁边人提醒才知道两人是夫妻。他刚才就在夸简橙，这会儿更夸得天花乱坠。"周总啊，您真是娶了个好老婆。"

村干部今晚是真高兴，何润虽然还是没参与拍摄，但简橙跟他说了，何妙植入人工耳蜗和上学的钱都有着落了。

"简小姐可不得了啊，二十五家走访下来，都夸她人美心善。"

简橙被夸得略有心虚。

京岫和电视台这次合作，其中一个立意，是讲好项目故事。讲故事的方式，是给每个孩子建档。用相机建档，不是一次简单的拍摄就可以"交卷"了，助梦建档，是记录他们每一个阶段的成长过程。小学、初中、高中、大学……一直助力到他们完成学业，记录他们实现梦想的过程，之后才关闭镜头，成功和荣耀都属于他们自己。

所以，这个项目，是一个长期的公益项目。如果简橙一直跟京岫合作，按着京岫给她的这个待遇，她能靠着这个项目吃一辈子。这是长期饭票，她当然得跟他们打好关系，万一合作不愉快，集体投诉，周庭宴都不好护她。所以跟那些人相处的时候，她也是带着目的的。

整个晚上，简橙心里装着别的事，有些心不在焉。

周成帆见她情绪不对，以为她和周庭宴闹别扭。于是拿出当哥的范，趁着周庭宴出去打电话的空，凑到简橙旁边，偷摸跟她说一件事。

"三哥给你交个底，企业做公益，是有善心，但最主要的目的是什么？是在政府跟前露脸，吃政策福利，声势搞起来，目的就算达成了，后续的事很烦琐，都交给基金会去忙了。这个项目，其实我们的工作到这儿算结束了，为什么还这么麻烦，搞个建档的人生记录本？这是在你确定进项目后，庭宴特意改了方案。为什么？啧，他这是送你个养老保险，保你一辈子荣华富贵。"

简橙一直以为，是自己捡漏。毕竟周庭宴之前说，最初没考虑她，是她把之前捐款的事说了，他才考虑她的。原来，这是为她特意改了规则啊。简橙又高兴了，给周庭宴夹了很多菜。

周庭宴知道她心里有事，以为她的意思是"赶紧吃，我有话跟你说"。于是把她夹的菜吃完，他找了个借口，带她提前离场。

两人走出餐馆，夜风有点凉。

周庭宴牵着她回酒店，路上，见她不开口，就主动问起何润的事。"何润是周陆的表哥？"

简橙猜到肯定是林野跟他说了。她沉默了会儿，突然停下，认真地看着他道："关清柔说，何润的眼睛是因为京岫瞎的。"

第三章
热搜事件

关于何润的事，关清柔说的不多。她只说他三岁的时候发高烧，在江榆的一家儿童医院治疗，吃了医院开的药后失明了。那家儿童医院是私立性质的，由京岫旗下的一个科技公司全资控股。关清柔的意思是，当时医院给何润开的药，是研发的新药，医生拿孩子做药物试验。何润倒霉，是第一个小白鼠。

关清柔提到的那个京岫旗下的科技公司，简橙以前没听说过。还是下午的时候，她听周陆说的。

从何润家里出来后，她给周陆发消息问他何润的事，消息发送过去几秒后，周陆直接打电话过来。"我也是今天才知道，还是林野跟我说的，我从来不知道还有个表哥，从我有记忆起，我就没见过我妈那边的亲戚。"

确实，从小到大，周陆连他姥姥、姥爷都没见过，更别提他妈那边别的亲戚。他说他妈当年为了嫁给他爸，跟家里闹翻了，老死不相往来的那种。

周陆当时的语气挺遗憾。"我现在也是震惊一万年，早知道我就去探你的班了，小婶，你见了没？毕竟是老表，我俩长得像不像？我帅还是他帅？"

简橙也遗憾。"没见，你妈说，你表哥的失明跟京岫有关，他应该不想见我。"

简橙把今天的事跟他一说，包括关清柔的话，周陆隔了好一会儿才开口。

"那个科技公司，你不知道正常，我知道的也不多，因为它已经没了，我只知道是爷爷一手创立的，后来是大伯接手的。最后，小叔接手京岫，把它搞没了。当时那公司和儿童医院绑在一起，挣了不少钱，很多股东不愿意毁了它，爷爷当时也不同意。当时闹得挺厉害的，大伯带头闹，小叔直接搞废他的其他产业，他自顾不暇，保东不保西，等回过神来，公司早解散了。"

从餐馆到酒店要走半小时，简橙走到一半就喊累。周庭宴弯腰让她上来，简橙也不客气，直接跳到他背上。

黑暗的夜空，一弯残月高悬，简橙搂着周庭宴的脖子，问他当年为什么要解散那个科技公司，是不是发现了什么问题。

发现了问题？还真没有，因为那公司表面的账干干净净，什么问题都没有。而且周庭宴也没查过，懒得查。

"那公司是周万山独立负责的，我那时候跟他是敌对关系，他手里的项目，哪个赚钱我搞哪个，无差别攻击，调查还得费时间，不如直接砍。"

简橙："……"

无差别攻击。

周万山就是周庭宴的大哥，周庭宴那场车祸的罪魁祸首，这两兄弟当年得斗成啥样啊。而且周庭宴当年才多大啊——二十多岁，他大哥四十多岁，他大哥的年纪都能生他了。初生牛犊从深山老虎嘴里抢食，抢到了，也得满身伤口一身血吧。

简橙抱紧周庭宴，侧头在他脸上亲一下，心疼他一下。

周庭宴察觉她把自己搂紧了，以为吓到她了，平和地解释了一句："周万山这个人，做生意各种手段用尽，手里但凡赚钱的项目，都不太干净。"

主要他当年跟周万山夺京岫，谁慢一步，谁万劫不复，所以他没那工夫一个个查他的项目，都是直接摧毁。有不少好项目，其实可以留下。但周万山经手的都是毒瘤，留下会乌烟瘴气，所以他接了京岫后，把周万山负责的项目屠干净了。包括那个科技公司，跟那儿童医院也解了绑，后来破产清算了。

"何润出事，当年怎么解决的？没闹吗？"

简橙："关清柔说，医院骗他们签下承认何润是原发性免疫缺陷病而不是药物导致失明的文件。"

周庭宴没觉得意外。算算时间，何润出事那年，是周万山接手那科技公司的第一年，以周万山的做派，大概是私了。

"关清柔还说了什么？"

还说了什么？简橙想了想，说："噢，她说何润不愿意接受京岫的资助，但是愿意接受她的资助，何妙需要的钱，她个人出。"

简橙伸手拨周庭宴额前垂下的碎发。

"她还说，何润的事虽然过了很多年，但毕竟失明了，他有怨气也正常，希望我们能理解，还说让我们保密。"

关清柔说，叶绮最见不得她好，如果让叶绮知道她有一个盲人外甥，又要闹得满城风雨，她无所谓，何润和何妙就惨了。因为，有些记者，总想挖点豪门的料，他们会缠上何润父女。

确实不能让叶绮知道。

简橙从小湾村回来的第一件事，就是请孙一森吃饭。她让周庭宴打电话。

孙一森接到周庭宴的电话时，惊了老半天。"简橙主动跟你说了？"

"是。"

周庭宴正在办公室处理邮件，手机放在桌上，眼睛不离电脑。

"你从小湾村离开的那晚，她就跟我坦白了，说一直欠你一句谢谢，想当面跟你道谢。"

孙一森难得无语。"那你怎么现在才告诉我？我这半个月还担心她受影响，我晚上都失眠。"

有人敲门，周庭宴应了一声，把手机的扬声器关了，放在耳边继续跟孙一森说话。"我跟你说了，你心里的大石头放下，说不定要去小湾村视察工作，她虽然坦白了，但经常见到你也会受影响，得让她缓冲几天，现在正好。"

这话翻译过来的意思是：我现在才告诉你，失眠的是你，如果我早点告诉你，失眠的可能就是简橙了，所以还是你失眠好。

孙一森更无语了。"行吧，简橙能主动告诉你，说明她现在对你非常信任，我也算帮了你，你晚上带瓶好酒，好好谢谢我。"

挂了电话，周庭宴抬头，正好周陆关了门走过来。周陆是来签字的，人工智能那个项目还有一份文件要签。

周庭宴翻看的时候，周陆说起表哥何润的事，一脸的感慨。"我还没见过我妈那边的亲戚呢，突然冒出来一个，挺奇怪的感觉，想去看看他，又不太敢去，他的眼睛是因为京岫瞎的呢。听我妈说，当时医生给表哥开的药是他们研发的新药，医生拿孩子做药物试验，表哥倒霉，是第一个小白鼠，真歹毒啊。"

一番感慨结束，他做最后总结："所以，小叔，药物试验这块真得注意。"

让人听出几分伤春悲秋的凄冷感。

周庭宴签字的动作一顿，抬头看他一眼。

周陆避开他的目光，周庭宴把字签完，把文件扔给他，突然问了一句："听说你喜欢汪家的那个汪念念，正在追她，来真的？"

周陆接过文件，笑笑说："是啊。"

周庭宴问他："会娶她吗？"

周陆低着头整理文件。"会啊，都喜欢很多年了，只要她愿意，我就娶。"

潘屿进来的时候，周庭宴正站在落地窗前，俯瞰窗外的景色。

"周总，您要的资料都在这儿。"他一小时前接到周总的电话，让他把京岫旗下的立橙生物的所有资料整理成一份。

立橙生物是京岫旗下的子公司。这是周总接手京岫后办的第一件事，亲自操刀，收购国资委名下的某药业，京岫全资控股。他接手的时候是一潭死水，老字号制药厂效益惨淡，没什么活路了，当时没人敢接。

周总要接的时候，所有股东都反对，外面的人也说，周家这位太子爷还是太年轻。说他上来就想卖政府的好，短时间内是风光，毕竟为国接盘嘛，等时间一久，真金白银砸下去，他试试。而且他不看看他接的是谁的盘，到时候亏死了，想甩出去都不好甩。

当初老爷子也劝，好说歹说，但周总一意孤行。

所有人都等着看好戏，结果，周总真把这潭死水盘活了。

虽然，目前为止，公司还没有真正赢利，但新的一批疫苗马上进入 II 期临床试验，前景乐观。

开发新药和技术要投入大量的研发资金，周总为这个项目砸了很多钱，前期就像无底洞一样。

很少有人能理解，他这么偏执是为什么，明明京岫赚钱的项目那么多，实在不缺这一个。

大概，只有潘屿和秦濯知道原因。

当初简橙被强制送出国治病，心理和精神上都出了点问题，周总砸钱收购它，是瞄准了这老字号制药厂在研究的一款治抑郁症的药。虽然简橙现在不需要这类药了，但当时是需要的，周总如今还在砸钱，是为利，也是以防万一。如今立橙生物那边挺顺利的，周总以前只是问问进度，今天突然让他把所有资料都拿过来。

"周总，是有什么问题吗？"

周庭宴走过来，拉开椅子坐下，没回答他的问题，只道："以后立橙那边，你亲自跟进。"

潘屿虽疑惑，却不敢多问。"好。"

周庭宴翻了两页资料，又提到简文茜。"简文茜的私人资金动向，你让人留意下。"

他还想说什么，手机有消息进来。是简橙。

简橙：周庭宴，看微博没？你老婆火了！

简橙：快看快看！你老婆上热搜了！

距离给米珊拍杂志的日子，已经过去两个多月。

Win 十一月刊完整版封面大片，在十一月的第一天发布。这是米珊复出的第一本杂志，刚发布出来，粉丝就全跑过去，先点赞再看照片，黑粉和对家也一窝蜂地跑过去，先看照片挑刺。

结果，找半天，挑不出一点毛病。

照片确实拍得好。杂志官博发布了十二张照片，每一张，都把米珊的媚态展现到极致，把她明艳和独特的美展现得淋漓尽致，加上光影的构建，让人眼前一亮。

最绝的是，那浅浅的一个眼神，在她和摄影师默契的配合下，能让人融入一个故事。

低头，是现实和踌躇；抬头，是成长和蜕变；回首，是千帆过尽和淡定从容。

让人下意识就想到当年苏蕴拍 *Win* 封面——只凭几张照片就被知名导演选中拍电影。

其实苏蕴是丛林野性风，米珊这次更偏都市风，两次拍摄是完全不同的场景，但大家就是能感觉到，两次是同一个摄影师拍的。因为故事感太强，内核一致。

所有人看完照片，都下意识翻到摄影那行，摄影师的名字大大方方在那儿摆着：橙心摄影工作室，简橙。

官博后面还特意艾特了简橙，好心帮网友们指路。

橙心摄影工作室，没错，还是那个两个月前被米珊粉丝骂上热搜榜的小作坊、没什么成绩却能拿到这么好资源的关系户。简橙，没错，还是那个籍籍无名的菜鸟，还是那个无论他们怎么挖，都挖不出一点点消息的神秘资源咖。

有网友在评论区问，两次拍摄是不是同一个摄影师。

官博迟迟没回复，有急性子的网友直接跑苏蕴微博下留言，问她上次那个不愿留名的摄影师是不是叫简橙。苏蕴没回复网友，但是转发了简橙工作室宣传的微博，配文里没有文字，只有几个鼓掌和恭喜的表情。

什么都没说，又什么都说了。这明显是间接承认了，上次和她合作的也是简橙。

所有不看好米珊这次复出杂志的人，纷纷被打脸。粉丝对此是高兴的，黑粉被打脸后坐不住，势必要挖点简橙的黑料出来。

米珊的对家一边让水军帮着黑粉带节奏，一边让自家经纪人赶紧联系简橙的工作室。

下午五点，"简橙，牛×！"直接冲上热搜第一。

橙心摄影工作室。

热搜在持续发酵，简橙和林野都在孟糖办公室坐着。

孟糖的手机铃声从热搜出现就没停过，电话是一个接一个地接。大多是之前给过合作机会的，就上次，简橙因为给米珊拍摄被骂上热搜，那些人过来蹭热度，给合作机会，又不给好项目。

现在简橙的风评两极反转，又是仅用几张照片就把苏蕴送到梅导面前的牛人。水涨船高，他们的意思是想约见面，重新谈合作，项目不能差，待遇不能差。

孟糖没直接答应，也没把话说死，八面玲珑地应付着。林野坐在她对面，拿手机盯着热搜，时不时往对面看一眼，见她的水喝完了，就凑过去给她添满。

简橙坐在孟糖旁边，吃着隔壁甜品店师傅刚送来的酥皮蛋挞，边吃边给周庭宴发消息。两条消息刚发送，进来一个电话。是个陌生号码，简橙随手接了。

"简橙。"

听到这声音，简橙愣了下。"苏蕴？"

孟糖刚接完一个电话，听到这个名字，猛然朝简橙看过去。手机铃声还在响，又有电话过来，她直接调到静音扔旁边了。

电话里，苏蕴的声音有点着急。"简橙，我在派出所，出了点事，你能不能来接我一下？"

简橙安安静静地听她把话说完，听明白了，苏蕴的电影昨天杀青，明天在江榆有品牌的线下活动，她得出席，所以今天过来了。在机场，被人抢了行李箱，她现在在派出所，有点麻烦。她说她在江榆没有其他朋友，之前说等她的那个男人结婚了，又不能找他，所以就想到简橙了。

简橙沉默了几秒，问她："你经纪人呢？你助理呢？"

苏蕴说："他们明天早上才到，我自己提前来的，有点事。"

简橙问她那边的情况，听说只要过去把她领回来就行，简橙答应："好，你等二十分钟。"

"不是，你真要去接她啊？"孟糖整个人挨着简橙，苏蕴刚才的话都听得清楚，对于简橙的决定有点不认同，"你晚上不是要和周庭宴吃饭吗？这都五点多了，你还是别去接苏蕴了。"

简橙把剩下的蛋挞吃完，周庭宴回了消息。

周庭宴：老婆真厉害，晚上有奖励。

周庭宴：我现在下班，过去接你，二十分钟后到。

简橙：好。

回完消息，简橙道："我才不去，她上次请我吃饭，我到现在还有阴影，但是又不能没人去，毕竟周庭宴还管着她，不能让她出事。"

简橙抬手指指林野，跟孟糖说："你带林野过去一趟，我就不去了，你们把她接出来，再把她送到酒店去。"

孟糖正好要会一会这个苏蕴。"行，你放心去吃饭，苏蕴那边交给我。"

跟孙一森吃饭约的是晚上六点。

周庭宴五点半来接她，简橙一路上心不在焉，周庭宴看出来了，等司机把车开到停车场，让司机先下去。没人了，他伸手把简橙抱到腿上坐着，亲亲她的脸。"我惹你生气了？"

简橙一愣。"没有啊。"

周庭宴："那刚才怎么不理我？我做错事了？"

简橙低头把玩着他的手指。"就是有个问题，一直想问你。"

周庭宴："你问。"

简橙犹豫了下，还是问出口。

"就是我们结婚之前，你为什么……一直到三十二岁了，还不结婚？你以前没有喜欢的人吗？"

周庭宴沉默了会儿。"真想知道？"

"嗯，想。"

周庭宴坦诚。"有个喜欢的人，很喜欢。"

简橙眼巴巴地看着他，想到了苏蕴，又觉得不是，心口憋着醋意，连问几个问题。"什么时候啊？初恋吗？你有多喜欢啊？现在还喜欢吗？为什么没娶啊，我认识吗？你觉得是我漂亮，还是她漂亮啊？"

周庭宴自动忽略前面的问题，只打算回答最后一个问题。他用指尖托着她的下巴，来回看了看，最后得出一个结论。"她漂亮。"

简橙："……"

那么多问题，他竟然只挑这个最气人的回答！

周庭宴见她气得像河豚的脸，笑笑，从旁边拿来手机，用指尖在屏幕上滑几下，然后把手机递给她。"你自己看看，谁漂亮。"

简橙接过来，垂眸，愣住。

是张照片，三个人，应该是一家三口。女孩身上穿着学士服，戴着学士帽，站在中间，父母一左一右站在她两边，一人手里拿一束花，她伸开双手，搂着他们的肩膀。三个人对着镜头笑。

简橙把目光锁定在中间的女孩身上。该怎么形容呢？她长这么大，没见过这么好看的人。不单单是长相，她长得确实漂亮，身姿高挑，身形曼妙，面容精致。无可挑剔，是肤白貌美的大美人。她的好看更在气质上，腹有诗书气自华，一看就很爱读书。阳光下，她笑得眉眼弯弯，跟她父母手中那两束花一样灿烂，满身温柔，如天上皎洁的弯月。

目光纯净，透着灵气，她一定是个很幸福的人，因为她浑身透着慵懒劲和松弛感，让人轻易被感染。

隔着屏幕，简橙都想认识她。太有魅力。

不用周庭宴介绍，简橙都知道照片上的女孩是谁。他母亲，关灵。

这是张老照片，右下角标着拍摄日期，她在脑子里算一下，正好是关灵毕业的那年。

而且——

简橙看看照片，再抬头看看周庭宴。她就说，周家人的眉眼虽然个个生得漂亮，但都没有周庭宴蛊惑人，他眉骨立体修长，有世俗的好看，又偶尔能让人瞧出几分佛光。

她跟孟糖说过这事。孟糖还笑她。"我反正是没瞧出来，大概他这佛光只对你，仁慈只对你，耐心只对你，只为你遮风挡雨，挡灾招财，所以你觉得他身上有佛光。"

简橙就一直觉得，大概周庭宴身上这道佛光，真是她自己幻想出来的。她落于世俗的难，困于世间的情，奶奶生前信佛，大概是奶奶求了天上的哪位佛祖显灵，给了她周庭宴这样的一个男人。

原来不是她幻想的。

他这样偶尔脱离世俗的好看，是来自他的母亲。

逼仄的车内，简橙把手机还给周庭宴。"你妈妈好漂亮。"

周庭宴接过手机，低头看还亮着的屏幕，眉眼沉静，好半天才开口："嗯。"一声自嗓子眼透出的气音后，便没了下文。

车里的气压有点低。

过了一会儿，简橙抬胳膊，双手把他的脸捧起来，摸向他的眉骨，用指腹细细描摹。

周庭宴任由她动作，他以为，此时此刻的气氛下，她要说出什么感性的话。结果，她把他的眉眼摸一遍，忽而一巴掌拍他脑门上了。

啪！不轻不重，手落在他额前的头发上。

周庭宴："……"

"为什么打我？"明明温柔似水的话，偏偏能让人听出细碎的委屈。

"你不会说话。"

简橙打了他，还拿手戳他心口，教他做人。"现在这里只有我，你应该说，在你心里，老婆和妈妈都好看，排名不分先后。你情商不高。"

周庭宴捉住她的手腕。"在我心里，你们都好看，排名不分先后。"

简橙："油腔滑调，明明是你妈妈比较好看。"

周庭宴："……"

他笑了下，紧锁的眉心舒展。"刚才是你先问我有没有喜欢的人，我看你那严肃的架势，我如果说，没有喜欢的，你肯定不信，好像我必须说出一个来才可以。"

他松开她的手腕，手绕到她后腰上，把她往怀里搂。"我这人洁身自好，平时没什么机会让你吃醋，刚才我说她比你漂亮，你酸气冒得我都瞧见了，你吃醋，我很高兴。"

简橙见他眉心展开，又开始矫情。"我没吃醋，我那是气的，你是我男人，你当着我的面夸别人漂亮，我能不气吗？"

周庭宴在她瓷白脸颊上捏了下，笑声从嗓子溢出来。"口是心非，你就是吃醋了。"

"没有，我没吃醋！反正我不管，你以后当着我的面，就是不能夸别人！"

"不夸，你最美。"周庭宴哄她。

简橙被他灼亮的眸子看得脸红，转移话题。"算了，你都把我婆婆搬出来了，算你过关。那还有呢，你为什么一直没结婚啊？就算没有喜欢的，像你们这样的，不都要联姻吗？"

为什么一直没结婚？

周庭宴拿起她的手，用指腹摩挲她无名指上的婚戒，慢慢地开口："我十四岁进周家，二十岁遭车祸，这期间，没什么好日子过，自己都顾不过来，没有精力和时间谈恋爱。那晚我跟你说，我跟周万山斗了好几年，二十五岁之后，我的时间和精力，都用在跟周万山的争斗上。每天我脑子里想的是，怎么把周万山的项目抢来，怎么赢他，怎么拿到京岫，完全没时间浪费在感情上。"

后来他稳坐京岫，有时间了，也不想结婚。他觉得结婚没意思。他母亲是个很好的人，连她那样的人，进了周家都被毁了，他也不想害了谁。

本来这辈子他都不打算结婚的。简橙是个例外。

如果她好好的，他不可能去打扰她，可她当时深陷沼泽，无路可退。他想光明正大地保护她，偏偏她跟周聿风有过婚约，他是小叔，是长辈，他们身份的距离摆在那儿，没有名分的保护，她的处境更难。有了婚姻，他才有资格站在她旁边。

他无比庆幸，当时做了对的选择。

领证快一年了，想着这一路提心吊胆地诱她给真心，不容易，情绪上来，周庭宴把人按在怀里深吻。

最后自然是不得尽兴。晚上回家继续。

跟孙一淼约定的时间已经到了，他们不能再耽搁。

车停在露天停车场，周庭宴牵着简橙的手从旁边的小路走，拐角处有个烤红薯的摊子，香味直接勾出简橙的馋虫。她正想说去买两个烤红薯，突然听到周庭宴的声音。"简橙，你想不想……去见见你婆婆？"

算算时间，下个月就是他们结婚的一周年纪念日。他准备在纪念日那天，带她去看看母亲。

吃饭的地方叫于记老鸭煲。不是什么"高大上"的餐厅，是一家挺老的馆子。

在小湾村的时候，简橙加了孙一森助理的微信，特意问了他，知道孙一森好这口，才定了这里。据说味道很绝，就是位置不好找，是一对老夫妻开在巷子里的私人餐馆。

这儿还是关清柔推荐的。她昨天在朋友圈发消息，问哪家的老鸭煲好吃，关清柔发信息给她：老板娘的手艺是真好，我有几道汤就是跟她学的，算我半个师父，店不大，位置也偏，不太好找，你如果要去，我把地址发给你。

关清柔煲汤出了名地好。她认可且喊"师父"的人，那肯定是有保证的。

所以简橙选了这里。

今天吃饭的除了她和周庭宴，就只有孙一森。三个人都知道为什么吃这顿饭，也都知道当年发生了什么，不用再藏着掖着，一顿饭吃下来，气氛倒是不错。

简橙给孙一森敬了几杯酒，真心地跟他道谢，孙一森全喝了，收下她迟来的感谢。

今晚的酒，是周庭宴提前让人从国外的酒庄空运过来的，孙一森多喝了几杯，有点上头。他多说了几句："有个词怎么说来着？否极泰来，《周易》六十四卦中，否是坏的卦，泰是好的卦，就是说呢，坏到了极点，就会往好的方向发展。所以，简橙啊，过去的就让它过去，你要向前看，你不要把自己困在过去，你的人生才刚刚开始呢。"

有点像长辈的唠叨，简橙安静听着，时不时应一句，孙一森喝了酒话就多，跟她说完，又跟周庭宴说话。

老鸭煲最后才上，简橙尝一口汤，确实不错，既鲜又入味，喝下去，心里暖乎乎的。

她给周庭宴也盛了一碗汤，手不小心碰到砂锅，指尖被烫了下。

周庭宴刚跟孙一森碰了杯酒，闻声转头，立刻放下酒杯，把她的手拿过来放在掌心。"小心点。"

他低头看她的手指，把烫到的那块放嘴边吹了两下，简橙乖乖坐着，看着他紧张的动作，脸上笑盈盈的。

"我就是想给你盛碗汤。"

"你老实坐着，别动了，我自己会盛。"

聊天终止，孙一森也放下杯子，打算去洗手间，顺便抽支烟。他嘴上能劝简橙放下，向前看，其实他自己心里的难受劲一直没过去，今晚聊到过去，他时不时想起故人。他的女朋友，他的爱人，那个本应该在记忆里渐渐远去，脸却深深刻在他灵魂上的姑娘。

"啊，对不起……对不起……"

一道急促愧疚的女声拉回孙一森的思绪，他看看眼前穿着服务员衣服，双手合十、躬身道歉的女人，再低头看看身上的汤汁。脑子逐渐清醒。

"没事。"溅得有点多，但孙一森并不在意。

"我自己处理下，你走吧。"他扯了扯溅上黏稠汤汁的衬衫，转身继续往洗手间的方向走，刚走一步，袖子就被人扯住。

"先生，真的不好意思，衣服的钱我赔给您吧。"

女孩后面还说了一大堆道歉的话，孙一森一句也没听进去。他愣愣地看着把头抬起来的女孩，脑子里有一瞬的轰炸声。

"心悦……"

孙一森回来已经是半个小时后，简橙把两碗汤都喝完了。

这顿饭吃了将近两个小时。前半段，孙一森劝简橙忘了过去往前走，后面，孙一森一杯酒接一杯酒下肚，又跟周庭宴说：

"庭宴啊，我很羡慕你，你的爱人，还平平安安地在你身边，还能跟你说说话，你要珍惜。

"庭宴啊，我的姑娘不在了，我到现在啊，晚上都做噩梦，我当时跑快一点就好了，我早点找到她就好了，早点就好了……"

他上一句还在劝人往前看，下一句又把自己困在过去。

简橙昨晚才知道，她见到孙一森的那天，他女朋友死了。

这种事，都是面上看得透，心里陷得深，旁人当真不好劝，得自己走出来。

结账的时候，收银员说他们这桌免单，简橙惊讶地看向周庭宴，周庭宴摇摇头。简橙正想着是不是关清柔跟老板说了，就见一个扎着马尾辫、二十岁出头的女孩走到孙一森面前，说了几声抱歉。

简橙听了会儿，搞明白是怎么回事了。

这女孩撞到孙一森了，她要赔买衣服的钱，孙一森不要，她就帮忙把账结了。

孙一森脚步不稳，得靠周庭宴撑着，出门的时候，回头看了一眼，又黯然地收回目光。

真像啊。可惜不是她。

周庭宴让自己的司机送孙一森回去，简橙没喝酒，他们这边简橙开车。

车子刚驶出停车场，周庭宴就接到老宅那边的电话，是管家偷偷打来的，说周聿风今晚带着他老婆去老宅吃饭，临吃饭时，周聿风和蒋雅薇吵起来了，曹瑛和叶绮打起来了。家里鸡飞狗跳，老爷子气得喘不过气，医生来家里了，情况不太好，管家的意思是让周庭宴回去下。

挂了电话，周庭宴见简橙脸色不太好，解释了一句："周聿风是昨天回来的，蒋雅薇和曹瑛闹得太厉害，他一直申请回来，我最初没答应，是二哥找了我几次，说他再不回来，家要散了，我给二哥面子。"

周聿风回来这事，之前在小湾村的时候，简橙就听叶绮说了。周庭宴对周聿风的父亲周百川一直挺尊重的，所以周聿风能回来，她一点不意外。

她脸色不好，是因为无语。据管家的意思，周聿风和蒋雅薇吵架，曹瑛和叶绮打架，都跟她有关系。具体点说，跟她那条热搜有关系。

管家说她是这场闹剧的导火索，是因为叶绮一直在夸她，挑热搜里网友好的评价读，故意刺激曹瑛和蒋雅薇。不知道哪句话戳了曹瑛的心窝，顺带刺激了蒋雅薇。

简橙把车子开回老宅。

已经快晚上九点了，孟糖那边还没有动静，所以简橙让周庭宴先进去。"我给孟糖打个电话，有点事，你先进屋。"

夜里风凉，简橙只穿了件长裙，周庭宴把外套脱了给她披上才走。

简橙拿着手机往老宅后面那棵桂花树的方向走，铃声快结束时，孟糖才接了电话。

"你们把苏蕴送回去没？"

"送个鬼！"

孟糖的声音明显压着火气。"我们还在派出所呢，林野打人了，现在还得捞他！"

简橙错愕，也没细问。"我现在过去。"

"不用不用，"孟糖不让她过去，"也不是什么大事，你陪周庭宴吧，有人在捞我们了，马上好了。"

简橙问她谁去捞的。

孟糖过了好一会儿，才从嗓子里挤出两个字："秦濯。"

简橙："……"

十一月的桂花已经凋谢，简橙挂了电话后，扯了扯周庭宴的外套，往路灯渐明的方向走。她走过黑暗处，一只脚刚踏入路灯的光中，身后有人把她叫住。

"简橙。"

周聿风是半个小时前出来抽烟的。屋里太闷，不是寻常的闷热，是能让人闷到骨子里的窒息。

这次出差，他知道小叔是故意的，因为雅薇流产那天，他喝醉跑去简橙的工作室找她，小叔生气了，所以找个项目把他调走。换作以前，他心里会不高兴，但这次挺配合。因为他自己也想离开一段时间，他想清静清静，他实在受不了家里的气氛。

雅薇变了。以前她乖巧听话，他说什么就是什么，他心烦的时候，她就是解语花，从来不会反驳他，不会阴阳怪气地耍小性子，乖得跟猫一样。他当初喜欢的，就是她的乖巧。

现在不一样了，她会闹脾气，因为一点点小事就吃醋，就无理取闹。就像上次流产，林野往群里发简橙的照片，明明是她拿给他看的，他就是多看了两眼，她也生气。能把她自己气到流产，他也是服了，真服了。

还有他出差期间，母亲打电话控诉雅薇的父母，说他们带鸡鸭鱼蛋去老宅，让她丢人，让她成为笑柄，让她被富太太们议论。晚上雅薇开视频的时候，他就是提醒了一句，说母亲不喜欢她老家那些亲戚，她也气，情绪激动，说他也看不起她家里那些人。

他刚哄好一点，她又开始无理取闹，让他交代一整天都干了什么，连晚上应酬，桌上有几个女人，年轻吗、漂亮吗、单身吗，都得问清楚。

还有今晚，三婶本就是唯恐天下不乱的性子，她拿着简橙那条热搜，把简橙夸到天上去。

她是真的想夸简橙吗？当然不是，她只是看热闹不嫌事大，想看笑话，故意拱火而已。

父亲接到管家的电话匆匆忙忙赶回来，问他怎么回事。

还能是怎么回事？

他昨天回来，想着今天回老宅陪爷爷吃顿饭，本来挺好的一件事，结果三婶也在。三婶自从中秋节那次当了回女主人，就一直惦记着，想从他母亲手里夺权，平时就各种阴阳怪气。

当时离吃饭还得一会儿，大家都在客厅聊天，一开始都维持着表面的客气，后来三婶逐渐过分。三婶说他。"聿风啊，你还别说，简橙离开你就像开了挂似的，庭宴把她宠得无法无天，她的事业也越来越好了，你妈当年说得对啊，你俩八字不合，你克她。"

三婶说他母亲。"二嫂，我觉得，你真是你们家的祸害，老公被你逼得很少回家，简橙这么好的准儿媳妇被你欺负走，你真要想想自己的问题啊。"

三婶说雅薇。"山猪吃不了细糠，享不了那福，雅薇啊，虽然你哪儿哪儿都比不上简橙，但你既然已经成功上位了，就老老实实地在家生孩子吧，多生几个，母凭子贵。"

三叔如今在小叔跟前得势，三婶的嘴巴现在更毒了，说话完全不顾人死活，不给人留面子。

他也气，但他是个男人，总不好跟妇人辩口舌。

他母亲现在的脾气越来越差了，以前最顾及形象，现在也不顾了，直接扑过去，要撕烂三婶的嘴。雅薇如今也不知道轻重，以前都是轻声细语地说话，现在在老宅也敢跟他闹脾气了。她不敢跟三婶说什么，就一直跟他抱怨。"我当初不想辞职，你不帮我，如果我没辞职，我也不会被困在家里，被你妈各种嫌弃挑刺。"

确实，当初他母亲非要雅薇辞职，雅薇不想，让他帮忙周旋。

他站在母亲那一边。他至今都觉得，这事他没做错。当时他劈腿雅薇的消息，以最快的速度传到集团，丑闻遮不住，雅薇再当他的秘书就不合适了，所以不如辞职回家，他又不是养不起她。

辞职没多久，雅薇怀孕，日子总算舒坦些，结果还没高兴太久，雅薇自己作，流产。

他这次出差其实冷静了很多。既然结婚了，日子总要过下去，就算他对雅薇的感情被生活磨得所剩无几，他也得过下去。结婚不到一年，他不能让简橙看笑话。

所以他昨天回来，有好好跟雅薇谈，他准备再要个孩子，有了孩子，她就有了寄托，母亲也会消停。他真是为她着想，结果呢，听到孩子，她脸色就不对劲，后来一句话都不说，晚上不让他碰，莫名其妙跟他冷战。

今晚来之前好一点，她跟他道歉，说昨天想到了那个没了的孩子，所以心情不好，他理解，所以也没怪她。结果呢，才好了几个小时，又因为三婶的几句话跟他闹，他没压住火，跟她吵了几句。

然后就乱了。

他母亲和三婶扭打在一起，雅薇一直哭，爷爷过来劝两句，被怒火上头的母亲吼了一句。"我现在过这种日子，都怪您，是您和关灵害了我，关灵才是祸害！"

就是这句话，把爷爷气到浑身发颤，几度昏厥，医生过来，忙忙碌碌一阵，现在没什么大碍，但人还躺在床上没醒。

一群人在那儿陪着，他实在烦躁，就出来抽支烟。他漫无目的地走，也不知道怎么就走到这棵桂花树下。这里是他和简橙、周陆从前经常来的地方。

简橙那时抱着他的胳膊说："以后我们在中秋节结婚好不好？我们在这棵桂花树下举行仪式，好不好啊？"

在桂花树下举行仪式？那丫头总是异想天开，想一出是一出。哪儿有人在房子后面举行婚礼的，而且他们的婚礼势必要轰轰烈烈的，他不能委屈她，这里连桌子都摆不开。

但那时候多大啊，十几岁，她说什么就是什么，她说什么他都说好。那时候，他真想娶她，做梦都想。可最后啊，还是走散了，中秋节早就过去，桂花已经凋谢，香气不再。

他娶了他后来喜欢的人，他年少时想娶的那个姑娘，也嫁给了别人。

年少时想娶的……

指尖猩红的火光随风跳跃，他看着那道模糊的身影越靠越近。

她穿一件红色丝绒长裙，外面披着男人的西装外套，性感微鬈的大波浪长发，妆容浓淡适宜。大概是人逢喜事精神爽，她比从前更漂亮了。大概是小叔宠她，她比从前多了几分松散慵懒劲。

抛开其他乱七八糟的感情纠葛，简橙这张脸，一直符合周聿风的审美，现在，更是让他有种恍惚和遗恨的错觉。

她在跟谁打电话，他不知道；说了什么，他也没听见。他只看见她时而蹙起眉，时而露出惊讶和无语的神色。她无语时，还是和从前一样，喜欢伸手按在额头，戳戳点点，惊讶时，长长的睫毛眨啊眨，生动又撩人。

等他回神，她已经挂了电话要离开。不知道为什么，他就喊了她的名字。

"简橙。"

简橙听到有人喊她，下意识转过身，就看见在桂花树下站着的周聿风。其实离上次和他见面没多久，他是中秋节前离开江榆的，也就一个多月。

他变化挺大的。样貌倒是没怎么变，还是穿一身高奢的贵公子，怎么说呢，就是……颓，从头到脚都散发着一股颓废的劲。

简橙是有感慨的。周聿风在她心里有三个阶段。爱她的时候，他是意气风发的少年；劈腿的时候，他是喜新厌旧的死渣男；现在，他是罪有应得的倒霉蛋。

"年纪轻轻，怎么脑子不太好使？"简橙站在原地没动，端着长辈的范，"说多少遍了，我现在是你小婶，你一个晚辈，直呼长辈的名字不好吧。"

早知道在这里碰见他，她就不往这边走了。因为这边安静，她打着电话，不知不觉间就走过来了。

周聿风是想跟她好好说说话的，听她这么说，心里像被钝刀划过。

"热搜我看了，"他把话题移开，"恭喜你。"

Win 发出来的照片他看了，他一个外行都觉得厉害，他一直觉得，简橙搞工作室只是混混日子，玩玩，没想到她这么厉害。

简橙声音平静，无波无澜的。"这还得谢谢你，远离你，我运气超好的。"

想着今晚周庭宴喝了酒，还得过来给他们处理烂摊子，简橙又端起长辈的范，顺口教训一句："周聿风，你们就不能消停点吗？不要每次都闹到老宅来，你是个男人，连跟老婆吵架这样屁大的事，也要闹得尽人皆知，你不觉得丢人吗？"

周聿风最讨厌她摆出长辈的姿态，最受不了她以长辈的口吻教训他。

简橙转身走时，他快步追上来，抓住她的手腕。"你到现在还没想起来吗？简橙，你心里一直爱着的那个人，是我，不是小叔。"

周聿风其实一直纠结这个事，简橙当初摔坏脑子，把小叔错认成他，把对他的爱转移到小叔身上。最开始，他觉得挺好的，这样简橙就不会再缠着他了。可慢慢地，他见她和小叔的感情越来越好，他心里又开始不得劲了。

不知道不得劲什么。他觉得，应该是因为简橙离开他过得越来越好，反倒他抛弃她后，日子越来越枯燥无味，他心里不平衡了。

"你记错了，简橙，你真的记错了，我……呃！"

简橙一脚踩在了周聿风的脚背上，她用高跟鞋的鞋跟踩的，用了九分力气。

"周聿风，你真是胆大包天。"

简橙没想到他在家门口还敢这么放肆，使劲踩了两脚，还故意转了下鞋跟。

周聿风出来时，整个人烦躁得要被火烧灼了，直接冲出门，都没来得及换鞋。所以，他现在是穿着拖鞋的，薄薄的棉拖鞋，被她这两脚踩得钻心地疼，她还故意转着踩，他感觉骨头要断了。

"简橙你……"

"你们在干什么！"

老爷子突然倒下，蒋雅薇也吓到了。她刚才一直跟着婆婆忙东忙西，也不知道瞎忙什么，等停下来的时候，才发现周聿风不在了。

打电话一直没人接。正巧，周庭宴进屋了，她就趁着所有人的目光都移到周庭宴身上时，出来找人了。她要跟周聿风道歉，她今天确实冲动了。

都怪叶绮，提简橙就算了，还一直提孩子，一口一句母凭子贵。她可能贵不了了。

医生上次嘱咐她保胎，说她如果再流产，孩子就不好要了，这段时间，她偷偷去过几家医院，得到的回复都是概率很小。

她现在尤其怕人提孩子的事，本来心里就不舒坦，刚才叶绮还在那里一直说。

一会儿说简橙一会儿说孩子，一会儿说孩子一会儿说简橙，两个人都在她的爆发点上。她一直给周聿风使眼色帮帮她，他没看见，还一直盯着简橙那条热搜看。再好的脾气也忍不了吧。

她知道自己的处境，所以她还是有一点理智在的，她是等到婆婆跟叶绮打起来的时候，趁乱跟周聿风抱怨的。

岂料他完全没耐心哄她，还朝她吼，她忍无可忍才跟他吵的，吵完，老爷子晕倒了，他跑了，她就马上来道歉了。

在周家，她唯一能靠的就是周聿风，她得哄好他。她找了一圈，想了一路哄他的话，结果看到周聿风和简橙在这儿拉拉扯扯。至少从她的角度，她看到周聿风握着简橙的胳膊，身子朝她倾着，挺亲密的。

蒋雅薇跑过去，慌得去扯简橙，简橙身上的西装外套被她扯到地上。

"简橙，你怎么这么阴魂不散啊！"

今天闹成这样，都是因为简橙的热搜，如果简橙没上热搜，没那么优秀，叶绮就是想挑拨也没话说。都怪简橙，都怪她，总是阴魂不散。

"你本事大，你嫁给周庭宴，我祝福你，我都祝福你了，你就不能可怜可怜我！你们不来老宅，没人敢怪你们，你就不能不来吗？！"

蒋雅薇后悔死了。当初简橙摔坏脑子把周聿风记成周庭宴时，她就该早早地告诉简文茜，让简文茜想办法阻止简橙嫁给周庭宴。

现在好了，她和简橙都进了周家。她得恭恭敬敬地喊简橙一声小婶不说，每次，只要她和简橙同时在，她总是被忽略的那个，她总是活在简橙的光芒下。

简橙不在，那个该死的叶绮也总是拿她和简橙比。

简橙！简橙！简橙！哪儿哪儿都是简橙，她服了，服了！难不成她要一辈子活在简橙的光芒下？

简橙弯腰捡起地上的外套，拍拍灰，这次没穿，直接搭在了左手手臂上。她抬头看向蒋雅薇，沉静的眸子碎着冰。"可怜你是吧？好啊。"

啪！巴掌落下，简橙看着她脸上的手掌印，满意地拍拍手。

"啧，现在确实挺可怜的，我可怜你，这样行了吧？"

她重新把外套披在身上，笑一声："我还是第一次听说这样的要求，求人家打，蒋雅薇，你可真贱啊。"

蒋雅薇捂着脸，不可置信地瞪着她。"你……"

"你什么你。"简橙打断她，"知道这衣服多少钱吗？你就敢扔地上，今天你们比较衰，我心情好，所以就不跟你计较了。"

她轻飘飘地扫一眼蒋雅薇，语气平静无波。"别犯贱，再有下次，我把你的手砍了，不信你试试。"

简橙走后，蒋雅薇捂着脸缓了好一会儿，转头看向周聿风，一脸的哀怨。"她打我，你就看着？"

周聿风的脚现在依旧痛得厉害，从脚背一路往上，直接痛到神经。"你别招惹她。"

他用手按在太阳穴上，周聿风觉得自己应该是昨晚没睡好，他刚才不该抓住简橙，不该说那些乱七八糟的话。说了她也不会想起来，不会记得当年爱他的那份赤诚，他非要强求，反而，丢人的是他自己。

他需要冷静一下。看一眼蒋雅薇脸上的巴掌印，周聿风突然不想说安慰的话。她最近真的太能闹了，他再哄她，她更得寸进尺。

"你现在这个样子，别回去了，去门口等着，我让司机先送你回去。"

蒋雅薇出来时没穿外套，一道凉风灌进脖子处，冷得她硬生生打个寒战。她看着周聿风离开的背影，只觉得这道凉风要钻进心肺里。

他竟然不管她了？他竟然把她一个人留在这里？他竟然让她先回去？简橙扇她巴掌，他竟然连句苛责都没有，结婚前，简橙碰她一下，他都会帮她讨回来。

变了，周聿风变了，他刚才拉着简橙干什么？他是不是后悔了？他后悔娶她了吗？

蒋雅薇孤零零地站在桂花树下，等到完全看不见周聿风的身影，她拿手机拨一串号码出去。"你最近有时间吗？见一面吧。"

老宅这边的消息传播速度很快，在江榆的周家人，能过来的都过来了。不过，他们过来也没什么用，老爷子醒来后，只留了周庭宴和周百川说话，其他人全被轰出去了。

简橙进屋的时候，客厅里坐了不少人，周陆也在，看见她就朝她挥手。

"小婶，这儿。"

他往旁边挪屁股，挤出一个位子给简橙。"爷爷已经醒了，在跟小叔说话，估计得过一会儿。"

简橙在他旁边坐下，把外套拿下来盖到腿上，瞧着这一屋闷头不吭声、各怀心思的人，挑了下眼皮。

周陆凑过来跟她解释："徐医生说，爷爷真动了肝火，虽然这次没事了，但不能再来一次，下次就真无力回天了，他们都害怕呢。"

简橙了然，害不害怕不好说，肯定有人等着分遗产。

等待是个漫长的过程，茶几上放着用人刚端过来的水果盘，没人有心情吃，简橙端过来了。

她往嘴里塞一个青枣，觉得好吃，就往周陆手里塞两个。"你跟汪念念最近怎么样？"

"挺好的，我跟她表白了，她下个月过生日，她说过完生日再给我答复。"

这事聊完，简橙拽着周陆的袖子往自己跟前扯了扯，压着声音跟他说话："你小叔……跟苏蕴的事，你知不知道？"

周陆愣了下。"苏蕴？哪个苏蕴？"

"就是那个大明星苏蕴啊，今天跟我一起上热搜的。"

简橙把当初简文茜跟她说的话言简意赅地跟他说一遍，周陆的脸色由茫然到惊愕，最后是沉重。"我只知道当年那场车祸，死的是跟小叔关系挺好的朋友，我不知道那个人还有一个妹妹，更不知道小叔是背后帮她的人。"

他看向简橙，试探着开口："小婶，你是介意那个苏蕴吗？"

简橙在他面前从来不遮掩自己真正的想法。"就挺矛盾的，我知道周庭宴帮她，是可以理解的，要是我，我可能会跟他一样，我也帮，但是，怎么说呢，我一想到周庭宴要一直管她，我又觉得不舒服。"

简文茜跟她说的时候，她只想着周庭宴不可能喜欢苏蕴，觉得自己不会介意。可今天苏蕴给她打电话，她听到苏蕴的声音，就有点不舒服了。

"苏蕴被伤到脸那次，我都带着周庭宴去了，她明明知道，我就是周庭宴的老婆，她还想跟我交朋友，她这次出事，还给我打电话。我觉得怪怪的，就……"

简橙难得不知道该怎么形容，周陆帮她把话说完："你觉得，苏蕴对小叔还没死心，她故意靠近你，是有目的的？"

简橙闷闷地"嗯"了声，问他："我是不是小心眼，阴谋论了？"

周陆沉默了会儿才道："爱上了，才会小心眼，你爱上小叔了，所以你会想很多。"

他让她先放宽心。"小叔是爱你的，你只要相信小叔就行了，至于苏蕴，我先帮你探探她的底，京岫旗下没有娱乐公司，也许，是简文茜坑你的呢，我先查查再说。"

孟糖他们从派出所出来，已经是凌晨。

苏蕴站在路边跟林野道歉，今晚林野负伤，是因为帮她打了人，她有责任。

秦濯站在一旁点了烟，见孟糖一脸担忧地望着林野额头那撞青的大包，时不时还伸手摸一下，心里就不得劲。

"冲动易怒，当着警察的面就敢打人，真牛啊。"

他淡淡嘲讽一声，林野没吭声，孟糖帮着他解释。

"那人该打，林野要是不打，我就打了，我也冲动易怒。"

苏蕴在出机场的时候被人抢了行李箱。是一个私生粉抢的。那人确实该打，抢了箱子，也不知道用什么办法把箱子打开了，从里面拿了内衣闻半天。

他被抓到派出所，行动被控制，嘴里还说着恶心猥琐的话，简直不堪入耳，林野要是没动手，她也想上去把那男人的嘴撕烂。

等孟糖拉着林野上车走了，秦濯还站在原地，指间的一支烟即将燃尽。

苏蕴站在他旁边，跟他看同一个方向。"看得出来，她喜欢你，你要是也喜欢她，就抓紧，别跟我一样，后悔莫及。"

烟头烫到了手，秦濯甩了甩胳膊，没接她的话，只是转头警告她："我是不是跟你说过，不要招惹简橙，她在老周的心坎上，你动不得，你现在是在找死。"

苏蕴向他要支烟，氤氲烟雾拂过她晦暗的眸子。"我不试试，心有不甘。最多一个月，下个月就是他们结婚一周年，如果在他们纪念日前，我没有办法抢回周庭宴，我就放手。我就赌这一次，就一次。"

周庭宴凌晨才出来。简橙窝在沙发上睡着了。半梦半醒间，她感觉被人抱起来了，费力睁开眼睛，见是周庭宴，双手自然地环住他脖子。

"回家吗？"

软软的声音带着没睡醒的慵懒，周庭宴把她往怀里托了托，轻声道："嗯，你再睡会儿。"

简橙习惯性地压着他的脖子亲亲他的唇，用额头亲昵地蹭蹭他的脸，当真就在他怀里寻个舒服的姿势继续睡。

周聿风出去又抽了支烟回来，恰好瞧见这一幕，目光晦涩。

车被司机开走送雅薇，周聿风本来打算让老宅的司机送一下自己，出来后见周陆正要离开。

他拉开门坐上了副驾驶座。"送我一下。"

周陆刚看完微信里的未读消息，把该回复的回复了，放下手机正准备走呢，就见副驾驶座上坐了人。看见周聿风，他直接无语。"咱俩现在互看不顺眼，你心里没数？滚下去。"

周聿风今天受了一整晚冷待，被三婶阴阳怪气，被老婆抱怨，被简橙踩脚，刚才又被父亲说了一顿。现在，连周陆也对他这个态度。真是受够了。

"你总说雅薇是狼心狗肺的白眼儿狼，周陆，你才是，当年你和你妈被三婶挤对欺负的时候，是我护着你，你呢，你好好开你的酒吧不行？非要跑到集团跟我抢？还有简橙，她也没心，你说她没变，她没变怎么可能把我忘了？就算她摔坏了脑子，怎么能认错人呢？"

周陆要骂人，索性把车熄了火。

"我就是念着你当年帮过我，才一直跟你和和气气的，如果不是念着你的恩，当初你劈腿蒋雅薇，我就揍死你了。我一直尽量维持跟你的关系，你呢，你做了什么？当初那花瓶怎么碎的？你心知肚明是蒋雅薇弄碎的，可爷爷打我的时候，你就那么看着，要不是小婶过来，我就被打死了。

"周聿风，你都不让我活了，我还要顾着你吗？我有机会进集团，我为什么不进？我傻吗？至于橙子……"

周陆从兜里摸了盒烟，咬一支在嘴里，又扔给周聿风一支。

"周聿风，我知道，你到现在依旧怨着橙子，觉得橙子不该救小叔。可她救人的时候，根本不知道里面是谁，她只是善良而已，你明明比谁都明白，救人这事不怪她，可你偏偏怪了她，你为什么怪她？因为你就是个孬种！

"小叔现在是风光，可他这些年比谁都难，他是一个人在刀山火海拼出来的。你呢，你接触到权力了，你也想站在最高处，可你摸着自己的良心说，如果橙子当初真没救小叔，周家现在是什么样？大伯是什么人你不知道？他当年那狠劲，又有他舅舅那样的豺狼帮着，除了小叔，你觉得谁能从他手里把京岫夺过来？

"你有这本事吗？别逗了。别说你，就是你爸跟大伯对上，怎么死的都不知道，如果没有小叔，现在周家掌权的就是大伯。大伯是眼里容不得一点点威胁的人，你爸在爷爷那儿得宠，如果不是小叔把大伯扳倒，当年出车祸的就是你。

"周聿风，承认吧，你就是懦夫，孬种。"

周聿风后来是自己从老宅开了辆车走的。没回家，开车一路狂飙到酒吧，他头顶是华丽的灯光，耳边是鼓噪的音乐，脑子里是周陆那些如重锤的指责。

目光所及处，他看谁都像简橙。尤其是半瓶酒下肚后，他看过来搭讪的窈窕女人，大波浪、瓜子脸，笑起来眼睛像月牙。

"帅哥，不开心吗？"

不开心吗？是啊，他不开心，周陆那些话，让他无所适从，他后来是自己下车的，因为愤怒，因为无所遁形。

手机一直响，是老婆不间断的消息，从最开始的道歉、哄他，好话说尽，到最后，因为他迟迟不回消息，狠心来一句：不回就别回来了！

别回去了？行啊，一个个的都想安排他，都想主导他，都想骑到他头上，行啊，他如他们所愿，今晚，他就要随心所欲一回。

酒吧、成年男女、搭讪、开房——不是什么新鲜词，却有新鲜感。

凌晨三点的江榆，万籁俱寂，周聿风在一个陌生女人身上疯狂发泄的时候，脑子里想的是简橙那张脸，耳边是周陆那句："周聿风，承认吧，你就是懦夫，孬种。"

他不是，他不是孬种，他不是。

蒋雅薇凌晨三点才睡，早上七点就醒了，问了家里的阿姨才知道，周聿风一夜未归。她以为周聿风在老宅那边住下了，没多想，吃了早饭后就准备出门。

临出门时，家里小妹打来电话，说母亲前天回到老家就病了，问她回不回去。蒋雅薇听到家里的事就烦，直接吼出声："他们让我在周家抬不起头，我回什么回！你告诉他们，别再来了，来了也是给我丢人！"

小妹说一句"知道了"就要挂电话。

蒋雅薇突然想到最近一直在纠结的事。"你先别挂，姐姐跟你商量个事。"

小妹年纪最小，却是家里最有主见、嘴巴最严的人，最关键的是，她已经生了一个儿子，听母亲说，小妹最近打算要二胎。

她想要这个孩子。小妹嫁的男人是开包子铺的，在老家的小县城，蒋雅薇觉得，只要她给的钱多，他们会同意她的交易。

听完她的想法，小妹沉默好半晌，蒋雅薇以为她要答应时，耳边传来一声低低的嘲讽。

"蒋雅薇，你真是个疯子。你说爸妈让你在周家抬不起头，这怪谁？怪你自己的虚荣心，是你总来家里炫耀，说老公如何爱你，公婆如何疼你。爸妈是毛病一大堆，但他们属于你给他们多大胆、他们就做多大事的人，你天天给他们灌输你在婆家很受待见的话，他们自然腰板就直了。

"至于上次去周家，是你在坐月子期间承诺他们，一定会让他们的宝贝儿子进京岫，都是你许给他们的，你不兑现，他们那脾气，当然自己去问。你现在这种尴尬的境地，都是因为你自己的虚荣心，都是你自己造成的。

"你不能生，你想要我的孩子，我知道你为什么挑中我，你觉得我们家穷，好拿捏。是，我日子过得是不富裕，但我男人疼我，我公婆爱我，是他们给我的安全感，才让我决定要二胎，我很满足现在的生活，所以我比你幸福。

"蒋雅薇，当初你插足人家的感情，我就提醒过你，赶紧收手，不然你的野心会越来越大，你看吧，你现在的野心已经快把你的本性吞噬了。你是我姐，我最后再提醒你一句，别作死。我不可能把孩子交给一个当'三'的人，你也趁早打消这种念头，周家是什么人家？你当他们吃素的？

"你要真生不了，就离婚吧，这时候离婚，起码你还有不少钱拿，等你被人家扫地出门的时候，你就哭吧。"

简橙早上才知道，昨晚老爷子在鬼门关走了一遭。

当时家庭医生几次提出要送老爷子去医院，老爷子不愿意，说要真撑不过去，他不要死在医院。

他只留下了周庭宴和周百川，是觉得自己要死了，只想跟他们说说话，只想在人生的最后一刻，让他们兄弟俩陪着。所以周庭宴才出来得那么晚。

"撑不过今年。"说起老爷子的病，周庭宴只慢慢说了一句，简橙觉得他对老爷子的感情很复杂。

按理说，老爷子当年的强取豪夺毁了他母亲，他应该恨老爷子才对。但又不完全是，他对老爷子有怨气，也有舍不掉的父子情。

她更好奇，当年在关灵身上发生了什么事。周庭宴说，等下个月结婚一周年的时候，带她去见关灵，她有预感，周庭宴会告诉她关于他母亲的故事。

简橙下午去工作室的时候，打开微博想看看她的热搜现在是什么情况，结果在热搜没看到她的名字，看到苏蕴了。热搜第一。

苏蕴被私生粉抢行李箱。

简橙昨晚只是听孟糖说，那个私生粉很过分，打开了苏蕴的行李箱，拿内衣做猥亵行为。

她本来还想着怎么拿一件内衣猥亵，点开热搜发现，是真恶心，舌头舔得只差糊脸上了，那贱贱的表情，隔着屏幕都让人想用狗屎砸他脸上。果然呢，私生粉真可怕。

网友热议全是心疼苏蕴的。

简橙本来想问周庭宴看到热搜没，试探下他的看法，后来又放弃。这种事，对女生而言挺恶心的，完全没有传播和讨论的必要。所以到了工作室后，简橙也没跟孟糖怎么讨论，只是聊了下林野的伤。

"当时那浑蛋说得简直太难听了，林野没忍住就上去挥了一拳让他闭嘴，那浑蛋想推我，林野是帮我挡了一下，才摔地上了，额头撞在墙上。"

说到林野，孟糖又提了秦濯。

"昨晚我和林野去捞苏蕴，苏蕴见到我们挺惊讶的，可能以为你会过去，我跟她说，你和周庭宴约会呢，吃烛光晚餐，没空。她倒是没说什么，还笑说你们感情真好，后来林野打了人，她就给秦濯打电话了。秦濯跟米珊纠缠不清，又帮苏蕴，我真服了，怎么哪儿都有他，随便吧，下周他妈妈就回来了，我们马上就没关系了。"

孟糖提到秦濯就闹心，知道简橙昨晚回了老宅，就问她昨晚的事。听说她打了蒋雅薇，但是周聿风没什么反应，孟糖惊愕地瞪了瞪眼。

"周聿风怎么回事？以前你打蒋雅薇，他还扇过你呢，护得跟眼珠子似的，现在什么情况？爱情被婚姻磨灭了？"

简橙对此不评价。"谁知道，管他呢，爱咋咋的。"

从昨天开始，孟糖收到了很多的邮件和私信，求合作的很多。简橙下午跟她讨论接哪一个的时候，老简打来电话。

"橙橙啊，你之前不是说要爸爸给你留意电影吗？爸爸一直惦记这事呢。这不，长盛刚投资了一个电影，电影的主题宣传海报和微视频，爸爸都给你争取过来了，你抽空过来一趟？"

简宏云确实一直记着简橙跟他要电影资源的事。不过之前他决定今年不投影视项目，不投时尚项目，只投跟简橙工作不搭边的项目。因为如果他投了，但不找她拍，那小王八蛋肯定又要闹，给他添堵，让他不痛快，还得罪她。如果投资了，找她做，她那三脚猫的技术，搞砸了不说，赔钱也没事，主要他得跟着丢脸。不是他看不起她，但凡她有点真本事，周庭宴随随便便给她投一个不就行了？干吗非得来找他？周庭宴肯定也怕丢脸。

所以，不如不投资，省心。

结果，昨天一群人给他打电话，恭喜他，说他深藏不露，把小女儿藏得那么深，又约酒约饭，送合作的机会。

听说了热搜的事，简宏云第一时间去微博看了。他没有微博，还是用秘书的看的，他第一反应是买的热搜，然后秘书在旁边说："我弟是江榆美院的，学的也是摄影，他说他们教授看了那些照片，教授说没有几年的沉淀，拍不出那故事感，二小姐真的很厉害。"

简宏云后来问那些找他投资电影的导演，得到的答案也一致。

"电影如果只卖人情，那趁早别拍了，早晚亏得裤衩都不剩，要真是看你的面子，我早让你把简橙喊来了。"

"一部电影，投入我所有身家，我能胡闹吗？不能，所以我必须谨慎选择，宣传海报是非常重要的一环，简橙没作品，我以前真不敢用她。"

"她这次给米珊拍的杂志我看了，苏蕴那期杂志我也看了，拍得确实好，看到她有真本事，我才敢用她。"

"老简，你怎么回事啊？简橙是你亲闺女，你不知道她厉害就罢了，怎么还怀疑她啊？这要是我闺女，我得高兴得几天睡不着觉。"

"你这当爹的失败啊。"

他是挺失败的，所以简宏云打算弥补，整个下午啥事也没干，就选本子了，选中一个叫《等你十年》的电影。这就是一部爱情片，不是什么大制作，简宏云选它，主要是因为这电影的女主角。

"女主角是米珊，听说这是她从模特转向大银幕的第一部戏，首次担任电影女主角，有人捧，势头挺猛的。"

简宏云端着慈父的姿态，说一堆堂而皇之的话，一心一意为女儿打算。

"你俩昨天不是都上了热搜吗？合作完杂志拍摄之后马上二搭电影，你还能再蹭一次她的热度，到时候爸爸给你买几个热搜，再让长盛的官博给你助威。"

简橙嗤之以鼻。"长盛？老简，你是想蹭我热度吧。"

简橙拒绝后，直接挂了电话，抬头见孟糖一脸沉思，问她怎么了。

孟糖端起凉透的咖啡喝一口。"《等你十年》是杨导的电影，杨导拍爱情片出了名地好，我嫂子跟他接触过，说他人很好，合作起来也舒心。"

简橙听懂她的意思。"这次也有米珊，你不介意她了？"

确定自己要跟秦濯分开了，再提起米珊，孟糖除了有点闹心，没什么过多的情绪了，抛开秦濯，她和米珊其实没什么利益冲突。"不介意了，我以后就当她是个屁。"

孟糖说出自己有意向的原因。"你那糊涂爹刚才说了，是杨导亲自找了他，我觉得可以卖杨导一个人情。再说米珊，他们工作室最擅长营销，这电影出来，得天天挂热搜上，咱继续搭她的顺风车，钱赚了，名气有了，不要白不要。"

最重要的还是因为简宏云。孟糖听到简宏云的声音，就想起小湾村那晚周庭宴告诉她的事，火气就噌噌噌地往上涨。既然现在还不能翻脸，那就多拿简宏云给的资源，让所有人都知道，简宏云如今最偏爱的是小女儿。气死简文茜。

简文茜自从到盛辉后，就没那么自由了，有时候周末都得加班。因为盛辉真的有一大堆的事，地暖的事还没完全解决，返工还没结束，一期地板才掀了一半，有业主和媒体时刻关注，她也得时时盯着。

蒋雅薇昨天给她打电话，她直接让人来盛辉找自己。自从上次两人有隔阂后，就一直没联系过，如今蒋雅薇突然找她，她抬个眼皮就知道，肯定是为简橙的事而来。

果不其然——

"对不起。"蒋雅薇上来先道歉，为自己的自私道歉，为自己当初隐瞒简橙缠上周庭宴的事道歉，姿态放得很低，又送上大牌化妆品。求和的意愿很强。

简文茜让人给她端了杯咖啡，自己也喝一杯。"虽然你卸磨杀驴确实挺气人的，但人嘛，第一时间都是为自己考虑，我理解你，所以这事算翻篇了，有事说事吧。"

"我受够了活在简橙的光芒下，哪儿哪儿都有她。"

简文茜听明白了，这是希望她给简橙找点麻烦。

事实上，简文茜现阶段没心思管简橙。她想明白了，她不要周庭宴了。她不蠢，周庭宴很厌恶她，又怀疑她跟当年的事有关，并且，他竟然在查她继兄的事。这个男人太危险了，她把控不住，若再强求，一点意思都没有，最后可能还得把自己搭进去。

所以，她现在主攻简佑辉了。

她要做的事情太多，没时间帮蒋雅薇对付简橙，不过毕竟革命友谊在，简文茜还是好心提醒她。"听我一句劝，你既然已经嫁给周聿风，就没必要盯着简橙了，就算周聿风真后悔了，你觉得，他能从周庭宴手里抢走简橙吗？他没那本事。你现在最重要的事，是你婆婆，是孩子，你婆婆对你的耐心应该不多了，你还是想想怎么要个孩子。至于简橙，你先别管了。"

简文茜慢悠悠地喝一口咖啡，忙了这么久，心情总算不错。"她的麻烦已经来了，她和周庭宴的婚姻，即将面临巨大的考验。"

苏蕴回来了。她对苏蕴的评价是：不够狠心，但有脑子，够聪明。

简橙这次，怕是要难受了。

孟糖说《等你十年》这电影能接。

所以简橙给亲爹回了电话，听说她要接，简宏云非常高兴。"行，我马上跟杨导联系，你准备一下，应该下周就进组了，到时候爸爸陪你去，带你跟杨导吃个饭，你有什么要求尽管提。"

简橙的晚饭是跟孟糖一起吃的火锅，回家后先去洗了澡，然后跑到书房看书。虽说相机她拿得稳，但毕竟是初混时尚圈，学习永无止境，她也要经常补充知识，周庭宴的半个书柜都腾出来装她的书了。

看到晚上十一点，她放下书回了卧室，拿手机玩了一局游戏就准备睡觉了。刚躺下，她就听到门口的脚步声，周庭宴回来了。

"怎么还没睡？"

周庭宴关了门走过来。"不是让你先睡吗？"

简橙说正准备睡呢，让他快去洗澡。

二十分钟后，周庭宴吹干头发上床，关灯躺下，胳膊一伸就把简橙搂到怀里。

简橙往他怀里挪，问他："老爷子怎么样了？"

"不好不坏。"

周庭宴拉着被子给两人盖上。"就是不肯去医院，老顽固，劝不好。"

简橙的鼻子贴着他的侧脸，离得太近，能瞧出他的心不在焉。

"怎么了？"

"我下周要出差，得一个月。"

简橙知道他要出差的事，上周他就说了，去国外开协调会，顺便考察项目，得一个月。

简橙猜他的话没说完，果然，过了一会儿他又说："他说他能感觉到，自己大限将至，他知道自己撑不过今年，想在死前，去我母亲住了十几年的地方看看。"

他没说"他"是谁，但简橙知道，是老爷子。

"下周就立冬了，二哥说马上天冷了，他身体受不住，正好我要去那边出差，顺便和他们一起过去，他们在那儿住一个月，等我工作结束，一起回来。"

简橙知道，他是想起他母亲了，见他把话停在这里，没有继续开口的意思，也没多问。她手脚并用爬到他身上，双手捧着他的脸，俯身亲亲他的鼻尖和唇。"周庭宴，你别难受，你一难受，我就心疼，那我为什么心疼啊？因为我爱你啊。"

周庭宴最服的就是简橙这一点。无论他心情怎么糟糕，他怎么生气、怎么难受，她只要轻飘飘地说一句话，就能帮他驱散阴霾。

简橙的情话，可以催情。今晚周庭宴有点肆无忌惮，事后已经很晚。

他问她要不要一起去，因为本来就打算下个月带她一起去的。

简橙还云里雾里地飘着，没完全醒神，缓了一会儿才跟他提电影的事。

"糖糖说可以接，我下周就进组了。"

她也是……真心不想跟老爷子他们一起去。

周庭宴每天出去工作，她总不能天天在家跟老爷子和周百川大眼瞪小眼吧。多尴尬啊，想想都是每天掉头发的程度，她留下来赚钱多自在。

周庭宴见她坚持，也没强迫，想着马上要出差，得趁着走前多满足她几次。

简橙模模糊糊想起一件事。"周庭宴，我礼物呢？你昨晚说热搜第一的礼物。"

周庭宴："正用着呢。"

简橙："……"

十一月七号，立冬。寒风料峭，初雪降临。

简橙和周庭宴同一天离开江榆，只不过周庭宴是坐私人飞机到国外，她是自驾到国内的嵩城。

这次去嵩城，除了简文茜，简家这边全员出动。简宏云是陪简橙去剧组，简佑辉是正好去嵩城出差，梅岚则是跟着简佑辉。自从亲眼瞧见简文茜强吻儿子后，梅岚就把监督两人的事列为十级地震预警，在家盯死了不说，简佑辉每次出差她也跟着。说是在家闷，她顺便跟着旅游，其实就是怕两人趁机见面。

因为都是去嵩城，时间也差不多，所以就一起去了。

江榆到嵩城，开车只要两个小时，简橙本来要跟林野和孟糖坐一辆车，简宏云硬是把她拽进了简家的那辆车。

"咱们一家人很久没一起出过门了，路上聊聊天。"

确实聊天了，不过只聊了半小时，因为简橙把天聊"死"了。

比如坐在她左边的梅岚看着窗外落叶感慨："时间过得真快啊，一转眼又是一年，人不服老不行。"

简橙也感慨："是啊，过得真快，去年立冬这天，也下雪了，我半夜突发急性肠炎，一个人跑到医院打点滴，没人陪着，睡着了，药水打完都回血了，幸亏旁边有人看见了，不然我都死了。"

梅岚迟到一年的关心总算来了。"你这孩子，生病怎么不给家里打电话呢？妈过去陪你啊。"

简橙往嘴里塞了一颗糖果。"出院那天你给我打了，让我去给简文茜过生日，我说我病了，你说我装的，说我恶毒。"

梅岚想起来，确实有这件事，好半天没说话。

车内的气压有点低。

坐副驾驶座的简佑辉说："嵩城有几个景点还不错，我周六之前都在嵩城，爸妈这几天也没事，橙橙，等你拍完那个海报，我们一起去逛逛。"

简橙把糖果嚼碎。"周六之前都在？工作日玩，周末忙，你可真逗。啧，也是，周六是简文茜的生日，你肯定想赶回去给她过生日，我懂，谁让你俩是真爱呢。"

简佑辉："……"

文茜其实自己提了，今年生日宴不办了，他回去也不是给她过生日，是跟一个合作方约了打球。

那晚之后，母亲像个走路没声音的游魂，盯他盯得很紧，他没跟文茜联系过，生日的事，还是文茜到总部开会时带话给他秘书的。他不想这段关系继续错下去，也不想毁了文茜，已经尽力在断了。

简橙其实猜到简文茜今年不可能办生日宴了，因为梅女士还在气头上，不可能给她办了，她要够聪明，会主动放弃。

简橙装作不知，转头跟梅岚说："今年简文茜生日还是大办吗？我一个人够分量吗？不行我把周庭宴也带过去，给她撑场子？"

梅岚脸色更难看，半天憋出一句："不给她办！"

车内的气压更低。

最后是坐她右边的简宏云瞪了眼梅岚，又踹了下副驾驶座后，把话题扯到她的摄影和这次热搜上，各种夸赞。

简橙把手里的糖果给他一颗。"我有今天，老简，还真得谢谢你啊，没有你，就没有我的今天。"

简宏云惊喜。"我？"

接过糖，拆开放嘴里，他刚尝到甜味。

下一秒——

"是啊，谢谢你，当年你把我送到国外看病，第一个心理医生被我打跑了，第二个心理医生知道我喜欢摄影，为了更好地治疗，介绍一个摄影大师给我认识。就是我恩师，一个非常厉害的野生动物摄影师，我那时候求死，不想活了，觉得活着真没意思。师父就带我到处跑，去加拿大北部追狼群，在阿拉斯加原野追迁徙的北美驯鹿，去印度尼西亚捕捉自然栖息地的野生动物……

"你总说，我回国后脾气越来越大，嚣张跋扈，我承认，我确实任性，你知道为什么吗？我当年在印度拍犀牛，被犀牛群袭击过，我还被毒蛇咬过，跟老虎面对面，但凡师父他们迟了几秒，我现在也没命在这儿跟你唠嗑。

"老简啊，你说说，我都死好几回了，我还怕谁啊，难道还有比老虎和毒蛇更可怕的人？苏蕴和米珊的杂志封面，我能拍出效果，不是因为我有天赋，是我拿命换的经验。而这样的机会，是你们给的，我真要好好谢谢你们，老简，要不是你们当年狠心，真没今天的我。"

简橙平平地说完，车里静得针落可闻。司机也觉得窒息，悄悄打开音乐。接下来的一个半小时，车里只有音乐声。

《等你十年》的拍摄地在嵩城的一个古镇。

他们是中午十一点到的，简佑辉中午有饭局，把简橙和简宏云送到后就得走，他的目的地在另一个区，过去要一小时，正好赶上午饭。

梅岚本来想留下，吃了饭再过去找儿子，下车后多看简橙两眼，又坐进了车里。

简佑辉临走时，伸手去碰简橙的脑袋，简橙躲开了，他黯然收回手，哑声说了一句："对不起。"

等那辆车离开，孟糖立刻凑过来："怎么回事？"

林野开车开得快，他们比简橙一家提前到了五分钟，简宏云先下来，脸色不太好，下来就到一旁抽烟。

她正疑惑呢，就见车里另外三个人下来了。简橙一副心情舒坦样，梅岚和简佑辉一副被锤子砸了脸的死人样，脸色苍白，神色黯然，好像有千言万语，又一句也说不出来。

明显是发生了什么事。

"你们在车上都说什么了？"

简橙坐车坐得久，扭着腰活动了下筋骨。"他们想跟我聊天，我把天都聊'死'了。"

简橙寥寥几句，孟糖听得浑身都爽，就是有点遗憾。"我应该去给你们当司机，真想看看他们的反应。"

孟糖想想这些年。"你应该早点跟他们说，让他们早点后悔。"

去片场要经过一个小巷，走过一座古桥，前方是古色古香的建筑，脚下是潺潺流水，让人生出时光可以倒流的错觉。

简橙拿着相机，沿路随心拍着风景。

"人在日子舒坦的时候，是不会有共情心理的。这些年他们过得好，我说了，他们也不会觉得有什么，毕竟是我自己去闯的，他们只会说'明知道危险你还去，你是不是脑子有病，死了也活该'。

"现在，他们的日子不舒坦了，我反而越来越好，周庭宴这样优秀的男人宠我，我的事业也有起色。我让他们脸上有光了，他们才开始重视我，这时候提，他们才会觉得，原来忽视了我这么多年。

"当然，他们不会愧疚的，他们只会觉得，'噢，原来简橙跟我们不亲，是我们自己造成的'。我现在提，也不需要他们的愧疚，我就是想让他们难受。想让他们跟我一样，清醒地看着亲情的割裂和毁灭，他们得跟我一样难受，我才高兴。"

已经打算跟他们维持表面的和气，简橙本来今天不想提，可有时候，情绪上来，控制不住。

梅岚一感慨时间，她就想到去年的今天。想到她一个人半夜去医院，想到隔壁床小姑娘说的话："姐姐，打点滴可不能一个人来，你刚才睡着了，药水打完回血了都，幸亏我妈妈看见，帮你喊了护士。"

那天也是立冬，也是那年江榆的第一场雪。跟今年一样，出奇地冷。

原本定在中午的那场饭局，最后没吃成。

简宏云临时接了个电话，说有要紧事得回去，走前跟杨导见了一面，介绍了简橙，并把饭局时间改在了杨导这部电影杀青后。

孟糖说："刚来就要走，哪儿有这么着急的事，他是比较羞愧，赶紧逃跑吧。"

简宏云确实是羞愧地逃了。简橙在车里说的那些事，他不知道，简橙以前没跟他说过，后来的那一个半小时里，他想了很多，确实，他们这些年是偏心简文茜。

可是，当年没办法啊。简家本来就人丁单薄，他就佑辉这么一个儿子，他得救儿子啊。

剧组的司机把简宏云送到高铁站，他在椅子上坐了很久，看着来来往往的人，目光追随一对父女，四五岁的小姑娘在父亲怀里撒娇。他看了很久。

脑子里一直回荡着简橙的一句话。

"我那时候求死，不想活了，觉得活着真没意思。"

上车前，简宏云给简橙打了个电话。

"橙橙，首先，爸爸跟你道歉，真的对不起，我知道过去那些事对你造成了不可磨灭的伤害，时间不能倒退，爸爸不求你原谅，也不敢求。

"我在这里，看到一个四五岁的小娃娃，在她父亲怀里撒娇，我就想起你小时候的样子，我们橙橙，小时候也是个爱撒娇的小天使。也许你不会相信，你刚出生的时候，我有多么欢喜，你第一次喊爸爸的时候，我把你抱在怀里，就想把这世上最好的东西都给你。

"后来简文茜来了，爸爸妈妈就让你处处让着她，明明我们家橙橙年纪最小，却要让着一个大你六岁的陌生姐姐，对不起啊。但是你要相信，一开始，爸爸对简文茜不是偏心，只是愧疚，只是想还债，后来时间久了，就习惯让你让着她了，在你看来，愧疚就变成了偏心。

"我知道你想问，到底是什么样的愧疚，能让爸爸和妈妈去偏爱一个养女，不疼我们橙橙了，又是什么样的债，能让疼爱你的哥哥，去偏心一个外来的妹妹。

"这么多年了，其实也没有什么不能说的，等你回到江榆，你想知道什么，爸爸都告诉你。橙橙，让你当爸爸的女儿，委屈你了，你要相信，爸爸还是爱你的。"

《等你十年》的剧组，前期拍摄地之所以选在嵩城的这个古镇，是因为这儿有棵巨大的古榕树。主干粗壮，四五个人才能抱一圈，据当地人说，这棵树已经五百多年。饱经沧桑的老榕树，见证太多历史，承载了人们太多愿景。

最开始是村民逢年过节祈福的地方，后来成了许愿树，现在是"网红"打卡地。杨导选址在这里，就是奔着这棵许愿树来的。

简橙接到简宏云的电话时，就在许愿树旁边的折叠椅子上坐着。

按照杨导的原计划，这会儿她应该在拍海报。但准备工作开始前，米珊跑过来，说她状态来了，想把早上的那场戏拍完。

今天是开机的第三天，杨导说，米珊第一次拍戏没经验，NG 的次数非常多。

"早上那场戏是男女主角的第一场重头戏，米珊好不容易来状态，不容易。"这意思是先拍米珊的戏，简橙没意见。

电影中，女主角父母双亡，住在舅舅家，寄人篱下，童年悲惨，唯一的心灵寄托就是离家几百米的这棵许愿树。她跟男主角真正的缘分，也是从这棵许愿树开始的。

两人从高一开始就是同学，男主角人设是众星捧月的帅哥学霸，女主角人设是平凡普通的学渣，暗恋男主。两个天差地别的人，本没有什么交集，直到高二上学期，男主角的爸妈离婚。男主角跟着母亲转学到一个很远的城市，离开前听说这里的许愿树灵验，特意过来一趟。

那天人太多，在许愿小店买祈福丝带要排很长的队，男主角怕赶不上火车，准备放弃。女主角把自己的祈福丝带让给了男主角，知道他马上就离开了，也许他们再无交集，直接把喜欢说出口。

男主角婉拒，说他们现在还小，她是冲动，等十年后，如果两人还有缘分见面，再考虑。

男主角只是随口一说，女主角却为了一个十年之约，为了成为更好的自己，努力了十年。这是女主角命运的转折点，第一场重头戏，女主角表白时应该表现出羞涩和勇敢，米珊从头到尾却一直在发呆走神。

NG 次数多得杨导都要崩溃了，来个鬼的状态，杨导说拍完海报再拍，偏偏米珊不死心。最后米珊还怪在孟糖身上，指着孟糖说："她影响到我了。"

孟糖无语，扭头逛古镇去了，林野陪着她，简橙没走，留下来继续看米珊的笑话，回头说给孟糖听。

这场戏，最后以杨导气得关镜头、跑得老远去抽烟收尾，要不是米珊背后是秦濯，秦濯是这部电影最大的投资人，杨导估计会当场骂人。

看完戏，简橙准备给孟糖打电话的时候，接到了简宏云的电话。老简说了一大堆煽情的话，她一句话没说，等他说完，她直接挂电话。

真有意思，还以为她是三岁小孩呢。如今的忏悔，不过是因为她背后有周庭宴，他不敢得罪她而已。谁稀罕啊？

"怎么，跟周庭宴吵架了？"

米珊刚结束就过来找简橙，见她听电话就在旁边等了会儿。

电话打得也奇怪，接了快二十分钟，也不知道那边是谁，说了什么，简橙只安安静静地听，一句话不说，脸色平静得可怕，怪怪的。

米珊是随口试探。

简橙答得随意："关你屁事，好好琢磨琢磨演技吧，我要是杨导，刚才就抽你了，没状态还说有状态，费时费力费人费钱。"

米珊脸爆红。她确实是觉得来状态了，才找了导演，结果刚说完，一扭头，就看见简橙和孟糖。总感觉两人是来看她笑话的，所以一直进不了状态。

孟糖被她撵走了，简橙她不敢得罪，也不想得罪，抛开她背后的男人周庭宴，简橙确实是个厉害的。

这次的 Win 杂志，她吃到的红利不少，首先是出圈了——美出圈了，让那些等着看她笑话的人，狠狠被打脸。另外，很多合作商找上门，经纪人告诉她，有个奢侈服装品牌方看到照片后，觉得她跟他们的品牌形象很吻合，想谈代言的事。

这是她第一次不靠秦濯，靠自己拿下有档次的代言。

虽然离她的目标还很远，但她腰板直了一点，这得谢谢简橙。

直到现在，米珊还是不太喜欢简橙这个人，但是，她非常喜欢简橙的摄影风格，她以后还想跟简橙合作。所以，她不会傻到去得罪简橙。

"我不是来跟你吵架的，我是来道歉的，上次在摄影棚，我让你和孟糖等那么久，是我不对。"

米珊高傲惯了，道歉的姿态摆得不低，但语气有求和的松软。

"咱俩打过架，不止一次，你应该知道，我和孟糖因为秦濯一直互看不顺眼，我整她，所以顺带把你也坑了，那天的事，对不起。"

简橙倒是意外她会来道歉。

Win那次的事，她确实非常生气，所以她不接受米珊的道歉。不过这次她给杨导面子，不会在这儿收拾米珊，以后多的是机会。

简橙没应米珊的话，见她这会儿态度好，实在忍不住，问了一个自己一直好奇的事。"秦濯说得管你一辈子，他到底欠你什么了？如果他对你的愧疚让他必须管你一辈子，那么你既然喜欢他，为什么不干脆借这件事让他娶你？"

米珊被问得沉默了。

十一月已是深秋，许愿树落下不少叶子，不过不要紧，密密麻麻的红色祈福丝带挡住了它的萧条，连树干都看不到。

米珊坐在简橙旁边的椅子上，把助理送过来的水递给她一瓶，自己拧开另外一瓶喝一口。

她抬头看那随风飘扬的红色带子，失神很久，好半天才开口。

"让他娶我？不，我并不想嫁给他。我知道，你们都看不起我，觉得我靠着秦濯上位，觉得我有今天，是因为秦濯，是，我承认，我走到这一步确实是因为靠着他。

"但是简橙，这都是我该得的，是他欠我的。我总是NG，是，我演技不好，但其实融入不进去，还有一个原因——我找不到当初的感觉了。

"你想知道我和秦濯之间发生了什么？可以，等这部电影上映，你看电影吧，这个剧本是我写的，是我的故事。"

简橙惊愕，下意识问："你写的？你和秦濯的故事？"

米珊摇头。"不，是我的故事，不是秦濯的，他只是存在于这个故事中。"

因为米珊耽误了太多时间，宣传海报的拍摄改到了第二天。

Win的热搜热度没过去多久，剧组的演员都是时常关注微博的人，知道今天的摄影师是简橙，也都拿出最好的状态，积极配合。

尤其是米珊，两人合作过一次，这次她格外配合，跟简橙默契十足，一屋子人，演戏她最差，静态拍照摆姿势没人比得过她。

结束时已经是下午，简橙拿着相机查看照片的时候，米珊凑过来，言语间有懊恼。

"我昨天一直拍那场戏，想到一些往事，情绪上头，糊里糊涂就把秘密都跟你说了，你能帮我保密吗？剧本的事只有我和秦濯知道，连杨导都不知道。"

为什么要保密，米珊没说，简橙猜到一半，也没问。

"行。"

简橙结束杨导这边的海报拍摄，孟糖又顺手在嵩城帮她接了个工作。给一个珠宝品牌拍摄一组动物主题的珠宝大片。

简橙投身于工作，一直忙到二十号，工作完得放松放松，她和孟糖回到古镇的许愿树旁，挂了两个祈福丝带，又在嵩城玩了一阵。月底才回江榆。

十一月的最后一天，是个暴雨天。

从早上八点开始下，风夹着雨带着毁天灭地的劲，打得窗户噼啪作响。

这种天气最适合宅家，所以简橙今天没打算出门。

在嵩城接两个工作，旅游，跑了快一个月，胳膊、腿都累细了，一觉睡到中午才醒。

中午芳姨给她炖了鸡汤，吃完饭她就进暗室洗照片了。

周庭宴知道她去玩了，让她多拍点照片。

她拍了挺多照片，准备洗几张出来搞个相册，再挑一张最好看的，摆在他办公室。

她出来已经是两个小时后，刚回到卧室准备再睡一觉，老简来电话了。

"橙橙啊，我中午在屏玺会所跟人吃饭，路过你们工作室，进去问了下，才知道你回江榆了，爸爸有事跟你说，你回家一趟？"

"什么事啊？"

"大事，一两句说不清，见了面再说吧。"

简橙本来不想出门，但听他语气凝重，这会儿雨势又小了，基本算停了。

"等着吧。"

去嵩城的时候，简橙给司机放假了，司机明天才回，她自己开车回家，下午两点出门。

车子驶出院子的时候，微博上一个叫"吃瓜君"的知名博主发布的长文在悄悄发酵。

下午两点半，简家老宅。

"橙橙，当年我们收养简文茜，其实是因为……你哥哥小时候犯的一个错误。你哥六岁的时候在家待不住，我就带他去长盛玩，都怪我，都怪我啊。"

这么多年，简宏云总不愿回忆那件事。

确实怪他，是他没把人看好。那天佑辉在他办公室玩累了，在沙发上睡着了，他就去会议室见客户了，本来最多聊半小时，结果有几个合同细节要改，他们聊了快一下午。

他没想到他刚离开一会儿佑辉就醒了。他更没想到，那天赵军会带着女人跑到二号仓库幽会。

你说你幽会就幽会吧，你把门锁好啊！那个蠢货，里面的小门倒是锁得结实，大门没锁，偏偏佑辉那孩子跑到里面去了，打火机是佑辉在地上捡的，肯定是赵军掉的。

因为佑辉把打火机给他的时候，他一眼就认出来了，那是赵军从他办公室顺走的。

小孩子都贪玩，男孩子喜欢玩火，他小时候就喜欢玩，但得注意玩火的地方。

二号仓库放的什么东西都有，茶叶烟酒、名画摆件、长盛旗下工厂产的限量吉祥娃娃……

地上有半截踩灭的烟头，应该也是赵军留下的，佑辉拿起来点燃了，玩一会儿没了兴趣，随手扔了，跑出去了。

据佑辉当时的回忆，是用右手扔的，那应该是扔在没来得及装盒的吉祥娃娃上了。

他当时从会议室出来，找不到儿子，刚准备让人去调监控录像，秘书就跑来说二号仓库着火了。

这可不得了，二号仓库得存了几千万的货呢！匆匆忙忙赶到地方，他准备大发雷霆呢，佑辉突然跑过来拽他的衣服，吓得瑟瑟发抖。

"爸爸，我刚才在里面用打火机了。"就是这一句话，搅得家里多少年不能安生。

简宏云当时第一个念头，就是不能让其他人知道这事，所以他把佑辉抱到仓库后面，让他闭嘴，把玩火的事忘掉。

其实佑辉那时候才六岁，属于无民事行为能力人，不需要承担刑事责任，不用被判刑坐牢，他也赔得起。

但他当时考虑得很多。当时长盛旗下有公司即将上市，这事曝光，肯定对长盛有影响，而且他那时候刚接手长盛没多久，对他也有影响。最关键的是，佑辉虽然不会被判刑，但这事曝光后，会跟随他一辈子。

不是故意害死人，但有两个人因为他点的火死了，他肩膀上有人命，这是他这辈子都不能卸掉的沉重包袱。

简家人丁单薄，他父亲是独生子，他是独生子，虽然他还有个女儿，但佑辉是他唯一的儿子。

他当年为了多生儿子，也养过不少女人，但没一个争气的，一个私生子都没有。

他就佑辉这一个儿子。所以，他得救儿子啊。

所以，当佑辉十二岁了还困在那个火灾的噩梦里、精气神越发不足时，他就找大师给佑辉看了。

当大师说得赎罪时，他就赶紧去找李芬母女了，也是巧，碰上李芬出事，很顺利地就把简文茜带回来了，就是钱没少花。

刚领回来简文茜的时候，简宏云其实还是偏爱亲女儿的。毕竟连着几代都是独生子，老天多给了他一个女儿，他能不疼吗？

想当初他还不信，还怀疑梅岚是不是给他戴绿帽子了，不然他爹、他爷爷都生一个，他怎么这么厉害，多生一个呢？他还瞒着梅岚，偷偷跟橙橙做了亲子鉴定，确实是他的孩子，橙橙小时候长得也像他，更不用怀疑。

简文茜来之前，他真把橙橙放在手心疼着，每天见不到女儿就难受，出差都要给梅岚开视频。

后来，怎么不疼了呢？从嵩城回来之后，他失眠了好几天，晚上跟梅岚一起回忆，怎么后来就不疼橙橙了呢？

梅岚捂着眼哭。

"我一开始，其实不喜欢简文茜，佑辉变成这样，是她爸的原因，刚把她接过来，我甚至还挺恨她，但是她来了之后，佑辉确实好了很多。听说要赎罪佑辉才能好，我那时候主要精力都在佑辉身上，我想着，只要佑辉好，橙橙让让她也没什么。

"现在想想，橙橙那时候是受了委屈的，只是她太乖了，她太听话，所以受了委屈也不说。

"后来啊，简文茜表现得越来越好，对我嘘寒问暖的，橙橙反倒性子越来越古怪了，动不动就发脾气，还老往你妈那里跑。我跟你妈合不来，橙橙还老往她那儿跑，跟她那么亲，我心里就不太舒服，每次，都是简文茜陪着我。

"你妈一直说我虚荣心比较强，以前我不承认，其实她说得没错，我就是虚荣心强。简文茜后来长成了我理想中的女儿，橙橙离我给她规划的路线越来越远，所以我出门就喜欢带着简文茜，有面子。

"橙橙高三那年出事后，我就更不想带她出门了，我甚至……甚至那时候想，她还不如没逃回来。这样，至少大家谈起她时，会可怜她的遭遇，会同情我中年丧女的心情，我每天出门时就不会被人指点，说'你看啊，梅岚的女儿被卖进大山里，被人糟蹋了，嫁不出去了'。

"所以你要送她走的时候，我没反对，那天听她说，她当年不想活了，她求死，我没想到，我真的……我真的没想到。

"她给我的印象是强大的，面对那么多谣言，她能自己跑去医院开证明，她那么强大，她脸皮那么厚，她怎么可能会求死呢，她得好好活着啊。

"我这几天，也想了很多事，我竟然一直觉得，是她变了，可我又想到，她出国那五年，我们甚至都没怎么去看她，没陪她好好过个年，她就一个人在那儿，在那冷冰冰的房子里，她还生着病，我们竟然都没去看看她。

"你说我做了多少蠢事？当初她那个卧室，简文茜喜欢，她不让，她拽着我的袖子，她说'妈妈，我不想换，你也疼疼我吧'。

"我当时竟然把她推开了，我还嫌她不懂事，你也说就一个卧室而已，换了就换了，我都忘了当时是有多蠢，因为她不愿意，就把她关进那黑黢黢的屋子，幸亏你妈来了，不然……

"你听她说了吗？她在生病，我还打电话让她回来给简文茜过生日，我现在终于知道，那天她为什么那么生气。她生病，我不信她，我还骂她恶毒，我甚至把她奶奶留给她的耳环送给简文茜，我当着那么多人的面，帮着养女，我没给她留一点面子。

"我真的……我真该死啊。

"我跟我亲生的闺女离心，我把养女捧上天，结果捧出来一个白眼儿狼，勾引我儿子，要毁了我儿子。报应啊！"

简宏云承认，他跟梅岚做过一样的蠢事，唯一的不同，大概是佑辉逐渐好了后，梅岚的大部分精力还在佑辉身上，他的精力则在工作上。

把简文茜接过来之后，他心里的负罪感轻了，就把精力放在长盛上了。

他那时候是真忙，刚接手集团，忙得连家都回得少了，加上他投资频频踩雷，同行看他笑话，他心情就逐渐暴躁。

他承认，他没有母亲厉害，他跟父亲一样没用，如果不是只有他一个儿子，母亲身子又不好，她绝对不会把长盛交到他手里。

他知道自己不行，就总想证明自己行，慢慢地，他就被"利益"这两个字束缚，这么多年，他脑子里只有利益。直到今天，他想的也是利益。

他确实是真的后悔了，真的愧疚了，真的不想她太难受，也是真的想跟她缓和关系。

为亲情，也为名，为利。

简橙得知真相的这天，热搜也爆了。

周庭宴、简橙、苏蕴，三个人的名字同时挂在热搜第一。

这得从苏蕴被私生粉抢走行李箱的事说起。

私生粉这事曝光后，苏蕴被全网同情，这时候，有敏感的网友发现两件奇怪的事。

第一，苏蕴以前从不接在江榆的活动，也不跟江榆的企业合作，但这次跟梅导的电影才刚刚杀青，就接了在江榆举办的品牌活动；

第二，苏蕴上次来江榆，是一个人过来的，这次，又是一个人偷偷摸摸地来，没带任何工作人员。

你说，一个当红女顶流，自己坐飞机，出门不带工作人员，这不摆明了要办私事吗？问题来了，苏蕴办什么私事呢？一个人提出疑问，立刻有一群人化身为福尔摩斯。

最后有人得出结论：苏蕴两次来江榆，还特意接江榆的活动，肯定跟上次那个男人有关。就是她中秋节特意回来参加对方生日宴的男人。

那男人是谁？

苏蕴的圈内男友？圈外男友？金主？

当这件事在网上引起众多人讨论的时候，一大帮网友和狗仔就开始干活了。

查了半个月，他们终于找出一张照片。

照片就拍摄于今年的中秋节，苏蕴和一个男人一前一后地上了同一艘游艇。

正面照。

照片有了，很快有人查出了男人的身份。江榆市，京岫集团的总裁，周庭宴。

微博一个叫"吃瓜君"的知名"大V"发了长文爆料。

先写了整件事的起因，是有狗仔通过苏蕴被私生粉抢行李箱，查出了周庭宴和苏蕴的游艇照，从而确定了周庭宴的身份。然后是苏蕴这些年的星路，原来苏蕴这么多年没有绯闻，各种资源和代言拿到手软，飞升得那么快，都离不开她背后的这个男人。

苏蕴如今的公司，苏城传媒，就是周庭宴为了苏蕴以私人名义创立的，这些年苏蕴的坎坷路，全是周庭宴帮她铲平的。

有知情人透露，两人已经秘密交往多年，周庭宴还曾去剧组探班苏蕴，苏蕴也一直等着周庭宴娶她。结果，苏蕴中秋节回国给周庭宴庆祝生日，才发现周庭宴已经结婚了。然后，顺着周庭宴已婚这条线，就找到了简家的那位小公主简橙。

实时热搜上连着的两个话题是"简橙插足苏蕴恋情？""苏蕴金主周庭宴"。

也许，很多人对周庭宴这个名字陌生，但简橙和苏蕴是月初刚上了热搜的。

等秦濯把长文看完的时候，"简橙插足苏蕴恋情？"已经冲到热搜第一了。

秦濯只觉后背发凉。

"吃瓜君"在长文中写，这些爆料全是有人匿名发到他邮箱的，无论是谁发的，查得可真干净，长文下面还有照片，虽然打了马赛克，但依旧能看出是谁。

秦濯脸色阴沉地跟助理说："赶紧让人把热搜撤下来！还有这个'吃瓜君'，×！给老子揪出来！"

助理应一声，匆匆忙忙往外跑，秦濯粗鲁地扯下领带，给周庭宴打电话。

"老周啊，出事了，天大的事，你赶紧回来！"

孟糖看到热搜的时候，在老家阳城。她从嵩城直接回的阳城，准备接爸妈去秦家解除婚约，买的是第二天下午的机票。

看到热搜的时候她立刻给简橙打电话，简橙手机关机，想改签，又没票了，高铁也只能买到明天的，急得团团转，赶紧给周陆打电话。

"周陆啊，你看热搜了没？橙子手机打不通，周庭宴还没回来，我在阳城，买不到票……呜，周陆，你快去找橙子，我怕她出事，你快去，快点。"

十一月三十号，下午四点。

微博滔天的热闹跟简家无关。

"这些事，奶奶知道吗？"十分钟前，所有故事听完，简橙只问了这一句。

"知道。"简宏云见她面色平静，微微松口气。

老太太确实知道，当年，他们因为简文茜不给简橙过生日了，老太太质问过他，他就把事跟她说了，老太太也是心疼佑辉的，所以就把事瞒着了。

"你奶奶她……"

啪！

简宏云话音未落，简橙突然把掌心的手机狠狠朝简佑辉砸过去，一直安安

107

静静坐着的人，突然就发了飙。"你造的孽，凭什么我来还！"

简佑辉不躲不闪，手机擦着他的额头，砸到后面的墙上，落地摔碎，他的额头也出了血。

梅岚下意识叫一声，起身要过去，简宏云按住了她，简宏云觉得简橙不对劲，刚有这念头，简橙已经把矛头对准他。

"你说奶奶也知道？不可能，奶奶肯定不知道，奶奶不是因为赎罪才爱我的，不是的，奶奶不是的。奶奶跟你们不一样，才不是因为赎罪！"

简橙带着疯狂劲，把茶几上的东西全砸了，茶具落了一地，噼里啪啦地响。刺耳的声音挑断她最后一根神经，她忽而朝简宏云扑过去，双膝跪地，抓着他的胳膊急声道："老简，长盛的股份我不要了，常淮路我也不要了，我都给你，我让周庭宴跟你合作，你告诉我，假的对不对？"

她凄楚地仰着头，满脸透着哀求。

"奶奶不知道对不对？她不是因为赎罪才爱我的，对不对？爸，爸爸，我不是……我不是你们赎罪的祭品对不对？

"你们不疼我了，是我的错，是我任性刁蛮，是我嚣张跋扈，都是我自己的问题，不是……你们为了自己轻松，把我的人生献祭。我不是祭品，爸，我不是对不对？"

这一连串的问题，问得简宏云哑口无言，他从没想过"祭品"这种问题，但如今回头看看这些年——

祭品，好像也没说错。好像老天多给了他一个女儿，就是为了留住他儿子的。

不对，不能这么想，他从来没这么想过，他发誓他从来没有。

"橙橙。"她膝盖跪在碎裂的茶具上，简宏云托着她的胳膊想把她拽起来，"你先起来。"

简橙没等来那句否认，眼皮下垂，慢慢甩开他的手，自己撑着地爬起来。

"骗子，奶奶才不是因为赎罪，我才不是祭品，奶奶没把我当祭品，奶奶跟你们不一样，不一样……"

她嘴里呢喃着往外走，越走越快，最后直接拉开门跑出去。

"橙橙！"

简佑辉顾不得额头的血，赶紧起身追出去。

梅岚担心女儿，更担心儿子额头的伤，也起来往外跑。

简宏云要追出去时，接到周庭宴的电话，不敢跟他说橙橙被他们气跑了，只想着先把人找回来，哄好了再说。于是道："橙橙在这儿呢，她没事……微博？她没看啊……手机？她手机没电了。"

"简橙插足苏蕴恋情？""苏蕴金主周庭宴"这两个话题冲上热搜前二后，"简橙背刺苏蕴，昔日好友反目""简橙曾为周庭宴侄子的未婚妻""简橙用救命之恩，逼周庭宴娶？"冲上实时热搜。

微博热搜被简橙、周庭宴、苏蕴这三个名字覆盖。尤其是简橙，这个名字几乎刷屏。

各大平台娱乐版头条全是推送消息，上百个营销号都在转发蹭热度，网友们像在瓜田里上蹿下跳的猴。瓜太多，一时间，竟不知该从何处下口。

大家全跑到苏蕴微博评论里留言求证。

今天是暴雨天，苏蕴一直待在酒店睡觉没出门，下午四点的时候，经纪人章珍过来，把她叫醒，将手机递给她。"看看微博。"

苏蕴睡了一天，中午都没吃饭，缓了好一会儿才醒神，刚把手机接过来，秦濯的电话就打过来了。

阴沉的声音带着前所未有的怒气。"苏蕴，热搜是你搞的吧？你最好赶紧想办法澄清，不然这次，连你哥都帮不了你！"

热搜？苏蕴愣了下。"我……"

"你上次说赌一次，我就该拦着你！"

秦濯脾气暴躁地打断她的话。

"×！你他×要赌，你凭什么搭上简橙啊！你跟周庭宴的事，是你们自己的事，关简橙什么事？是周庭宴自己想娶简橙，你们俩的事，简橙甚至都不知道，欠也是周庭宴欠你，你他×欺负简橙算怎么回事？我上次是不是警告你，你要怎么挽回随便你，别动简橙！你他×真勇啊，你敢直接拿简橙献祭！"

苏蕴听他一通臭骂，脸色茫然。

简橙？拿简橙献祭？什么意思？她没提简橙啊。而且，热搜？她跟章珍说了，爆料的内容要凌晨才发啊，怎么现在就有热搜？

苏蕴心里不安，等秦濯骂完挂了电话，她赶紧去微博，看到第一个热搜，就两眼一黑，脑子一片空白。

等把所有的内容看完，她胸口憋着一股难言的窒息感，抬头看向章珍。"热搜怎么回事！不是凌晨才发吗？你怎么提前上了？而且我给你的不是这样的，我只让你写我和周庭宴，没让你扯简橙，热搜上怎么全是简橙？"

苏蕴的这次赌局，确实没想过把简橙扯进来。

一来，这是她和周庭宴的事，跟简橙无关；二来，她不敢，她可以利用哥哥的死跟周庭宴闹脾气，但不能动他老婆，不然周庭宴会更厌恶她。

她做这件事赌上的是她自己的前程。

用私生粉事件开局，是意外。苏蕴原本的计划，是故意在机场露脸，让人拍到，这样"苏蕴再次现身江榆"就会上热搜。

她这样的身份，出门不带工作人员，偷偷摸摸，一看就是办私事的，何况她从来不接江榆的活动，这次突然接了。这时候，只要再把她中秋节来江榆给人过生日的新闻翻上来，她背后金主的事就呼之欲出。

她独自在机场露面，就是给狗仔挖她金主这事一个合情合理的推动。没想到那私生粉抢她行李箱，做那些恶心的举动，倒是间接帮了她，事情闹开，她收获全网同情。

到了派出所，其实她第一时间想给周庭宴打电话，但给他打了，肯定也是潘屿过来，所以她才给简橙打了。她想通过简橙的口告诉周庭宴，她有多狼狈。

结果简橙没来，来的是她经纪人和助理。

秦濯过去，其实是因为那个叫孟糖的。

杨导的《等你十年》这个电影，章珍想塞她新带的艺人进去演女二，搞了点小动作，秦濯当时给她打电话，让她警告章珍手别伸得太长。

她说她在派出所，秦濯只说让他助理过来捞她，后来听见孟糖的声音，立刻就问孟糖是不是在那儿，她说是，他就自己过来了。

游艇那两张照片，是章珍让人拍的，之前她不知道，章珍给她照片时说是有人偷拍，拿来威胁，章珍买断了。

章珍在说谎，她知道，因为只要跟周庭宴有关，章珍都会让人偷偷跟着她，她跟章珍那么多年的感情，章珍再过分，也不能害她，所以她懒得管。大概是她太纵容了，章珍这次竟敢直接替她做决定。

按着她自己的预想，热搜上只会有她和周庭宴的名字，不会提到简橙，不会提到周庭宴已婚。

只会有周庭宴为她创立苏城传媒，周庭宴帮她拿过很多资源，周庭宴探过她的班。只会有那张错了位的接吻照，只会有她在醉酒时跟章珍说，她三十岁就退圈，嫁给周庭宴。

她知道周庭宴如果看见，肯定会第一时间让人撤掉。所以她打算趁着周庭宴不在国内，夜深人静再发，微博发酵一晚，等第二天早上冲到热搜，她自己会发博。

文案她都编辑好了——

是，我在等周先生娶我。

她自己把自己锤死。

两种结果。

要么她输：周庭宴撤下热搜，不管她，让她成为笑柄，正好过了年她就三十了，她索性真的退圈，安安静静地离开，不再打扰他。

要么她赢：周庭宴即便不爱她，也为了她哥哥，顾着一点情面，不让她身败名裂，离婚娶她。

章珍说她不够狠，她觉得这就足够了。

后来章珍答应她了，凌晨再发，一切按她的计划来，没想到又变卦。

难怪她说今天在酒店睡觉，章珍要拿走她的手机。章珍说帮她把手机加密，毕竟之前有黑粉入侵过她的手机，凌晨之前再给她送来。

"赶紧把热搜撤了！你害死我了！"

房间里，苏蕴朝章珍吼一声，急急忙忙翻出周庭宴的号码，她要告诉他，这不是她搞的。

章珍抢了她的手机，面色冷静。"已经迟了，秦濯有时间给你打电话，说明他已经给周庭宴打过了，热搜估计也快没了。"

意思是，现在说什么都迟了。

苏蕴看了她半天，突然笑了。

"你知道，我做这件事，无论输赢都会退圈，你不想让我退，你钱还没赚够，所以你要毁了我？"

她眼泪落下来。

"章珍，我这些年待你不薄吧？苏城传媒是周庭宴给我的，这两年你带新人，你用我的资源，用我的钱，去养他们，我都随你，你在微末时帮过我，你要什么我给什么。可你为什么要害我啊，你知道今天这个热搜之后，周庭宴得多恨我吗？你让我怎么收场？"

章珍沉默许久，伸手抹去她的眼泪。

"你如果真想嫁给周庭宴，就听我的，把今天的戏演完。"

大雨滂沱，闷雷肆无忌惮划破长空。漫天雨幕吞噬整个黑夜。

简佑辉追出来时，外面已经没了简橙的身影，焦躁间，一辆红色轿车从身边呼啸驶过，车尾灯刺目，等他回过神，车子已经开出很远。

"橙橙！"

简佑辉匆忙转身，想去院子里开车，一阵眩晕感袭来，差点没站稳，梅岚跑过来扶住他。

"佑辉啊，你受伤了，你进去找管家处理下，妈去追她。"

简佑辉撑着身子，回头看一眼，哪里还有那辆车的踪影。

"追不上的。"

他神情落寞。"追上了又怎么样？她不会想见我们的，让她冷静下。"

是他害了橙橙，都怪他。如果当年他没那么贪玩，没去那个仓库，没扔那个烟头，这个家里，就没有简文茜，只有他和橙橙。

橙橙还是简家的宝贝，还是他最偏爱的妹妹。

怎么会不疼她呢？那可是他心心念念盼了很久的妹妹。

他幼时好几个玩伴都有妹妹，他也想要，经常缠着母亲要妹妹，父亲当时在旁边抽烟，脾气不太好，说简家基因不好，只生一个。

后来母亲真的怀了二胎，他欣喜若狂，说终于有妹妹了，父亲也高兴，说不对，肯定是弟弟。

为此，他每天都要跟父亲争辩，直到有一天，父亲说："你赢了，是妹妹。"那时候母亲还没生，他不知道父亲怎么知道的，不过很高兴，每天都要趴在母亲肚子上跟妹妹说话。

火灾那天，母亲预产期还没到，听说仓库是他点的火，受了刺激。橙橙是早产儿，他看着那小小的人，皮肤又薄又嫩，又愧疚又心疼，就发誓，他的妹妹，他要给她最好的东西，他不会让她受委屈。

谁欺负她都不行。结果，把她害得最惨的，就是他。

父亲说让他忘记那场火，可他怎么忘呢？当时那两个人被抬出来，他躲在一旁看见了。

赵叔叔平时对他挺好的，每次去他家里，都给他买很多玩具，喜欢逗他，那么活生生的人，被烧得焦黑，浑身痉挛。跟鬼一样。

这一幕，折磨了他六年，频繁的噩梦搅得他不得安宁，后来父亲把简文茜带过来。

他不高兴。他只要橙橙一个妹妹就够了，他不需要一个外来的妹妹，他怕橙橙受委屈，还跑去找父母，想让他们把简文茜送走。

结果无意中听到父母谈话，才知道简文茜是赵军的女儿。知道后，他虽然还是偏爱橙橙，但对简文茜也没最开始那么疏远了，因为有愧疚，会带着赎罪的心理满足她的各种要求。

他会把对赵军的愧疚，补偿在简文茜身上，想弥补她。

他发现对简文茜越好，他心里的负罪感就会越轻。

慢慢地，他甚至不会做噩梦了。

慢慢地，他也在无意中把对橙橙的爱给了简文茜。

到最后，这份爱变了质，他因为偏心，跟橙橙渐行渐远，也因为偏心，让自己深陷沼泽。

其实上次在长盛，听到橙橙问他："哥，为什么你们都不疼我了？"他就偶尔会想起从前的事。

只是那时候，感慨居多。

直到那天，在去嵩城的路上，他才幡然醒悟。

——"我那时候求死，不想活了，觉得活着真没意思。"

他没想到，真的没想到，橙橙这样的人，竟然也会有求死的一天。

是啊，橙橙这样的人，怎么可能求死呢？

她生命力明明那么顽强，被卖到山里，也能自己逃回来；被那么多人恶意造谣，也能挺直了腰板开证明自证。这两件事，换作旁人，早活不下去了，勉强活下来，也一辈子过不去，可她轻飘飘地就揭过去了。

她这样的人，怎么会求死呢？

父亲说，想把当年的事告诉橙橙，他没反对。

他欠橙橙一句抱歉。抱歉没做到当初的承诺，抱歉让她因为他的错误受了这么多年委屈，抱歉让别人取代了她的位置。

他想跟她说"橙橙，哥哥对不起你，不求你原谅，只希望你……别那么难受"。

结果最后，他一句话都没来得及说，连道歉也没机会说出口。

身上已经湿透，视线也被雨幕遮挡，简佑辉没再追，也没让梅岚追。

用人撑了伞过来，他抹一把脸，拿出手机给周陆打电话。

"橙橙从简家开车走了，跟我们……闹了点误会，情绪不太好，你现在有空吗？能不能去找一下她？"

电话里沉默了几秒，简佑辉以为他没听清，准备再说一遍时，耳边突然传来一道暴怒声。

"×！你们没看微博吗？闹点误会？什么误会？什么时候闹不行？非得这个时候？简佑辉你听着，要是橙子今晚真出什么事，老子扒了你的皮！"

话音刚落，通话直接结束，简佑辉愣怔间，下意识就要打开微博。

他指尖刚触到屏幕，就看到简宏云匆匆忙忙地跑出来。

"橙橙呢？"

梅岚忧心忡忡。"开车跑了。"

简宏云心里一凉，人都开始颤抖。"完了完了，这时候可不能让她乱跑。"

刚才周庭宴反复警告他，一定要留住简橙，一定不能让她看微博，他觉得奇怪，挂了电话后就直接打开了微博。

看到热搜上挂着的那几个话题，简宏云当时两眼一黑，差点昏过去。

"把车库的车都开出来！"

简宏云喊来管家。"家里会开车的，都开车出去找，必须把橙橙找回来！"

简橙把车开出简家，就一直往前开，完全没有目的地开。

这会儿雨下得大，前方的路越来越朦胧，车子像开进了一条通往过去的幽暗隧道。

脑子是乱的，记忆却是清晰的。

"这些事，奶奶知道吗？"

"知道。"

简宏云一定是骗她的，不可能的，奶奶肯定是不知道的，奶奶给她的爱一直是纯粹的，才不是因为什么赎罪。奶奶才不是为了赎罪。

轰隆一声闷雷，简橙的身子发颤，几乎踩不动油门，她把车停在路边，用手捂住脸，泪水肆虐。

怎么不是呢？现在想想，怎么不是呢？

奶奶那么疼她，老简说不给她过生日时，奶奶却没反对，只是抱着她说对不起，说让她再等等，结果她等了一年又一年。

奶奶那么疼她，每次她跟简文茜闹大了，她去告状，奶奶却只是跟老简和梅岚吵，虽然奶奶不喜欢简文茜，但好像……从来没说过简文茜一句。

还有常淮路，奶奶全给她，老简和梅岚当时去找奶奶，她在外面听见了，奶奶说："这是我欠橙橙的。"

她一直以为，奶奶说的"欠"，是因为她在简家受了很多委屈。原来，奶奶早就知道啊。

早就知道火灾的事，早就知道老简为什么收养简文茜，所以那么多年，奶奶对她的疼爱，也是因为愧疚吗？

　　都说奶奶最爱她，她一直也这么以为。现在看，不是的，奶奶最爱的也是简佑辉。不然奶奶明明知道，她替简佑辉背了这么多债，为什么到临死前，还拉着她的手说："橙橙，如果哪天，你发现你哥哥做错了事，原谅他好吗？给他一次机会，奶奶希望你们兄妹俩都好好的。"

　　就因为这两句话，简佑辉和简文茜的事，她一直没往外说。

　　所以，奶奶是希望她在知道真相后，还原谅简佑辉吗？

　　凭什么啊？凭什么他们为了减轻负罪感，让她去承受代价？

　　凭什么他们为了轻松，踩着她的人生？

　　她为什么要过来？她今天就不应该过来的，她宁愿，他们只是不爱她了。

　　她甚至，曾经不止一次试图挽救过这段亲情。却原来，从简文茜进门的时候起，她已经注定是弃子，是他们赎罪的祭品。

　　那时候，她才六岁，后来的所有讨好和闹腾，似乎在一瞬间，都成了笑话。

　　她六岁之后，就是个笑话。

　　她的人生是笑话。

　　"咚——咚——"

　　不知过了多久，敲击窗户的声音响起，把简橙飘走的思绪拉回来。

　　她放下手，透过朦胧的车窗玻璃看向外面。她只觉得车外的人很眼熟，脑子里却一片空白，暂时叫不出名字，也突然不知道要干什么，车窗都忘了怎么开。茫然地摸索好半天，才降下车窗。

　　窗外，汪念念撑着伞，弯腰。"简橙。"

　　见她面色惨白，汪念念关切地问了一句："你没事吧？"

　　简橙回神。"没事，就是有点不舒服，停下来歇歇，你怎么在这儿？"

　　汪念念："我外婆家在附近，我一直住这里，去买东西，你的车我见过。"

　　上次约饭，简橙带周陆去那次，她见过这辆车，太惹眼，车牌号也好记，所以印象比较深。

　　汪念念见她不对劲，想到下午看到的热搜，不敢让她再开车。

　　"既然来了，你跟我去外婆家坐坐吧，你帮我退了婚，外婆一直想谢谢你呢。"

　　简橙没拒绝，她现在确实不知道去哪里。汪念念把她带进屋，趁着外婆跟她说话的时候，躲到一边给周陆发消息。

简橙在我外婆家，我把定位发给你，你赶紧过来，她应该是看到热搜了，整个人不对劲。

周陆看到消息后，刚要打开导航，母亲就打电话过来。

"热搜我看到了，你现在是不是在找简橙？"

周陆沉默。

关清柔也沉默了半晌，忽而轻叹口气。

"你不让我动她，我不动，本来她也无辜，这次是个很好的机会，覆巢之下无完卵，让她离开周庭宴，离开周家这个地狱，也好。我其实很喜欢她，她很优秀，她的人生很广阔，她不该被周家的事牵连，周陆，你说是吗？"

汪念念发来的地址在郊区，周陆开了两个多小时车才到。

远离市区的喧嚣和高楼大厦，这里是一排排带着斑驳痕迹、年代感十足、似乎被岁月遗忘的老房子。

车子开不进狭窄的巷子，汪念念提前五分钟出来等他，指挥着他的车停下后，把手里多的伞递给他。周陆撑开伞，跟着她往前走，路面坑坑洼洼，雨直接把裤腿打湿。

"她还好吗？"

"还好，喝了半碗粥，在我房间睡着了。"

汪念念先回了一句，又提醒道："对了，我试探着问了几句，她好像并不知道热搜的事，她说她是跟她爸妈吵架了。"

汪念念扭头看向周陆，试探着问："你小叔没跟苏蕴断干净，就跟简橙结婚了吗？"

她觉得简橙不是会插足别人感情的人，她那么明媚张扬的人，怎么可能这么做？所以肯定是周庭宴的问题。

周陆警告她："你什么都不知道，别乱说，我小叔不是渣男，网上的话都不可信。"

汪念念没吭声了，她本来对八卦也不好奇，就是刚才见简橙那样，觉得她怪可怜的，有点同情她。

两人走过错综复杂的小巷子，进了最里面的一个小房子。两间房，汪念念带周陆到左边一间。

"你进去吧，外婆还没吃药，我先去给外婆喂药。"

床头柜上燃着熏香，淡淡的香气却不能让简橙安睡，她身子蜷缩成一团，眉头紧紧皱着，睡得不安稳。

116

周陆想伸手抚平她眉间的褶皱，胳膊停在半空，停顿了几秒，改为摸摸她的头发，安抚地轻拍两下。

汪念念返回来，因为现在快到晚上九点，他开车过来花了两个多小时，所以想问问他有没有吃晚饭。门开了个小缝，她推开一点，看到周陆落在简橙发间的手，微微一愣。

她停顿了几秒，悄无声息地退回去，轻声把门关上。

今晚，注定是个不眠夜。

微博热搜是下午四点爆的，不到一个小时就被撤，吃瓜正上头的网友们第一次直面资本的恐怖力量。

不但所有热搜被撤，甚至，在微博已经搜不到周庭宴的名字，搜简橙也只能搜到她的摄影作品，搜苏蕴只能搜到她以前的微博和个人话题。总之，解绑了，三人完全解绑。

做得更绝的是，过了两个小时再搜，"周庭宴"这个名字消失了，不只微博，全网都搜不到。

八卦看到一半突然没了，那感觉简直抓心挠肝地难受。

有聪明的网友和狗仔，以及想蹭第一波热度的各大营销号，已经在微信群里"摇人"了，四处打听谁认识在京岫上班的人。

今晚，京岫总部甚至旗下分公司的员工，几乎全被八卦亲友猛发"99+"消息。所有人已经得到上头的指示，一律回："只知道老板娘是简橙，简橙人美心善，和周总感情非常好，没听过苏蕴的事，同样八卦中。"

事实上，他们也是第一次听说老板和苏蕴的事，也确实在八卦中。

在京岫所有群给指示的，是总裁特助潘屿，一些股东担心周庭宴的私人感情会影响京岫股价的同时，也带着八卦的意思。

"周总跟那个苏蕴，真有事？"

潘屿统一回复："谣言勿信，周总已经在回江榆的飞机上。"

周庭宴凌晨五点落地江榆机场。秦濯和潘屿来接他。

"简橙昨天从简家离开，遇上汪念念了，现在在汪念念外婆家，周陆也在那儿。"

秦濯往旁边挪，等周庭宴坐进车，就赶紧跟他说简橙的情况。

昨天他给周庭宴打电话后，周庭宴隔了二十分钟给他打过来。

"简橙的手机关机，芳姨说她回简家了，我刚给简宏云打完电话，他说能把人看住，我不太信他，你过去一趟。"

于是他开车去了简家。

他没见到简橙，简家的一个人都没见到，只有一个年纪大点的用人在。

"他们啊，他们都去找二小姐了，会开车的都出去找了。"

他给简宏云打电话，简宏云说："聊了一些小时候的事，我们意识到以前太偏心了，想给她认个错，适得其反了。"

秦濯当时来不及细问，也去找简橙。他调了路边的监控录像，可惜有两条小路没有监控，追到郊区就没了方向，路口四通八达。

然后他想到了孟糖和周陆。这两人是最了解简橙的人，可能会知道简橙去哪儿了，他下意识打给孟糖，孟糖挂他电话，他再打，她竟然直接把他拉黑了！

她竟然拉黑他！

再气能怎么样？也只能边气边给周陆打电话。

周陆说："小婶在汪念念外婆这里，挺好的，她还不知道热搜的事，你们别来，人多了她反而会怀疑，小叔应该在飞机上了，等他过来接。"

车子往郊区的方向开。

周庭宴自上了车就沉默，眼睛望着窗外，不知道在想什么。

秦濯继续跟他说："那个'吃瓜君'的微博是定时发送的，人早跑了。"

停顿了下，他轻轻叹了口气。"苏蕴之前说赌一局，应该是她。"

以前的苏蕴，不是这样的，以前的苏蕴脾气好，性格好，说话温柔，不属于自己的，绝对不会强求，很懂事。不知道从什么时候开始，她变了。

副驾驶座上，潘屿的手机响了，是苏蕴经纪人章珍的号码，他没敢接。

"周总，是章珍。"

周庭宴："接。"

两分钟后，通话结束，潘屿转身，面色凝重。

"章珍说，上次抢苏小姐行李箱的那个私生粉，拿刀控制了苏小姐，点名让您过去，说有事跟您聊聊，您要是不去，苏小姐活不成。"

周庭宴沉默，车子里气压极低。

秦濯试探着开口："老周，要不你去找简橙，我跟潘屿回去找苏蕴？"

周庭宴收回目光，整个身体往后靠，闭了闭眼，遮去眸底的疲倦和阴鸷，淡淡的声音带着讥诮。"不是赌一局吗？我不去，她会善罢甘休？"

秦灈错愕，他这意思，刚才这通电话，是苏蕴局里的一环？

司机往后视镜看两眼。"周总，后面有车跟着，要甩掉吗？"

周庭宴说不用，淡漠如水的眸子前所未有地平静，毫无波澜。

过去那些事，埋着总是个雷，既然苏蕴自己引爆，那就炸吧。

他倒是要看看，她能闹到什么程度。

只是简橙那儿，他有的哄了，晚上怕是要睡沙发……

简橙这一觉睡到早上六点才醒。

她是被手机铃声吵醒的，迷糊的眸子朝四周打量，看到床头柜上汪念念的照片，才后知后觉想起，她昨天来汪念念外婆家了。

翻身找手机，她才瞧见床前趴着睡着的周陆，惊讶他怎么在这儿，手伸过去，正要把他摇醒，他胳膊旁边的手机铃声停了几秒又响起。

曾绍打来的电话。这个点，连打两遍，应该是有急事。

简橙见周陆睡得沉，帮他接了。"我是简……"

"×！周陆你小叔怎么回事啊？昨天出那么大事，今天回国第一件事竟然是去找苏蕴，这不是坐实了他跟苏蕴有事吗？他是不是有毛病啊，明知道橙子现在情绪不对，他竟然还去找苏蕴！"

简橙的话被一阵吐槽覆盖。她愣了下，张张嘴，终是止了声，安安静静听完曾绍的吐槽。五分钟后，简橙挂了电话，把手机放在原处，掀开被子下床。

周陆在她出门的那一瞬，睁开了通红的眸子。

汪念念昨晚在外婆的房间睡的，早上六点起来准备给外婆做早饭，刚开门就看见外套都没穿从屋里出来的简橙。

"简橙？现在才六点，你不再睡一会儿吗？"

简橙换鞋，神色平静，脸上挂着淡淡的笑。"不睡了，我有点事先走了，昨天谢谢你了，改天我再来看外婆，你一会儿帮我跟周陆说一声。"

她说完就开门出去，汪念念阻止都来不及，赶紧跑回自己卧室。

"周陆，简橙她走了，你快点去追……"

后面的话止了音，汪念念愣愣地瞧着趴着床沿痛哭的周陆，一瞬间失了语，好一会儿，才慢慢往里走。她坐在旁边，轻声开口："周陆，你喜欢简橙吧？"

没人回应她。

汪念念又沉默了会儿，抬手，掌心在他发顶压了压，安抚道："我不知道你到底怎么回事，但是我觉得，你既然跟我提出那个交易，你既然……连死都不怕，那你还怕什么呢？周陆，我外婆说，当你迷茫的时候，就想一想，你最想要的是什么。"

最想要的是什么……

哭声渐停，半晌，周陆突然从椅子上起身，抓着手机，又从衣架上拿了简橙的外套往外跑，到门口时停顿了下。

"谢谢。"

早上八点半，简橙到了酒店。

酒店门口围满了人，全是得到消息，听说周庭宴凌晨五点回国，第一时间来酒店找苏蕴的狗仔和媒体，都想挖第一手新闻，拥挤得似菜市场。

简橙没下车，等了大概十分钟，果然在酒店门口看到了自己老公。

提前回来，她却毫不知情的她的老公。

怀里抱着苏蕴，保镖开道冲出人群的她的老公。

据说昨天下午被爆料，跟苏蕴接吻的她的老公。

简橙染着细碎光影的眸子，定定地落在周庭宴身上，周庭宴像是察觉到了，忽而抬眸看过来，简橙在他看过来之前，一脚油门把车开出去。

闪个不停的镜头下，周庭宴把苏蕴抱进车里，让司机送她去医院。司机惊讶，往后一看，才发现苏蕴受伤了。

苏蕴小腹处被血染红一片，她用手按在上面，脸色惨白，颓败地看向周庭宴。"所以，我输了，对吗？你现在很讨厌我，对吗？"

周庭宴要去找简橙，不想再浪费时间。"伤口不致命，但是得赶紧包扎，先去医院吧。"

苏蕴在他起身时，伸手拉住他，急声解释："我承认，为了得到你，我设了局，但是昨天的热搜和今天这个私生粉，不是我，是章珍……"

周庭宴一点点掰开她的手，声音冷漠。"苏蕴，我不看过程，只看结果，我刚才配合你出来，是最后一次因为你哥成全你，你做这件事之前，应该想过后果。我成全你，你也得成全我，在微博怎么回应，潘屿会发给你，你最好听话。"

被一群保镖拦住的媒体拼命往前冲，想听听两人说了什么，想知道苏蕴怎么受伤了，潘屿上前两步，朝众人道："各位，关于昨天的热搜，请大家打开手机，看看今天的热搜。"

几辆车疾驰而去，一脸蒙的众人打开微博，却见热搜第一是"京岫集团官

博 @ 简橙"。

点进去，京岫官博的配文是："老板说，这是老板娘 @ 简橙；老板说，这是他初恋 @ 简橙；老板说，初恋是加粗字体，请自觉读三遍。老板说，明天下午三点，京岫有针对此次事件的记者发布会，为什么是明天下午？因为老板说，他要回家哄老婆。"

第四章
暂时分开

简橙没想到，有一天她会跟蒋雅薇一样，等红灯的时候，也能出车祸。

"砰"的一声，一脚刹车踩下去，已经晚了。

额头撞在方向盘上，尖锐的痛感把她飘在外面的魂拉回来。

追尾了。

她缓神缓得太久，前车司机过来敲窗。

简橙解开安全带，开门下车，额头刺痛，她头还有点晕，看人有点模糊。

"对不起，我赔……"

"简橙？"

那人在她转过头的时候，看清了她的脸，脸上的不耐烦和厉色全消。

简橙听到自己的名字，愣了下，揉揉眼，认真地看过去。

利落的灰色西装套装，清爽干练的中短发，职场女强人的独特魅力。有点面熟。

那人见她呆呆的模样，主动开口："秦颖之，我们之前在京岫见过。"

简橙想起来了，当初周陆告诉她，周庭宴可能出轨了，她还跑去京岫捉奸，结果是误会一场。

秦颖之，秦灈那个结了四次婚的堂姐。

简橙也不知道该喊什么，乖乖喊了声："颖之姐。"

秦颖之平时不爱看微博，但昨天微博的热闹她也知道，周围人都在讨论，毕竟事关当红女顶流苏蕴。见简橙这样，她猜到可能跟这事有关。

秦颖之看一眼简橙的车头，撞得不算厉害，于是揽着简橙的肩膀绕车头一圈，拉开副驾驶座的门把她按进去。

"安全带系好，等我一分钟。"

她跑到前面的车旁，跟副驾驶座上的人说了几句，折回简橙的车，坐上驾驶座。

"车撞得不严重，我老公搞定，你不用管了，你现在不能开车，我先送你去医院，你额头上的伤得处理下。"

简橙也知道自己现在状况很糟糕，没拒绝。

"谢谢颖之姐。"

两人其实只有一面之交，秦颖之说要请她和周庭宴吃饭，也一直没机会，去年才把公司重心转到国内，实在太忙。

圈里那些人谈论起简橙和周家叔侄的错乱关系时，秦濯每次都帮简橙和周庭宴说话。所以秦颖之对简橙的印象不错，也觉得简橙很适合周庭宴。

所以，这会儿她想帮周庭宴说句话。"微博上那些，真真假假，你看看就行，我跟庭宴认识很多年，他跟秦濯那小子不一样，今天要是秦濯，我绝对劝你早点跑，但庭宴不一样。"

秦颖之转着方向盘。

"庭宴值得托付，苏蕴的事，你有好好听他解释吗？"

简橙看着窗外掠过的树影。

"我都不知道他回来，听朋友说的，他回来先去找苏蕴了，我看见他抱着苏蕴从酒店出来，想去问问他，但记者太多了，我过去，他会更麻烦，所以我就先走了。"

秦颖之错愕。

她昨天知道热搜的事，还特意问秦濯怎么回事，秦濯说周庭宴今天凌晨五点到江榆。她以为，周庭宴回来，第一件事肯定是要找简橙解释的，所以她以为两人见过面了。

先去找苏蕴？这不像是周庭宴会做的事啊，秦濯不是说周庭宴和苏蕴没什么吗？

秦颖之看简橙一眼。"可能有误会，我觉得，你应该给庭宴一个解释的机会。"

简橙把目光收回来，抹一把眼睛。

"我知道有误会，肯定是发生了什么事，不然他肯定第一时间找我，他肯定有不得已的原因，才会抱着苏蕴从酒店出来。"

秦颖之刚松口气，又听她说。

"可是颖之姐，我很难受，我昨天刚跟家里人吵过一架，就是听到一些不好的事，一些我不太能承受的事，我很难受。

"我那时候，特别想给周庭宴打电话，我又觉得，如果我告诉他，他会担心，会抛下工作过来找我，他爸爸还在那里，身体也不好，他要照顾他爸，还要忙工作，我不想他太折腾，所以我忍着了。

"可是他提前回来了，无论有什么不得已的原因，他都为了另一个女人回来了，我看到他抱着苏蕴，我真的很难受。

"颖之姐，我不知道你听说过我和周聿风的事没，我整个青春都困在那段感情里，放手的时候，我就想啊，我不要爱情了，再也不要了。

"我不瞒你，嫁给周庭宴的时候，我心思不纯，我想报复周聿风和蒋雅薇，可是周庭宴对我太好了，好到我觉得——大好的光阴，我干吗浪费在报复别人上，我舒舒服服过我的日子多好啊。

"周庭宴真的太有魅力了，我没守住心，我也不知道什么时候爱上他的，就觉得，每天看到他就很欢喜，颖之姐，我现在，真的好喜欢他。

"可是他们为什么都瞒着我啊？老简他们是，所有人都知道的秘密，就瞒着我，我这些年还努力维持跟他们的关系，真跟傻×一样。

"瞒就瞒了，瞒一辈子就好了，为什么突然告诉我啊，我现在连奶奶都有点怨，可是我又不能怨奶奶，不管什么原因，奶奶都疼我一场，我不能怨她。

"还有周庭宴，如果他真跟苏蕴没事，他可以早点告诉我啊，我又不是不讲理的人，我知道他可能是为了我好，其实我也早知道，理论上我不该气，可是我今天就真的很气。"

简橙捂住眼睛，抽泣声断断续续。

"我从郊区开了两个多小时的车过来，我想了很多事情，我甚至想，热搜是不是苏蕴搞的，她为了抢走周庭宴，她拿我献祭，刚才我看见她，甚至有一瞬间，我想上去给她一巴掌。

"我不喜欢这样的自己，我觉得我又开始偏激了，跟当年蒋雅薇出现时一样，感觉太糟糕了。

"颖之姐，我真的……真的好喜欢周庭宴，可是我不想跟他在一起了，我好累啊，我不想要爱情了，亲情我也不要了，我什么都不想要了。

"他们都让我难受，都让我难受，我不要了，都不要了……"

周庭宴还不知道老婆要跑了的事。他离开酒店后，没去郊区接简橙，直接回了京岫。因为车子刚驶离酒店时，周陆给他打电话，说简橙已经不在汪念念外婆那儿了。

"小婶知道热搜的事，自己开车去酒店找你了……曾绍跟着她呢，她没事，小叔，我有点事想跟你说，你来集团一趟吧。"

周庭宴九点半到京岫，周陆过了十分钟敲门。

"进。"

周陆听到声音才进去，关了门，刚转身，一道黑影自眼前闪过，下一秒，脸上就挨了一拳。

来不及反应，他的衣领又被抓住，身体悬空，周庭宴的第二拳又挥过来。

"我不知道你要搞什么，你有事冲着我来，没问题，你连简橙也敢算计？"

周庭宴暗沉的眸子散着寒意。

"周陆，简橙哪里对不起你？你告诉我，她哪里对不起你？"

周陆连挨了两拳，脑子有点发昏，好一会儿才道："她没有对不起我，是我对不起她。"

周庭宴的第三拳挥过来，衣领间的力道松了，周陆的身子直接被甩出去，脑袋撞到沙发扶手，整个人贴着沙发滑到地上。

周庭宴走过来，坐在旁边的单人沙发上，从茶几上拿起烟盒，抽出一支烟咬在嘴里，用打火机点燃，吹出烟雾，才不紧不慢地开口："你今天是来自首的？"

周陆用袖子抹一下唇角的血，双手撑着地站起来，坐到他旁边的长沙发上。

"小叔，你什么时候知道的？"

什么时候知道的？周庭宴其实一直都知道周陆有问题。

从当初他要追简橙，让周陆出谋划策开始。

周陆明知简橙因为周丰风的事，痛恨渣男，还让他利用秦颖之让简橙吃醋，明知周丰风在公司，还让简橙往京岫跑。他似乎想把事情闹大，但以周陆的本性，又不会做出这样的事。

事情不对劲，但他没从周陆身上察觉到恶意，甚至他有种错觉，周陆似乎在暗暗跟他传递一种意思。他似乎在暗示自己：小叔，我不对劲，你留意我。

后来很长一段时间，他都关注着周陆，甚至周陆提的那个人工智能项目，他都让潘峪暗中调查了，没问题。

所以他那时候觉得，会不会是自己想多了。直到周陆借着何润眼睛的事，突然提到药物试验，那天他看得很清楚，周陆是特意提到这块的。

他似乎在暗示：小叔，你留意立橙生物。

于是他让潘屿亲自跟进。

其实周庭宴这次出差没带潘屿，有一大半的原因，就是给简橙用的，简橙如果遇到麻烦，可以随时找潘屿。

结果潘屿上周出差，只比他早一天回，还是看到热搜后赶紧回的。因为立橙生物确实遇到麻烦了，潘屿最近都在忙立橙的事。

苏蕴在这时候找事，倒是不难理解，他不在，潘屿也不在，这时候买个热搜，等他们看到，热搜已经发酵。

立橙生物这时候出事，他其实没往苏蕴这件事上想。

直到周陆今天打电话给他，说简橙跑到酒店来了。

他想到当时在酒店门口的一瞬错觉，原来，她真的来了。

周陆很了解简橙，以他的本事，绝对能留住简橙，可他让她来了。而且从郊区过来要两个多小时，说明简橙六点多就知道他在酒店了。他凌晨五点从机场离开，车先往郊区开，开到一半潘屿才接到章珍的电话，七点十分才到酒店。

所以，简橙是怎么提前知道他要去酒店的？

周陆有问题。

周庭宴用力嘬了口烟，心里烦得很。

简橙肯定看见了，看见他抱苏蕴了，今晚别说睡沙发了，估计连门都不让他进。

周庭宴气得抬腿踹周陆一脚。"你到底怎么回事？"

他一直认为，无论周陆要做什么，都舍不得伤害简橙，因为周陆喜欢简橙，用情不浅。

只要不牵扯到简橙就行，他可以睁一只眼闭一只眼，毕竟他也想看看，周陆要干什么。

可周陆这次过分了，如果苏蕴这事跟他有关，那之前的热搜……

"我是热搜之后才知道的。"

周陆见他怀疑的眼神，就知道他想问什么。"我没跟苏蕴合谋，合谋的人不是我。"

周庭宴听出这话不对劲。"合谋的人不是你？是谁？"

周陆向他要烟。"小叔，给我抽一支。"

周庭宴把打火机和烟盒都扔给他，周陆接过，颤着手拿出一支咬在嘴里，点燃，吐了两口烟雾才慢慢道："小叔，你还记得小湾村的何润吗？就是我突然多出来的表哥。"

"记得。"

"他不是我表哥，何润，他是我亲哥，同母异父。"

医院停车场，秦颖之把车熄了火。

她拿出手机，给周庭宴发了两条消息，等简橙哭得差不多了，把纸巾递给她。

"谢谢颖之姐。"简橙连抽了几张纸盖在脸上。

秦颖之身子微倾，怜惜地揉揉她的脑袋，认真地开口："其实我觉得，苏蕴这件事，对你和周庭宴而言，倒不是什么坏事。"

简橙用纸巾抹了泪，抬头看向她，没懂她什么意思。

秦颖之："我听秦濯说，你搬到华春府前，周庭宴紧张到不行，让潘屿重新收拾别墅，给你搞暗室，又到处取经送你结婚礼物。正月十六那晚，你大概不知道，那满屋的玫瑰，是潘屿教他的，其实那晚应该还有场无人机表白，是秦濯教他的，可惜那晚你们有事耽搁了，太晚了，没看成无人机的表演。"

简橙第一次听说这事。

她突然想起来，那晚周庭宴确实一直想让她跟他回家，她还以为他想做，还误会他持久力只有五分钟。

也确实是耽搁了，那晚他带她跟朋友一起吃饭，她跟米珊打了一架，回去时很晚了。

无人机？芳姨好像是说过，周庭宴其实还有一份礼物，她后来把这事忘了。

秦颖之吐槽周庭宴："玫瑰和无人机这么简单的表白方式都要人教，真的很蠢，很尴尬，说明什么？说明他根本不会谈恋爱。"

吐槽完，她话锋一转。

"也说明，他真的很在意你。

"周庭宴这个人，怎么说呢，你别看他现在看似高高在上，其实他心里很没有安全感。他把你看得越重，就越怕失去你，他潜意识里就会觉得，不能让任何危险因素威胁到你们的感情，苏蕴就是他认为危险的人，所以他不敢告诉你。

"偏偏呢，你……当然，不只是你，所有女人，包括我，都希望老公在这件事上早点坦白，偏偏他们不坦白，就很气。

"周庭宴久经商场，在权力中心，有时候，他习惯控制局面，会觉得自己做的都是对的，他会希望，你能理解他，因为他觉得是为了你好。

"他这次敢直接去找苏蕴，就是他觉得，他能哄好你，他觉得他解释后，你能理解他。这就是你们感情的炸弹。

"他的思维是，希望你理解他，你呢，觉得他的做法欠妥，但又因为喜欢他，逼着自己强忍着。

"时间久了，他为你好，思维会固定，再遇到威胁你们感情的事，他还是会选择隐瞒，你呢，要么慢慢失去自我，要么忍无可忍。"

秦颖之问她："你们结婚马上一年了，吵过架吗？"

简橙听得一愣一愣的，脑子昏昏沉沉。"没有。"

秦颖之捏捏她软乎乎的脸，笑笑。

"他把你宠成闺女，你把他敬慕成偶像，时间短了还好，时间久了，你俩不会腻吗？"

简橙听懂她的意思，斟酌开口。

"腻倒是没腻，不过我不太敢在他跟前发脾气。"

她对周庭宴确实有敬畏之心，毕竟喊了那么多年"小叔"。

要是按她以前的脾气，最开始知道他隐瞒苏蕴的事的时候，她就在家闹了。

秦颖之笑得颇有深意。"想不想听听，一个结过四次婚的爱情专家给你的建议？"

简橙擦干眼泪，忙不迭地点头。

孟糖说过，秦颖之可厉害了呢，四任丈夫，每一个都爱她。

秦颖之说："你不是不想跟他在一起吗？那就不在一起，回去就跟他说，跟他离婚。"

简橙"啊"了一声。

秦颖之："简橙，你记得姐姐一句话，永远不要当爱情的俘虏，感情这玩意，合适就在一起，不合适就分开，不过……"

她顿了顿。

"你跟周庭宴属于第三种情况，你们都适合彼此，只是现阶段，被自己的思维困住了。

"你们没有经历恋爱，直接结婚，本来就差点意思，女孩子，本来就很美好，值得一切最好的，怎么能没有恋爱过程呢？你们甚至连婚礼都没有，你不想穿一次婚纱吗？

"你提离婚，他肯定不同意，那就让他重新追你，这次别心软，你可以发火，可以闹，你就使劲折腾他。

"如果哪天，你把他折腾够了，你觉得他通过你的考验了，简橙，再给他一次机会吧，我不是向着他，我是真觉得，他很适合你。"

京岫，总裁办公室。

潘岫端来两碗热气腾腾的馄饨后又出去。

周庭宴把烟捻灭在烟灰缸里，伸手搓了把脸，冷峻的面容染上疲色。

"所以什么意思？何润的眼睛是因为京岫瞎的，所以你妈要报复？"

周陆这会儿烟瘾大，抽完一支，又拿了一支。

"我今天让简橙伤心了，所以我告诉你一个线索，也不全是因为何润，至于还有什么，你得自己去查，你可以从何润身上查起。"

烟雾缭绕中，周陆垂着脑袋，沙哑的声音中尽是空洞。

"她是我妈，我不能完全背叛她，而且事实上，我也不知道她下一步要干什么，她对我不是百分百信任，都是事到跟前才告诉我。"

他不敢违抗母亲，但母亲这次太过分了。就算她要让简橙远离周家，也不该帮着章珍和苏蕴坑害简橙。就算简橙这次离开小叔了，小叔也不可能放手的，如果他们后来又在一起，母亲下次又会做什么？

他不敢想。他也快崩溃了。

他每天晚上回家，都要听母亲反反复复说过去的事，脑子都要炸了。

他不敢反抗，所以他让曾绍打了那个电话，他又想让小叔猜到他有问题，防着他点，所以他让曾绍提前打电话。

汪念念说让他想想最想要什么，他想让简橙幸福，想让母亲别那么疯狂。

小叔现在和简橙是一体的，他不能伤害简橙，又不能背叛母亲，他现在整个人快被撕裂成两半。

所以他要求救。

没有人能救他，除了小叔，他现在只信小叔。

周庭宴能察觉到他的挣扎和痛苦，没再问什么，把一碗馄饨推到他跟前，拍拍他的肩膀。

"没吃早饭吧，吃完让潘岫带你去医院，把伤口处理下，抱歉，下手有点重。"

他自己也没吃早饭，没胃口，也没心思吃。

"你给曾绍打电话，问问简橙去哪儿了。"

电话还没打出去，周庭宴拿起手机，先看到了秦颖之发来的消息。

她半小时前发的，他才看见。

秦颖之：周庭宴，你老婆要跑了。

第二个消息是一段录音，打开，简橙抽泣的声音断断续续。

"颖之姐，我真的……真的好喜欢周庭宴，可是我不想跟他在一起了，我好累啊，我不想要爱情了，亲情我也不要了，我什么都不想要了。他们都让我难受，都让我难受，我不要了，都不要了……"

江榆市中心医院，住院部。

简橙摸着头上缠了一圈又一圈的纱布，再看看身上的蓝白条病号服，无语了半晌。

"颖之姐，真的要这样吗？"

她就是额头撞了下，医生都检查了，没啥大问题，秦颖之非让她装成重病号，还特意办理住院。得亏现在医院床位不紧张，秦颖之在这儿又有熟人，不然她这一点点小伤口，人家还真不一定让住院。

"必须这样。"

秦颖之跟这里的脑科主任认识，刚从他办公室出来，拿了个苹果，正坐在病床前的椅子上慢悠悠吃着。

"我刚才听说，苏蕴好像也受伤了，正好在这家医院，周庭宴来了肯定经常在你这儿待着，气死她。"

简橙："……"

秦颖之进门前已经接到周庭宴的电话。

"周庭宴现在正往这儿赶呢，一会儿你躺下装睡，姐姐先帮你给他上一课。"

简橙决定听听一个四婚爱情专家的建议，真躺下了。她躺下前借秦颖之的手机给孟糖打了电话，又给林野打电话，让他去简家把她手机拿过来。

然后她就真睡着了，不知道睡了多久，迷迷糊糊中，听到秦颖之的声音。

"庭宴啊，不是我说你，你这次确实太过分了，你是没见啊，我当时看到简橙，还以为见到鬼了，那脸白得都吓人，车都不会开了。

"苏蕴这事，我完全站简橙，我要是简橙，当时看你抱苏蕴出来，我就冲上去打你了，当着那么多记者的面，我难为死了。人家简橙就是怕让你难做，所以开车走了，这种会疼人的老婆你上哪儿找啊……"

后面的话简橙没听清，声音越来越远，似乎是秦灈来了，秦灈把秦颖之拉走了。

听到门开的声音，简橙猛地睁开眼，又赶紧闭上。

看不见，耳朵更敏感，她能察觉到周庭宴进来了。他先坐在了病床前的椅子上，然后就盯着她看，接着就是沉默，好半天都没有别的动作。

简橙心中更恼了，心说：按着剧情不该有一句"对不起"吗？

只要他道歉，她就睁开眼骂他，骂完再气吞山河地甩他一句："周庭宴，老娘要跟你离婚！"

他一声不吭算怎么回事？

胡思乱想被打断，随即温柔的吻落在唇上，一点一点吞噬她的呼吸，先是浅尝，后是强势闯入，唇齿纠缠。

简橙受不住，睁开眼，恰好望进他深邃暗沉的眸子里，他也看着她，并对她的醒来丝毫不意外。

"你知道我醒了？"

周庭宴亲亲她的唇，声音沙哑。

"嗯，你一直咬嘴唇，嘴唇快被你咬烂了，你要是生气，可以咬我。"

简橙："……"

章珍接到电话，知道周庭宴的车从京岫离开，朝医院这边来了。

"我就说吧，周庭宴不可能不管你的。"

她高高兴兴地回到病房，让助理出去盯人，伸手把苏蕴的头发扯乱些。

"男人对柔弱的女人都有保护欲，你一会儿好好跟周庭宴说说，撒撒娇，看微博能不能不发。"

周庭宴让苏蕴发条微博，潘屿已经把文案发过来了。中心思想是：当年车祸，苏蕴的哥哥是因周庭宴而死，周庭宴帮苏蕴，全是因为愧疚，给她资源的事情确实存在，但都是因为愧疚。

两人之间没有男女之情，只有兄妹之情，苏蕴也只当周庭宴是哥哥，中秋节回来给他过生日，也只是以妹妹的身份。

至于从前不来江榆，是因为她哥哥死在这座城市，对这里有抵触。

那为什么今年又频繁来，还参加了品牌活动——是因为她突然释怀了，想哥哥了。

那张游艇照片真的假的——真的，但当时不只两人，还有秦濯和其他朋友，朋友聚会而已。

那张接吻照真的假的——假的，错位照而已。

潘屿发来的是长文，条理清晰，直接戳破了真相，只是这个真相由苏蕴亲口说出。这样既能解释周庭宴为什么帮苏蕴，澄清两人关系，又能给苏蕴留着最后的脸面。

至于简橙，周庭宴会在明天下午三点的记者发布会，亲自解释。

因为苏蕴受伤，时间倒是给得宽裕，说发布会之前发微博都可以。

章珍不让苏蕴发，她在娱乐圈混这么多年，周庭宴的心思她可太明白了。

让苏蕴发微博，看似是给苏蕴留面子，其实是彻底打消苏蕴对他的念头。

因为一旦苏蕴开口认领了这个"哥哥"，就永远不能再对周庭宴有心思。

"周庭宴是个责任感特别重的人，他能为了一个救命之恩娶简橙，就能因为亏欠你哥，一辈子管着你，你求求他，说些软话。"

章珍又嘱咐了很多，苏蕴全程沉默，眼睛望着窗外不知道在想什么。

二十分钟后，章珍接到助理的电话，脸色由喜转怒，再到惊愕。

"我们在八楼，周庭宴去七楼干什么？他去……谁？你说简橙？她……真的假的？"

挂了电话，章珍跟苏蕴说："周庭宴去看简橙了。"

苏蕴眉睫轻颤，眸子里仅存的一点亮光彻底熄灭。好半晌，她转过头，把头发整理好，问了一句："简橙怎么了？"

"小李跟着周庭宴上去，刚听见简橙的名字就打电话了，还不知道怎么回事。"

章珍决定自己去看看，刚准备往外走，门就被推开，小助理匆匆忙忙地跑进来。

"出车祸，简橙出车祸了……我听有个女人骂周总，说简橙去了酒店，看见周总抱苏蕴姐了，气得自己开车走了，路上走神出车祸了。"

苏蕴一愣，脸色变了，急声道："严重吗？"

小助理："我没看见，但是那个女人骂周总时说了一句'你老婆九死一生，勉强捡回来一条命'，应该挺严重的。"

章珍一乐，颇为遗憾。"怎么没撞死她。"

苏蕴直接拿了枕头砸章珍。"人家出车祸，差点死了，你还在这儿说风凉话！"

她哥哥就是车祸走的，她接受不了章珍这样的玩笑。

苏蕴后悔了。不该一时糊涂，听了章珍的话。

看到热搜的时候，她就该赶紧跟周庭宴坦白，这样，她至少还能给自己留一份尊严。

可惜她当时糊涂。章珍跟她保证，有办法让周庭宴娶她，让她再信自己一次，说热搜已经爆了，无法挽回了，不如再试一次。

"苏蕴，如果你哥还在，我可能就是你嫂子，我总不能害了你，这些年我虽然野心大了，但绝对不会害你，我是有信心才会替你做决定，你就听我一次。"

于是她信了章珍最后一次。

章珍说，有朋友帮忙查到了周庭宴的航班，他凌晨五点到江榆机场。

"周庭宴第一时间肯定去找简橙，这个时候，有什么理由能让他半路返回来找你呢？除非，你遇到危险了。"

章珍把那天抢她行李箱的私生粉带到她房间时，她才知道，章珍代表她跟那个男人和解了。

她觉得章珍疯了。

章珍说："周庭宴刚回来，你恰好遇到危险，这样太刻意，这个私生粉刚抢了你行李箱，也有跟你去酒店骚扰你的前科，他闹事，不会有人怀疑。"

章珍让她放心，说已经跟这个私生粉详谈过了，不会真有事。

结果证明，章珍错了，私生粉就是私生粉。那是脑子真有病的人，花再多钱都没用，稍微被刺激一下，根本不按剧本演。

七楼，VIP 病房。

周庭宴看着简橙那张苍白虚弱的脸，耳边萦绕着秦颖之的话。

"她昨天在娘家受了委屈，开两个多小时的车到郊区，今早又从郊区开两个多小时回来找你，结果你更过分，你还抱其他女人。"

他俯身亲亲简橙额头的纱布，俊脸上是浓郁得化不开的心疼和愧疚。

"对不起。"

他嘴唇下移，吻从额头落在鼻尖，再到唇。

简橙这次没让他亲，头一偏，周庭宴的吻落在了她左脸上。

周庭宴停顿了一下，突然想到秦颖之发给他的那段录音。

"颖之姐，我真的……真的好喜欢周庭宴，可是我不想跟他在一起了。"

周庭宴掌心贴着简橙的脸，把她的脸转过来，四目相对，他一夜没睡熬红的眼睛里有哀求。

"不听我解释一句，就直接给我判死刑吗？"

简橙的脸被他双手捧着不能动，就直勾勾地看着他，病房里安静了一会儿，她慢慢开口。

"行，你说。"

周庭宴见她愿意听，松了口气。

他没急着说，眼睛往床上瞄一圈。"老婆，我瞧着你这床，挺结实的。"

简橙心说：这不废话吗？这是 VIP 病房，床肯定结实啊，还舒服呢，她刚才躺一会儿直接睡着了都。

简橙："是挺结实，这跟你要说的事有关系吗？"

周庭宴让她往旁边挪挪。

"我昨晚一整晚没睡，现在马上中午了，实在熬不住，这床挺结实，能睡两个人，你让我也躺一下，我躺着跟你说。"

简橙被他的不要脸惊得目瞪口呆，颖之姐说了，从现在开始，心里怎么想的就怎么说，不必压抑自己。

"周庭宴你……你别得寸进尺，我还没原谅你呢，你就想上床了？你想得美，你赶紧老老实实交代清楚，我还气着呢！"

周庭宴这时候不敢惹她，坐回椅子上。正事要紧。

他先解释为什么去酒店找苏蕴。"我先去找你的，车开到半路，潘屿接到章珍的电话。"

抢苏蕴行李箱的私生粉挟持了苏蕴，就为了跟他见一面聊聊？周庭宴觉得这应该是苏蕴设计好的，如果他不过去，这件事就没完没了，不如一次性解决了。

因为周陆在看着简橙，他那时候还是信任周陆的，所以觉得，迟一点过去应该也没事。所以他让司机掉头，回去找苏蕴了。

到了酒店，屋里的男人点名让他自己进去，秦濯当时想跟进去，男人直接把刀抵着苏蕴脖子威胁他们。最后，还是他自己进去了。

当时周庭宴一进屋，就闻到一股浓浓的酒味。

酒应该是苏蕴喝的，她身上穿着浴袍，脸上带着醉意。

男人身上穿着酒店服务员的衣服，章珍说，男人是假装客房服务的工作人员敲门，趁苏蕴开门的时候闯进去的。

周庭宴那时候以为男人是章珍和苏蕴找来的。

所以他直接问苏蕴："你想让我过来，我来了，下一步要做什么？一大堆记者冲进来，拍摄录像，说我背着老婆跟你偷情？坐实昨天微博上的谣言？"

苏蕴还没开口，那男人先急了。

"背着老婆？偷情？所以你们真睡了？不对啊，那个姓章的说你们没睡，说让我亲自来问问你。"

姓章的？

周庭宴刚确定是章珍，男人就换了动作，一只胳膊勒着苏蕴的脖子，用拿刀的手指向他，凶狠地咆哮。

"你有老婆你还敢睡苏蕴，你让她当'小三'？苏蕴是我的！你竟然敢睡我的女人！"

苏蕴没忍住骂一句："谁是你女人！"

这话把那男人彻底惹怒了，刀又对准她，整个人暴躁至极。

"你在帮这个浑蛋说话吗？苏蕴，你以前不是这样的，你怎么变了呢？你现在怎么自甘堕落呢，你怎么能去给人当'小三'呢？"

苏蕴这会儿彻底酒醒了。"关你什么事！"

男人嗓音提高。"怎么不关我事？我爱你啊！

"这些年，你去哪里我就去哪里，我每次给你写好长的信，你喜欢山竹，我买好多好多寄给你，你接受采访时说晚上失眠，我花高价买你的号码，我晚上给你打电话，陪你聊天。这么多年，你身边没有别的男人，连绯闻都没有，我怕你没有男人会寂寞，我从门缝里给你塞我的照片。

"我还特意去健身了，你可以看我的照片，我想你的时候，都是看着你的照片，我幻想着，你的腰肯定很软……"

男人说着就开始上手，苏蕴吓得尖叫。

周庭宴这会儿也看出来了，这男人真的是私生粉，真的是神经病。

所以他上去夺了那把刀，没想到男人口袋里还有一把弹簧刀，趁他不注意时捅过来。

苏蕴推了他一把，好在他反应及时，察觉不对后，一回身把男人踹开。

刀还是捅进了苏蕴的小腹，所幸伤口并不深，不算严重。

潘屿和秦濯进来把人控制住，苏蕴说外面都是记者，问他能不能抱着她出去。

"我知道，出了这个门，你就不想再见到我了，好多年了，周庭宴，我等你真的好多年了。你能不能满足我一次，我也想试试，被你在镜头下护着的感觉。

"这一段路，十分钟不到，你就当……了却我一个执念，就当……为了我哥，再允许我任性一次。"

简橙听周庭宴解释完，沉默了好一会儿。

"所以，你就抱她了？你不知道外面有很多记者吗？"

周庭宴眼睛不离她。

"我一开始没答应，后来她用她哥发誓，这绝对是最后一次，而且，她答应我，会发微博澄清热搜的事。

"至于记者，秦濯和潘屿带人看着他们把拍到的照片底片全销毁了。"

就算有漏网之鱼，也闹不出什么水花。现在京岫和秦氏的公关部、技术部全在网上盯着，关于他和苏蕴，不会再有任何捆绑的消息。

简橙突然想到什么，骤然从床上坐起来，拉开周庭宴的胳膊，仔细往他身上瞧了瞧。

周庭宴外套上有血，来之前已经脱掉了，现在身上只有一件单薄的黑色衬衫。

"你没受伤吧？"

黑色衬衫下看不出来伤口，简橙整个人凑到他怀里，看能不能闻到血的味道。

周庭宴顺势往前，倾身抱住她。"我没事。"

她还关心他，这大概是折腾这么久，最让他高兴的一件事。

低沉沙哑的声音贴着耳朵响起，简橙伸手推他。

"我还没有原谅你，你别碰我，起开！"

周庭宴不松手，反倒把人拥得更紧，用手臂完全圈住她的身体，因为床比凳子高，所以做这个姿势，他能把脸埋在她胸口。他能听到她的心跳声。

"要打要骂随你，你让我抱一会儿，我都快一个月没抱你了，就抱一会儿。"

简橙想说什么，终究是没说，任由他抱着，眼睛盯着窗外，神情复杂。

病房里安静下来。一门之隔的走廊上挺热闹。

孟糖接到简橙的电话时，刚下飞机，知道她在医院，就直接打车过来了。

在一楼等电梯的时候，她碰见刚把秦颖之送走返回来的秦濯，他跟她打招呼，她没理，只当没看见他。

她出电梯一路狂奔，问清楚病房要进去时，秦濯跑过来拦住她。"老周在里面哄媳妇呢，咱别打扰。"

孟糖今天还真得进了。"你让开！"

秦濯不知道自己哪里惹到她了，她说要带着父母来解除婚约，他尊重她，他最近表现得挺好啊。

结果昨天找简橙的时候，他给她打电话，她直接拉黑他，今天见到了，还把他当空气。

他也是有脾气的。"孟糖！"

秦濯身子挡在门前，非要问出个理由来。

"你为什么把我拉黑？我哪儿招你了？你跟我说清楚，我就让你进去。"

他不提拉黑的事还好，一提，孟糖就想起热搜的事，一想，怒火就噌噌噌地上来了。

"我为什么拉黑你？你心里没数？都怪你，当初是你告诉我，周庭宴是百分百的好男人，我才使劲给橙子推荐他。

"呜……是我害了橙子，我早该想到的，一颗坏梨烂一筐，你是渣男，身边肯定都不是好东西，我有罪，我就不该怂恿橙子嫁给周庭宴。

"果然啊，除了我爸和我哥，男人就没有一个好东西，不对，周陆也是好的，林野也是好的，反正就是你不好，你渣，近墨者黑，周庭宴也是个渣的！"

她又哭又骂，声音不小。

秦濯的脸色由严肃转为茫然，最后是郁闷，他这是被周庭宴连累了？

而且什么叫林野也是好的，就他渣？

其他人他不能比，他承认，怎么连林野也比不过了？

郁闷之后，秦濯突然想起她这音量屋里能听见，赶紧捂住她的嘴，压着声劝道："你小声点，老周不是渣男，这里面有误会。"

孟糖一想到昨天的热搜就气得不行，用力拍掉他的手。

"他怎么不渣？不是只给了资源吗？为什么会有接吻的照片？亏我第一时间还相信周庭宴，我还让林野去鉴定，看那照片是不是经过处理的。"

她冲他吼："他大爷的！不是假的！"

病房里，周庭宴还想再抱一会儿，简橙用力推开他，笑盈盈的。

"对了，我听说有接吻的照片，我还没看过呢，照片给我看看。"

她朝他伸手。

"没有了，全都删了，网上也找不到。"

周庭宴握住她的手，放在唇边亲了亲。

"我初吻给你了，没亲过别人，那是借位拍的。"

简橙抽回手，目光幽幽地看着他。

"不给看啊，那你滚出去，让孟糖进来，孟糖肯定有。"

周庭宴是来哄人的，不是来气人的，见她脸色已经要冷下来，立刻拿出手机。网上的确实删了，他手机里也没有，所以只能给潘屿打电话。

潘屿手机里倒是真有，是热搜爆的时候，很多人转发照片给他，问他是不是真的，这两天事太多，照片还没来得及清理。

照片发来得很快，周庭宴把手机递给简橙。

简橙接过来，目光盯着屏幕。

苏蕴穿一身粉色宫装，绾起的墨发上斜插一支木兰簪，显然是在拍古装剧，简橙之前是苏蕴的剧粉，苏蕴演的电视剧她基本都看过。这衣服，这造型，是让苏蕴名气大盛的那部宫斗剧。

照片里，她和周庭宴面对面站着，距离很近，周庭宴微微俯身，苏蕴身子朝他倾斜，手搭在他肩膀上。

照片里这个角度看，两人确实在接吻。

简橙看了一会儿，从摄影师专业的角度给出评价。

"确实不是假的，拍得真好，俊男美女，你俩真配。"

周庭宴又去拉她的手。"苏蕴当年那部剧，是我用了点人脉把她引荐给导演的，有个饭局推不掉。"

那天过去，章珍过来找他，说苏蕴拍戏的时候受伤了。

那时候，苏蕴没这么偏执。她好好拍戏，他忙他的工作，他们平时不怎么联系，就逢年过节发一句祝福短信，她想要什么资源，章珍会直接告诉潘屿。

他关注她不多，实在不知道苏蕴对他的心思。

只是那时候他正好在场，她又受伤，于情于理他应该去看一下。

照片上他俯身，是因为苏蕴伤在脚踝上，章珍说脚踝肿了，他说他看一下严重不严重，严重就让人送她去医院。

苏蕴抬腿的时候没站稳，手搭在他肩膀是借力，根本没有接吻。

他们中间的距离其实能隔一个人，拍摄角度让人产生了错觉而已。而且当时那剧秦濯投资了，秦濯跟他一起去的，就在旁边站着，拍照那人故意把秦濯的身影编辑掉了。

简橙听他解释完，问他为什么之前不说苏蕴的事。苏蕴脸受伤那次，他们还假装不认识，她还给他们介绍，现在想想，她跟傻 × 一样。

"你给米珊拍杂志那天晚上，我跟你提苏蕴签名的事，我其实那时候就想坦白，但你提了秦濯和米珊，你说没有一个女人能忍受自己的爱人要管另一个女人一辈子，我就不敢跟你说了。"

解释完，周庭宴看着她，喉间酸涩。"我怕我说了，你就不要我了。"

简橙其实还有一大堆的问题，她想问他，如果当初苏蕴先她一步，借他的愧疚之情，让他娶自己，他会娶吗？

忽然又觉得，知道了也无趣。因为她心里已经有了决定。

"周庭宴，我知道，我如果提离婚，你肯定不会同意，但我现在真的想暂时远离你，你让我很难受，而且我也不喜欢现在的自己，敏感又多疑。

"我们的婚姻确实有点问题，我跟你说句实话，当初，我其实把颖之姐当情敌了，换我以前的脾气，我早闹了。可你知道我那时候怎么做的？我讨好你，我尽量满足你任何要求，我想把你的心勾回来，我很卑微。

"我不敢跟你吵架，我心里不舒服我都忍着，这是不对的，时间久了，我就慢慢失去自我了。

"所以，如果你不想离婚，我们就暂时分开吧。"

孟糖说照片不是假的的时候，秦濯隔着门都能感觉到周庭宴的怨气。所以他也顾不得什么了，拽着孟糖往楼道走，孟糖挣扎着不走，他索性直接弯腰把人抱起来。

到楼道时，肩膀都要被她捶烂了。他把人小心地放下，又开始劝："老周真挺难的，你先别急，我跟你说说今天发生的事。"

孟糖不想见到他，抬脚往外走。"我不听你说，你跟周庭宴沆瀣一气，蛇鼠一窝，都不是好东西，还是林野好……"

胳膊突然被人抓住，孟糖完全来不及反应，她后背贴墙，毫无防备的吻铺天盖地般落下。

不同于上次在小湾村的粗暴，但也不算太温柔，秦濯心口被巨石堵着，听她一口一句"林野"，就觉一股酸气上不来下不去。

就突然想吻她。最开始带着醋意的疯狂，后来这滋味实在太美好，他开始陷入意乱情迷中，反反复复蹂躏她的唇，用手环住她的腰，轻轻慢慢地抚摸。

孟糖被吻蒙了。回神后，她用力推开秦濯，用手背擦唇，气息不稳地瞪他。

"你有病啊！"

秦濯也觉得自己有病，因为他此刻盯着她娇艳欲滴的红唇，竟然冒出一句。

"孟糖，我们不取消婚约好不好？再试试？"

再试试？

试试什么？试试能不能在一起？试试他会不会为了她踏入婚姻这座坟墓？

孟糖冷静下来，整理了下衣服，冷冷地看着他。

"秦濯，你现在对我的冲动，只是因为林野在追我，我们还没解除婚约，你觉得我还是你的附属品而已，等解除婚约，你就不会对我有感觉了，求你了，别玩我了。"

秦濯下意识摇头。"不是。"

孟糖："那试试？我们解除婚约，我跟林野接吻，你在旁边看着，你看你有没有感觉？"

孟糖说完转身就走，在病房门口碰到周庭宴，本来想骂两句，见他失魂落魄地倚着墙走神，又没说了。

心里纳闷他这是怎么了，进去听简橙说完，她豁然开朗，还挺高兴。

"分开好，我明天也要跟秦濯解除婚约，以后咱吃好玩好工作好，想谈恋爱的时候，我跟林野谈，你跟周陆谈……"

门口，周陆和林野面面相觑，再同时转身，看看旁边一脸猪肝色的周庭宴和秦濯。

气氛正微妙，曾绍突然兴冲冲地跑过来，兴奋地说：

"打起来了！打起来了！周陆，快去看热闹……橙子她爸和周聿风他妈打起来了，老天，我等这俩蠢货打架，等好多年了！"

昨天微博上的热闹，看热闹的不少。

蒋雅薇也看到了，当时周聿风不在家，她第一时间把热搜截图发给了他，还用小号给针对简橙的那些恶评狠狠点赞。

后来她跟简文茜聊天，简文茜提醒她。

"你婆婆不是也讨厌简橙吗？这就是你们的共同话题，你可以去找她聊天，简橙名声臭了，她看你会顺眼一点。"

于是，昨晚她回老宅吃饭了。到的时候，婆婆正跟叶绮她们打麻将，她也是服气的，月初婆婆跟叶绮才打过架，这会儿竟然能平和地坐在一起打麻将。

事实上半个月前，她来给婆婆赔礼道歉的时候，她们就开始打架了。

她还跟简文茜吐槽，简文茜说她少见多怪。

"这有什么，很正常啊，没事的时候她们怎么闹都行，现在老爷子不是快不行了吗？

"老爷子虽然不掌权了，但他手里的东西可不少，现在她们都盯遗产了。

"马上分遗产，你婆婆现在不闹了，说明她脑子还算清醒。其实你婆婆一直是狠角色，当年周聿风劈腿和你在一起，她功不可没，她今年脾气暴躁，主要是因为不满意你这个儿媳妇，气的。"

话很难听，但是没说错，曹瑛确实一直不满意她。甚至，有时候曹瑛骂她的时候，还会突然冒出一句："简橙都比你好！"

这话她一直记着。

所以如今简橙被全网讨伐，她迫不及待地把消息带给曹瑛。

当时曹瑛听见了，还把她手机抢过去看了，脸上是愉悦的，说话带刺。

"多稀奇啊，周庭宴也学人家养大明星呢，简橙更厉害，人家那么多年感情，她都能插进去，真不要脸。"

她正高兴婆婆骂简橙呢，叶绮慢悠悠地扔出去一个九筒。

"二嫂，论不要脸，谁比得过你儿媳妇，人家简橙跟聿风二十多年感情呢，都能被你儿媳妇撬走，还是你儿媳妇厉害啊。"

叶绮用自己手机翻完热搜，挺鄙夷地"啧"一声。

"我本来还挺喜欢这个苏蕴，没想到也是上不了台面的东西，苏城传媒？当年老大跟庭宴斗那么厉害，都没查出来苏城传媒是庭宴控股，哪家的小记者能查出来？肯定是苏蕴自曝的，这明显是想上位了，上位就上位，你带人家简橙干什么？还网暴人家，真够可以的。"

叶绮说完还摆了个赌局。

"就我这火眼金睛，我告诉你们，苏蕴上不了位，庭宴肯定维护简橙，不信咱打个赌，一赔十怎么样？来来来……"

蒋雅薇当时觉得屈辱，拿很多钱押苏蕴，结果输惨了。

后来真如叶绮所言，不到一个小时相关热搜就没了。甚至今天早上反转了，热搜第一是"京岫集团官博艾特简橙"，一句一个"老板娘"，给足了简橙面子。

蒋雅薇本来就很郁闷。因为昨晚周聿风又一夜未归。他说跟朋友喝酒，太晚了就直接在朋友家住了。

她半夜给他打电话他没接，给他朋友打，朋友说他睡着了，她又不好意思让他朋友开视频查岗，显得她事多。

为了跟简橙形成对比，她在周聿风那些朋友面前，一直是大度的贤妻角色。

为了保持形象，她自己赌气一整夜，忍到早上，又给周聿风打电话，他还是没接。正气着呢，她又看见热搜。

更糟心的是，她准备出门找老公的时候，婆婆打来电话，说胸口疼，让她送自己去医院。

估计也是看到热搜气的。

昨天曹瑛为了跟叶绮赌气，下注五位数，赔了十倍，对她而言不是大钱，但肯定被叶绮趁机嘲笑了。

曹瑛一生气就胸口疼，每次在叶绮那儿受气，总要折腾她，老宅那边明明有司机，还非要她过去当司机。

不过幸亏来了，不然还真错过一场大戏。曹瑛跟简宏云打起来了。

简宏云来医院，是因为听说简橙出车祸了。

他昨天带人找了简橙很久，后来听秦濯说找到她了才回去，失眠一整晚，想简橙为什么那么生气，为什么还给他跪下，只求那是个谎言。他想一夜没想通，梅岚和佑辉也没想明白。

直到今天早饭的时候，梅钰打电话过来，问简橙的手机一直关机是怎么回事。

简宏云这时候也不怕告诉梅钰了。

因为梅钰回来了，已经在机场了，见了面，简橙肯定会跟她诉苦，梅钰早晚得知道。

所以他拿梅岚的手机去了书房，把整件事从头到尾简单地跟梅钰说了一遍。

梅钰听到，足足沉默了五分钟，他想催问一句，梅钰突然一声暴喝。

"简宏云你个蠢货！你没脑子是不是！橙橙不是你们的家人吗？你们一家人都知道的事，凭什么只瞒着她一个人？行，你瞒就瞒了，那你瞒一辈子啊，你现在告诉她干什么！你不告诉她，至少她会觉得，老太太是真心疼她的，你现在告诉她，她会觉得连老太太的爱都是赎罪！"

吼了几句后，梅钰的声音又开始哽咽。

"我就说……我就说她那么乖的一个女娃娃，当年怎么遭那么大罪，她还被绑架，被卖到山里，差点死了啊，二十多年的竹马，感情那么好，也能被抢走，我就说啊，她怎么那么倒霉啊。

"简宏云，你不是迷信？你听过噩运转移吗？你们的罪恶感越来越轻，不是因为简文茜，是因为你们把孽债和噩运转移到橙橙身上了。

"你们一家人，把报应都转移到橙橙身上，又帮着那个简文茜，抢走她的福气，橙橙当年成绩多好啊，不夸张地说，那就是省状元的苗子。

"可是当年那事之后，你们把她送出国，她治病，随便上一个普通大学，她明明是金子，你们非用土埋她，多亏了她当年那个老师，也多亏了她拼命地自救，要不然，她现在都不知道还在不在了。

"橙橙上辈子大概是刨了你们简家的祖坟了，这辈子要到你们家遭罪。

"简宏云，你和梅岚真该死，你们给我等着！"

劈头盖脸被骂一顿，直到那边的人挂了电话，简宏云都没回神。

后来梅岚匆匆忙忙地来敲门，说林野刚才来拿简橙的手机，简橙出车祸住院了。

听到"车祸"两个字，简宏云差点一口气没上来，跑得太快，刚进医院大厅就撞着人了。

也是巧了，他撞的人是曹瑛。

简宏云急着看闺女，没空跟她闲扯，道了歉后，就说反正都认识，跑不了，如果她需要赔偿，之后再谈，他有急事得先走一步。

结果曹瑛不依不饶，抓着他不让走，说话也难听。

"我就说简橙那丫头怎么没素质没礼貌，我都忘了，上梁不正下梁歪，你简宏云就是最没素质的，上学的时候就没素质，现在撞了人又直接走，这么多年了，你还是这么不要脸。"

若是平时，简宏云肯定不会跟曹瑛起冲突，毕竟好男不跟女斗。

但此时此刻，他一是急着看出车祸的闺女，二是梅钰那些话让他无地自容，更让他想起简橙这些年受的委屈。

这些委屈中，曹瑛也是罪人。

简橙和周聿风的缘分，就是曹瑛斩断的，虽说简橙现在嫁得更好，但如果不是曹瑛从中作梗，简橙会嫁给她自己喜欢的人。

简宏云想想就觉得对不起闺女。

当初简橙被他们周家欺负的时候，他只想着利益，从没帮简橙出过头。

甚至去年简文茜的生日宴上，周聿风都把"小三"带过去挑衅了，他竟然还劝简橙忍一忍，甚至还打了简橙一巴掌。

简宏云越想越气，曹瑛的手还拽着他胳膊不让他走，他抬起手，在曹瑛手背上狠狠拍了一下。

曹瑛整个手背都红了，疼得龇牙咧嘴，火气直接冲到太阳穴，简宏云拍一下就想跑的，没想到曹瑛反应迅速，扑上来就抓住他头发了。

一切发生得太快。

所有路人看得目瞪口呆，连梅岚和蒋雅薇都一时呆住。

曾绍吃饭回来恰遇到简宏云和曹瑛打架，他还揉了揉眼睛，以为看错了，发现确实是两人后，直接兴奋了。

曹瑛没少欺负简橙，她是长辈，他们不能骂人不能打人，但简宏云和梅岚跟曹瑛是平辈。

亲闺女被欺负成那样，要是他爸妈，早跟曹瑛拼命了。

偏偏简橙的父母是一对尿货。

曾绍跟周陆是死党，跟简橙也算是一起玩到大的，感情好，希望简橙好好的。

他一直想看看，简橙父母为她站出来一次。

没想到他有生之年，终于看到了。

走廊里，曾绍的声音不小，简橙在病房里都能听到。

"橙子她爸和周聿风他妈打起来了！"

她惊讶又惊奇，却并没有出去看热闹的兴致。

打就打呗，曹瑛死了周聿风出殡，老简死了简佑辉出殡，她顶多去哭两声。

她没兴趣，孟糖有兴趣。"你爸跟曹瑛打架……就你爸那尿货，有生之年啊，我也等他们打架等好多年了，我去给你录视频！"

孟糖兴奋地跑出去，看见秦濯，连个正眼都没给他，直接拽曾绍的胳膊。

"快快快！看热闹去。"

曾绍不忘拉上周陆。

三人走后，秦濯跟林野说："我刚才惹孟糖生气了，她那是气话，她不是要跟你谈恋爱，你别多想。"

林野看他一眼。"嗯，今天确实不会多想，孟糖姐说明天就跟你解除婚约了，明天我再想。"

他拍拍秦濯的肩膀，诚恳地道谢。

"您是我小叔的朋友，那我就喊您一声秦叔叔了，秦叔叔，多谢您是个渣男，才让我有追求孟糖姐的机会，等我们结婚了，您和小叔一样，都坐主桌。"

秦叔叔？直接把他叫老三十岁！坐主桌？真让他坐，他保准掀桌！

林野说完就进了病房，秦濯想揍他都来不及，气得胃疼，回头跟周庭宴抱怨。

"你听见没？这个花孔雀……"

见周庭宴脸色不对劲，一脸颓然和灰败，秦濯火气直接消了。

"怎么了这是？简橙没原谅你？"

岂止没原谅。"她说,想暂时跟我分开。"

秦濯反应了好半天才听懂这意思,刚要说话,林野从病房里出来了,走到周庭宴身边,压着声音说:"小叔,你惨了,赶紧跑吧。"

周庭宴看他。"什么意思?"

林野指指病房。"小婶的小姨回来了,人已经从机场往这儿赶了,我之前听孟糖姐说过,小婶跟她小姨感情特别好。

"她小姨的脾气不好,生气的时候,能一巴掌把人拍死,没人不怕她,我刚才听见了,她小姨看到昨天的热搜了,连夜赶回来的。"

简橙的手机昨天摔坏了,内外屏完全碎了。

简宏云让管家拿去维修店了,对方说摔得太碎得返厂,所以林野去简家,只拿回了手机卡。

他去给简橙买了个同品牌同型号的新手机,装了卡,开了机,来医院的路上,其实手机就响了。

他瞄一眼,没敢接。

——小姨。

林野没见过简橙的小姨,知道这是个厉害人物,是在小湾村那次。

他回酒店找孟糖,看到孟糖哭着从秦濯房间跑出来,秦濯追到门口就停下来了,看他那懊恼的神色和两人唇间的血色,不难猜出两人刚才接吻了。

应该是秦濯强吻了孟糖。

他本来想上去揍秦濯,又担心一会儿找不到孟糖,孟糖比较重要,所以他先去找孟糖了。

他追上去哄半天,她好不容易不哭了,他想问问,需不需要他去把秦濯揍一顿,结果孟糖没提秦濯,抹了泪就开始骂简橙的父母和哥哥。

为什么突然骂他们,他不知道,反正她骂得挺脏,会的词都用一遍,词穷的时候还让他帮着骂。

撒完了气,她又开始哭。

"一个个豺狼虎豹,欺负橙子没人疼是不是?就等着吧,等小姨回来,打不死他们。"

他问小姨是谁,她说是简橙的小姨。

"橙子的小姨可厉害了,就是那个电影导演梅钰,这事知道的人不多,因为她跟家里关系不好,在外面从不承认自己是梅家的女儿。"

"这都怪橙子的姥姥和姥爷，只偏爱大女儿和小儿子，小姨是老二，在家可受气了。

"小姨也是倔脾气，毕业后没花家里一分钱，她有今天的成就，都是她自己闯出来的。

"导演嘛，遇到的事多，接触的人多，脾气暴躁，但是小姨对橙子可好了，当年橙子出事，小姨正拍着戏呢，千里迢迢飞回来，关上门把橙子的爸妈打一顿。

"那天我在场，啧，我都怀疑小姨电影里的武打动作是她亲自指导的，就一脚啊，她直接把简宏云踹到地上了，梅岚是她亲姐，她也给了两巴掌。"

林野纳闷，既然简橙小姨这么疼她，那简橙后来被周聿风退婚，又嫁给周聿风小叔，这么大的事，她小姨怎么都没回来？

孟糖听到这问题，没吭声了，沉默了很久，最后也什么都没说。

林野对简橙的这个小姨，好奇归好奇，电话确实不敢接，卡在这个时候打来，万一问热搜的事呢？

事关小叔，他不敢乱说话，关键简橙还出车祸了，他更不知道该怎么说。

还是让小婶自己给她回电话吧。

私心里，林野觉得小叔不是渣男，想帮小叔一把，所以简橙让他出去的时候，他磨磨叽叽地往门口挪。

听到"热搜""医院路上""十分钟"这种字眼，他就知道大事不妙。

周庭宴没走。

想当初他问简橙心里的排名时，他不在榜上，小姨在，可见小姨对简橙的重要性。

他已经把简橙惹生气了，这时候再跑了，小姨对他的印象分得是负数，万一劝简橙跟他离婚，他都没地方哭去。所以他得留下，跟小姨谈谈，把事情解释清楚，再好好道个歉。

这会儿已经临近午饭时间，周庭宴让林野出去买饭，自己又回了病房。

病房里，简橙刚挂了电话，一抬头看到周庭宴，愣了一下。

"你怎么还没走？"

刚才她说两人暂时分开，他不愿意，她就让他先回家睡觉，他凌晨五点才下飞机，肯定是一夜没睡，等他睡一觉，完全清醒了再谈。

她以为他已经走了。

周庭宴没提留下见她小姨的事，走到病床前的椅子上坐下，眼睛直勾勾地看着她，声音沙哑。

"我从昨晚到现在，一口东西没吃，一口水没喝，刚才准备走，头昏眼花，差点晕倒，林野去买饭了，非让我吃了再走。"

他还帮林野说话："林野也是担心我的安全，你一会儿别说他，现在就剩他关心我了。"

最后一句，多多少少带着"内涵"的委屈。

简橙："……"

这话说得，好像她希望他渴死、饿死一样，她又没说不让他吃喝。

"那你吃完再走，身体要紧。"

她随口说一句，周庭宴立刻顺着竹竿往上爬，用手指指沙发。

"能让我在这儿躺一会儿吗？太困了，头有点疼。"

简橙："……你躺。"

于是周庭宴直接躺在沙发上了，翻个身面朝简橙的方向，眼睛盯着她，两分钟后闭上眼。

简橙一直低头看手机，察觉那道炙热的视线消失了才慢慢抬头。

见他快一米九的大高个蜷缩在沙发上，身上只有一件薄薄的衬衫，实在有些可怜，心还是软了一点。

她下床，抱着被子走过去，怕惊醒他，盖被子的动作都小心翼翼，准备起身时，耳边传来一道沙哑似呢喃的低语。

"让你难受，抱歉。"

简橙僵在原地，沉默了会儿，手落在他侧脸上，轻轻拍了拍。"睡吧。"

周庭宴进了病房后，走廊里只剩秦濯和林野面面相觑，林野去买饭，秦濯找孟糖，两人坐一趟电梯。

电梯里，秦濯跟林野闲聊。

"我第一次在工作室见到你，你就抱着玫瑰跟孟糖献殷勤，那时候你们才认识多久，真对她一见钟情？"

孟糖已经铁了心解除婚约，林野也不怕跟他交底。

"我喜欢她三年了。"

"三年……"秦濯惊得不由得提高声音，"你们之前认识？"

林野遗憾。"我认识她，她不认识我。"

遗憾之后又得意。"我知道她在江榆，所以我毕业后就决定来江榆，正好小婶在群里招人，我就赶紧过来了，多巧啊，上班第一天就见到我女神了。"

他还问秦濯："秦叔叔，这是不是就叫缘分天注定？"

若不是电梯的门开了，秦濯不能保证自己不会揍他一顿，太嘚瑟了，太欠揍了，他早晚揍林野。

出了电梯，饶是秦濯，也被眼前的一幕惊了下。

闹剧还没散场。

曹瑛和简宏云都抓着对方头发，旁边，梅岚和蒋雅薇也互相抓着头发。

好家伙，四个人抓着头发玩呢。

离谱的是，路人个个看呆了，偏偏旁边还有三个看热闹不嫌事大的人。

孟糖跟在梅岚身后告状。

"岚姨，蒋雅薇可坏了，她高中的学费还是橙子帮她交的呢，钱还没还呢，她就抢橙子的男人，白眼儿狼一个，您是橙子亲妈，得给橙子做主啊。"

曾绍举着手机给简宏云加油。

"简叔，加油啊，这么多人看着呢，拿出爷们的气势来，连女人都打不过太丢人了，回头让我爸给您发到小学群里，您在圈里还怎么混啊？"

周陆给曹瑛拱火。

"二婶，简叔说过您不少坏话呢，他说您脾气差，说上学那会儿，您人缘最不好，说您针眼大的心，记仇又烦人。"

三个人给他们留了面子，都是凑到他们跟前小声说的。所以围观的人听不见他们说了什么，只知道三个年轻人去劝架，但不知为何，越劝他们打得越厉害了。

林野见孟糖是安全的，就没管，出去买饭了，秦濯过去帮忙，不过是帮忙把路人劝走。

"自家人有点矛盾，大家看个热闹就行，手机别拍照，拍了别乱传，法治社会都懂法的吧？不经本人同意私自上传照片或视频，侵犯肖像权……"

秦濯心说：真是亏大了，费嗓子，还得打电话让人在网上盯着，今儿砸出去的钱，一定要找简宏云和周聿风报销。

把围观的人劝走，又打了电话，秦濯觉得差不多了，准备过去拉架的时候，身后突然一声冷斥。

"成何体统！"

声音不算大，但压迫力十足，秦濯回头看过去，愣了一下。

个子高挑的中年女人拉着行李箱走过来，气质上乘，短发干净利落，深棕色双排扣大衣搭着牛仔裤，简简单单，却气场强大。

梅钰。是梅钰来了。

秦濯高兴又担心，高兴是为简橙，给简橙撑腰的人来了，担心是为周庭宴，微博上闹那一出，梅钰这关，周庭宴怕是不好过。

梅钰把墨镜摘下，那双犀利的眸子跟鹰眼一样，淡淡地扫过众人，打架就停止了。

简宏云被梅钰打过，对她有阴影，看见她时，动作下意识就停了，曹瑛也就跟着停了。

梅岚见简宏云停了，也停了手，蒋雅薇的脸被她用指甲挠了一下，火辣辣地疼，见她松手，也赶紧松开，拿手机打开摄像头看看脸。

梅钰把墨镜又戴上，朝孟糖招招手，孟糖立刻屁颠屁颠地跑过去，双手抱住她的胳膊，惊喜地叫一声："小姨！"

梅钰应一声，问她："怎么回事？"

孟糖也不知道怎么打起来的，直接指着曹瑛说："那是周聿风的妈妈曹瑛，周聿风您记得吧？就是那个劈腿渣男，曹瑛之前还欺负过橙子。"

她又指着蒋雅薇。"那就是橙子给她交学费、她却恩将仇报勾引橙子的男人的蒋雅薇，现在是周聿风老婆，她可坏了。"

梅钰听完，伸手扶了扶墨镜，看一眼此刻万分狼狈的曹瑛和蒋雅薇，没说什么，只是朝简宏云和梅岚道："你们不是来看橙橙的吗？走吧。"

她说完自己先朝前走，简宏云和梅岚这才想起是来看闺女的，忙跟上去，秦濯和周陆他们也跟着走了。

曹瑛见他们竟然就这么走了，僵在原地，完全不敢置信。

她被打一顿，现在整块头皮都疼，他们连句道歉都没说就走了？？？

"简宏云！你给我站住！"

曹瑛反应过来就追上去，蒋雅薇见婆婆走了，只得放下手机追上去，她脸上被指甲挠破了一点，幸亏伤口不深，不会留疤。

进了电梯，简宏云见曹瑛婆媳追来了，忙要按关门键，梅钰用包挡开他的手，声音平淡。

"让她们跟着。"

曹瑛跑进来，跟简宏云要说法，两人一路吵吵闹闹，终于到了简橙的病房。

等其他人进去，秦濯后退一步，走到落在最后的周陆和曾绍中间，挤进去，双手搭在两人肩膀上。

"什么情况，梅导让曹瑛和蒋雅薇进去干吗？"

周陆慢悠悠开口："关门打狗。"

病房里，简橙一直拿手机看时间。

算着小姨应该到了，她穿上鞋，准备出去迎一下的时候，就听见门开了。

她转身，眼睛里只容得下那道深棕色身影。

梅钰摘下墨镜，往前走两步，朝着简橙的方向伸开双臂，露出今天的第一个笑容。

"愣在那儿干吗？快过来给小姨抱抱。"

她最后一个字尾音落下，简橙的眼泪就哗啦啦地往下掉，迈开步子奔过去，直接扑进她怀里。

"小姨……"

冲击力太大，梅钰往后退了两步，后面进来的曾绍和周陆一左一右撑住了她的肩膀。

梅钰站稳后，回抱住简橙，眼眶也湿润了，用右手轻轻缓缓地拍着她的后背。

"想不想小姨？"

简橙抱紧她的腰，脸埋在她脖颈，颤抖的声音带着哽咽，细听之下，全是委屈。

"想……想小姨。"

梅钰揉揉她的后脑勺。"好孩子，小姨也想你。"

轻轻的一句话，却如一记重锤，轻而易举地敲碎简橙心里的一块大石头，石头是长年累月堆积而成的，如山一样沉重，就这样被击碎。

她快四年没见小姨了。

她犯过一次错误，很严重、很恶劣的错误，差点害小姨倾家荡产……

这几年，她根本不敢去见小姨，连电话都不敢打。

如果不是上次苏蕴的脸受伤，她不知道什么时候才敢迈出那一步。

虽然早在电话里小姨就原谅她了，但真正见了面，跟电话里完全不一样。

一句"小姨也想你"，让简橙的情绪崩得一塌糊涂。

积蓄多年的心结被打开，像被关牢狱多年的罪人，终于等来一个赎罪的机会。

她又感激，老天把疼她的小姨还给她。

她忘了病房里还有其他人，趴在梅钰怀里哭到失控。

病房里除了简橙崩溃破碎的哭声，没有一个人说话。

曹瑛安静，是因为在她的记忆里，简橙很少哭，简橙给她的印象是厚脸皮、强悍，她是第一次见简橙哭成这样，所以有点惊讶。

蒋雅薇安静，是因为她在悄悄跟简文茜聊天，跟简文茜说这边的情况。

简宏云安静，是因为见简橙哭得这么伤心，他的愧疚越来越重，也跟着落泪。

梅岚安静，是因一半愧疚一半嫉妒，愧疚当母亲而失职，她是第一次直观感受到女儿的崩溃，她嫉妒梅钰，明明只是小姨，却似乎取代了她这个亲妈的地位。

周陆靠着门，垂眼把玩手腕上的那串小叶紫檀佛珠，不知道在想什么。

曾绍时不时瞄他一眼，最后没忍住，凑过去问他："是不是你把小姨叫回来的？"

周陆没理他，他也识趣地没再说话。

他和孟糖见到小姨时都觉得惊讶，唯独周陆很淡定。

孟糖小声跟着哭，泪眼蒙眬时眼前有纸巾递过来，她小声道谢，接过来，擦干净眼泪，就见秦濯手里拿着一盒纸巾。

脑子一热，她直接把沾了泪的纸巾塞到他手里，算还给他，然后转个身换个方向不理他。

秦濯自讨无趣，走到沙发上坐下，看一眼早就醒来、目光直直地落在简橙身上的周庭宴，让他提前做好心理准备。

"简橙哭得这么厉害，梅导这关，你不好过啊。"

周庭宴没说话，眼睛不离简橙。

简宏云和曹瑛吵吵闹闹地进来时他就醒了。

梅导这关好不好过，他现在不去想，此时此刻，他脑子里想的是：她哭得这么伤心，原来他让她这么难受。

蒋雅薇把刚才发生的事全跟简文茜说了，收到简文茜的回复。

以梅钰的脾气，不可能让你们进简橙的病房，不太对劲，你们赶紧撤。

蒋雅薇来不及解释，抓着曹瑛的手腕往门口走。

哪知，梅钰抱着简橙，背后却像长了眼睛，她们刚走两步，梅钰就突然开口。

"小陆，关门。"

"好嘞。"周陆应一声，利落地把门关上。

曾绍挪过来一步，跟他并肩站着，像两个门神一般挡住两人的去路。

蒋雅薇想到简文茜发的消息，心里更不安，挽住了曹瑛的胳膊，曹瑛刚才的火气还没消，这会儿见两个小辈堵着路，更气了。

她知道梅钰这个人，以前听聿风说过，简橙有个当导演的小姨。

但她从不关注娱乐圈，更没跟梅钰打过交道，所以曹瑛直接把矛头对准简宏云。

"简宏云你什么意思？"

简宏云觉得可笑，又不是他让关门的，当他是软柿子是吧？

简橙这会儿情绪还没缓过来，梅钰轻轻拍着她的后背，眼睛转一圈，最后落在周庭宴身上。

"杵在那儿干吗？你老婆哭成这样，不来哄哄？"

周庭宴早就想过去了，突然得到特赦，心口一松，忙大步走过去。

梅钰把哭到浑身颤抖的简橙推开，捏捏她泪湿的小脸。

"橙橙，等小姨五分钟。"

简橙迷迷糊糊听不太清，胡乱地点头，周庭宴揽着她的肩膀，把她带到无人的角落，侧身把她按在怀里，下巴抵在她头顶，哄着，安慰着。

梅钰脱了大衣，里面是一件黑色高领毛衣，她随手把衣服扔到床上，转身的时候撸起袖子。

两步走到曹瑛面前，一巴掌狠狠扇过去。

除了简橙不间断的抽泣声，病房里安静且沉寂。

曹瑛不可置信地瞪着梅钰，好半晌才回神，意识到自己被打了，瞬间就怒了。

"你干什么！凭什么打人！"

梅钰平静地看着她。

"凭什么？你说凭什么？你儿子劈腿，算我们橙橙瞎了眼，是她识人不清，是她活该，两个孩子闹成什么样，是他们的事，我管不着。

"我打你，是因为你在没跟简家商量的情况下，单方面开记者会宣布退婚，你只顾着你儿子，你把橙橙放在哪里？

"当时多少人嘲笑她？你真当橙橙没有娘家人是不是？你应该庆幸我当时不知道，现在事情过了，橙橙已经嫁人了，再追究没意思，但你总得让我出口气吧？一巴掌而已，你不亏，就受着吧。"

曹瑛没想到她会提当初开记者发布会退婚的事。

想反驳，她又不知该如何反驳，因为当初确实是她自作主张。

聿风说周庭宴不管简橙了，她怕时间长了有变，当然是立刻开记者发布会了，她没错。

她思绪还没从过去抽回，梅钰已经往旁边挪一步，同样一巴掌扇在蒋雅薇脸上。

蒋雅薇猝不及防挨一巴掌，这巴掌带着凌厉之势，扇得她眼冒金星，差点耳鸣。

梅钰等她缓了一会儿，才平静开口。

"你有大过，也有大功，大过是你既然拿了橙橙的钱交学费，就不该背叛她，你非要当白眼儿狼，这巴掌就是你应该得的。你的大功，是把周聿风这种'妈宝男'抢走，不然橙橙这辈子都得在痛苦里挣扎，我本来要多扇你几巴掌，功过相抵，一巴掌就算了。"

梅钰甩甩手，让周陆和曾绍把门打开。

提到今天打架的事，她跟曹瑛说："简宏云打女人，这事是他不对，但你这些年为了你儿子，没少欺负橙橙，简宏云从前窝囊，今天像个父亲一样站起来了。

"他以简橙父亲的身份打你，他没错，你别不服，这事就翻篇了，如果你非要闹，你就去简家闹。"

她又跟蒋雅薇说："梅岚是简橙亲妈，你自己做过的事你自己清楚，她维护闺女，打你，你该受着，如果你不服，就让你老公去找简橙老公，你们找周庭宴。"

梅钰三两句揭过今天打架的事，给简宏云挂上一个"慈父"的标签，把曹瑛所有的话都堵死。

她以前确实没少欺负简橙，简橙为了聿风一直忍着她，如果简宏云为女报仇，架也打了，这事确实该翻篇。

但她还是不依不饶："你说得轻巧，他当众打我，我颜面尽失……"

"二嫂。"

周庭宴突然打断她。"你吵到我老婆了，你再不走，我也想打你。"

曹瑛："……"

曹瑛气呼呼地甩手走人，蒋雅薇捂着脸跟出去，病房里终于安静下来。

梅钰转头看向简宏云和梅岚。

简宏云当年被她一脚踹到地上，阴影挺大的，见她看过来，下意识往后退两步，踩着梅岚的脚了。

梅岚瞪他一眼，撤回脚，过去拉梅钰。

"你怎么突然回来了？也不提前说一声，我让人去接你。"

梅钰凉飕飕的眼神扫过她和简宏云，没说话。

现在还在医院，有些事不方便说，她回家再收拾他们。

简橙昨晚就没怎么睡好，早上六点多开两个多小时的车，被周庭宴刺激，出车祸，又见到小姨，折腾到现在，心情大起大落，彻底痛哭一场后，精神挨不住了。在周庭宴的安抚中，她窝在他怀里睡着了。

周庭宴把她抱上床，刚盖上被子，肩膀就被人拍了一下。

是梅钰。

"糖糖和小陆他们在这儿守着，你跟我出来。"

出了门，梅钰问周庭宴："苏蕴在这里，我现在去找她，你会紧张吗？"

周庭宴说不会。"我跟苏蕴没什么，您想知道什么，我都可以坦白。"

梅钰看他一眼，没让他进电梯，只让他加了自己微信。

"我自己上去找苏蕴，你下去找个吃饭的地方，找好地方给我发微信，菜你点，我跟橙橙的口味一样。"

梅钰进来的时候，苏蕴和章珍正在吵架。苏蕴的伤口不深，她不想住院。

章珍不让她出院，说简橙还没出院，周庭宴肯定经常过来。"你先不要自暴自弃，周庭宴不会不管你的。"

苏蕴不想再去自取其辱。"我在他那儿已经没有尊严了，你还想让我去求他？"

她哪里还有尊严？她的尊严已经被她的贪婪吞噬了。

"我要出院！"苏蕴第二次拿着枕头砸过去。

这次章珍躲开，枕头砸在了梅钰身上。

"梅导！"

章珍惊呼一声，忙跑过去踢开那枕头，扶着梅钰胳膊，满脸担心。

"您没事吧？真是对不住，苏蕴跟我闹小脾气呢，本来要砸我的，您看这……我就不该躲，对不住对不住。"

枕头砸到了她肩膀，不算疼，梅钰从章珍手里抽出胳膊，往旁边走一步，慢悠悠开口。

"我是不疼，你应该挺疼。"

章珍"啊"了一声，心说：我也没被砸到啊，怎么会疼？这念头刚起，脸上就结结实实挨了一巴掌。

章珍被打傻了，怎么说她也是圈里知名的金牌经纪人，不是谁说打就能打的，就算她是名导，也不能随便打人啊。

章珍捂着脸看向梅钰，想要一个解释。"梅导？"

梅钰："昨天的热搜是你搞的。"

章珍一愣，下意识躲开她的眼睛。圈里人人都说梅导长了双老鹰的眼睛，很少有人敢跟她对视，因为容易被看透心思。

"梅导您说笑呢，我哪儿有那本事……"

"章珍，我用的不是疑问句，是肯定句。"

章珍没说话了。

梅钰比章珍高半个头，居高临下地看着她。"你胆子不小，也毫无职业素养，不该打吗？苏蕴刚拍完我的戏，你们就搞出这么大的动作，你们想死，往后挑日子。如果苏蕴'翻车'了，我的电影怎么办？"

原来是担心电影。

章珍让她放心。"梅导，我保证，苏蕴绝对不会出事，您的电影肯定能顺利上映。"

梅钰朝她走近一步。"你拿什么保证？周庭宴是有妇之夫，苏蕴这个当红女明星，跟一个有妇之夫扯上关系，你凭什么保证一定没事？"

她眯起眸子。"还是说，你手里还有底牌？你还有什么筹码？"

章珍后退一步，唇角扯一抹艰难的笑。"梅导说笑了，我说保证，是因为周庭宴欠着苏蕴，他不会毁了苏蕴。"

梅钰又朝她走一步。"欠？你是说苏蕴的哥哥？是，周庭宴给苏蕴资源，都是因为愧疚。"

章珍踉跄地又退一步，脸色开始变得难看。

梅钰继续往前。

"听说周庭宴很爱他老婆，爱和愧疚……我猜猜，你们搞这么大动作，甚至，苏蕴赌上自己的事业，就是想赌一把，赌周庭宴会因为责任和愧疚选她。

"赌赢了就算了，万一呢？万一输了呢？万一把周庭宴惹恼了呢？他是商人，他们那样的人，最讨厌的就是被威胁，偏偏你们当众逼他。"

梅钰咄咄逼人："你敢玩这么大的局，你怎么就那么确定，周庭宴不会一怒之下毁了苏蕴？所以你手里到底还有什么筹码？"

章珍后背已经贴墙，额头开始冒汗。

梅钰鹰一般的眸子牢牢锁着她，突然又甩她一巴掌，紧跟着一声暴喝。

"说！"

章珍整个人一哆嗦，被扇得脑子短路。"因为你是简橙的小姨，因为苏蕴是你电影的女主，苏蕴毁了，你的电影也就毁了，你和苏蕴的哥哥，是双重保险，周庭宴绝对不会这时候毁了苏蕴，肯定会救她，肯定……"

砰！

重物落地的声音，唤回了章珍的神志，意识到自己说了什么后，她赶紧住了嘴。

她顺着声音看过去，见苏蕴手中的保温杯落在地上，水洒在拖鞋上，苏蕴一脸惨白，错愕地看着她。

章珍心虚地偏开视线。

梅钰站直身子，慢慢整理衣服，声音不咸不淡。

"所以你知道我是简橙的小姨，还那么欺负简橙……行，章珍，你真行，我记住你了。"

梅钰走到苏蕴跟前，用一种惋惜的目光看着她。

"我以为你清醒稳重，没想到，你也是个为爱迷失的人。苏蕴，知道你比简橙差在哪里吗？如果简橙是你，绝对不会拿哥哥的死当筹码，更不会利用哥哥，跟周庭宴一味地索取。你哥有你这样的妹妹，真倒霉，死了还要被利用。"

杀人诛心。

梅钰走了很久，苏蕴都没缓过神。

是啊，这些年，她仗着周庭宴对哥哥的愧疚，一味向他索取，她贪婪过度，忘了——这何尝不是利用呢？她口口声声爱哥哥，却一直在利用他。

哥哥，会怪她吧。

章珍走过去，拍拍她哭到颤抖的肩膀。

"没事的，梅导只是来帮简橙出出气而已，电影没事，你也会没事……"

啪！

苏蕴突然抬头，用力打掉她的手，通红的眸子盯着她，破碎的眸光里全是死寂。

"你早就知道梅导是简橙的小姨？你为什么不告诉我？你早就知道，为什么还搞那样的热搜？你不知道梅导是什么人？章珍，你要害死我？"

章珍忙解释："不是，我刚开始也不同意，后来她们说，梅导是简橙小姨，周庭宴为了简橙，绝对不会毁你，我……"

苏蕴听出不对劲。"她们？她们是谁？"

见她不说，苏蕴道："我有权知道，如果你不说，我就在网上自曝，我就说，这一切，都是我和你自导自演的。"

她提醒章珍。"章珍，我们是一条绳上的蚂蚱，死一个，两个都得死，所以你没必要瞒我。"

章珍犹豫之后，说了两个名字，苏蕴震惊，久久没缓过神。

医院附近有家中餐馆，周庭宴订了个包厢，把地址发给梅钰。

梅钰说大概半小时后过来，他就先点了菜，告诉服务员，半小时后再上菜。

等人的时候，他给林野发消息，问：买的饭送上去没？简橙醒了没？吃了没？

林野隔了五分钟才回。

孟糖把小婶叫醒了，正在喂她喝粥，让她吃了饭再睡，小叔，你怎么样？还好吗？

周庭宴没回，因为有电话进来。

秦颖之的电话。

"我听秦濯说，简橙要跟你分开，意料之内，因为是我开导她，建议她跟你分开的。"

周庭宴："颖之姐，我哪儿得罪了你？"

秦颖之隔着手机都能察觉到他的怨气，幽幽叹口气："我是在救你。

"我有四段婚姻，我最喜欢第三任，四个男人中，我就给他生了孩子，我是真爱他，他对我也真心，为什么离呢？因为他总打着为我好的名义，把我推离他的世界。

"时间久了，我就总觉得他有事瞒我，我开始疑神疑鬼，甚至有段时间怀疑，他是不是在外面养女人了。

"如果不离婚，其实我们能过下去，但是太消耗精力了，他每次有事瞒我，我都要花很多时间去猜，他呢，又改不了，有事还是第一时间把我推开。

"可能你们男人会觉得，这就是矫情，就是小题大做，保护你还不好吗？可女人图什么？图的是心安，心都不安了，怎么过一辈子。

"庭宴，给简橙一点时间吧，站在你的角度，苏蕴这个事，可能不是个特别大的事，可她不一样。站在她的角度，她不容易，她跟周聿风的那段感情，耗尽了她整个青春，二十多年啊，什么概念？人的一辈子有几个二十年？

"她被伤透过，她承受不来再一次背叛，所以当你们的婚姻遇到一点点问题时，她就草木皆兵，这也说明一个问题，她越胆小，越爱你，如果她不爱你，她根本不会害怕。

"放她走吧，然后用你的真心把她追回来，让她的心安定下来，就当……一切重新开始。

"这次没有周聿风，没有苏蕴，只有你们两个人，只有属于你们的回忆。"

叩——叩——叩——

梅钰在桌上敲第三下的时候，周庭宴才骤然回神。

"小姨。"

他仓促喊了声，要起身，梅钰摆摆手让他坐下。"别紧张，放轻松。"

周庭宴看一眼早就暗下去的屏幕，把手机放在一旁，喊来服务员上菜，因为都是提前准备好的，所以上菜速度很快。

四菜一汤，都是简橙的最爱。

梅钰的视线扫一圈，挺满意，拿筷子夹了个藕条。

"拐弯抹角也没意思，我直接问吧，橙橙和周聿风那么多年，你肯定知道，所以，当初为什么娶她？"

嚼碎藕条，她补了句："别说是因为救命之恩，无商不奸，以你的身份地位……你没那么幼稚，所以，你图她什么？"

周庭宴给她添满饮料，给自己倒了杯温开水。

"当年车祸，她冒险把我从车里拽出去，我从火光中看着她，有心动，但我知道，她是周聿风的女朋友，所以我不允许自己动心。

"她跟周聿风在一起的时候，我没想过跟她有可能，我就希望她过得好，后来周聿风欺负她，她跑到会所找我，说她想解除婚约。"

周庭宴脊背挺直，坦诚相告。

"我故意让潘峄暗示她，我是她最好的退路，那晚，我这辈子第一次生出结婚的念头，因为她的处境很糟糕，我想名正言顺地护着她，光明正大地给她撑腰。小姨，我和简橙的婚姻，不算她主动的，是我自己算计来的，要说图什么——我图她这个人。"

梅钰放下筷子，端起旁边的饮料喝一口，沉默了一会儿才幽幽开口。

"我和橙橙快四年没见了，你知道为什么吗？"

关于梅钰，周庭宴只知道简橙很爱她这个小姨。

那次排名后，他就知道，小姨对简橙来说很重要。

事实上，以女婿的身份去简家见过简宏云夫妇后，他就打算见一下梅钰，毕竟是简橙最爱的长辈。

他特意腾出几天时间，要带简橙去找梅钰，但简橙没同意。

她当时情绪很低落，说她惹小姨生气了，小姨不想见她。

后来他就没提过梅钰。

走亲戚没走成，工作上也没接触过她。

以前梅钰的电影不用顶流，苏蕴不需要这个资源，后来梅导找她拍戏，没通过他。

所以，今天周庭宴跟梅钰其实是第一次见面。

包厢里，梅钰问周庭宴有没有烟，周庭宴兜里没有，喊来服务员要了一盒，起身帮她点烟。

梅钰吐一口烟雾，眯着眸子开始回忆。

"我那时候在拍一个电影，就是当年被骂烂片的那部《八十》，其实那个剧本很好，我们花了两年时间磨出来的。"

挺有意义的一个励志电影，挖出人们深埋心灵的故乡情结，所有人都抱着冲奖的激情，加班加点，耗费了很多的时间和精力。

结果灾难重重，未播先"夭折"。

电影杀青没几天，男主角和女主角就上了热搜，两人携手同游古镇，恋情曝光。年轻人谈个恋爱倒是没什么，关键男主角现实已婚，是有妇之夫，女主角现实有男朋友，官宣才一年。

最致命的是，男主角出轨、女主角劈腿的事还没停歇，又传来男主角吸毒的消息。

电影还没上映，两个主角一起"塌房"了，而且是毫无预兆地塌，打得人措手不及。

当时男主角有一部职场剧在热播，不是主角，是男二号，但人设特别好，所以当时讨论度不小，闹得挺厉害。

梅钰说："当时男女主角被发现恋情，最初的照片，是橙橙拍的。"

周庭宴错愕，下意识帮简橙解释："那她肯定是无意的。"

梅钰拉过旁边的烟灰缸，点了点烟灰。

"是，不是她的错，那时候电影快杀青了，我打电话让她过去，我说那边有几个景点还不错，杀青后，我带她玩几天。

"是杀青的前两天吧，我那天忙得很，橙橙在酒店待得无聊，自己到旁边的古镇玩，拍了很多照片，回来给我看。

"有一张照片里，把男女主角当背景照进去了，两人墨镜、帽子戴得很严实，别说橙橙了，我天天见他们，看的时候都没发现他们，但是有人发现了。"

是当时的女二号。她们看照片的时候，女二在旁边跟着看，看完，她说很喜欢照片，问橙橙能不能传给她几张，说发给家人看看，问他们要不要来玩。

就随手的事，橙橙也没拒绝。

"我也是没想到，那男人这么厉害，家里有一个，在外还搞俩。"

女二号开机第三天就被他花言巧语骗上床，以为自己是真爱，结果从照片里发现他竟然还勾搭着女主。

她是通过手表、鞋，以及男人小腿的文身认出来的，回去闹，男人保证跟女主角断了，且杀青后就跟女主角不来往。

结果杀青后，两人藕断丝连。

女二号在当场捉奸后失去理智，一怒之下曝光，因为当时男主角有戏在热播，受影响很大，酒后对女二号动了手。女二号被打成重伤，理智全无，又甩出男主角吸毒的照片。

三人的闹剧，让梅钰那部电影陷入舆论旋涡，未播先"夭折"，演员涉毒，电影拿不到许可证。

能怎么办？认栽。

她又实在舍不得剧本，于是换人重拍，出那么大事，投资方停止投资，她卖房卖车，抛股票，赌上所有身家。

结果却不尽如人意。

时间紧任务重，很多人的热情也消散大半，顶着不成功便倾家荡产的压力，大家的心理负担极重，电影没拍出原来的感觉，票房很差。

"这事，其实不是橙橙的错，这跟她有什么关系呢，她只是拍了张照片而已，又不是故意的。但是，我能理解，我团队的那些人不理解，他们都跑去骂橙橙，说很多难听的话。

"我当时为电影的事忙得焦头烂额，后来橙橙冒着大雨跑过来找我，给我塞一堆银行卡和房本、地契。

"那傻丫头，要把身上所有的钱都给我，要卖房卖车，还要把她奶奶留给她的常淮路都给我，她说'小姨，你要是不够，我再想办法，我回去求爸爸'。

"我怎么要？常淮路是他们简家的祖业，我真拿了，橙橙不成罪人了？而且，我不能拿，拿了，就是把她也扯进深渊。"

梅钰用没夹烟的手抹了一把脸。

"电影开拍前，我因为一些事情，签了对赌协议，六年内我的公司必须赚税后七个亿净利润，达不到，我要赔这个数，还有利息。

"那部电影在协议期间，这盘棋太大，我可能会玩火自焚，我怎么舍得把橙橙拉进来？

"所以我告诉她，我没事，有朋友帮忙了，我人缘还不错，当时也确实有很多朋友借钱给我，帮我暂时渡过了难关。

"电影砸了，那之后，我要开启'爆肝'模式，没能有一天空闲时间，我要忙得跟陀螺一样，不能停下。

"橙橙是个很敏感的孩子，时间久了，她肯定会发现不对劲，所以，我把她骂走了。"

周庭宴递纸巾过去，梅钰抽两张擦了擦眼。

"我骂了很多难听的话，我语气很重，我说'简橙，如果我不找你，你也别来找我了，你只会给我惹麻烦'。

"那天，我把她送到车站扭头就走，那傻孩子，在后面追了我很久，还摔了一跤，膝盖都磕破了。我也心疼，可我不能回头啊，我怎么能把她卷进来？那孩子实心眼，知道我赌那么大，肯定要把所有的东西都给我，她在简家本来也不受宠，万一我把她的常淮路也赔了，她怎么办啊。

"而且那些东西是她奶奶留给她的，她当年可喜欢她奶奶了，她奶奶……"

说起老太太，梅钰又想起简宏云的话，又抽了两张纸捂住眼睛。

"周庭宴，我知道，我知道你爱她，她奶奶也爱她，我也爱她，可是我们的爱都太沉重了。

"你隐瞒苏蕴的事，她奶奶为了赎罪，就连我，打着为她好的名义，其实也让她背负愧疚很多年。我当年把她丢在车站，在她心里一定留下了很深的创伤，所以我今天一抱她，她才会哭到失控。

"周庭宴，我今天应该也扇你一巴掌，但是想想，我跟你又有什么区别呢？都自以为是为了她好，把她推开。

"这几年我忙于奔波，甚至没时间想以前的事，我一直以为她过得很好，因为我跟梅岚通过电话，梅岚说，橙橙回国后就跟周聿风订婚了，周聿风很宠她。我真以为她幸福了，苏蕴脸受伤那次，我跟她通电话，她也只挑好事跟我说，报喜不报忧。

"直到昨天晚上小陆给我打电话，求我一定要回来，他说橙橙遇到了很难过的事，让我回来看看她，我才知道，这孩子竟然受了这么多苦。

"苏蕴的事，你不用顾忌我，我玩这么大，也不怕她这一部，砸就砸了，现在公司签了几个不错的导演，我手里还有几个不错的本子，我缓得过来，怎么让橙橙舒服，你就怎么处理。

"她说要跟你分开，周庭宴，你就答应吧，无论她想分开一年、两年……她想干什么，你都随她。从现在开始，我们都好好爱她，没有负担地爱她，好不好？"

简橙的伤本来也没什么事，小姨回来了，她就直接出院了。

梅钰还有很多事，只能在江榆待一天。

简橙之前的那套公寓定期有人打扫，她想带小姨回自己的公寓住，周庭宴没反对，只让她把小姨送走后，回家一趟，他有话跟她说。

只有一天的时间，简橙和梅钰没出门，就待在公寓聊天。

白天她们在沙发上聊，晚上躺在一个被窝也有说不完的话。

简橙一直黏着梅钰，窝在她怀里就没出来过，她把回国后的事详细地告诉梅钰，然后说起她和周庭宴，说她想和他分开。

梅钰听完，揉揉她的脑袋，声音温柔似水。

"橙橙，人在不同的年纪，会遇到不同的十字路口，要面临很多选择，很多人会迷茫，但是你不会。

"你回头看看，到现在为止，你经历过的兵荒马乱，哪次不是你自己做的决定？

"都是你自己的决定，都是你自己单枪匹马闯过来的，有一件事你后悔过吗？没有，哪怕跟周聿风纠缠那么多年，你也不曾后悔，因为你确实努力过了。

"所以，如果你做了决定，就继续往前走吧，不要害怕，小姨永远站在你这边。"

梅钰是第二天下午两点的飞机。

离开前她在简家吃的午饭，饭前，把简宏云和梅岚关在书房骂了快半小时。

简宏云腿上还挨了一脚，敢怒不敢言，憋屈得不行，还得好吃好喝伺候着，求着这姑奶奶在简橙跟前说他好话。

梅岚觉得丢脸，心里更恼简文茜。都是简文茜害的，她现在跟亲闺女离心，还被亲妹妹骂得狗血淋头。她得赶紧把简文茜嫁出去，早嫁出去早省心。

简橙把梅钰送到机场，临别时，梅钰捏她的脸。

"给你爸投资的电影拍海报，就不给我拍是吧？我下部电影已经在准备了，要不要来？"

简橙欢喜地抱她，这次没问孟糖，直接应下来。

"谢谢小姨！"

回去的路上，简橙接到苏蕴的电话。

"我今晚会离开江榆，应该不会回来了。简橙，我们见个面吧，我有事跟你说。"

第五章
接连打击

苏蕴约见面，简橙同意了。

因为苏蕴说，热搜的事也跟简文茜有关，她想听听。

不过她对上次两人单独吃饭有阴影，所以时间和地点她定。

"下午五点吧，你来我工作室。"

挂电话前，苏蕴让她看微博。

"我发了微博，文案是周庭宴让潘屿发给我的，不知道梅导是你小姨的时候，我还觉得，他是为我考虑了很多的。知道梅导是你小姨后，我才恍然，他也许因为我哥，为我考虑了一点点，但最主要的，还是为你考虑。"

挂了电话，简橙打开微博，"苏蕴澄清"已经冲上实时热搜。

一篇长文，提到了车祸。

中心思想是：周庭宴帮苏蕴，全是因为苏蕴的哥哥，两人之间没有男女之情，只有兄妹之情。

苏蕴认领了"周庭宴妹妹"的身份。

至于之前说的中秋节回来过生日，游艇照、接吻照……简橙昨天就从周庭宴嘴里听到详细版本了，苏蕴这里是简单版本，但也能说明问题。

结论就是：一切都是误会和谣言。

简橙翻看完，并无意外，知道周庭宴会在今天下午三点开发布会澄清热搜的事，昨天分开前，她求了他一句。

"先让小姨的电影顺利上映行吗？"

她已经害过小姨一次，那部《八十》，本该是小姨冲奖的电影，最后因为她拍的一张照片毁了。这次，热搜事件又跟她有关。如果这次再让小姨的电影被舆论席卷，她受不了，完全接受不了。

周庭宴说他会处理好。

这就是他的解决办法，为了保证小姨的电影不出意外，现在必须保苏蕴，以苏蕴的口说出真相，是把颜面留给她。

简橙觉得挺好的，也能接受，只要能让小姨的电影顺利上映，怎么样都行，她去微博担下"小三"的骂名都可以。

简橙看完苏蕴发的微博就退出来，没来得及去看评论，因为潘屿的消息发来了。

潘屿：太太，距离发布会还有二十分钟，您要看吗？

简橙：嗯。

简橙回到华春府，已经是下午三点十分。

潘屿发了链接过来，直播已经开始，她迟一点进来倒是没耽搁多少。

前十分钟，是周庭宴承认苏蕴微博中的车祸，回应热搜时爆出来的问题，跟苏蕴在微博中的回应一致。

该解释的解释完，后面是媒体提问的环节。

记者："周总，关于简橙用救命之恩逼您娶她的这个说法，是真的吗？"

周庭宴："假的，我暗恋她很多年，我们的婚姻，是我求之不得，不存在她逼我。"

记者："那简橙和您的侄子呢？您不介意她跟您侄子曾是青梅竹马的恋人吗？"

周庭宴："介意？不，她从车里把我拽出去的那一刻，我就动心了，那时候就已经决定，如果她嫁给别人，我就一辈子不娶，后来她愿意嫁给我，我高兴还来不及，怎么会介意？"

记者："您一直在给苏蕴资源，简橙知道吗？是支持您的吗？"

周庭宴："她不知道，我没告诉她，因为我有个朋友告诉我，女人都介意老公身边有个一直亏欠的女人。"

记者："朋友？"

周庭宴："是，就是秦氏集团的秦总，秦濯，他告诉我，如果我告诉简橙苏蕴的事，简橙就不要我了。秦濯谈过的女朋友不少，他有经验，我觉得他说得对，信了他，因为我怕简橙不要我，我不能没有她。"

正在看直播的秦濯："……"

绝交! 他一定要跟周庭宴这狗绝交!

把罪名安他身上就罢了, 怎么还当众说他女朋友多呢! 虽然是事实, 但孟糖听见怎么办?

秦濯下意识要给孟糖打电话解释一下, 拿起手机又猛然想起, 孟糖在来秦家的路上, 要来商量解除婚约的事, ×!

发布会现场。

记者继续问："昨天京岫的官博有提到, 您把时间定在今天, 是因为要回家哄老婆, 请问您哄好了吗?"

周庭宴："没有, 昨晚她跟她小姨睡的, 都不愿意跟我回家了, 现在还要跟我分开, 我很生气, 所以我准备'通缉''吃瓜君'。"

他看着镜头。"谁能帮我把人找出来, 我送他一套海景别墅。"

在场的所有记者和京岫员工："……"

能不能马上下班去找人啊!

记者："您还有什么想说的吗?"

周庭宴："有, 今天这种澄清发布会, 我是第一次开, 也是最后一次, 这次发布会澄清苏蕴的事是次要的。"

记者："次要的? 那主要的呢?"

周庭宴："主要的目的, 是要告诉某些蠢货, 你动我可以, 别动我老婆。"

他看着镜头, 直接点名。

"赵文茜, 手别伸太长, 有空多看看自己的钱袋子。"

发布会开了四十分钟。

"抓住'吃瓜君', 周总送海景别墅""周总说不能没有简橙, 周总原来是'恋爱脑'"两个话题以火箭升空的速度在微博刮起风暴。

在绝对的诱惑面前, 一切都是浮云。网友们在看了发布会视频后, 一边感慨像周庭宴这样的大总裁, 竟然是"恋爱脑", 一边疯狂去"吃瓜君"的微博找蛛丝马迹。他们恨不能马上顺着网线把人找到, 拎包入住海景房。

当然, 在大部分人都奔着房子时, 也有人执着于找出真相。因为热搜是十一月的最后一天爆的, 今天已经是十二月二号, 所以他们质疑, 为什么到现在才澄清。

他们不敢在京岫官博下说什么, 都装作粉丝去苏蕴的评论里问, 苏蕴没回复，但重新发了一条微博——

两张照片，一张是她在医院门口被抬上推车，小腹处的衣服被血染红的照片，另一张是她躺在病床上的照片。

配文也是长文，不过这次的中心思想是抵制私生粉，呼吁粉丝理性追星。

网友从她的长文里，理出一条解释这么迟才澄清的原因。就是苏蕴在江榆机场被私生粉抢了行李箱，并猥亵衣物后，心里一直很难受，正好最近没工作，就留在江榆散心了。

热搜那天中午，她准备离开，又被那私生粉骚扰，折回酒店睡觉，吃了助眠的药物，醒来时已经是第二天凌晨五点。

刚听说热搜的事，私生粉就又闯进来，这次用了刀，争执间她伤到了腹部，不算严重，但受到惊吓，情绪一直不稳定。今天中午好一点了，才有空发微博澄清。

这条受伤的微博一经发出，评论区立刻被关心和担忧的粉丝攻占，"苏蕴被私生粉刺伤"也迅速上了实时热搜。

于是微博有三波热闹。

一波是粉丝关心苏蕴受伤的，另一波是"纯爱战士"为周庭宴是个"恋爱脑"倒地的。最后一波，是为海景别墅折腰，顺着网线疯狂找"吃瓜君"的广大网友的。

网上有网上的热闹，现实有现实的热闹。

网友们不知道周庭宴最后说的"赵文茜"是谁，外地人不知道，甚至江榆本地人都很少知道。毕竟，"赵文茜"这个名字，已经消失快二十年了。但江榆上层圈里的老江榆人却知道。

长盛集团董事长简宏云的大女儿简文茜，被收养前就叫赵文茜。

所以周庭宴最后的点名，在江榆上层圈里引起轩然大波。

周庭宴明显就是在说，关于热搜那场闹剧，简文茜参与了。

不能吧？

简文茜的名声一直很好，工作能力强，人也孝顺，简宏云夫妇经常夸她，简橙是她妹妹，她不能做这种事吧？

难道此"赵文茜"非彼"赵文茜"？只是恰好重名？

简宏云因为开高层会议，错过了周庭宴的那场直播。

他的手机是从下午三点五十开始响的，"嗡嗡嗡"振动不停。

简宏云看一眼，脑门疼，又是那帮老东西。

这种一个接一个的电话和微信轰炸，发生过两次，一次是知道简橙和周庭宴领证的时候，另一次是简橙作为 Win 杂志合作摄影师曝光的时候。

这次准又是大事，不然这帮老东西不能同时找他。

正好曾绍亲爹的电话打进来，简宏云顺手接了。

曾父："老简，庭宴说的'赵文茜'就是你们家那养女吧？老简你糊涂，我当初怎么说来着，橙橙才是你亲闺女，你偏爱养女太过，早晚养出白眼儿狼。"

简宏云："？"

曾父："我喊了一帮老同学喝酒，准备嘲笑你，你把今晚的时间空出来，记得来啊。"

简宏云："……"

周庭宴知道简橙在家，从发布会会场出来就给她打电话。

"我二十分钟后到家。"

简橙让他不用那么着急。"我下午四点半要出门，你回来我差不多也该走了，你先忙，我晚上回来吃饭。"

周庭宴没问她去干什么，简橙主动提了。

"苏蕴约我见面，说有事跟我聊。"

周庭宴推开办公室的门，下意识蹙眉。"你要去吗？"

简橙知道他担心什么。"你别担心，我约她在工作室见面的，工作室有很多人呢，林野他们都在。"

说完，她问他："你最后为什么提简文茜？你怎么知道她参与了？"

周庭宴直接把领带扯开，潘屿端着咖啡进来，见他身上的气压不对，把咖啡放下就准备离开。

周庭宴抬了下手，让他等着，然后继续跟简橙解释。

"小姨告诉我，章珍知道她和你的关系，小姨觉得不对劲，让我查查，章珍和简文茜很熟……"

简橙听完，说她先去见苏蕴，回来再说。

周庭宴嘱咐她别自己开车，让司机送，路上注意安全。挂了电话后，他抬头跟潘屿说："现在盯着简佑辉的资金动向，如果他敢帮简文茜，就让他的钱也有去无回。"

简橙到工作室的时候，正好下午五点。

林野正站在门口，跟一个穿着保安衣服的男人聊天，看见她就迎上来。

"苏蕴十分钟前来的，我让她在会议室等着了。"

他指着那个穿保安服的男人。"那是隔壁屏玺会所的保安队长，小叔给他们经理打了电话，让他带人在附近蹲点，警惕陌生人，同时防着有狗仔偷拍。"

简橙觉得周庭宴过于紧张了，不过她领情，他这也是关心她。

她跟保安队长打了声招呼，让林野去仓库拿几条好烟给他，然后自己去了会议室。

苏蕴伤口未愈，坐轮椅来的，不能喝咖啡，简橙让人给她倒了杯温水。

"你这样来回折腾没事吗？"

打电话的时候，简橙的意思是直接在电话里说，苏蕴拒绝了，说见面聊好一点，电话里说不清。

"没事，本来就不严重。"

苏蕴随口应了声，当时周庭宴反应快，把那私生粉踹开得及时，捅得不深，血流得多了一点，看起来吓人而已。

医生都没说要住院，是章珍非让她住院而已。

苏蕴让推着自己来的小助理出去，把门关上，会议室内安静下来。

苏蕴看着对面垂眸发消息、还没来得及坐下的简橙，微微失神。

简橙进屋脱了外套，身上只有一件米色针织长裙，细腰不堪一握，因为低头看手机的动作，及腰长鬈发顺着肩膀垂下。化着淡妆，气质出众，让人想到两句诗：北方有佳人，绝世而独立。

原来周庭宴喜欢这样的女人。

如今说嫉妒，已经没有资格，苏蕴直到今天才可悲地发现，其实从一开始，她就没资格抢回周庭宴。

"抢回"，意思是曾经属于过她。

周庭宴今天说"她从车里把我拽出去的那一刻，我就动心了，那时候就已经决定，如果她嫁给别人，我就一辈子不娶"。

听到这句话时，苏蕴觉得自己这些年的执着，像个笑话。

他这么多年不娶，没有绯闻，不谈恋爱，她以为他是在等她，她以为他们有默契。

结果呢，他确实在等人，等的却是别人。

来的路上，小助理见她情绪低落，安慰她，说周庭宴可能是为了挽回形象，按着剧本演，"恋爱脑"都是演给大家看的。

不是的。

别人不清楚，苏蕴心里明明白白，如果不是为了简橙，周庭宴根本不屑开今天这个发布会。

他做事，从来不屑跟谁交代，他今天这么好脾气，都是为了简橙。

他真的真的很爱简橙。

简橙是在给孟糖回消息。

孟糖听林野说苏蕴来工作室了，问她是怎么回事，她简单解释了几句。

回完消息，简橙拉开椅子坐下，桌上是前台小姑娘刚才送来的咖啡，她端起来喝一口，抬头看向苏蕴。

苏蕴也看向她，先她一步开口。

"我今天过来，主要是想亲口跟你说一声抱歉。"

她提到两人第一次在江榆见面。"其实那晚，我就知道你是周庭宴的老婆。"

简橙回忆了下，那晚曾绍给她打电话，说周陆喝醉了，让她过去劝，她是在 CLu 酒吧地面停车场碰到苏蕴的。

那晚下着雨，苏蕴没打伞，失魂落魄地走着。

难怪呢，难怪苏蕴第一眼看到她，脸上的表情那么奇怪。

"对不起。"

苏蕴不能抹去自己曾经做过的错事，她看着简橙，目光凄然。

"我其实不喜欢拍戏，最初踏入这个圈子，是因为想赚钱，我想让我哥过好日子，我想给他买大房子，有人告诉我这行业赚钱快，所以我进了。

"进了之后才发现，赚钱确实快，但要豁得出去，我豁不出去，所以我一直在跑龙套，好不容易熬到能接有台词的配角，哥哥走了。

"周庭宴因为愧疚，说可以帮我实现梦想，我那时候其实想退圈的，因为我哥走了，我不知道我赚那么多钱还有什么意思，我想找一份简单的工作，朝九晚五，慢慢地过日子。

"章珍说：'苏蕴，你傻啊，周庭宴要帮你，你为什么不接受？你接受了，你红了，你拿很多奖，你就能嫁周庭宴了，你看看娱乐圈那些前辈，很多嫁进豪门的。'

"我那时候真的很喜欢周庭宴，我想啊，确实，离开这个圈子，我能干什么？不如在娱乐圈拼一把。

"以前是为了给我哥买大房子，后来是为了嫁给周庭宴，以前难得很，后来有周庭宴暗中帮助，我的资源越来越好，人在顺境中，是会膨胀的。

"章珍每年都说'苏蕴，周总对你真好，你要什么资源都给，是不是喜欢你啊'，我就越来越自信，越来越觉得，周庭宴不谈不娶，是为了等我。

"没有人不喜欢万众瞩目、被人追捧的感觉，我也喜欢，但为了周庭宴，我愿意放弃这一切，三十岁时退圈嫁给他，可是他结婚了，他竟然结婚了。别人也许理解不了，但简橙，你应该能理解我，你和周聿风有过一段，周聿风劈腿后，你也曾执着地想把爱情救回来，你坚持了很久。

"我对周庭宴，也有很多年的执念，我第一次见到他，他一身少年气，我以前不知道一眼万年是什么感觉，见到他才知道，原来真的有一个人，能让我魂牵梦萦。

"可是我们又是不同的，你执着，但你执着得光明正大，你不耍阴诡心思，你不屑，我不一样，我心里有阴暗面。尤其是在我听说，你是用救命之恩逼他娶了你后，我也动了歪心思，我就想啊，你有救命之恩，我也有他的愧疚之情，我为什么不试试呢？

"事实证明，我输了，从一开始我就输了，我根本没有资格跟你争什么。因为，他爱的，从来都是你。"

会议室里，苏蕴忏悔完，脸上挂着湿漉漉的泪，简橙把纸巾盒推给她。

"我能理解你，但不会原谅你，你如果真心悔过，就老老实实的，在我小姨的电影上映前和播出期间，你不要再作妖，不要再出事。"

苏蕴抽两张纸擦眼泪，苦笑。

"我还作什么妖？昨天你小姨骂过我，我才恍惚，我已经很久没梦见过我哥了，哥哥大概是生气了。"

简橙听她提到哥哥，没说什么了，她转移话题。

"所以你说简文茜参与了热搜的事，是什么意思？"

苏蕴擦干净眼泪，情绪稳定些才开口。

"是章珍告诉我的，她说之所以选择十一月三十号下午四点那个时间点，是因为简文茜中午突然给她打电话，说那天你会受很大打击，那个时间效果最佳。那天的热搜爆得那么快，就是简文茜在背后操控的。"

她缓了一下，把桌上已经凉掉的水喝了。

"章珍说，在背后推波助澜的，还有一个人。"

简橙："谁？"

"是周庭宴那边的亲戚，"苏蕴想了一下章珍说的那个名字，"关……关什么柔。"

"关清柔？"

"啊，对，就是这个名字，她说是周庭宴的五嫂。"

周庭宴的车子，在晚上六点半的时候开进别墅院子。

芳姨匆匆忙忙地跑过来。"先生，您可算回来了，太太半小时前就回来了，回来的时候不太对劲。"

周庭宴跑进了屋。

卧室的门没锁，周庭宴直接开门进去，眼睛扫一圈，床上鼓起来一块，明显有人躺在里面，用被子蒙着头。

周庭宴把被子往下扯。"简橙？"

没人应他，他用手抓着被子，索性直接掀开，简橙整个人蜷缩成一团躺着，眼睛是睁着的，没有焦点，也不知道看什么。

周庭宴坐在床沿，小心翼翼地把她的身子翻过来，语气凝聚着紧张。

"苏蕴欺负你了？"

简橙黑黑的眸子平静无波地看着他，突然起身搂住他的脖子，倾身吻上去。

周庭宴下意识抱住她的腰，愣了一瞬，脑子里想着她怎么回事，身体已经自觉地回应她。

察觉她的手从他衬衫下伸进去时，浑身一颤，他及时按住，清醒了，低音迷离性感。

"简橙……你怎么了？"

简橙柔软的身体直接坐在他腿上，嗓音轻飘。"我想做。"

周庭宴："？"

由简橙主导的欲，缓慢而漫长，后来简橙伏在他身上休息，周庭宴吻她湿漉漉的额头。

"是不是苏蕴又跟你说了什么？她又找事了？"

周庭宴提前给林野打了电话，让林野随时汇报，林野说苏蕴离开后，简橙看起来好好的，离开时还笑着跟他们打招呼。

他本来能跟她一起到家的，但那个点正好是下班时间，路上堵了快一个小时。

她离开时好好的，回到家就变了样，现在又缠人，看来事不小。

简橙没回答他，从他身上爬起来，去浴室冲了个澡，出来后去了衣帽间。

周庭宴等了一会儿不见她回来，简单收拾后去找她，却见她已经穿上一件干净的裙子，正往行李箱里塞衣服。

周庭宴心脏缩了一下。"你干什么？"

简橙头也没回。"苏蕴说，热搜这事，不只简文茜参与了，关清柔也参与了，你查吧，我不管了，我去旅游，然后去找我小姨拍电影海报，你好好查，查好了告诉我一声就行。"

简橙站起来，凑过来在他脸上亲了一下。

"如果你查到周陆……你别难为他，他肯定、一定、绝对有苦衷，我刚才满足你了，我就当你答应了。"

周庭宴："？？？"

衣帽间里，简橙说完话后，转身继续收拾东西。

地上放着行李箱，她从衣架上取了衣服叠几下扔进去，周庭宴无声凝视她许久，突然开口。

"简橙，你出去旅游，带我吗？"

"不带啊，你要忙很多事啊，简文茜和关清柔，你都查查……"

"那你装的……都是我的衣服。"

"啊？"

简橙愣了下，低头看看手里拿着的衬衫，确实是男士的，再往箱子里一看，确实，都是周庭宴的衣服。

左右两边的衣柜，她的衣服在右边，周庭宴的在左边。

行李箱在周庭宴的柜子这边，她刚才糊涂了，拿了行李箱后，直接拉开柜子装衣服了。

"我再给你放回去。"

她把刚叠好的衬衫抖开，想找衣架再挂上，找半天没找到。

周庭宴："看你右手。"

简橙看自己的右手，果然拿着一个衣架。

她拿起衬衫准备撑一下挂起来，周庭宴握住她的手腕，把衣服和衣架都拿过来，随手扔进衣柜。

"一会儿我自己收拾。"

简橙"噢"了一声，没跟他争，要去拉自己那边的衣柜，又听周庭宴说："简橙，你裙子穿反了。"

她低头往身上看，确实穿反了。

伸手去摸拉链，半天拉不下来，她逐渐烦躁，准备猛扯，一只温热的大手覆在她手背上。

周庭宴把她的手拿下来，顺势把她拥在怀里，哑声道："简橙，你别吓我，我现在胆子小，不禁吓。"

简橙没吭声。

周庭宴用掌心在她后脑勺轻轻慢慢地揉，她不说，他就自己猜。

"你听说关清柔参与了，害怕周陆也参与，你害怕周陆变成你不认识的样子，是吗？"

简橙刚开始还挣扎，听到这话就安静了。

她把脸埋在他胸口，好半天才开口。

"苏蕴说，关清柔也参与，我没往周陆身上想，周陆不会的，周陆才不会，就算关清柔是不好的，周陆也是好的。

"回来的路上，糖糖给我发消息，问我苏蕴说什么了，我就跟她说了，糖糖也没想到这件事会和关清柔有关，然后她说，难怪周陆不对劲。

"我问她怎么不对劲，她说周陆认识秦颖之，当初周陆是故意误导我，让我以为你出轨了。中秋节的前一天，周陆去工作室找我蹭饭，你当时出差回来，我去接你了，糖糖问周陆什么意思，为什么误导我。

"周陆说了一句话。"

简橙说得越来越慢。

周陆的原话是："孟糖，如果有一天，你发现突然不认识我了，你可以像今天一样怀疑我，但你要相信，我就算再面目可憎，也永远不会伤害橙子。"

孟糖当时没听明白这话的意思。正好那时候秦濯去了，她就把这事忘了。

后来想起来，她没瞧出周陆哪里不对劲，也觉得周陆无论干什么，反正都不会伤害简橙，就没提了。

如今关清柔竟然参与了热搜事件，孟糖没忍住，气得把自己知道的所有事和盘托出。

"周陆喜欢的根本不是汪念念，他喜欢的一直都是你，他从小就喜欢你，只是那时候，你眼里只有周聿风。

"我跟你说实话，当初周聿风劈腿，我让周陆跟你表白，催了他很多次，就差拿刀逼他了。

"结果他跑了，估计嫌我烦，跑去旅游了，气死我了，因为，那时候我觉得，周陆是最适合你的。

"还有一件事我早就想说了，那个汪念念，周陆如果真想娶，那就直接娶，他现在是周庭宴跟前的大红人，又是周家的人，汪家那边不会不同意。他干吗还搞个深情的暗恋剧本？给谁看啊，不多此一举吗？

"还有他那个叫何润的表哥，我听林野说了，他和周陆打游戏的时候，周陆说高中同学里好像有个叫何润的，关清柔听见了，才找到了何润。屁嘞，我那天特意翻了毕业照，根本没有叫何润的。

"橙子你觉得周陆可能记错吗？他脑子多好啊，说过目不忘有点夸张，但也差不多了。小学看门大爷养的那条狗叫什么他至今都记得，以前我们去玩大迷宫，他看一眼地图就能背着你走出去。

"高中他是体育委员，体育课都是他点名，他能记错一个男生的名字？不奇怪吗？

"这些话我以前想跟你说，但又觉得，周陆可能有苦衷呢，而且他也说了，就算再面目可憎，也永远不会伤害你。只要他对你一直是好的，我也不去管那么多了，我知道你和周陆的感情，怕你多想。

"可你现在说，他妈算计你，我就忍不住想，这些事，周陆参与了吗？

"热搜全是对你的恶意，我觉得他不可能参与，可他如果没参与……

"橙子，关清柔一个天天在家熬汤的家庭妇女，她能干什么？"

衣帽间里，简橙在周庭宴怀里趴着，说完就沉默，没哭，像是静止了。

周庭宴在她的静止中，读懂了她的沉默。

那天在餐馆，梅钰跟他说了，热搜那天简橙之所以从简家跑出去，是因为简宏云他们跟她坦白了当年火灾的事，以及收养简文茜的原因。她受不了，她不能接受最爱她的奶奶也是在帮简佑辉赎罪。

热搜那天，是十一月三十号，她被亲情重创；

他抱苏蕴，是十二月一号，她被爱情刺痛；

周陆变了，是十二月二号，她被友谊伤了。

连着三天，亲情、爱情、友情，都在她身上捅了一刀。

她刚才为什么那么迫切地要他？不是为了帮周陆求情，而是她整个人绷得太紧了。

她的世界，在那短短的半小时里，可能崩塌过。

她不明白为什么她跟周聿风有二十多年的感情，周聿风背弃她，她跟周陆至今有二十多年的友情了，周陆也变了。

她不知道为什么会变成这样，她很难受，她需要用一种方式发泄。

她把自己蒙在被子里，也许她想大哭一场，但是她没哭，他掀开被子的时候，她的眼睛是干的、空洞的、无神的，一滴眼泪都没有。她连哭都哭不出来。

她找不到发泄的方式，看见他后，大概想要酣畅淋漓地发泄一场，所以她主导了那场风月。

刚开始缓慢，然后急速，后来她哭了，她说："周庭宴，你们怎么都让我难受？"

他以为她哭一场会舒服一点。没想到那场发泄并不够。

这也证明，在她心里，亲情、爱情，都比不过周陆的重要性。

她现在很混乱，如果没有周陆的事，她知道热搜的事跟简文茜有关，以她的脾气，早就去扇简文茜了。

她现在连收拾简文茜的兴致都没了，只想逃开，她不想面对"周陆变了"这件事。

她在脑子混乱成糨糊，在明知周陆可能有问题的情况下，潜意识里，还想帮他。

"如果你查到周陆……你别难为他……我刚才满足你了，我就当你答应了。"

为什么这么说？因为在她的认知里，她跟关清柔无冤无仇，跟周陆更没有，他们算计她，矛头对准的应该是他，周家的权力之争从未停歇。

她怕他跟周陆站在对立面，怕他对付周陆，所以，她想救周陆，又不知道怎么救，正好刚才睡了他，满足了他，她的话就说出来了。

周庭宴抱着简橙软绵绵的身子，心里针刺一般，有绵延的痛感。

他告诉她，周陆没变，他会把原来的周陆还给她。还有简文茜，简文茜也会变回原来的赵文茜。他会把她的生活，变回原来的样子。

简文茜昨天出差了。

知道梅钰会去简家，她提前撤了。

她对梅钰也有阴影，当年简橙从山里逃回来，咬死了是她害自己，简宏云和梅岚都不信，梅钰信了。

梅钰扇了她两巴掌，掐着她的脖子问到底是不是她，当时要不是简佑辉拦着，梅钰那双粗糙的手能掐死她。

她自然不承认，梅钰也实在是没有证据，离开前还警告她，以后离简橙远点。

她还真担心过梅钰会经常回来，结果连老天爷都帮她。

当年简橙的一张照片毁了梅钰辛苦两年的电影，差点害梅钰破产，两人闹掰了，梅钰没再回来过。

快四年了，谁能想到，这次简橙出事，梅钰突然杀回来了。

所以说，简橙命真好啊，什么都不用做，就有那么多人爱她，不像自己，想要什么，得靠自己去争取，得拼了命去算计。有时候拼命算计了，也不见得有好结果。

就像简宏云和梅岚，这些年她花了那么多精力去讨好他们，尤其是梅岚，她在简家快二十年，她就把梅岚当太后一样伺候了快二十年。

她花了那么多心思，结果呢，就因为她和简佑辉亲了一下，梅岚就厌恶了她。

所以啊，幸亏她有先见之明，长盛终究不是她的，她就防着这一天呢。

这些年，她利用长盛的资源投资撒网，小有所成。

她会踩着长盛，吸食长盛，建立自己的王国，总有一天，她会让梅岚和简宏云求她，她会让简佑辉心甘情愿地爱她。

想想未来的盛景，简文茜就身心愉悦。

结果，今天下午抽空看了眼周庭宴的发布会，她一口血差点喷出来。

"赵文茜，手别伸太长，有空多看看自己的钱袋子。"

一声"赵文茜"，让她的好心情瞬间全无。气还没顺，又听到后面那句"有空多看看自己的钱袋子"，她刚觉得不安，就接到一个电话。

通话四分钟，简文茜气了四小时，几通电话打下来，直接摔了手机，然后用助理的手机给周庭宴打电话。

周庭宴手机响的时候，正在跟简橙坦白周陆找他的事。

"他还是你认识的那个周陆，只是，他现在可能出于某些原因，迫不得已。"

察觉简橙的身体动了下，周庭宴把她从怀里推开一点，用双手捧着她的脸，声音缓慢。

"周陆一直在跟我求救，他也很难受。"

简橙的眼睛里有了点光亮，不再是一潭死水。"他跟你求救了？真的吗？"

周庭宴搓搓她冰凉的小脸。

"真的，他的处境可能很难，一直在给我暗示，是我迟钝，发现得晚了。"

简橙僵硬的肩膀软下来，眼巴巴地看着他。"那你救救他，周庭宴，你救救他。"

"好。"周庭宴亲亲她的唇。

"你跟孟糖出去散散心，这里的事交给我，我保证，会把原来的周陆还给你。"

简橙伸手抱住他。"谢谢你。"

虽然她为了一个男人谢他，周庭宴有些吃醋，但也完全理解她。

周陆对她的意义，旁人比不得，那是从小到大的感情，今天之前，周陆从未背弃她，所以她不想放弃周陆。

就像秦濯，他虽然时不时坑秦濯一下，甚至很多时候看他不顺眼，想踹他一脚，但秦濯在他心里的分量，其实和简橙差不多。

如今这世上，只有简橙和秦濯，能让他豁出命去。

外面，手机铃声连响两遍都未停，简橙松开周庭宴，催他去接电话。

周庭宴把衣柜柜门拉上，合上行李箱。

"今天太晚了，明天再收拾，不急于这一会儿，你换好衣服去吃饭，我打完电话就下去。"

"好。"

简橙换了身宽松的家居服，换好就下楼了，周庭宴去书房接电话。

陌生号码，他知道是简文茜，他算着这个时间简文茜应该会打电话过来。

"周庭宴你太狠了，我干什么了你就断我一只胳膊！"

咆哮怒吼，声音都在抖。

显然是气狠了。

她确实应该生气，因为他真的相当于砍了她一只胳膊。

要说简文茜这个人确实有真本事，这些年，竟然能在简宏云的眼皮底下，啃着长盛的资源，搞出一个规模不算小的公司。可惜野心太大。她这几年急于开疆拓土，就需要大量的资金，资金从哪儿来？寻常的投资根本不够她用。

简文茜有朋友在某银行金融市场部上班，职位不低，胆子也不小，暗中成立公司，利用职位之便，竟然把手伸到债券市场。

要说简文茜投资之前不知道这事，他是不信的。

这些年简文茜手里的一半资金都是从这里来的，她得到的，比其他投资者多一倍。

她凭什么比别人获利高？

简文茜算计人，喜欢拿人家把柄，捏人家七寸，她应该是知道这里面的猫腻的。

周庭宴也不管她知不知道，反正他是查到了，还举报了，现在公司没了，简文茜折损了一大笔钱。那笔钱差点动了她的老本，其他钱投出去暂时回不来，她公司的研发资金链马上会出问题。

就算她有本事在短时间内获得融资，她一半的赚钱门路没了，年前是别想睡好觉了。所以她生气是应该的，可惜没气死。

"你干什么了？"周庭宴要下去陪简橙吃饭，也不跟她啰唆，"章珍出卖你了。"

听到章珍，简文茜一肚子的怒火还在，但是说不出话了。还说什么？章珍把话都说了，她还说什么？

章珍，该死的章珍，竟然敢过河拆桥！

正气着呢，又听周庭宴说："简文茜，我警告过你吧，别动简橙，你非犯贱，你有时间算计简橙，很闲是吧？行，我会让你忙起来。"

秦家，解除婚约的事还在谈。

孟家的态度是俩孩子不合适，都别彼此耽误了。秦家的态度是，秦濯现在跟以前不一样了，还想再挽留一下。

谈不妥主要在秦母。

秦母太喜欢孟糖了，舍不得，当着孟家二老的面，把秦濯打骂一顿，打完骂完就拉着孟母哭。

"糖糖是我看着长大的，当初她跟秦濯订婚，我高兴得一整晚没睡着觉，我还去山上还愿，糖糖终于是我们家的儿媳妇了，现在她要走，她以后要嫁给别人，我受不了啊。"

一打一哭，时间就过去了。

聊了整个下午，到晚饭时间都没谈拢，饭是在秦家吃的。

吃饭的时候，他们问秦濯的意见，秦濯说尊重孟糖，孟糖一句"确定解除婚约"没说出口，秦母又拉着她的手哭。

哭半天，她退一步说："糖糖啊，你要真嫌弃秦濯，那咱不要他，可恨阿姨当年没多生一个，不过我有个外甥比秦濯优秀，还比他年轻，不行你看看我那外甥？"

秦濯一肚子无语，让亲妈给自己留点面子，于是秦母又开始数落他。

孟糖趁着母子俩斗嘴，给简橙发消息问苏蕴的事，听说关清柔参与了，情绪没控制住，打字打到手抖，就出去给简橙打电话。

把自己知道的事和盘托出后，她又开始后悔。她都忘了，连着三天，先是亲情，又是爱情，现在是友情，她气糊涂了，都忘了简橙能不能受得住。

秦濯见孟糖出去打电话迟迟未归，就出来找她，见她一个人坐在院中的长椅上哭，在她身后站了很久。

哭成这样。所以，她是真的铁了心要解除婚约。

秦濯等她肩膀颤抖的幅度小了，走过去，在她旁边坐下。

"别哭了，一会儿进去，我来说，我成全你，你想干什么都行，就是别哭了。"

母亲那样闹，他心里其实抱着一丝侥幸，孟糖和母亲的感情好，万一心软呢？

孟糖确实心软，不过是不好意思说，就自己跑出来哭。孟糖听见他的话愣了下，她哭是因为简橙，秦濯误会了，不过她没解释，误会挺好，他主动说成全，今天这婚约肯定是能解除了。

手机有电话打进来，是简橙打来的。孟糖起身到旁边接了，十分钟后挂了电话，孟糖仰头大大地呼了口气。

她抹去眼泪，转身看向秦濯。

"秦濯，我最近过得不好，很不好，心情很压抑，脑子里总想很多事，现在好了，我心头的重担卸下了，我现在很轻松。"

终于不用再背那么多秘密了。

简家的秘密、周陆的秘密，她终于不用背那么沉重的壳。

孟糖脸上扬起大大的笑容，看秦濯都顺眼了。

"从明天开始，我们要开始新的生活了，秦濯，你也加油，祝你早点遇到……能让你动心的姑娘。"

秦濯看着她灿烂的笑容，郁闷到心口疼。至于吗？跟他解除婚约，就这么高兴吗？他怎么一点都高兴不起来，心口闷闷的，像被人捶了一下。

简橙给孟糖打完电话，周庭宴正好从书房出来。

芳姨晚上煮的粥，把周庭宴的那碗端上来后，她就自觉地离开了。

简橙把两盘菜都往周庭宴跟前推了下。

"我刚才给糖糖打电话了，她说婚约今天能解除。"

周庭宴正想着一会儿要给秦濯发消息嘲笑他，以后就是一只没老婆的单身狗，下一秒，就听自己老婆说："我们明天下午就得走，下午四点的机票，我上个月给米珊那部电影拍了海报后，不是又在嵩城接了个珠宝拍摄吗？他们珠宝的旗舰店明天在嵩城有店庆活动，给了我邀请函。

"嵩城那边结束后，我还要飞纽约，糖糖帮我接了个品牌的冬装宣传片拍摄，宣传片拍完，在那儿玩几天，小姨的电影差不多开机了。"

周庭宴："……"

真行，他老婆也要跑了。

秦濯今夜无眠。他也要无眠了。

今夜无眠的人不少。

周庭宴今天的发布会一开，网上讨论得热火朝天，现实里议论的也不少。

比如城东酒吧，最大的一个包厢里。

"看不出来啊，简橙真够厉害的，周庭宴暗恋她多年？我去，假的吧。"

"那说不准，也许是真的呢，抛开简橙的人品不说，她的脸和身材是真好，我也惦记很多年呢。"

"那又怎么样，她可不干净，当年她出事，她说她是自己跑出来的，我觉得不可能，被卖到山里去，哪儿有那么容易跑出来，不知道被几个人糟蹋过呢。"

"她当时不是去医院搞了个证明吗？"

"哼，那玩意谁信啊，如果真没事，怎么会被送出国？也不知道周庭宴怎么想的，烂货都要。"

说话这人看向对面，笑容里颇带遗憾。

"聿风，你看你小叔都不嫌弃，当年简橙不是主动让你验明正身吗？你就应该要了她，管她干不干净，先玩了再说，她那样的尤物，我都想了很久，玩起来肯定很……"

砰！

"爽"字未出口，一瓶酒狠狠砸在地上。

包厢里嬉笑的众人瞬间安静，皆惊愕地抬头看过去。

就见从进来就一直没怎么说话的周聿风，突然起身朝说话那人走过去。

周聿风抓着那人的衣领，连挥了几拳，拳拳到肉。

"她干净不干净关你屁事？你想？你他妈也不照照镜子，看看自己是什么狗东西，烂货？玩？×！你再说一句试试！"

那人被打得眼冒金星，众人看得也是一脸蒙。

众人心说：不对啊，这少爷不是最讨厌他小叔，也讨厌简橙吗？

当初是他自己那样对简橙的，他们以前哄着他高兴，也跟着说简橙坏话，这少爷从来不会说什么。怎么了今天是？周聿风带着杀神的煞气，完全没有停下来的意思，一拳又一拳，仿佛要把人打死才罢休。

众人准备过去把人拉开时，突然有人说了句："聿风，你老婆来了。"

蒋雅薇这两天过得备受煎熬。昨天在医院跟梅岚打架，又被梅钰扇了一巴掌，已经这么惨，还得当司机。开错路，又被婆婆曹瑛骂了一顿，她能安全到家，都是老天保佑。

回家想要老公的安慰，老公又没归家。

打电话他不接，她直接发消息过去：你妈被简橙她爸打了。

消息刚发出去一分钟，周聿风就回电话了，蒋雅薇当时气得踢翻凳子，所以他不是没看手机，他只是不想接她电话而已。

她发一通脾气，结果他直接挂了电话，去老宅看他妈，昨晚在老宅住下，今天也不回来。她忍着气，早上给他打电话，让他中午回家一趟，他说上班忙。

忙个鬼。现在谁不知道，周陆是周庭宴跟前的大红人，周聿风这次出差回来，集团都快没他位置了，现在谁都巴结周陆。

她知道周聿风是要面子的人，就因为知道，所以他这段时间出入酒场多，她能理解，他心里不爽，他需要酒精麻醉自己。

但是他太过分了。

下午看完发布会，她羡慕简橙，嫉妒简橙，心情郁闷到极致，就跟周聿风说身体不舒服，让他晚上必须回家。结果他又跑去喝酒。喝酒还不安生。他那酒场里有个人发朋友圈了，她恰好有那人微信，那人发的是个视频，虽然是一晃而过的镜头，但是她看见了，周聿风怀里坐着个女人，衣着清凉的女人趴在周聿风胸口，看不见脸。

蒋雅薇的理智告诉她，那可能是他们叫去陪酒的，暧昧点而已，不会怎么样的。但是，周聿风用一只手拿烟，另一只手搂着那女人的腰，衬衫解开了两粒纽扣，低头跟她说话，他们那么亲密。

周聿风答应过她，不会碰外面那些乱七八糟的女人，今晚又不是应酬，是他朋友组的局，为什么非要叫女人？

当嫉妒完全吞噬理智时，蒋雅薇已经站在包厢里了。之所以知道地方，是因为发视频那人在评论里回复想去玩的朋友，报了地址和包厢号。

她来的时间刚刚好。

跟着送酒水的服务员进门，恰好听见那人侮辱简橙的话，她挺高兴。周聿风的朋友看不起她，同样嫌弃简橙。

砰！酒瓶被狠狠摔在地上的时候，她吓了一跳，回神的时候，周聿风已经上去打人了，拳拳到肉，可真凶残。他打架的姿势很帅，可惜，是为了维护简橙。

周聿风竟然维护简橙了！

当这个认知席卷大脑的时候，蒋雅薇甚至忘了自己是来捉奸的。

简橙虽然嫁人了，但说实话，永远是她心里的头号情敌。毕竟简橙和周聿风有二十多年的感情，周聿风当年是把简橙宠上天的，她亲眼看见过。

周聿风不会知道，时隔多年，他重新维护简橙的样子会让她多恐惧。比他婚内出轨其他女人，还让她恐惧。

包厢里，周聿风只顾着打人，周围又乱糟糟的，没听见有人喊他。

直到再次挥拳，胳膊被人抓住，他回头，见是蒋雅薇，愣了一下。"你怎么来了？"

"来找你啊。"蒋雅薇把他的胳膊拉下来，屋里有好几个人，她没看是谁，只是尽量压着火气，软声跟周聿风说，"人家就是开个玩笑，不至于，很晚了，我们回家吧。"

周聿风看见她，本来已经松开那人的衣领了，听她这么说，又抬腿踹了下地上的男人。

"开玩笑得有个度，他说的是人话吗？"

"怎么不是人话！"这话，是地上被打的倒霉蛋说的，他从地上爬起来，冲周聿风吼一句，"我真是受够你了！你他妈神经病吧！"

当众被打，脸面全没了。脸上挨了好几拳，拳拳到肉，周聿风用了十足的力气，他牙齿都被打掉一颗，满嘴的血腥味。精神和肉体双重折磨下，酒精又上头，倒霉蛋忘了蒋雅薇还在。他吐一口血，指着周聿风怒骂。

"我承认我刚才说话低俗，我承认我是人渣，但我那样说是为了谁？我他妈还不是为了你！那个叫小梦的女人你记得吧，上月初你睡过一次，就那个猛一看像简橙的，后来我在一酒局碰见她，听说我跟你熟，她跟我打听简橙是谁，说你把人压着，一直喊简橙，喊一晚上。我没当回事，就当你喝醉了，可你看看你最近在干什么！连喝半个月，一天喝两场，上班都不去，你人都要废了。下午周庭宴开个发布会，把你给刺激了，又喊大伙来喝酒，行，哥几个舍命陪兄弟，怎么喝都行，你呢？"

他指着沙发上坐着的那女人。"你去了趟洗手间，碰到个大波浪双眼皮瓜子脸的你就带回来，晚上还要带她去开房，她那身形像谁？周聿风你知道你自己在干什么吗？你是后悔了吗？你后悔放弃简橙了？你凭什么后悔啊，这几年你说简橙多少坏话，你心里没数？医院证明不是真的、简橙不干净、简橙变了、简橙恶毒、简橙人品不行……哪条不是你先说的？哥几个只是满足你，又把话说出来罢了。

"这些年，我们越是损简橙，你越高兴，为什么？因为你不想当渣男，你想让人觉得你和简橙今天这个结局，错的是简橙不是你。我为什么提当年的事？我为什么说那么恶心的话？我就是想把你拉到正轨上来，你既然已经带着对简橙的厌恶往前走了，就别回头了。因为晚了知道吗？现在简橙不是你能惦记的，她是你小婶，她现在是你小婶！你惦记你小叔的女人，你是不想活了吗？我跟你这么多年兄弟，我对你怎么样你心里清楚，我他妈都是为了你好，你呢，你把我打成这样。周聿风，从今天开始，咱们兄弟没得做了！"

"砰"的一声，包厢的门被重重关上，蒋雅薇猛地回神，脸色惨白。

——那个叫小梦的女人你记得吧，上月初你睡过一次，就那个猛一看像简橙的。

——说你把人压着，一直喊简橙，喊一晚上。

果然吗？偷来的都要还吗？抢来的都要还吗？不属于她的，终究还是不属于她吗？

蒋雅薇不知道自己是怎么离开的，只记得周聿风被曹瑛一个电话叫回老宅了，他什么都没解释，只是很烦躁地说了一句："你先回家，好好休息，明天早上我回去。"

她开不了车，打电话叫代驾，路上，手机通讯录翻一遍，她竟然没一个真心的朋友，最后给小妹打过去。

哭完了，说完了，发泄完了，小妹沉默了会儿，劝她："以你的脾气，你又要把错怪在那个简橙身上，但我劝你最好别，这事跟人家简橙没关系。姐，你要是想以后好过，就听我一句劝，离吧，趁现在还没闹僵，多要点钱，换一个城市，好好过你自己的日子。你要是还执迷不悟，最后会被这段不匹配的婚姻消耗成一个恶毒的疯子，最后什么都得不到。"

简橙受的打击不小，周庭宴为了让她睡得安稳，给她放了洗澡水，让她舒舒服服泡了个澡。挺管用，简橙睡得很踏实，一觉睡到第二天早上九点。

她是被简宏云打来的电话吵醒的。

那天在医院，简宏云和梅岚跟她道歉，大概是因为小姨在，也不怕丢了面子，当着周陆和孟糖他们的面，说了半天对不起。

挺幼稚，都拿刀把人捅死了，还想把人救活，玩呢？要不是她还想要长盛的股份，她全拉黑。

电话接通，简宏云先提起昨天发布会的事。"橙橙啊，庭宴在发布会最后提到赵文茜，爸爸知道他说的是简文茜，她现在不在江榆，爸爸昨天给她打电话了，她没承认，爸爸让她今天回来，晚上到，到时候你过来亲自问？"

简橙："没时间。"

简文茜的事周庭宴会处理，所以她不用费心。

不过她心里的气还没消。"老简，我上次让你把盛辉分离出去，把它给简文茜，你分没？"

简宏云："这事没那么容易，得先把地暖的事解决，不然外面的人会觉得，盛辉出事了，长盛就把它甩出去，对长盛会有影响，不过这事我已经让人着手准备了。"

上次他和梅岚被简文茜气到住院，简橙建议他把简文茜送到盛辉。等简文茜去了之后，她又跟他说，盛辉有道雷在路上，不知道哪会儿就劈下来，要是想保住长盛，就赶紧把盛辉分出去。

简橙说消息是从周庭宴那儿听来的，他自然得上心。

这事聊完，简橙就要挂电话了，简宏云赶紧道："橙橙啊，你什么时候回家一趟？爸爸得了个好东西，是明初的孤品，你……"

"老简。"简橙打断他，"你想补偿我？"

"是，爸爸对不起你。"

简橙盯着天花板，说："怎么补偿？简文茜进门时我才六岁，现在我二十五岁，过了十九年，十九年，你怎么补偿？"

"橙橙……"

"我倒是有个解气的办法。"

"你说，只要你说，爸爸一定帮你实现。"

"给我买十九套房吧，算是那些年，你每年都送我一个家，我回头发十九个城市给你，一个城市买一套。"

"买房子？"

"对，不过就算你买了，我这口气估计也难消，所以等你把这些搞定，以后，你每年都要送我一套房，一直送到你进棺材，我要在全国都有家。"

简宏云："……"还是那个小财迷。

一通电话结束，简橙心情愉悦地起床洗漱。

周庭宴早上去了趟京岫，中午回来陪她吃饭，下午没出去，简橙收拾行李箱的时候，他在旁边帮忙。

他反反复复确定一件事。"马上过年了，你回来吗？"

简橙说到时候看。"小姨说今年表哥会回来，我想跟他们一起过年。"

周庭宴："行，我去给你们做年夜饭。"

简橙："……"

东西收拾好了，周庭宴开车送她去机场，孟糖提前到了。她旁边站着三个男人。秦濯、林野，还有……周陆。

周陆脸上有伤，这两天没去集团。他是中午在曾绍那儿蹭饭的时候，接到小叔的电话的。"简橙知道你妈参与了热搜的事，她下午四点的飞机去嵩城，年前不一定能回来，你去送送她，该说什么，你自己斟酌。"

周陆明白小叔的意思。简橙既然已经知道母亲不对劲，肯定猜到他也有问题，她没来找他，甚至连一通电话也没有打，说明她的心不安宁。

如果她跑来质问他，骂他，反倒没事了。

简橙这个人，不怕她闹，就怕她安静。

机场里，周庭宴推着简橙的行李箱，把她手里的包也拿过来，简橙看他一眼，没吭声，抬脚往前走，周陆跟上去。

林野以为要走，也准备跟上去，孟糖一把抓住他的手腕。"没你的事。"

林野一脸蒙，看看离开的两人，再看看周庭宴，凑到孟糖身边，压着声音问："什么情况啊？感觉怪怪的。"

孟糖没多说。"周陆犯错误了，橙子训他两句。"

秦濯是来给孟糖送东西的。昨晚他跟孟糖从院子里进屋后，把母亲拉到厨房说话，让她别坚持了，就解除婚约吧，母亲哭着抱怨他，说以后不管他了，他爱娶不娶。

他后来也不知道是安慰母亲，还是表达自己的真实想法，脱口而出一句话："现在闹成这样，婚约反倒是枷锁，我在婚约期间对孟糖很不好，婚约在，我们基本没有可能，没了婚约，我重新追，可能还有一点希望。"

母亲是惊喜的，知道孟糖的航班在今天下午，忙活一早上给她做江榆的特色点心。

他是来送点心的。

本来挺高兴，此刻见孟糖和林野凑一起说悄悄话，她手还握着林野的手腕，他的好心情瞬间消失。

以前占着一个未婚夫的头衔，还能理直气壮地把人拉开，现在他连男朋友都不算，连管她的资格都没有了。

秦濯郁闷得闹心，逼着自己转移视线，看见越走越远的简橙和周陆，才想起来问周庭宴："他俩干吗去？"

周庭宴有些事还没来得及跟他说。"热搜的事关清柔参与了，简橙现在知道周陆有问题。"

秦濯的手搭在他肩膀上，惊得差点滑下来。"关清柔？"

机场这会儿人不多，很多能聊天的地方，简橙还是走到了尽头的拐角处，停在无人的大广告牌后。慢慢悠悠走了十几分钟，脑子里想很多事，想着该问些什么问题，想着该不该给他一拳，想着该不该骂他一顿。

可当两人真面对面站着的时候，她又觉得问什么都是多余的，就说了一句："周陆，你跟我说实话，这些年，你妈妈对你到底好不好？"

周庭宴的意思是，周陆被关清柔控制着。

简橙不知道该怎么形容那种感觉。从小到大，她一直很羡慕周陆，因为周陆虽然在周家的日子很苦，但他妈妈很疼他。

以前她还总想着，如果关清柔是她妈妈就好了。原来一切都是假象吗？

两人站的位置不是通风口，但风依旧很凉，周陆身上是一件灰色大衣，里面是一件黑色的毛衣。他没说话，在简橙安静的等待中，朝她走近一步，抬起胳膊，掀开毛衣，微微侧身。

简橙顺着他的手看过去，一直平静的神色终于有了变化，清澈的眼眸闪过骇然之色。

那是……醒目的丑陋疤痕，如蜘蛛网般纵横交错，像鞭子抽的，有陈年旧伤，也有暗红色的新伤。

简橙难以置信地开口："你……你妈打的？"

周陆轻轻"嗯"了一声。

简橙一眼不眨地望着那些蜿蜒往上的疤痕，突然伸手抓住他的毛衣。

周陆知道她要干什么，伸手去挡。"橙子，你别……"

啪！

他话还未说完，简橙已经用力拍掉他的手，同时拉开他的大衣，直接把他后背的毛衣往上掀开。恐怖的鞭痕，铺满整个后背，像野兽的爪痕，单单瞧着，就能让人想象到鞭子落下时，他经历着怎样的折磨。

昨天知道周陆也变了后，简橙没哭，这会儿终于忍不住了。

她身子软绵绵地蹲下，头埋在膝盖间，双手抱着腿，低低的悲鸣让人听着心碎，周陆整理好衣服，也蹲下。

"我没事，现在不疼了，别哭了。"

简橙哭得更厉害了。"对不起，我一直以为，你妈妈很疼你，我以前很羡慕你，我还经常在你跟前提她，我还经常说你身在福中不知福，我还经常夸她，我还经常……"

"橙子。"周陆打断她，"我之所以让你看到这些伤，是因为我知道，如果我不说实话，你心里就会一直不安定，你会觉得，为什么我们都变了？是不是你不好，所以我们都离开你了？不是你不好，橙子，是我做错事了。我确实做了很多错事，但是我从来没想过伤害你，我知道你想问我很多问题，现在别问行吗？等你下次回来，我一定把什么都告诉你。你不要担心我，我现在敢给你看，是因为小叔答应帮我了，你知道小叔的本事，小叔能救我的。你想做什么，就去做，等你下次回来，周家的这摊浑水也差不多清了，我保证，周陆还是从前的周陆。"

简橙是自己回来的，周陆先走了。

她回来之前去了趟洗手间，整理好了妆容，看起来与离开时没什么区别。但周庭宴还是看出来了，她哭过，眼睛是红的。

她不多说，他也没问，从大衣口袋里拿出一张名片给她。"姚成仁，Win 杂志社的新老板，以后再遇到米珊第一次拍杂志时那样的麻烦事，你直接找他，他能给你做主。"

他说遇到麻烦事，其实言外之意是，Win 的资源都给她了。

简橙想到孟糖的嫂子，就把名片收起来了。孟糖说她嫂子对 Win 有感情，不太想辞职，她跟杂志社老板搭上线，她就是孟糖嫂子的后台。

不过有件事她得问清楚。"我之前听说，杂志社的新老板跟副主编有关系，是向着副主编的，真的假的？"

这种私人关系，周庭宴还真不知道。"无论他偏向谁，只要是你的要求，他都会听。"

"真的？"

周庭宴用掌心摩挲着她瓷白的脸，爱不释手，语气带着几分缠绵的不舍。"嗯，他只是名义上的老板，我股份比他多，他敢不听你话？"

简橙："……噢。"

周庭宴想起梅钰说对赌的事。"姚成仁广结善缘，各行各业的朋友都有，小姨的电影以后有什么麻烦，也可以找他，你回头把他的微信推给小姨。"

简橙说："好。"马上要分开，她伸手抱了他一下。"周庭宴，你救周陆的时候，一定保护好自己，我要从前的周陆，我也要你好好的。"

另一边，马上要安检，秦濯本来想跟孟糖说说话，结果孟糖的手机铃声响了，到旁边接电话去了。只留他和林野大眼瞪小眼。

秦濯烟瘾犯了，这里又不能抽，于是抽林野。他用手在林野肩膀使劲拍两下。"你跟孟糖不合适，你不适合她，以后离她远点。"

林野拍掉他的手。"怎么不合适？我上次不是说了，我们的缘分是天注定。"

秦濯嘲讽："天注定？你这叫不要脸，我跟她婚约还没解除的时候，你就挖我墙脚，你这跟渣男有什么区别？你说你喜欢她，她那时候还有婚约，你就不怕因为你，她被人指指点点？"

这个问题有点严肃，林野转身看向他。"首先，我送玫瑰花的时候，不知道她有未婚夫，她手上没有订婚戒指，一个人上班下班，一个人吃饭，感冒自己熬，除了她家里人，没有男人给她打电话嘘寒问暖。后来知道你是她未婚夫，我是继续追她了，但这得怪你，大家都说你是米珊背后的金主，你也没否认，孟糖说你们的婚约只是应付家里，马上就不存在了。你都跟那个米珊走到一起了，我为什么不能追孟糖？最后，秦濯，我其实给过你机会了。"

林野说："你以为，我为什么会加你微信？是，确实是给你看的，但那是因为，我看出来孟糖心里还有你，也看出来你对她不是完全没有感觉，所以我天天发朋友圈，故意让你吃醋。我心里有打算，如果你能被刺激得知道自己喜欢孟糖，能好好对她，如果孟糖回头，那我就退出，毕竟她爱了你那么多年，我成全她。但显而易见，你没把握住机会，她还是跟你解除婚约了。所以秦叔叔，你已经出局了。"

直到飞机起飞，秦濯的郁闷才克制不住地要爆发，扭头跟周庭宴告状："你这个侄子太气人了，你当叔的，就不能管管他？"

周庭宴没空理他，因为他手机响了，孙一淼打来的。

"庭宴啊，你晚上有空吗？小梁回来了，晚上我组个局，你们见见？"

第六章
她怀孕了

飞机如离弦的箭冲向天空时，孟糖问简橙："周陆说了什么？"

简橙闭着眼靠在座椅上，半晌才开口："他说，下辈子他想做一只鸟，青山绿水，来去自由。"

机场外，周陆抬头看向天空，飞机从头顶画出一道似流星的弧线，穿过云层，留下细长的白色尾焰。周陆看了很久，之后把车开到主城区二环的一栋两层小洋楼旁。

他进屋的时候，关清柔正在客厅喝茶。周陆走过去，将车钥匙随手扔在茶几上，力气大了些，"砰"的一声响。

关清柔挑眉看他一眼，动作优雅地放下杯子。"怎么了这是，火气这么大？"

周陆坐在旁边的单人沙发上，声音沉缓，像是跟她反馈最新消息。"简橙走了，她提离婚，小叔不同意，她就直接走了，下午四点的飞机，也许，再也不回来了。"

关清柔似乎并不意外，她拿起另一个杯子，倒杯茶递给周陆。

"不是挺好吗？你不想她受伤害，她离这里远远的，我就不会动她，她走了你应该高兴才对，你生什么气？"

周陆接过杯子，温度正好，他喝完，把杯子贴着掌心攥紧。"现在所有事都在按着您的计划走，简橙也离开了，您能告诉我了吗？您在这件事里，到底扮演什么角色？"

扮演什么角色？关清柔没给自己定义角色，倒是把整件事跟他说了。

191

最开始，是苏蕴想在微博赌一把，逼周庭宴念着过去的情分选自己，章珍觉得她这把火烧得不够旺，达不到效果。

章珍觉得，最好把简橙和周聿风的事带出来。这样，简橙差点成为周庭宴侄媳妇的事就会曝光。她觉得，事情闹大了，像周庭宴那样身份的男人，为了脸面，就不会再选简橙。而苏蕴呢，虽然在娱乐圈，但一直没有绯闻，干干净净，又跟周庭宴有一段容易让人误会的过去，周庭宴是可能选她的。

换作其他男人，章珍的办法是可以的，但周庭宴不是其他男人。周庭宴爱上了简橙，他本身又是唯我独尊、不惧流言的人，他做事，根本不在乎别人的看法，不然当年也不会娶简橙。

章珍不了解周庭宴，所以她去找简文茜商量了。

简文茜是了解周庭宴的，她知道周庭宴的选择肯定是简橙，但还是答应帮忙。因为她了解周庭宴，同样了解简橙，她知道简橙因为周聿风，心里受过巨大的创伤。如果亲眼看到周庭宴帮苏蕴的那些证据，看到那张错位的接吻照，简橙会非常难受。

她就是想看简橙难受，所以她帮忙了。

关清柔也知道，周庭宴会选择简橙，但当简文茜来找她商量对策的时候，她也答应帮忙了。因为她有自己的目的，她要让简橙离开周庭宴。

她、简文茜和章珍，都有各自的目的，锁定的目标人物又都是简橙，所以合作了。

苏蕴以为那个抢行李箱的私生粉是意外出现的，其实是她们设计的一环。

人是章珍找来的。因为那个私生粉经常骚扰苏蕴，以前被拍过几次，用他，事情曝光出来，网友只会愤怒和同情，不会想到他背后有人操控，章珍也更容易引导苏蕴按着她的思路走。

简文茜的作用主要是提供消息。

比如十一月三十号那天，简橙会被家人重创，至于怎么被重创的，关清柔不知道，简文茜没说，只说把热搜定在那天下午四点，保准效果双倍。

梅钰是简橙小姨，简橙当年因为一张照片，毁过梅钰一部电影的事，也是简文茜说的。她说苏蕴刚杀青的电影就是梅钰的，以简橙的脾气，她宁愿去微博认领"小三"身份，宁愿把周庭宴送给苏蕴，也不会再毁了梅钰的电影。

有这个前提条件在，就算热搜闹得再大，周庭宴也一定会保苏蕴。因为苏蕴毁了，梅钰的电影也毁了。

私生粉挟持苏蕴的主意是关清柔出的，因为她了解周庭宴。热搜闹得那么大，他只能撤热搜，不能动苏蕴，他心里会很憋屈、很愤怒，尤其章珍那通稍有漏洞的电话。

他觉得是苏蕴设的局，就一定会回去。因为他是个一旦抓住机会就速战速决的人，他肯定会掉头，想一次性解决苏蕴的事。

客厅里，周陆听完这些话，紧蹙的眉头就没松开过。"所以，那个私生粉一直在陪你们演戏？他是私生粉，怎么可能会听话？"

关清柔动作优雅地拿起茶壶给自己续杯，神色间略带嫌恶和嘲讽。"怎么不会？每个人都有欲望，对症下药就行了，那个私生粉整天臆想苏蕴是他的，看得到却碰不到摸不到。"

章珍也是个狠人，偷拍苏蕴换衣服时的照片，让那男人看两眼，并承诺他，只要他把事搞定，她就把照片给他。章珍是苏蕴的经纪人，男人傻乎乎地就信了，主要也是因为看见苏蕴那些私密照片，馋得摸不着北。

她本来没想闹得那么大。其实只要把周庭宴骗过去，让提前埋伏的狗仔拍几张照片，让网友和简橙知道，周庭宴回来第一时间去找苏蕴，并且在苏蕴房间待了很久就行了。

谁也没想到，那男人真是个神经病，被周庭宴稍稍一刺激，竟然真动刀了。

关清柔说完，呷了口茶，抬头看向周陆，突然问他："小陆，你最近有事瞒我吗？"

周陆微愣，下意识摇头。"没有。"

关清柔唇边扬起意味深长的弧度，语气平和地又问一句："真没有？你好好想想？"

周陆再次摇头。

他两次摇头，关清柔似惋惜地放下杯子，轻飘飘地开口："昨天晚上，章珍给我打电话了。"

章珍把她们出卖了。所以，其实昨天下午的时候，简橙就知道她参与了。

简橙知道，周庭宴肯定也知道了，他们竟然一点动静都没有。尤其是简橙，以简橙的脾气，应该会冲过来扇她、质问她，不来，说明简橙应该见过周陆了。

周陆没及时汇报，甚至想瞒她。

关清柔压着唇角，失望地看向周陆："小陆，我不是说过，任何事都不要瞒我，不然我会很生气的。"

她把最后一口茶喝完，放下杯子，拿开身上的披肩。周陆看见披肩下的东西，脸色瞬间惨白，眼睛里是无边的恐惧，身体开始剧烈颤抖。

晚上是孙一森组局，地方是孙一森定的。

秦濯跟周庭宴一起来的，开了快一小时车，又在巷子里绕一会儿才到地方。

于记老鸭煲，挺老的馆子，装修陈旧。

"怎么选在这种犄角旮旯的地方？孙一森太抠门了吧，早知道我给你们安排场子啊。"

秦濯刚到门口就吐槽，周庭宴记得这里，上次简橙感谢孙一森的那顿饭，就是在这里吃的。

"味道挺好的。"

孙一森他们提前到了，四人见了面，孙一森指着身边穿蓝色休闲服的寸头男人，跟周庭宴介绍："梁凡，我原来报社的同事，现在是市属新闻单位的编辑记者。"

周庭宴朝他伸手，秦濯也过来，互相打了招呼后入座。

"小梁之前去英国参加培训，已经回来了，本来啊，早该安排你们见面，但小梁回来后跑了个新闻，耽误了几天。"

知道周庭宴着急，点完菜后，孙一森简单解释，就扭头跟梁凡说："简橙现在是庭宴的老婆，你把你知道的都跟他说说。"

梁凡喝口水，先感慨了一句："当年这事挺轰动的。"

梁凡当年是报社的实习生，临近转正，他从小县城拼命考进大城市，没钱没权没人脉，就想着挖个大的新闻，立个大功，稳扎报社。所以当所有人都在关注简橙如何从山里逃出来，并想方设法要给她做个独家专访时，他的关注点在另一件事上。

简橙被警察送回家那天，他得到消息赶去简家，就见简橙发了疯地朝简文茜扑过去，在二楼的阳台掐着她的脖子，一副要跟她同归于尽的架势。

他听见简橙说，是简文茜害她，绑架她的人是简文茜找的。

这话当时几乎没人相信。因为当年简文茜的名声特别好，孝顺懂事，相反，简橙的标签是嚣张跋扈、被宠坏的小公主。

他也没信，但他当年的想法是，管它是不是真的，先盯着，万一撞大运了呢。所以当所有人都盯着简橙时，他盯上了简文茜，跟了几天，意外听她打过一通电话。

他当时离得不算近，听得不是很清楚，就听见她激动时吼的两句——"简橙跑回来了！'"你确定那人嘴巴紧吗？"

他是记者，从这两句话，他已经能嗅出不同寻常的地方。正好那时候简橙的嘴巴很严，谁也问不出她是如何逃出来的，所以他就集中精力在简文茜身上。

还真让他查到一点东西。

梁凡从旁边的凳子上拿公文包，打开，取出几张照片，先推向周庭宴一张。

"这个男人叫余涛，简文茜没被简家收养时，两人是继兄妹，当年简橙回来后，简文茜跟他见过几次，当时简文茜的那通电话，就是给他打的。"

梁凡把第二张照片推向周庭宴。"这个人，就是当年绑架简橙的人，简橙出事前，余涛跟他见过面。"

周庭宴手里的两张照片，一张是余涛和简文茜的合照，另一张是余涛和当年绑架犯的照片。

他垂眸看着，没说话，秦濯也凑过来看，收起平时的吊儿郎当劲，俊脸阴沉，满腔嘲讽道："还真他妈是简文茜啊。"他完全不能理解。"这女人有病吧，当年简宏云和梅岚都把她当亲闺女，简佑辉对她也好到离谱，简橙这个亲生的，反倒像个养女，她还不知足啊。"

孙一森给周庭宴添满酒，接了秦濯的话："大概，她是想彻底取代简橙吧。"

孙一森当了半辈子的记者，人生阅历可谓丰富多彩，见过各种各样的奇葩事，接触过形形色色的人。看透很多道理，比如，有些人的欲望，是一点点被喂大的。

关于简文茜的事，周庭宴他们来之前，他跟梁凡聊了几句。

梁凡说简文茜在去简家之前，日子过得挺惨。亲爹死了，母亲改嫁，继父酗酒，亲妈滥赌，继兄对她非打即骂，不是正常人能过的日子。后来到了简家，生活发生天翻地覆的变化，简家人又对她太好，她的欲望、贪婪、野心与日俱增。最终，她的劣根，会吞噬她的本性和良善。

等到她的灵魂完全被欲望、贪婪、野心取代，她就见不得简家人对简橙有一丝一毫的关心和爱。当年大概是发生了什么事，让她有了很强烈的危机感，让她极端到要毁了简橙，彻底取而代之。

秦濯认同孙一森大部分观点，有一点不认同。"她的贪婪不是后天培养的，她是骨子里带着恶毒。"

把一个高中没毕业的小姑娘卖到山里去，就三种结果。要么，简橙受不了虐待自杀，永远回不来了；要么简橙认命留在那儿，成为生孩子的工具，也回不来了；要么，简橙被救，但即便被救了，无论她是否清白，名声都毁了，简宏云当年那么要面子，肯定会把简橙送走。

慢慢地，能被人提起的简家千金，就只剩简文茜一个人。

包厢里，周庭宴一直沉默着看照片，漆黑如墨的眸子没有温度，看不出什么情绪，等孙一淼和秦灈说完，他才抬头看向梁凡。"还有吗？"

梁凡把手里剩下的几张照片都给他。"这个绑架犯叫李冠，以前就是个小混混，虽然是个不务正业的，但尤其孝顺，他母亲有尿毒症，没钱看病，吃药硬熬，他入狱后，他母亲肾移植花了三十万。这几张照片是我偷拍的，当时太着急，有两张拍模糊了，是他母亲住院期间的各种缴费，还有进口药……"

周庭宴听梁凡说完，转头看向秦灈，秦灈瞧见他那轻蔑的表情就知道他什么意思，忙解释道："我真查了，没查到你不能怪我啊。"

梁凡帮秦灈解释了一句："我最开始也没往李冠的母亲身上想，毕竟她都离家快三十年了，后来跟他父亲聊天，喝酒套话，无意中知道他和他母亲是有联系的，这才顺着查下去。"

梁凡把该说的说完，略有歉意地看向周庭宴。"我当年就查到这里，后来就没查了，最初是因为工作的调动，离开一年多吧，回来发现简橙那事被压下去了，简橙出国了，还有那李冠，胰腺癌晚期死在监狱了。我那时候想着，李冠死了，简橙也走了，事情没人再提了，我再查下去，回头再闹出什么动静，不是让简橙第二次面对当年的事吗？怪残忍的。师父也劝我，多一事不如少一事，而且我只有几张照片，都是我主观推测的，又没有切实的证据。照片说明不了问题，他和他母亲的账户又没有转账记录，估计当时给的是现金，再查下去，不知道猴年马月……"

这顿饭吃到晚上十点。

周庭宴付账的时候，收银的姑娘不收，说今天免单。

秦灈把胳膊搭在周庭宴肩膀上，刚想说"你魅力真大"，就见那姑娘跟他旁边的孙一淼打招呼，笑容很甜。"你又带朋友过来捧场，一个月来好几趟，上周还免费帮忙修好了水管，我爸说挺不好意思的，今天正好是店庆，让我给你们免单。"

秦灈挑了挑眉梢，这次正眼打量了下那姑娘，她扎着马尾辫，二十岁出头，长相清秀，满满的青春活力。他再看一眼孙一淼，沧桑闷骚的中年男人……

吃了顿免费的饭，秦灈刚出门就调侃孙一淼。"孙主任，一个月来好几趟？还帮忙修水管？什么情况啊，看上人家了？"

周庭宴也看过来。

孙一森对上他的目光,微微红了脸,怪不好意思。

孙一森不知道该怎么解释,就实话实说。"她长得很像心悦,上次跟你们来过一次,后面我自己来了一次,听说他们店这个月的生意不太好,我就又带朋友来了几次,捧捧场。"

心悦。周庭宴很熟悉这个名字,因为之前孙一森喝酒有时上头,喊过几次,是他死去的前女友的名字。

因为都喝了酒,秦濯提前打电话让司机过来接,车子离开巷子的时候,周庭宴突然想起什么,回头看了眼那渐行渐远的招牌。

"于记老鸭煲"。

简橙收到周庭宴消息的时候,是晚上十一点。周庭宴问她睡觉没。

她刚洗完澡出来,头发吹到半干,看到消息就给他回了。

还没,你结束了?

六点的时候,他算着她下飞机的时间给她打电话,确定她平安降落,最后提了句,他晚上跟秦濯有酒局。

消息刚发出去,周庭宴就直接打了视频过来。

简橙接了,脸色变了。

周庭宴也刚洗完澡,在卧室的沙发上坐着,身上是一件黑色睡袍,领口大敞,露出性感的锁骨和撩人的胸膛。腰带没系紧,更像没系,松松垮垮地垂在那儿,头发上没擦干的水珠顺着脖子滑落,一直往下,隐约能看到腹肌。

他像是不知道自己这样子多蛊惑人,还拿着毛巾擦头发,动作慵懒散漫,抬胳膊的动作更让衣领大敞。

简橙:"……周庭宴,你能不能把衣服穿好!"

周庭宴倒不是故意的,他刚才脑子里在想事情,系腰带的时候就随意扯一下,没注意到松开了。他想说——你在的时候,我晚上睡觉什么都不穿你也没害羞,现在至少还穿着睡袍,只是领子敞得大了点,怎么还害羞了?

到底是没敢说,他还是惹老婆生气的罪人,现在嬉皮笑脸,老婆得直接挂电话。而且,她怎么不看看她自己?

黑色吊带丝质睡衣,白皙肩膀本就勾人,刚洗完澡还红扑扑的小脸更有一股挠人的媚。

想抱她,想亲她。看得见、摸不着、吃不着的感觉简直不爽。

这话周庭宴也没敢说，一说，她肯定找个衣服披上，他连看都看不到了。

周庭宴把毛巾放下，乖乖地系好腰带。"晚上吃的什么？"

简橙直接趴在床上了。"大餐。"

确实是大餐，他们下午四点从江榆飞，落地不是在嵩城，是在临市。孟糖的嫂子在那儿出差，喊他们过去，说要介绍一个摄影圈的前辈给她认识。

晚上吃了什么她其实印象不深，因为她整晚都在跟那位前辈聊天，收获颇丰。

周庭宴知道她今天辛苦，也想让她早点休息，直接说重点："当初你要请孙一淼吃饭，那家于记老鸭煲，是关清柔给你推荐的？"

听到关清柔的名字，简橙脑子疼了下。"是。"

当时她在朋友圈问的，关清柔私信给她发的消息，说于记的老板娘算是她的半个师父。

关清柔煲的汤出了名地好。关清柔认可且都喊师父的人，那肯定是有保证的。

她当时还挺相信关清柔，所以就去了。

简橙问周庭宴："怎么突然问起这个？你们今晚在那儿吃的吗？"

"嗯，今晚跟孙一淼吃的，他觉得上次吃着挺好，又选了那里。"

周庭宴没多说，问清楚这事，他就催她睡觉，等挂了视频，周庭宴在沙发上坐了挺久，后来去书房抽了支烟。

会这么巧吗？关清柔这是连孙一淼也算计上了？孙一淼能起到什么作用？

周庭宴给潘屿打了个电话，报了于记老鸭煲的位置。"你让人盯着那个女人，查一下，看她跟关清柔有没有来往，另外，简文茜那边马上要融资，鱼饵可以放了。"

凌晨，两层小洋楼附近，万籁俱寂。

从门缝透进来的最后一道光线彻底暗下去，周柠才敢出门。她光着脚，熟练且小心翼翼地在黑夜中摸索前行，找到拐角的那个房间，蹑手蹑脚地开门进去。

扑鼻而来的药膏味中夹杂着淡淡的血腥味，四周随黑夜陷入死寂，耳边是浅浅的呼吸声。

周柠往前挪几步走到床前，伸手打开床头灯，把光调成暗黄色。

周陆一动不动趴在床上，赤裸着上身，后背的伤已经被处理好，上了药，血止住了，看起来却依旧触目惊心。

"哥。"周柠跪在地上，胳膊肘撑在床沿，轻轻喊一声。

周陆原本是把脸埋进枕头里的，听到声音，慢慢地转过头，看见她，先安抚了一句："没事，不疼了。"

"骗人。"周柠不敢往他后背看，颤巍巍地伸手抚着他汗湿的额头，因为强忍着疼，他那里青筋暴起。她眼泪哗啦啦地往下掉，抱住他的胳膊。

"哥，她就是个疯子，她现在已经完全疯了，你别管我了，你离开这儿吧……"

周柠的情绪有点崩溃。今天周五，她下午没课，中午就回家了，本来想回来拿点东西就走，回来时家里没人，她就回房间睡了一会儿。

不知道睡了多久，迷迷糊糊中被外面一阵噼里啪啦的声音吵醒。开门出去，楼下传来一道破空的鞭子声，随后是一声困兽受伤的哀鸣，她瞬间清醒，惶恐地跑到楼梯处。

眼前的一幕让她眼睛发红。

哥哥缩在墙角，双手抱着头，母亲一鞭一鞭落在他后背，他整个身体诡异地蜷缩在一起。

周柠不敢下去。因为每次母亲打哥哥，只要她去拦，母亲就会把哥哥打得更惨，她不去，母亲抽几下消了气就会结束了。

不能下去，她也不敢看，跑回房间，用被子捂住耳朵不去听。

母亲每次打完哥哥，都会亲自帮他上药，她每次都是等母亲上了药离开后才敢去看哥哥。

房间里，周柠趴在床沿，哭到难以自控，后背凸起的蝴蝶骨更显悲切。"哥，对不起，我要没出生就好了，都是我害了你，我就不该活着，都是我害了你，对不起，我就不该活着……"

周陆慢慢地抬起手，在她头顶轻轻揉了揉，动作牵到后背的伤口，疼得嗓子发紧。"别说傻话，柠柠，哥跟你保证，马上就会过去的，马上就结束了。"

周柠发泄出来，情绪好一点了，去给他倒了杯水，他不方便起身，她就用吸管喂他喝。两人晚上都没吃饭，周柠没胃口，还是偷偷跑到厨房，轻手轻脚地煮了碗面，打了个荷包蛋喂给周陆。

周陆没多少精力说话，吃了饭，胃里舒服一点，后背痛感袭来，他又把脸埋进枕头里。

周柠知道他后背很疼，今晚肯定睡不着，犹豫了会儿，躲在衣帽间偷偷给简橙打电话。

凌晨两点，简橙被手机铃声吵醒的时候，气得要骂人。看到屏幕上显示的名字时，火气又消失，愣了半天。

周柠，周陆的妹妹。

接到周柠的电话，简橙是意外的。因为她回国的这两年，她们也没联系过，她刚嫁给周庭宴的时候，周柠大一。

周陆说周柠上了大学后基本不回家，平时想见她，只能在必须回老宅的传统节日时见。

简橙上次见到周柠，还是元宵节那天，她拿结婚证甩在周聿风脸上那次，她和蒋雅薇撞衫了。两人都穿了旗袍，她艳压蒋雅薇。蒋雅薇尴尬，因为和周柠的身形差不多，周聿风帮蒋雅薇跟周柠借了衣服。

很久没联系的一个人，突然半夜打电话，简橙觉得她肯定是有急事，所以赶紧接了。

结果——

"橙橙姐，你早上有事吗？"

"没事，怎么了？"白天的活动在下午，早上她确实没事。

"那你今晚可以熬夜吗？"

"可以。"

"橙橙姐，我失眠了，你能给我讲个故事吗？"

简橙："？？？"

简橙觉得她不对劲，有点担心，多嘴问了一句："柠柠，你没事吧？"

周柠说有事。"我失恋了，我暗恋好多年的男生，跟别人在一起了，我心里难受，不知道该跟谁说，我想睡觉，可是我又睡不着，白天还有场考试，我又必须睡。橙橙姐，我小时候，除了我哥，你最疼我了，你讲故事哄我睡觉吧，我小时候你也给我讲过。"

简橙想，这小姑娘今晚大概是真的伤心了。

一直喊她橙橙姐，都忘了喊小婶，虽然她现在和周庭宴算闹别扭，但外人是不知道的，连老简也只以为她是工作出差。

简橙想到周陆身上那些疤痕，突然想问问周柠知不知道周陆挨打，想问问关清柔疼她是不是也是假的。话到嘴边，又咽了回去。

罢了，如果周柠知道，她不说肯定是不想说，如果周柠不知道，说了也是让她徒增烦恼。

"你想听什么故事？"

"什么都可以，只要是橙橙姐讲的故事都可以。"

简橙知道的故事不少，以前奶奶哄她睡觉的时候会讲故事。

一个故事讲完，周柠说还睡不着。"橙橙姐，你再给我唱首歌吧。"

简橙："你想听什么？我会的歌不多，曲库贫乏，还跑调……"

周柠："我不知道歌名，就听我哥唱过，开头那句是'石头剪刀布，你输了总会哭'。"

简橙还真会唱这首，回国后她经常被周聿风气到心情郁结，周陆会带她去KTV唱歌，给她一个话筒，让她唱《青藏高原》，说飙高音心情好。

她吼累了，周陆就唱轻快的，《石头剪刀布》是他每次必点的，听多了她就会了。

一首歌唱完，简橙问要不要再来一首，周柠说不用。"谢谢橙橙姐。"

挂了电话，周柠把刚才录下来的故事和歌曲，都发到周陆的手机上。

从衣帽间出来，她拿起周陆的手机，密码输简橙生日，打开微信，先点开那首歌，调小声音播放，选循环模式。最后把手机放在他枕头旁，悄悄地离开。

周陆把脸从枕头上抬起来，慢慢转头，闭上眼，耳边是简橙清脆悦耳、稍微有些跑调的声音。

我们手牵着手一起长大，天边云卷云舒说着童话。

多想陪你一起浪迹天涯，你的心里也是这样想吗？

只要在你身边就不害怕，梦想和你一起青丝到白发。

周柠回到房间，在窗前坐了很久，又拨出去一个电话号码。

"大哥，妈又打哥哥了，这次打得好重，哥哥后背都血淋淋的，大哥，我快受不了了，妈最疼你了，你能不能再劝劝她？"

电话里，何润长长一声叹息。"如果她听我的，今天就不会打小陆。"

周柠打开窗户，任由窗外的冷风刮在脸上。

"大哥，是不是我死了，哥哥就不用再忍了？"

"柠柠！"何润听到那边的风声，急声喊她的名字，平息了呼吸道，"柠柠，去找周庭宴吧，去找你小叔……如果你不敢，就去找简橙，你听大哥一次劝，去找简橙，现在只有简橙能帮到你，去找她吧。"

嵩城的珠宝品牌店庆活动，简橙还有任务，担任这次活动的主要摄影师。

孟糖说，这是当初跟品牌方谈合作的时候，额外赠送给对方的福利，所以简橙拿到邀请函，不是当嘉宾，是来干活的。

孟糖说这叫以小谋大。"你以为我那么好心让你去当免费劳动力？不，我盯的是他们代言人的位置，他们有一个系列的广告代言马上到期，要换新的代言人，我准备给你拿下拍摄的工作。"

简橙知道不是，当初逛嵩城的时候，孟糖还带她去挑这次活动的衣服，说要美美地出席。她懂孟糖的担心。

她、周庭宴和苏蕴的事刚在微博上掀起过巨浪，虽然已经搜不到了，但看过的人不少，明着不能讨论，私下议论不少。就像今天，她一过来，立刻引来一堆打量和探究的视线。

她又没做错事，走得坦坦荡荡，孟糖担心过度，跟她说实话。"我觉得你现在的状态可能不适合出现在镜头前，本来想帮你推掉，跟总监聊天的时候，听他口风，他们要换新的代言人，我就直接给你接下这份摄影工作了。"

简橙觉得自己的状态挺好。拿着摄像机的时候，比从前更有状态，就是看见米珊的时候，有点影响心情。尤其是活动结束，回酒店休息时，看见从米珊房间出来的秦濯。

简橙想给秦濯一脚。

孟糖倒是镇定，挽着简橙的胳膊，淡定地从两人身边走过去，秦濯一把拉住她的手腕。"我可以解释，我是跟周庭宴一起来的，我是来找你的，刚才是……"

后面的话简橙没听清。

周庭宴？周庭宴也来了？

酒店的走廊里，冷气扑面。

孟糖想甩开秦濯的手，秦濯抓得紧，不让她跑，同时转头望向在一旁看热闹的简橙，从兜里拿出一张房卡递给她。"走到头，右手边的房间，老周在里面等你，他今天还得走，时间不多。"

简橙转头看孟糖，孟糖示意她先走。"我没事。"

简橙接过秦濯手里的房卡，迈着步子先走了，走几步拿出手机，转身对着秦濯和孟糖拍了张照，给林野发过去。

你情敌又来了，再不来老婆没了。

林野在品牌活动上遇见熟人了，没跟简橙她俩回来，留下跟朋友聊了一会儿，聊得正开心，手机铃声响了。他拿出来看一眼，立刻结束交谈。

"我得走了，情敌来了，再不走老婆没了，你明天不回去吧？我们后天走，明晚请你喝酒。"

朋友："……"

简橙离开后，秦濯握住孟糖的手腕没着急松开，他先解释："昨天在机场给你送的点心，我临出门的时候走得急，还有一盒没拿，老周来找简橙，我就跟他一起过来了，我是专程来给你送点心的。"

前半句撒谎了，其实没忘了拿，母亲昨天做了三盒点心，他都给她了。后半句是真的，他确实是专程来给她送点心的，只不过这点心是因为他知道周庭宴要来，特意去买的。

他知道她喜欢吃什么牌子、什么口味，因为她以前经常给他买。

孟糖看一眼倚着门框站着的米珊，米珊身上穿的还是参加活动时的礼服，脚上穿的还是高跟鞋，穿戴整齐，首饰未摘。孟糖的视线往下，锁定在米珊手上设计精致的包装袋上。

应该是点心。

秦濯直接从米珊手上抢过袋子，塞到孟糖手里。

"我五分钟前刚从老周房间出来，因为听说活动结束，你们回来了，我准备出来找你，碰到米珊了。

"米珊说有事跟我谈，关于她正在拍的电影的事，刚才人多，不方便聊，她房间就在旁边，我就进来了。进去不到五分钟，我听见简橙说话的声音，就赶紧出来了，点心放在桌上的，我出来得急忘了拿，米珊帮忙拿出来的。"

他说完，转头看向米珊，以眼神示意她帮忙解释。

米珊正好在这边拍戏，请了半天假过来的，确实不知道秦濯会过来，是偶遇。她本来想添一把火，见秦濯满脸凝重，她是第一次见秦濯这么紧张，也没了玩一下的兴致。

她看着孟糖，实话实说。"他没撒谎。"

孟糖一点点掰开秦濯的手，漠然地看着他。"你不用跟我解释，我们已经没关系了，秦濯，你现在的表现，让我有种错觉，我觉得你想追我。"

秦濯正要开口，孟糖又说："抱歉，我已经答应林野了，准备跟他试试。"

刚出电梯的林野恰好听到这话，看秦濯的眼睛都发亮。

等孟糖往前走了，林野跑过去，一把揽住秦濯的肩膀，兴奋地拍拍他。"秦叔叔，没想到你还是我助攻，以后我和孟糖的婚礼，你必须坐主桌。"

秦濯："……"助攻你大爷！

简橙直接刷卡开门，进去的时候，周庭宴正坐在沙发上打电话。

小圆桌上放着电脑，旁边是一沓资料，他戴着耳机说话，双手快速敲键盘，正忙着呢。看见简橙进来，他比了个手势，让她等一会儿，于是简橙找了个椅子坐。

周庭宴说的是英文，简橙英语挺好，但也听不太懂，因为他说的都是金融业的专业术语，她只能听出他在忙一个并购案。

相机还在脖子上挂着，她闲着，就先选照片了，看到一半，脑袋被人揉了揉。

房间里没别人，她抬头看过去。"你忙完了？"

"嗯。"周庭宴把手递给她。

若是以往，简橙会自动把手放上去，这次，她看看眼前骨节分明的手，再抬眼看看他。"我气还没消呢，我们现在不是能牵手的关系。"

周庭宴微微俯身，凑近她，哑声道："简橙，你好好看看我，跟以前有什么不同。"

有什么不同？简橙睁大眼睛，仔细盯着他瞧。嗯，脸还是那张脸，只是满脸疲惫，漆黑的眸里有细细的红血丝，下巴有胡楂，额前的头发垂下来，有凌乱的野性，更添几分颓然。

她给出结论。"变丑了，更老了。"

周庭宴："……"

简橙好心地帮他找原因。"你昨晚熬夜了吗？熬夜伤身体，尤其是你这种年纪的，该注意保养了，千万不能熬夜，你还没孩子呢，得加强锻炼。"

周庭宴："……"

连着两刀扎下来，周庭宴怕她再说出扎心窝的话，先把话抢了。"我为了今天能赶来见你一面，昨晚通宵加班，今天也一直在忙，好不容易挤出四个小时给你，你不关心一下吗？"

简橙知道他挺忙的。他这次因为热搜的事连夜赶回来，国外的工作耽搁了，老爷子和周百川还在国外，他本来就得赶紧走。挤出几小时来这里，还在加班加点地忙，确实挺辛苦的。

"你吃饭了吗？"现在是晚上六点，正是饭点，主办方那边有晚宴，她和孟糖是回来换衣服的，晚宴六点半开始。

"早上喝了半碗粥，中午没时间吃，晚上也没吃。"周庭宴又去拉她的手，"就是过来陪你吃顿饭、说说话，我就得走了。"

简橙后来没去晚宴，给孟糖打了个电话说一声，她问周庭宴想吃什么。

"吃什么都可以。"周庭宴主要是觉得，现在时间宝贵，想跟她多待一会儿，不想出门。

最后还是吃酒店送来的饺子。

简橙想着，怎么着她都嫁给周庭宴了，现在还没离婚，还是周家的媳妇，所以吃饭的时候就多嘴问了一句："你爸身体怎么样了？"

周庭宴用筷子夹了一个饺子，蘸了作料递到她嘴边。"不太好。"

本来他想推迟两天再走，二哥今早打电话，说老爷子这两天的情况越来越差，身体快撑不住了，让他赶紧回。

他让潘屿买的晚上十点多的机票，这样还能在这里停一下。

这次一走，下次见面不知道是什么时候。

简橙算了下日子，无意识地张嘴咬下他喂过来的饺子。"明天早上我要在酒店修照片，下午孟糖的嫂子带我们去一个私人酒会，给我们介绍圈里的朋友认识，后天去纽约，不然去纽约前我去看他一下？"

周庭宴把她放在蘸料里翻滚的、一直没吃的饺子夹走，自己吃了。"不用。"

简橙嚼完嘴里的饺子，才意识到是他喂的，刚想说她自己夹，不要喂了，就听周庭宴说："他这次闹着去那里，就是想死在那里，他知道自己没多少日子了，根本没想回来，我妈当年死在异国他乡，他说他也死在那儿，才敢去见我妈。他说走的时候，谁也不要陪他，他就想一个人安安静静地走，等他的尸体归了国，再搞形式，办个给外人看的葬礼。"

周庭宴又递过去一个饺子，简橙脸上错愕的神色未收，张嘴含住了。

老爷子这么深情吗？听说年轻时候是个风流种啊，女人一大堆，老婆就娶了三个，很难想象，这样的"海王"临终时会搞得这么深情。

简橙对周庭宴的母亲越来越好奇。关灵，到底是个什么样的人啊？

"周庭宴，"简橙试探着开口，"我能问问，你母亲的事情吗？"

她说完又补了一句："你要不想说，也可以不说，我就是太好奇了。"

周庭宴嚼完嘴里的饺子，拿出手机，手指在屏幕上滑几下，翻过来递给简橙。

简橙接过来，是请孙一森吃饭那天，周庭宴给她看的那张照片。

一家三口。女孩身上穿着学士服，戴着学士帽，站在中间，父母一左一右站在她两边，一人手里拿一束花，她伸开双手，搂着他们肩膀。

"旁边两个人，是我外公外婆，他们有一家规模不大的陶艺馆，日子不能说多富裕，但自足自乐，母亲是独生女，他们把母亲培养得很好。成绩好、会陶艺、会养花、会弹钢琴、会煮茶、会四门外语，教过她的老师都很喜欢她，夸她有礼貌，读书有灵气，干什么都好。她还学过古典舞，她的老师说她有天赋，想让她继续学，以后继承衣钵，但她喜欢天文，她说她要探索宇宙的奥秘，她喜欢天空，喜欢自由。她聪明，也努力，她每天学到很晚，她为了她的梦想，不敢停歇，她考最高的分，考最好的大学，读最好的天文学专业。她都毕业了，简橙，她都毕业了，她离她的梦想，半步之遥……"

周庭宴的声音渐渐沉下去，后面的话淹没在他的哽咽里。

简橙知道他很难过，她不知道该怎么安慰他。因为即便她不知道关灵后面经历了什么，她只听着，都觉得窒息。

后来的事，简橙没让周庭宴说，她虽然好奇，但周庭宴如今的疲惫撑不起他过去那段沉痛的回忆，他晚上还得赶飞机，还有很多事要忙。

她都后悔问了，她应该在他状态轻松、心情好的情况下再问。出于愧疚和怜悯，周庭宴说太困了，提出想抱着她睡一觉时，她没拒绝，知道他累，她就安安静静地躺在他怀里，任由他抱着。

临睡时，简橙为了转移他的注意力，跟他聊天，提到了昨晚周柠给她打电话的事。失恋是私事，她没提，只说周柠最近心情不好，考试前焦虑。

"她给我打电话，我还挺意外的，我以为我们的关系都生疏了。"

周庭宴听她提到周柠，睁开眼睛。

"周柠？她今天早上六点的时候给我打电话了，我当时下楼冲咖啡，没接着，后来给她回过去，她说打错了。"

简橙惊愕，正琢磨着哪里不对劲，手机铃声突然响了，周庭宴帮她拿过来，简橙看一眼屏幕。

周柠。

她直接滑向了接听键。

"柠……"她刚开了口，后面的"柠"还没发音，通话突然断了，再打过去，那边关机了。

简橙愣了下，在周庭宴怀里转个身，大眼睛眨两下。

"关机了，什么意思啊？你用你的手机给她打个试试。"

周庭宴的手机放在床头柜充电，他拔下来，打过去，也是关机。

"我给周陆打一个吧。"简橙觉得不安心，"柠柠下午有考试，她周末也不回家，我让周陆去看看，别出什么事。"

虽然这些年不联系，关系有些疏远了，但简橙还是很疼周柠的。毕竟周柠上初中之前，算是她身后的一个小尾巴，喜欢跟着她跑，叫"橙橙姐"叫了很多年。而且周柠又是周陆的妹妹，她感觉不对劲，就不能不管。

简橙拿起手机准备给周陆打电话，还没拨出去，周柠又打过来了。

她惊讶地抬头，举着手机把屏幕给周庭宴看一眼，周庭宴示意她接，简橙滑向接听键。

"柠柠？"

"小婶。"周柠的声音很快传过来，她解释刚才关机的事，"刚才手机没电，直接关机了，现在充上电了。"

她又解释为什么打电话。"我凌晨两点给你打电话，当时只顾着难受了，现在清醒了，就觉得挺不好意思，大半夜的吵醒你，对不起。"

简橙安静听着，仔细分辨她的声音，听起来好像没什么问题。

"现在还难受吗？"

周柠说："不难受是假的，毕竟喜欢好久了，但是我会走出来的，小婶，谢谢你。"

周柠说还有事，聊了几句就挂了，打这通电话主要是表达歉意。

简橙放下手机，抬头看周庭宴，先跟他说了昨天在机场看到周陆身上疤痕的事，然后才问他。

"关清柔到底想干什么啊，她是不是想夺权？想让周陆拿下京岫？"

周庭宴听到周陆被关清柔打的时候，愣了下，听到夺权，轻蔑地勾唇，疲惫的眉宇间迸发出一股子不可亵渎的高贵范。

"夺权？夺我的权？除非她疯了。"

简橙："……"虽然这副高傲的嘴脸怪欠揍的，但人家说的也是实话。

简橙想到一件事。"你上次说，小湾村那个何润是周陆的亲哥，同母异父的。"她揣测着另一种可能，"何润的眼睛出问题跟京岫有关系，她要报复？可是，何润是她儿子，周陆也是她生的啊，她为了何润，把周陆打成那样，她有病吧她！"

想到周陆整个后背的疤痕，简橙越说越气，差点要开口骂人。

火气烧到太阳穴时，眼前一道人影闪过，周庭宴已经俯身吻下来，唇齿掠过她白嫩耳垂。"我还能待两个小时，不聊烦心的人，不聊烦心的事。"

结婚马上一年，他的吻技已经是大师级别，会撩人，尤其知道怎么让人沦陷。

简橙理智完全被夺走的时候，耳边传来他沙哑性感的声音："简橙，从现在开始，你要为你自己活，江榆的事你别管了，你去追求你的梦想。你想过什么样的人生你就去，你去玩、去闯、去拼，都可以，只要你玩累的时候，记得回家就行。你要记得，有个叫周庭宴的男人，会一直等你回家。周陆那边，我心里有数，我说会把原来的周陆还给你，就不会骗你。"

江榆，主城区某两层小洋楼。

啪！

周柠挂了电话后，手机就被人抢过去，下一秒，脸上挨了一巴掌。

左脸火辣辣地疼，她站在原地没敢动，垂眸看着脚上的拖鞋，也没抬手去揉被打疼的脸。

关清柔走过来帮她揉了。"柠柠，你现在怎么也不乖了？你给简橙打电话干什么？你为什么突然给她打电话？"

为什么突然给简橙打电话？因为周柠一夜没睡，坐在窗前想了一夜，天亮的时候，决定听大哥的劝。哥哥说，橙橙姐离开了，不在江榆，所以她先给小叔打电话了。好不容易鼓起了勇气，结果没打通，后来小叔回过来，她听见小叔的声音，又不敢了。

她不知道，她背负的这个秘密，小叔能不能接受，她怂了。

后来太困，她一觉睡到下午，起来去看哥哥，又听见母亲在给哥哥洗脑，她实在受不了了，就拨通了橙橙姐的电话。

橙橙姐以前最疼她了，比起小叔，她更愿意说给橙橙姐听。

没想到母亲会突然进来，把手机抢过去，先关机，用最温柔的声音，说最狠的话。

"柠柠，你想害死你哥吗？想想你爸爸怎么躺在医院的，你不是目睹了吗？你要毁了你哥吗？你哥那么疼你，你要毁了他吗？"

她妥协，按着母亲说的，给橙橙姐回了那通电话。

她庆幸，给小叔打过电话之后，就把通话记录删了，不然母亲看见她给小叔打过电话，后果不堪设想。

给橙橙姐打电话，她还有理由圆谎。"您昨天把哥哥打成那样，哥哥疼得睡不着，哥哥喜欢橙橙姐，我就想着，让橙橙姐唱一首催眠曲给哥哥听。

"我就是想让哥哥睡个好觉，所以我凌晨两点的时候给橙橙姐打了电话，刚才打电话，是我听说橙橙姐离开小叔了，我想问问橙橙姐，能不能给哥哥一个机会。"

周柠抬头，直直地看向关清柔。"我就是想让哥哥开心一点，我替哥哥遗憾，如果不是您害了他，如果不是我拖累他，他就能跟橙橙姐在一起。"

这是心里话，所以周柠一点不心虚，甚至带着真情实感的怨气。"有时候我真希望，我和哥哥都是三婶生的，我真希望，三婶是我们的妈妈，三婶虽然对外人刻薄，嘴巴毒，但她是最好的妈妈，她会把自己的孩子当眼珠子护着。如果哥哥是三婶的孩子，无论橙橙姐是怎样的人，只要是哥哥喜欢的，三婶肯定会成全，可惜啊，哥哥倒霉，是您的孩子。说句心里话，虽然我不认同您的做法，但是我理解您，真的，妈，如果您的过去是我过的人生，我也会崩溃，我也会极端。可是妈，您的遭遇不是我和哥哥害的，我们是您的孩子，不是您报复的工具，您那么厌恶我们，当初为什么要生下我们？因为您自私，您恨我和哥哥，可您又需要我们帮您在周家站稳脚跟，您用哥哥牵制我，用我威胁哥哥，为了报仇，您机关算尽。您口口声声说，您为了大哥，因为大哥的眼睛是京岫害的，您要毁了京岫根基，可身为受害者的大哥在劝您，劝您放下执念啊，他不想牵连无辜，他也不想您被仇恨的囚笼困一辈子，可您偏偏不听。您说为了关灵阿姨，可大哥说，关灵阿姨临终时也劝您，劝您放下执念，劝您好好过自己的日子，您还是不听。您非但不听，您还要害关灵阿姨的儿子，您还要……"

啪！

关清柔脸上的温柔尽数褪去，阴沉的脸色染着疯狂。"你懂什么，你根本什么都不懂！"

周柠已经把话说到这里，捂着脸，索性把憋了近十年的话一吐为快："我怎么不懂？你就是自私，大哥和关灵阿姨都是被你的自私害的，你有愧，你原谅不了自己，你心里过不去，所以你被仇恨蒙了双眼，所以……"

"柠柠！"

关清柔被彻底惹怒前，周陆及时赶来，抓着周柠的胳膊往后退两步，把她护在身后。

这些年，周柠心里郁火重，怨气重，但从来不敢正面跟母亲硬碰硬，今天是怒火上头了。

这些年母亲脸上挂着虚假慈和的面具，连打哥哥时也是一副平和的模样，今天她是第一次见母亲真正发火的样子。

十分钟，关清柔把她的房间砸得稀烂，枕头都给她拆了，临走时，面目扭曲地指着他们兄妹放出狠话。"这是最后一次，最后一次！"

等风暴终于平息，周柠有些后怕，挽着周陆的胳膊瑟瑟发抖。"哥，对不起，我该忍着的。"

周陆转身，双手按着她的肩膀，认真道："柠柠，以后你就待在学校，尽量别回来，周末或者假期你跟同学去玩，家里的事你别管了。"

周柠不放心他。"那你怎么办？"

周陆伸手抱了抱她，安抚地拍拍她瘦弱的后背，眼睛盯着窗外的方向，慢慢道："我没事，听话就行了。"

周庭宴离开嵩城后，简橙在两天后飞纽约。给一个国外的品牌拍冬装宣传片，这个项目是简橙凭着 Win 十一月刊火了之后，孟糖在一众项目中精挑细选的。

"我打着算盘呢，首先呢，品牌知名度高，这个搞好了，明年的时装周我就能给你拿个大项目。其次呢，这个月来纽约，有无线电城圣诞奇观秀，你喜欢的《歌剧魅影》在百老汇也有演出，工作和旅游两不误。当然了，最主要他们开出的条件尤其丰厚，回头给林野他们多发点奖金，今年都过个好年。"

简橙在飞机上才看到品牌的拍摄要求，整个翻下来，宣传片的拍摄、后期的剪辑工作都是她的。

这倒是没问题，就是这个拍摄主题——初恋？

这有点不好发挥，主要因为她初恋是周聿风，想创意的时候总会被他们的过去干扰，到纽约的第三天，依旧没有半点思绪。

她初恋不完美，所以落笔时总带着哀怨，想不出一个或感人或轻快的故事，没灵感。

孟糖抱歉。"签合同的时候，说是让你自由发挥，来之前他们总裁临时提了这么一个要求，你要是实在想不出来，我再去找他们谈谈，反正合同里写了自由发挥。"

林野等孟糖走了后，偷偷来找简橙。"小婶，我把我的初恋故事授权给你怎么样？不收费。"

简橙觉得他在作死。"你让孟糖看你的初恋故事？"

林野："就是给她看的啊，我初恋就是她。"

简橙："……必须成全你！"

林野第一次见到孟糖是三年前。

那是他大二暑假的第一天，母亲临近中午给他打电话，让他帮忙送份资料，说她忘在家里了，着急用，半小时内必须送到。

他头天晚上跟朋友通宵打游戏，睡得正香，被母亲的河东狮吼震起床，万分不情愿地从被窝里爬起来，简单洗漱后，饭都没来得及吃，饿着肚子匆匆忙忙赶去，还是迟到了十分钟。

他家在市区，去律所的那条路平时就很堵，那时候又是假期，他为了不堵车，骑自行车狂奔。到的时候浑身都湿透了，头发湿漉漉地贴着头皮，整个人跟煮熟了似的。

那天，狼狈到极致的他，遇到了优雅到极致的孟糖。

孟糖是陪她姑姑来的，她姑姑要离婚，他母亲是她姑姑找的律师。

孟糖当时穿一身蓝色碎花长裙，头发绾起来，用一根雏菊簪子固定，天鹅颈又长又白，只看背影，就知道是个美女。

她姑姑谈及离婚的事，哭得撕心裂肺，她在旁边小声安抚着，温柔地给姑姑擦眼泪。

他开门进来的动静有点大，她闻声转过头，林野就没见过眼神那么清澈的人，更没见过那么漂亮的姑娘。

那天他一眼就把人瞧到心里，可惜，孟糖没给过他一个正眼，短暂地对视后，她继续哄她姑姑，他被他母亲赶回了家。

后来林野无数次懊恼，怎么说他也是一米八六的大帅哥，在学校里行情还是挺好的，从高中开始书包里就有堆积的情书。他当时应该先在外面的空调房待一会儿，把头发和衣服吹干，稍微整理一下。

这样，大概孟糖对他能有些印象。

结果呢，那天他一副好几个月没洗头的蠢样，因为熬夜还挂着两个黑眼圈。

孟糖算是在江榆长大的，高中毕业后就留在了江榆，回阳城的时候不多。所以林野第二次见到她，是在一年后了。

他有个发小的哥哥在孟氏工作，需要一个德语翻译，他专业是英语，修英德双语，发小就把他推过去了，他在孟氏待了一周，运气贼好，孟糖那一周天天往公司跑，给她爸送午饭。

他那会儿还说这姑娘真孝顺，后来才知道，孟糖天天去公司找她爸，是因为秦濯缺个未婚妻，她求她爸去秦家说亲。

孟糖的爸妈是真心疼她的，知道秦濯不婚，不愿闺女过去受委屈，一直没松口。后来孟糖求了她爷爷，老爷子心疼孙女，亲自去了秦家，她和秦濯才订了婚。

林野那会儿不知道这件事，甚至不知道秦濯的存在，他只知道，能天天见到孟糖很开心。

他尝试过接近她，比如看她进电梯，他马上跟过去，假装也坐电梯，比如她去茶水间倒茶，他也会跟着去。

他下雨没带伞，准备冲出公司的时候，她还帮他打过伞，她低血糖在茶水间晕倒的时候，他还抱她去过医院。

可惜，她对他竟然一点记忆都没有。

那个狠心的女人，她竟然不记得他。

后来知道她和秦濯的事，知道她暗恋秦濯那么些年，林野才慢慢理解她了。

秦濯对外一直说不婚，突然要相亲了，她等了那么多年，肯定很高兴。整个心思都在秦濯身上，哪儿有时间和精力分给他这么一个外人。

不过那会儿他不知道。他只知道自信心被打击了好久，最后，他决定好好上课，暂时把心静一静，先好好毕业，然后去江榆找她，再好好追她。

结果他迟了一步，再见面，她已经有未婚夫了。

不过也不算迟，她很快又恢复单身了。

林野洋洋洒洒讲了一大堆，简橙能借鉴的其实不多。能用笔圈出来的元素，就俩字——暗恋。

林野对孟糖的爱很直白，学生时期的爱内敛，毕业之后是直白。她也喜欢这样直接又真挚的感情，但大概是女人和男人关注的重点不同，用在作品创意上，她总觉得故事缺了戳人的点。

果然，她交上去又被打回来。

孟糖骂骂咧咧地回来，拍摄要求又添几页纸。"他们总裁有病，你看着改，改不好咱就撤，不惯他的臭毛病。"

简橙把新要求看完，在原有的创意上，给林野立了个痴痴等待爱人回头的高冷深情人设。

她把策划案给孟糖，孟糖看了之后沉默挺久，简橙以为她不满意，想说再改改，结果孟糖说一句："前期像林野，后期像浪子回头的秦濯。"

简橙茫然地"啊"了一声，她这几天脑子疼，就按着要求来的，也没认真思考改成什么样了。

错愕间，孟糖的情绪已经正常，说"就这样吧"，后来没忍住，又开始吐槽品牌。

"我真服了，这品牌的总裁脑子有病，人家拍服装，就拍个静态或者简单的动态就好了，显出来衣服美不就行了？他非得拍出电影质感来，要求一堆，要初恋主题，还要指定元素，我 ×，你一个卖衣服的，整这么多戏！"

在孟糖的吐槽中，宣传片终于拍完了。前前后后，从创意、拍摄，到后期剪辑，半个多月。这期间，简橙和周庭宴一直没见过面，包括十号那天——两人的结婚一周年纪念日。

周庭宴在伦敦，本来要飞到纽约来看她，但医院给老爷子发了几次病危通知书，病情反反复复，不知道哪一会儿就闭眼，简橙没让他来。

她不是个注重节日的人，连生日她都不过，更何况这种纪念日。有时间就过，没时间就算了，她不能要求周庭宴在那么辛苦的情况下，还飞几个小时来陪她过节。

她也没去。倒不是因为她跟他置气，她不去，是因为那天她去见了一个特别重要的人。她的恩师，当年把她从深渊拉回来的人。

恩师来纽约有事，只待一天，知道她在这儿，约她吃饭。

他们很多年没见，有说不完的话，一顿饭吃了三个小时，听说她结婚了，师父很惊讶，问她对方是不是那个她喜欢很多年的竹马。

她说不是。"他叫周庭宴，是周聿风的小叔。"

"周庭宴？"听到这个名字，师父更惊讶，看了她很久，慢慢笑了，慈祥的脸上满是感慨和欣慰，"简橙，你记不记得？当年你要离开时，我说过一句话，我说你现在已经战胜了心魔，我的任务也完成了。你当时问我，什么叫任务完成了，是不是你的心理医生拜托我的，我当时没回答你。事实上，确实有人拜托我，但不是你的心理医生，而是你现在的老公，周庭宴。包括你当年的心理医生，我们都是朋友，我们都是周庭宴找来帮你的。当年真正救了你的人，是周庭宴。"

简橙那晚回去，想立刻飞到伦敦去见他，可惜太晚了，没票。

第二天给周庭宴打电话，听到他声音里的疲惫，忍着没说，知道他特别忙，她就没去打扰他，想着这边的事情结束后再去找他。

结果这一忙，就忙到十二月底。

简橙的工作是在圣诞节的前一天结束的，周庭宴现在在医院和项目部两头跑，怕她去了伦敦无聊，打电话让她和孟糖几人在纽约玩几天。于是他们好好玩了几天，玩出两件大事。

孟糖和林野在一起了。

简橙怀孕了。

秦濯是在林野的朋友圈看到俩人官宣的，当时他在秦颖之组织的酒局上，秦颖之跟人谈合作，他来帮忙挡酒。

酒过三巡，他拿手机看了下朋友圈，原本是想看看孟糖有没有发东西，她最近在纽约，偶尔会发风景照。

他点开，第一张就是林野发的照片——他和孟糖牵手的自拍照，两人对着镜头，牵着手，笑得甜蜜。文案就俩字：老婆。

他手里的酒杯滑下去，"咔嚓"一声，整个包厢突然安静下来。

秦颖之结束跟旁边人的交谈，转身问他怎么了。

秦濯没说话，眼睛失神地盯着手机看，秦颖之把他手机拿过来，看到那张照片，沉默了很久，最后气得踹他一脚。"活该！"

秦濯那晚喝了不少酒，回去的路上给孟糖打电话，孟糖没接，他就给简橙打，简橙也没接，又给林野打，还是没人接。

最后，他给周庭宴打，周庭宴直接挂了。

他火气上来准备再打，周庭宴的消息发过来了。

我要当爸爸了，现在跟你不是一个层次的人，你老婆都被人抢走了，你不吉利，没事别老给我打电话。

秦濯的电话，简橙和孟糖都没听到，林野是没来得及接。因为电话打过来的时候，他们在医院。

这事得从圣诞节说起。

工作在圣诞节的前一天结束，因为周庭宴圣诞节和元旦都没空，所以简橙就没去找他。这次她是带着团队过来的，给了团队一笔丰厚的过节费，让其他人自己选择去玩或者回家，她和孟糖以及林野趁着两个假期，在纽约逛了一圈。

无线电城圣诞奇观秀他们看了，《歌剧魅影》在百老汇的演出他们去了，时代广场举行的水晶球降落仪式他们也凑热闹了。

写满新年愿望的彩纸从天上飘落前，周庭宴的视频打过来。"让我也看看。"简橙把手机直接给了林野，让林野举着手机给他看，她自己举着相机拍。

周庭宴让林野把镜头对准简橙，于是林野全程对着简橙拍。

辞旧迎新倒计时的时候，林野提醒周庭宴许愿。"许了就能实现吗？"

"那谁知道，许了再说，反正我许了，我刚才和孟糖表白了，她说她想想，我希望离开纽约前她能答应我。许呗，又不要钱，万一成真了呢。"

"我想和简橙早点见面。"

"你这太简单了，说一个你最希望的、最渴望的、最迫不及待的。"

"我想和简橙有个孩子。"

回去的时候，林野把周庭宴的原话告诉简橙，简橙听到"孩子"，完全没放在心上。两人都见不到面，她还能自己受孕给他生个孩子出来吗？等有时间见面再说吧。

把这事抛在脑后，简橙和孟糖开启寻觅美食、看音乐会、疯狂购物模式，林野负责在后面拎包。

小姨的电影是一月底开机，周庭宴说他十号之后才有空，所以简橙买十一号的票飞伦敦，孟糖和林野同一天回江榆。

因为是第二天的飞机，十号这天简橙没出门，一直在酒店睡觉，临近中午的时候，孟糖跟林野出去了，回来告诉她："我跟林野在一起了。"

简橙听了，一半高兴，一半心酸。

高兴是因为她觉得林野比秦濯更适合孟糖，至少林野的感情是真挚的、热烈的、专一的。至于秦濯，周庭宴虽然表面不站队，但偶尔也会帮秦濯说句话，意思是秦濯已经变了，他心里是有孟糖的。简橙也不瞎，秦濯那样的人，如果心里没有孟糖，他不会两次强吻她。她相信秦濯对孟糖有喜欢，但秦濯这样的男人，让人太没有安全感了。

心酸是因为毕竟秦濯是孟糖喜欢了那么多年的人，也占据了她整个青春。她能感同身受孟糖的痛苦，她经历过，她曾许愿，一定要让孟糖得偿所愿。可惜了，终究还是年少一场梦，回首一场空，徒留遗恨。

两人躺在床上聊天，孟糖说："我跟林野说了，我们先试试，我会用心对待这段感情，如果相处起来觉得不合适，那就随时分开，如果合适，我们会结婚，会要孩子。"

听到"孩子"，简橙又想起在时代广场倒计时那晚，周庭宴许愿，想要个孩子。

孩子……孩子……

简橙突然想起什么，猛地从床上坐起来，"姨妈"上次什么时候来的？这次是不是没来啊？上个月没来，这个月到今天都没来。

完了完了，她就说不能侥幸。

孟糖听她嘴里碎碎念，听出关键信息，眼睛亮晶晶地盯着她肚子。"什么意思？我女婿来了？"

孟糖从高中就开始念叨，简橙生儿子，她生闺女，订娃娃亲。想着女婿来报到了，她很是激动，抬头见简橙无语的表情，后知后觉想到还没确定呢。

酒店旁边就有药店，孟糖把简橙按在床上，自己兴冲冲地跑出去买测试纸，买回来就催她赶紧测，那兴奋劲好像是自己怀孕了。

她怕不准，一下买了四个牌子。

简橙全用了，全中了，最后还是去了医院。检查结果一致。

算算时间，就是苏蕴告诉她关清柔有问题那晚怀上的，以前她和周庭宴都做保护措施，就那次没有。还是她主动，她控局。

就那一次没戴，就中奖了，她可真幸运。

只能说，周庭宴你可真牛 × ！

用手摸摸平坦的小腹，简橙心里有说不出的滋味，既高兴，又惆怅。

孟糖挽着简橙的胳膊，拿着化验单，兴奋地跟医生交谈，林野先出来了，因为他手机铃声响了。周庭宴打来的。

孟糖答应跟他在一起后，林野就发了朋友圈，一帮人评论，消息和电话就没停过，现在他小叔打来电话，也是因为那张官宣照片。"你和孟糖真的在一起了？她答应你了？"

"是啊。"

电话里一阵沉默。

林野揣摩着他的意思。"小叔，你因为我和孟糖在一起了，特意打电话给我，说明其实你心里还是希望孟糖能给秦濯一个机会，你还是偏向秦濯的，对不对？"

周庭宴："抱歉。"

周庭宴没办法反驳，实话实说，他确实希望孟糖能给秦濯一个机会。如果秦濯对孟糖没感情，他自然支持林野，可秦濯的改变他看在眼里。而且秦濯亲口跟他承认了，他想追回孟糖，他说孟糖执意要解除婚约的那天，他有结婚的冲动。

秦濯的过去他无法评判，他只知道现在的、未来的秦濯是好的。他们有三十多年交情，他比谁都了解秦濯，他这次是真的沦陷了。

人都是会偏心的，周庭宴也不能落俗，林野在他心里的分量没有秦濯重要，他更希望秦濯圆满。可孟糖既然已经做了选择，他也不能说什么，毕竟是孟糖自己的感情，他得尊重她。

打这个电话，他只是替秦濯确定一下他们是不是真在一起了。惋惜而已。

"小叔。"林野站在过道里，透过窗户看向外面，"孟糖给过秦濯太多机会了，她初中就喜欢他，这么多年了，秦濯只要一回头就能看见她，可那时候他在干什么？他在一个接一个地换女朋友。这是孟糖自己的暗恋，不怪秦濯，行，不怪他，暗恋暂且不提，那他们订婚之后呢？孟糖给他当了快两年的未婚妻，他怎么对孟糖的？我不知道他们相处的细节，孟糖在我这儿从来不说秦濯的坏话，但我能感受到，孟糖不快乐。小叔，这么多年，哪怕秦濯回一次头，就没我什么事了，孟糖等他太久了，人得往前看啊，没有谁能一直在原地停滞不前的。"

周庭宴没再说什么，真心祝福。"恭喜你。"

临挂电话时，林野琢磨一件事，犹豫了下，还是跟他说了。"小叔，有件事我觉得应该告诉你，小婶怀孕了。来医院的路上，我听她的意思，好像不想告诉你，我觉得还是要跟你说一声。我妈当年怀孕的时候，我那花心萝卜爹一直在忙，整个孕期都是我妈自己熬过来的，这事我妈在心里记了很久，两人后来经常为这事吵架，越吵感情越散，最后我那渣爹跟人跑了。你现在先当作不知道这事，如果小婶告诉你，你一定要装作很惊喜，如果小婶不告诉你，你甭管找什么理由，她孕期的时候，你一定要经常陪她。女人嘴上不说，其实心里特别在意。"

秦濯打来电话的时候，简橙和孟糖还在医生办公室，手机都在包里，包都被林野拿着。

林野在跟周庭宴打电话。

简橙和孟糖早上睡懒觉，手机调的是振动模式，这会儿没改过来，林野专注跟周庭宴说话，没察觉到包里的手机振动，直到秦濯的电话打到他这儿。

"秦濯给我打电话了。"

他把该说的都说完，想接秦濯的电话时，秦濯挂了，正好简橙和孟糖出来了，他就把手机放在兜里了，想着抽空再给他回电话。

周庭宴挂了电话后，满脑子都是林野那句"小婶怀孕了"。

怀孕了，简橙怀孕了。

他要做爸爸了。

他和简橙有孩子了……

秦濯电话打过来的时候，周庭宴准备接的，手太抖，滑半天没滑开，最后不小心滑到了拒接键，给挂了。

他去洗手间用冷水洗脸，清醒了些，知道秦濯因为什么打电话，本来想劝，拿起手机又想到林野那句"孟糖给他当了快两年的未婚妻，他怎么对孟糖的？"。

确实，秦濯这两年浑蛋得欠揍，他都不知道警告过他多少次，就作吧，现在老婆跑了，怪谁？

有微信消息进来，秦颖之发的，说秦濯喝了很多酒，心里不痛快，让他劝劝。酒鬼听不进话，听了明天也会忘，所以他先发个消息过去，让他明天截图当屏保，长长记性。

秦濯昨晚喝太多，被又气又心疼的秦颖之带回家了，周庭宴收到秦颖之的消息，知道秦濯酒醒了就给他打电话。

"给你买了上午的票，赶紧滚过来，我就一下午的空陪你，晚上我老婆就来了。"

林野想起来给秦濯回电话的时候，秦濯已经在周庭宴的酒窖悔悟过去，忆苦思甜。他没接林野电话，直接给他挂了。

"肯定是来显摆的，肯定是来炫耀的，我就不接。"

他抱着周庭宴的胳膊哭。"不对劲啊，以前分手那么多次，我都不难受，都是好聚好散，我现在怎么那么难受啊。"

周庭宴安慰半天，等他哭得差不多了，揉揉他的头发。"没事，等我闺女生下来，给你当干闺女，孟糖肯定要当干妈，你当干爸，不给林野当，这样，你们俩也算圆满了。"

秦濯："……"

这货绝对是来显摆孩子的！

简橙第二天去机场的时候，接到简文茜的电话。"简橙，算我求你，你能不能让周庭宴高抬贵手，给我一条生路。"

简文茜这辈子做过两件最后悔的事。

第一件事，是当年一时冲动，让继兄余涛找人绑架了简橙。那天之所以生出那样的歹念，是被嫉妒燃烧了神经，失控了。大家都说她在简家的日子过得舒服，其实也煎熬，因为她身后有个吸血鬼。

余涛跟她母亲一样，滥赌成性，简宏云把她带回简家时给了余涛很多钱，他全输完了，没钱就来找她要。

她没办法，她也想摆脱余涛，可余涛手里有她不敢面对的过去，有她的不堪和把柄。她没办法摆脱他，只能一次次被他威胁。

记不得是哪天，余涛又来要钱，她把身上所有的钱都给他了，他说不够，让她回家要。她回家了，想着把梅岚和简佑辉送给她的首饰给他，让他拿去卖，结果到家听到一件事。常淮路，老太太临终前竟然把整条常淮路都给简橙了！

那条路简文茜知道，简家祖辈留下的产业，那可是座金山，什么都不干，光收租就能吃一辈子，简宏云那时候投资接连失利，一直想要。她以为老太太至少会留给简佑辉的，简佑辉的东西，只要她想要，她都能拿到手。

可是，老太太竟然留给了简橙。

老太太不只给简橙留了那条路，她还立了遗嘱，把名下的房产、存款和基金分大半给简橙，小半给简佑辉。

要不是无意中听见梅岚和简宏云聊天，她都不知道，还不到十八岁的简橙，已经是隐形小富婆。

她嫉妒啊，简橙怎么就那么幸运啊？什么都不用干就什么都能拥有。她最气的是后来简宏云和梅岚商量，说老太太的遗愿是要给简橙过十八岁生日，办一场风风光光的成人礼。他们打算给简橙办，说简橙一直记着这事，当初他们答应了她的，如果不办，简橙不知道又要怎么闹。

过生日？怎么能让简橙过生日呢？从前，只要简橙过生日，她这个养女的身份就要被人指指点点，那些人拿她跟简橙比较，说简橙比她漂亮，比她有气质，说她跟简家人格格不入。说简橙是金尊玉贵的小公主，她像陪衬的野鸭子。

所以每年简橙的生日，她都生理性厌恶。

终于，当她积压的躁郁和嫉妒难以纾解的时候，她知道了一个秘密。难怪简家会收养她，原来她的亲生父亲赵军是被简佑辉害死的。

说实话，简文茜对生父赵军没什么感情，她是恨他的，因为他在外面找女人，母亲才会把怨气全撒在她身上。她的童年是在棍棒下度过的，赵军出轨，母亲打她，只要母亲打麻将输了就会揍她，她就是个出气筒。

她恨赵军，但赵军的死倒是成全她了。

既然简家人因为赵军对她有愧疚，那她就利用好了。像简橙的生日，正好是赵军的忌日，她知道简宏云看重风水，就演了一出鬼上身，装作赵军来找他们了。

她演得不错，简橙从十岁开始就失去了过生日的资格。

一直这样不好吗？为什么非要给简橙搞一场盛大的成人礼呢？

这些年外面那些人都快忘了她是养女，都知道她是简家最受宠的孩子，都巴结她、讨好她。如果时隔这么多年，突然给简橙搞一场隆重的成人礼，外面那些人不知道会怎么想、怎么传，她辛辛苦苦摘掉了"养女"标签，又得被打回原形。

如果没有简橙就好了。

如果没有简橙，她就是简家唯一的女儿，简橙拥有的一切都是她的，常淮路是简佑辉的，简佑辉的就是她的。常淮路每年的租金就够她打发余涛那个无赖、流氓。

所以当余涛再来要钱的时候，她告诉余涛，只要解决简橙，简家的一切是她的，她会分给他一半。

简文茜那时候已经毕业，进入长盛开始接触项目，投资嘛，有赌的成分在，有风险，但如果抓住机遇，得到的利益是不可限量的。

所以她赌了。

如果当年简橙没回来，当年她赌赢了，那么她这辈子都不会后悔，她甚至会庆幸当时做的决定。

可她赌输了。简橙现在完全没受影响，反倒让周庭宴爱上了她，甚至为了简橙一直在查当年的事。为此她出差躲了半年。

半年后回来，简佑辉不知道被哪个该死的洗脑，要相亲，要跟她划清界限，还要把对前妻的愧疚都给那个汪念念。

她太知道"愧疚"这两个字在简佑辉心里的重量。因为愧疚，简佑辉这些年对她的纵容无底线，如果简佑辉把愧疚给了汪念念，他就真的会跟她疏远。

她嫉妒上头，吻了他，结果被简橙摆了一道，被梅岚看见，二十几年的讨好和算计一夜成空。

简文茜做过第二件后悔的事，就是当年帮蒋雅薇追周聿风。非常后悔。

如果早知道简橙会跟周庭宴在一起，她当年绝对把简橙和周聿风用绳子绑一起，他俩必须"锁"死，谁也不能破坏。

现在好了，她帮蒋雅薇拆散了简橙和周聿风，简橙嫁给了她看中的周庭宴，周庭宴帮着简橙对付她。

她以为周庭宴断她一只胳膊出出气就结束了。

没有！那个阴险狡诈的狗男人，竟然跟她玩阴的！

她手里有个生物科技公司，规模不算大，但也不小，专攻 AI 医疗影像技术。

这几年，AI医疗影像技术市场规模增长迅速，她瞄准了这是一块肥肉。主要也是因为长盛有投资，这块一直都是她负责的，她经验丰富，门路多，资源广。虽然是啃长盛的肉喂养大的，但她确实是下了苦功夫的，砸了不少钱，费了很大心力。为了开疆拓土，她需要大量资金，不能明着来，她甚至找上了在银行金融市场部的同学。

她早就知道内幕消息，知道那同学利用职位之便把手伸到债券市场了。以前无视是各扫门前雪，如今她门前的雪厚了，自然想跟他借一把扫帚。于是她用这个内幕，换高一倍的份额，有门路来钱就是快，这两年她赚得很多。

寻常的投资来钱慢，公司的花销主要都从这里来。

结果，周庭宴直接断了她的财路。

其他钱投出去暂时挪不过来，融资没人投，她研发资金链断了。

周庭宴既然能查到她的资金动向，肯定也摸清她公司了，没人投资肯定也是他搞的鬼。整个十二月，她忙疯了。她好不容易通过朋友找到一家叫荣鑫的投资公司，对方感兴趣了，为了那唯一的希望，她熬了几个大夜做数据，磨破嘴皮子阐述价值和潜力，好话说尽，喝酒还喝到吐。

终于，荣鑫资本愿意投了，不过有条件，要么给控股股东的位置，要么她签个排他协议。

控股股东她是不可能给的，给出去，他们控股以后问题多的是，所以她选了签排他协议。

之前在长盛的时候，她也跟企业签过，双方达成一致就行了。

虽然排他协议一签，她就不能再找别的投资，其他资金也进不来，但她可以接受。因为荣鑫是她唯一能找到的靠谱的、名声好的救命稻草了，反正有周庭宴在，也不会有别人来投资。

结果，她紧抓的这根救命稻草，是周庭宴送来的索命绳。协议都签完，荣鑫那边开始各种跟她周旋，她也品出来了，对方就是想用排他协议拿捏她，要她的研发专利权。

她找荣鑫资本的总裁，上门堵他，那总裁最后跟她说实话，语气挺无奈。"谁让你得罪我表叔呢？你也是厉害，我表叔一个老好人，广结善缘，你竟然能把他惹生气，那你不是活该吗？

"我表叔是谁？姚成仁啊。"

姚成仁这人简文茜知道，耀安集团的董事长，一个肚子里没墨水、偏偏运气好到爆的蠢货。据说是周庭宴的头号粉丝！

简文茜还有什么不明白的？她无语了，千防万防，防着京岫，甚至防着秦氏，防着长盛，她小心地躲开他们，结果踩了姚成仁的坑。

表面看她踩的是姚成仁的坑，但这坑肯定是周庭宴挖的！

果不其然。一个电话打过去，姚成仁说："我跟庭宴认识这么多年，就没见他给其他女人挖过坑，你是第一个。你说你惹他干吗？我都不敢惹，你求我没用，你直接求他吧。"

于是她给周庭宴打电话。

周庭宴说："求我没用，你求简橙吧。"

简文茜当时气得差点原地升天。

好嘛，她拼了那么多年，到头来她的生死存亡，只在简橙的一句话。

不求行吗？当然不行。

她现在被周庭宴逼到了死胡同，当初她签了排他协议，只能靠荣鑫资本，现在，要么她认栽，乖乖给对方研发专利权，要么让他们控股。哪个她都不能给，给了，她费尽心机打下的江山，早晚被周庭宴吞了。可是不给，她就成了瓮中鳖，还是死路一条，怎么都是个死。

"你求简橙吧。"这话在简文茜脑子里蹦跶两天后，她压下所有火气，给简橙打了这通电话。

事到如今，她也不怕暴露了，周庭宴都知道了，也隐瞒不了。况且简佑辉名下的产业多了，连梅岚那样的家庭主妇都手握几家美容院，她搞个公司怎么了？

以前瞒着，是她想悄悄做大，再给她两年的时间，她就能把长盛这块的资源全吞了，到时候她就不用再讨好简宏云和梅岚。

现在提前暴露也是没办法。

不求简橙，她所有的努力都会白费，相当于她这么多年白干，最后是给简橙打工。

她都要气死了，哪儿还管脸面。

接到简文茜的电话，简橙并不意外。

她来纽约的这段时间，周庭宴每天都会打电话，前两天就把简文茜栽跟头的事从头到尾跟她说了一遍。

"简文茜最多撑两天，她如果给你打电话，你想怎么样都行。"

他预测得还挺准，说最多撑两天，简文茜还真在这天给她打电话了。

酒店有车送他们去机场，简橙让林野和孟糖先上车，她自己留在酒店大厅接电话，找了个四周没人的沙发坐下。

"求我啊？行。"简橙舒舒服服地往后靠着身子，"我先看看你的诚意。"

简文茜知道她不可能轻易答应，做好了被她刁难的准备。"你想怎么样？"

简橙的要求也不难。"十一月三十号的热搜，你、章珍、关清柔——你们怎么谋划的，你把过程说给我听听，我看看聪明如我，到底是怎么栽在你们三个蠢货手里的。"

简文茜："……"

简文茜用五分钟把事情简单说一遍，跟关清柔告诉周陆的内容差不多。唯一隐瞒的就是她知道三十号那天下午简橙会被家人刺痛，选那个时间，效果最好。

简橙问她为什么选那天，她只说是凑巧，事情正好赶一起了，反正这事她没跟章珍说，连关清柔她也没说。至于她为什么知道那天简宏云会告诉简橙过去的真相——简佑辉的司机是她的人，梅岚给简佑辉打电话让他回家的时候，简佑辉在车上。

司机听不懂"火灾"和"真相"是什么意思，她听得懂，知道简橙下午两点会回简家，她就知道，章珍的计划可以开始实施了。

简宏云和梅岚这俩蠢货都是直性子，脑子里只有利益和面子，心思不细腻，甚至连简佑辉也是这种思想。他们竟然想着让简橙知道真相！

她都无语了。告诉简橙真相，就是告诉简橙：看吧，简家没有一个人是真心疼你，就连你最爱的奶奶，也是因为愧疚才补偿你。也是在告诉简橙：看吧，我们为了减轻负罪感，把你献祭，你人生的不幸，是为了成全我们，所有人都知道真相，就你不知道，你在这个家就多余。

简文茜想说，简直太蠢了。不过蠢得她很高兴，因为天时地利人和，方便她们搞事了。

简橙听简文茜说完，问了一句："你和关清柔怎么勾搭上的？"

勾搭？简文茜脑子里想着自己的公司，只能忍下她难听的用词。"是她先来找我的，十月底吧，就是你从小湾村回来的前一天，她来盛辉找我，我看到她时也很惊讶。"

简文茜以前跟关清柔没接触过，但周家的事她听说过。

关清柔是周家几个媳妇中最软弱无能的，除了会煲汤一无是处，而且家世也不好。之所以能进周家，是因为周陆的父亲是私生子，一直在外面生活，回周家之前就跟关清柔结婚了。

都说她命好，也不好。说她命好是因为她那样的身份，撞大运进了周家那样的豪门。说她命不好是因为她进门之后，经常被老三媳妇叶绮欺负，后来老公也摔成植物人。儿子周陆是学渣废物，闺女周柠性格孤僻，跟哑巴一样，一家三口在周家日子过得艰难，是可有可无的边缘人物。

在简文茜认知中，关清柔也是个无足轻重的人。可关清柔打破了她的认知。原来这个世界上戴着面具过日子的人不止她一个。

简橙和周陆的关系非常铁，听说周陆能去京岫还是沾简橙的光，关清柔是周陆的母亲，按理说，关清柔应该感激和巴结简橙才对，抱上简橙的大腿，以后周陆会更好。可关清柔竟然要搞事。

"她说她知道我们俩有仇，她想跟我合作，破坏你和周庭宴的感情，逼你离开江榆，最好永远不要回来，我问她为什么，她说周陆喜欢你。"

周陆有个很旧的日记本，日记是高中时写的，上面写的全是对简橙小心翼翼的喜欢，关清柔把日记本拿给她看，说周陆到现在还喜欢简橙。

"她说她看中了汪念念当儿媳妇，周陆表面答应她，其实不肯娶，周陆还为了你顶撞她，她说你太碍眼了，想把你弄走，先让周陆娶了汪念念。"

简文茜对汪念念的印象挺深。当初就是因为那个女人她才乱了分寸，吻了简佑辉，被梅岚厌恶，毁了她二十多年的经营。简文茜是迁怒了汪念念的，心里一直怨着，只是一直没机会收拾她。

汪念念嫁给周陆？特别好。

听说当年叶绮因为关清柔失了子宫，两人的矛盾很深，叶绮战斗力十足，蒋雅薇都被她气得肝火旺盛，汪念念如果是周陆的媳妇，不得被叶绮收拾得更惨？

当时这个念头冒出来，她直接拍板合作。

不过周庭宴护简橙护得厉害，不好搞，结果瞌睡有人送枕头，关清柔刚走，章珍就来了。然后就有了后面热搜的事。

虽然她们暴露了，但目的达成了。简橙跟周庭宴闹了，走了，周陆最近跟汪念念打得火热。

元旦假期过后，她请人吃饭，路过一家婚纱店的时候，还看到周陆和汪念念进去了。

"我见他俩进婚纱店了，就拍了照片发给关清柔，我问她什么情况，关清柔说，周陆和汪念念去拍婚纱照了。简橙，你当初摆我一道，破坏你哥的婚事，是觉得你哥跟我不清不楚，不想害了汪念念对吧？现在好了，汪念念要嫁给周陆，成你侄媳妇了。"

简橙答应帮简文茜，不过有条件。"现在是一月，你辞掉在长盛集团总部的职位，把你手里的股票抛出去，顺利的话，八月份你能全部抛售，一月到八月，我能保证荣鑫的资金到位。八月后你就能靠自己了，到那时，我会让简宏云开个发布会，宣布跟你解除收养关系，简这个姓你还回来，你改回原来的赵文茜。从今往后，你跟简家再无关系。"

没关系之后，她才能好好收拾简文茜。

荣鑫的资金确实得给到位，周庭宴对简文茜的那个公司很有兴趣。荣鑫那边把核心资料都给他了，他看了，觉得未来发展前景很好。他现在投入研发资金也是给他自己投的，简文茜白忙活一阵，最后还是保不住自己的心血。

简橙说完，简文茜好半天没说话，知道她在生气，简橙也不催。"你好好想想，想好了再给我答案，我不着急，什么时候都可以，只要你能等。"

孟糖和林野本来准备回江榆，得知简橙怀孕后，孟糖不放心，坚持先送她去伦敦。

三个人晚上十点下的飞机。

周庭宴来接机，秦濯也来了。

孟糖没想到秦濯也在，见面的时候，林野用一只手推着行李箱，另一只手牵着她，她下意识抽回了自己的手。

林野看看自己空落落的手，倒是没生气，又主动牵住她。"你不是怕冷吗？我牵着不冷。"

孟糖这会儿才想起自己现在是林野的女朋友了，带着歉意朝他笑笑，任由他牵着了。

秦濯盯着两人握在一起的手，目光晦涩黯淡，整个人僵在原地，一时间不知道该不该上前打招呼，他怕自己冲动下把那碍眼的手拉开。

三人间气氛怪异，简橙这边温情满满。

满得太过了。周庭宴见到她就抱她，抱了快五分钟，她推了半天没推开，最后用手扯他头发，想说再不松开她就喘不过气了。

耳边忽而一道沉重的带着怆然的沙哑声音响起。"他走了，中午走的，他说他看见我妈了，说我妈来接他了，骗人，我妈到死都没原谅他，怎么可能来接他？他骗人。"

简橙愣了好一会儿，才慢慢反应过来。

他……说的是老爷子吧。

老爷子走了。

关灵在伦敦有个庄园。

当初离婚的时候，周老爷子千里迢迢追过来，知道她喜欢这儿的环境硬给她的，她不要他就不离婚。

关灵收了，在这里住了十几年，后来留给了周庭宴，老爷子来伦敦后就一直在庄园住着，哪里也不愿意去。

庄园在远郊，从机场过去要花好几个小时。孟糖觉得跟秦濯坐一辆车尴尬，拉着林野上了后面保镖的车，秦濯跟简橙和周庭宴一辆车，自觉坐了副驾驶座。

后座，周庭宴握着简橙被风吹凉的手，搓搓，问她坐飞机累不累，饿不饿。

简橙没回答他的问题，抽回自己的手。"周庭宴，我说话你听不听？"

"听。"

简橙拍拍自己的腿。"那你躺下，睡一会儿。"

她刚才在机场见到他就吓一跳，眸子里全是红血丝，下巴有密密麻麻的胡楂，身上的黑色大衣也显凌乱。性感是挺性感，就是整个人透着一股颓劲，像熬了几个大夜。

她刚才还没来得及问，就被他拉到怀里抱着，简橙能察觉出他心情低落，所以就任由他抱了五分钟。

回去后他估计也不得闲，老爷子后事一大堆，还得忙，所以现在赶紧让他睡会儿。

车里有空调，简橙把他的大衣脱下来。"你说听我的话，你躺下。"

她往车门的方向挪挪身子，腾出更大的空给他。

周庭宴见她一副"你不睡我就生气"的模样，乖乖躺下了，身子蜷缩在座椅上，头枕在她腿上，好在车厢宽敞，不至于太憋屈。

他本来想撑一下，想跟简橙说说话，结果很快睡着了，握着她的手，鼻息间萦绕着她身上淡淡的香气，她的另一只手还插在他发间慢慢按摩着，困意来得很快，他完全扛不住。

等他睡着，秦濯回头看他一眼，放低了声音跟简橙说："老爷子元旦的时候就不太好了，精神都恍惚，一副随时要走的样子，他跟周百川轮流守着，他不让你来，是他那阵状态不好，也病了，打了几天点滴，我也是来了之后才知道。终于熬过去了，老爷子也好转了。他昨晚还陪我喝了酒，陪我熬到半夜，知道你今天来，特别高兴。谁知道啊，才躺在床上不到半小时，老爷子又不行了。抢救过两回，医生说没办法了，老爷子也不让救了，临走时说了挺多话，走得挺安详……就是说了很多让老周难受的话。"

简橙安静地听秦濯说话，低头看着怀里的周庭宴。想把他垂落在睫毛上的碎发拨开，抬手时发现手被他握着，抽不出来，就用另一只手，指尖落在他苍白侧脸，轻轻慢慢地揉着。

简橙想起秦濯的那个电话，解释了一句："秦濯哥，你打电话的时候，我和孟糖在忙别的事，没听到，后来看到，国内都半夜了，就没给你回，第二天想起来，林野先回的，你没接，直接挂了。"

简橙抬头看他。"你几乎同时给我们三个打电话，应该是问孟糖和林野的事，因为你没接林野的电话，所以我们也没回拨了。"

其实是孟糖说没必要跟秦濯解释，说他们现在没关系，她跟林野在一起不需要跟秦濯汇报，以后结婚了，可以给他送请柬。

这话简橙没跟秦濯说。

秦濯听她提到电话的事，没说什么。他当时其实不该打电话，没立场打，没资格打，完全是喝酒冲动了，清醒后他也后悔了。

幸亏她们没打来。

去庄园的这条路实在太长，后来简橙也靠着座椅睡着了。

秦濯看她一眼，让司机把音乐声调小，空调温度调高，又倾身把周庭宴推醒了。

周庭宴临躺下时跟他暗示了，等简橙睡着了，就把他叫醒，他担心时间久了简橙腿麻。

很快，两人换了个姿势。

简橙坐在周庭宴腿上，靠在他怀里睡着，周庭宴抱着她，低头在她唇上亲一下，靠着座椅闭上眼。

秦濯从后视镜看见全过程，目光微暗，心塞得一塌糊涂。

他想到了后面的那辆车。

孟糖也不能熬夜，以前逢年过节，母亲总要喊她去家里玩，除非有事，否则她晚上十点半之后就得睡觉。她偶尔在客厅沙发上睡着，都是他抱她回房间的。

现在已经是深夜，她该困了，是不是也在林野怀里睡着了？林野会不会也吻她一下？他们接吻了吗？

秦濯不敢再想下去，身子往后一靠，也闭上眼睛强迫自己睡觉。可惜半点睡不着，因为一闭上眼，满脑子都是刚才周庭宴亲简橙的那一幕。

只是周庭宴的脸换成了林野的，简橙的脸换成了孟糖的。

烦死了！

后面那辆车里孟糖确实睡着了。她本来靠在座椅上睡的，林野见她的脑袋乱晃，睡得不安稳，就把她的脑袋按在了自己肩膀上。

他觉得她睡着的样子很可爱，就拿手机对着两人自拍一张。

准备发朋友圈，他又想到前车的秦濯。

算了，还是别刺激秦叔叔了，毕竟年纪大了，老受刺激不好，还是他自己留着欣赏吧。

简橙一觉醒来，已经是第二天早上八点。

周庭宴不在，偌大的卧室里只有她自己。

明明是完全陌生的环境，却给她一种亲切感，大概是因为床头柜上放着她的照片。

是第一次去嵩城拍的照片——她站在那棵古老的许愿树前，孟糖帮她拍的，后来她洗出来了，只是还没拿出暗室，就被简宏云一个电话叫回家了。

后来发生很多事，她都忘了暗室里的那些照片了，没想到周庭宴带过来了。

相框下压着一张便签，是周庭宴清隽的字迹。

橙橙，起来去楼下吃点东西，跟孟糖在庄园转转，我和秦濯出去办点事，中午回。

简橙下楼之后，马上有用人跑过来，态度恭敬地问候几句，然后带她去餐厅。

简橙吃饭的时候跟她聊几句，才知道周庭宴回国之前一直跟母亲关灵住在这里。

周庭宴十四岁才回国，所以这是他小时候生活的地方。

吃了早饭，简橙给孟糖打电话问她在哪儿。

孟糖此刻正趴在林野背上，目光哀怨地往四周扫一圈，先吐槽："橙子，你们家这个庄园太大了。"

早上简橙没醒，周庭宴说让她睡到自然醒，别去打扰她。孟糖和林野吃了饭没事，就说散散步，他们沿着旁边那条河一直走，走到头又拐了几个弯，也不知道走了多久。

她没在意，因为一直在跟林野聊天。

从两人第一次在他母亲的律所里见面开始，聊到她姑姑失败的婚姻，聊到他那花心大萝卜渣爹，再聊到他去孟氏当翻译的那一周。

林野话多，很会聊天，她也被带进去了，回神时已经走得很远了。

准备回去的时候，她脚踩进个小土坑，崴着脚了，林野非要背她，她刚趴林野背上，简橙的电话就过来了。

"我们还得走半个小时。"

其实还可以更快，旁边有用人在干活，他们有小车，让他们送一下很快，林野不愿意，说就想背她。

挂了电话，孟糖伸手戳戳林野的脸。"我其实挺重的，一会儿你肯定会累，要不还是坐车吧。"

林野把她的身子往上托了托。"一点都不重，我还想说太轻了，你以后多吃点饭，越来越瘦了。"

孟糖："……"

明明越来越胖了，在纽约那几天胡吃海喝太放肆，她感觉腰都粗了一圈，回家想减肥呢。

听到孟糖说还得走半小时，简橙就自己出门转转。

庄园很大，一眼都望不到头，她现在的位置是周庭宴自己在庄园里面的独栋别墅。据用人说，这里有十栋别墅，老爷子的遗体在最里面那栋，离这儿最远。

周庭宴之前提过，关灵的骨灰撒向了大海，她临死时自己要求的，她渴望自由。老爷子也想海葬，但他的身份不允许，周家祖宗的规矩不允许，生前他没有自由，死后他依旧没有自由。

他的遗体被火化后，周庭宴和周百川会带着他的骨灰回国安葬，落叶归根，风光大办。周庭宴和秦濯出门就是去忙火化和回国手续的事。

"简橙。"

快走到高尔夫球场时，有辆车在她身边停下。

简橙抬头，后座的车窗降下来，是周成帆。

"三哥。"简橙往前走两步，跟他打招呼。

视线与车内平齐，她才看见里面还坐着一个人。周聿风。

简橙看他一眼就收回目光，继续跟周成帆说话，想着他们应该刚从机场过来，就问了一句："三哥，你们吃早饭了吗？"

"没呢，哪儿来得及吃。"周成帆叹一声，有风灌进车里，他打了个寒战，朝简橙道，"我们先过去，中午一起吃，今天挺冷的，简橙啊，早点回屋吧，我刚才给庭宴打电话，他中午就回来了。"

简橙应了一声，然后直起身退几步，车子从她旁边开过去。

车开远了些，周成帆见旁边的周聿风还朝后看着，半是警告半是提醒地开口："聿风啊，你们这帮孩子中，三叔是最疼你的，当初你非要娶蒋雅薇，三叔怎么说的？你会后悔的。三叔这辈子就没看错过人，简橙有福相，我让你别作，你非要逼着人家恨你，如今呢，你们都各自结婚了，你过得不幸福，那也是你自己选择的，简橙现在过得好，那是人家的造化。现在你和蒋雅薇闹离婚，是你们的事，你们怎么闹无所谓，有件事你得清楚，简橙啊，现在是你小婶。"

言外之意：你后悔没用。

周聿风收回目光，没吭声。

简橙等他们离开后，又往前走了一段，后来接到孟糖的电话，说他们回来了，她才返程，半路有人喊她。

简橙回头，是周百川。

周百川是过来吃早饭的，他昨晚通宵，吃过饭得休息一会儿，不然真熬不住。

"老三和聿风他们都到了，在那儿守着，那边没吃的，我来庭宴这边吃个饭。"周百川解释了一句，然后看着简橙道，"你是在散步吗？我陪你走一会儿？"

简橙看出周百川是有话跟她说。

她虽然跟周聿风闹掰了，但对周百川的印象一直挺好的，记忆里，周百川一直是慈祥的长辈，也没刁难过她。

"好。"

两人沿着高尔夫球场走，周百川先打破沉默："庭宴有没有跟你提过他母亲的事？"

简橙实话实说："他给我看过照片，但当年发生的事他没提，每次提起他母亲，他情绪都不太好。"

周百川看向远方，声音压抑。"不怪他，他能跟你提起他母亲，就已经不容易，至于当年的事，提了，那是在用刀捅他的心窝子。"

当年发生了什么呢，周百川至今不敢轻易回忆，可每每午夜梦回，那些过去又历历在目，总搅得人不得安宁。

他从前也不敢提，如今老爷子走了，好像事情该散了。"我第一次见到关灵的时候才高一，我们学校是关灵的母校，关灵那时候大二，回母校演讲。"

那天，她在台上，他在台下。

她穿着白色衬衫、蓝色牛仔裤，梳着微鬈的马尾，最简单的打扮，却是最耀眼的存在。

周百川长在周家，见过的美人不少，在家族晚宴上也见过各类模特明星，所以他的眼光其实挺高。

关灵确实是肤白貌美的大美人，不过只论外貌，周百川见过比她更漂亮的。

但是，关灵，就像她的名字，她有灵气，浑身透着灵气。她气质极佳，因为读过很多书，一眼瞧过去，有古时文人身上的雅气。说起话来像专业的女主播，又不乏温柔，像山涧清风拂过耳畔。

"关灵的父母都是手艺人，经营着一家陶艺馆，在南巷的老街那里，生意不算好，日子过得也不富裕，但他们会给关灵买很多书。他们家最大的房间，都腾出来给她当书房了，像个小图书馆，市面上很多绝版的书，她那儿都有，她的气质真是从小养出来的。"

周百川就是沉迷在关灵那一颦一笑的雅人韵味里。

他对关灵一见钟情。

周百川年轻时候的性子跟儿子周聿风一样，十几岁的年纪，都是感情奔放的热血少年，他喜欢关灵，所以就追。关灵的学校离他们只有一条街，非常近，他高中不住校，所以只要得了空就去她们学校转悠。

关灵在江榆大学的天文学系，性格文静，除了上课，其余时间几乎都在图书馆。

京岫在江榆大学捐过楼，也是江榆大学每年各类活动最大的赞助商，他拿到江榆大学的校园卡很容易。

平时得上课，他只能赶在晚自习的时间过去，他成绩好，又是周家的少爷，老师不管他，所以他风雨无阻，在图书馆陪了关灵近两年。

一开始只敢在她后面找个位子坐，后来看她看过的书，翻一遍，他才过去假装问问题搭讪，说自己是大一的学弟。

他会记下她借阅的书，然后去书店买下来，回家自己钻研，时间长了，他能跟她聊的话题越来越多。越接触，越觉得她是宝藏，她是当年的省高考状元，进了大学成绩也在金字塔塔尖。

她跟父母学了陶艺，会养花，家里陶艺馆的花都是她自己种植的，她会弹钢琴，学校元旦晚会上那首《卡农》在他记忆里跳动至今。她很聪明，语言天赋高，会四门外语，古典舞跳得不错，煮茶也有老一派的讲究。

他问她，学这么多东西累不累。

她说，她不是为了学而学，她是有兴趣了才去学。

看书也有疲乏的时候，累的时候就挑一件喜欢的事学，她学煮茶、花艺那些，都能让她静下来。

这样优秀的人，不自傲，不骄纵，性子好，实在太有魅力。

周百川"掉马甲"是在高二的时候。当时关灵回母校，找高中时的班主任，他跟班里几个同学打完篮球回教室，在楼梯口撞上了。

他那时也不再顾忌什么，直接告诉她，冒充大学生是为了接近她。

关灵挺直白地告诉他，她不喜欢比自己年龄小的，可惜那时候，他已经完全陷进去，坦白了，他就天天往她学校跑。尤其听说她学校很多人追她的时候，他甚至逃课去找她，还跟追她的人打过架，成绩下滑得非常厉害。

关灵就说："周百川，我喜欢优秀的男人，你现在这个样子，我不喜欢，你好好上课，等你大学毕业，等你对自己的人生满意的时候，我再考虑你。"

男人都是有自尊的，加上他是真的喜欢她，所以她的一句话让他真的好好学习了。

高考，出国。他很长一段时间没去找她。

实在没想到，他再次见到她，是在父亲的婚礼上。

周百川至今无法形容，在婚礼上看到关灵的时候，他是怎么熬过那每分每秒的。

父亲离过两次婚，想嫁他的女人依旧很多，因为他是京岫的掌权人，他是叱咤商场的枭雄。

谁都可以嫁给父亲，唯独关灵不行。如果父亲再年轻二十岁，确实跟关灵很配，可父亲已经老了，能当关灵的爹，关灵不可能为了钱出卖自己。

所以那时候他笃定，一定是父亲强迫她的。盛怒下他掀了桌子，他搅了父亲的婚礼，他要带关灵离开。

保镖把他按住，将他带到了一个房间，他不知道外面发生了什么，只记得没过多久关灵来了。

关灵说，她是自愿嫁的。

他脑子嗡嗡直响，他问她为什么，关灵没说，后来她离开，父亲来了。

父亲跟他道歉，跟他解释，说自己是在一个公益活动上认识关灵的，关灵是协会志愿者。父亲说他很喜欢关灵，但觉得两人年龄相差大，没敢太上心，就是关注多了一点。

那时候关灵的父亲心脏出了问题，要动手术，关家不算太富裕，钱都拿去凑医药费了。关灵给人当家教，又去餐馆打工，很辛苦，他父亲就暗中给她安排工作。她会四门外语，他父亲就给她一份高额的翻译工作，她会弹钢琴，他父亲就让她去展会演奏，薪酬翻倍。

父亲跟他说："你高考前一天，我去你房间找你，想跟你说好好考，鼓励你几句，你不在房间，钱包放在桌上，我想着给你塞点钱吧，打开看见关灵的照片了。知道你喜欢关灵，我就断了对她的心思，我没想跟你抢，我年龄本来也不合适，可是，唉，有些事啊，就那么失控了。"

天空飘起小雪。

两人已经把整个高尔夫球场走了一圈，周百川把话停在这儿，简橙等了好一会儿都没等到他再开口。

故事说一半，挠得人心里难受。于是她主动问："然后呢？怎么失控了？我婆婆怎么就自愿嫁了？"

周百川目光依旧看着远方，沉默了挺久才开口："有人把关灵送到了父亲……床上。"

京岫是江榆的头部企业，想合作的人一大堆，当年有个人在他父亲几次拒绝合作后，动了歪心思。不知道从哪儿知道他父亲看上关灵了，把他父亲灌醉，给关灵下药，用关灵设"仙人跳"，手里握着那晚的照片，威胁他父亲，坑了关灵。

简橙听完气半天。"你爸……噢，也是我爸，咱爸傻啊，都拒绝几次合作了，为什么还跟他吃饭啊？吃饭肯定是谈合作的事，不合作就不去啊，还能被灌醉，真行。"

周百川说："关灵有个妹妹，不是亲妹妹，是邻居家的妹妹。"周百川想了一下，"叫陈柔。"

"给父亲设'仙人跳'的，就是陈柔当时的男朋友汪睿。汪睿自己创业，此人好高骛远，他打着关灵妹夫的名义找到父亲，父亲本来想帮他一把，但考察之后发现，确实没有半点合作的价值。父亲这个人，工作是工作，私人感情不能涉及工作，他背后是京岬，不是他自己，所以他不能通过汪睿的方案。父亲给过他机会改的，但汪睿心思不正，请父亲吃饭、喝酒，送礼、送女人，父亲很生气，没搭理他，过了半个月，他又找父亲，说知道错了，不会再纠缠，就想吃个饭，道个歉。关灵和陈柔的关系非常好，关灵一直把陈柔当亲妹妹疼的，父亲给关灵面子，就去了，也是准备给他指一条明路的，结果他玩阴的。他用照片勒索，用视频恐吓，父亲为了关灵的名誉，一忍再忍，关灵知道后忍不了，直接报警，结果惹怒了汪睿，他把视频传到网上了。虽然父亲那边撤得快，但还是有人看见了，汪睿一直怨关灵，觉得她是陈柔的姐姐，还不帮他，所以把视频传上网之前，还给她父母寄了一份。"

今天的风尤其大，周百川打了个寒战。"关灵的父母——庭宴的外公外婆，就是在那一年离世的，老爷子心脏手术刚结束，还在恢复期，又受了刺激，没缓过来，老太太没撑多久，也走了。丑闻爆出来后，人们都说父亲花钱嫖，负面消息一堆，京岬被抹黑，受重创。关灵为了救父亲，出来证明，她和父亲是自由恋爱，为了挽回父亲的形象，也为了京岬能稳住暴跌的股价，她答应嫁给父亲。"

陈柔……简橙脑子里忽而冒出一个可怕的念头。她急切地问周百川："那陈柔呢？你知道陈柔现在在哪儿吗？"

周百川摇头。"当年警察去抓汪睿，发现汪睿死在家里了，警方调查后怀疑是陈柔下毒，后来在海边找到陈柔，陈柔跳海了。"

"尸体呢？尸体找到了吗？"

"没有。"

雪落在脸上，简橙冷得浑身一激灵。

陈柔，关清柔，是一个人吗？

简橙问周百川为什么会跟她说这些事。

周百川提到了上次的热搜。"我来这边之后，每天除了陪老爷子，就是在关灵之前的书房看书，她当初来这儿，把她那些书都带过来了，我不想被人打扰，就把手机关了，不知道国内发生的事。庭宴那天离开得匆忙，没说发生什么事，我以为是公司出了问题，后来他回来，我就觉得他状态不太对，心事重重的，我问不出来，就联系了潘屿。这才知道热搜的事。"

周百川又提到关灵。"关灵刚毕业就嫁给了父亲，她本来要继续读研的，可那时候父亲的丑闻闹得太大，她走到哪儿都是焦点，她一出现，京岬的新闻就铺天盖地，压都压不过来。她的同学、朋友……也看过那些照片，加上她父母的离世，她很长一段时间没出门。后来她有了庭宴，庭宴一岁的时候父亲出轨被她发现，她就提出离婚，带着庭宴离开，她不愿庭宴在那种乌烟瘴气的环境中长大，才来了伦敦。"

周百川把话停在这儿，见简橙脸上难以言喻的表情，解释了一句："父亲说出轨那次是误会，关灵其实知道，她只是想离婚，想离开，父亲成全她了。"

毕竟是太久远的事，又事关老爷子面子，周百川解释一句便没再多说，他继续刚才的话题。"关灵表现得太平静了，所有人都以为她看得开，可发生那么多事，她又不是神仙，怎么能完全看开呢。她的人生被毁了，她其实能把自己劝好，可是她父母的离世是她过不去的坎，她很愧疚，觉得是自己害死了父母，她父母这一关，她心里从来没过去。生了庭宴后，她得了产后抑郁症，来伦敦没多久，她的病情就加重了。为了庭宴，她一直撑着，后来实在撑不住了，对外说她病故，其实她是……自杀。"

冷风拂过脸颊，简橙脑子里空白了一瞬。

周庭宴提过，但一直说他母亲生病了，是病故。

简橙见过关灵的照片，也听过了属于关灵的故事，听到"自杀"两个字，心里还是冒出阵阵刺痛。

前半生那么随性通透的人，后半生却以自杀的方式离开，怎么不让人唏嘘。

周百川抹了把脸，调整了下呼吸，跟简橙说："庭宴的性格受他母亲影响，他不喜欢坦露心事，有事都是自己扛，你因为苏蕴的事怪他，我完全可以理解，他没提前跟你坦白，确实是他不对。但是简橙，他那是因为太怕失去你，你心里有气，我不劝你，我也没资格干涉你们的事。我跟你说这些，只是想让你知道，他这些年背负着他母亲的过去，心里很苦。简橙，如果你哪天原谅他了，对他好点。"

老爷子的葬礼日期是一月十七号，风水大师选的日子。

一场声势浩大的世纪葬礼在周家墓园举行，隆重震撼，周家产业涉猎广泛，来吊唁的人中有不少政界商界名流。

秦灈的父亲——秦氏集团的老董事长担任主持人，整个过程繁复冗长，庄严肃静。

简橙没去参加葬礼。从伦敦回来的第二天，周庭宴去老宅那边跟周百川他们讨论葬礼的事，她一个人在家看书。

下午梅岚给她打电话，听说她回来了，让她有时间回家一趟，说有天大的事跟她商量。

简橙对热搜那天的事记忆尤深，一点也不想听他们的事，直接拒绝。

"没空！"

然后梅岚跑到华春府来找她了，在她这儿哭半天。

真是天大的事。简佑辉有儿子了。她说是元旦后，有个老太太抱着一个两岁的男孩找上门了。

"真是莫名其妙，一大早的过来，一身穷酸样，她说是你哥的孩子，怎么就是你哥的孩子了？你哥平时洁身自好，也不在外面乱搞，怎么可能突然有个孩子！我当时气得把人赶走，老婆子不肯走，说让你哥抱着孩子去做亲子鉴定，我亲自带着去的，嘿，还真是。你哥后来想起来了，说确实有这么一回事，现在可怎么办啊，橙橙，你说说，你哥突然多了这么大的一个孩子，有头有脸的人家谁还愿意把闺女嫁过来啊？你哥要把孩子留下来，怎么能留下呢，留下他，你哥以后还结不结婚了？他真是气死我了。"

芳姨端来一盘洗干净的草莓，简橙安静地吃着，听半天，算是听明白了。

这孩子是个意外。就是简佑辉当年参加同学聚会的时候喝醉了，一个女同学把他送回酒店，两人发生关系了，女同学一次性"中奖"，把孩子生下来了。

本来她没打算找简佑辉，想自己养大，结果半年前遇事故，人没了，家里就剩一个年迈的奶奶。

她奶奶身体有病，也撑不了多久，心疼孩子，舍不得送到福利院，听孙女提过一次孩子的生父，一直记得，就把人送来了。

她奶奶一分钱都不要，还当场给简佑辉和梅岚他们跪了，只求他们好好疼孩子，要不是她奶奶大限将至，也舍不得把孩子送过来。

简佑辉的意思是留下，简宏云一直觉得简家人丁单薄，突然多个大孙子是好事，也要留下。

梅岚不肯留下。汪家的婚事作罢后，她一直在帮简佑辉寻觅更合适的媳妇，刚瞄准了一个大家闺秀。那姑娘恰好喜欢简佑辉这类型的，也不介意他离过婚，姑娘家里人虽不满意，但是心疼闺女，很有希望。

梅岚正准备让简佑辉请姑娘吃饭呢，结果，突然冒了个孩子出来。

梅岚的意思是等结了婚，孩子想生几个生几个。儿子和老公都不支持她，所以她就来找简橙了，她觉得简橙应该能理解她，而且简橙开口，简宏云现在巴结简橙，肯定听她的。

"橙橙啊，你支持妈，对不对？"

简橙咬一口草莓，嚼完，莫名其妙地看她。"关我屁事？当年简佑辉放火，你们都瞒着我，把我当外人，现在简佑辉搞个孩子出来，你们就继续把我当外人啊，跟我商量什么？简家的大事我不掺和，不然回头又得怨我。"

简橙觉得，既然是简佑辉的孩子，孩子母亲又不在了，当然得留下。简佑辉这个大号废了，小号来了，多让人高兴的事。

不过这事她才不说，不然梅岚操心的这桩婚事毁了又得怪她，她才不要当冤大头。

梅岚听简橙提到当年的事，哑然，不满意她的态度，却终究没说什么。

梅岚过来不是跟她吵架的，来时简宏云就千交代万嘱咐，不能惹简橙生气，她也不想惹简橙生气了。

如今儿子不争气，养女又把她气得半死，虽然简橙嘴巴毒，说话她不爱听，但那也是她闺女，最有出息的闺女。她想慢慢修复母女的关系。

不聊简佑辉的事，梅岚终于能冷静下来关心她最近的情况，问她的工作，又聊老爷子葬礼的事。

简橙吃着草莓，玩着手机，漫不经心地敷衍着，梅岚临走时，看到了茶几下面的一本书。

《怀孕百科》。

愣了下，梅岚一阵惊喜。"橙橙，你怀孕了吗？"

简橙没搭理她。

梅岚当她默认，激动地拍手。"好好好，怀孕了好，妈一直想劝你要个孩子，又怕你嫌啰唆，你是该有孩子了。"

简橙没搭理她，梅岚高兴半天，很快又收敛笑容，拉着她的手嘱咐："那明天的葬礼你可不能去，咱们这儿老一辈有说法，怀孕不去寺庙和坟地，那种地方阴气和怨气重，对孩子不好，丧葬是凶，凶会冲喜，不好。"

简橙本来没把梅岚的话放在心上，后来周庭宴回来，说梅岚给他打电话了。

"我不迷信，但是她既然说了，我心里就会乱想，以防万一，你别去了。"

于是简橙就没去。

葬礼结束，就差不多该过年了。

简橙跟小姨说了，今年去陪她过年，所以她早早买了票。

临走的前一天，周庭宴给她收拾行李箱，看她好几次。"说好了我去给你们做年夜饭，你买票的时候怎么不通知我？"

因为老爷子的事，他把过年的事都忘了，明天就是除夕，他买不到票，航线也申请不到。

简橙倚着门，无视他哀怨委屈的目光，盯着他身上软薄的灰色家居服和日渐消瘦的身形，目光恍惚。

这段时间，他真瘦了不少。

"周庭宴。"简橙喊他，等他把手里的裙子叠好，她朝他招招手，"你过来。"

最后一件衣服已经装完，周庭宴把行李箱合上，拉上拉链，然后起身走过去。

简橙仔细看他的脸，棱角更清晰了，脸也瘦了，她让他把胳膊伸开，然后往前走一步，伸手抱住他的腰。

周庭宴愣一下，很快收拢手臂抱住她，脸埋进她的脖颈蹭了蹭。

简橙整个人靠在他怀里，将手从他衣服下面伸进去，贴着他的腰线摸了摸，在周庭宴逐渐凌乱的呼吸中，略有嫌弃地开口。

"周庭宴，你瘦了好多啊，手感都不好了，你要好好吃饭，好好睡觉，不然还没等我原谅你，我就先嫌弃你的身体了。我小姨那儿的剧组里有'小鲜肉'，也有成熟的大叔，你要有危机感。"

周庭宴："……"

说话气死人不偿命，这张嘴还是更适合接吻。

周庭宴把她压在墙上亲了一会儿，想到她怀着孕，就克制地没敢深入，将头埋在她脖颈间平复心情，顺便用力吸两下，留两个吻痕。

简橙觉得痒，把他推开，让他去收拾他自己的行李。

周庭宴反应了一会儿才明白她的意思，抱着她软乎乎的身子亲，声音愉悦："你也给我买票了吗？"

简橙推开他往外走。"我表哥今年回来过年，他要见见你。"

老爷子走了，周家算散了一半，她也不舍得把他留在江榆过年。

梅钰的新电影拍摄地点在阳城，孟糖和林野的老家。

知道简橙要来阳城过年，孟糖高兴坏了。"你来不来我家吃年夜饭啊？我妈都念叨你好久了，说你很久没来了，好想你呢，知道小姨也在，让你带小姨一起过来。"

孟糖母亲是简橙小姨的忠实粉丝，知道梅钰来阳城了，比她还高兴，天天催她给简橙打电话。

"年货都备好了，我们家今年人不多，爷爷奶奶跟着大伯一家出去旅游了，初四才回来，今年就自家人吃饭，没有外人，你们来呗。"

简橙打电话问了梅钰。

梅钰说："你表哥年初一早上才到，年三十那晚我们可以去吃顿年夜饭。"

简橙回国那两年都是在孟家过年的，孟糖的父母对简橙也一直很好。梅钰这次来阳城，本就打算找个时间，以简橙娘家人的身份好好跟孟家人道个谢。所以答应得很爽快。

简橙和周庭宴这次是直接去孟糖家。

出行前这晚，秦濯给周庭宴打电话："你要不要来我家过年啊？别说我不够意思啊，你老婆不要你，我准备把我的床分你一半。"

语气带着幸灾乐祸。

秦濯今晚在外面跟人吃饭，碰到潘屿才知道简橙今年去她小姨那儿过年，周庭宴想去，没买到票，急得不行。

于是他马上打电话过去看他笑话。没想到，小丑竟然是他自己。

"简橙也给我买票了，瞒着我是为给我惊喜，我老婆没不要我，我们感情很好。床你自己睡吧，我跟着简橙去阳城，今年我们在孟糖家吃年夜饭，我本来说露一手准备年夜饭，孟糖说林野做饭好吃，今年让林野做饭。"

秦濯："……"

这就见家长了？这么快？？？

秦濯在外面抽了一支烟才回包厢，酒一杯接着一杯灌下去，心里那股气还是咽不下去。说不清是生气还是慌乱，总之，搅得他一整晚不得安宁。年夜饭也没吃好，倒不是家人给他的情绪。

孟糖和林野官宣前他在家里是受气包，谁见了都想打他一顿，觉得他把孟糖这么好的媳妇作没了。孟糖和林野官宣后，他是家里的可怜虫，知道他心里不痛快，也渐渐没人再提孟糖了，年夜饭都是他喜欢的菜。

大家都劝他想开点。他想不开，干什么都难受，怎么待着都不舒服，看谁都欠揍，往嘴里塞几口菜就跑出去抽烟，抽到一半又给周庭宴发消息。

孟糖她爸妈对林野怎么样？

你觉得我还有希望吗？

我到底比林野差在哪儿？

周庭宴收到秦濯消息的时候，正坐在孟家的客厅里。

今晚的孟家有点热闹。

简橙和孟糖的嫂子坐在一起聊天，梅钰和孟糖的母亲一见如故，林野在厨房掌勺，孟糖和家里的阿姨在旁边帮忙。周庭宴陪孟糖的父亲聊天，旁边坐着孟糖的大哥。孟糖的两个小侄子在地上玩乐高，叽叽喳喳的声音也不吵，听着让人觉得开心。

气氛一直挺好，热热闹闹的。

周庭宴难得放松，心情也很好，直到看到秦濯的消息，同情涌上心头。拿着手机，编辑了消息又删除，来来回回，最后给他发了个视频过去。

他偷拍的，没拍别的，就拍林野吃饭的时候会顾着孟糖，会照顾她情绪，精准地知道她喜欢哪道菜，会用公筷给她夹菜。

视频发过去，周庭宴回他：你和孟糖在一起，都是孟糖给你夹菜，这就是你和林野的差距吧。

秦濯盯着这条消息看了整夜。

今年的除夕夜跟去年相比，似乎没什么不同。但又是不同的。

对简橙而言，是桂花树枯叶脱落，伤疤愈合，是新生活的开始。

去年的除夕，她还幼稚地用电子巨幕跟周庭宴表白，为了气周聿风，为了顺理成章地拿出跟周庭宴的结婚证做很多显眼的事，没少被人议论。

今年的除夕，她身边有老公、朋友、小姨，还有孩子，她和周庭宴的孩子。

吃完年夜饭，周庭宴跟林野他们打牌，简橙躺在小姨腿上往工作室群里发红包，顺便收红包。梅岚连发几个大红包过来，顺便发来一张男孩的照片。

橙橙，你爸和你哥都说这孩子长得像你，我冷静下来仔细看了看，确实跟你很像呢，难怪都说侄儿像姑，你看他的眼睛和嘴巴，简直跟你一模一样。因为像你，妈妈打算把孩子留下了。

简橙直接无视她最后一句话。

因为像她才留下？就胡说八道吧，肯定是家里三个人投票，梅女士输了，给自己找个台阶下，顺便讨好她一下。

呸，她不吃这套。

简橙今年的除夕过得舒坦，拍了好几张照片，选了一张吃饭时的大合照发微博。

配文：新年快乐，我很快乐。

这是上次热搜事件后，简橙第一次发微博，很快登上实时热搜。

周聿风看见简橙微博的时候，正在听父亲训话。

爷爷走了，小叔也不在江榆，今年的除夕周家人各过各的。父亲组的局，喊他们出来吃饭，气氛一直不太好，母亲板着脸不说话，蒋雅薇拉着脸。

他知道父亲有意帮他调解婚姻，可他不想调解，心里烦躁，就出来抽烟，父亲跟出来了，跟他说："聿风，这条路是你自己选的，你怨不得任何人。"

周百川对周聿风这个儿子是认真教过的。甚至对曹瑛，他也认真对待过，虽然不爱她，但既然娶了她，是想好好跟她过日子的。

当年关灵嫁给他父亲是事实，他从家里逃开，差点一蹶不振，后来关灵找到他。

关灵说："周百川，人这辈子，讲究个缘分，我们既然已经无缘，你就不该再执着，不该有执念，执念太深会生怨，有怨就会有恨。平心而论，你父亲没有错，错的是我，如果没有我，汪睿不会找上你父亲，人是我招来的，出现什么后果我自己认，你父亲为了我忍了不少，你不该恨他。你的人生还有很长的路，不该因为我毁了，周百川，我希望你好，如果你真的喜欢我，就好好过你的日子，他日你娶了妻，好好爱你的妻子，有了孩子，好好对你的孩子。周百川，你过得越来越好，我心里才会舒坦，如果你从此一蹶不振，跟你父亲闹得两败俱伤，我就真成了红颜祸水，你不想逼死我，对吗？"

她当时的郁郁寡欢，他能看出来。他以为她是因为困在他和他父亲之间，后来想想，那时候，给她打击最大的应该是她的父母，她被父母宠着长大，感情非常深。他和他父亲对她而言，其实没那么重要吧。

可那时候，他以为让她烦恼的是他和他父亲，他不想她夹在他们父子之间难受。所以他妥协。

周百川一直觉得，他后来能接受这一切，是因为关灵把他性格上的刺拔掉了。当初他为了追她，为了跟她有共同话题，他也学煮茶，学花艺，学陶艺，他也看很多书。认识他的人都说，他那两年性子明显沉稳不少。

他不想关灵为难，也不想她在家里难堪，所以逼着自己沉淀下来。

后来娶曹瑛，他就好好地对曹瑛。但是曹瑛不知道怎么听说了他和关灵的事，开始闹，他解释很多遍，也发了誓，她还是阴阳怪气。

聿风小时候是他带的，他教聿风很多道理，那时候聿风很讨人喜欢，也懂事。

后来关灵离世的消息传来，曹瑛说："她终于死了，她死了真好，她早该死了。"

周百川的性子虽然被关灵磨平了，但也不是完全没脾气，他知道关灵是自杀的，所以那会儿听到曹瑛冷嘲热讽，看到她笑，他受不了。

他打了曹瑛一巴掌，夫妻决裂。

曹瑛不愿搬出老宅，他就自己搬出去，两人分居，他偶尔会把聿风接走，聿风在他跟前的那几年，是个好孩子。

聿风懂事，曹瑛的脾气也收敛了一阵，结果庭宴回国，曹瑛又作妖。她想让他趁着庭宴和老头斗得你死我活时夺权，他更烦。

就像关灵说的，人这辈子，有个梦想支撑着就足够，过得随性些，不要把自己困于泥潭。他对权力看得很淡，他不争那些，曹瑛越是逼他，他越是反感。最后他辞去在京岫的职位，开了一家陶艺店，钓鱼喝茶养花，偶尔出去走走，日子比在京岫过得舒坦。

确实，他后来是对不起聿风的。只想逃离让他窒息的曹瑛，回来的次数越来越少，聿风每天都被曹瑛"洗脑"，尤其当年简橙救了庭宴后，曹瑛越发极端。

聿风被曹瑛教坏了。

就像关灵说的，人不能有执念，执念太深会生怨，有怨就会有恨。

曹瑛生了恨，并把这份恨强加给了聿风。聿风这孩子完全被曹瑛毁了，他也有责任。

周聿风听父亲的劝，回家打算跟蒋雅薇好好聊聊。无论离不离婚，他觉得都要好好聊聊，不然真成了父母那样让人窒息的婚姻。

结果没谈成。

回家的路上，蒋雅薇拿手机给他看，是简橙发的微博。

他刚才已经看见了，她递过来，他就看了一眼，蒋雅薇又开始冷嘲热讽："后悔了是吗？你后悔放弃简橙了，是吗？"

他是后悔了。

周聿风实在受不了她那尖锐的腔调，中途下车，打个车去城东的酒吧。

纸醉金迷的舞池，大波浪瓜子脸的女人缠上来，他才觉得今晚的日子不会太煎熬。

煎熬的是简文茜。简文茜接到简佑辉司机电话的时候，刚下飞机。

她这次出差回来准备辞职，反正就算不辞职，她在长盛也待不下去了，她要保住她的公司。

本来就烦心事一堆，又听到一个海啸级别的噩耗。

"是个两岁的孩子，男孩，确定是简佑辉的。"

今年的除夕夜，简家比从前更冷清。

简橙不在，简文茜不在，只剩简宏云、梅岚和简佑辉。

对，还多了一个孩子。只是孩子带来的不是热闹，是沉默。

梅岚虽然答应把人留下，但满脸嫌弃，看着就烦，气得年夜饭都没怎么吃。

她那群富太太姐妹团，当奶奶的不少，她见过几个两岁的娃娃，粉妆玉琢的。反观她这个突然冒出来的大孙子，虽然五官是好看的，但浑身干巴巴的，骨头比肉多——又黑又瘦的小不点。

老太太把人送过来的时候解释了。说孩子的母亲在外上班，孩子跟她在老家，家里没人帮忙看孩子，她干农活的时候就带着孩子一起去，以前他是白白净净的，后来晒黑了。

甭管怎么黑怎么瘦的，梅岚是真嫌弃，一点看不出简家的好基因，她刚才发给简橙的照片，还是她"美颜"过的。

那群老姐妹天天带孙子炫耀，她也天天盼着有大孙子，如今终于来了，却是个这样丑的，她是真带不出去。她抱出去能被笑死。

还有那个她看中的儿媳，本来谈得差不多了，现在简佑辉突然冒出一个儿子，不知道人家嫌弃不嫌弃。

简宏云愁的是名字。孩子原本的名字叫孙航，改过来就叫简航，简宏云觉得名字不霸气，想换个名字，于是翻了一整晚族谱和字典。

简佑辉沉默，是因为突然多了一个儿子，完全不适应。小家伙刚来家里也恐惧，老太太离开后，他躲在沙发后哭半天，家里的阿姨有带孙子的经验，抱着他哄了很久，才慢慢哄好了。不哭了，但他整个人怯生生的，抓着阿姨的衣服不松手，吃饭都是阿姨喂的。

简佑辉想抱他过来，小家伙吓得又哭，后来哭累了，在阿姨怀里睡着了，简佑辉才接过来抱着。

小小的人，瘦得可怜，没几斤重。

三个人各有各的事，后来梅岚看到简橙的微博，疯狂吃醋，回房间给梅钰打视频去了。简宏云听说梅钰跟简橙在一起过年，也跟着梅岚走了。

简佑辉把睡着的儿子抱回自己房间，去洗澡前看了眼手机，才发现半小时前有个消息，陌生号码发的。

我在你公寓外面，老地方，简佑辉，下雪了，我好冷。

简佑辉在公寓的小门旁边找到简文茜的时候，简文茜在凛冽的寒风中瑟瑟发抖，手脚都快冻僵了。简佑辉沉着脸把人带进公寓，来的路上，他已经提前用手机软件把家里的空调打开，所以进去就是暖和的。

给她倒了杯热水，等她喝下去缓过来一点，他才把火气发出来："你又在闹什么？"

每次都这样，每次她心里有气，跟他闹别扭，就专挑下雨、下雪的时候往小门旁一站，笃定他会来找她。

简文茜喝了半杯水，把杯子贴着掌心紧紧攥着，神情哀怨地看着他。"我闹什么？简佑辉，你说我闹什么？两岁的儿子，怀胎十个月，快三年，那时候你在干什么？"她放下杯子，往前一步，手握成拳用力捶他，恨恨开口，"那时候你在跟杨曦闹离婚，那时候你已经跟我在一起了，两个女人还不够你折腾，你还出去找女人？"

简文茜胸口压着一块巨石，气得快窒息。

她后悔了，什么鬼爱情，她就说爱情最不可靠。他不知道，她为他忍了多少。

当初简橙摆她一道，梅岚扇她，用最恶毒的话骂她，简宏云把她扔到盛辉收拾那烂摊子，她都忍下来了。

她不是一定要忍的，她今年都三十一岁了，她翅膀都硬了，她想反抗很容易，只要把当年的真相曝光，只要让所有人都知道简家收养她，是因为害死了她亲爹，良心过不去，赎罪而已，舆论就会站在她这边。

当年简橙从山里逃回来，被那么多人恶意揣测中伤，就是她暗中煽动的舆论。当年她就擅长煽动网友的情绪，如今过了快十年，她更擅长。

她为什么忍了？因为当年放火的是简佑辉，她不想简佑辉被攻击，她不想简佑辉被架在火上烤，她不想毁了简佑辉。她忍，只是为了简佑辉而已。

结果呢？她为了他忍气吞声，他还一直远离她，这段时间她头痛欲裂，忙得要死，他呢，不帮就算了，说话气她就算了。

他竟然突然蹦出来一个孩子！还是儿子！

想到最近的委屈，简文茜用的力气很大，眼泪横流，咬牙切齿地控诉他的罪状。"我以为你跟别的男人不一样，我以为你是不同的，结果你跟赵军是一种人！"

简文茜现在宁愿简佑辉上次跟汪念念成了，她完全不能接受自己丧失理智喜欢上的人竟然跟生父赵军一样渣。

简佑辉被她捶得连连后退，跌坐在沙发上，抓住她的手，脸色同样不好看。"我没出去找女人，是意外，文茜，这事怪你，当初杨曦看到你吻我，气到流产住院，我在医院照顾她，你心里不高兴。我没打算去参加同学聚会，你非让我去，我当时因为失去孩子，心里不痛快，喝酒的时候没克制，喝多了。航航的妈妈是我同学，我在外面吐得厉害，她是好心把我送回酒店。"

当年是在临市聚会，所以他是住酒店的。

简佑辉记得当年的事，第二天他醒过来，看到床上的痕迹就知道出事了，他当时有仔细回想。

是他主动的，他把人当成了杨曦，也当成了文茜，挺混乱的一晚。

他后来有联系那个女生，想道歉，想赔偿，那女生说，她那晚也醉了，都有错，都是成年人，忘了吧，以后别联系了。

后来他听说，那女生在学生时期喜欢过他，他挺愧疚，因为他甚至都记不清她的名字。总之那天之后，他们就没联系过了，后来的同学聚会，他也没再去过。

他是实在没想到，会有一个孩子。

简佑辉感慨颇多。"文茜，你说这个孩子，是不是就是当年杨曦失去的那个？不然怎么来得这么巧？"

简佑辉说，这是老天补给他的，他会好好爱他。

简文茜已经冷静下来，目光幽幽地看着他，沉默了好半天，伸手解开大衣的扣子。"失去？我也失去过一个，简佑辉，你也得补给我。"

梅岚跟梅钰打视频聊到一半出来找简佑辉。

她跟梅钰的关系还没缓和，刚才被简橙的照片刺激了，直接就把视频电话打过去了，想让梅钰把镜头对着简橙，想跟简橙说说话，又不知道用什么理由。

于是想到那又黑又瘦的大孙子。

梅钰要看。

梅岚出来找简佑辉，准备让简佑辉把孩子抱过去，结果房间里只有熟睡的孙子。

她找了阿姨问："佑辉呢？"

简佑辉离开前交代了阿姨，如果父母问起，就说他有同学来江榆，喊他去吃烧烤，很多年没见了，他过去坐坐就回来。

梅岚想着简文茜出差去了，最近不在江榆，就没管了。

大孙子已经睡着，梅岚见过他哭的时候有多恐怖，就没抱他过去，回房间，想着怎么跟梅钰说时，简宏云已经跟简橙聊上了。

"都没看中吗？"简宏云在问简橙名字的事。

他翻了整晚族谱和字典，写了三个名字，刚才在楼下投票，梅岚和佑辉各选一个，他选剩下的一个，打成平手。

于是他问简橙哪个好。"你再看看，你的一票很重要。"

简橙正窝在梅钰怀里吃水果。"我投简航一票。"

简航？那是孩子本来的名字。

简宏云把手里的本子看了好几遍，最后把纸撕下来，揉几下扔进垃圾桶了。

简航，航——扬帆起航，其实仔细想想，这名字也不错。

就叫简航吧。

他、梅岚，甚至佑辉，基本全废了，简橙明显是不会亲近他们了，以后就靠简航了。

这么想着，简宏云就交代梅岚："你在家闲着也没事，你不是嫉妒梅钰跟橙橙走得近吗？等过了年，你带着航航也去阳城。"

简宏云惆怅。"橙橙现在怀孕了，也是当妈的人，对小朋友会更亲近，能不能把橙橙的心勾回来，就靠那小家伙了。"

简橙刚才搭理简宏云，纯粹是觉得孩子妈辛辛苦苦生下孩子，取名的时候肯定是用心。航——他母亲肯定是赋予了祝福和充满爱意的。

老简他们白得一个大胖孙子，改了姓，竟然还要把名字改了，她现在怀着孕，感性些，就露面跟他说了两句。

梅钰听说孩子睡了，知道今天见不到，就直接把视频电话挂了。

对着简宏云和梅岚那两张欠揍的大脸，她也烦。

周庭宴、林野、孟父和孟糖的哥哥，四个人在餐厅打牌，孟糖坐在林野旁边，支着下巴看，孟母和孟糖的嫂子一人抱着一个孩子哄睡觉。所以沙发上这会儿只有简橙和梅钰。

简橙躺在梅钰腿上看手机，梅钰把手机拿走，捏捏她的脸。"都把周庭宴带来过年了，你还不打算原谅他？还是因为苏蕴的事？"

简橙微微侧身，往她怀里钻了钻，好半晌，才慢慢地开口："不是因为苏蕴，苏蕴的事在我这儿翻篇了，我就是害怕，我爱上他爱得太快了，我上一段感情持续二十多年，我跟他才一年，我有时候想想，心里就发虚。"

梅钰在她头发上揉一把，笑笑。"虚啊，明天你哥过来，让你哥揍他一顿，你哥一直想揍他呢。"

梅钰说的是她表哥。

简橙听说周庭宴要挨揍，倒是有点同情他了。表哥的拳头，一般人挨不住，不知道周庭宴抗揍不。

周庭宴虽然在打牌，但一直注意着简橙这边的动静，突然对上她同情的目光，微微讶异。

什么意思？

大年初一，简橙和周庭宴负责接表哥。

关于这个传闻中的表哥，周庭宴没见过，但印象很深，当初他在简橙心里的排名还没上榜时，她表哥就排第四。

他对表哥的了解，只限于从简橙口中听说的。

表哥叫梅晟，今年三十一岁，警校毕业后就一直在西南边境，前几年从一线出来到沿海城市刑警队工作，办过几个大案。

当年绑架简橙的那个李冠和人贩子，就是梅晟跟江榆警察一起抓到的。

简橙每次提到这个表哥，都露出"星星眼"。

"我哥可帅了，智商贼高，他去了刑警队后破了几个陈年命案呢，就是不能经常回来，我小姨见他都不容易，一年到头见不了几次。"

"小姨这两年也忙得厉害，电影一部部地拍，不要命似的，她跟表哥都快三年没见了。"

简橙话说到最后有点惆怅，周庭宴没敢接她这话，梅钰签了对赌协议，忙是肯定的。

梅钰昨晚陪孟母说了很久的话，几乎通宵，早上起不来，所以只有简橙和周庭宴去接人。

两人到机场的时候，十点整，半小时后才见到人。

"哥！"

简橙隔着人群看到梅晟，兴奋地朝他挥手，要跑过去，周庭宴揽着她的腰不让她动，提醒她现在是有身孕的人，不能冲动。

周围人也多，简橙就没动了。

梅晟走过来，在她两步远的地方停下，双臂伸开。

"橙橙，过来。"

简橙喜滋滋地走过去，直接扑到他怀里，抱着他的腰，脸在他怀里使劲蹭蹭。

"哥……"话才刚出口，眼泪就已经控制不住，撒娇变成了哭泣。

她上次见到表哥，还是高三出事那年，那时候表哥还在西南，听说她出事，连夜请假，千里迢迢地赶回来。

他们只见了一面。

表哥身份特殊，又不能久待，没露面，跟江榆的警察一起把人抓到就回去了，后来她出国，两人就更没见过。

再后来，她把小姨害惨了，小姨不理她了，她也不太敢联系表哥了。

他们倒是通过电话，表哥有时间会给她打电话、发消息，会关心她，她回国后，有过去看看他的想法，但他那时候在破案，她就没去打扰他了。

跟小姨关系缓和后，她给表哥打过视频电话，所以，人群里，一眼就能认出他。

简橙把梅晟抱紧，在他怀里哭了很久。

她觉得今年是个好年。从前她失去的，都一点点回来了，小姨回来了，表哥也回来了，所有的事，都在变好。除了不让她省心的周陆。

梅晟收拢手臂抱着简橙，见她哭得厉害，知道她受了不少委屈，也没哄。

只让她在怀里哭个够，他用掌心在她后脑勺慢慢揉着，缓缓地安抚。

他眼睛一直盯着周庭宴，目光在他身上打量。

周庭宴站在简橙身后，大大方方地让梅晟审视，同时也朝他投去探究的视线。

梅晟穿一件休闲款的黑色长大衣，个头跟周庭宴差不多，逼近一米九，身形挺拔，五官俊朗刚毅，眉眼跟简橙有点像，只是气势更足些。

他眼睛跟梅钰简直一模一样，慑人的鹰眼。成熟稳重，有野性。

等简橙哭得差不多了，梅晟把她从怀里推开，伸手抹去她的眼泪，语带无奈和宠溺。

"都要当妈妈的人了，怎么还跟小时候一样？别哭了。"

简橙呼口气放松下。"我是高兴，喜极而泣。"

梅晟捏捏她的脸，然后才重新看向周庭宴，无形中释放一点威压。

周庭宴倒是不惧，不过梅晟是简橙在乎的亲人，所以他先摆低姿态。

"哥。"

周庭宴现在都觉得无所谓了，跟简橙结婚后，简橙的辈分噌噌地往上长，他是往下兼容。

从前他跟简宏云都是平辈，现在他得叫简宏云一声"爸"，梅晟比他年纪小，他得喊一声"哥"。

被一个比自己年纪大的人叫哥，梅晟微微抽动嘴角，不过倒也受得起，他没说话，只是稍微朝周庭宴点点头。

周庭宴觉得，他最后的眼神怪怪的。想揍人？

事实证明，周庭宴感觉得没错。

阳城这边，大年初一要走亲访友拜年，梅钰觉得留在孟家不合适，不想给人家添麻烦，让简橙他们直接去酒店了。

她从孟家过去。

母子许久不见，热泪盈眶？——没有，梅钰抬手就往梅晟脑门上招呼。

"又瘦了，又瘦了，你怎么每次回来都瘦一圈？跟你说别挑食，不好好吃饭是不是？就跟你说得找个媳妇，你看看你妹妹，孩子都有了，你连个女朋友都没有。"

梅晟无语，他明明没瘦。他朝简橙投去求救的目光。

简橙挽着梅钰的胳膊，笑盈盈地往外走。"小姨，我给你的新年礼物你还没拆呢。"

他们开了两间房。

简橙和梅钰一间，周庭宴和梅晟一间。

两人离开后，房间里就只剩周庭宴和梅晟。

周庭宴觉得梅晟怪尴尬，想安慰一下他时，忽而一阵风扫过，脸上就挨了一拳。

完全是猝不及防。

梅晟用了九成的力气，在枪林弹雨中拼出来的功夫，饶是周庭宴也没扛住，身体撞翻圆桌摔到地上。

梅晟甩甩拳头，用冷厉的目光居高临下地看着他。

"你和橙橙的事，我听我妈说了，热搜的事，我也听说了，周庭宴，无论你后面处理得如何，或者你确实无辜，跟我都没关系。

"我是橙橙的哥哥，就不能理性地看待这事，我只知道，你让我妹伤心了，我就得给你一拳。"

这拳其实应该简佑辉来打。但简佑辉那厮货估计没打，所以他来打。

他得让周庭宴知道，橙橙不是没有娘家人撑腰。

所以他用的力气很大，留一成力气，是怕打得太狠了橙橙不愿意。

"你要是不服，觉得我不该打你，你可以打回来。"

周庭宴听他这么说，倒是平静，他说得有道理，站在简橙哥哥的立场，受他这一拳，周庭宴不无辜。

因为简橙还出了车祸，他该打。

"对不起。"

周庭宴没去管刺痛的唇角，睫毛下垂，认真地道歉。

"是我错了，我没保护好她，抱歉。"

梅晟见他这态度，火气瞬间消了大半。

事实上，他来之前已经把周庭宴查清楚了，他以为周庭宴这样身份的男人，都把自尊心看得很重。

按他的预想，两人估计要打一架，谁输谁认错，没想到周庭宴直接认错。

难怪母亲之前说："我试探过了，他确实是真心对橙橙的，你打一拳，给他点威慑，让他知道有人给橙橙撑腰就行了，别太过了。"

梅晟朝地上的周庭宴伸手。"起来吧。"

周庭宴抬头看他。"不再打一拳？不出气了吗？"

"我倒是想打，不过我怕打狠了，橙橙跟我闹。"

梅晟抓着周庭宴的胳膊把他拽起来，同时扶起掀翻的圆桌，拉过椅子跟他面对面坐着。

从机场出来的时候，周庭宴给了梅晟一盒烟，梅晟从兜里拿出来，拆开包装。

"你们从伦敦回来的那天，橙橙给我打电话，让我帮忙查一个叫陈柔的女人，说她怀疑陈柔跟关清柔有关系。"

梅晟从烟盒中拿一支烟扔给周庭宴，自己咬一支。

"你们家那些破事，橙橙都跟我说了，陈柔这事你知道吗？"

周庭宴知道，简橙也跟他说了。他拿打火机给梅晟点了烟。

"橙橙怀疑陈柔就是关清柔，我问了二哥，他说他就见过陈柔一次，跟她实在不熟，但是他确定，两个人长得完全不一样。"

除非陈柔整容了，脸变了。

"不过我让人在查了。"

梅晟吐了口烟气。"这种事，不是你的强项，这事归我。我过了年就调到江榆市刑侦支队了，陈柔也涉及当年的一起命案，我来江榆的第一件事就是查她。"

周庭宴没跟他抢，这事确实得专业的人来做。

既然梅晟调来江榆了……周庭宴顺便提了简橙当年的绑架案。

"我手里的照片不能当证据，余涛我查了，但是他过去的痕迹被抹得太干净，我查了他的运输公司，他公司的账面也干净，现在只能让人看着他。

"赵军的妹夫王磊——当初秦濯找到人，问出了简宏云收养简文茜的秘密，我后来让秦濯把人带过来了。没问出来什么，他就说余涛从前很嚣张，后来余涛当了大老板，不回家了，他就没怎么见过了。

"那个绑架犯李冠——梁记者把李冠母亲的地址给我了，我让人去找了，他母亲尿毒症复发，一年前过世了，也没摸到线索。

"简文茜肯定不会承认，所以现在的突破口，在余涛身上，余涛的嘴巴很硬，我不好使劲，用劲太大容易犯法。

"哥，你有办法没？"

专业的人靠谱，不然他一见余涛，就想揍死他。

当年的事，梅晟离开江榆的时候，就拜托在江榆的同事查下去，这么多年，一直没有动静。

主要是他们不知道余涛扯进来。

"陈柔和余涛的事都交给我。"

梅晟把事揽过来，又看向周庭宴，提醒道："查案的事我能帮你，关清柔和周陆的事我帮不了你。"

周庭宴深邃的眸半眯，朝他笑笑。

"对他们，我心里有数，鱼饵放好了，准备今年收网。"

简橙知道周庭宴会挨揍。

没想到伤得挺严重，半边脸都青了，嘴角也有血。

她幽怨地瞪一眼梅晟，梅晟把刚从药店买的药递给她，伸手揉一把她的脑袋，笑说下次轻点。他很有眼色地出去找梅钰，把房间留给他们。

简橙亲自给周庭宴上药。

"我哥是心疼我，他是我哥，你也得叫一声哥，他打你是应该的，你不能怪他。"

周庭宴一直盯着她看，试图从她脸上看出心疼。

"嗯，他打我是应该的。"

简橙听他这乖顺的语气，手下动作越来越轻。

"我哥……他出于工作性质，下手确实重了点，对不住啊。"

他嘴角破皮了，简橙小心翼翼抹了药，见他疼得皱起眉，就凑过去吹吹。

周庭宴顺势把人抱在怀里，调整下姿势，让她坐自己腿上，亲一下她的唇。

"都是一家人，别跟我说对不起，我不爱听。"

他因为她挨了揍，简橙现在顺着他，没说了，在他怀里也懒得下去，她又在他破皮的地方抹了点消炎药。

"你们聊了什么啊？"

聊了得一个多小时，要不是她进来喊他们下去吃饭，他们还聊着呢。

周庭宴的手抚过她平坦的小腹，面不改色地开口。

"聊孩子，他说肯定是女孩，我说无所谓，男女我都喜欢。"

说起孩子，他又扯半天，说家里该准备婴儿房了，还要买好多东西。

简橙："……"

从她告诉他怀孕后，他三句话离不了孩子。

阳城是千年古城，旅游景点不少。

孟糖和林野是本地人，两人当导游，带着简橙他们玩了几天，湖啊，岛啊，镇啊，所有"网红"打卡点都去一遍。

简橙心情不错，孟糖倒是心不在焉。

简橙察觉的时候，一群人正在湖边散步，她挽着孟糖的胳膊，刻意走慢一点。

"怎么了？"

孟糖说心里有点烦躁。

"我追了秦濯那么多年，像跟屁虫一样追着他，爸妈虽然没说什么，但心里一直是不舒服的。"

尤其是当年，孟氏迁回阳城，全家都走了，就她留下了。

"我爸其实还好，但是我妈对秦濯的意见尤其大，心里的火是积压了很多年的，所以这次我愿意放弃秦濯，解除婚约，我妈高兴坏了。"

简橙听半天，没听出问题在哪儿。

"现在你跟秦濯分开，跟林野在一起了，阿姨应该很高兴吧，你愁什么？阿姨不喜欢林野？"

不能吧。

吃年夜饭的时候，她瞧着孟阿姨对林野的态度非常好，"小林""小林"地叫着，慈祥得不得了。

孟糖苦恼，说问题就在这儿。

"我妈就是太喜欢林野了，劝我早点跟林野定下来。"

她跟林野在一起没多久，其实不想跟家里说的，她想等一段时间，确定她跟林野能处下去再说。

结果呢，林野抱她的时候被母亲发现了。

当初老爷子突然离世，简橙跟着周庭宴他们从伦敦直接飞回江榆，因为小年到了，她和林野就直接飞到阳城，回家过节了。

到阳城的第二天，林野带她去看电影、吃饭，晚上把她送回家。

那晚月色挺好，林野牵着她到一棵垂柳下，问她："糖糖，我能抱抱你吗？"

两人已经是男女朋友，一个拥抱而已，她没拒绝，让他抱了，抱了挺久，久到母亲都跳完广场舞回来了。

他们在小路上，离路灯远，光线暗，母亲平时不走那里，偏偏那晚她跟一起跳广场舞的闺密散步散到那儿了。

直接跟她对上眼了。

林野和秦濯差不多高，母亲认错人了，第一反应是把林野拉开，指着他就骂。

"秦濯你有完没完，你就不能放过糖糖，你……林野？"

没错，母亲竟然认识林野。

孟糖也是那时候才知道，林野的妈妈现在是孟氏的法律顾问。

"我姑姑之前离婚，林野的妈妈就是她律师。林野妈妈帮姑姑打赢了官司，两人成朋友了，一年前孟氏法律顾问辞职，姑姑推荐了林野妈妈。"

母亲跟姑姑关系好，姑姑约林母的时候，经常把母亲喊着，三人经常一起约着喝下午茶。

姑姑一直嫌秦濯年纪大，觉得林野和她差不多大，一直觉得他们合适，经常跟母亲说可惜。

母亲见过林野的照片，也满意，只是孟糖那时候还跟秦濯有婚约，母亲就没跟她提过。

"你是没见，我妈认出林野的时候多惊讶，我跟她说我们在一起了，她高兴得喝了二两酒，各种夸林野，最重要的是，林野是阳城的，她说婚后可以留在阳城。

"我妈是怕夜长梦多，毕竟我喜欢秦濯那么多年了，她害怕我哪天脑子一抽筋，又回头找秦濯了。她想让我和林野赶紧定下来，说不结婚没关系，先订婚，说过了年就订婚，太着急了，我怎么跟她说都不行。"

还有今年的年夜饭，八字还没一撇呢，母亲直接喊林野和他妈妈来家里吃，多尴尬啊。

她没劝住，因为母亲是直接跟林野说的，林野答应了，只是那天他妈临时出差，所以他自己来的。

他露了一手厨艺，母亲更喜欢了，吃完饭把她拉进屋，又给她灌输"先订婚"的想法。

她烦死了。

简橙听完，感慨一句："你妈对秦濯的阴影够深的啊。"

孟糖沉默了一会儿。

"我妈说，那天去秦家解除婚约，她看出来了，秦濯又不想解除婚约了，她说秦濯可能后悔了，她特怕秦濯来找我，特怕我回头，所以才这么着急。"

秦濯后悔？怎么可能呢？

他根本就不喜欢她，他根本不是后悔，他只是有绅士风度，想让她自己提，给她留点面子而已。

简橙忽略关于秦濯的话题，劝她："咱俩都犯过浑，阿姨忧心也正常，你和林野刚开始，你好好跟阿姨说，她不会逼你的，现在赶上放假，马上假期一过，就开始忙了，忙起来就好了。"

孟糖抱住她的胳膊，长叹一声："对，忙起来就好了。"

第七章
闹出人命

假期结束，众人各奔东西。

周庭宴初七早上要回京岫开会，初六晚上的航班，梅晟初七要去江榆市刑侦支队报到，跟周庭宴一起走。

简橙不跟他们回去。她要留下拍海报，结束之后在阳城还有杂志要拍，后面的工作孟糖一直在跟进，不确定什么时候回去。

悠闲的假期过去，所有人都开始忙碌。网上也热闹起来。

简橙在大年三十发的那张合照，上了实时热搜，当晚讨论度颇高，简橙没看，任由它自生自灭。

如今这社会，热搜更新换代速度贼快，她没在上面挂多久，就被新的热点代替。

结果初七这天，她又上热搜了。这次是好的。

长盛投资的杨导那部电影，米珊主演的《等你十年》，发概念海报了，除了电影官博发的，杨导本人也发了，同时艾特了简橙，高调赞赏。

配文：天生的艺术家，最敏锐的洞察力，镜头完美地捕捉到我想表达的电影精髓，后生可畏，非常愉快的合作@简橙。

米珊转发了杨导的微博，配文：第二次合作，期待第三次@简橙。

两条微博把简橙送上热搜。

杨导艾特她了，她不能不回，就转发了杨导的微博，表示荣幸和感谢。

因为她之前跟顶流女演员苏蕴闹过关于男人的热搜，且她的老公是苏蕴背后金主，所以她的名字一出现就是焦点。

话题"杨导夸简橙是天生的艺术家"很快飙升到热搜第一。

简橙又火了一把。

转发和评论数涨得很快，半天的时间，她那条感谢杨导的微博下转发和评论数已经几十万条。

经过上次和苏蕴的热搜，简橙的粉丝量暴增。

甭管是粉上她的，还是加了关注看热闹的，或者等着看她笑话的，总之，她粉丝量已经增到四百万，还在增加。

简橙没看评论，她直接把账号给林野了，让林野去管。

她的心思不在微博上，而是在简文茜身上。

初七这天下午，长盛开了一场小型的发布会，简文茜泪洒当场，中心思想是：

她生父那边的家人——她亲爷爷身体不好了，找她很多次，希望在有生之年，看到她认祖归宗。她经过慎重考虑，觉得养父母这边有儿有女，生父名下却无儿无女，她愧疚自责，觉得不能自己享福，所以她要跟简家解除收养关系。

她对不起养父母这么多年的栽培，她有愧，不敢再享受简家给她的前程，所以她辞去长盛一切职位。养父母疼爱她，理解她，成全她，还把盛辉地产转让给她了，她不胜感激。

她决定留在江榆，原因有二：一是好好管理盛辉，不负养父之托；二是把亲爷爷接过来看病，老家的医疗水平比不上江榆。

总结，简家再无简文茜，从此只有赵家的赵文茜。

发布会上，简文茜表达对养父母的感激，把妆都哭花了。

简橙昨晚就接到了简宏云的通风报信，知道今天简文茜会泪洒当场，不意外，她看完视频，给周庭宴打电话。

"你不是说盛辉有个雷吗？什么时候劈啊？"

周庭宴正站在办公室的窗前，俯瞰城市的风景，闻言，声音温和，说快了，等赵文茜成了法人代表，能独立承担债务的时候，雷就劈了。

这通电话打了一个多小时，后面主要是周庭宴陪她聊天，挂了电话，他手机收到一个消息。

秦濯发来的。

周庭宴看完之后，给周陆发了个消息。

晚上九点，屏玺会所。

梅钰新电影的拍摄地点，在阳城影视城。

奇幻电影，网络同名小说改编，神妖大战，壮观神秘的仙侠世界。

梅钰没有刻意隐瞒简橙的身份，加上简橙之前的作品连着两次出圈，所有演员都很配合。

毕竟，没有谁会傻到在一个专业的并且多次出圈的摄影师面前做一些蠢事，不然故意把你拍丑都没地方哭去。

电影女主是上升期女星，嘴甜有主见，前期置景的时候，还会过来跟简橙讨论电影的意境和感悟，给她提意见。

从前期置景到拍摄，氛围都很好，只有一件事，简橙挺无语。

周庭宴离开阳城的那天，跟她说的最后一句话是："简橙，我要追你了。"

她以为他说着玩的，结果他来真的。

他掐着点，每天一束鲜花送到剧组的摄影棚来，超大捧的红玫瑰，回头率百分百。

关键是林野，因为剧组内部活动需要保密，送花的进不来，每天都是林野去拿，林野拿到花，隔很远就开始喊。

"小婶，你老公又给你送花了！"

那声音悠长，有腔调有回声，离得老远的人都能听到，简橙每次都要踹他一脚。

"送你去唱戏得了！"

林野挨了踹还不改，下次声音更大，挨一脚后就跑去找孟糖。

孟糖喜欢吃外面的烤红薯，他每次跑到门口拿花都会顺便给她买一个热乎的。

在林野的大嗓门下，整个剧组的人都知道周庭宴疼老婆。

尤其是周庭宴现在很会做人。不但送花，还送巧克力，送很多，简橙怀孕吃不了多少，就拿去给剧组的人分。都是昂贵得一般人平时不会买的牌子，吃人嘴软，每天跑到简橙跟前夸周庭宴的人不少。

简橙也不反驳，因为她也是吃人嘴软，巧克力她不能多吃，周庭宴会让人空运很多水果过来，她吃着甜，也给他留面子。

拍得很顺利，简橙把概念海报、人物海报以及宣传片一次性全拍完了，然后就待在酒店修图，调整排版搞后期工作。

工作室去年年底招了人，孟糖顾着她怀孕，怕她太辛苦，分了几组出去，给工作室的其他摄影师。

工作少了，简橙也没闲着。

在影视城这边待了半个月，结束的前一天，梅岚来了，抱着一个两岁的娃娃来找她了。

"橙橙啊，妈也没办法，航航这孩子，在家天天闹，说想姑姑了，哭着喊着要找姑姑。"

简橙觉得她这话纯属放屁。

她跟孩子都没见过，这孩子怎么就想她了？

她本来不想搭理，简佑辉的孩子跟她有什么关系？不过实在看不下去。

又黑又瘦的小不点，噘着嘴委屈地缩在梅岚怀里，不知道是不是挨了揍或者挨了训，眼睛都哭红了，怯生生的。

他看向梅岚的目光都有恐惧。两岁大的奶娃娃，竟然会表现出恐惧。

梅女士抱孩子的姿势也不对，用一个胳膊托着孩子的腰，胳膊还一直往后撤，明显是有嫌弃的。

简橙和孟糖刚从外面吃饭回来，准备进酒店，孟糖见到那孩子也惊了下，凑在简橙耳边说："这孩子看起来遭不少罪呢。"

简橙自从怀孕后，多了母性的光辉，看不下去，就从梅岚手里把简航抱过来，察觉小家伙僵硬的身体在瑟瑟发抖，眼睛扫一下梅岚。

"你打他了？"

"没有没有。"

梅岚赶紧否认，她确实没打，毕竟是她亲孙子，她虽然不喜欢，但也不至于虐待这么小的孩子。

她就是在路上的时候，一直教育他。

提醒了一路，让他乖乖的，见了简橙要喊"姑姑"，嘴甜一点，他总是不吭声，她最多捏捏他的脸。

简橙抱着简航回酒店，梅岚亦步亦趋地跟着。

"橙橙啊，妈在家也没事，你现在怀孕了，需要人照顾，妈在这儿照顾你一段时间好不好？"

梅岚本来不想带简航出门。

简宏云说："橙橙心里本来就喜欢梅钰，她现在怀孕，梅钰天天照顾她，把当妈做的事都做了，你这个亲妈以后更是摆设，你长点心吧！"

一听这话，梅岚当即去收拾行李了。

简橙低头帮简航把脸上的眼泪擦干，问她一句。

"你不看着简佑辉和赵文茜了？"

梅岚说不用看了。

"你哥昨天出差了，所以我今天才来的，简文……赵文茜，她自己有个公司，被庭宴摆了一道，现在自顾不暇，没时间缠着你哥。"

赵文茜之前去简家说发布会的事，把公司和周庭宴坑她，以及简橙的条件都说了。

梅岚在旁边听到了，胆战心惊，又觉得解气。

为了不让简佑辉再跟赵文茜纠缠，简宏云暂时把简佑辉调到省外做项目去了，赵文茜现在琐事缠身，离不开江榆，所以她不用跟着了。

简橙住的是套房，梅岚一进来就到处转，转一圈回来就开始撸袖子。

"你这衣服洗了都没叠呢，热水也没烧，水果不能都堆在地上……"

简橙没搭理她，坐在沙发上后，把简航抱到她腿上，轻轻柔柔地搓他被冻红的小脸。

"你好啊，你叫什么名字？"

简航听她温柔的语气，直愣愣地看着她。

妈妈走后，还没有人这么温柔地跟他说过话，眼前这个漂亮的阿姨，像妈妈。妈妈跟他说话就是这样的。

"航……航航。"奶声奶气的声音，带着哭过的颤音。

简橙低头在他脸上亲了下，然后朝他伸手，软绵绵地道："航航啊，我叫简橙，是姑姑。"

简航眨着长睫毛，一直看着她，看着她眼睛里柔软的光，怯生生地把小手伸到她掌心里。"姑姑。"

简橙，姑姑。

梅岚和简航暂时在简橙这里住下了。

结束小姨这边的海报拍摄工作，简橙又赶往阳城一家时尚杂志社拍封面，一老一小一直跟着她。

简宏云每天都给梅岚打视频电话，提醒她谨言慎行，不要惹简橙，当吉祥物伺候着就行，什么都依简橙的。

梅岚每天都能接到他的视频电话，虽然很烦，但也很高兴。从前，简宏云忙起来十天半个月都不理她，还在外面养女人，她都得忍着。现在好了，简宏云没时间养女人，还天天给她打视频电话，她趁机喊累，他还会关心问候一下，夫妻俩感情加深了。

于是梅岚很来劲，给简橙端茶倒水洗水果，简橙的孕妇餐都是她借酒店的厨房做的。

简橙工作的时候，简航跟着梅岚，梅岚做饭时，他就跟着孟糖，孟糖忙时，他就跟着工作室的其他人，大家都知道他是简橙亲侄子，都哄着他玩。

简橙闲下来，简航谁也不要，就抓着她的手不放，晚上睡觉也要跟她睡。

周庭宴每个周末都会过来看简橙，有时候能挤出时间，不是周末也来，给她买各种防辐射服。

他怕她累着，不太同意简航留下。

简橙说没事。她很爱自己的孩子，现阶段，她肚里的孩子排第一，她不是逞强的人，真累了她会说的。

主要她平时也不用管什么，该忙的时候她忙，不忙的时候她休息。她只是陪简航玩，带他睡睡觉，给他讲讲故事，简航的其他事都有梅岚和其他人管。

周庭宴来了几次后，确定她好好的才没说了。

简橙想着再过几个月就得回家养着了，生了之后还得歇很久，所以让孟糖多接几个工作。

在阳城拍完时尚杂志，她拍了一个知名品牌的夏装广告，拍完又飞到临市拍另一家的杂志，封面、内页都归她，工作量比较大。

连拍带休息，这份工作结束，已经是四月份。

孟糖停了她所有的工作。

"差不多了，我给你捋一捋咱们现在手上有什么。"

"嵩城的珠宝广告片、纽约的服装品牌、跟京岫合作的小湾村慈善项目、小姨的电影海报、最近拍的两家杂志，还有那个夏装，对了，杨导电影的人物海报还没发。

"等你把我女婿生下来，你的热度都降不下去，够用了，你好好养着吧，从现在开始，安心生孩子。"

简橙确实要歇歇了。"那你跟林野也放个长假，出去玩玩。"

孟糖最近烦，需要工作排解情绪，摇摇手指头。

"不，我要做最厉害的金牌经纪人，你休息我不能休息，我准备等你生完孩子，给你搞个摄影展。你还有五个月就生了，时间紧，现在就得准备了，我这两天就得跟美术馆联系。"

简橙："……"

四月底的时候，周庭宴亲自过来接简橙。

不过，他没把她接回江榆，而是悄然把她送到了伦敦的庄园，顺便把芳姨带过去照顾她。

周庭宴只在伦敦待了两天，临行那一晚，他把简橙抱在怀里，亲够了才松开。

"接下来的几个月，我可能会出事，你不要担心，看到国内的任何新闻，都不要担心。"

这话像是在暗示，江榆要变天了。

孟糖抽空过来看她，问她什么事，简橙也不知道，她没问，心说能有什么大事。

结果，还真是大事。周庭宴出事了。

七月底的时候，京岫旗下的立橙生物出事了，临床试验闹出了人命。

周庭宴被牵扯进去了，多部门介入，他被带走协助调查。

简橙想着周庭宴离开前跟她说的话，没太担心，他那样说，应该是没事。

她安安心心在庄园待着，结果，周庭宴出事的第四天，庄园来了七个客人。

秦濯、梅晟、孟糖、林野、周柠、何润、汪念念。

周庭宴被带走后，整个京岫集团人心惶惶。

事实上，从今年年初开始，京岫刮的风就不太对劲。

新年过后，集团发生两件大事。

第一件事，假期结束第一天，周聿风递辞呈了。

周聿风离开集团，众人倒是不奇怪，因为周陆来了之后，周总明显偏心周陆，周聿风在这里根本没有发展空间，离开正常。

不过所有人都以为，他会回原来的分公司，他是周家的人，去分公司当个小周总挺好的，有权有钱有空间，多快活。但是谁也没想到，他辞去了在京岫的一切职务，分公司也没去，他说还年轻，出去闯闯。

据说，当他去办公室找周总的时候，周总就说了一句话。

"周聿风，有些事，做之前想想后果。"

周总留下了他的辞职信，他离职后，整个集团都在偷偷讨论，后来有人说一句："要是我，我也辞职，在这儿有什么劲？周总的老婆简橙，和他是二十多年的青梅竹马，周总嘴上不说，心里肯定是介意的，这种事也没有男人不介意吧？怎么都硌硬。"

"走了好，周总看他不顺眼，他在这儿一辈子没出息，回头周陆的职位比他高，他更难受。"

众人想想，也是，说得有道理，他是应该走。

这事还没过去多久，五月初，投资二部的总监也辞职了。

据说是在开会的时候跟周总大吵了一架，也跟周陆有关。

那天的会议很多人都在场，下至各部门负责人，上至集团高层，黑压压的一屋子人。

吵架原因是周陆之前拿下的那个项目，周总直接通过的人工智能项目。

项目一直是周陆负责，二部总监信任周陆，没怎么管。

后来周陆跟他汇报，项目马上要进行 B 轮融资，因为 A 轮的时候还不错，京岫要追加投资。

二部总监那阵正好跟人吃饭，听说项目方老板有嫖娼和出轨的丑闻没曝光。

总监很正直，觉得掌权者人品有问题，追加风险高，得及时抽身，不然后期回报率不受控。

周陆持反对意见，意思是投资看中的是利益，这是个优质项目，收益可观，价值高，真有丑闻，京岫帮忙压下去就行了，又不是难事。

总监讲道德，周陆讲利益，然后两个人吵起来了。

当时投票，平票，周总有一票否决权，他否定了总监，支持了周陆。

然后总监恼了，说话都胆大包天。

"你觉得丑闻没问题，说明你就是跟他一样的人，周庭宴，我当初就是奔着你的高品格来的，没想到你也变成了被利益冲昏头脑的'昏君'。

"周陆是你老婆发小，你就支持他是吧？行，你忘了当初你大哥周万山为什么败给你，就是因为他感情用事，听他娘家人乱指挥，你现在也感情用事了。你这样瞎搞，早晚得出事！"

总监撂下狠话后，当天下午就甩出辞职信。

他的离开，算是让京岫折损一名大将，二部是京岫整个战略投资部的王牌，总监是业内有名的金牌投资人。

他是周总亲自带过来的，这几年带着二部飞起，接手的全是大项目，做一个项目够二部吃几年的。

他是老将了，谁也没想到他会走。

有人说："什么道德三观，听说有猎头接触过他，他肯定是被高薪挖走了，早有走的意思，找个理由而已。"

也有人说："周陆势头这么猛，又是周总亲侄子，早晚超过他，他有压力了吧？走是早晚的事，吵架是借口。"

私下的讨论还没消停，人工智能的项目也没事，总监的预言准了。

真出事了。

死人了。

七月底，京岫集团旗下的立橙生物被曝光出重大医疗事故。

立橙生物今年有一批疫苗进入临床试验阶段，有一个中年女人在临床试验中意外死亡。

一般企业遇到这种事，肯定是第一时间走私下赔偿，但死者的家属——七十岁的老父亲，第一时间没去找立橙生物和京岫闹，而是直接找记者曝光。

要说牵扯到京岫，一般记者还真不敢直接曝光，但是，他找的是孙一森。

孙一森是谁？

江榆电视台的主任记者，管着民生新闻部，牛脾气是出了名的，但凡他经手的新闻，只要曝光的，基本都是"实锤"的。

人家有亲戚在上头当官，不怕得罪人，在群众中的呼声极高，都说他是为民请命的包青天。

上次长盛集团旗下的盛辉地产出事，地暖问题就是他曝光的。

这次立橙生物闹出人命的事，也是他第一个曝光的，他采访死者老父亲的视频发布出来，大家才知道出事了。

打得立橙生物措手不及，京岫也完全没反应过来。

据死者七十岁的老父亲说，他闺女参加完立橙的临床试验项目后，免疫能力明显下降。

她是常年在地里干农活的人，回家后却连走路都喘，还出现感冒、发高烧、口腔溃疡等各种不良反应，饭都不能吃。

"大半夜的，我看情况不对，赶紧往大医院送，没出门呢，人就不行了，可怜老头子我今年七十岁，就这一个闺女，白发人送黑发人啊，这让我怎么活啊！"

老爷子在镜头下哭得撕心裂肺，后来直接哭昏过去。

采访一出，直接惹众怒，立橙生物所有项目都停了，因为老爷子在接受采访前举报了，所以相关部门介入得很快。

事发当天，周庭宴开会的时候直接被带走。

因为立橙生物是他亲自操刀收购的，京岫全资控股。他是实控人，出了人命，他得负责。

采访视频是早上发的，热闹了一阵。京岫的公关第一时间启动。

秦濯得到消息，第一时间让秦氏打辅助。

简宏云开会的时候听到秘书汇报，也立刻让长盛的公关部帮忙。

姚成仁看到视频时在外地出差，都来不及问怎么回事，先打一堆电话帮忙平息舆论。

江榆的四家百年老牌企业合力，这事在网上爆发得快，熄灭得也快。

本来热度差不多消了，结果第三天，那七十岁的老大爷抱着闺女的遗像躺在京岫门口，京岫直接成"网红"打卡点了。

不少自媒体也来直播，很快，这事在各个平台曝光，压都压不住。

简橙远在伦敦，本来是不知道这些事的。

当初来这儿的时候，简航抓着她的衣角哭，不让她走，所以她让梅岚自己回家，把简航一起带到庄园了。

来这儿三个月，她白天听胎教音乐，练孕妇瑜伽，陪简航玩，去关灵的书房看书，晚上搂着简航软乎乎的小身子，给他讲故事。

日子过得非常舒坦滋润。

她体质原因，没胖，只大了肚子，简航倒是胖了，小脸圆润不少，没那么干巴巴了。

除了接周庭宴的视频电话，简橙基本不看手机，更不看国内的新闻，基本算断网了。

直到周庭宴出事的第三天她才知道。

她是听赵文茜说的。

赵文茜一月份抛长盛的股，现在七月底，所有流程手续走完，她手里百分之十的股份已经全是简橙的了。

当初盛辉出事，孙一森要报道，老简找周庭宴帮忙，周庭宴的条件是，两年内让她的股份和简佑辉的持平。

老简虽然答应了，但一直愁从哪儿给她挤出来。

如今赵文茜手里有现成的。

简橙最初只有百分之二，后来打赌拿来百分之九，加上赵文茜手里的百分之十，她现在已经有百分之二十一，正好跟简佑辉持平。

老简有老一辈重男轻女思想，虽然有些微词，但也帮她办好了，毕竟他自己承诺过的。

赵文茜打电话，意思是他们不讲信用，明明已经各不相欠，周庭宴拿了股份后，偏偏又摆她一道。

啰里啰唆一大堆，大概就是那道雷劈下来了。

简橙没仔细听，因为赵文茜在骂周庭宴的时候，又幸灾乐祸。

她说周庭宴把自己玩进去了，出了人命，这次很难翻身了，她等着看他们的笑话。

简橙脑子里只有"人命"这俩字，直接挂了电话，折腾半天，把新闻翻到底，终于知道出事了。

她慌了一下，第一反应就是给潘屿打电话。

潘屿说："没事，太太您好好养胎，国内的事您别担心，周总会没事的。"

被安抚了下，简橙又想到周庭宴之前跟她说的，说他可能会出事，让她别担心。

她想既然他早就知道了，那应该是心里有数的，所以就暂时安心了，不过一整晚没睡好是真的，脑子不归她管，自己会胡思乱想。

尤其是第二天早上九点，秦濯和梅晟登门。

秦濯说："老周没事，很快就出来了，是潘屿给我打的电话，说你很着急，我就来看看你。"

梅晟说："我在查关清柔，发现她当年是从伦敦回去的，我来找线索。"

聊天聊到一半，隔了半小时，孟糖和林野也来了。

两个人本来说闲着没事找她玩，后来见秦濯和梅晟在，知道她已经知道国内的事了，就说担心她过来看看，孟糖抱着她先哭半天。

然后没多久，周柠推着何润来了。

何润说："简橙，我有事跟你说，也有事想请你帮忙。"

什么事、要帮什么忙他还没说，汪念念来敲门了。

汪念念本来一脸急切地抱住她胳膊要说话，看见她肚子那么大，又看那么多人都在，说话都磕磕巴巴。

"我……我在伦敦有小提琴演奏，听说简橙在这儿，就……就过来看看。"

早上十点半，沙发上坐满了人，简橙坐在旁边的单人沙发上，看着对面那几个人，头大。

芳姨把简航抱回房间。

简橙等客厅彻底安静了，见所有人都各怀心思，却半天不开口，于是主动打破沉默。

"何润。"

她先把沙发上坐着的几个人都介绍一遍，然后才说："这里没外人，你想说什么直接说，或者你觉得有顾虑，想跟我单独聊？"

何润最后还是选择单独聊。周柠也跟着了。

书房里，简橙扶着腰，在周庭宴特意让人给她买的贵妃午休椅上躺下。

何润刚才听周柠说简橙怀孕了，肚子高高隆起，月份大了，所以他略有迟疑，周柠也犹豫。

"小婶，我刚才特意问了芳姨，她说庄园里有小叔给你安排的医生，要不要他们过来……"

"没事。"

简橙知道他们在担心什么，摆摆手。

"现在什么事都刺激不到我，我大概能猜到你们要跟我说什么。"

她看向何润，目光平静。

"说吧，你们说出来，我才能知道我老公还有没有救，你们不说，我心里反倒不能平静。"

用人送来了咖啡，何润端着杯子，用指腹摩挲着杯壁，没喝，只低着头，很长的沉默后，才慢慢开口。

"我不是周陆的表哥，我是他和柠柠的亲哥，同母异父。"

何润其实知道，周庭宴一直在查他，关清柔也知道，但没当回事，因为周庭宴不可能查到。

——他改了名字，甚至年龄都不是真的。

他原来姓汪，按着现在的身份证，他今年三十岁，但其实他比周庭宴大了快四岁。

他都快奔四了，没干过活，一直细养着，看着年轻而已。

他是汪睿的孩子，汪睿死后，关清柔给了他一个新身份，都是三十多年前的事了。

过去唯一的痕迹，大概就是他三岁发高烧，在江榆一家儿童医院治疗过，那家医院有他的原始档案。

医院是私立性质，由京岫旗下一个科技公司全资控股，当年周庭宴接手京岫后，觉得有问题，直接端了科技公司，医院后来也倒闭了。

这么多年了，资料早没了，痕迹也完全消失，所以周庭宴查不到他的过去。

所以，关清柔肆无忌惮，无所畏惧地作死。

汪睿？简橙听到这个名字，愣了下，周百川说过，汪睿是陈柔的男朋友。

"所以，陈柔真是关清柔？"

事到如今，何润也没什么不能说的。

"是，她是陈柔。"

"汪睿是不是她弄死的？她到底想干什么？周庭宴跟她有什么仇什么怨？她为什么虐待周陆？她是不是有病啊，她……"

简橙有一堆的问题，说到最后觉得情绪要上来，忙停住，急呼两口气。

周柠见她要拿桌子上的水，忙跑过去帮她拿，把杯子递给她，就搬个小凳子坐她旁边了。

周柠用手轻轻拍在她隆起的肚子上安抚着，眼睛又红又肿，明显是哭过。

"小婶，对不起。"

她也不知道要帮谁道歉，反正他们都对不起简橙。

小婶怀孕的事她知道，当初爷爷的葬礼小婶没去，小叔说她怀孕了，去不了墓地。

算着日子，都八个多月了，她马上怀孕九个月，实在不该这时候来找她，但是时间紧迫，没办法，等她生完孩子就迟了。

简橙已经调整好情绪，她平静下来，握着周柠的手拍了拍，表示自己没事，然后才看向何润，示意他接着说。

何润眼睛看不见，杯子里的咖啡凉掉了，他也没放下。

"陈柔的父母在她小时候就出车祸走了，她跟着奶奶长大，关家……就是庭宴的母亲关灵家，关家和陈家是邻居，陈柔的奶奶对陈柔不太好，陈柔小时候被虐待，都是关灵把她带回家照顾。

"陈柔上初中的时候，她奶奶脑梗走了，她没地方去，关家收留了她，她算是关家的半个女儿，关灵一直把她当亲妹妹带着。陈柔成绩不好，那时候关家的陶艺店也不赚钱，她想给他们减轻负担，高一下学期就主动辍学了，出去打工，就是那时候认识了汪睿。"

提到汪睿，何润向来平静的神色微有波动，恨意也明显。

"不能说被骗吧，也是陈柔自己蠢，出去认识汪睿，交往没多久就怀孕了，孩子生下来了，就是我。"

关于汪睿算计关灵和老爷子，毁了关灵的事，何润一句话带过。

因为当时的细节他不知，关清柔只提过大概。

"汪睿是陈柔杀的，因为那时候，汪睿害了关灵，对陈柔而言，关灵就是她亲姐姐，知道自己间接毁了关灵，她快崩溃了。

"刚好，那时候她又知道一件事，汪睿走不通庭宴父亲的路，曾找过庭宴的大哥周万山，正好周万山控股的儿童医院研发的新药要拿孩子试药，缺一个带头的，周万山就让汪睿把我送过去。

"我是第一个小白鼠，陈柔一直以为我失明是高烧后的意外，后来听到汪睿和周万山打电话才知道这事。

"我和关灵都被汪睿毁了，陈柔彻底崩溃，在汪睿的饭菜里投毒，她把我安置好，她那时候跳海，没想活，结果命大，被一个渔夫救了。她说睡一觉醒来，她恨很多人，因为关灵嫁给了一个能当自己爹的男人，关灵的父母都因为这事死了，她说这世上对她最好的三个人，都被她害死了，我也被毁了，她说她不报复，活不下去。

"但凡牵扯到这件事的，她都恨。"

何润说了太久的话，情绪不太稳，简橙揉了揉发胀的太阳穴，问一句：

"立橙生物这事，是她搞的吗？"

何润说是。

简橙不理解关清柔的思维。"她既然是爱关灵的，周庭宴是关灵的儿子，她为什么害周庭宴？她不应该好好疼周庭宴吗？"

何润叹息。"这么多年，她已经被仇恨同化了，长年压抑，她已经偏执了，她恨周家的所有人，她想毁了京岫，她觉得只要把庭宴毁了，京岫就毁了，因为周家除了庭宴，没一个能撑起京岫的。

"庭宴是关灵的儿子，更是老爷子的儿子，她觉得老爷子也是罪魁祸首，所以她觉得庭宴也有罪。"

简橙直接问她最关心的问题。

"你以前不说，现在突然跑来跟我说这些，跟周庭宴这次出事有关？"

何润："是，其实我跟何妙没有血缘关系，何妙是三年前关清柔带到我那儿的，立橙生物临床试验中出事的那名女性，是何妙的母亲，关清柔这一局，从三年前就开始准备了。

"她想做什么，没告诉我，我一直觉得，她最多搞几个丑闻，直到听到新闻说出人命了，我才琢磨出她的意思。

"我想找庭宴，她冲我发火，然后把我锁在家里，还把何妙带走了，我现在找不到何妙了。

"我不知道周陆是什么情况，他肯定参与了，我打电话他不接，柠柠打电话他也不接。

"简橙，你能不能给周陆打个电话？你的电话他肯定接，何妙已经被带走三天了，我实在担心她。"

楼下。

简橙和何润他们离开后，偌大的客厅里，安静又尴尬。

最尴尬的是汪念念，因为她来得最晚，选的位置不好。

两个单人沙发，简橙坐一个，周柠坐一个，何润坐轮椅，只剩长沙发。

长沙发上坐着四个人，从左边数，秦濯、梅晟、林野、孟糖。

秦濯歪坐在最左侧，把梅晟往他旁边拉，孟糖挽着林野的胳膊坐在最右侧，四人中间空了挺大的位子，能坐下两个人。

她是被迫坐在中间的，坐在梅晟和林野中间。

两边空间大，本来挺好，偏偏秦濯老往孟糖那儿看，孟糖扭头不看他，林野看，瞪他，两个男人一来一回地用眼神交流。

汪念念被两人凌厉的眼风误伤。那感觉，好像两个大男人隔着她吵架，唾沫星子都喷她脸上，让人如坐针毡，早知道她今天不来了。

好不容易，两个单人沙发空了。

她想换个位置，但现在谁都不说话，她突然动一下，好像怪尴尬的，于是小心翼翼地往后挪。

梅晟察觉了，往旁边看了一眼。

他见她乖巧拘谨地坐着，密密的睫毛垂下来，缩着肩膀悄悄往后挪身子，尽量降低自己的存在感，像个自闭不喜社交的乌龟。

梅晟收回目光，用胳膊肘碰了下秦濯，压着声音提醒他。

"看什么看，再看也是人家老婆。"

梅晟到江榆大半年，经常跟周庭宴聚，秦濯只要闲着就来凑热闹，男人之间的友谊，喝几杯酒就有了。

秦濯喝醉的时候，提过很多次孟糖，梅晟不用问，自己就能拼凑出一个故事：狗男人浪子回头。

胸口被戳了下，秦濯回过神。

他也不是故意看的，就是很久没见孟糖了，上次见还是年前，这么久没见她，目光就总不自觉地看过去。没看几眼呢，林野就瞪过来，他输人不能再输阵，就来了场男人间无聊的眼神厮杀。

客厅的气氛愈发诡异时，简橙下来了，她从沙发上拿了手机，拨通周陆的电话。

接到简橙的电话时，周陆正在开会。

周庭宴被带走后，京岫集团在一个资深老副总的带领下，齐心协力应对这次突发事件。

忙活三天，初见成效，结果老爷子抱着遗像往地上一躺，辛苦全白费。

老爷子今年七十岁高龄，穿破旧大棉袄，戴一顶黑色的小毡帽，满脸皱纹，高高颧骨上还有在采访中晕倒时留下的摔痕。

背脊佝偻、风烛残年的小老头模样，让很多网友想起自己在老家的爷爷。

于是骂得更厉害了。

网上现在根本不能看，"黑心企业吃人血馒头"这种话题撤都撤不下来，技术部门删了，又冒出一大片，各个平台都有自媒体直播，谁播谁火。

事件愈演愈烈，第四天，京岫的管理层和股东开会，商讨如何开展接下来的工作。

最开始，会议室里一片抱怨声。

"就说当初不让周总接，他非得接，这下真砸手里了吧！"

立橙生物的前身是国资委老字号制药厂，当初周庭宴要接的时候，他们都反对，老爷子劝都没劝住，非得接。

行吧，周家这位太子爷也确实是厉害，接手几年，真把一潭死水盘活了。

前期无底洞一样地砸钱，今年终于要开始赢利了，前景可观，好嘛，还没等他们夸呢，直接搞出人命了。

"立橙到底有没有问题啊？立案调查可不是小事，整不好周总就回不来了，那地方好进不好出。"

吵到最后，老副总一拍桌子，挥手让众人安静，嗓音沉稳有力。

"怕什么？周总自从来到京岫，做过那么多的决策，错过一个吗？这些年你们的工资涨了多少、红利吃了多少、腰包鼓了多少，都心里没数吗？

"现在是需要你们齐心协力守住京岫的时候，不是让你们怀疑周总的，害怕的就滚回家去！"

老副总是老爷子在位期间的得力副手，元老级别的人物，平时周庭宴都敬着他，所以威望不小。

他几句话和一派从容镇定的架势，暂时安抚了大伙的情绪。

不过，有些事该提还得提，因为不知道周庭宴什么时候能出来，所以要选出一个人暂代总裁的位置。

老副总是唯一一个能让所有人信服的，可惜年纪大了，本来五月份就该退休。

听说他辞呈都交了，周总让他过了九月再走。

意思是简橙九月份生孩子，他得陪简橙，公司有些事还得靠老副总撑着，把人留下了。

如今京岫一堆事，老副总到底年纪大了，精力跟不上，这三天下来都明显疲累，协助可以，但暂代总裁职位有点吃力。

会议室里，众人在讨论谁更合适时，一直站在周陆身后默不作声的潘屿突然上前一步，伸手推推眼镜。

"周总离开前交代，如果他一周未归，由周陆暂代总裁之职。"

会议室乱成一团，潘屿留在里面，周陆拿着手机出来。

嗡嗡的振动让他整个掌心都发麻，他走回办公室，振动已经停止了，关上办公室的门，他打过去。电话很快被接听。

"周陆。"简橙喊了他一声，声音平静，听不出太大波动。

周陆扯开领带坐到椅子上，从抽屉里拿出一盒糖，打开，捏一粒放嘴里。

"我在呢，你说。"

简橙："有些事我不问，我就想听你说一句，周庭宴不会有事的，对不对？"

周陆把糖咬碎，略略停顿一下。

"嗯，你还有一个多月就生了，你好好养胎，把心放宽，最迟，等你生了孩子，他就回来了。"

简橙听出他那声停顿，沉默了会儿道："周陆，如果周庭宴有事，我会恨你。"

"我知道。"

"那你知道何妙在哪儿吗？"

"不知道，我也在找。"

挂了电话，周陆闭着眼在椅子上坐了会儿，把嘴里的糖嚼完，给关清柔打电话。

"立橙生物出事，小叔被带走，老爷子现在还抱着遗像躺在门口，我现在是京岫代理总裁，下一步干什么？"

关清柔："你和汪念念结婚，我昨天已经跟她父亲商量好了，婚期提前了，九月初是好时候，婚礼也不用你操心，你忙京岫的事，我来操办。"

周陆几乎拿不住手机，漫长的沉默后，声音在抖。

"妈，你真狠，真狠。"

伦敦，庄园。

简橙挂了电话后，何润先开口，声音急切。"怎么说？"

简橙把周陆的话转述给他，然后朝汪念念招招手。

汪念念巴不得离开沙发，噌地站起来，太着急，膝盖碰了下茶几，疼得差点摔倒。

梅晟伸手扶了她一下，眼睛瞄向她膝盖。"小心点。"

汪念念转头说了句"谢谢"。

简橙带着汪念念到一楼休息室，关了门。

简橙："现在该你了，你来找我，有什么事？"

整个别墅，但凡是休息的地方，都有贵妃午休椅，简橙月份大了坐着不方便，周庭宴让人准备的。

汪念念扶着她在椅子上躺下，盯着她高高隆起的肚子犹豫。

"我其实……其实没什么事……"

"不用怕刺激我。"

简橙打断她的话，笑笑。"刚才何润跟我说的事，是十级地震，你再说什么事，都刺激不到我。"

汪念念在她跟前蹲下，用两只手扒着扶手，下巴抵在上面。

她提起去年，为了感谢简橙帮她解决简佑辉的麻烦，请她吃饭的事。

"那天吃饭，你把周陆也带过去了，吃完饭周陆送我回家，路上，他跟我谈条件，他说只要我答应跟他交往，他就成全我一件事。"

汪念念的手按在心脏的位置，声音轻柔。

"我这里，生病了，如果等不到合适的供体，活不了几年，我倒也不怕死，只是我走了，外婆一个人没人照顾。

"你上次见过我外婆，你当时心情不好，可能没注意，我外婆也生病了，阿尔茨海默病，有时候清醒有时候糊涂，她一个人不行，我必须活得比她久。

"医院排队真的太久了，我那亲爹有门路，他不疼我，也没关系，但是我得听他的话，我想让他帮帮我。可惜，他总听我继母的话，用这个拿捏我，对我生病的事不上心。

"那天周陆跟我说，如果我听他的……"

汪念念停顿了下。

"我不知道他什么时候配型的，也不知道他怎么跟我配的，他给我看了我们的配型成功率，就……"

汪念念支支吾吾，简橙听明白了，用掌心慢慢地摸着肚子。

"他要把心脏给你？"

汪念念一直看着她的反应，见她眉宇间很平静，才点头。

"是，我当时吓死了，我说'你疯了啊'，他就问我要不要，我考虑后答应他了。"

说完，汪念念又赶紧解释。

"我发誓，我真没想过要他的心脏，我就是觉得他怪怪的，因为那时候你刚帮过我，他又是你发小，我怕他做傻事，我就暂时答应了。"

简橙闭着眼呼了口气。"所以呢，你来找我什么意思？"

汪念念提到她和周陆的婚事。

"周陆妈妈年前跟我爸他们吃过饭了，商量过我俩的事，周陆是你老公跟前的大红人，我爸他们都非常满意这婚事。

"本来说今年年底订婚的，就昨天晚上啊，我爸突然给我打电话，说把时间提前了。这不对劲啊，你老公刚出事，京岫不是一堆事吗？周陆怎么还有心情订婚啊？

"而且定的是九月初，之前跟你聊天，我算着，你九月初就生孩子了，他跟你关系那么好，按理说，该等你生完啊。

"我昨晚给他打电话，他醉醺醺的，话都说不清，我就挂了，想问问你怎么回事，正好我这两天在伦敦有演出，电话里说不清，我就直接来了。

"周陆不让我告诉你我们在一起的原因，但是吧，他太奇怪了，我有点怕了。答应了又反悔，我可能有点缺德，但是我又不会要他的心脏，我最开始只是担心他，后来因为他妈妈突然找我爸商量婚事，有点失控，现在他做的事更是超出我能接受的范围了。

"而且他心里有人，我才不会要一个心里有人的男人，多傻啊，所以我不想跟他玩了。"

汪念念出去了，简橙一个人在椅子上躺了五分钟后，秦濯和梅晟进来了。

简橙懒懒地躺着没动，梅晟走过来，用掌心揉她的脑袋，疼惜道："还好吗？"

简橙说没事。"就是一下听很多事，脑子有点乱，我得消化下。"

秦濯拉着一个椅子在她旁边坐下，见她眉头皱着，缓声道："我给你说个好消息，让你高兴高兴？"

简橙闭着眼睛没睁开。"你说。"

秦濯提起赵文茜。

"盛辉地产两年前在江榆东区买了一块不小的地皮，要盖商品房出售，准备去年年底开工，但是后来地暖问题曝光出来，就耽搁了。后来赵文茜去了盛辉，她也厉害，加班加点赶工，地暖问题今年二月底就处理好了，这事结束，她就准备盖商品房了。

"结果呢，她办理商品房建设的手续还没齐全，东区那块地皮，已经不适合商品房建设的新规了。

"新规出来前，老周其实已经得到内部消息，当初想提醒你爸，结果简佑辉把你气哭，他生气，就没说，后来出了地暖的事。

"赵文茜为什么愿意接盛辉？其实是老周一直引着她往陷阱走，老周上次断她的资金来源之前，就围堵过她的公司，让她有危机感。

"这时候，她就会想找个托底的，关键时候，盛辉出现了，未来她自己的公司有问题，她可以把盛辉卖了救急。

"商品房建起来她能赚不少，老周上次整她，她元气大伤，她不可能再放弃马上到嘴的肥肉。所以她胆子大，手续还没齐呢，她边办证边开工，很快被叫停，这几个月，她找了很多关系，钱花了，礼也送了，腿都快跑断了，还偷偷动工。

"现在又停工了，地砸手里了，之前解决地暖问题就砸不少钱，赵文茜今年又投资不少。急于扩张，资金不能回笼，盛辉已经出现严重的财务危机，更严峻的是，盛辉高管一下辞职好几个，赵文茜现在背着好几亿的债。"

简橙安安静静听着，没太大波动，秦灈见她还蔫蔫的，把手里一直抱着的相机递给她。

"第二个惊喜，你老公送你的，老周进去前让我带给你的，给你在拍卖会拍下的限量版相机。"

简橙睁开眼瞄一下，不感兴趣，又闭上眼。

秦灈手指在相机上按了几下。

"老婆。"周庭宴的声音。

简橙倏地睁开眼，顺着声音看过去。

秦灈笑笑。"我就说吧，我是千里迢迢赶来送惊喜的。"

相机被放到怀里，简橙低头，拿起来，看到画面时愣了下。

是周庭宴。

画面里，周庭宴端端正正坐着，五官立体，穿着黑色衬衫，在家里书房录的，后面墙上还有她的照片。男人头顶的暗黄色暖灯，将他整个人笼罩在光圈之内，他看着镜头，眼角眉梢都带着笑，温柔得让人落泪。

"老婆。"

简橙上次见到周庭宴，还是两个月前。

他大半夜过来，吃了碗芳姨煮的面，洗个澡，抱着她睡一觉，第二天早上又匆匆赶回去。

她知道他事多，不让他来回折腾，他也确实忙得抽不开身，后来就没来了。

但每天都会挤出时间，配合她的作息给她发视频，他被带走的前一天还给她打了视频电话。

正常得看不出任何异样。

就像现在，秦灈说，这就是他被带走的前一天晚上录的，那时候他已经知道自己要出事，还一派悠闲倦懒的姿态。

欠揍，真欠揍。

简橙用力握着相机，瞄着屏幕里周庭宴弧度轻扬的嘴角，暗暗磨牙，等着吧，等他出来，她肯定揍他。

她以为他说的出事，最多是京岫爆几个丑闻，毕竟周家的料不少，她以为关清柔会用丑闻让京岫陷入危机。凭周庭宴的本事，肯定能力挽狂澜。

竟然直接闹出人命了！

"老婆，你现在肯定很生气，没想到我玩得这么大，想揍我是不是？"

冷不防，周庭宴带着笑意的声音传过来，分毫不差地猜中简橙的心思。他双手交握在身前，衬衫解开两颗扣子，露出性感的锁骨线条。

"若是以前，我会选择瞒着你，把你放在安全的地方就行了，但是你上次生我的气，就是因为隐瞒，我怕你事后又不理我，所以我之前就跟你说，我可能会出事。

"大概年后吧，初七，长盛开发布会，简文茜变成赵文茜那天，我约周陆去了屏玺会所。周陆说，关清柔其实也一直防着他，从小到大，要做什么从来不会先告诉他，都是用到他的时候才说。

"比如热搜那次，他说热搜事件之前，有一天关清柔突然给他打电话，说她让人毁了立橙的试验数据，潘屿过去查了，马上查到人，让他想办法帮一下。他以为那次关清柔只是想毁我心血，没想到她是故意把潘屿引开，跟章珍她们合着算计你。

"当然，数据没事，小湾村，周陆给我提醒后，我就一直警惕着，数据会另外备份，备份在哪儿，只有少数人知道。

"这次疫苗Ⅱ期的时候，周陆说，关清柔让他在试验者中安排了一个人，姓李的一名女士，有基础疾病。

"所以我们都觉得她会在李女士身上搞事情，李女士虽然入选，但其实没参加这次试验，给她的是她自己平时吃的药，我们一直盯着李女士，没想到，她连周陆也算计了。

"这次Ⅱ期试验，我们重点盯李女士，就看关清柔让她怎么闹，结果今天早上，孙一淼给我打电话。他说有个姓张的老爷子找到他，要举报立橙生物把他闺女害死了，而且老爷子找到他的时候，张女士已经被送到殡仪馆火化了。

"关清柔在我眼皮底下玩这出，我倒是没觉得什么，但是我没想到，她直接搞出人命。人已经烧了，毁尸灭迹，说什么都晚了，我大概会被带走协助调查。"

"橙橙，你在哭吗？"

休息室里，简橙靠在梅晟怀里，捂着眼睛正难受，周庭宴温润的声音就钻进耳朵里。

"别哭，没事，我不会有事。"

烦死了，怎么像能看见她似的！

周庭宴继续说："那批疫苗没问题，国内对这块把控得相当严格，都是通过了试验的。

"我还请了三位医学专业的老教授坐镇，每一步都很小心，没有问题，再怎么查都不会有问题。

"至于张女士的死亡应该也不是试验诱发的，不然老爷子不会那么快把尸体烧了，他完全可以带着死亡报告报警。

"他为什么找孙一淼？是关清柔让他找的，关于孙一淼的事烦琐，这事等我出去再告诉你。总之，孙一淼没有背叛我，他的采访是我让他接的，这样他能接近老爷子，他会想办法套出张女士的死亡原因。

"套不出也没关系，我之前就做过最坏的打算，预计过我可能会被带走，我给自己留了退路，我敢进来，就能出去，你好好的，别为我担心。就是见面得等孩子生下来之后了，抱歉啊，调查流程没那么快，而且我现在也不能出去，我说过，会还你一个原来的周陆。

"关清柔手里有拿捏周陆和周柠的东西，我进来，她才能为所欲为，得让她疯。

"对不起，又让你担心了，我最迟九月底就能出去，你和孩子等着我。

"简橙，我爱你。"

视频的最后，周庭宴录了一首歌。

《小星星》。

简橙第一次听的时候笑半天，她真服了，唱儿歌都跑调，可惜了他那么性感的"低音炮"了，比她唱得还难听。

晚上睡觉的时候，简橙放给简航听，问他难不难听，简航奶声奶气地说难听，简橙也说难听。

简航小脑瓜子转得慢，一直不明白，明明姑姑说难听，为什么还每天晚上都听。

她有时候听着笑，有时候听着听着就哭了。

他伸着已经变得胖乎乎的小手去抱她，学着妈妈以前哄他的样子，亲亲她的脸。

"姑姑不哭，航航长大，保护姑姑。"

周陆暂代京岫总裁之职后，京岫大部分人都不服。

虽然他是周家人，但来公司的时间确实太短，还不到两年，虽然年纪轻轻就当上了二部经理，但资历尚浅，不足以服众。

大家都等着看他的笑话，就看他怎么解决外面那七十岁的老大爷。

毕竟从老大爷往那儿一躺，京岫能说会道的人才就轮番上阵了，全以失败告终，没有一个人能把那尊大佛劝走的。

好话说尽，威胁警告的狠话也说了，甚至请了警察，都没用，警察来了，老大爷就躺那儿不走了，稍微碰下他，就大喊警察打人，不活了。

年轻人还好搞，关键人家一个七十岁高龄的老大爷，又刚经历丧女之痛，一个搞不好就原地给你去世，谁敢来硬的？

倚老卖老，你大爷还是你大爷。所有人都拿他没办法。

他们就看这位年轻的代理总裁怎么指挥。

在周陆以代理总裁的身份召开的第一次会议上，叽叽喳喳，众人没一个服他。

老副总就说："周陆，如果你有办法把人请走，我第一个服你。"

老副总表态，其他人也纷纷跟随。

于是会议没开完，周陆拿着外套就走了，大家都以为他认怂，结果他往那大爷旁边一坐，跟他唠半天嗑，也不知道说的啥，大爷真起来了。

周陆喊来办公室的主任，让他带着大爷去吃饭，再去医院检查一下身体，如果没事就把人送回家。

众人傻眼，老副总带头问："怎么请走的？"

周陆说："我这几天一直在查他，发现他有个外孙女在三年前走丢了，我跟他说，我能帮他找到外孙女，他已经没了女儿，外孙女是他唯一的希望。"

老副总说："看吧，我就说周总不会选错人，周陆是有本事的。"

他指着众人。"刚才都说了啊，只要周陆解决这事，都得服他，你们发过誓的，谁反悔谁是孙子。"

众人："……"

会议结束，周陆这个代理总裁正式上岗。

老大爷没再来闹过，相关部门对周庭宴的调查悄无声息地进行着，网上对此事的讨论也在慢慢减少。都在等调查结果。

九月一号，简橙顺产生下一个男婴。

秦濯来看她，告诉她两件事。

盛辉地产因不能清偿到期债务，且明确缺乏清偿能力，经债权人申请，江榆市第二中级人民法院已裁定受理盛辉破产清算。

秦濯眼睛直勾勾地盯着抱着孩子的孟糖，不忘跟简橙说："这是老周进去前安排的，他算着你的预产期就在这几天，特意叮嘱我，在你生孩子这天告诉你，说你辛苦，让你高兴高兴。"

简橙确实挺高兴，可惜赵文茜跑了。

对于这事，秦濯说别急。

"是老周逼着她跑的，盛辉有严重的财务危机，刚经历过地暖问题，手里又砸一块地，她想卖都卖不出去，盛辉卖不出去她就没钱。她自己的那个公司，是啃长盛的肉存活下来的，老周之前给你爸支着，把资源全抢回来了。

"她跟长盛旗下的公司是对手，你爸按着老周的指点，从四月份到八月份，对她全方位地打压，她当时顾着跑盛辉的商品房，没察觉，等她反应过来已经迟了。

"她那个公司，已经救不活了，老周让你爸收了，把公司转给你，说她那公司底子还在，发展好了是块肥肉，回头你占着股份，他找人帮你管理。

"赵文茜的公司，是老周送你的第二个礼物。至于赵文茜跑，这是好事，梅晟一直盯着余涛，也找合法的机会抓过他，但他嘴巴死硬，怎么都问不出来。

"他那个运输公司，看似是他的，其实一直是赵文茜养着，老周说赵文茜一出事，没钱了，跑了，余涛肯定也要找她，把他俩放一起，事就好办了，回头一起抓，梅晟让人跟踪赵文茜，她跑不了。"

秦濯说另一件事。

"梅晟找到陈柔杀汪睿的证据了，等何润和关清柔的母子鉴定结果出来，就能抓人了。"

第四天一早，简橙办了出院。

梅钰一号那天来了，在医院陪她两天，有事先走了。梅晟在忙着陈柔的案子，也抽不开身，转了个大红包，又打了会儿视频电话看孩子。

于是这天，孟糖、林野还有秦濯接简橙出院。

孟糖和林野是一直都在，秦濯是第一天来了，后来走了，说是正好在伦敦有会，去开会了，开完会又回来了。

林野开车，简橙和孟糖带着孩子坐后面，秦濯在副驾驶。

秦濯转头跟简橙说："把你平安送回去，我的任务也算完成了，回头让老周来接你回家。"

简橙："辛苦了。"

周庭宴在这儿留了很多保镖，前前后后几辆车里都是保镖，其实秦濯来了也多余。

简橙看一眼一直转头朝窗外看的孟糖，再看一眼驾驶座上的林野，最后看向副驾驶座上已经转身坐好的秦濯。无声叹息。

孩子睡着，接下来很长一段时间车里没人说话，气氛很尴尬。

简橙正琢磨该说什么时，手机铃声响了。梅岚打来的。

简橙第一次觉得，这烦人的亲妈电话来得真是时候，她快速接听。

"橙橙啊。"梅岚紧张的声音传来，带着轻微的试探，"是这样，你爸昨天来伦敦出差，我好久没来伦敦了，就跟着来玩了，你看啊，我们都到这儿了，过去看看你？"

亲闺女生孩子，当妈的没陪在身边，说得过去吗？说不过去。

但是这真不怪她，当初简航跟着简橙来，梅岚就想过来，偏偏简橙不让她来。

"怀孕得保持好心情，咱俩关系什么样你心里没数？之前让你跟着我是看航航的面子，我也经常工作，咱俩见面少。现在我不工作了，要是还天天跟你面对面，我心情能好吗？心情不好对孩子不好，你回去吧。"

梅岚当时干生气，又没办法，谁让她惹不起。

拎包回家，简宏云一天在她耳边念叨八百遍。"橙橙在伦敦，现在身边没人，庭宴忙，梅钰也忙，就你在家闲着，你傻啊，你不去。现在正是争宠的时候，你去了，橙橙心里就会把你和梅钰比较，她怀着孕比较脆弱，会觉得还是亲妈好，庭宴也会觉得你这个丈母娘靠谱。"

梅岚委屈得不行，又不是她不想去，她也想去啊。听说简橙住庄园，她这辈子还没住过庄园呢，去住几个月，在简橙那儿刷点好感，回来还能跟她那些姐妹炫耀，多有面子啊。

可惜人家不让去啊。

当时简宏云嫌她没用，亲自给简橙打电话，意思是亲妈过去照顾省心省力，照顾得到位。结果简宏云也被撑，她在旁边听得清楚。

简橙说:"周庭宴给我找了最专业的月嫂,芳姨是生过两个孩子的,用人里也有当妈的,我这儿一堆经验丰富的'妈',我要那个只会偏爱养女的妈干吗?老简你活够了?梅女士过来把我气出好歹,周庭宴弄死你。"

简宏云信誓旦旦打电话,被撑到半个字蹦不出来,梅岚在旁边听着也气,什么叫只会偏爱养女的妈?

行吧,她以前确实挺蠢的。这不是想着以后慢慢弥补吗?她现在是真想跟简橙缓和关系。

当初周庭宴出事,她吓一跳,想着:完了完了。还跟简宏云商量,不行把简橙接回家,简宏云让她镇定,说周庭宴不会出事。

她也不懂商场那些事,她就是觉得简橙可能需要人陪,又给简橙打电话,结果简橙还是没让她去。这次还是他们算着她的预产期就在这几天,简宏云找个理由来伦敦出差,她跟着过来了,想着都到地方了,试试打个电话。

梅岚怕她不答应,本来打算多说几句,结果——

"那你们过来吧,我今天出院了。"

简橙现在有长盛百分之二十一的股份,不可能跟他们永远不来往。人家都在伦敦了,不让来不合适,又不是永远不见面了。

"出院了?"梅岚惊喜,"生了吗?男孩女孩啊?"

简橙低头看儿子,怕吵醒他,手机音量调得低,声音也压得低。"男孩。"

伦敦街头,梅岚兴奋地跺脚,转头跟简宏云说:"生了,男孩!是男孩!稳了稳了,周庭宴的嫡长子,橙橙的地位稳了!"

简橙:"……"

简宏云直接把手机抢过去,迫切地跟简橙求证:"男孩吗?是男孩吗?"

听到那声无语的"嗯",简宏云嘴巴就没合上过,迫不及待地要见见,问简橙地址。

车里气氛依旧尴尬,简橙难得生出跟简宏云聊天的心思,周庭宴已经被带走一个多月,简橙第一次跟他聊起这事。

"老简,周庭宴出事那天,你给我发消息,说周庭宴肯定没事,让我别担心,你怎么确定,他肯定没事?"

车子开过来,简宏云让梅岚先上车,自己也钻进去,跟司机报了庄园名字后,才继续跟简橙说话。

"怎么确定?周家那老爷子在位期间是什么人?那是枭雄,他什么关系没有?上头关系硬着呢,一帮交心的兄弟。老爷子对周庭宴这个儿子是真的可以,当初周庭宴掌权京岫，第一件事就是拿下国资委名下的老字号制药厂，就是这次出事的立橙生物。老爷子不看好，也是觉得没必要担风险，偏偏周庭宴硬要，国资委名下的，啧，这东西不好搞，一不小心就得砸手里，砸手里还不好扔出去，扔出去就要得罪政府。老爷子怕周庭宴走到那一步，把他手里的政治资源全给周庭宴了。周庭宴自己也有本事，这几年，他把京岫带到新高度，京岫是江榆经济发展最重要的引擎。影响力大，吸附力大，政府打着他的广告，引进了多少企业来江榆建厂，解决了多少就业问题，数不清。政府很喜欢他，他自己积攒的人脉就够用了，况且还有他爹给他留的关系，他自己不用找人，就一堆人要保他。再说了，现在国内对临床医学这块严苛到变态，既然能进入临床试验，基本上是没问题的，他周庭宴身后是京岫那么高的楼，他犯得着为了立橙生物赔上自己吗？"

简宏云给她吃定心丸。"所以你把心放肚子里，就是调查的流程慢一点，前前后后算下来得两个月，等你出了月子，他就该回家了。"

简宏云和梅岚临近中午才赶过来。两人带着满腔的热情进屋，先关心了简橙的身体，又急切地去看躺在她旁边睡得正香的外孙。

孟糖本来坐在孩子身边，被两人拉开，林野看她心不在焉的，正好屋里来人了，就牵着她出去透透气。

两个人绕着别墅慢慢走，孟糖知道自己今天情绪不对，主动跟他解释："我不想骗你，直到今天，秦灈对我还是有影响，但是我没想过回头，真没想过，我就是需要更多的时间忘记他。"

她扯扯他的手。"橙子生孩子，周庭宴现在又出事，他替周庭宴过来很正常，以后我尽量不跟他见面，他在的场合我尽量回避，你别生气。"

林野停下，转身正对她，伸手搓搓她略显苍白的脸。"怕我生气？"

孟糖点头。"怕。"

林野忽而俯身。"糖糖，我能吻你吗？"

孟糖愣了下，还没回答，林野的脸已经凑过来，她下意识要偏开头，又在最后一刻停住。

两个人交往大半年了，只拥抱过，牵过手，进度确实慢些，约会的时候林野好几次想吻她，她都下意识偏开脸，他每次都吻她额头。孟糖觉得挺对不起他的，而且今天他大概吃醋了，该哄哄他，这会儿又是在别墅后面，旁边没人，她不该再躲。

胡思乱想间，林野已经吻过来，呼吸被攫取，随后腰后横过来一只手，她整个人被揽入怀。

不同于秦濯的狂热和暴躁，林野的吻很温柔，大概是没经验，他一点点摸索，一点点侵入，慢慢地攻城略地。

下巴被捏了下，孟糖配合地松开齿关。

今天无风，天气闷热。秦濯站在风口，也觉得浑身不得劲，躁郁得不行，手里的烟忘了往嘴里送，猩红的火光烧到了皮肤，他手一抖，半截烟掉到地上。

他就是出来抽支烟，想尽快散去烟味，就往这边多走几步。没想到目睹孟糖和林野接吻。

林野吻下去前，朝他这边看了一眼，大概是故意的，可他没立场过去，他有什么立场？他现在什么也不是。

男人的占有欲，他理解林野，他懂。

秦濯定定地看一眼完全靠在林野怀里的孟糖，慢慢收回视线，低头，把地上的烟头踩灭，转身离开，背影孤寂。

周陆和汪念念的订婚宴本来定在九月九号。

八号这天，梅晟带人上门抓捕关清柔。

关清柔看到自己跟何润的亲子鉴定，以及何润亲口承认的那份签字口供，愣了很久，好半天没说话，最后低低地、自嘲地笑一声。

"真是白眼儿狼啊，跟我一样，都是白眼儿狼……白眼儿狼……"

审讯室里，关清柔看到证明自己就是陈柔的证据，反应很平淡。直到听说梅晟找到了她杀害汪睿的证据，铁证如山，脸色才扭曲了。

"我杀他怎么了？他不该死吗？他该死！"

梅晟等她的情绪稳定后，问她何妙在哪儿，她不说，她有条件。"我要看到周陆和汪念念订婚，不对，不订了，直接结吧，你让他们结婚，我就告诉你那孩子在哪儿。"

梅晟不明白她为什么坚持让两个人结婚，去找了周陆。回来再审关清柔，差点失控动手。

"疯子。"

结婚不可能，梅晟亲自带人去找何妙，周陆和何润提供了所有可能的地方，也一直没找到，何妙像凭空消失了。

九月底的时候，七十岁的张老爷子自首，说自己冤枉了立橙生物。

关清柔听说老爷子把自己供出来了，周庭宴也要出来了，沉默了好半天，整个人似枯朽的旧木，最后跟梅晟说："简橙差不多出月子了吧，我要见简橙，你们想知道的，我只跟她说，你让她来见我。"

张老爷子自首这事，简橙是听孙一森说的。

老爷子自首当天，孙一森给她打了个电话。"抱歉，当时事发突然，我也没来得及跟你说，这阵子任务艰巨，事没成，也不知道该怎么跟你说，今天总算能松口气。"

确实任务艰巨。孙一森没想到于记老鸭煲是关清柔为他设的套。他跟关清柔无冤无仇，甚至完全没交集，关清柔为什么要算计他？因为关清柔想借他在江榆的威望给京岫一记重拳。

但是她知道，他跟周庭宴是朋友，她担心他不好控制，担心他会帮周庭宴。这就有点侮辱他了。

如果立橙生物真有事，他该曝光还是会曝光，不过关清柔这种性格扭曲的人，疑心重很正常。

关清柔查过他，他的过去很好查，毕竟当年他女朋友出事，事情闹得很大，他前同事都知情，随便一打听就知道。于记老板的女儿叫姚心安，跟他前女友心悦长得很像。

为什么那么像？因为他的心悦跟姚心安是亲姐妹，姚家当年条件不好，又想拼个儿子，把八岁的大女儿送人了。

心悦没跟他提过这事，大概是不想提过去的经历。

心悦和姚心安是亲姐妹的事，还是周庭宴告诉他的。"跟梁凡吃饭那次，你说姚心安跟你已故的女友长得很像，因为于记这家店是关清柔推荐给简橙的，所以我就留了心，查了下姚心安，没想到一路线索摸下去，查到了你女朋友。她们是亲姐妹。"

孙一森当时的想法是——难怪呢，难怪心悦每次吃老鸭煲都很沉默。他问她怎么了，她说没小时候那味道，她说小时候吃过最好吃的老鸭煲，都快忘了那味道。

他后来喜欢吃老鸭煲，就是受心悦影响，想找到她说的那个味道。他经常去于记，不只是因为姚心安那张脸，也是因为他在于记吃到了心悦形容的那个味道。

原来她一直想吃的，是妈妈的味道。

周庭宴大致说了下周家那些事，孙一淼就听明白了。当时虽然不知道关清柔要干什么，但他可能会成为关清柔的一颗棋子。

其实自从知道心悦和姚心安是姐妹，他就再也没去过于记了。心悦从来没跟他提过，说明她心里一直没放下小时候的事，她没原谅，所以他就不去了，姚心安后来找过他，表示过好感，他拒绝了。

他不可能跟心悦的妹妹在一起，那是对心悦的侮辱。

不过周庭宴提醒过他，他也想看看关清柔到底要干什么，所以没撕破脸，只说自己非常忙，确实非常忙，他在争取副台长的位置。

许久没见姚心安，再见时，是张老爷子来找他那天。

早上姚心安急匆匆地来找他。"我爸糊涂，这段时间店里生意越来越不好，他被调料市场的一个人撺掇着买了一斤罂粟壳，但是他就放了一次，那晚他不让我吃，我追问，他就说了，我让他全毁了。有个姓关的女人找我，给我看一段视频，就是我爸往锅里放罂粟壳的视频，她说让我来找你，让你帮她一个忙，不然她就把视频交上去。"

姓关的女人，孙一淼当时就想到周庭宴跟他说过的话。

果然，关清柔还是来找他了。

姚心安给关清柔打了个电话，关清柔告诉他马上有个老爷子找他，就是张老爷子。

扪心自问，如果不知道姚心安和心悦是姐妹，因为这张脸，他有很大概率会任由关清柔摆布。因为他对心悦的愧疚从未消失，他见不得姚心安这张脸哭。

这世上唯一能威胁他的，就是心悦。可惜，周庭宴先找他一步，他非常清醒。所以他先给周庭宴报信，周庭宴让他报道，让他取得老爷子信任，看能不能套出话。

他是记者，擅长攻人心，但老爷子嘴巴实在是紧，他花了快两个月才撬开他的嘴。

已故的张女士是何妙的生母，何妙的父亲走得早，张女士带着闺女投奔老家的父亲。

老爷子有病，常年吃药，父女俩靠门前一亩地生活，穷，偏偏何妙有白血病，耳朵也有毛病，别说治病了，光一个人工耳蜗就得花几十万，老爷子的心脏也等着钱做手术。

关清柔找到他们，说孩子在他们手里也养不活，不如一命换两命。母亲的命，换闺女的命和她以后的富贵，给老爷子换心脏搭桥钱和养老钱。

张女士心疼闺女，想给闺女拼个锦绣前程，也为了老父亲，同意了。

老爷子为了他自己，劝她同意了。

关清柔三年前就把何妙带走，是给她看病去了，病好了，人工耳蜗也戴了，就是张女士兑现承诺的时候了。

张女士临床试验后没事，回家后好好的，是喝农药走的。张老爷子自首，把事情前前后后说一遍，帮立橙生物澄清，拿出了闺女喝农药的视频。

他说录视频的手机是他用关清柔给的钱买的，录下来，这样可以威胁关清柔。因为说好了，闺女死了，关清柔就得出钱给他做手术，还得找最好的医生，还得给他足够的钱，他怕关清柔反悔，留了个心眼。

孙一森天天去找老爷子谈心，话没问出来，但是发现了这个手机。

所以老爷子其实并非自愿，只是法网恢恢，事实胜于雄辩，他无从狡辩。

简橙挂了孙一森的电话，正消化这些呢，梅晟的电话又打来了。"关清柔要见你，说有些话，只跟你说。"

简橙纳闷，关清柔脑子没事吧？只跟她说？她俩关系很好吗？不会是要害她吧？简橙没管这些乱七八糟的事，因为九月的最后一天，周庭宴来接她了。

这天晚上，她刚把儿子哄睡，芳姨不掩兴奋和激动的声音由远及近。"太太！先生回来了！先生来了——"

简橙脑子有一瞬的空白，反应了一会儿才意识到她口中的"先生"是周庭宴，直接掀开被子下床。

芳姨接到门口保安的电话就喊简橙了，所以简橙跑下来时，周庭宴的车还在往这边开。

她站在台阶上，看着那辆低调的黑色商务车越来越近，看着车停下，看着昏黄的光影中，后车车门缓缓打开。

男人迈着长腿下车，还是熟悉的黑色，穿黑色长风衣、黑色衬衫、黑色长裤，修长的身姿挺拔，面容深邃，眉骨立体。

一眼万年。但是，瘦了。瘦了一圈。

周庭宴深邃的眸直勾勾地看着她，唇角浮现层层笑意，眼中隐有湿意。

没等她过来，他已经第一时间朝她走过去。

简橙被他拥入怀里的时候，才觉得眼前的人不是虚影，她伸手回抱住他，抱一会儿，用力捶他几下。

"周庭宴，你抱得太紧了。"

确实太紧了，他像是要把她揉进身体里，她快不能呼吸了。闻言，周庭宴立刻松了力道，把她推开一些，简橙正要说话，他已经低头吻上来。吻来得又急又快，密密麻麻地侵蚀她的每一寸呼吸。

简橙下来时就想，见了他，一定要踹他两脚，骂他两句，结果这会儿唇舌酥麻，脑子一片混沌。

他长驱直入的掠夺和虔诚的怜惜，让简橙生出一抹失而复得的庆幸来。

理智回笼时，他们已经在卧室，不知道什么时候上来的，她后背贴着墙，双腿已经自觉地攀上他的腰。

气息紊乱，简橙及时清醒。她一巴掌扇在他脑门上，双手捧着他的脸，朝床的方向转过去。"你儿子在呢，你就要流氓，不要脸。"

周庭宴没想动她，她身体还没恢复好，他不可能这时候要她，他脑子清醒着呢，不会进入下一步，就是太久没见了，急于用吻感受她的存在。

几个月没抱她，他实在是太想她了。

头转过去，他的目光在床上的孩子身上停了几秒，收回视线，慢慢把简橙放地上，又把她抱怀里。

他把头埋在她脖颈边。"对不起。"

他对不起什么，简橙听得懂。对不起离开这么久，对不起生孩子的时候没陪着她，对不起让她担惊受怕。

简橙其实无所谓，他虽然不在，但是把所有事安排得妥妥当当，她没受罪，生孩子的时候也很顺利。

相较于她，她觉得周庭宴更难过才对，因为生孩子的时候他不在，他肯定非常遗憾，这种遗憾会持续很久。

洗去一身的风尘仆仆，周庭宴换上睡袍。孩子睡着，他没敢抱孩子，怕把孩子吵醒，就在孩子旁边坐了一会儿，把孩子脸上的每一处都仔仔细细看一遍，然后伸手把简橙拉到腿上坐着。

"怎么像我啊？像你才好看。"

简橙听着这话舒服。"确实，像你太丑了，像我好看。"

周庭宴小心翼翼地握着儿子软乎乎的手，默念一句像他也好看，再转头跟简橙说："那我们再生个女儿，女儿长得肯定像你。"

简橙："……"

心机男。

周庭宴来了之后，换尿布、半夜哄孩子睡的活都被他包揽了，简橙心情愉悦，吃吗吗香，身体恢复得也好。

一家三口在十月初回国。

来接机的有不少人。叶绮、曹瑛、蒋雅薇、周聿风、周陆、周柠……好家伙，半个周家的人都来了。什么意思？她这么受欢迎吗？

江榆机场。

首先看到简橙他们的是叶绮，隔老远，叶绮就使劲挥挥手。

"简橙！"

冷不防听见这个名字，旁边的几个人同时转头看去。

周聿风记得简橙高三开学的时候，他有个表姐生孩子，生育后胖了快四十斤，那时候母亲不喜欢简橙，他想让表姐在母亲跟前说说好话，所以买了营养品带简橙去探望。

回去的路上，简橙苦着小脸问他："我以后生了孩子会不会胖啊？你会不会嫌弃我？表姐刚才说，表姐夫嫌她胖，说她圆得像个球。"

他那时候宠她，捏着她软乎乎的小脸安抚。"你不会，就算胖了我也不嫌弃。"

如今她真生了孩子，确实没胖。她穿着简简单单的米色长款毛衣裙，用流苏腰带束着细细的腰线，身材与之前没差别，变的是气质。蓬松长发自然地垂在后面，她化着淡淡的妆容，浑身透着温婉和艺术气息，与往日的烈焰红唇大相径庭。

小叔抱着孩子，她挽着小叔的胳膊，小叔偏头跟她说什么，她抬手捶小叔一下，然后温温软软地笑。

水眸晶亮，似有光照进去。

听到三婶的声音，她抬头朝这边看过来，笑容淡了些，却还保持着该有的礼貌，礼貌性地朝三婶挥挥手。

两人视线对上，周聿风刚屏住呼吸，她已经把视线转移到周陆和周柠身上，挥手打招呼。

所有人都看向简橙，只有蒋雅薇看向了周聿风，把他晦暗的神色尽收眼底，眸光比他还灰暗。

简橙听叶绮唠唠叨叨说一堆，才知道是自己自作多情了。

来接机的只有周陆和周柠。

适逢十一小长假，周聿风和曹瑛要去曹家住几天，蒋雅薇来接她小妹，她小妹来江榆玩，叶绮要回老家参加侄子婚礼。

只是赶巧，都碰在一起了。

周庭宴被带走时的轰动，随着他被放出来回归平静。

梅晟考虑着周陆和周柠，抓捕关清柔时并未闹出动静，关清柔还没交代，所以案件未公开。

张老爷子自首的消息传出来了，但涉及关清柔的那部分，只提了关女士，没提具体名字，没人联想到性格软弱的关清柔。

遂，叶绮他们还不知道关清柔被捕的事。

关于周陆和汪念念的订婚宴突然取消，他们听说的是因汪念念等到心脏源了，在准备手术的事，所以订婚宴延期。这会儿周家还算平静。

机场碰面，关系尴尬，他们没有停留的必要，简短地打过招呼后，就各奔东西。

错开身后，曹瑛走两步回头。孩子醒了，哭声响亮，简橙正从周庭宴怀里接过孩子，曹瑛的视线在母子俩身上多停留一会儿。

莫名地想，当初如果简橙嫁的是聿风，她现在也有孙子了。

收回视线，她转头跟周聿风说："蒋雅薇真是没用，什么都比不上简橙，孩子都是人家简橙先生了，你们之前不是闹着要离婚吗？怎么没动静了？该离就离。"

周聿风没说话。

他也想离，但是蒋雅薇不同意，他懒得管她了，现在他也跟父亲一样，成了不归家的人。

老婆是谁，他已经不在意了，她想要周太太的头衔，随她吧。

楼梯口，蒋雅薇望着周聿风越来越远的背影，站那儿许久没动，直到肩膀被人拍了下。

她回头，是小妹。

"姐，刚才那不是姐夫吗？还有你婆婆，他们是出去玩吗？你不去吗？"

蒋雅薇不知道该怎么回答她的问题。

说曹瑛是故意的，为了离间她和周聿风的感情，天天霸占着周聿风，回娘家也不带她？

说她因为没有孩子，天天被曹瑛各种刺激？

小妹看出她的忧郁，大概猜出来。

"姐，你为什么就是不肯离婚呢？你现在很不快乐。"

为什么不肯离婚？

那晚周聿风跟他朋友闹掰，蒋雅薇听到周聿风睡外面的女人，她是不能接受的，小妹劝她离婚，她真想过，因为她真的太难受了。

可没多久简橙走了，和周庭宴闹别扭，她又胡思乱想，如果他们离了，周聿风会不会去找简橙？

她绝对不能让周聿风去找简橙，不然她真成了一个笑话。

她抢来的男人，最后回去找初恋了，她以后更抬不起头，所以她不愿意离婚。

后来冷静下来，她更不想离了，她好不容易抢来的，为什么要放手啊？就死磕吧，看谁熬得过谁。她就要占着这个位置，拖着周聿风，气死曹瑛。

因为还没找到何妙，所以简橙没耽搁，当天下午就去见了关清柔。

关清柔坐在审讯椅上，两只手被铐着，正盯着墙上某处发呆，看到简橙进来，眼珠动了动。

梅晟跟简橙交代了几句才离开，审讯室里只剩简橙和关清柔两个人，简橙拉开凳子坐下。

"你为什么非要见我？"

关清柔这几天疲惫不少，没化妆，被岁月侵蚀的容貌能看出老态，她苦笑一声。"不知道，就是想找人说说心里话，想了一圈，我好像没朋友，儿子、女儿都背叛我，我现在众叛亲离。"

她目光直直地看向简橙，神色飘忽，又似透过她，在看另外一个人。"你长得跟关灵不像，但不知道为什么，我有时候又觉得你们很像，大概是因为性格，你通透，关灵也是，你重感情，关灵也是，我其实挺喜欢你的。"

简橙冷笑。"喜欢我，你还联合赵文茜她们害我。"

关清柔轻叹。"我真没想过害你，我只是想让你离开周庭宴，你在这儿，周陆也总是分心，我跟你无冤无仇，我不牵连无辜。"

简橙："周陆和周柠不无辜吗？何妙不无辜吗？"

关清柔没回答她的问题。"我跟你讲讲我的故事吧。"

从前那些事，已经很久远，但关清柔依旧记忆深刻。

"我父母是开大货车的，我三岁的时候，他们去外省送货，路上翻车了，都走了，就剩下我和奶奶。奶奶说我命硬，父母是我克的，她恨我，因为她就我爸这一个儿子，我又是个女孩，她说老陈家断根了。"

那时候，她还叫陈柔。日子过得水深火热。

奶奶爱打麻将，赢了钱就买酒，喝了酒就骂她扫把星，输了钱没酒喝，就打她发泄，她都没地方躲。

"是关灵姐把我带回家了。"

提到关灵，关清柔眼里有湿意，语气都放缓。"两家是邻居，我被奶奶锁在外面的时候，关灵姐每次都带我回家，她给我的伤口抹药，给我煮面吃，帮我整理狗窝一样的头发，她会在打雷的时候捂住我的耳朵，会给我讲故事。奶奶发现每次把我锁在外面，关灵姐都把我带回去，就故意锁我，她不想养我，觉得我不在家吃饭，她正好省钱了。她让我去关家蹭吃蹭喝，还不给生活费，大概是作恶太多，死得也快，我刚上初中，她就因为脑梗走了。死之前，还把房子给她娘家的一个侄孙了，我没家了，关家就收留了我，一开始我拘谨，因为是白吃白喝。

"你知道那天，我听见关灵姐说什么吗？她跟关阿姨说'妈，你把小柔当亲闺女疼吧，你偏爱她一点，她没有妈妈了'。"

后来的那几年，关阿姨就真的对她特别好，不只关阿姨，关叔叔和关灵姐也都对她特别好。

她是关家的半个女儿。

"我成绩不好，一直排班里倒数，那时候关家的陶艺店不赚钱，供我们两个实在困难。关灵姐聪明，学什么都快，关阿姨和关叔叔喜欢给她买书，还让她跟着楼上的姐姐学钢琴，跟着楼下的阿姨学跳舞，需要花的钱很多。关阿姨空闲的时候，还拿手工活回家做，手指头都磨出血，关叔叔一双皮鞋穿几年都不舍得换，我就不想读书了，浪费钱。

"高一我就辍学了，那时候他们都不同意，关灵姐第一次冲我发火，我知道她是为我好，她骂我，我还很高兴，我就觉得，她是我亲姐姐。我是趁他们晚上睡着偷偷走的，有个初中同学辍学后在亲戚的电子厂上班，我也去了。就是那年我认识了汪睿。"

提到汪睿，关清柔脸上温情退却，现出滔天的恨意。"我那会儿长得很好看，进厂后老板让我干文职，汪睿是老板的朋友，我上班的第二个月，他去厂里找老板玩，我进去给他们送茶，汪睿看上我了。他之后就经常来，老板也夸他，说他年轻有为，人品也好，那时候我傻啊，刚入社会，汪睿有钱有颜有才气，他追我几个月，我很快就沦陷了。现在想想，他其实挺渣的，因为交往半个月，他就把我往床上拐，我也是太蠢了，信了他的鬼话，觉得他是真的爱我。

"他来得频繁，不到半年我就怀孕了，他比我大十岁，那时候都快三十了，他爸妈年纪大了，早就想抱孙子，知道我怀孕了，就让我生下来。我那时候以为，让我生下孩子，就是认可我了，所以我生了，就是何润。"

关清柔说到这里，停了下，接下来的话，让她脸上的悔意更明显。"汪睿跟朋友一起创业，栽过跟头，他那段时间愁得天天酗酒，也不去公司，我实在看不下去，我就说实在不行，我去求求关灵姐，让关灵姐去找庭宴的父亲。"

老爷子对关灵有意，是她先发现的。那时候关叔叔的心脏出问题，要动手术，她向汪睿要钱，汪睿不给她，说公司已经很难了，又不是她亲爹，她操个屁的心。

虽然不是亲的，但胜似亲的，她肯定是要出钱，汪睿不给，她求他很久，问他能不能先借朋友的钱应急，他把她骂一顿。

两个人吵一架，她就去关灵姐家住了，她从怀孕后就一直没上班，也没学历，找不到什么体面的工作，就过去帮忙照顾关叔叔，这样关灵姐还能省点心。

关灵姐那阵子忙，她担着赚钱的责任，当翻译，又去会展演奏，有时候要很晚才回来。那时候那条街不安全，出过两次尾随事件，她每天都去接关灵姐，看到过庭宴的父亲好几次，他开车在后面远远跟着，看见关灵姐进巷子再离开。

她认得那张脸，在电视上的经济频道见过，京岫的老板。

"汪睿的公司栽了跟头，重大失利，天天酗酒，我那会儿是真喜欢他，也崇拜他，不想他这么沮丧，就说不然让关灵姐去找庭宴的父亲。"

一听那是京岫的老板，汪睿高兴坏了，催她赶紧去。她去找关灵姐，关灵姐不愿意。关灵姐那时候已经知道庭宴父亲对她有意，是她告诉关灵姐的。

关灵姐说跟人非亲非故，凭什么去求人家，真去了，就得欠着恩，关系就扯不清了。

她那时候已经是孩子妈了，不是什么都不懂了，其实也想到了，像庭宴父

293

亲那样的大老板，离过两次婚，婚姻都是门当户对，看中关灵姐跟欲有关，跟爱无关。她也不想关灵姐被一个老男人毁了，所以就没提了。

没想到，汪睿记在心里了，自己去找了庭宴父亲。

"我后来才知道，汪睿的公司其实就是融资骗子公司，投资全是坑，所以老爷子不带他玩，但是当我知道他自己去找人时，没阻止。因为我想着，他自己去，就不算让关灵姐欠账了，如果汪睿真成功了，他公司有救了，我们母子生活有保障，还能承担关叔叔的手术费用。最重要的是，那时候发生一件天塌的事，我儿子瞎了，他发烧，我那会儿被汪睿父母叫回老家了，汪睿送孩子去的医院，回来孩子瞎了，汪睿说是高烧的时候，角膜软化穿孔，失明了。太多地方需要钱了，所以我就放任汪睿去找庭宴父亲，没想到啊，那个畜生，他竟然算计关灵姐，他竟然为了钱，把关灵姐送到老爷子床上！"

可惜她那时候的心思都在儿子身上，带他到处求医，等回来时已经晚了，关灵姐的照片已经满天飞了。

她当时差点就拿刀砍汪睿了。

汪睿说他欠了一屁股债，他公司也被人举报是融资诈骗的，关灵还报警抓他，他都没活路了，他还有什么顾忌的。

"谁敢杀人啊？我当时也没想过杀人，只是吓唬吓唬他，可就那天啊，我听到他打电话跟谁吵架，提到了孩子，我就躲起来听了。"

关清柔握着拳头，气到瑟瑟发抖。"我那时候才知道，他当时被庭宴父亲拒绝，找过庭宴的大哥周万山，周万山提的条件，是让我儿子试新药。我那时候才知道，原来我儿子不是高烧导致的失明，是被他亲爹送去当小白鼠了！

"我生命里两个最重要的人，关灵姐、我儿子，两个人都被他毁了！毁的是整个人生啊！你知道关灵姐多优秀吗？她成绩好，长得漂亮，会煮茶、陶艺、弹钢琴……我最崇拜的就是她了，她有我想活成的样子，她最疼我了，汪睿那畜生，他怎么敢啊！还有我儿子，你是没见，他小时候真的很可爱，谁见了谁喜欢，他喊关叔叔'外公'，他看外公生病了，他说他长大当医生，给外公看病，可他瞎了！"

审讯室里，关清柔抬头看向简橙，眼睛通红。"简橙啊，你说说，他这样的浑蛋活着干吗？他不该死吗？"

简橙默了一会儿。"他犯法了，你为什么不直接报警？你报警，他也跑不了，你何必再搭上自己的人生呢？"

关清柔肩膀垂下来，摇摇头。"人的理智有时候是不能控制的，我当时听到后，整个人都气炸了，我就想他死，我看见他就恨不能剁了他。"

简橙想着梅晟交代的话，引导她。"所以你就杀了汪睿？你怎么杀的？"

"我怀孕后，就一直没上过班，那时候觉得汪睿那么优秀，我想抓紧他，他喜欢喝他妈煲的汤，我就跟着学，后来都是我煲汤给他的。我那天听到他那通电话之后去煲了汤，他喝醉后才喂给他，里面有百草枯。"

直到汪睿死了，她才反应过来，她真的杀人了。

说不后悔是不可能的，因为她还有儿子，说后悔吧，她又觉得特别痛快。这一切都是她造成的，如果她不认识汪睿，就没后面这些事，应该由她了结。

汪睿死后，她知道自己跑不了，她也没想跑，那会儿真不想活了。尤其是看到关灵姐把自己关在屋里，饭也不吃，像失了灵魂的木偶，听到街坊邻居对关灵姐的指指点点，看到关阿姨几乎一夜陡生的白发。看到儿子因为看不见，又把膝盖摔出血，疼得喊妈妈，她觉得自己罪无可恕，觉得真没脸活着了。

她不想把儿子给汪家了，她痛恨"汪"这个姓，反正从儿子失明后，他爷爷奶奶没看过他一次，明显是很嫌弃的。她也不想给关家再添一个累赘。

之前在电子厂上班的时候，她同宿舍的一个大姐结婚多年没孩子，她就联系了大姐。

大姐很高兴，不介意孩子瞎了，说医学发达，慢慢看，总能看好。

她没敢告诉大姐，看不好了。她刚安顿好儿子，警察就找来了。

她知道，如果她被捕了，关灵姐肯定又得为她操心，所以她不如自己死，汪睿死前的惨样她看见了，她不想受那罪，所以跳海了。

可惜她命大，没死成，被一个渔夫救了。

她人是活了，但天又塌了。

关灵姐嫁给了那个老男人，关叔叔死了，连关阿姨也早早走了。关家家破人亡。

关灵姐本来有多美好的人生啊，都被她毁了，两个对她最好的长辈也被她害死了，还有她那可怜的儿子，不知道是不是在受罪。

都是因为她瞎了眼，爱上一个禽兽。

关灵姐说过，人千万不能有执念，因为执念会生怨，怨多了，就会有恨。她大难不死，生了怨，也有了恨。尤其知道老爷子还出轨，关灵姐带着儿子背井离乡的时候，她恨极了。

汪睿该死，老爷子也是罪人，如果当初老爷子没追关灵姐，一切也不会发生。他们都是罪人，但凡跟这事有关的人，全都该死。

她已经死过一回了，她什么都不怕，她要让那些人都付出代价，所以她改头换面了。

陈柔死了，关清柔活了。

审讯室里，简橙听到这里，打断了她一下。"整容要钱啊，你哪儿来的钱？又为什么改名叫关清柔？"

闻言，关清柔眼睛里又有泪。"我没有钱，救我的那个渔夫是好人，知道我要去找亲人，给我路费，还额外给我几千块钱。我去找关灵姐了。关灵姐问我杀人没，我说没有，那时候警察怀疑我，但是找不到证据，百草枯是汪睿买的，他母亲让他买着带回老家的，我们本来打算回老家参加他堂妹的婚礼。汤我也处理得很干净，他们找不到线索的，所以我说没有，关灵姐没说什么，我说我要给儿子治眼睛，需要一笔钱，她就给我很多钱。孩子的眼睛治不好了，医生早就说过，是不可逆的伤害，所以我拿着那些钱去整容。

"为什么叫关清柔？因为我特意找的，我有钱啊，有钱找人很方便，不过也找了很久，才找到一个跟我差不多大、刚死的、身份证还没注销的女人，姓关是巧了。"关清柔摸摸自己的脸，"我是按她的样子整的。"

她就带着这张面皮，活了这么多年，报复了这么多年。

她寻找一个契机进周家，汪睿死了，就该周老爷子了，还有害她儿子的周万山，都在周家。可惜周家门槛高，她进不去，她在京岫附近转了几天，本想找机会攻略老爷子和周万山，结果一直没碰上机会，倒是见到一个经常过来的老太太。

老太太穿着朴素，每次都被前台劝离，没上去过。她觉得有事，就把老太太带走了，骗她自己是老爷子的秘书，老太太说自己曾是老爷子的情人，跟老爷子有个私生子。

这不是送上门的机会吗？于是她选了那私生子，周从云，那个窝囊的男人。

她心里有算计，如果她攻克老爷子和周万山，顶多是情人，可如果她在周从云进周家前嫁给他，等周从云回周家，她就是正儿八经的周家儿媳妇。

她成功嫁给了周从云。但是，周陆不是周从云的儿子，她婚内出轨了，跟汪念念的亲二叔。

因为汪睿是汪老爷子年轻时犯下的错，后来家族联姻，要娶门当户对的千金，他就把汪睿给远房亲戚了。

汪睿知道自己的身世，当初他找庭宴父亲前，先找他亲爹了。老爷子心狠没帮他，并且拿到汪睿公司违反公司法的证据，警告他别再去汪家，说汪睿是他的丑闻。

所以汪睿才把目光盯准周家。

这事是她从前听汪睿喝醉时骂的，所以，汪家也该死。

她有自知之明，凭她一个女人，扳不倒周家，甚至连汪家她都没办法，所以，她用迂回的方式。

汪家不是怕丑闻吗？她就生一个汪家的孩子，长大后，让这孩子跟汪家的女儿结婚，结了婚她再曝光他们的身份。这样就可以不费吹灰之力报复汪家人。

汪二叔是个好色的，对送上门的女人来者不拒。怀上周陆的时候，她就知道，汪家已经在她掌心里了。

有了汪家的把柄，她的心思就全用在周家了。她让周从云当着记者的面认亲，成功进入周家，关清柔这个身份普普通通，没有显赫家世，争不过叶绮那些人，所以她很低调。

她也必须低调，低调才不会被注意。

她没本事跟老爷子和周万山正面硬来，她只能在小事上用心。

进了周家后，她摆出巴结他们的态度，主动揽活，陪叶绮逛街帮她拎包，替曹瑛看孩子，帮阿姨在厨房忙活。她找机会露了一手，煲汤，她煲汤一绝，是因为之前跟汪睿妈妈学过，后来也一直在精进。大家都爱喝她煲的汤，于是慢慢地，她开始在厨房掌勺。

食物上能动手脚的地方很多，她没下毒，但是会在老爷子喜欢的菜里加点伤元气的料，一点点，完全看不出来，纯靠积少成多。老爷子后来身体垮得那么快，跟她有点关系，最主要还是因为关灵姐，他太愧疚了，心情抑郁。

可惜周万山不常回家，没关系，机会是人创造的。

她等了很久，终于等到一个机会，那天是元旦，跨年时，江榆有灯光秀，大家都去了，就她没去，她不爱热闹，老爷子好像是有应酬。

她吃完晚饭后回房休息一会儿，下楼就见周万山自己坐在沙发上，喝了不少。她一个不受宠的在家，用人也偷懒，不知道去哪儿了。于是她扶周万山回房间，周万山的老婆、孩子当时出国玩了，不在家。

她本意是摆姿势拍照片，没想到周万山当时没全醉，在半醉半醒之间，她衣服脱了一半，他直接霸王硬上弓。没关系，大难不死后，她早已不在意这副躯壳，他要就拿去，这样，她还能更好地拿捏他呢。

周柠是意外。她没想到那一晚就有了孩子，她本来想打掉，没想到周从云知道她怀孕后非常兴奋，他说就想儿女双全，他想再要个女儿。

行，他愿意当冤大头就当吧，周柠生下来，于她是有利的，她直接拿捏住周万山的七寸。

　　她利用周柠，暗中向周万山要很多钱，她需要用钱的地方多。拿捏住周万山后，她也不急，她要等，等周陆长大娶了汪家的女儿后，她再把周柠的身份亮出来。

　　那时候，周万山应该拿到京岫了，周柠的存在会让京岫也陷入丑闻危机。

　　轻轻松松，一下毁了汪家和周家。

　　可惜出现了变故，周庭宴和周万山抢京岫，周万山败了。周柠成了一颗废棋。

　　没关系，她有办法让周柠成为一颗有用的棋子。

　　周从云发现周陆不是他儿子，是被他妈提醒的，他妈说周陆跟他越长越不像，做个亲子鉴定放心，于是他做了。

　　那天晚上周从云醉酒后，差点把她打死。然后她觉得，周从云不能留了，会坏她的事，万一离婚，她就得离开周家。所以，她让周陆看见她挨打。

　　周陆很孝顺，看见她挨打，他直接跑过来了，她那会儿已经提前挪到了楼梯口。其实是她绊了周从云一脚，但是周陆一直觉得，是他把人推下去了。

　　她提前把周柠也喊出来了，从周柠的位置，看见的也是周陆把人推下去了。

　　她提前放好了摄像头，演练了好几遍，角度刁钻，看不见她的脚，正好能看见周陆把人推下去。她在周陆最恐惧的时候，告诉他周柠的身份，周陆最疼周柠这个妹妹了，周柠算是他一手带大的，用周柠完全能拿捏住他。

　　她让周陆搞砸高考，送他出国，让他偷偷地学。

　　没办法，枪打出头鸟，更何况叶绮一直仇恨她，眼睛盯着他们，周陆只能平庸。

　　后面的事，简橙都知道。何润跟她说了。

　　听关清柔说完，简橙揉着发疼的太阳穴，问了一个问题："你凭什么确定，那个张女士一定会兑现承诺？她如果反悔了呢？你又凭什么确定，老爷子会那么铁石心肠，看着闺女去死？"

　　关清柔的情绪还没从那些事中缓过来，声音依旧悲怆。"当时抱走何润的大姐，跟张家父女是一个村的，两家住斜对面，何润在那个村子生活了很多年，对他家的情况了如指掌。张老爷子是村里出了名的无赖，欠一屁股债，整个村的人都烦他。别说闺女了，儿子都被他气跑了，他倚老卖老，不高兴就撒泼打滚，把儿媳妇气得流产过，儿子心疼老婆，直接分家了，带着老婆出去打工，很多年都不回来，户口都迁出去了。偏偏这个张女士是愚孝的，老爷子怎么看她不顺眼，她也孝顺，她是真心疼闺女，老爷子铁石心肠，是想要钱看病，更是想拿着钱找儿子养老送终。"

简橙在审讯室里待了快两个小时，出来后，长长吁了口气。

周庭宴一帮人马上围上来，简橙靠在周庭宴怀里，转头看向梅晟。她说："何妙在赵文茜手里。"

汪念念上次跑到庄园去找简橙求助，简橙让她放宽心，说订婚宴不会有。她对简橙有莫名的信任，相信了，所以小提琴演奏结束，就回国安安心心等着了。

订婚宴的前一天，父亲把她叫回家，几乎是气急败坏地说："周陆给我打电话，说等到一个供体心脏，跟你匹配度很高，说明天的订婚宴取消，往后延迟，等你做完手术再说。早不说晚不说，非得这个时候说，该通知的人我都通知了，我那些老同学都在酒店住着了，现在说取消，不胡扯吗？关清柔这女人也不知道怎么回事，电话都不接，当初她非要这么着急，现在到跟前又说延迟。念念，要不这次算了，爸再让人给你留意着，反正医生说了，你现在还不着急，这个咱先让给别人？爸主要是觉得，周陆对你不怎么上心，一推迟怕是有变故，咱先把婚订了，就不怕他悔婚了。"

汪念念知道其实没有合适的供体心脏，她从小就倒霉，才不会那么幸运。

昨晚她问简橙订婚宴怎么还没动静，简橙说周陆会给她亲爹打电话，就说等到了心脏源。这确实是个好理由，因为这样最有说服力，也不会有人责备她，毕竟等一个供体太不容易了。结果呢，她亲爹劝她放弃这次机会。

幸亏她从来没期待过父爱，不然不用等到供体，她早死翘翘了，气死的。

父亲说打不通关清柔的电话，她知道原因，之前简橙说关清柔会被梅晟带走。

她记得梅晟，上次在庄园见过，高大威猛，挺粗犷的一个男的，压迫感太重，感觉他一巴掌能把她拍死。

她记得梅晟是简橙的表哥，好像是警察？

她觉得惊奇，问简橙怎么回事，简橙说："听说犯事了吧，我不知道，等我回去见了才知道。"

关清柔犯事？她是真想象不到关清柔能犯什么事，因为关清柔给她的印象永远是温柔的，看起来好脾气又很好相处的样子。

虽然好奇，但她也没多问，父亲问她能不能放弃这次机会的时候，她很好说话。"我无所谓，得周陆点头啊，不然明天他不到场，我自己去吗？"

然后父亲给周陆打电话，周陆坚持，父亲把手机给她让她说，她说了，周陆还是坚持，她那老父亲差点气出心脏病。

但没办法。周陆那时候是京岫的代理总裁，父亲不敢说什么，只能答应，后来周陆来接她，把她和外婆送到了简橙结婚前住的那套公寓里。

简橙给她打电话，让她和外婆先住在那里，让父亲暂时找不到她，说会找医生朋友留意供体心脏。她就在公寓住着了，知道简橙今天回来会去见关清柔，她就匆匆赶过来了。

听父亲说，当初把订婚时间提前是关清柔提的，父亲犹豫过，觉得太快了，而且周庭宴还没出来，不合适，关清柔说，她有她的理由。

父亲想攀附周陆，就同意了。

她特别想知道，为什么关清柔那么急着让她和周陆结婚。"所以她说了吗？"

汪念念一直在门口等着，见简橙出来就小跑过去。"所以她到底为什么那么着急让我和周陆结婚啊？她知道自己要出事，想看周陆成家才能安心吗？"

简橙刚想说回去再说，旁边一个很年轻的刑警就先开了口："她说你和周陆是亲……"

亲什么？

汪念念没听清，因为梅晟突然伸手捂住了她的耳朵，宽大带着老茧的温热掌心贴着她的耳朵，她浑身僵住。

活到这么大，还没跟一个异性这么亲密过，她耳朵很敏感的。而且他的手太大了吧，快把她整个脸都遮住了。

梅晟察觉她微微颤抖的身子，意识到自己唐突，很快松开了手。"抱歉，我不是故意的。"

他刚过来，往简橙这边走，正好走到汪念念身边，听见那句话，来不及阻止，下意识就把她耳朵捂住了。

周陆知道两个人的关系，她是不知道的，毕竟她和周陆差点就结婚了，不确定她对周陆有没有男女之情。况且门口这么多人，这时候戳破，她应该会很尴尬。

梅晟朝年轻的刑警淡淡看了一眼，暗含警告。

年轻小伙忙闭了嘴，他不是故意的，主要刚才他也在监控室，听见了关清柔那些话，一直处在震惊中。刚才汪念念问的时候，他恰好听见了，就顺口回答了。

说完他也后悔了，听说这姑娘跟周陆谈很久了，应该有感情吧，知道了不得难过死，他应该把嘴巴闭紧的，说也轮不到他说。

汪念念歪头看了梅晟一眼。她不傻，梅晟突然捂她耳朵，肯定是不想让她听完那句话。

她和周陆是亲……亲什么？亲人？

汪念念没跟简橙他们回去，周庭宴一直搂着简橙的腰，她可不想去当人家夫妻的电灯泡，所以她找个理由撤了。

刚才没问出来，她回公寓的路上给简橙发消息。

汪念念：所以，我和周陆是什么？

简橙听过她的肺腑之言，知道她对周陆没意思，如今跟关清柔谈话，该知道的都知道了，所以实话实说。

她把关于汪睿和关清柔那段，以及汪睿和汪家的关系简单解释下，最后才说周陆。

简橙：你二叔是渣男。

汪念念盯着屏幕，脑子里灵光一闪，瞬间就明白了。

好家伙，真是好家伙！她先同情了一把周陆和自己，然后拿手机噼里啪啦地打字。

我二叔真厉害，腿好长啊，劈叉能劈到周家去，周陆的妈妈好坏啊，我跟她不熟，她坑就坑了，周陆是她亲儿子，她怎么舍得啊，周陆真可怜。

简橙：保密，周陆就是周家的孩子。

关清柔说，之所以把何妙交给赵文茜，是因为这么大的孩子不好藏。"又不是死人，随便往哪儿一埋。她是个人，得吃饭睡觉，得有人照顾，我怕何润坏我事，所以必须把人藏起来。可是藏哪儿呢？肯定不能给周陆，那孩子聪明，肯定有办法，但他太喜欢你了，回头你在他跟前一哭，求他，他指不定就心软了，可除了周陆，我也没别的人脉。我正烦恼的时候，赵文茜来找我了，她前段时间不是一直在为商品房的事忙活？眼看盛辉那块地要砸手里，她急得上火。庭宴被带走，周陆是京岫代理总裁，她就求我，让周陆帮帮她，我当时就想，如果把何妙交给赵文茜，你们肯定想不到。我就给周陆打电话了，周陆说赵文茜要打通的那些关系，他都没接触过，虽然他是代理总裁，但人家也不买他的账，得老副总出面，老副总是庭宴的人，肯定不愿帮忙。关系帮不上，他只能给钱或者把地收过来，京岫能吞下那块地，但是，办手续没那么快。庭宴虽然让他做代理总裁，但实权并未全交给他，重要的印章都在老副总那里，他的任何决策都要经过老副总审核。他说他想办法，但是最快也得两个月，赵文茜不能等，她说就是庭宴算计她，两个月后庭宴该出来了。就算庭宴出不来，秦氏她也扛不住，现在秦灈也在打压她，她等不了那么久。那我没办法了，我不可能为了她让周陆冒这个险，她没那么值钱，不过我还是把何妙给她了。我骗她，说何妙是庭宴的私生女，她本来不信，我说当初热搜事件，章珍把我供出来了，按着庭宴的脾气，肯定要收拾我，为什么庭宴没动我？就是因为我用何妙威胁他了。并且周陆在京岫一路飞升，先是二部经理，后是代理总裁，都是我用何妙威胁的，她这才信了。毕竟热搜事件后，庭宴一直在整她，没整我。"

何妙在赵文茜手里，出人意料，但也算个好消息。至少何妙是安全的，赵文茜把她当筹码，肯定不会伤害她，所有人都暂时松口气。

盛辉破产清算后，赵文茜就消失了。

梅晟一直让人盯着余涛，但是余涛最近很老实，除了去公司就是回家，连平时的娱乐消遣都没有。

整个江榆，有一股乌云笼罩的阴霾。转机在十二月中旬。

简橙见了关清柔后就一直没出过门，十二月中旬的时候，双禧来看她，就是常淮路巷尾那家双禧花店的老板，当年帮简橙从山里跑出来的最大功臣。

去年十一月份的时候，简橙从小湾村回来就准备带周庭宴去看她，后来发生一堆事，耽搁了。年初的时候，双禧带着老母亲出去旅游了，说老太太辛辛苦苦把她养大，她被卖进山里，老太太又找她那么多年，比同龄人更早白发苍苍，苦了大半辈子。如今条件好了，手里有钱了，花店也请了人打理，就腾出时间带着老太太到处走走。

她说老太太没几年了，临了想见见祖国的大好河山。

因为双禧的腿不方便，所以母女二人走走停停，把老太太想去的地方都走完，快一年才回来。

双禧给简橙买了很多纪念品，回到江榆的第二天就给她送来了。

她到了才知道简橙生了孩子。

其实两个人一直保持着联系，但简橙没告诉双禧自己怀孕的事，双禧和老太太因为花店都很感激她，尤其老太太是个爱操心的，对她的事都很上心。如果知道她生孩子，那么肯定要回来看她。

母女俩出去一趟不容易，她不想给她们添麻烦。

"叫什么啊？"双禧看到床上的奶娃娃，又惊又喜，抱起来逗一下。

"汤圆。"

小名是梅钰起的，生孩子的时候，周庭宴还没放出来，梅钰说，汤圆的意思是圆满和团圆。

"周锦书。"

大名是周庭宴定的，简橙刚怀孕的时候他就开始琢磨了。

小名他让简橙定，简橙听了梅钰的，大名是他翻了族谱和古籍取的，还特意去请教了周家一个隐世的长辈。

他们的依据简橙听不懂，不过这名字挺好，前程似锦，博览群书。

双禧喜欢孩子，可惜这辈子没自己的孩子，一直很可惜，所以抱了挺久，直到孩子睡着了才放下。

她拉着简橙说了很多体己话，讲了旅游路上的趣事，然后给简橙看途中拍的照片。看到一半，简橙忽地拿过她的手机，把屏幕上的照片放大，脸色瞬间就沉了下去。

她看见赵文茜了，还有……简佑辉！！！

一年没见，双禧话很多，说完到饭点了，简橙留她吃了晚饭。

周庭宴今晚有应酬，不回家吃饭。

晚饭后，双禧离开，简橙准备给简佑辉打电话，把手机拿过来，又改了主意。简佑辉敢藏赵文茜，就不是她一句两句能骂醒的，她不能打草惊蛇，万一赵文茜跑了怎么办？

于是她给简宏云打电话。

对方秒接。"橙橙啊，哈，爸爸正跟你曾叔叔他们喝酒呢，什么事啊？"

简宏云从庄园回来后，就一直处于兴奋状态，把通讯录的电话号码挑挑拣拣打了一半，打过去炫耀自己当外公了。炫耀一遍，适逢年末又忙了一阵，今晚有空，直接喊了一帮老同学吃饭。

在庄园的时候，他用手机拍了很多照片，给一群人显摆，正跟曾绍他爹炫耀外孙呢，简橙的电话就打过来了。

"没什么大事。"听到他旁边有人，简橙语气懒散，"就是想问问你，简佑辉最近忙什么呢？"

简宏云一听这话，先是高兴，高兴简橙终于主动问起哥哥的事了。家庭和睦有希望。

他赶紧解释："你哥不在江榆，盛辉地产给了赵文茜后，长盛新开一个地产项目，我让你哥去负责了。"

事实上，简宏云是故意把儿子调开的。他没想到赵文茜在他眼皮底下，靠着吸食长盛搞了一个新影科技公司。新影他知道，专攻 AI 医疗影像技术，起来没几年，跟长盛旗下的一家科技公司是竞争对手。两家公司主营业务和目标人群基本一致，但新影支持的人工智能辅助筛查和诊断软件更多。所以他们处处被压制。

这块一直是赵文茜负责的，他没管过，因为长盛旗下的这家科技公司不是集团最赚钱的，他就放任了，他也信任她，给她很大的权力。

没想到啊，人家是竞争对手的隐形老板！

当初听到这个消息，简宏云差点晕过去，想当初，他还花钱送赵文茜去培训学习，结果人家把技术知识学到，用来抢他资源，背叛他。

真是个白眼儿狼！

简宏云那阵无比后悔，因为他想到了简橙。

难怪简橙那么排斥他们，原来啊，他以前是真的很偏爱赵文茜，盲目地偏爱，真的是当亲闺女在培养。难怪简橙到现在还不肯原谅他，他真是活该。

血压快爆的时候，周庭宴来找他，说自己有办法说服新影首席科学家梁教授离职。他的意思是，新影还在上升阶段，没完全成熟，一旦梁教授退出新影，势必会让新影混乱一阵，长盛这时候抢新影资源，时机一到，就可以拿下新影。

然后，把新影和长盛旗下的那家科技公司合并，一起给简橙。

他就说周庭宴怎么那么好心帮他，原来是在替简橙忙活。

螳螂捕蝉，黄雀在后。

他也想通了，便宜赵文茜，不如给简橙，简橙是他亲闺女，就算是为了她奶奶，她也不会让长盛受损。以前是他瞎了眼。

不过他不明白，既然周庭宴要新影，为什么还让梁教授辞职，梁教授毕业于斯坦福，是医学影像人工智能专家，新影的发展全靠他。

周庭宴说："荣鑫资本退出后，赵文茜手里没钱，今年一直在缩减研发费用，几乎是苛待他，梁教授对她早就不满，但又舍不得手里的项目和研究成果。如果简橙是老板，新影背后就会是我。"

言外之意是，等新影易了主，梁教授会再回来。梁教授那样的人，不在乎老板是谁，他最在乎的是给他多少空间和金钱搞科研，背靠京岫，他可以踏踏实实地搞科研，不用担心没钱。

周庭宴把路给他铺好，简宏云立刻开高层会议，准备商议打压新影的方案对策。

结果，简佑辉私下劝他好几次，说毕竟赵文茜给简家当了快二十年的闺女，怎么都有点感情，不至于赶尽杀绝。

他要被那孽障气死。不赶尽杀绝？现在不杀，回头事情闹大了，都知道他简宏云养了十九年的养女，背后刺他一刀，他老脸往哪儿搁啊，他得被人笑死！

他不仅要打压新影，他还要吞了新影呢。

为了防止简佑辉添乱，所以他把佑辉暂时赶出江榆了，让佑辉去负责新项目。

简橙突然问起简佑辉，简宏云很意外。去年的热搜事件当天，他告诉简橙当年的真相后，简橙就不理简佑辉了，他和梅岚还试图调解过，都被简橙无视。

他们也不敢再提。

正为兄妹俩关系苦恼呢，没想到简橙突然提了，简宏云高兴之余，又有点忐忑。"橙橙啊，你找你哥有事吗？"

简橙问他新项目的地址，简宏云说在阳城。"去年我告诉你收养赵文茜的真相，你很生气，不肯原谅我，我后来打电话给你道歉，你说不接受，说赵文茜在你六岁的时候进简家，到你二十五岁，整整十九年。你让我赔你十九套房子，你给我指了十九个城市，里面有阳城，我知道孟糖家在那儿，你很喜欢那地方，所以特别关注了下。阳城这几年房地产这块发展挺不错的，江榆的市场快饱和了，我就让人去阳城考察了，买了块不错的地，手续今年八月才跑完。"

简橙直接无视他暗戳戳讨好的解释。

她脑子里响起双禧的话。"你说这张照片啊？是上个月在阳城拍的，母亲说她有个闺密嫁到了阳城，说她没多少日子活了，临了想去看看，因为这大概是她们这辈子最后一次见面了，我就带她去了。阳城降温降得厉害，我们到的第二天母亲就感冒了，老年人不能瞎折腾，我就带她去医院了。照片是在医院门口拍的，母亲说她第一次来阳城，是闺密结婚时，她送闺密出嫁，快五十年了，那年阳城冷，她也病了，她说那时候医院还没那么高没那么大。我看她挺感慨，就说给她在医院门口拍张照。"

镜头确实是对准老太太的，简佑辉和简文茜是"背景板"，两个人应该是刚从医院出来，简佑辉在打电话，赵文茜挽着他的胳膊。

赵文茜戴着帽子和口罩，还真不好认，但简橙对她太熟悉了，化成灰她都认得。而且赵文茜的动作是正在戴口罩，露出半个侧脸，她耳朵下面有颗痣。

双禧的相机是简橙送的，知道她们去旅游，简橙特意给她买的，又教了她使用方法。照片是用相机拍的，清晰度非常高，放大就能看见。

简佑辉的项目在阳城，两个人从医院出来，那赵文茜就不是去玩的，肯定是去投奔简佑辉了。

简橙问简宏云："你最近跟简佑辉有没有联系？见过面没？"

简宏云说最近没见过面，但一直有联系。"他走了半年了，项目前期有很多事要准备，他那边比较忙，暂时回不来，但是你妈每天都会给他打视频电话。"

简橙想说赵文茜和简佑辉在一起的事，又忍住。

简宏云和梅岚那么疼儿子，尤其是梅岚，对简佑辉疼到溺爱的程度，哪怕他们再恨赵文茜，他们这次也会帮简佑辉。

因为盛辉破产后，赵文茜跑了，背几亿的债，员工工资也没发，数额较大，已经构成犯罪了。简佑辉窝藏包庇罪犯，要判刑的。

简宏云和梅岚的爱子之心太可怕，现在让他们知道，只会坏事，于是简橙随便找个理由解释打这个电话的原因。

"我也没什么事，就是想给他介绍一个女朋友，他既然忙着，你就先别跟他说了，再过一个多月就过年了，等他过年回来再说。"

挂了电话，她又给梅晟打电话。

事实上，当初赵文茜跑了之后，周庭宴就提醒梅晟盯着简佑辉。梅晟确实让人盯着了。但这几个月简佑辉一直没什么动静，上班、下班回家，两点一线，没什么异常。唯一奇怪的就是他不住公司附近，而是住二环的别墅区，每天开一小时的车上下班。

盯他的警察怀疑过，不过这怀疑在十月底打消了。

因为简佑辉从十月底开始，就带秘书回家了，秘书留宿，第二天早上挽着他的胳膊出来，明显是同居了。所以他住那么远也合理，应该是不想让人知道他和秘书的事。

拿到照片后，技术部门比对赵文茜侧脸和耳朵下面那颗痣，确认一致，梅晟在阳城警方的配合下，拿着搜查令进了简佑辉的别墅。

梅晟其实来过两次。其他人只能在外面盯着，没理由进来搜，他跟简佑辉是老表，之前借着在阳城办事找他喝酒的理由突击检查过。但并没有发现什么，所以放松警惕了。

这次有搜查令，他们仔仔细细找一遍，才发现别墅的地下室有个隐藏的房间，门和墙一体，不仔细看还真发现不了。

里面有床，住人的痕迹不多，但有水有食物，暂时藏身是完全可以的。

他们来得不巧，抓人的这天，简佑辉已经在前一天把赵文茜送出国了。要不是旁边一群人拉着，梅晟早就扑上去给他两拳。

"蠢货！你知不知道当年橙橙出事，就是赵文茜一手策划的！"

以梅晟的身份敢这么说，是有证据的。事实上，来阳城的前一天，他已经带人抓捕了余涛。

这么久了，余涛一直没动静，但梅晟没闲着，把他过去的事查了一遍，包括他的运输公司从创立到现在。

查到一件事。余涛的运输公司前几年死过一个人，是一个实习的女孩，上班两个月后辞职，辞职没多久尸体就被人在远郊的山脚下发现，凶手一直没找到。

余涛的运输公司一直是赵文茜花钱养着的，巧的是，实习生出事这年，赵文茜转进来的钱突然减了大半。梅晟直觉上有问题，翻了当年的案件资料，重新找线索查了，查到了余涛。

真相是余涛嗑药，把女孩性虐致死，然后抛尸，没想到那段时间江榆遭遇罕见暴雨，山体滑坡，把尸体冲出来了，被附近的村民发现并报了警。

余涛已经交代了所有事。包括当年简橙的事。

当年确实是赵文茜让他找人绑架了简橙。

就迟了一步，简佑辉这个蠢货！

据余涛交代，他和赵文茜属于互相牵制的关系，手里都有威胁对方的东西。

实习生女孩出事前，他拿捏赵文茜，他玩出人命后，赵文茜掐住了他的七寸。

他能拿捏赵文茜，跟他父亲有关。

"老余是供电所的职员，工作体面，人不行，在外面受了气不敢吭声，回家就打我和我妈，是窝里横的孬种，我妈是被他打跑的。我妈走的第三年，李芬带着赵文茜进门了，李芬天天挨打也活该，老余当初把我妈打跑，街坊邻居都知道。那年头，在我们那里，结婚前都会先打听对方人品，她能不知道？知道还非要嫁过来，不就是图老余工作稳定、镇上有套房吗？她自己贪心，所以她挨打活该。她也确实欠揍，天天去打麻将，不做饭，家里像猪窝一样也不收拾，老余的脾气本来就暴躁，喝了酒之后，每次往死里打她。有一次把她肋骨打断了，她住院去了，那阵我也不在家，我怕老余气没撒够打我，我在同学家待了两天。家里就剩老余和赵文茜了。我钱花完了，就那天吧，我趁着半夜翻墙进去，准备从家里偷点钱出来，你猜我看到什么？啧，老余真恶心，那会儿赵文茜才多大？十岁半吧，衣服被扒光……我到的时候他差不多结束了，提裤子，先警告她，说出去就打死她，警告完又给她零花钱。

"我那时候特烦李芬和赵文茜母女，因为她们来了之后，我的零花钱都缩减了，所以等老余走后，我把赵文茜的零花钱抢走了。我警告她，以后老余给她的钱都得给我，不然我就把这事告诉她妈，她那时候害怕她妈，因为她妈也经常打她，所以她很听话。老余后来经常欺负她，只要李芬不在家，老余就肆无忌惮，他是个变态的文化人，他把和赵文茜的各种细节都写日记里。当初李芬就是无意中看到了这个日记本才疯了，被老余揍一顿忍了，后来在车里又吵起来，抢老余的方向盘。老余死了，我确实不伤心，但是老余死了我就没钱花了啊，家里没人赚钱了，所以我那会儿天天打赵文茜，都是她的错。不过她真是幸运啊，竟然被简家带走了。

"当时简宏云给我一大笔钱，我这辈子都没见过那么多钱，我把钱收了，赵文茜被他们带走了。我过了两年神仙生活，不上学了，出去潇洒个够，回来做生意，结果被人家骗了，钱赔完了，还欠一屁股债。所以我又去找赵文茜了，当初老余那个日记本在我手里，她当年也是真怕我，被我打怕了，一见我就害怕，我找她要钱她就给我。她那时候胆子还没那么大，只敢偷偷地把零花钱和简家人送她的贵重礼物给我。简家的人对她确实太好了，比亲闺女都好，她在简家能横着走，胆子越来越大，胃口也越来越大，简直胆大包天了。她竟然让我绑架简家的小女儿，我知道这事犯法，但我当时确实鬼迷心窍了。那时候我已经开始嗑药了，我欠一屁股债，我嗑药也需要很多钱，赵文茜说，只要简橙不在了，她就是简家唯一的女儿，简橙的东西都会是她的。她说简橙有一整条街，简橙没了，那条街就是简佑辉的，简佑辉的就是她的，她说只要我帮她，以后我什么都不用干，那条街的租金都是我的。我找她的时候，刚被债主威胁过，嗑了药脑子也不是很清楚，就觉得那是个天大的诱惑，而且赵文茜都不怕，我怕什么。

"那个李冠，是卖我药的人介绍的，那人什么钱都挣，我说我要花钱买一个替死鬼，他就把李冠带来了。李冠是个小混混，不务正业，但非常孝顺，是真孝顺，他妈都走快三十年了，查出尿毒症后，来找他借钱，说几句好话，做几顿饭，喊两声儿子，他就把身上的钱都给她了。没多少钱，每月挣那仨瓜俩枣的还转过去，关键他自己也有病，胰腺癌晚期。我当时还笑他蠢，我说人家就是利用你，你看我妈，用不到我，走几十年了都不来找我，跟死了一样。他说反正他也活不久了，他妈最后愿意给他做几顿饭，骗骗他，他也满足了，临死能救她一命，也算还了她的生恩。赵文茜不想闹出人命，她的意思是把简橙卖到山里去。这样，简橙要么被困在那儿一辈子，要么不堪受辱自杀，就算被救回来，也被糟蹋过了，就毁了，简宏云要面子，会把她送出国，简家还是只有她自己。

"我和李冠达成交易，我一次性付清他母亲肾移植的钱，并且她后面用药我都出钱，李冠去绑简橙，把她交给人贩子。这事做得很干净，李冠进去没多久，因为胰腺癌晚期死了，后来他母亲尿毒症复发也死了，我没跟人贩子接触过，他也不可能把我供出来，所以当年的事你们查不出来。人贩子的联系方式是卖我药的那个人给的，他也没露面，直接让李冠自己联的。我给你们地址，你们可以去抓他，他什么钱都赚，各种门路都有，背靠你们一直在抓的贩毒团伙，我也恨他，当初我嗑药，就是因为他们在我酒里放东西让我上瘾。我开运输公司，是他们要求的，他们想借我的手藏东西运出去，开公司的时候，我让赵文茜投资，她学历高，脑子好使，出事还能帮我想办法。后来她发现我运毒了，非常生气，立刻要跟我划清界限，我没同意，反正我手里有她的把柄。

"没想到啊，我在外面装得人模狗样，小心再小心，毁一个女人身上了。张娅，就那实习生，来公司面试的时候我就瞧上她了，干干净净的小姑娘，是真好看，我这些年玩过的女人不少，都是花钱玩的，没碰过她那么单纯的。我送她女人都喜欢的包和珠宝，没想到她跟别人不一样，吓到了，趁我不在直接辞职，她是实习生，离职不需要我批准，跟她部门领导说就行了。我第二天出差回来她已经走了，我知道她住哪儿，我让人直接带我去那儿了，我没想到她这么脆弱，事后我也很后悔。我不知道怎么办，正好赵文茜给我打电话说退股的事，我就让她帮忙，她过来了。

"那个阴险狡诈的女人，她在旁边指导，然后趁我慌乱，在我去埋尸时，拿走了我的相机，我录下来是准备自己欣赏的，结果录像成了她拿捏我的东西。我的事比她大，我运毒、嗑药又玩死人，抓住得直接枪毙了，以前她胆子小我胆子大，我拿捏她，后来是我胆子小她胆子大，所以她拿捏我。她说她不怕死，我怕啊，所以你们之前蹲我那么久，包括周庭宴直接查我，让人跟踪我，根本没用，只要你们不抓住赵文茜，我死也不会出卖她。她完蛋，我也得完蛋，只要我不说，你们就拿我没办法。

"我是完全没想到，你们会因为张娅的事找到我，都是天意吧，赵文茜给我指的埋尸地，挺隐秘的，谁能想到啊，江榆那阵下了几百年没见的罕见暴雨。大概是张娅死得太屈，因果报应吧，反正我现在是死定了，也无所谓了。等你们抓到赵文茜，我可以出庭做证，我也恨死她了，如果她和她妈没进我家，老余不会死，我是他唯一的儿子，他的钱都是我的。钱少就少了，在镇上娶个媳妇生个孩子，日子也挺好的，我后来就是见了太多的钱，回不去了，毕竟吃惯了鲍鱼，谁想回去吃咸菜啊。都是赵文茜害了我，她就是扫把星。"

梅晟把余涛的这些话放给简佑辉听，简佑辉脸色惨白，整个人透着一股死寂的悔恨，像是失了语，好半天说不出一个字。

审讯室里，梅晟抓着他的衣领，额头青筋暴跳。"就因为你，橙橙在简家受了那么多年的委屈，也是因为你，赵文茜才生出熊心豹子胆算计橙橙。后来热搜的事她也参与了，她差点把橙橙害死，这事你知道，你还敢帮她，简佑辉，你他妈脑子有病吧！"

简佑辉张张嘴，艰难地说出几个字："她怀孕了。"

赵文茜第一次来找他时，盛辉还没破产清算。她来求他帮忙，他想帮忙，但自从周庭宴去年开了发布会后，就一直盯着他的资金动向。他一有动作，周庭宴就精准打击他的投资，他什么都没干，就亏了不少。

赵文茜后来没求他了，在他那儿借住了一阵，说债主天天上门，她害怕，他就让她住了。

他其实在想办法。他想办法跟朋友借钱，准备先把她欠的钱还了，然后送她出国，让她过自己的日子，以后也别联系了。

结果没几天就出事了，盛辉破产，赵文茜也消失了。

再见到她，她说她怀孕了。算时间，应该是她在他那儿住着的时候怀的。

那时候，她说以后没机会了，他就稀里糊涂地放纵她。"她说她把孩子生下来就去自首，她想留个我的孩子，她求了我很久，我把她送出去，不是想让她跑，因为你们已经盯上我，我是想把她送出去把孩子生了。"

简佑辉顾着赵文茜怀孕，犹豫要不要把地址说出来时，梅晟接到一个电话。

通话结束，他冷笑着看向简佑辉。

"现在不需要你说了，赵文茜没出国，她把你也耍了，不过万幸，周庭宴和秦濯把人堵住了。"

周庭宴在电话里说，他和秦濯发现赵文茜的落脚点了。但是人出去了还没回来，他们在那儿守着，让梅晟赶紧带人过去。

定位在江榆市郊区，一个叫终安村的地方。

梅晟先联系了辖区派出所民警过去支援，他带着人赶到时是夜里十点，刚下车，周庭宴又打来电话，说人找到了。

挂了电话，梅晟拿着手机在原地站了好一会儿，抬头往天上看了眼。

天空如浓墨一般，几颗零散的星星萧条静谧，夜色深沉，似一双大手，压得人喘不过气。

终安村在山脚下，周庭宴说停下车子，步行往山上走，走到半山腰，就能看见手电的光。梅晟带着一队人沿着漆黑的小路上去，再顺着光走过去，纵然已经听周庭宴说了，亲眼见到时，依旧被惊了下。

丛林遮掩的半山腰，西南方向有个山洞。赵文茜躺在角落，眼睛睁着往上看，身上盖着一件黑色女士羽绒服，露出的胳膊和大腿上有不少红紫痕迹，脸上也有瘀青，触目惊心。

林间的手电筒亮如白昼，并没有照在赵文茜身上，但还是能看清，她像失了灵魂的残破娃娃，一动不动。

先来的民警跟他解释，说人还活着，救护车马上就到，男人已经抓住了。

现在最重要的事，就是等救护车。

梅晟从山洞出来，在不远处的两块大石头上找到周庭宴和秦濯，两人正坐在上面抽烟。

他接过秦濯扔来的烟，坐在周庭宴旁边。"你们怎么找到她的？"

十二月的夜风萧萧清冷，山林里更是刺骨，声音如鬼魅。

周庭宴看着指尖的烟，猩红的火光被风一吹，燃烧得极快。

怎么找到赵文茜的？

新影的梁教授离职，盛辉破产，周庭宴把赵文茜逼上绝路，他知道她彻底走投无路，肯定会去找简佑辉。所以知道立橙生物要出事的那天，他就交代周陆和潘屿，继续盯死了简佑辉的资金动向。

他敢动，就让他的钱有去无回。

周庭宴出来后，周陆说："他动了，发现我们围剿，又停了，赵文茜在他公寓住了几天，盛辉的事一出，她就不见了，现在连简佑辉都在找她。"

赵文茜虽然离开时没告诉简佑辉，但过了风头，肯定要找他。因为她唯一能拿捏住的人就是简佑辉那蠢货了。

周庭宴后来找了一次简佑辉。

关清柔说，何妙在赵文茜手里，并且赵文茜以为何妙是他的私生女。他知道早晚有一天，赵文茜肯定会联系简佑辉，所以他告诉简佑辉。

"如果赵文茜找你，你帮我带句话。"

带什么话？自然是承认何妙是他私生女。

"我很爱简橙，所以何妙的事绝对不能让她知道，如果赵文茜把孩子交给我处理，同时帮我保密，我可以满足她一个要求，只要不牵扯简橙，任何要求都可以。"

简佑辉那一刻倒是记起了自己的身份，站在简橙哥哥的立场，给了他一拳。"你有个私生女？你对得起橙橙吗！"

他没忍，还了简佑辉两拳和一脚，用十足的力气。

周庭宴早就想揍他了。

"简航不是你儿子？你比我好到哪里？简航是你婚内出轨有的，何妙是我跟简橙结婚前有的，结婚后我干干净净，你呢？"

婚前也干干净净。

简佑辉无力反驳。

周庭宴警告他：你只要带话给赵文茜就行，其他人谁也别提，如果传到简橙耳朵里，把简橙气跑了，你试试。"

等了几个月，他并没有等到赵文茜或者简佑辉的消息。直到今天下午五点多，他接到一个座机号码打来的电话，准备接的时候突然断了，迟迟等不到第二个电话，他打回去，是一个超市老板接的。

"一个女人打的，不知道长啥样，脸都看不见，戴着口罩和墨镜，拨过去没说话就放下话筒了。"

周庭宴直觉是赵文茜。

梅晟当时在审简佑辉，也不确定是不是赵文茜，周庭宴先喊着秦濯带着两个人的保镖过去了。按着超市老板给的地址到了终安村。

老板说昨天赵文茜来超市买过面包。

"因为昨天这边下雨，她也戴着口罩和墨镜，我心说这种鬼天气还戴墨镜，多瞧了两眼。"

昨天就在这儿，应该是暂时住这儿了。

这边有很多民宿，不过也好找，他从超市监控录像里拍了照片，问一圈，在最东边的那家民宿找到了。不过老板说，人在半小时前出去了，不知道去哪儿了，还没回来。

他就给梅晟打电话了。

村子不大也不小，因为这里远离市区的喧嚣和高楼大厦，旁边有一条年代感十足的古巷子，所以人流量也不小。

保镖全都穿休闲服来的，梅晟联系的辖区警察也是着便衣出动，他们出去找人，周庭宴和秦濯在民宿等。

一直到晚上九点半，赵文茜都没回来，找人的也没找到。不过碰到个熟人，是简橙的司机发现的。没抓住赵文茜，简橙自觉地不出门，她说赵文茜最恨的应该是她，她怕一个不小心被当人质了，她也担心周庭宴，就先让司机跟着他了。

她司机怎么说也是参加过几百场比赛的散打冠军，关键时候有用，是真有用。

山脚下，司机一眼就认出自己的仇人了。

当初苏蕴喊简橙吃饭，四个酒鬼进去找事，苏蕴脸伤了，简橙差点被欺负，肩关节还脱位了。司机当时为救简橙，被一个两百斤的胖子砸了后背，在医院躺了好几天，在同事群里脸都丢尽了，被嘲笑好久。所以他记胖子记得深，后来四个人因为强奸未遂入狱，判了三年。

司机刚开始以为自己看错人了，因为三年还没到，还差一年呢，但是仔细看，又确实一模一样，于是把人拽到周庭宴跟前了。

"周总，您看看，他是不是当初欺负太太的那个人。"

周庭宴看了，确实是，问了，他说是在里面表现好，减刑一年半。

周庭宴知道这胖子减刑了一年半，当初潘屿跟他说了，是赵文茜给他使的劲，请了最好的律师。

他没让潘屿管，随他们去了。

因为当初他们四个宁愿判刑，都没出卖赵文茜，他想看看，赵文茜到底靠什么拿捏他们的。只是后来事情太多，这胖子又没什么大动作，所以他暂时忘了这事。

今晚也没来得及问他和赵文茜的事。

因为司机说："我在山脚下碰到他的，他当时挺匆忙，人很慌，衣服都没穿好。"

他一听这话不对劲，把人仔细审视两遍，发现他衣角有血，赶紧喊了旁边的警察过来。

胖子支支吾吾说不出话，于是一群人从山脚出发往半山腰走，找到赵文茜时已经晚了。村民说昨天下雨，上面又陡又滑，以前摔死过人，没哪个傻子会在这时候往上跑。除非村尾的钱家父子，他们祖祖辈辈都是他们那儿的守林人，有法子上去。

胖子的外号就叫钱胖子。

梅晟听完，一时不知道该说什么。

这算什么？因果报应？

山上的风刺骨，梅晟紧了紧衣服，见周庭宴脸色阴沉着，闷声抽了好几口烟，碰了下他的胳膊。

"怎么了？难受？"

周庭宴没吭声，他又安慰："人是她自己招惹的，不是你逼的，你不用自责。"

"他难受是因为简橙。"秦濯比梅晟更了解周庭宴。

见梅晟抬头看过来，秦濯弹了弹烟灰，叹气。"你刚才瞧见那山洞没？黑黢黢的，一眼望不到底，我一个三十多岁的大男人看着都觉得瘆人，可是当年，简橙一个人在山洞里躲了很久。虽然不是这个山洞，但她躲的那山洞应该比这个更糟糕，那是北边最高的荒山，听说还有动物出没，老周刚才没进去，他说看见山洞就难受。"

秦濯又提起那钱胖子。"当初他们欺负简橙，是章珍找赵文茜要的人，要不是当时简橙的司机在……赵文茜活该，没人自责。"

她以前跟钱胖子合作，现在他们内部闹掰，落得这个下场，怨不得别人。

她加在简橙身上的没发生，作茧自缚了而已。

周庭宴到家的时候已经是凌晨一点。

夜深露重，他带着一身潮气进卧室时，简橙正在喂儿子。

房间里只留了一盏暖黄的台灯，在简橙身上落下温柔光影，很温馨，周庭宴多看了几眼，再看一眼她怀里的儿子，只觉得一身的疲惫全没了。

简橙听到动静抬头，见他进来。"怎么回来得这么晚？人抓住了吗？"

她知道今晚他们去抓赵文茜了，周庭宴在民宿等人的时候还在跟她聊天。

周庭宴扯开领带，解衬衫的扣子，没往她那边走，沉稳的嗓音透着性感。"抓到了，详细的等会儿说，我身上烟味重，先去洗一下，很快。"

今晚他抽了两支烟，秦濯抽得更多，孟糖和林野在一起后，他的烟瘾明显变大了，又活该又可怜。

周庭宴在路上嚼了口香糖，嘴里味轻了，但身上沾染的味道大，他已经把外套留在客厅里，衬衫上还是有不轻的味。

他得赶紧洗一下，不然卧室里都是味道，简橙闻着会难受。

等周庭宴洗了澡，把头发吹到半干出来，简橙刚把儿子喂饱。

周庭宴走过来，先低头在她唇上亲了下，才把儿子从她怀里接过来，用强劲有力的臂弯托着儿子，抱着哄了会儿。

简橙整理好了衣服，就靠在床头看他，看着他身上流露出为人父的温柔，拿手机拍两张照。

小汤圆如黑珍珠一般，圆溜溜的眼睛睁了一会儿，吃饱喝足，又很快在周庭宴臂弯里睡着了。周庭宴小心翼翼地把他放在床旁边的婴儿摇篮里。

简橙往旁边挪了挪，周庭宴过来，话都没说，先把人抱到腿上，用手指轻捏她的下巴低头亲她。简橙趴在他胸口，享受着他温柔缠绵的亲吻。

每晚睡觉前接吻她已经习惯，因为他每天都要抱着她亲一会儿。只是今晚，好像格外温柔，唇齿都带着麻麻的颤意，他好像在害怕，又像在庆幸什么。

简橙不知道今晚发生了什么，猜着可能发生了不好的事，就没乱动，乖乖地配合他。

等他亲够了，伸手把灯关了，抱着她躺下，简橙才问他怎么回事。

周庭宴拉着被子给两个人盖好，把她往怀里搂搂，把今天的事跟她说一遍，简橙沉默了很久才开口。

"所以她没怀孕，她骗简佑辉的？"

"医生说没有。"

"简佑辉会进去吧。"

周庭宴没说话，用掌心慢慢揉着她的后背。

简橙说："进去也好，他是该好好反思反思他这些年干的糊涂事，就是老简和梅女士要气死了。"

第二天一早，简橙准备给简宏云打电话的时候，梅晟先给她打过来了。"赵文茜醒了，什么都不肯交代，非要见你，只跟你说。"

简橙："……"

先是关清柔，现在又是赵文茜，简橙很无语。她像是喜欢听故事的人吗？而且她一看见赵文茜就恶心，甚至听到这名字就恶心，压根不想见赵文茜。

孟糖说："去见啊，为什么不见？去看她笑话，她现在是落败的鸡，是最狼狈的时候，你穿得漂亮点，化个美美的妆，气死她。"

说得也对。

不过以防万一，简橙还是等赵文茜出院后，被带到审讯室双手被铐起来不能乱动的时候才去见她。

她现在当妈了，她得惜命，赵文茜这样的疯子，她得保持距离。

简橙倒是没刻意打扮，就穿一件简单的墨绿色针织长裙，披着冬季长款的连帽披风，纯素颜，但她底子好，本就是浓颜美女，粉黛未施也让人觉得惊艳。尤其这段时间她一直在家没出门，被周庭宴金贵地细养着，脸圆润些，皮肤越发细腻，多了温婉可人的气质。

赵文茜已经有一年多没见过她了。从她进来就一直看她，目光里除了嫉妒和哀怨，更多了一抹惆怅。

"简橙，你说人这辈子，是不是都有命数的？是不是兜兜转转，无论再努力，都会被打回原来的模样？我进简家的时候十二岁，你才六岁。我的十二年，水深火热，真是糟糕透了，不是挨打就是遭辱骂，我没过过一天好日子，我的人生，一眼就能看到头。你的六年，金尊玉贵，你是简家的小公主，你爸妈疼你，你哥宠你，人人把你捧在掌心，你不用为了生活烦恼，你的人生一片光明。我们见面那天，我拘谨恐惧，你天真，浑身发着光，一看就是被细养的千金小姐。"

赵文茜看到简橙的第一眼，就羡慕简橙。那时候还没到嫉妒的程度，她只是觉得，能有一个吃饱饭、不挨打的地方就行了。后来简宏云和梅岚因为补偿心理把她宠上天，简佑辉因为愧疚对她百依百顺，她想要的就越来越多。

她骨子里藏匿的贪婪和野心完全被激发，在争宠这条路上越走越远，越走越偏。

她成功了。她把一手烂牌打赢，逆风翻盘，她在简家风光十几年，压制简橙十几年，没人再提她的养女身份。

后来简橙摆她一道，梅岚看见她亲简佑辉，夺去了她在简家所有的特殊待遇，似乎从那时起，她和简橙的运气又换回来了。

她越来越倒霉。简橙越来越幸运。

她拼了快十年，熬夜拼酒做起来的新影，简橙在周庭宴跟前说一句话，周庭宴直接毁了她的心血，把她逼到绝路。一夜回到解放前，甚至，她还背一身债，似乎又回到了十二岁之前，她的人生一眼能看到头。

简橙呢，经历父母的偏心、哥哥爱的转移、绑架、拐卖、谣言、抑郁、竹马的背叛……那么多的苦难和打击，如今又回到六岁之前的幸福模样，虽然亲情已经变质，但她的父母在用力地讨好她，她有了爱她的丈夫，有了儿子。

兜兜转转，简橙又得到所有人的宠爱，又成了那个耀眼的千金小姐。

兜兜转转，她从简文茜变回赵文茜，最终一无所有。

所以啊，老天爷多不公平啊，轻而易举就收回她拼了半辈子的努力成果。

审讯室里，简橙不想听她絮絮叨叨说这些，完全没兴趣。她问她不能理解的问题。"简佑辉一次一次地纵容你，以你的本事，完全能拿捏住他，盛辉和新影出事，你其实没必要跑，你找简佑辉多哭两次，他指不定就救你了。他的钱被周庭宴盯着，但梅岚和简宏云都疼他，他去梅岚那儿求，或者跟朋友借，他不会真的不管你。你跑了，就是逃犯，为什么要跑？这不像你的性格，你还没把简佑辉利用完，怎么先当逃兵了？"

赵文茜双手握成拳头，眼睛通红。"你以为我想逃吗？"

她能不知道逃了就完了？可她没的选啊。

她本来是想紧紧抱住简佑辉，她准备在他那儿一直住着，让简佑辉给她想办法处理那些烂事，让简佑辉给她筹钱。可是那天，余涛用个陌生号码给她打电话。

"警察在查张娅的案子，现在咱俩是一条绳上的蚂蚱，你也不用威胁我了，你赶紧把我那个相机毁了，把视频都删了。"

她问谁在查，余涛说刑侦支队今年年初刚调过来的大队长，姓梅。

年初来的，姓梅，梅晟，简橙的表哥梅晟。

她听简佑辉说过梅晟多厉害，破过几个陈年大案，她也听简佑辉说过，梅晟在查张娅的案子，案子怕是早晚要破，余涛早晚会被抓起来。

她太了解余涛了，他这些年嘴巴紧，是因为两个人的命连在一起，一个翻车，另一个铁定完蛋，所以他对她的事守口如瓶。

可如果他因为张娅的事被抓，他杀人埋尸，死路一条，他如果没路，肯定把她供出来。

当初她用相机威胁他，砍掉他公司的大半投资，他就怨着她，那时候也是怕把他逼急了，所以她留了一点。

余涛的报复心极重，他没路，肯定拉她陪葬。

所以她逃了。

她知道外面很多人盯着她，她找余涛帮的忙。她身上背了很多债，逃跑很正常，余涛也没怀疑，喊钱胖子他们来帮忙。

钱胖子是余涛的哥们，人不怎么样，但很讲义气，当初他父亲做脑部肿瘤手术，是余涛给的钱，因为这事，钱胖子对余涛忠心耿耿。当初章珍找她要人，她向余涛要的，钱胖子带人去的，出事后，钱胖子也没把他们供出来。

余涛当时很生气，说就是去闹一场，怎么闹进去了？让她想办法把人捞出来，她捞不出来，只能想办法给他减刑。

那天江榆有大雨，简佑辉去公司，钱胖子过来给她送老人的衣服和假发，用轮椅推她下楼，把她带到了终安村。

大家都以为她跑了，其实她一直没离开江榆。

她离开时瞒着简佑辉，是因为她知道如果她消失，梅晟那些人肯定第一个锁定简佑辉。不如不让他知道，他知道后心里有个负担，她现在疑心重，也怕简佑辉出卖她。后来是因为余涛那边快顶不住了，她知道简佑辉去了阳城，就又去找他了，因为她想出国。

出国的事钱胖子帮不了她，简佑辉才可以。

简橙看着赵文茜。"所以，你就骗他你怀孕了？"

赵文茜静默了一瞬，看向简橙平坦的小腹，幽幽道："我也不想骗他，可怀孕哪儿是说怀就怀的，我去他那儿住，是想怀个孩子，可一直没怀上。"

老天爷偏心。简橙说怀就怀，一下有了儿子。简航那个妈也是，一夜情而已，直接生下儿子。偏偏她不行，知道简航的存在后，她嫉妒得发狂，经常以各种理由去简佑辉那儿过夜，她缠得紧，他半推半就，可她就是怀不上。

她去看过医生，医生说她精神压力太大了，内分泌失调，得放松。

她怎么放松？新影和盛辉一堆的事，简佑辉还有了儿子，她再不生，连简佑辉也不属于她了，她为他放弃了那么多，他必须是她的。

可是她怀不上，她就是怀不上。

她去阳城找简佑辉，最开始没想骗简佑辉，可见面第一句，他让她去自首。她只能说自己怀孕了。

他知道的，她一直介意简航，一直想给他生个孩子，所以她哭着求他很久，他沉默了很久很久，她膝盖都跪麻了，他终于答应了。

警察一直盯着他。

梅晟去了两次，她都藏在地下室，后来简佑辉算着日子要做产检，故意带秘书回去几天，她穿着秘书的衣服出去了。

没怀孕，她自然不敢做产检，所以进了医院后，她故意指着一个方向跟简佑辉说看见孟糖了。

孟糖老家在阳城，出现在阳城的医院很正常。简佑辉怕被孟糖看见，就带

318

着她走了。

她跟简佑辉说阳城不安全，出国生比较好，简佑辉同意了，因为阳城确实不安全，有警察，还是孟糖和林野的老家，医院都不能随便去。

事实上，她那天没按简佑辉给的路线离开。

关清柔说何妙是周庭宴的私生女，她一直没敢动何妙这颗棋，她相信关清柔，但心里总不踏实。简佑辉说，周庭宴偷偷去找他了，让他带话，可以用何妙交换一个条件。她这才完全信了何妙是周庭宴的私生女。

简佑辉劝她把何妙给周庭宴，然后就别惹他了，她表面答应了，心里却计划着要跟周庭宴谈判。

她逃命，自然得要很多很多的钱。

简佑辉的资金动不了，给的也花不了几年。她还在犹豫怎么跟周庭宴交易安全时，钱胖子给她打电话，说余涛马上到终安村，让她回去，有事跟她聊，她不回，他就去找梅晟，同归于尽。

她只能回去。

所以那天简佑辉的司机送她走，她没走，回了江榆。

钱胖子说余涛第二天晚上来，她等了一晚，又等了一天，下午五点多用超市的电话给周庭宴打电话。

她考虑着，这里是钱胖子的地盘，如果周庭宴趁机算计她，钱胖子还能帮她。

结果，算计她的是钱胖子。

赵文茜给周庭宴打电话，后来又挂断了，是因为当时她看见钱胖子在外面跟她招手，脸色紧绷，好像挺着急。

她挂了电话出去，钱胖子说："涛哥被抓了，让我把你藏起来。"

她没想到这么快，当时脑子直接蒙了，回过神时，钱胖子已经拉着她从后山往上爬了，太滑了，她好几次要摔倒，被钱胖子拎着衣领带到一个山洞。

她以为钱胖子要把她藏在山洞里，没想到一转头，那男人直接扑上来，用帕子捂住了她的口鼻。

她再醒来的时候，钱胖子刚完事，他说是帮余涛报仇。

"梅晟刚开始查张娅的事时涛哥就说了，案子过去这么久，梅晟不可能查出来，除非你出卖他，把相机交给梅晟。这才过去多久啊，梅晟怎么那么快就破案了？昨天涛哥就被梅晟带走了，我就是怕你跑了，所以骗你回来了。我今天又去打听了一下，听说他已经被送检察院了，送去就完了，他那些罪，死刑跑不了。"

赵文茜当时只觉得灵魂在撕裂，她解释了一句，她没有出卖余涛。

没想到钱胖子更恼了，几个巴掌扇过来。"就算你没出卖，梅晟盯上涛哥的时候你为什么不帮他？涛哥这些年帮你的少吗？你个自私自利的女人，涛哥跟你绑一起真是倒了血霉。还有啊，老子当初被你害得坐牢，虽然你帮我减刑，但那是你应该做的，是你害的，而且我在里面没少受罪。总有人欺负我们，肯定是周庭宴安排人搞我们了，隔三岔五挨打，还有我那三个兄弟，他们没减刑，到现在还在里面蹲着，要不是看着涛哥的面子，老子早打死你了。现在涛哥也出事了，我还顾忌什么？"

他后来真没顾忌。

赵文茜看过余涛当初虐张娅的视频，只觉得，这钱胖子跟余涛不愧是兄弟，玩法都一样。只是她命大，钱胖子也没嗑药，还有一点理智，所以她逃过一劫。

也不算逃过，因为她的灵魂已经崩塌，身体也将永远被拘禁。

简橙安安静静听完，问她："所以呢，你为什么特意把我叫过来？"

赵文茜唇角泛起得意的怪笑。"我刚才提到了何妙，你没听见吗？何妙，是周庭宴的私生女，周庭宴有个私生女。"

她说着，一脸期待地看着简橙，期待从她脸上看出什么，比如惊愕，比如痛苦，比如愤怒。

可是，没有，她在笑，她竟然在笑。"你为什么在笑？你不生气吗？"

简橙比她笑得开心。"我为什么生气？蠢货，你被关清柔耍了，也被周庭宴坑了，何妙根本不是周庭宴的私生女。还有啊，我再告诉你一个好消息，梅岚来了，在外面等你。"

梅岚那天没见到赵文茜。

儿子被逮捕刑拘时，她接到电话才知道出事了，听说是窝藏包庇赵文茜，更是一口气没上来直接晕过去了。醒来后知道赵文茜被捕，一大早来蹲点，满腔的愤怒冲上头，咬着牙要打死赵文茜，结果人都没见着。

她找了梅晟，梅晟说赵文茜的案子还在整理，属于案件侦查期，按规矩，她不能见。

梅岚这口气下不去，又去找简橙帮忙。

简橙无波无澜地等她哭完，目光看向一旁正在跟儿子玩的简航。"你就是打死她能怎么样？伤害已经造成，你弥补不了我，她这么胆大包天，全是你惯的，这事也怪你。至于简佑辉，你不要想着去救他，你也救不了他，到最后是白费心思，你就让他进去反思反思，三年而已，我当年出国还五年呢。你和老简要是想过好日子，以后就把心思花在航航身上，我这儿，你们想来可以来。你们要是不想过好日子，你们就去闹，就去管简佑辉，我这儿，你们以后别再来。"

梅岚离开后去了医院，简宏云当时也一口气没上来晕了过去，他比较严重，一直没出院。

梅岚把简橙的话说给他听，简宏云沉默了挺久，后来沉沉叹口气。"该来的躲不掉，都是命，佑辉自己选择的路，就让他自己承担吧，是他活该，别管他了，判就判吧。橙橙说得对，我们应该把心思花在航航身上。梅岚，我们当年该相信橙橙的，她说是赵文茜害她，我们应该相信她的。我没信她，我还打了她，你没信她，你还骂她，我们该信她的。"

梅岚似枯朽的老树扎在凳子上，脊背彻底弯下去，半天没说话。

何妙是在赵文茜被抓的第二天回来的。

赵文茜当时从关清柔手里接过何妙，就没打算一直带着，毕竟带个孩子目标太大，她把何妙交给简佑辉司机了。

简佑辉司机是她的人，把何妙交给他，没谁会知道。

赵文茜本来不想告诉简橙的，后来知道何妙不是周庭宴的孩子，又觉得无所谓了。

见简橙之前梅晟就跟她说，余涛已经坦白了所有事，包括她继父的那本日记，他也上交了。她再瞒什么都没意义了，她要求见简橙，是想看看简橙知道何妙的身份的反应，她哪怕赢一场呢。

结果，她被关清柔耍了，何妙根本不是周庭宴的孩子。

何妙接回来，周陆给何润送去了。

赵文茜和关清柔的案子都是一月初移交的检察院，梅晟说大概三月底或者四月初开庭。

一切尘埃落定。

江榆这场刮了二十多年的阴风，终于停了。

二十多年了，简橙今年的气终于彻底顺了，开开心心过了个好年。

她心情好就想发红包，在工作室群里一个接一个地发，发到全员满屏粉红泡，截图发朋友圈狂赞老板。

周陆之前建的那个周家家族群，只要简橙、周陆、林野这三个人不发言，就没人说话。

周陆最近因为关清柔的事，情绪不太好，曾绍那帮朋友带他出去玩了。林野今年又在孟糖家当大厨，忙着哄岳父岳母开心，也顾不上。

于是大年三十的晚上，简橙发了好几个大红包。

群里四百多人，一开始没人说话，红包都没人抢，因为大家都摸不清什么套路，毕竟年前周家的事闹得挺大。

先是周庭宴被带走，立橙生物出事，后来关清柔的事也传出来了，不详细，但大家都知道她犯事了，过了年就开庭了。

周家人心惶惶，隔着屏幕都在沉思简橙怎么突然冒出来了。

直到周庭宴先抢了第一个红包，先回消息。

周庭宴：谢谢老婆 @ 简橙。

简橙窝在周庭宴怀里吃他喂的草莓，简直无语，刚才红包没人领，周庭宴领了后，所有红包秒没，炸出三百多人。

所有小辈：谢谢小婶，小婶威武 @ 简橙。

平辈收了红包的也都保持队形感谢，只有最后看到消息的叶绮语气熟稔。

几号有空啊，我去看看汤圆 @ 简橙。

感谢的太多，简橙没回，只回了叶绮的。初七之后，随时欢迎。

叶绮隔着屏幕都觉得意。

整个家族群里，抛开周庭宴、周陆和林野，就只有她一直跟简橙保持联系。全靠老公英明。

周庭宴当初被带走，在周家引起轩然大波，她也说过简橙的风凉话，谁让简橙对周陆那么好，她平等地讨厌对关清柔一家好的人。她等着看简橙的笑话，老公周成帆骂她目光短浅。

"一个立橙生物而已，扳不倒庭宴，其他人不跟简橙联系，你要抓住这次机会，跟简橙亲近亲近，巴结一下，没坏处。"

大事上，叶绮都是听老公的，所以她一直主动找简橙聊天。

听说周陆成了代理总裁的时候，她气得不想再搭理简橙，周成帆又骂她。"你以为总裁是个好活啊，我多大本事我自己知道，他就是交给我，我也搞不来啊，周陆确实不够资历，但庭宴交给他，肯定有庭宴的道理。公司的事你别瞎操心，你的任务就是攻略简橙，把简橙拿下，你的福气在后头。"

于是叶绮专心攻略简橙。

果然，福气来了。

关清柔被抓了，哈，叶绮听到这个消息的当晚，把周成帆藏了好几年的酒喝了，虽然又被骂了，但是特别爽。虽然好奇关清柔到底犯了什么罪，但不知道也没关系，关清柔倒霉她就高兴。

第九章
迟来的
周先生

大年初一的时候，周庭宴把儿子交给芳姨和月嫂，带简橙出去看电影。

简橙选的是个爱情片。挺寻常的故事，一般般，电影不精彩，但现实精彩。

她看到周聿风了。

周聿风也来看电影，但是，他身边的女人……不是蒋雅薇!!!

那女人比蒋雅薇年轻漂亮，穿黑色深V紧身裙，整个胸紧挨着周聿风，大波浪，浓颜美女。

乍一看有点眼熟，她又想不起来在哪儿见过。

简橙是去洗手间时看到的，两个人在无人的过道里说话，说两句，女人就搂着周聿风的脖子吻上去，周聿风顺势揽着她的腰，旁若无人地热吻。

简橙："……"

周聿风出轨???

她正惊愕，周聿风像是突然察觉到什么，倏地抬眸看过来，两个人视线对上，周聿风下意识推开怀里的女人，脸色苍白，难看至极。

简橙反应平静，像没事人一样转身离开，回到座位，拉着周庭宴跟他说这事，周庭宴不意外，把手里的热饮递给她。

"听说他现在比当年的秦濯还厉害，两个月换一个。"

简橙："……"

好家伙! 真是好家伙!

过了元宵节，简橙开始去工作室了，汤圆快六个月了，平时有月嫂带，她能抽出空忙自己的事。

回归职场第一天，简橙发了条微博。

简橙 V：开工。

她从去年四月底到现在，快一年没入职场，但是热度一直在。

立橙生物出事的时候，她也被嘲笑上热搜，好多网友来她评论区骂，后来警方公布张老爷子自首的事，懂事的网友们又纷纷回来删评论。

立橙事件前，她也上了几个热搜，都是工作上的。

去年五月初，梅钰的电影海报发物料，"梅导是简橙亲小姨"的话题在热搜挂了好久。

去年六月，嵩城那个珠宝广告片投放，品牌方艾特了她，她拍的片子小火一阵。

去年八月，在阳城拍的那两家杂志一前一后地上了，两种完全不同的创意和风格，网友热评，"简橙自己卷自己"。

去年十一月，纽约那个服装品牌发了品宣。同月，梅钰的电影在国内上映了。

去年十二月，米珊主演的杨导的那部《等你十年》发布电影人物海报，两个人又在微博艾特简橙。

新年新气象。

刚过了年，今年二月初，京岫和电视台合作的那个小湾村慈善项目也亮相了。洗去了京岫去年的阴霾，把简橙带到一个新高度。

最初有人酸，觉得简橙拿到这个项目肯定是靠走后门，是背靠老公好乘凉。

这股邪风刚要刮起，就有媒体放出简橙做过的慈善项目，捐了图书馆、宠物医疗站、希望小学……这都是在她结婚之前，甚至在国外还没回来就开始的。

简橙之前都是通过孟糖表哥的慈善基金会捐的，有记者专门去核实过，得到的答应是肯定。

这下，黑子不能随随便便黑简橙了，毕竟人家一直默默助力慈善事业。

于是简橙的这条微博下，好评不少，当然，也有阴阳怪气的。只是没那么明显的恶毒，就是暗戳戳地表示金钱能买一切，简橙就是命好，他们要是这么有钱比她捐的还多。

这种评论点赞数还不少。

周庭宴看到这种评论后，把潘屿喊进办公室。

于是，简橙开工那条微博上了实时热搜没多久后——京岫官博V：老板说，之前的"吃瓜君"大家一直没找到，海景别墅一直没送出去，新年新气象，过去的事翻篇，现在出新规——大家去老板娘@简橙的开工微博下评论，夸一句老板娘，点赞最高的，送海景别墅一套，时间截止到明天这个时间。

这条微博一出，不用花钱买热搜，被海景别墅迷了眼的网友们合力把"夸简橙，得海景别墅一套"顶上热搜，直接"爆"了。

后面跟着几个话题："简橙命好""论霸总宠老婆方式""快去夸简橙"。

简橙的评论区严重堵塞，黑评完全看不到，全是好评。

简橙不知道这事，因为京岫官博发出来的时候，她接到了杨导的电话。说电影《等你十年》在情人节那天首映，邀请她过去，要给她送票。

这电影其实早就拍好了，一直压着没上映，听说是米珊要求的。

简橙想起之前米珊说，电影剧本是她提供的，她演她自己的人生，于是就答应杨导，首映那天会过去。

电话刚挂，秦濯又来电话，先嘘寒问暖，又聊汤圆，再说他郊区的度假村建好了，请她和周庭宴过去泡温泉。

最后聊起米珊的电影。

"你要是有空，我给你几张首映的票，你带老周过去看看，票挺多，你们工作室的都可以去，支持一下，我投资了。"

拐弯抹角，就是想让她带孟糖过去。

秦濯一直想解释米珊的事，但不知道怎么说，既然米珊要拍电影，他还是希望孟糖去看一看。虽然她已经放弃他。

孟糖已经把他拉黑，他联系不上。

简橙刚想说孟糖在帮她准备摄影展，没空，孟糖就进她的办公室了。"橙子，你跟我回家一趟吧，我妈非让我今年跟林野订婚，你帮我劝……"简橙想挂电话已经来不及，张张嘴，举着手机给她看，孟糖沉默了下，又补一句。

"我想好了，我要跟林野订婚。"

办公室里，简橙挂了电话，神色复杂，无声看向孟糖。

孟糖拉开她对面的椅子坐下，跟她对视几眼，败下阵来。"我承认，我刚才有跟他较劲的意思，下意识地冲动，嘴快过脑子。但我发誓，我没有利用林野的意思，我是想跟林野走下去的，我已经想好了，我会跟他结婚。"

简橙听她说完，就问了一句："糖糖，你是在说服我，还是在说服你自己？你确定你想跟林野结婚吗？"

孟糖低头看自己中指上糖果形状的戒指。

这是林野送她的情侣戒，找人定制的。

"林野对我很好，他纵容我的一切脾气和毛病，我确定，我想嫁给这样的男人，我只是觉得太快了。我现在还没把秦濯从心里完全清理干净，对他不公平，我们年纪不大，我也想给他更多的时间，我打算过两年再谈婚论嫁。"

简橙瞧出她的迷茫，没再劝她。

旁观者清，她看得出来，孟糖不是想回头吃秦濯那个老牛，她的挣扎和纠结是针对林野。

至于挣扎什么，纠结什么，她得自己理清楚了，旁人越掺和越乱。

"米珊那部电影……"简橙想转移话题，开口又后知后觉，她跟孟糖说过，米珊那部电影她自己就是原型，秦濯为什么要一直管米珊，里面也有答案。所以电影这事，还是躲不开秦濯。

于是她斟酌着问："刚才杨导给我打电话，说《等你十年》要在情人节首映，邀请我们过去，你要去吗？"

孟糖知道那部电影对米珊的意义，也知道她从前一直想知道的答案就在电影里。

若是以前，她无论如何都要去。现在，她觉得没什么意义了。

"你去吧，我不去，情人节那天我和林野约好了出去玩。"

孟糖在简橙办公室又坐了一会儿，把她桌上的蛋糕拿过来吃，是隔壁甜品店师傅送来的，这个月要推出的情人节新款。

想到情人节，她又想到林野，瞄了简橙好几眼。

简橙正在看微博，她手机一直响，几乎没停过，点进去看，那条开工的微博评论区已经爆了。

她翻了一会儿，跑到热搜看京岫那条官博，觉得无语，察觉孟糖的视线，抬头扫她一眼。"有话就说。"

孟糖犹犹豫豫。"我跟林野，就……他每次都……有反应，我一直在做心理建设，但是老到不了最后一步，他每次都克制住，我觉得他快憋坏了。"

简橙正给周庭宴发消息，闻言，又抬头扫她一眼。"他二十多岁，年轻气盛，有反应正常，没反应你才该担心。"

男人都比较色。

别说林野二十几岁了，周庭宴三十几岁了，第一次碰她也是跟狼一样，她以为时间久了就腻了。结果孩子都生了，他现在比从前更猛了，有经验的勇猛更可怕，晚上能缠死你。

吐槽完，她继续给周庭宴发消息。

简橙：败家爷们，你送一套海景别墅，我辛辛苦苦工作快一年才挣得到！

周庭宴秒回：我错了，回去挨罚，给你揉，不嫌手累。

简橙：滚……

不再搭理周庭宴，简橙把手机扣在桌上，抬头，正好听到孟糖后面的话。

"林野说情人节的时候，带我去看日出，你觉得，我该不该……顺了他？"

简橙："顺其自然。"

情人节这天，电影《等你十年》在江榆举办首映礼。孟糖和林野去看日出，去"顺其自然"。简橙来参加首映礼，周庭宴陪她来的。

虽然是零点，但因为是情人节，日子特殊，尽管周庭宴对电影一点不感兴趣，还是陪她来了。

杨导的名气不算特别大，但在圈里人缘很好，而且这部电影秦氏和长盛都投资了，所以动静还是挺大的。

来的人不少。电影的主创团队全来了，业内嘉宾大腕小腕都有，简橙认识并且印象非常深刻的大腕有一个。

苏蕴。

简橙有一年多没见苏蕴了，上次见是在电影院，屏幕上。

去年十一月，小姨导演、苏蕴主演的那部电影全国上映。她当时跟孟糖一起去看的，还给工作室每个人发了大红包，让他们请朋友看，支持票房，并且打满分好评。

她知会周庭宴后，还给潘屿打电话，转钱让他买票，组织整个京岫的员工去看。

周庭宴不让她给钱，那不行，有苏蕴，必须她付钱，不能花他的钱，他的钱只能给她和儿子花。

长盛也组织去看了，是老简看到她发朋友圈宣传后，自己花钱组织的，还把员工在电影院的合照发给她求表扬。

秦濯也包了好几个场，让秦氏的员工都给好评。

这么大阵仗，苏蕴沾了她小姨的光。

不过苏蕴确实演技好。她那时候为了帮简橙脸受伤，梅钰直接改了剧本，女主是胸怀天下、骑着骏马的女将军，脸上的疤一直留到影片结束也不突兀。

而且苏蕴的演技让那疤成了一道亮点，添彩不少。

电影上映首日票房突破三亿，霸占几个热搜，是各平台的热门话题，收官票房四十亿。梅钰和苏蕴都是赢家，不过两个人低调，梅钰是有电影宣传时才登录微博，平时看得少。

苏蕴自从热搜的事后，基本是隐身状态，偶尔出席代言的品牌活动。

苏蕴当时要退出娱乐圈，周庭宴没让，说退可以，但是得推迟至少一年。

不然那时热搜的事刚出，双方都刚刚澄清，她马上要退出娱乐圈，网友和营销号又得各种揣测，所以她可以退，但得等这场风波完全平息。

她听孟糖说过，苏蕴这一年多一直在忙，拍真人秀综艺和电视剧，没让自己停过。苏蕴现在的资源不是周庭宴给的。当初周庭宴还瞒着她的时候，就准备把苏城传媒给苏蕴了，后来给了她，就互不相欠，各奔前程。

苏蕴收了，就是接受了以这种方式，彻底放下过去的事。

简橙其实觉得，苏蕴离开娱乐圈挺可惜的，她是适合吃演员这碗饭的。她小姨也说，当初自己选苏蕴当女主角，说量身为她定制剧本，其实不是，剧本早就有了，打磨了很久，一直找不到合适的人。

"我当时看她那组 Win 的照片，第一眼就觉得她合适，有那味，然后去看她的剧，演技也不错，但是因为她是流量明星，我那会儿犹豫。后来我多看了几次照片，我认出来了，是你拍的，所以我公开艾特苏蕴了，也是想成全你，结果你这孩子不接招，你当时出来承认摄影师是你，早火了。"

今晚秦灈也来了，他是最大的投资人，来撑场。或者，他想看看孟糖来没来。

他一身西装穿得挺正式，很帅，就是脸上有着掩不住的颓气，也有宿醉的疲惫。

没看到孟糖，他满脸的失望更是遮不住。

简橙想着他听到了孟糖的那句"我要跟林野订婚"，知道他心里不好受，看他打完招呼要出去，就让周庭宴去陪他说说话。

杨导给她和周庭宴安排的座位是靠前的位置，跟秦灈他们一起，她准备先去坐下，一转头就看见了苏蕴。

苏蕴正好跟人交谈结束，也转头。

两个人目光对上，苏蕴先走过来，她今天穿得很随意，简单的白色休闲服，一年多不见，她脸上早已没了之前的倔劲，带着随性。

"好久不见。"

她笑着跟简橙打招呼，简橙回以礼貌的笑容。"好久不见。"

这会儿陆陆续续来人，两个人往旁边走了走，把路让出来。

苏蕴说："我刚入行的时候，杨导帮过我，在一个饭局，我被叫过去陪酒，有资方想灌我酒，杨导帮我解了围，我一直挺感激他的，一直没机会合作。我这两天正好在临市拍戏，昨天见到他了，他当时有急事，就聊了两句，没说你们过来，我不知道你们过来。"

她刚才看见周庭宴了，没过去打招呼，躲开他了。

早知道他和简橙过来，她就不来了，毕竟她做过不光彩的事，虽然平息了，但是见到他们，她就觉得自己很不堪。

当初她要退圈，周庭宴说一年后再退，其实时间已经到了。但是她现在还走不了，她是离开后才知道，章珍为了让她带那些新人，给她接了很多工作，合同都签了，违约金很高，她得把所有事处理完才能隐退。

怪她自己，当初太信任章珍，给章珍很大权力。

简橙听她解释完，语气也平静。"章珍还跟着你吗？"

苏蕴摇头。"当初离开这儿，我就跟她分道扬镳了。"提到章珍，苏蕴感慨很多，"她以前不这样的，我刚入行的时候，她的事业才刚起步，她很照顾我，她尤其看不惯圈里的潜规则，最痛恨女孩子被欺负。大概是这个圈子诱惑太大了，我越来越红，她的野心越来越大，不知道从什么时候开始，她变成了她自己最讨厌的人。她不再痛恨资本的龌龊交易，她变成了制订游戏规则的人，她开始养男人，花我的钱养新人，她还跟人对赌。"

说到这儿，苏蕴想起一件事，看向简橙。"对了，我前段时间才听说，梅导也跟人签了对赌协议，好像挺严重的，我也不知道具体什么情况。她以前最重视原创剧本，拍完我那部之后，好像拍的都是改编的，而且一直在拍，没休息过，剧本也越来越大众。看你表情你好像不知道，也能理解，她肯定不想你跟着担心，但是，对赌不是闹着玩的，拍戏的时候梅导对我很好，我希望她好好的。"

苏蕴最终没留下，在周庭宴回来之前，跟杨导说一声有急事，悄然离开。

虽然热搜事件已经平息，但如果她和简橙夫妇同框，又得热闹一阵，现在各种营销号都看图说话。

苏蕴离开没多久，首映礼开始，周庭宴回来，秦濯不见了。

周庭宴见简橙脸色不对，问她怎么回事，简橙摇摇头。

她刚才给小姨打电话了，小姨还在拍戏，说忙完给她回电话。

简橙想着小姨的事，周庭宴搂着她，心里也烦。他回家后估计要跪搓衣板了。怪他嘴快，刚才在外面秦濯问他："孟糖怎么没来，简橙说什么没？"

他当时见路边的糖炒栗子挺好，在给简橙买，随口说了句："好像是跟林野去看日出了。"

"去哪儿？"

"榆山吧，要是不来这儿，我和简橙也准备去，那地方适合约会。"

他付了账，手里拿着糖炒栗子，回头，秦濯已经不见了。

周庭宴后知后觉想起两人的对话，只觉完蛋了，简橙回家能捶死他。

也不知道秦濯去没去。希望他没去，希望他去了也找不到地方。

直到首映礼结束，电影放完，简橙也没等来梅钰的电话。

她整个过程意兴阑珊，基本都在吃周庭宴跑到外面买的糖炒栗子，他一直在剥壳喂她，水也准备了，服务周到。

简橙虽然心思不在电影上，但把故事线整明白了。把电影中的人物一一映射到现实，米珊的整个人生轨迹，大概只能用两个字形容：惋惜。就像当初她在嵩城给这电影拍的海报，米珊站在那棵已经五百多岁的巨大古榕树下，抬头望着许愿树上的红丝带发呆。

那是电影的开始，也是结束。

不过秦濯确实够倒霉的，整个一冤大头。

简橙拿手机给孟糖发消息，删删减减，最后发一句：电影我看完了，一会儿我找杨导拷贝一份，发你邮箱，你想看就点开，不想看，就直接删掉。

榆山是江榆市最适合看日出的地方。孟糖喜欢看日出，来过很多次。跟简橙来过，跟嫂子来过，跟秦濯的侄女来过，跟秦濯的妈来过，就是没跟秦濯来过。

以前她最想跟秦濯来，订婚前不敢跟他提，订婚后小心翼翼地提，他答应了，又忘了，她就没再提，一直到两人分开他们都没一起看过日出。

现在她跟林野看。林野主动提的。

当第一缕光投射在澄净的海面时，孟糖转头跟林野说："林野，你现在如果跟我求婚，我就答应你。"

太阳跳出海面，霞光映在孟糖白皙娇嫩的脸上。

林野安静地看了她一会儿，突然把她抱到怀里，低头亲她，亲到需要克制才松开，脸埋在她肩窝。"你再想想。"

太阳低悬在海面上，已经是新的一天。

孟糖伸手拽他头发。"我话都说到这儿了，什么叫我再想想？林野，你是不是不想娶我？"

林野声音很闷，隔了好一会儿才开口："我怕你以后后悔。我也不瞎，我能看出来你最近不高兴，阿姨给你太大压力了，我想尊重你的意愿，又怕阿姨不高兴。我以前没那么尿，我就是太害怕了，你虽然人跟我在一起，但你的心不在我这儿，我能感觉到你心里还有秦濯，你有时候听到财经新闻里有他的名字，还会发呆。我吃醋，但我理解，就像我爱你，我爱你的时间比不过你爱他的，但是如果我们分开，我也会记你一辈子，所以哪怕你记他一辈子，我也能理解的。糖糖，我能等，你别冲动，你再好好想想，如果你真考虑好了，我随时都可以娶。我不想帮秦濯说话，但作为男人，我能看出他真的后悔了，如果你也后悔了，我成全你。"

林野察觉孟糖心情不好的时候，其实私下请教过简橙。

简橙给他分析过："你给糖糖的爱太满了，你这样会让她心里愧疚，会觉得你的爱有千斤重，会让她喘不过气，感情得张弛有度，你爱她没错，但是你的爱会让她有压力。如果你哪里不高兴，也要跟她说，而不是来问我，你想长远，你们得一起解决问题，千万不要把事憋在心里，现在没什么，积压得多了，经年累月就危险了。男人都是善变的，别说我内涵你，我在家也经常跟周庭宴说，心里有气一定要当场说，千万别积压，不然感情再深，也早晚出事。林野，放松一点。"

林野这段时间一直在思考这些话，试过，不行，他没有秦濯的底气。如果他跟孟糖没在一起，他没顾忌，怎样都行，真在一起了，他还是想什么都依她，什么都让着她，什么都顺着她，什么都为她着想。

哪怕他想马上求婚，哪怕……他把求婚的戒指一直带在身上。

林野最后还是没求婚，让孟糖再想想。

看完日出，林野背着她下山，两人住在山脚下的一处民宿，林野订的是相邻的两间房。

因为起得太早，孟糖又不想吃东西，林野就把她背回房间，等她躺到床上，给她拉好被子，俯身在她额头亲亲。

亲她会上瘾。

他的唇逐渐下移，从额头顺着鼻尖吻上唇，有克制的压抑，要起身时，孟糖伸手抓住他的衣领。"林野，你可以继续。"

她是想嫁给林野的，对，她是想嫁的，所以他想要，她应该给，他心有不安，她应该让他安心。

虽然他给的爱真的太满了，但那是因为他太爱她了。

母亲说得对，嫁给一个爱自己的人才会幸福，没有人比林野更爱她。所以她想嫁给林野，她想嫁的，她会嫁的。

郊外的风比城市的风冷。尤其是榆山的风，更冷。

秦濯裹紧衣服站在山脚风口处，只觉耳边的风声如鬼魅，比从前看的鬼片还瘆人，太瘆人了，吓得他连手里的烟都拿不稳。

他从山上下来快两小时，人差点冻成冰棍。

周庭宴买糖炒栗子的时候他就跑来了，也不是来搞破坏的。人家和林野是情侣，看个日出怎么了，他一个破前未婚夫，有什么资格破坏？

他就是……也想看日出了。他这辈子还没看过日出呢。

运气还怪好的呢，他看到了，这辈子第一次看，原来日出这么好看啊。难怪呢，历任女朋友都提过，他一个也没答应，他觉得看什么日出啊，电视上看看得了，大半夜跑山上不闲的吗？

后来孟糖也提过一次，他记得他当时答应了。

不答应不行，她用小鹿眼紧张兮兮地看着他，好像他不答应她就会哭，所以他说"行，你定时间"。

后来没去成，为什么没去成？因为他那天太忙，忘了，怎么就忘了呢？因为他那时候欠揍吧。所以，这不，报应来了，他现在站在这里冻成冰棍，林野和孟糖在屋里吹空调。

林野在孟糖房间，一直没出来。

秦濯低头拍拍身上的烟灰，抬脚往停车场走，走到半路，回头朝日出的方向看一眼，很久才收回视线。

走到停车场，秦濯一眼就看见靠在车门上抽烟的周庭宴。他笔挺地站在那儿，动作懒散地弹着烟灰，心不在焉的，身上带着熬了个大夜的倦态，黑色羊绒大衣配黑色西裤。

秦濯走过去，问他大衣在哪儿买的。

"穿着还挺帅，我也买一件，回头迷死一群小姑娘。"

周庭宴抽烟是为提神，见他过来，把烟掐了。"老婆买的，结婚后我的衣服都是她买。"

秦灈剜他一眼，哼一声，侧身站在他旁边，并肩靠着。"结婚了不起啊？婚姻是坟墓，真不知道你们这些人干吗非得往里钻。"

周庭宴难得没揍他，拍拍肩膀。"靠吧，暂时借给你。"

秦灈笑骂他神经病。"我一个三十好几的男人，我靠你肩膀？我……"

话没说完，周庭宴伸手，直接把他头按在肩膀上。"从首映礼回去快四点，把简橙哄睡着快五点，我开两小时的车过来的，还没睡觉呢，今天是情人节，晚上还得陪老婆过节，实在没太多时间，赶紧的吧。"

秦灈没吭声了，脑袋靠着他肩膀，沉默好半天，才闷闷开口："老周，我是不是挺渣的啊。"不等周庭宴开口，他自言自语。"我以前确实挺渣的，喜欢挺多人，有感觉就追，我妈都说我女朋友太多，说我是渣男，不负责任。我没有不负责啊，我都是正正经经地谈恋爱，我又没包养，没潜规则谁，我从高中就是这样谈的，我也没对不起谁。"

他都是正经谈恋爱，正经分手的，他也没瞎搞啊。

他一开始就跟孟糖说好了，他不婚，订婚只是应付家里，他也没骗婚。

"孟糖从小就往我家跑，我很疼她的，知道她想嫁给我，我才冷落她，我是不婚族啊，我不能害人家啊。我以为我对她没有男女之情，她是跟我侄女一个辈的人，我怎么可能喜欢她呢。可是不对啊，我分手那么多次，没一次难受，怎么这次要了我半条命啊，她跟林野年纪相仿，林野比我对她好，我应该替她高兴啊，可我真的好难受啊。从她跟林野官宣，我就没睡过一天好觉，我就想她以前对我的那些好，你们是不是都觉得我活该？我是挺活该的。可是老周，我这次，是真的想结婚了，虽然我依旧不觉得婚姻有什么好，可是我想跟孟糖过你和简橙那样的日子，我羡慕你们。"

断断续续的话，慢慢染上哭腔。"可是她不要我了，她真的不要我了，她要跟林野订婚了。林野之前说让我坐主桌，我不要坐主桌，我不去，他们订婚我不去，结婚我不去，生孩子我也不去。"秦灈挽着他的胳膊，脸在他肩膀上蹭，"老周，我不去，我会难受。"

周庭宴抬手，揉揉他的发顶，轻叹，哄他："好，不去。"

两人在停车场站了很久，最后周庭宴叫来司机，先把秦灈送回家。

下车之前，秦灈跟周庭宴说："简橙和孟糖是闺密，以后少不得要聚，她和林野在的场子，我尽量避开。看日出的时候，我在他们后面，林野的话我听见了，他应该很介意我的存在，我如果一直单身，他这辈子估计都睡不安稳。都是男人，我理解他，我要是他，我也介意，可我没精力谈恋爱了，我也不想再耽搁谁。所以老周，你帮我留意着，跟我条件合适的，心里也有别人的，需要结婚的，回头我俩凑一起过日子，林野安心，孟糖安心，我爸妈安心，皆大欢喜。"

至于他，给不了孟糖婚姻，就让她的婚姻安稳些吧，他无所谓了。

简橙醒来后没问孟糖榆山的事，是孟糖主动跟她提的。

"临门一脚卡那儿了，他说结婚了再进行最后一步，怕我反悔，我说'老娘都脱光躺这儿了，你还能急刹车，你是不是不行'，他这才敢。我刚才给我妈打电话，说今年把婚订了，我妈高兴坏了，我和林野这两天回阳城一趟，两家人一起吃个饭，把日子定了。你的摄影展我准备得差不多了，场地什么的都在布置，六月份就能开。摄影展结束，我给你安排了几个高奢的珠宝大片和一线杂志的工作。你趁现在多陪陪汤圆，回头你有的忙了，我和林野大概会在年底订婚。"

简橙听她絮絮叨叨说半天，最后问一句："我发的消息你看到了吗？"

孟糖说看到了。"电影我看了，我理解他了，但又怎么样呢，我和秦濯的问题，从来都不是米珊，是我爱他的时候，我感受不到他爱我。橙子，林野很爱我，我不想辜负他。"

挂了孟糖的电话，简橙终于接到梅钰的电话。

简单聊两句，梅钰要看看汤圆，就开了视频，简橙见她眉宇间全是疲惫，问她对赌的事。

"我听苏蕴说的，今天周庭宴也跟我说了，他说他想帮忙，但资金一直进不去，你不肯接受他的帮助。所以之前他让我把姚成仁的微信推给你，姚成仁在这块人脉广，能帮你，你也没找姚成仁吗？小姨，你是不是还在怪我？不肯接受我的帮助？"

梅钰沉默了挺久，最后提到梅晟。"姚成仁，是你表哥的亲爹。"

简橙："？"

梅钰："我俩年轻的时候谈过，那时候他还不是耀安集团的掌门人，后来他运气好，回家捡漏继承家业，我就把他蹬了，他家太复杂，我不想掺和。要不是医生说我以后不好怀孕，你表哥都没机会出生。姚成仁这猪，分手的时候哭得死去活来，能烦死，他离婚后，往娱乐圈冲有大半是因为我，就是想拿捏我，他想得美，他现在不是我的菜，我求鬼都不求他。对赌的事你就别管了，我手里正筹备的一个电影有爆相，能赚钱，你回头让周庭宴投资一下，以前不让他帮是怕他亏，怕影响你俩感情，赚钱的我肯定想着他。你要是有时间，多劝劝你表哥，让他赶紧找个媳妇。姚成仁的事你先别跟他说，赵文茜快判了吧，等开庭那天吧，我回江榆。"

三月的最后一天，是赵文茜案开庭的日子。

江榆市下了场雨。

简橙没去法院，九点半开庭，那会儿正是急风暴雨的时候，周庭宴不让她去，她自己也不想去。正好梅钰来了，在家陪她。

"人都说三岁看小，七岁看老，我们家小汤圆七个月就看大了。"

梅钰抱着小小只的汤圆，捏捏他肉嘟嘟的小脸蛋，爱不释手。"长大了肯定跟他爸一个样。"

七个月的奶娃娃，脸长开后，完全是可爱版的周庭宴，嘴巴和眼睛像简橙，双眼皮贼漂亮。模样都是挑着父母的优点长的，性格上目前为止像他爸，喜静不喜动，圆溜溜的大眼睛像葡萄，漆黑明亮，看着很精神。

他坐着不动的时候，那小小气势有周庭宴的影子。

简橙正窝在单人沙发上调试新相机。

周庭宴月初出差给她买的，说看见她喜欢的那个牌子出新款了，就顺手给她买了，她一直没用，准备今天给儿子拍照试试。

她听到梅钰的话，头也没抬。"我……"

"跟橙橙也像的。"抢她一步开口的是梅岚，梅岚也想抱抱小汤圆，梅钰不给她，她就眼巴巴地瞧着，一直没说话，这会儿才开口，"橙橙小时候也安静，我抱着她的时候，她也这样，特别乖，谁见了谁喜欢。"

嘴里说着话，她就真的想起从前，最后声音都哽咽，眼睛也红了，飘忽的神色，好像在怀念过去。

简橙手里的动作一顿，抬头，跟梅钰对视一眼。

梅钰无声开口："忏悔呢，想挽回你。"

简橙眼神示意。"她想得美。"

两个人相视笑笑，梅钰低头继续逗汤圆，简橙继续摆弄相机，调好了就举起对着梅钰和儿子拍一张。

梅岚看着眼前的一幕，无力又苦涩。

她今天也没去法院，简宏云怕她听了会当场发疯，闹得影响秩序，没让她去，听说梅钰过来简橙这边，她就带简航来了。

年前她和简宏云去伦敦的时候就把简航带回简家了。那时候是简宏云要带回简航，说简橙要顾着小汤圆，没精力再管一个，不能老麻烦她，梅岚没反对。她那时候对简航已经没那么厌恶了，因为简航跟着简橙快一年，养得圆圆润润，也白了不少，能看出佑辉小时候的样子了。

孩子也懂事。

这段时间她被佑辉和赵文茜的事气到胸闷，时常倒在床上哭。简航会给她把水端过来，还会用小手拍拍她的胳膊，她哭得狠了，他就凑过来亲亲她。

他说以前他哭的时候，妈妈就是这样做的，说姑姑哭的时候，他也是这样做的，然后姑姑就不哭了。

大概是因为她以前真的太凶了，奶乎乎的小人缩着肩膀，还是怕她，可看她那么难受，还是会凑过来哄她。

梅岚看着他，经常恍惚，有时候会想到佑辉，有时候又会想起小时候的简橙。

简家的人少，简宏云一直想多生几个，她生了两个身子不好了，不能生了，他经常出去"偷吃"。

她记得第一次发现的时候，躺在床上哭半天，佑辉和橙橙都过来，一人拉着她一只手。橙橙那时候就跟简航一样大，也过来亲她，说"妈妈不哭，橙橙亲亲你"。

现在她难受，只有简航过来亲她，他说"奶奶不哭，航航亲亲你"。

有那么一刻，梅岚突然觉得，简橙说得对，简航是老天爷赐给他们的宝贝，来得正是时候，如果这段时间没有简航，她真的撑不下去，就是觉得愧惜。

这段时间听简航说起过他妈妈，她觉得，能把孩子教得这么好，那肯定是一个特别好的女人，如果还活着，她一定把人接过来。

梅岚之前跟着简橙在阳城跑的时候，简橙就拿话点过她，说简航的妈妈是好的，老太太肯定也是好的。如今老太太孤苦伶仃，他们应该照顾。

那时候她不乐意，但简宏云听简橙的话，马上把人送到长盛入股的高级疗养院去了，好吃好喝照顾着，病也给看。可惜老太太到底年纪到了，没撑多久，上个月走的，人不好的时候，她抱着简航去了，老太太走得安详。

她在床边，看着那满头银发的老人慢慢合上眼，也生出很多感慨。

有一日，她也会躺在这里，那时候，她身边会有谁呢？

赵文茜被她养毁了，佑辉差点毁了，她的橙橙跟她离心了，如果她再对简航不好，她身边就真的没人了。所以她也想通了，儿孙自有儿孙福，佑辉出来后她也不管了，他想结婚就结，不想就算了。她这辈子，就守着航航过了，不偏心了，就算佑辉以后再有孩子，她也不偏心了。

简橙对着梅钰和儿子拍了好几张照，察觉到梅岚的视线，没搭理她。

从她和周庭宴结婚后，周庭宴送她很多相机，但她拍的照片很少，因为是周庭宴送的，她只拍她喜欢的人和物。

到了现在，她依旧不喜欢梅岚。

为了简航，就这么当亲戚来往吧。

手机响了，简橙放下相机，从茶几上拿起手机，已经快十二点了。法院那边已经结束了，是周庭宴打来的电话。

赵文茜涉及刑事案件，今天没宣判，两个月内出判决书，律师的意思是，数罪并罚，无期徒刑没跑。

"姑姑！姑姑！"简航清脆欢喜的声音从外面传过来，小腿摆动，"彩虹！姑姑，外面有彩虹。"

小汤圆还在梅钰怀里，所以简航直接扑进简橙怀里，晶亮的眸子都透着雀跃。

"妈妈说，对着彩虹许愿，愿望就能成真，姑姑去许愿。"

简橙挂了电话，抱起简航往外走，梅钰抱着小汤圆，梅岚一个人默默跟着。

确实有道彩虹。

暴雨后，乌云散开，太阳出来了，天空架起一道石拱桥形状的彩虹，五彩缤纷，光芒万丈。

雨过天晴，大喜。

周庭宴在回家的路上，不知道他能不能看到，简橙把简航递给梅岚，她准备去客厅拿手机给他打电话。刚把简航递过去，在梅钰怀里的小汤圆就动了。

他把两只小胳膊都伸向她。"妈……妈妈……"

周庭宴看到彩虹了，是司机提醒他的，他朝外看了眼，觉得简橙肯定喜欢，就直接给简橙打电话。

"老婆，外面有……"

"汤圆——他刚才喊我妈妈了！"

她兴奋的声音不大，但对周庭宴来说，震耳欲聋，他心口热热的，眼角眉梢都带笑意。

他现在终于能理解归心似箭是什么意思。

赵文茜的判决书下来，数罪并罚，无期徒刑。

余涛身上背着张娅的命，运毒多年数量庞大，死刑，利用他提供的消息，警方端了一个隐藏在江榆的贩毒团伙。

简佑辉窝藏包庇赵文茜，判了三年，简宏云气得不愿去看他，梅岚去看过他，跟他说赵文茜的事。

听说赵文茜没怀孕，简佑辉沉默很久，自此，再也没提过这个名字，只跟梅岚说："妈，我糊涂，对不起您和爸，更对不起橙橙，我知道她不会来看我，我也没资格让她来看我，您帮我照顾好航航，再帮我跟橙橙带句话。您告诉她，如果十二岁之前的简佑辉知道他之后会这么对橙橙，他一定宁愿死在那场大火里。"

梅岚把话带给简橙，简橙语气平静："十二岁之前的简佑辉，永远是我最爱的哥哥，我从来没恨过，现在的简佑辉，只是我血缘关系上的哥哥。"

梅岚点点头，抹一把泪，转身往外走，背脊已经不似从前的板正，年后暴瘦一圈的身体微微佝偻着，鬓间白发生了不少。

她不能怨什么，简橙如今还愿意跟他们来往，他们应该知足了。

怨什么呢，是他们的偏心酿造了这场祸事。是她错了，是她亲手把她一双儿女的亲情活生生掰断了，她才是最狠心的刽子手。

她错了，她不该偏心的，她罪有应得。

关清柔身上背着汪睿的命和张女士的命，周陆的父亲以及老爷子的事她也交代了。死刑。

判决书下来的那天，周陆来华春府，带来一个消息。何润自杀了。

"他说他眼睛看不见，从来没带妙妙去过游乐场，他让我带妙妙去，我就把妙妙带走了。我真蠢，怎么就把他一个人留在家了呢，应该让柠柠带妙妙去，我应该留下来看着他的。小湾村后面有条河，村干部带人把他捞上来的时候，他手里还握着妙妙最喜欢的发卡，他遗书里写，让我再给妙妙买一个一模一样的。他说这个他得带走，不然他下辈子找不到妙妙了，你说他那么爱妙妙，怎么舍得走呢？事都已经过去了，他为什么不能放下呢？我又没怪他，柠柠也没怪他，他为什么非跟自己较劲呢！真是蠢死了！"

周陆坐在沙发上，抱着头，哭到不能自已。

近一年的时间，周陆消瘦很多，简橙想过去抱抱他，又想到自己的身份，于是伸手推周庭宴。

周庭宴将手搭在周陆肩膀上，周陆的情绪缓和了一些后，从外套口袋里拿出一支录音笔。

说是何润的遗言。

录音笔是何润让周陆买的，说何妙唱歌很好听，他想录一些，何妙去上学的时候，他无聊时可以听，周陆就给他买了。

结果，他是录遗言用的。

周陆后悔教他用了。

周庭宴接过录音笔，伸手递给了简橙，简橙打开，只觉得这录音笔有千斤重。

何润走进小湾村那条河的时候，回顾了下自己这一生。

错了，其实一开始就错了。他应该死在三岁那年的医疗事故里，那颗药应该直接要了他的命，而不是只夺走他的眼睛。

关清柔当时不该拼了命救他，他应该死在那年的。

关清柔，对，他不喜欢陈柔那个名字，喜欢关清柔这名字，因为姓关。

三岁之前的事，何润其实记忆不是很深刻，但是对关家的人，他是有记忆的。关灵阿姨、外婆、外公，因为关家把关清柔当亲闺女，所以他直接喊关灵的父母外公外婆。

那时候关家的人都很疼他，他得到了四个人的爱，所以哪怕他看不见，他也不会惊慌害怕。

后来的一系列变故，他那时并不知道，他只知道母亲把他送给了一对姓何的夫妻。他很多年没见到母亲。

养父母一开始对他很好，真的很好，因为他们无儿无女，他们很疼他，还带他到处看眼睛，花了很多钱，一直看不好。

钱花了不少，没用，他们渐渐没有了耐心，开始冲他发火。

有时候养父喝了酒会打他，会骂养母带一个晦气东西回家，说他是讨债的。

他们准备把他送走时，养母怀孕了，一家人都很高兴，村里有人说，是他命里有兄弟姐妹，给他们带去了好运，送走不太好。

于是他们把他留下了。

他们偏爱亲儿子很正常，是人之常情，一个是健康的亲儿子，一个是瞎眼的养子，家庭拮据，任谁都会偏爱亲儿子吧。

他也会难受，他的难受主要是他家斜对面那个张老头给的。张老头最先喊他小瞎子，后来一个村的人都喊，伸腿绊倒他，抢他手里的苹果吃，让他养的黑狗咬他，用他的盲杖掏大粪。

大概因为他是整个村里最弱的人。

张老头在家里不受待见，儿子、儿媳都烦他，后来他把儿媳妇气得流产，儿子带着老婆走了，再也没回来。村里人都讨厌他，因为他死皮赖脸去人家家里蹭饭，借钱不还，偷鸡偷狗，让自己养的狗看门，把人家的狗弄死吃肉。人家找上门，他直接往地上一躺，他有病，又倚老卖老，谁也不敢碰他一下。

大家都烦他，都不搭理他，他觉得无趣，就欺负一个瞎子。

养父母经常去地里干活，不放心亲儿子在家，就抱着去，家里只剩他这一个瞎子，养父母不疼他，也没人替他出头。

他难受到不行时，关清柔终于来了。

见他过得不好，关清柔很生气，但也没说什么，给养父母一笔钱，把他带走了。

他和关清柔不常见面。因为关清柔那时候在周家不稳，没办法带他，她把他送到了盲人学校，管吃管住，她一个月来看他一次。

毕业之后，关清柔把他安排在一个房子里，请了保姆和用人照顾。

他当时的脾气真的不好，他在养父母那儿受了很多罪，在张老头那儿受了很多侮辱，性格不好，去学校也没什么朋友。

他天天发火，保姆和用人换了好几个。

关清柔那时候在周家的日子也不好过，心情不好就来他这儿，跟他说关家的事，说关家怎么怎么对她好，说她怎么恨汪家、恨周家。说她准备报复，说她的计划简单又周密，周陆就足以摧毁汪家，周柠能毁了周家。

当他知道自己的眼盲是人为的时，他也恨，算计立橙生物一开始是他的主意，张家父女也是他找的，他恨张老头，可惜张老头年纪大了，去试药人家都不要。

他只能选张女士。

其实张女士很无辜，但那时候他已经被仇恨蒙蔽了，他那时候想着，张女士走了也好，这样张老头身边就没有儿女了，死了都没人管。

以防万一，他经常会买东西去看养父母，顺便打听他们家的新情况。

对于何妙，他一开始并不想要，他听张老头说，何妙是来讨债的，生下来就多灾多病，浪费钱，让何妙的妈妈把她扔到村尾那条河里去。

他觉得，如果张女士走了，何妙在张老头这儿根本活不成。所以他让关清柔把何妙要走了。那时候他觉得，何妙跟他挺像的，这么小的年纪，就受这么大的罪，他是瞎子，小姑娘是聋子，他同情她，也是同情自己。

何润没想到，自己会栽在一个小丫头手里。

何妙是他亲手带大的。

当然，他是瞎子，干活的事还得用人来，他最开始是不愿管她的，但很奇怪，何妙只有被他抱着才不哭。

那么软的一个孩子，总不能扔出去，他就那么抱着，一直抱到她开口喊爸爸，抱到她长大。

妙妙特别懂事。她有白血病，因为答应了张女士要给她看病，看完病得验收，张女士得看到女儿真把病治好了，才同意配合。

去医院的时候他得陪着，不然妙妙一直喊爸爸。

小小的人，因为化疗痛苦地哭喊，说"爸爸我疼"，他帮不上忙，心里竟也绞痛。

她看病看了多久，他就陪了多久，她说爸爸牵着手才不疼。

他那时候烦得不行，嫌她麻烦，可他心里是高兴的。因为他第一次被需要，第一次被人需要的感觉真的挺好的。

他看不见之后，一直要依赖别人，出门，上厕所都要人带着，没什么尊严地活了那么多年。

终于啊，有人需要他了。

她不只需要他，她还会说"爸爸好厉害啊"，她还会心疼他。见他要撞上桌子，过来抱他的腿，说"爸爸我带你走"，他摔倒磕着膝盖，她说"爸爸我给你吹吹"，她生病，明明难受的是她，她说"爸爸你别难受"。他晚上做噩梦，小丫头用软乎乎的手拍他胸口，过来亲亲他，说"爸爸不要怕，我保护你"。

当那丫头说，妙妙最喜欢爸爸时。

当他因为关清柔凶她一句，跟关清柔大发雷霆时，何润知道，他完蛋了，他被一个小丫头俘获了。他已经把何妙当亲闺女了，他越来越离不开何妙。

关清柔发现他对何妙太过在意，很生气，她要把何妙送走，说给她找一个合适的家庭。

绝对不行！他当初就是被送给了别人，过得那么痛苦，妙妙的病刚好，一只耳朵还不好。如果那家人嫌弃她怎么办？如果那家人再生个亲儿子怎么办？如果，她也遇到一个张老头怎么办？

他都差点活不下来，妙妙离开他不行的。

关清柔说，如果何妙不走，她就不给钱，何妙的耳朵就永远别想好。他没那么多钱，他是个瞎子，也没本事跑，所以，他去找周陆了。

他被关清柔从学校带走的第一年就见过周陆和周柠。那时候何妙还没来，他的脾气还一点就着，暴躁得跟疯子一样，不高兴就摔东西，关清柔那时候真的很疼他。她哄不好他，觉得周陆跟他年纪相仿，周柠是女孩子，心思敏感会劝人，就经常带着周陆和周柠来陪他。

她说不怕周陆会干什么，她有拿捏他们兄妹的东西。

他认识的人寥寥无几，能帮他的只有周陆。

周陆让他去小湾村，说小湾村是江榆第一个村级残疾人集中托养场所，关清柔应该想不到他们会去那里。去那里有人照顾，也方便。

周陆本来要给他钱，给何妙植入人工耳蜗，他没要。

关灵当时给关清柔的钱，关清柔花了好多年了，在他身上就浪费不少，她哪儿来那么多钱？

她是让周陆去赚的钱。

她让周陆出国，逼周陆拼命赚钱，让周陆赚钱养他，在周陆有本事赚钱后，他和何妙的一切开销都是关清柔向周陆要的。

万幸，周陆有个贵人——简橙。

周陆跟他说过，关清柔不给他本金，他是汪家的人，他有汪家人的脑子，但没钱，是简橙看出他拮据，把身上能拿出来的钱全给他了。

简橙那时候是小富婆，有整条常淮路，还有她奶奶留给她的房子，现金就不少，她能拿在手里的，都给周陆了。

为了不伤害他的自尊心，简橙说她也想投资，但她不会，让他帮忙，说把两个人的钱滚一起，这样周陆就有足够的本金。

她甚至不怕周陆亏了，不怕血本无归。

周陆说，要不是简橙，他得死在外面。所以后来周陆爱上简橙，何润完全理解。

那是周陆的小天使。

何润有了女儿，有羞耻心了，他不好意思再要周陆的钱。巧了，老天眷顾，他到了小湾村之后村干部就说他来得巧，说小湾村在争取和江榆大企业的慈善项目，拿下之后，何妙的人工耳蜗费用就不愁了。

他夜夜期盼着这个大企业的到来，没想到，竟然等来了京岬，更没想到简橙是摄影师。

周陆后来跟何润坦白，说他猜到关清柔要对立橙生物动手，他是故意把何润和何妙送到小湾村的。因为小湾村争取合作的时候，他在老宅听见周庭宴打电话了，那会儿知道京岫可能过去，没几天他就打电话求助了，正合他意。

"她要是动别的，我不管，但是谁也不能动立橙，谁也不能。立橙是小叔给简橙建的，简橙以前出过事，她生病了，虽然差不多好了，但万一呢，立橙是她的后盾，小叔砸了很多钱进去，我不能让妈毁了立橙。所以大哥，对不起了。"

周陆是故意告诉关清柔他们在小湾村的，故意让简橙和关清柔撞见，关清柔如果不提到他，没办法解释。

周陆故意把他扯出来，再趁机提醒周庭宴立橙的事。

关清柔怕周庭宴查出来，把他和何妙接走了，她怕他再走，给何妙植入了人工耳蜗，还是花的周陆的钱。

他没办法阻止了，因为何妙真的很需要人工耳蜗。

关清柔知道是周陆把他们送到小湾村的，当着他的面把周陆打一顿，皮开肉绽，他看不见，但能听到声音。

周陆那次差点被打死，后来周柠过来跪了半天，还帮周陆挡了两下。

他就站在旁边，关清柔疼他，但他不能开口，因为他开口，关清柔只会打得更凶，她这些年被仇恨压得已经极端了。

那次之后，何润再也不敢让周陆帮忙，连周柠他也不敢主动联系，怕自己连累了他们。

他每天在家待着不出门。关清柔觉得他现在跟她不一条心了，有事也不跟他说。直到用人打开电视，他听说立橙生物出事了，他才知道关清柔瞒着他行动了。

正好关清柔来了，他质问她，她没否认，他要找周庭宴，其实是想救关清柔。因为周陆已经暗示过周庭宴，周庭宴一直没动静，肯定有问题。

这绝对是个陷阱。

关清柔虽然极端，但对他一直是好的，他不会出卖她，知道她要出事，他也想救救她。

不能把周陆供出来，他不能点破，解释不清，只想着得赶紧找周庭宴，不然事情完全闹大更糟糕。

关清柔以为他要出卖她，直接把何妙带走了，他一个瞎子，哪儿能追上她，直接摔下台阶，腿都磕破了。

他联系不上周陆，只能找周柠，得知周庭宴已经被带走了，他只能让周柠想办法去伦敦找简橙。

周陆娶汪念念是关清柔计划中最重要的一环。她其实有办法的，她筹谋了这么多年，没那么容易功亏一篑。她那么仓促地就交代了，其实是为了保他。

为了尽快找到何妙，他主动坦诚自己和她的母子关系，主动配合警方做亲子鉴定，他给关清柔透露的信息是：他要自曝了。设计立橙生物是他的主意。他其实还犯过一个案子，人命案，他刚被关清柔带回家的那年，脾气极差，保姆和用人换过几拨，都是被他打跑的。

他用烟灰缸砸死过一个女用人。

他看不见，他不知道，他当时在发火，随手砸的，听见旁边人的尖叫才知道砸到人太阳穴了，他也没想到那么准，是关清柔过来帮他处理的。

关清柔到底是疼他的，怕警察盯上他，怕他的事被曝光，索性把这桩案子也认下了。

罪行完完整整交代干净，开庭也没有任何反抗，她完全是快点审完快点判死刑的态度。

她是为了保他。所有人都可以怪关清柔，所有人都应该恨她，周陆和周柠可以出卖她，唯独他没有资格，所以这些年他什么都不说。

可她动了何妙，他还是出卖她了，他害了她，所以他也该走了。

决定要离开，主要是因为他害怕，天网恢恢疏而不漏，他怕有一天事情败露，他会害了何妙。何妙应该跟一个清清白白的父亲，不应该被他毁了。

他的女儿，他帮不了她分毫，又是她人生路上深埋的炸弹。

他唯一能为她做的，就是早点走，他走了，她就能有一个清清白白的父亲。

何润的遗言是让周陆帮何妙找一个合适的家庭。

周陆自己要养何妙。

简橙听说他的想法后，差点气哭，一巴掌扇在他脑门上，连踹几脚，周庭宴从身后抱住她，她挣扎几下，愤愤地指着周陆骂。

"周陆你脑子是不是有病！"

凭什么啊！他的出生是关清柔故意设计的，他从小被关清柔虐待，身上那么多疤，早早被赶出国赚钱，累死累活通宵熬夜赚的钱，养关清柔，养何润父女。

关清柔差点把他毁了，何润做过的事虽然情有可原，但他也间接害过周陆。

现在两个人都走了，周陆还要帮何润养孩子！

养他大爷！养个屁！

"何妙不用你操心！我帮你找，我一定帮她找个好的人家，你马上三十岁了，就不能为你自己好好活着？周陆你累不累啊！你要是敢养，我就跟你绝交！我没那么蠢的朋友，我这次真不理你了！"

见周陆坐在沙发上，耷拉着脑袋不说话，消瘦的肩膀微缩着，简橙使劲跺脚，直接气哭了。

"周陆你听话，你说过你听我话，你不要养，我给她找个好的人家，你要不放心，我也喜欢何妙，我……"

她想说她养，又觉得这事不能自己做决定，她转头，眼巴巴地看周庭宴。

周庭宴见她眼睛挂着泪，伸手把她抱怀里哄哄，用指腹抹去她的眼泪，见她通红的眼睛心疼得不行。

他懂她的意思。

"你说养就养，我听……"

"小叔。"

周陆忽而开口打断周庭宴的话，他抬起一直耷拉着的脑袋。"能让我跟小婶单独聊聊吗？"

周庭宴看向简橙，询问她的意见，见她点头，才去玩具室找儿子了。周陆来的时候，芳姨就带着汤圆去了玩具室。

简橙现在看周陆不顺眼，坐在离他最远的单人沙发上，甩掉了拖鞋，双腿蜷在沙发上，头往旁边偏着不想看他。

周陆知道她生气，是想让他好，她是心疼他。

"上次你离开江榆，我去机场见你，给你看我身上的疤，我说我做过错事，等你回来我再告诉你，一直没机会说，我确实做错过。"

他提到叶绮。"三婶当年那个孩子，其实是我妈害的。"

也怪叶绮自己。

叶绮跟当年的事没关系，关清柔其实不想害她，但叶绮总找她麻烦，处处欺负她，她也烦。关清柔煲汤厉害，叶绮喜欢喝她煲的汤，关清柔就天天给她煲，摆出讨好的姿态。

那是夺命的汤。关清柔在里面放了致幻的东西，量非常少，但日积月累，稍微多一点点，就足够致命了。

出事那天，关清柔倒是真忘了煲，她放的量很少，也不知道叶绮会哪天发作，她那天是去看何润了。

何润生病了，她亲自去照顾。她一直很疼何润，何润感冒，她忙前忙后，连叶绮的汤都忘了煲。

叶绮每天都准点喝到关清柔的汤，那天迟迟等不到，下楼找关清柔。没想到就那天发作了，稍微一恍惚，踩空台阶，摔得很重，把六个月的孩子摔没了，子宫也摘了。

"那天是周末，我在家睡觉，出来喝水，一开门就见叶绮摔下去了。我目睹了全程，那场面让我做了好几年的噩梦，我特别害怕见到孕妇，我每次见到谁挺着大大的孕肚，我都躲得远远的。你怀孕去伦敦的时候，我没去看过你，你生孩子的时候，小叔不能陪在你身边，我知道你心里不安，我特别想去看你，但是我不敢，叶绮滚下来，倒在血泊中的场面给我的冲击太大了。尤其我后来知道那是我妈搞的，我觉得自己要崩溃了，因为有好几次，是我妈让我把汤端给三婶的。我妈后来为了让我听话，告诉我这事，我就老觉得，那个孩子也是我害死的，我做了很久的噩梦，老梦见有个孩子来找我。我不想结婚了，我一想到结婚以后生孩子这事，我打心里恐惧。如果你劝我，现在很多丁克，可以找个想丁克的结婚，也不行。我爸……应该说名义上的爸，我一直以为是我把他推下去的，其实是我妈……推的，她也算计着让我目睹了。连着两次，两次，那血腥的场面，我有一阵晚上都不敢睡觉，我靠吃药才睡得着。我心里是不健康的，我跟谁结婚，都只会害了人家，我也不想耽搁谁。"

客厅里，简橙蜷缩在沙发上，把头埋进膝盖不吭声。

"橙子。"周陆用发小的身份说服她，"我们认识多少年了？二十多年，快三十年，你了解我的，我做每一个决定，都是深思熟虑后的。我不想结婚，所以带着何妙没关系的，这两天何妙都是住我那儿的，她真的很乖，她不知道爸爸回不来了，她见我难受，还会安慰我。橙子，何妙是谁的女儿都没关系，她需要我，我也需要她陪我走一段路。我不瞒你，我当初找上汪念念，我那时候是真的扛不住了，我想着等一切结束，就把心脏给她，算补偿她因为我被扯进来。我前两天见到她了，她说她等到了供体，马上就可以做手术了，我这条命也算多出来的，我知道你是希望我幸福的，你就成全我吧。"

简橙很久没搭理周陆。生他气，谁在她跟前提周陆的名字她跟谁急，周庭宴提，也得挨顿踹。

很长一段时间，没人敢提。

摄影展前期宣传这块，孟糖做得很足，又是京岫投资的，周庭宴让他们不必省钱，孟糖在实体和网络投了很多广告。

网上支持的人很多，首先就是简橙六千多万的粉丝，其次是被周庭宴豪气征服的人。

简橙产后开工第一天，京岫官博有送房活动，说送真送，时间截止日，评论夸简橙的点赞数最高的人真得了一套海景别墅。

中奖网友五月份兴奋发博，表示时间刚截止，京岫官博小编就联系他了，手续办完他才发博的，照片一上传，网友直呼牛气。

那是京岫旗下的房产，整个江榆地段最好的海景别墅区。

羡慕死一堆人，网友都跑去简橙评论区喊妈，问什么时候还有活动。

摄影展来得是时候，展览持续一个月，上了几十个热搜，网友纷纷来打卡，粉丝来求合照，简橙合作过的导演也在微博恭喜她。

美术馆每日上限人数五千人，简橙自己都挤不进去，刚到门口就被媒体簇拥着采访。摄影展直接成为当月最火爆活动。

所有人都在为她庆祝，她自己倒是没那么高的兴致。

摄影展结束，孟糖给她安排的几个高奢珠宝大片和一线杂志拍摄工作又让她忙碌起来。

构思创意、选场景、定方案、拍摄……每天很多事，后来忙不过来，她一下招了三个助理。

林野辞职了，他和孟糖的订婚宴在年底，婚礼也定了日子，在明年春天。他要准备订婚宴，准备婚礼，还要留在阳城打拼。

孟糖的母亲最满意林野的地方，就是他的祖籍，他是阳城本地人，孟母想让孟糖留在阳城，所以私下找了简橙。

简橙无所谓，工作室的名气现在很大，招个助理分分钟的事，而且她在周家家族群经常发红包，想来的人一大堆。

至于经纪人，如果孟糖真的要离开，周庭宴说他从京岫调一个人才过来帮她。

所以她尊重林野和孟糖的选择。

孟糖想留在江榆，她从高中就在江榆打拼，她喜欢江榆这个城市。但是林野想选阳城，他有自己的考量，双方父母都在阳城，他们留在阳城也好照顾。而且有朋友喊他一起回阳城创业，这两年阳城发展好，这是个机遇，他也想靠自己给孟糖撑起一片天。

林野看出孟糖想留下，也没逼她，说最后听她的决定。逼孟糖的是孟母，为了让孟糖回去，孟母生了一场难好的病。

站在母亲的角度，她没错，看到闺女在秦濯那儿吃过的苦，她想让闺女彻底离开江榆，离秦濯远远的。

孟糖理解母亲，也不想林野为她放弃太多，所以她回了阳城。

简橙明显察觉她不爱笑了，私下找孟母聊过。

周庭宴说，秦濯在开始相亲了，虽然条件苛刻，相亲一直没成，但他在往前迈出那一步。

简橙看得出来，秦濯选择相亲，就是想让孟糖的婚姻过得舒坦，绝对不会再打扰她。她希望孟母尊重孟糖的选择，但孟母坚持，并让简橙别再插手。

孟糖和林野办订婚宴的时候，简橙正好忙完手里的工作，带着儿子和周庭宴飞到阳城。

秦濯没来。让周庭宴带来一个大红包，怕孟糖不收，把红包跟母亲的红包放在一起。

秦母素来疼爱孟糖，把她当亲闺女从小疼到大，红包大额没人说什么。秦母没来，说是身体不好，怕带去病气，红包由周庭宴转送，周庭宴让简橙交给孟糖。

化妆间里，简橙没提秦濯，孟糖拿着厚厚的红包，一直低头沉默。

订婚宴开始的前一分钟，孟糖借简橙的手机给秦濯打了个电话。

"秦濯，那天在榆山看日出，我看见你了。十六岁第一次跟橙子一起看日出的时候，我就想着，有一天，一定要跟你一起看，你要是早点带我去就好了。秦濯，我们好像不该有这样的结局，但是，也只能这样了。秦濯，我要往前走了，你也往前走吧。"

从孟糖和林野的订婚宴那天开始，周庭宴就开始患得患失。

他们订婚宴那天，他跟简橙说："我们的婚礼该办了，你喜欢什么样的？"

简橙说："等我忙完这阵。"

来年春天，孟糖和林野举行婚礼，周庭宴又问简橙："我们的婚礼也该办了，我准备了几种样式，你选一个？"

简橙说："我都不急，你急什么？我还没忙完。"

周庭宴："……"

简橙越来越忙，跑时装秀，拿珠宝代言，参加慈善晚宴，曝光度越来越高。

高到周庭宴每天要喝一壶醋。每晚要把人里里外外欺负透了，才觉得怀里的人是自己的。他开始患得患失，直到汤圆三岁的时候，简橙成为江榆市第一位举办个人大型摄影展览的摄影家。

有媒体问她，这次展览的主题叫《迟来》，有什么特殊意义。

镜头前的简橙，穿一身柔软的珍珠白色长裙，笑着朝众人招手，引着大家走到陈列照片墙的区域，停在正中间。

那里挂了一张照片，巨大，比整个照片墙上的其他照片都醒目。

是周庭宴。

很简单的画面，没有什么太多修饰。

穿黑色大衣、黑色西裤、黑色皮鞋的男人，撑着一把黑色的伞，颀长的身姿立在雪中，白色加黑色，似一幅丹青水墨。

画中唯一的亮色，是他右手上的橙色。

他的掌心，有一个橙子。

镜头里，简橙浑身透着灵气，眉眼间是时间沉淀下来的温柔和通透，她指着那张照片，笑容恬静。

"迟来的周先生。周庭宴，我现在配得上你了，你可以准备婚礼了。"

周聿风

关于婚礼，简橙完全交给周庭宴。

太烦琐，两人的眼光挺像的，她相信他，也懒得动脑子。

周庭宴感谢她的信任，无以为报，白天忙得没时间，只能晚上做劳模，尽心尽力地伺候，把人伺候得舒舒服服。

虽然简橙说全由他做主，但周庭宴怕以后落她埋怨，自己全程参与的同时，还是会询问她的意见，最后整个筹备流程，简橙也参与了不少。

大大小小的事，周庭宴都亲自经手，连巧克力和伴手礼都反反复复地选，定制的婚纱也得等，前前后后筹备了快一年。

婚礼在小汤圆四岁的时候举行，选址在有沙滩的海景别墅。

嘉宾请了亲朋好友，另外就是工作室和京岫的人。

来的人不少。

工作室和京岫官博开直播，婚礼开始后，京岫直播间人数破千万，工作室这边也超百万。大多是进来凑热闹的，看看有钱人结婚的气派和规模，跟着沾沾喜气。

也有随着婚礼的热闹，气氛反倒诡异压抑的地方。

比如屏玺会所，二楼拐角处包厢。谁家亲小叔的婚礼，当侄子的不去参加？谁会组局通宵打牌，打到第二天上午十点还不散场？谁会在老婆在场的时候，看前未婚妻婚礼？

有。全世界仅此一个。周家失宠公子哥，周聿风。

包厢内，周聿风脸上不见熬通宵的倦色，咬着烟，手里洗着牌，眼睛盯着旁边的手机看。

手机里放着周庭宴和简橙的婚礼直播。

这会儿周庭宴在说誓词，简橙双手握着捧花，晶亮的眸子挂着泪珠，唇角是温暖的笑，感动的，欢喜的，热烈的。

周聿风收回视线，把手里的牌丢在桌上。

骗子。

当年还说，只有跟他结婚的时候才会笑得那么开心，她这会儿笑得比太阳还灿烂。

周家人都去了，大概只有他没去。

去干什么？被一群人嘲笑自己当初有眼无珠？

他也无法过去送上祝福，父亲知道他心里有怨气，昨天晚上特意请他吃饭，跟他讲一堆大道理，最后劝他。

"聿风，爸不想看到你被毁了，你好好的，行不行？"

父亲如今上了年纪，愈发喜欢说教，可他说得没错，事情的发展似乎总在印证他的话。就像当初，父亲不让他放弃简橙，他放弃了，现在痛不欲生。就像当初，父亲不让他娶蒋雅薇，他娶了，现在悔不当初。就像当初，父亲不让他进总部，进了也别去投资部，他又不听，最后狼狈辞职。就像当初，他离开京岫，被赵文茜拉着暗中揽下新影，试图趁着小叔不在，趁着周陆掌权，趁火打劫，父亲一巴掌扇过来，骂他不想活了。

大概没人知道吧。他当时辞职，是被赵文茜骗去做了新影暗中的股东，他操作新影跟周陆打。

结果呢，小叔是故意让周陆掌权的，二部总监辞职也是为了迷惑他，就等着他以卵击石。

让周陆做代理总裁，看似是为了迷惑关清柔，其实防的是他。

难怪他辞职时，小叔说："周聿风，有些事，做之前想想后果。"

小叔在点他。可他那会儿没听进去。

后来新影被长盛拿去，给了简橙，小叔出来要收拾他，是父亲拼着老脸去求小叔，拉着他在小叔跟前跪下，求小叔放他一马。

那一刻，他突然发现，父亲的白发多了很多，父亲并不是不爱他。小叔因为父亲饶他一回，帮他隐瞒下来，给他留了面子，没人知道他做过这种蠢事。因为输得太轻易，实在不值一提。

父亲总说："聿风，如果没有你小叔，以爸的能力保不住京岫，你应该感谢你小叔，而不是恨他。"

后来周聿风想，这些年他被母亲洗脑，却没有愚蠢地去跟小叔抢京岫，大概就是因为父亲的良言绕耳。

周聿风没去婚礼现场，是因为不想被嘲笑，不想送祝福。

所以就在手机上看了。

周家那些人，个个说简橙现在真幸福，他就是要看看，她到底有多幸福。

直播他从头看到现在，确实，她笑容都没消失过。

周聿风伸手撑了下额头，毕竟熬了那么久，还是得回去睡会儿，不然经常熬夜会猝死。

这话是谁说的来着？

噢，简橙。这丫头从小就没良心。

高二闹着要看日出，他辛辛苦苦背她上去，她枕着他的腿呼呼大睡，快到时间了，他捏她的脸把她叫醒。

她揉揉眼睛，见他没睡，惊讶地笑着说："周聿风，经常熬夜会猝死，你以后不要熬夜。"

真没良心，他熬夜为谁？明明是怕她错过日出。

过去的事不能再想，他越想越头疼。

"周聿风，我们谈谈？"见他要走，蒋雅薇忙站起来。

蒋雅薇来了很久了，早上八点就来了，周聿风一直在打牌，根本不搭理她，她在沙发区坐了快两个小时，他像没事人一样拿着手机看简橙的婚礼直播。

要不是今天必须跟他谈谈，蒋雅薇早就走了。

他以前再不耐烦，也不会当着他朋友的面让她这么难堪，现在他完全不顾忌了。

"周聿风！"见他像是没听见，拿起桌上的手机朝外面走，蒋雅薇追上去，抓住他的胳膊，"我们谈谈，谈离婚。"

周聿风甩开她的手，不耐烦地看她一眼，语气厌恶至极。"你够没够？"

周聿风真有点烦了。父亲昨天还问他，既然跟蒋雅薇没感情了，为什么不离婚？为什么不离？因为他恨她，恨到有时候想掐死她。

他不离婚，是想借母亲的手狠狠折磨她。

周聿风不想多看她一眼，甩开后就往前走，蒋雅薇再伸手抓他没抓住，跟着跑出去。

他现在天天不回家，她打电话他不接，发消息不回，她平时根本找不到他，今天好不容易找到了，她得把话说完。

"周聿风，"她跑出去，"明天上午十点，我在民政局门口等你，求你了，离吧。"

她怕了，曹瑛就是疯子，她要去小妹那儿，小妹说给她找个工作。

周聿风头也没回。

"别迟到！"

周聿风在外面有自己的公寓。前两年买的，蒋雅薇不知道，母亲也不知道，他自己住。就在屏玺会所对面的小区。

开门进去，他去冰箱拿了瓶冰水，往阳台走，打开水，咕嘟咕嘟喝完，眼睛盯着对面的橙心摄影工作室。

屏玺会所旁边的那两个门面原本是他的，后来小叔要去，给了简橙，如今简橙把工作室挪到了这里。他也不知道为什么来这里，就想，偶尔能看看她，也挺好。

就一直住着吧。

当初赵文茜、关清柔的事闹得挺大，赵文茜开庭的那天，周聿风没去，他让朋友去的。

朋友回来后，迟迟开不了口，最后才说："当年，是赵文茜指使她继兄绑架了简橙。"

周聿风形容不出来那一刻的感觉。浑身的血液似乎全部在倒流，不要命地往他脑子里冲，过去的一幕幕，也放电影似的钻进他脑子里，悔恨、愤怒，填充得满满的。

后来醒来，他是在医院。

那一刻，他的情绪突然就崩溃了，他也不知道为什么哭，就是心脏难受得好像要炸开。

消毒水的味道，那么熟悉。当初简橙被警察送回家，身上的伤口虽然已经被处理，但依旧触目惊心。

他记得她胳膊上有一处深可见骨的伤。

她要掐死赵文茜，谁都拉不住她，只有他可以，那时候，她只听他的话。

他后来把她送到医院，她一开始没哭，后来他问她疼不疼，她才哇的一声哭出来。

"疼，周聿风，我疼死了。"

她疼死了，他也心疼死了。

明明那时候，他见不得她痛一点，后来还是把她弄丢了。

他母亲说简橙脏了。

"她在山里，能不被人糟蹋？你要被人指点一辈子？聿风你想想，你爷爷最疼的就是你爸，如果没有你小叔，京岫就是你爸的，你爸的就是你的。"

他那时候该偏向简橙的，可他偏偏听了母亲的话、朋友的话。那时候他还爱简橙，只是他被母亲的话影响，犹豫的时候，简家人突然把简橙送走了。

他立刻要去追，母亲不让他去，甚至简橙出国五年，母亲把他的证件藏了五年，把他看得死死的。

他求过母亲，说简橙病了，需要他，他就去看一眼，看一眼就回来，她一个人会害怕。

母亲说，死不了人，简家又不会让她出事，他操什么心。

他被困住，他这几年会经常回忆，当初怎么喜欢上蒋雅薇的，他不知道。后来他去见了赵文茜。他问她，为什么要害简橙，如果没有她，简橙还是他的。

赵文茜笑他，说怨他自己。

"简橙有一本日记，上面写的全是你，还有你们俩之间的小秘密，当初她被送出国的时候，忘带走了，我发现了，把它交给蒋雅薇。我出钱让她去美容，我告诉她简橙的习惯。你那时候是不是总有种感觉，怎么这个人，老是给你带去熟悉的感觉？呵，因为她最开始，一直在模仿简橙。她不只模仿简橙，还知道你的喜好，她照着你的喜好迎合你，你就会觉得，怎么这个人跟简橙一样了解你？你那时候被你妈管着，又处在不能去见简橙的痛苦中，蒋雅薇在这个时候出现，是最适时的。等你没有那么抗拒她的时候，她就把你灌醉，献身了，你跟简橙在一起那么多年，你没碰过她，你碰的第一个人是蒋雅薇。男人啊，对第一个女人总是会念念不忘的。蒋雅薇说，你那晚一直在喊橙橙，你把她当简橙了，清醒后，你就会愧疚，愧疚了一次，就有第二次。蒋雅薇把你伺候舒服了，她身上又有简橙的痕迹，你妈当时为了让你离开简橙，也有意无意帮她。你那时候，又处在接触权力的年纪，你接触了世俗的欲望，就慢慢会觉得，你妈说得对，如果你小叔不在，你就是京岫的掌权人。几个人一起算计你，你放弃简橙是早晚的事。"

周聿风已经很久没回家了。那天回家，他对蒋雅薇动了手。

他也不知道把她打成什么样，应该挺严重的吧，因为他拳头上全是血，后来被人拉开了。

谁拉开的他不记得，大概是邻居吧。

他想去找母亲，可他又不能对母亲动手，他那天沿着路一直走到江榆中学。

几个穿着校服的学生走过去，周聿风忽而想到了当年，简橙趴在他后背上，揪着他耳朵说："周聿风，我最喜欢你了。"

骗子。

她现在，喜欢别人了。

后来，简橙生女儿的时候，周聿风娶了母亲安排的一个门当户对的人，也生了个女儿。母亲和老婆在家带孩子，他照样在外面养很多像简橙的姑娘，哪怕只是眉眼和笑容相像。他喜欢上不归家的生活，绯闻一堆，累的时候，他跟父亲去钓鱼，或者去他的那个公寓养养花。

他看简橙越来越好，看他自己越来越沾染世俗气。

这辈子，就这样吧。

秦濯和孟糖

"秦濯，我们好像不该有这样的结局，但是，也只能这样了。"

孟糖订婚宴的那通电话，在秦濯脑子里蹦跶了好几年，夜深人静时，总折磨得他难眠。

世界上没有后悔药，他错过了就是错过了。

事实上，在孟糖的订婚宴之前，他就开始相亲了，他得让自己远离她，这样她的生活才会好。

老宅聚餐的时候，他趁着所有人都在，端着一杯酒敬一圈人。"我决定结婚了，谁那儿有合适的，就帮我撮合撮合。"

大概是他平时太混账了，所有人跟见了鬼似的看他。

父亲拍着母亲的手细声安抚，又无语地拿手点他。"你别抽风了行不行？你让你妈省点心吧，糖糖多好一姑娘啊，你作死，你把你妈气得食量都小了，我哄了多久啊，我刚把我媳妇哄好了。你现在说要结婚，回头你脑子被门挤了又不结，你妈受不了啊，你妈生气，我日子还过不过了？你孝顺点行不行啊！你别逼我扇你啊！"

他举手发誓，这次真的想结婚。

然后堂哥在父亲的指挥下，连拖带拽把他轰出门，堂哥心还是好的，还知道把他没吃完的半个馒头塞给他。

　　"你前段时间天天喝得烂醉，没提过结婚的事，现在孟糖要订婚你就要结婚，你这不是摆明了拿婚姻当儿戏吗？真结婚了你能过好吗？回头又是过鸡飞狗跳的日子，你爸也是为了你好，怕你结了婚心里更苦，趁他现在心疼你，还没抽你，滚吧，自己找地方玩去吧。"

　　家里不管，他朋友多，朋友先帮忙介绍了几个，也见了几个合作商的闺女。

　　都不行。他总会下意识跟孟糖比，都比不过孟糖，后来强行令自己忘记，想着先挑一个合适的处处，结果没一个合适的。

　　孟糖和林野订婚了。过了年，他们又举行了婚礼。

　　他没去，也没去打听，他加快相亲的速度，周庭宴见他着急，直接组个酒局，让他和姚成仁搭上话。

　　不得不说，姚成仁这人人脉广得离谱。什么职业、什么长相、什么家庭背景，只要你说，他都能给你找到，快成职业红娘了。

　　孟糖结婚的第四个月，他跟一个珠宝商的女儿成了。

　　也不算成，就是聊成了，女方比他小四岁，长相偏上等，他非常满意这个。

　　因为女方有个相恋十年的男友，人生病走了，她忘不了。

　　忘不了好。死去的白月光能记一辈子，他这个陌生的大活人肯定是永远比不上的，他心里也有人，谁也不亏。

　　所以两人相成了。

　　不到俩月又掰了。

　　见面的时候她缅怀她前男友，在他跟前哭了快半小时，说她如何如何爱前男友。结果，后来她隔三岔五给他打电话、发消息、发自拍，有时衣服领口拉低些，露出隐隐约约的部位，指着锁骨，娇滴滴地抱怨。

　　"被蚊子咬了，喏，有个红点，你看出来没？"他看出来了，看出来她对他有意思了。

　　秦濯从小到大享受着众星捧月的优质生活。一帆风顺，没有磕磕碰碰过，喜欢谁，直接追，最短纪录是他刚开口女生就答应，最长纪录是两个月。

　　从高中时到三十岁，他的生活多姿多彩，他交往过的女生，天真无邪的有，以退为进的有，欲擒故纵耍心思的也有。

　　这姑娘道行浅，太着急了。

　　姚成仁听说这个不行，要再帮他介绍。后来没消息了。

有次他在晚宴上碰见姚成仁，人蔫蔫的，像霜打了的茄子一样，问了也不说。

周庭宴说："梅钰初恋，梅晟亲爹。想重新追梅钰，梅钰现在看不上他。想认回梅晟，梅晟忙着追汪念念，不搭理他。让我请简橙帮忙，我没搭理。昨天绕个圈子组局，让简宏云把我老婆约出去，简橙去了，把俩人都'批斗'了，简宏云无端被他连累，跟他打了一架，他把人全得罪完了。"

秦濯一听姚成仁这么晦气，也不找他了。

相亲不成，他走。

孟糖离婚，秦濯是听林野说的。那是孟糖结婚的第三年。

当初他相亲一直不成，就出国了，他接手了秦氏海外的项目，把工作重心挪到国外。

反正他都是一个人，在哪儿无所谓。

有一天晚上，林野突然给他打电话。

"秦濯，你还喜欢孟糖吗？"

喜欢孟糖吗？不单单是喜欢吧，秦濯觉得自己对孟糖应该已经达到了爱的程度。他也没想到，他这辈子能在孟糖身上栽了。甚至当初在林野朋友圈看到那张官宣照时，他都没觉得自己彻底栽了。

他那时候就浑身不得劲。

他劝自己，过一阵就好了，会好的，他是秦濯啊，他是秦氏的秦濯，他想要什么女人没有，孟糖走了就走了，让她走。

结果她真走了，再也没回头。

那之后很长一段时间，秦濯整个人空空落落，晚上睡觉失眠，出去跟人喝酒越喝越清醒，开会的时候走神发呆。

后来她订婚、结婚，他相亲、出国。

这么远的距离，这么久的时间，他以为他能忘记她的，可是越想忘，越难忘。

他喜不喜欢孟糖，这话不该现在的林野问。

秦濯直觉不对劲。"你什么意思？"

林野在那边哭出来。"我们其实一年前就离婚了，她不让说，我经常偷偷去看她，她不太好，你如果还喜欢她，能不能去看看她？"

孟糖回到住处已经快凌晨。

今天是中秋节，她跟着简橙回家吃饭，简橙留她在那儿住，她没留。

人太多了。

华春府现在成孩子窝了。

简航已经上学了，只要放假，梅岚就带着他去华春府。还有周陆，立橙生物危机解除后，京岫二部总监回归了，周陆去了立橙生物坐镇，何妙跟着他，有时他忙，也把何妙放在华春府。还有汪念念，做了手术后，恢复得很好，梅晟照顾得也好，现在刚怀孕，明年生出来，又多一个孩子，更热闹。

平时周庭宴忙，简橙也时常出差，家里有专门的育儿嫂，用不着他们带孩子。

何妙最大，基本是何妙带着汤圆和简航玩。

周柠毕业后进了京岫，有空也陪孩子玩。

中秋节所有人都在，除了他们，还有周家那些人。

老爷子走后，基本没人去老宅了，开始是叶绮经常找简橙玩，慢慢地，周家除了曹瑛，几个妯娌也经常去。

今晚大人孩子一大堆，比过年还热闹。

孟糖以前最喜欢热闹，现在不喜欢了，她喜欢清静。

简橙要过来陪她，她没让简橙陪，她说她得去她嫂子那儿。

其实她嫂子也不在江榆了。当初她嫂子被 Win 杂志那副主编欺负，后来简橙把姚成仁的联系方式给她嫂子了。姚成仁知道她嫂子跟简橙是朋友，直接把那副主编开了。

Win 后来是她嫂子在管，今年嫂子提出在阳城设立 Win 的分部，姚成仁通过了，嫂子上周回阳城办事，中秋节就没回来。

以后主要办公地点怕是也要在阳城了。

她今年不回去，母亲在生气。

不让简橙陪，是她想一个人静静。

孟糖也想不通，她怎么把日子过成了这样。

一年前她跟林野离婚，真要说谁的错，她也说不上来。大概，一开始就错了。

没法怪谁。

林野的妈妈其实不喜欢她，也不是不喜欢，就是介意吧。

姑姑打离婚官司找的林母，两人成为好朋友，那时她追着秦濯跑，姑姑疼她，为她打抱不平，喝茶的时候跟林母说起过这事。知道林母有个跟她年龄相仿的儿子，一直觉得可惜。

林母对她这个"死心眼的蠢丫头"就印象特深。当林野带她回家，林母见儿子喜欢的就是姑姑口中那个"死心眼的蠢丫头"时，心里不太舒服。

所以林野第一年去她家做年夜饭，林母没去，找理由出差了。

后来林野不知道怎么跟他妈说的，林母同意他们的婚事了，对她的态度刚开始还不错。只是，她和林野刚结婚一个月，林母就催她要孩子，最开始客客气气的。

"糖糖，你别怪我说话直，我其实挺介意你之前跟那个姓秦的事的，你们还订过婚，我就林野这一个儿子，他爸出轨，我自己把他带大的。有人说，我是贪你们孟家法律顾问的位置，不是，我是真心疼我儿子，他跟我说，他非常喜欢你，所以我同意了，他要是没那么喜欢你，我马上辞掉孟氏的工作带我儿子走。我总觉得你的心不定，我也是担心你负了我儿子，所以你赶紧生个孩子，趁着我和你妈都还年轻些，还能帮你们带带。"

生孩子这事，林母催，她母亲也催，两边都催。

她觉得很难受，她还年轻，她放弃了江榆的一切，放弃了事业，难道就是回老家生孩子的？

她是爱过秦濯，她就是爱过怎么了？她都爱了很多年，她没招谁没惹谁，林野又不是不知道，她又没骗婚。

她都已经放弃秦濯了，秦濯也在相亲，他们是两条平行线，她都发誓了，他们就是不信她。

她精神压力大，生不出来，她们就用中药一碗一碗地灌，好像她生不出孩子犯了多大罪。

她要跟林野说，林母嫌她不懂事。"林野现在自己创业，忙得厉害，你别烦他了。"

她就要说，她不说她要崩溃，林母生气。"你想想林野为你放弃了多少？他现在处在最关键的时候，你就不能成全他？你自己想想，他对你有多好！"

她就不说了。

林野确实挺厉害，阳城的创业机遇他们抓住了，他们很努力，加班加点，熬夜通宵。

男人都是有野心的。林野聪明，脑子好，他是龙，之前为了她，盘卧在简橙的工作室，现在没有困住他的笼子，他能完全施展。

林母说得对，他之前为了她搁浅梦想，她现在应该成全他。于是，他为他的梦想拼搏，她在家喝药。

中药喝了，林母和母亲送的一堆黑咕隆咚的药她全吃了，她感觉身体要被掏空了。她连话都不想说了，有时候对着镜子，她都不知道镜子里的人是谁。

直到有一天早上起来，她突然不知道要干什么，她给简橙打电话。"橙子，你来接我好不好？"

于是简橙坐时间最近的航班飞过来，当着林母和她母亲的面砸了那些药，跟她们打了一架，当着她们的面给出差的林野打电话。

"林野，滚回来离婚！"

离婚的时候，林野抱着她哭很久，跟她说对不起，他说他后悔了，他不该想着回来创业，不该带她回来。他说他们应该留在江榆，他后悔了。

孟糖其实不怪林野。她最初跟林野告过两次状，林野跟林母吵过，后来每次林野出差回来，林母对她就是一副好婆婆的姿态。

她最初很反感，后来倦了。因为林母是律师，能说会道，总有一堆的大道理教育她。

她喜欢林野，她讨厌他妈妈。

好讨厌，讨厌死了。

夜色里，简橙一直在后面跟着孟糖。

看到孟糖走进电梯，才拿手机打了个电话，然后转身离开。

电梯上去，门打开，孟糖走出去，走几步突然顿住。

她的房间门口，一个男人倚在那儿，烟味浓重，指尖猩红火光刺目又灼亮，他刚收了手机。

秦濯。

距离上次见他，过去多久了？三年？不对，四年？

孟糖现在脑子里装不了多少事，想太多会疼，简橙说改天带她去看看医生。她不想去，她最讨厌医院，最讨厌吃药，最讨厌了。

看到秦濯，孟糖脑子里只能想起当年榆山上看的那次日出。

她几乎是下意识地捂着脸往后退，退两步转身就跑。她现在都不敢照镜子，她脸瘦了很多，她知道很吓人。

她已经尽力跑了，还是被抓住，她被人从后面抱住，她的后背贴着他的胸膛。"糖糖。"

孟糖好多年没听到这声音了，好久好久了。

性感的，沙哑的，带着哭腔的，她想问他是不是哭了，为什么哭，下一秒，脖颈已经被一片湿意烫得缩一下。

噢，他哭了。

不知过了多久，秦濯把她的身子转过来，用双手捧起她消瘦的脸，掌心硌得慌，他指尖发颤，慢慢地说："糖糖，过了年，我就三十七岁了，更老了，没人要我了，你还要不要我？"

孟糖灰暗的眸子盯着他，脑子迟钝地想了一会儿跟他说："秦濯，我配不上……"

秦濯捧着她的脸吻上去，把她的话堵住，细细慢慢地吻，带着失而复得的珍重，等她微微喘不上气才松开。

他把她的话说了。"糖糖，我知道我现在老了，配不上你了，我以后多锻炼，多活几年，跟你活得一样久，好不好？"

他小心翼翼地把她抱在怀里。"糖糖，我爱你，我比我想的还爱你。"

对不起，当年我应该抢的，我应该抢的。

孟糖现在脑子转得慢，她只听简橙的。她问简橙怎么办。

简橙问她："他抱你，你排斥吗？"

孟糖仔细想想。"不排斥，他还亲我了，我也不排斥。"

简橙："那就让他抱抱你，你听他的话。"

孟糖现在只听简橙的话，简橙说什么就是什么，只有简橙对她好。于是她跟着秦濯出国，好好吃饭，好好看病。

秦濯带她去看日出，陪她把所有地方的日出都看完，在太阳升起时跟她求婚。

秦母听说孟糖回来了，连夜坐飞机过来，瞧见她的样子，抱着她哭到不行。"以后秦濯要是欺负你，你跟妈妈讲，妈打死他。"

孟糖伸手把她抱住，她现在脑子能正常转了，她选秦濯，有一半的原因是秦母。她喜欢秦濯，她也喜欢他妈妈，好喜欢。

秦濯后来专门学了做营养餐，花了近一年的时间才把孟糖养胖了点。

后来孟糖给秦濯生了个儿子。

孟母过来看她，哭着跟她说对不起。孟糖觉得现在生活得挺好的，不想恨谁，她知道母亲也是想她好的。但是她更喜欢秦濯的妈妈了。

米珊

米珊自小父母双亡，借住在舅舅家。

寄人篱下的生活不好过，她的童年不快乐，唯一能给她心灵寄托的，是离家几百米的那棵许愿树。因为她无人倾诉，只有那棵几百年的古树会帮她守住秘密。

她暗恋的秘密。

她喜欢一个人，他叫梁从。她和梁从自高一开始就是同学，但他们之间隔着一条银河的距离。梁从成绩好家世好长得好，众星捧月，她平凡而普通。

她不是因为梁从长得好看喜欢他的，大概梁从不记得，高一的时候学校组织春游，其他人都报名交了钱，就她没报名。

因为她没钱。

她舅舅舅妈说去玩浪费时间浪费钱，不如回去帮忙干活。

班长在晚自习当众问她，她不知道怎么说，红着脸说有事去不了，那会儿老师不在。有人笑，说她平时就带俩馒头啃，一双球鞋没见换过，一看就是没钱。

她当时脸皮薄，羞得要钻到桌子下面去。

梁从甩一支笔砸到那人脑袋上，从兜里拿出一百块钱团起来扔给班长。

"这是……那谁啊，我之前欠她五十块，她说让我不用还了，一起交，我忘了。"他甚至都不记得她的名字。

帮她交了钱，解了尴尬，他还回头跟她说一句抱歉。

父母离开后，从来没人顾及她那敏感又脆弱的自尊心。梁从是第一个。

可惜也就一眼，后来梁从的眼睛里从来没有她，直到高二上学期，梁从爸妈离婚，他要跟着母亲转学到一个很远的城市。

离开前听说许愿树灵验，他特意过来一趟。

那天人很多，在许愿小店买祈福丝带要排很长的队，梁从怕赶不上火车，准备放弃。米珊把自己的让给他，知道他马上就离开了，也许他们再无交集，她也不知道哪儿来的勇气，直接把喜欢说出口。

她说："梁从，我喜欢你。"

梁从是个绅士，婉拒，敷衍地定一个十年之约，她却为了那个十年之约真的拼命了。

可她命实在不好，高三上学期，舅舅酒后跟人打架把人打残，要赔一大笔钱，舅妈让她辍学出去打工。

她做过很多兼职，最后在一家影楼做端茶倒水的后勤小助理，她不甘过这样平庸的生活，还想朝着梁从在的方向迈进。

一个灭绝师太性格的化妆师招助理，没人敢上，她敢，结果差点享年十八岁——累死的、被骂死的。也是因祸得福，那个化妆师很喜欢她这打不死的小强的性格，后来收她为徒，她学会了化妆，从零基础到技术精湛。

她跟着师父到外面接活，给那些模特化妆，钱包鼓了，她的脸也越来越精致，她也想站在台上。

她不知道怎么找梁从，她能想到唯一的办法就是她站在舞台上，让梁从看到她。

她白天拼命赚钱，多接一单是一单，晚上回出租房对着镜子练，她去健身房，用大半的工资去美容。

后来师父看出她的野心，语重心长地提醒她："那不是个好地方，一脚踏进去，一腿的泥，回头不容易。"

她坚持。"我喜欢一个人，我想让他看到我。"

师父在圈子摸爬滚打快二十年，有人脉，把她引荐到一家模特公司，为了站在舞台的最中间，她开始每天与汗水为伍的日子。后来总有人说她是天赋高，不是，她为了配得上梁从，付出了比别人多十倍的努力。

她想象中的梁从，应该是耀眼夺目的。

后来，她真的见到梁从了。

他跟她想象的却不同，记忆里干干净净的梁从，变成了扎着小辫留着胡须的街拍摄影师。

自高二分开，再见面，梁从过来问她："小姐，可以帮你拍张照吗？"

梁从没认出她，但她一眼就认出了梁从，那年在许愿树旁，她偷拍过他，这几年累到撑不下去，她就会拿出来照片看看他。

她看了那么多年，怎么可能不认识他呢。

她说她叫米珊，他想不起来，她说嵩城那棵许愿树，他想了一会儿，惊讶地把她从头看一遍，说一声抱歉，她变化太大。

他请她吃饭，说起过去，原来他也没上大学，他母亲的生意垮了，人也垮了。

他医院、学校两头跑，高考失利，为了给母亲治病，他辍学赚钱，机缘巧合成了街拍摄影师。

他们后来的经历，不同却相似，虽然梁从不再是原来的梁从，但她看见他，依旧动心。分开前，他们留了联系方式、聊天、约饭、爬山……

他们走得越来越近，有天晚上吃了饭，他送她回家，问她，能不能把十年期限缩短。

她求之不得。

约会、牵手、接吻、纵欲，他们做尽一切情侣间该做的事，他喜欢拍她，她喜欢事后抽他嘴里的烟。她的公司不让她谈恋爱，他们偷偷在一起半年，她喜欢黏着他，他把她宠上天。后来迎来她事业第一次小高峰，经纪人瞅准时机，把她推上舞台走秀。

有爱情的滋润和多年努力加持，她的第一场秀非常顺利。经纪人看好她，大大小小的机会给她不少，她也争气，越来越稳，在圈子里慢慢地开始有点名气。

梁从也准备稳定一点，搞个小工作室，他们都在事业上升期，她对越来越好的人生充满期待和向往。

直到有一天，她遇到秦濯。她的人生毁了。

那时候的米珊，青涩、努力，有着跟圈里人不同的干净气质。秦濯其实不是喜欢她，那时的米珊不是他喜欢的款。他只是在饭局上碰到她，看过她的秀，觉得她挺稳的，随口夸了一句，觉得人家姑娘一路打拼不容易，见有人要灌她，帮她挡了下酒。

有人理解错了他的意思。

比如米珊的经纪人。

经纪人一开始出发点是好的，因为有秃顶的中年已婚老男人在一个秀场看中了米珊，暗示好几次。经纪人不想把米珊往火坑里推，但是人家有权有势，又不敢得罪，所以她才想办法把米珊带到秦濯的局。

她劝米珊抓住秦濯，米珊不愿意，经纪人觉得秦濯这种优质男人谁不喜欢啊，换成别人早迫不及待了。正好这时候跟米珊不对付的模特偷偷告诉她，米珊背着公司谈恋爱。经纪人就查了梁从，人长得还行，但是跟秦濯不能比。

秦濯身边美女环绕，迟了黄花菜都凉了，于是经纪人直接来狠招，把米珊灌醉了往秦濯床上送。

秦濯那晚其实没碰她。因为那天是孟糖生日，孟糖去秦家了，母亲不停打电话，催魂似的把他催回江榆了。他出差住的套房，人进屋，都没往卧室走，拿着沙发上的外套就走了，迟一步赶不上回江榆的最后一班飞机。

匆匆赶往机场，到了江榆他才想起房间里有个需要明早寄出的文件，已经封好了，他就直接给客房经理打电话了。

因为明早他赶不回来，既然回了江榆，他正好去公司一趟，回也是下午回。

那酒店他常住，房间也是长期给他留的，有时候忘东西或者需要什么，他都是直接给客房经理打电话的。

他觉得一切再正常不过。

可他没想到米珊被灌了酒，在他卧室躺着，更没想到，那晚客房经理在外面有酒局，怕明天自己忘了，就先把这事交给手底下的人了。

被安排的服务员正好晚上闲着，就先去拿了，文件就在客厅的茶几上，他拿了要走，听见卧室有动静。

米珊那晚被那人碰了。

秦濯完全不知情，那晚他在江榆，被母亲扣下给孟糖唱生日歌。后来知道，是在新闻上看见的，有人拍到米珊一大早衣衫不整地从他房间离开，秦濯最初以为是米珊算计他，很厌恶，后来听说是因为自己的一通电话，很愧疚，事情没闹大，警察直接把人带走了。

狗仔把偷拍的照片爆出来后，米珊第一时间回去向梁从解释，还没把人哄好，秦濯那边接受采访，说他和米珊在交往。

秦濯倒不是故意的，是因为事后他联系不上米珊，米珊的经纪人第一时间来找他。说有个秃顶已婚男纠缠米珊，米珊没背景不敢得罪，跟那人纠缠在一起就完蛋了，所以他们想求秦濯帮帮忙。

秦濯那次过去，就是计划收购米珊的公司，他觉得米珊是可造之才，毁了可惜，以后能帮他赚钱，米珊受辱也有他的责任。

经纪人说米珊知道这事，自愿的，他就同意了。

他想着他们明面上是男女朋友，等热度过去，他们和平分手，对米珊一点损害都没有，他反正换女朋友换得勤，也没人怀疑。这是最好的办法，所以米珊经纪人找来记者时，他配合着说话了。他没想到米珊有男朋友，更没想到，他说这话会让米珊彻底失去梁从。

采访结束出来，米珊当着梁从的面给秦濯打电话，秦濯才知道她有男朋友，也配合着解释了。

梁从说可以忘记这事，但这圈子不安全，想带她回老家稳定下来。

米珊拼了这么多年，一开始是为了找梁从，但她已经开始享受在舞台上的感觉，她不想放弃拼了那么久的事业。

秦濯的意思是他们保持表面男女朋友关系，她可以继续跟梁从在一起，等这事热度过去，对她没影响了，他们再"分手"。

米珊觉得这是最好的办法，她有保护伞，事业上升得快，又能跟梁从在一起。

梁从很失望，提了分手后离开了，像是人间蒸发，米珊失去他，后悔了，想去找他时，已经完全失去他的消息。

知道那服务员是秦濯打电话才去的，她恨死他了。后来听说那晚秦濯是回去给孟糖过生日了，她也怨孟糖。

她跟之前的经纪人撕破脸，新来的经纪人劝她，说闹了没用，找不到梁从，事业也没了。

"不如利用秦濯对你的一点愧疚，好好发展事业，等你站在最耀眼的位置，什么男人没有？梁从可能也就回来了。"

她听话了，因为她爱梁从，她也爱她的事业，毕竟努力了那么多年。于是她表面跟秦濯维持着男女朋友关系，他给资源她就接着，秦濯把她从十八线小模特捧到二线。

刚迈步进二线时，梁从突然联系她了。"米珊，今年是约定的第十年，我明天在嵩城的许愿树下等你一天，如果你回来，我们就在一起，如果你不回来，我就不等你了，我祝你前程似锦。"

米珊从未放下他，第十年，她知道这是自己最后的机会了。

事业，爱人，她必须选一个。

她决定回去找梁从，因为自从梁从离开后，她一点都不快乐，成功的事业并没有给她带来丝毫愉悦，相反，她很累。

所以，她选择梁从。

她身上有很多合约，不能直接一走了之，这次她学聪明了，她没跟经纪人说。因为她认清了，天下的经纪人一般黑，为了利益，可以随时牺牲掉她。

那时候秦濯已经收购了他们公司，是幕后老板。所以米珊直接打电话找秦濯，秦濯在外面跟人喝酒。米珊知道他旁边有人，就说等他回来有事跟他说，听说还有半小时结束，就说在酒店的大厅等。

因为那时候已经晚上九点了，秦濯主要在江榆，不常在这边，偶尔过来开会应酬，他喝了酒都是直接回酒店。结果那晚，她一直等到凌晨都没等来他，打电话他一直关机。

于是她只能先回去，想着等明天一大早找他，然后赶中午的飞机回去，也能赶得及。

她命真的不好。

她没想到第一个经纪人说的秃顶已婚老男人也住在这个酒店，这是秦濯后来换的酒店，之前那酒店他有阴影。

老男人早就看到她了，让酒店服务员给她送了杯温水，她没看见他，以为就是酒店普通的水，因为等了很久，就喝了。

水里有东西，她清醒的时候，人已经在那男人房间。

她比较倒霉，正好碰上他老婆冲进来抓奸，他老婆知道他外面有情况，想离婚分多点财产，一直跟踪他。

巧了，男人的小情人有事没来，她成了冤大头，被男人老婆带进来的狗仔拍得清清楚楚。

这事当天晚上发酵，第二天早上曝光的。

秦濯完全不知情。因为那晚刚吃完饭，他就接到侄女电话，她哭哭啼啼的，说她跟孟糖来玩，她包被抢，孟糖帮她去追，被摩托车撞了，他直接奔到医院了。

侄女说孟糖被推进手术室了。

他那晚在医院守着孟糖，完全忘了米珊的事。

米珊等到很晚，给他打电话，秦濯手机没电关机了，那时还在手术室外面安慰侄女，也没看手机。他一整晚在医院守着孟糖，一夜没睡，第二天直接在VIP病房里的沙发上睡着了，一觉醒来才知道出事了。

虽然这件事被秦濯摆平了，但米珊彻底颓了。

因为梁从给她发了最后一条消息，祝她前程似锦，就彻底走了。

半年后，她就从高中群里得到了梁从的消息。

梁从要结婚了，有人发了他的订婚照，他剪短了头发，刮了胡子，很精神，女方很漂亮，笑起来眼睛像月牙。

两人很般配。

听说他们是朋友介绍，相亲认识的，女方是幼儿园老师。

米珊觉得人生大概就这样了，她问秦濯能不能娶她，秦濯说不能，他可以补偿她任何东西，唯独婚姻和感情不行。

秦濯不娶，有人想娶，是她当时的专属摄影师，大概是因为梁从的关系，她对那人有职业上的好感，所以她跟秦濯"分手"。

退圈，嫁人。

她命真的不好，她以为找了个良人，虽然不爱他，但对她好就行。那男人对她确实好，但他有家暴倾向，他明知道她不可能是处女，新婚夜还是打了她，一边发泄一边说她脏。他占有欲极强，她不能跟异性说话，不能多看人一眼，甚至他看到她之前跟秦濯的绯闻都要打她一顿。打完就后悔，后悔之后，下次生气还打，他脑子有病。

她没办法，最后求助秦濯帮她离婚，结婚三个月就离婚，她又变成了笑话。

她的人生就是一个笑话。

她想不通自己怎么走到了绝路，她越来越怨秦濯，如果他第一次没打电话，如果他第二次没放她鸽子，她跟梁从肯定很幸福。

她不幸福，她也不让秦濯幸福。

都说秦濯不爱孟糖，呵，她是过来人，她跟秦濯认识那么多年，她能不知道？秦濯如果真不喜欢孟糖，订婚宴就不可能成功。哪怕是家里逼迫，秦濯真想躲开，多的是办法，如果订婚对象换成别人，你看看秦濯会不会跑？

他对每一任女友都温柔，但都是模式化的温柔，通俗点说，那是流水线上的相处方式，对每一任都一样。唯独对孟糖，他有自己的脾气，才像个正常人。

可惜那男人多情又别扭，识不清自己，他总下意识把孟糖摆在跟他侄女一样的位置，每次想跨出一步，脑子里就会马上冒一个念头：她是小辈。

为什么这念头那么深刻？因为孟糖的母亲。

她记得有一次，她听见他打电话，让人在榆山安排两间房，说要带孟糖去看日出。

什么都准备好了，结果那天他没去。

为什么没去？因为临去的前一天，孟糖的母亲来找他了，求他，说孟糖跟他不合适，孟糖还小，是他小辈，求他放过孟糖。

她记得那晚秦濯出去应酬了，第一次喝酒喝到胃出血，当晚就住院了。

孟糖给他打电话，他还凶人家，说忙，别有事没事打电话。

嘴巴硬吧，他还不婚。

狗男人。不婚个鬼，这世上哪儿有不婚的人，只不过是没遇见想娶的人罢了。

秦濯这种男人，在他答应订婚的那刻起，在他潜意识里，孟糖就已经是他想娶的人。可惜他领悟得太晚，活该。

她后来处处针对孟糖，一是怨，因为她两次遇事，秦濯都是去见了孟糖。她不高兴，纯属牵连无辜。后来听说孟糖选择了林野，她大为震惊。因为在她看来，孟糖爱惨了秦濯，林野也不是她喜欢的类型，勉强结合，日子久了也不会幸福。

行吧，就这样吧。

人生嘛，哪儿有事事顺心的，顺风顺水只在童话里，现实嘛，大家都不幸福，挺好。

几年之后，她听说秦濯和孟糖又在一起了，觉得感慨。

也行，这俩人挺配，都傻不拉唧。

可惜啊，她最终没等到她的梁从。

她就说吧，她的命真不好。

图书在版编目（CIP）数据

迟来的周先生：全二册 / 尤知遇著 . -- 长沙：湖南文艺出版社，2025. 7. --ISBN 978-7-5726-2387-5

Ⅰ. I247.5

中国国家版本馆 CIP 数据核字第 2025B96J51 号

上架建议：畅销·小说

CHI LAI DE ZHOU XIANSHENG：QUAN ER CE
迟来的周先生：全二册

著　　者：尤知遇
出 版 人：陈新文
责任编辑：刘诗哲
监　　制：毛闽峰
策划编辑：颜若寒
特约策划：茶小贩
特约编辑：赵志华
营销编辑：刘　珣
封面设计：潘雪琴
版式设计：李　洁
插图绘制：小石头
出　　版：湖南文艺出版社
　　　　　（长沙市雨花区东二环一段 508 号　邮编：410014）
网　　址：www.hnwy.net
印　　刷：三河市中晟雅豪印务有限公司
经　　销：新华书店
开　　本：680 mm × 955 mm　1/16
字　　数：844 千字
印　　张：47
版　　次：2025 年 7 月第 1 版
印　　次：2025 年 7 月第 1 次印刷
书　　号：ISBN 978-7-5726-2387-5
定　　价：79.80 元（全二册）

若有质量问题，请致电质量监督电话：010-59096394
团购电话：010-59320018